Knaur

Über die Autorin:

Jutta Beyrichen wurde 1964 geboren. Bereits als Mädchen entdeckte sie ihre Liebe zu den Pferden und zur Reiterei. Auch ihr Interesse an Irland und an seinen Menschen erwachte schon früh. Jutta Beyrichen lebt heute als alleinerziehende Mutter zweier Söhne im unterfränkischen Bad Kissingen.

Jutta Beyrichen

Die Pferdefrau

Roman

Knaur

Besuchen Sie uns im Internet:
www. droemer-knaur.de

Vollständige Taschenbuchausgabe Januar 2000
Droemersche Verlagsanstalt Th. Knaur Nachf., München

Umschlaggestaltung: Agentur ZERO, München
Umschlagfoto: Michael Melford, Connecticut
Satz: Ventura Publisher im Verlag
Druck und Bindearbeiten: Ebner Ulm
Printed in Germany
ISBN 3-426-61457-X

2 4 5 3

It's there you see the jockeys
and they're mounted out so stately
The blue, the pink, the orange and green
the emblem of our nation
When the bell was rung for starting
all the horses seemed impatient
I thought they never stood on ground
their speed was so amazing

(Aus »The Galway Races«)

Glaub dem Paar, das sein Picknick beendet hat
und sich im Gras heftig liebt,
den winzigen Kreaturen, die es anspornen.
Glaub an Meilensteine, an den Tag,
an dem die Heimat für immer hinter dir lag,
an die kühle Aufrichtigkeit,
mit der eine Welt dich von sich wies.
Glaub, du und ich wären dieses Paar.
Glaub, du und ich sängen zart und weise
und könnten, wollten wir,
Stein essen und weiterleben.

(Richard Hugo, aus »Glen Uig«)

It's the end of the world as we know it
And I feel fine.

(R. E. M.)

Prolog

Der auffrischende Wind ließ die langen Gräser zittern.
Noch vor kurzer Zeit war der Himmel blau gewesen, und eine milde Frühlingssonne tauchte die Wiesen in klare, freundliche Farben. Doch nun wurden die kleinen weißen Wölkchen von immer größeren, dunklen Haufen verdrängt, die die Sonne verdeckten und das Blau verbargen.
Der Himmel über dem Lough Corrib hatte eine dunkelgraue Tönung angenommen; die Bäume und die hohen Schilfpflanzen am Ufer des Sees hoben sich scharf davon ab. In den Bergen des Connemara-Nationalparks regnete es bereits, die Gipfel lagen hinter Dunstschleiern verborgen.
Ein unwirkliches Licht lag über der Landschaft, das die Farben veränderte und eine beinahe gespenstische Stimmung hervorrief.

Die Connemaraponys ließen sich durch das Wetter nicht stören. Sie waren für dieses rauhe Land geboren und gewohnt, Sturm und Regen auszuhalten. Sie schüttelten ihre dichten Mähnen und drehten ihre Köpfe in den Windschatten, ohne sich beim Grasen unterbrechen zu lassen.

Der dunkelbraune Hengst war allein.
Er graste nicht, verharrte ganz still, mit erhobenem Kopf und geblähten Nüstern. Die Windböen peitschten seinen langen Schweif, doch das Pferd stand wie aus Erz gegossen. Es kannte inzwischen den sintflutartigen Regen Connemaras und hatte gelernt, ihn nicht mehr zu fürchten, obwohl es weit

weniger dafür geschaffen war als die abgehärteten einheimischen Ponys. Der Hengst wußte: Der Regen schmerzte nicht.

Aufmerksam sog der Hengst die Luft ein, ließ seine empfindlichen Ohren spielen. Beim Brausen der Böen, die nun immer heftiger kamen, bebte sein Körper. Doch es war nicht das Rauschen des Windes, dem er lauschte, nicht der Geruch des nahenden Regens, den er in sich aufnahm, nicht der Anblick der Wolkenwand über den westlichen Bergen, wonach er suchte.
Sein Blick ging in die andere Richtung.
Und er wartete.

1. Kapitel

»Wann, sagtest du, kommt sie?«
»Morgen.«
Padraig nickte bedächtig und nahm seine Pfeife aus dem Mund. Argwöhnisch musterte er sie aufs genaueste, und als er feststellen mußte, daß sie ausgegangen war, griff er in die Tasche seiner ausgebeulten Cordhose und holte ein Streichholzbriefchen heraus. Georg war immer wieder aufs neue fasziniert davon, mit welchem heiligen Ernst Padraig die Zeremonie des Pfeiferauchens vollzog. Umständlich zündete er die Pfeife wieder an, zog einige Male an ihr und wandte sich dann wieder Georg zu, der neben ihm am Schanktisch stand.
»Da wird es wohl sicher die eine oder andere Überraschung geben, was?«
»Das denke ich auch«, erwiderte Georg und nahm einen Schluck aus seinem Glas. Das Guinness schmeckte abgestanden, und Georg fiel auf, daß er schon den ganzen Abend an anderes gedacht hatte als ans Trinken. Er lächelte Padraig an, der ihn immer noch erwartungsvoll ansah.
»Überraschungen wird es sicher geben«, meinte er betont gleichmütig. »Bei Frauen ist man vor Überraschungen niemals sicher.« Voll Befriedigung stellte er fest, daß Padraig über diese Bemerkung beifallig schmunzelte. »Und bei erwachsenen Töchtern sowieso nicht.«
»Wie alt ist sie denn jetzt?« wollte Padraig wissen.
»Achtundzwanzig«, antwortete Georg und leerte sein Glas. »Kann ich noch eins haben, Joe?« Er hielt ihm das leere Glas hin.

»Klar«, grinste Joe. »Besauf dich bloß nicht! Was soll denn deine Tochter von dir denken, wenn du sie mit einem dicken Kopf begrüßt?«
Georg fragte sich insgeheim, ob es hier überhaupt jemanden gab, der nicht darüber informiert war, daß seine Tochter morgen zu Besuch kommen wollte.
»Das geht dich gar nichts an, Joe«, knurrte Padraig und schob ihm sein Glas rüber. »Gib mir lieber auch noch ein Pint!«
Joe lachte und griff nach den beiden leeren Gläsern.
»Woher er das schon wieder weiß«, brummte Padraig und zog an seiner Pfeife.
»Das frage ich mich schon lange nicht mehr«, gab Georg gelassen zurück und wich vorsichtig einem Bierrinnsal aus, das über den Tresen floß. Er griff in die Tasche und holte eine Packung Zigaretten heraus. Früher hatte er nicht geraucht, doch inzwischen war ihm das Rauchen genauso in Fleisch und Blut übergegangen wie allen anderen hier. Die Nichtraucher waren seltener als die Totogewinner. Ganz automatisch reichte Georg das Päckchen herum, gab Feuer und zündete sich selbst eine Zigarette an.
»Ich find' gut, daß sie dich besuchen kommt«, meinte Padraig und grinste. »Dann hast du mal eine Frau im Haus, die sich um dich kümmert!«
Georg lachte. Padraigs Meinung über Frauen war klar abgegrenzt.
»Und du denkst, daß es nötig ist?« fragte er.
»Es ist für niemanden gut, immer allein zu sein«, sagte Padraig bestimmt. »Ich hab' dir ja schon oft gesagt, daß du dir eine Frau suchen sollst. Aber das willst du ja offensichtlich nicht.«
»In der Tat«, meinte Georg.

»Okay, jetzt kommt wenigstens deine Tochter«, fuhr Padraig fort. »Das ist auch schon was, die bringt auf jeden Fall Leben in dein Haus. Weißt du schon, wie lange sie bleiben will?«
»Sie hat nichts gesagt. Ich nehme aber an, daß sie eine Zeitlang bleiben wird. Immerhin hat sie ja ihr letztes Examen gemacht, und ich kann mir vorstellen, daß sie etwas pausieren will, bevor sie anfängt zu arbeiten.«
»Vergiß nicht, sie mal mitzubringen, wenn sie hier ist«, verlangte Padraig.
»Das vergesse ich schon nicht«, lächelte Georg.
Das Pub war voll an diesem Samstagabend. Zwar war es nicht die einzige Kneipe am Ort, doch die beliebteste. Georg kam gern hierher. Er fühlte sich in dem in dunklem Holz eingerichteten Schankraum, dessen altmodisches und abgewetztes Mobiliar unendliche Gemütlichkeit ausstrahlte, ausgesprochen wohl. Früher hätte Georgs deutscher Ordnungssinn sich wohl über den klebrigen Boden, die Bierpfützen auf den Tischen und den mit zunehmender Stunde steigenden Alkohol im Blut der meisten Pubbesucher mokiert, doch mit der Zeit hatte Georg entdeckt, daß die rauhe, aber ehrliche Herzlichkeit der Menschen hier wertvoller war als eine steril-gepflegte Umgebung. Georg mußte zugeben, daß der Gemeinschaftssinn ihm ein Heimatgefühl vermittelte. Die zahlreichen zum Teil schon erheblich in die Jahre gekommenen Fotografien an der Wand zeugten davon, daß Angelegenheiten, die eigentlich nur wenige betrafen, das gesamte Dorf bewegten. So das Bild der Fußballjunioren nach ihrem Sieg über den großen Gegner in Galway im Jahr 1974; und auch Georg hatte sich die Geschichte des glorreichen Entscheidungsschusses schon mehrfach anhören müssen. Er hatte sich früher nicht allzusehr für Fußball interessiert, doch die

Begeisterung, die hier jeder – Mann und Frau, alt und jung – an den Tag legte, riß ihn einfach mit. Mittlerweile verfolgte er wie die anderen die Samstagsspiele mit Gleichgesinnten bei einigen Pints hier im Pub.
Heute allerdings beachtete er den Bildschirm nicht und fuhr daher zusammen, als ein Tor fiel und ein allgemeiner Aufschrei durch den Raum ging.
»Sie war ein so nettes kleines Mädchen«, sagte er versonnen und blickte dabei auf das Blechschild mit der Bierreklame über der Theke, ohne es wirklich wahrzunehmen.
»Du hattest keinen großen Kontakt zu ihr in der letzten Zeit, was?« fragte Padraig vorsichtig.
»Wenig.« Georg trank einen Schluck aus dem Glas, das ihm Joe hingestellt hatte. »Meiner Frau war es am liebsten, wenn ich mich nicht mehr blicken ließ, und deshalb, so nach und nach ...« Er nahm noch einen Zug und schwieg, in Erinnerungen versunken.
Georg kannte Padraig nun schon fast zehn Jahre. Zehn Jahre war es her, daß er an einem Samstagabend in diesem Pub in Irlands Westen gelandet war. Zuerst war er zurückhaltend gewesen, war er doch fremd hier; und wie viele Deutsche bewahrte er Fremden gegenüber Vorsicht. Auch war die Sprache anfangs noch ein Problem, aber in Irland blieb niemand allein am Tisch sitzen. Mit freundlicher Beharrlichkeit, die nichts mit aufdringlicher Neugier, sondern mit ehrlichem Interesse am Mitmenschen zu tun hatte, kam man ihm, dem Fremden, entgegen, tastete sich behutsam an ihn heran. Georg hatte bald gemerkt, daß ihm niemand Böses wollte, und er gestand sich heute ein, daß er damals sogar froh darüber gewesen war, daß man auf ihn zugegangen war. Obwohl es mit der Zeit nicht ausblieb, daß man über ihn Bescheid wußte, vermied es Georg, zuviel Persönliches zu offenbaren,

und er wußte es zu schätzen, daß man es allgemein akzeptierte, ohne ihn deshalb auszugrenzen. Vielleicht war das der eigentliche Grund, weshalb er so gerne ins Pub kam. Er konnte kommen, einige Pints trinken, ein paar unverbindliche Gespräche führen und wieder gehen, mit dem Gefühl, einen angenehmen Abend verbracht zu haben. Wenn er darüber nachdachte, mußte Georg unwillkürlich lächeln. Niemals hätte er sich früher träumen lassen, daß er an so einem Dasein ehrliche Freude haben würde.

Padraig war damals der erste gewesen, dem Georg ein wenig mehr von sich erzählt hatte, und als Padraig hörte, daß Georg beabsichtigte, sich hier in der Gegend auf Dauer niederzulassen, hatte er ihm bei der Suche nach einer Behausung geholfen. Georg mochte den Iren, obwohl sie so verschieden waren, wie man es sich nur vorstellen konnte. Sie standen etwa im gleichen Alter, doch während Padraig durch Jahrzehnte harter Arbeit auf den Torffeldern früh gealtert war, seine Hände breit und rauh waren und sein Körper wie verwittert schien, war Georg eher der intellektuelle, asketische Typ. Georg schätzte den gesunden Menschenverstand und die Hilfsbereitschaft, die bei Padraig über vorhandene Mängel in der Bildung hinwegblicken ließen. Darüber hinaus fühlte er sich von Padraig uneingeschränkt akzeptiert – etwas, was er schon lange nicht mehr erlebt hatte. So hatte sich im Laufe der Jahre eine ehrliche Freundschaft zwischen den beiden Männern entwickelt, die dazu beitrug, Georg das Hineinfinden in diese ihm fremde Welt zu erleichtern. Obwohl Georg gerne allein war, gestand er sich doch ein, wieviel es ihm bedeutete, gelegentlich Menschen um sich zu haben, und sei es nur, um einen Schwatz über das Wetter zu halten. Er schien hier endlich seinen Platz gefunden zu haben. Man kannte ihn inzwischen, er wurde mit Namen gegrüßt, wenn er einkaufen ging, er wurde an die Tische gerufen, wenn er das Pub betrat, und man unterhielt sich mit ihm über die Mauer hinweg, die sein Grundstück von der Straße trennte. Es wurde sogar akzeptiert, daß er niemals zur Messe ging, und selbst der Priester nahm daran keinen besonderen Anstoß.

Padraig war sein besonderer Freund, deshalb fand er auch nichts dabei, mit ihm über Christine zu sprechen.

Seine Tochter Christine, die seit der Scheidung bei ihrer Mutter lebte.

Christine, die nach einem glänzenden Abitur Tiermedizin studiert hatte, ein Jahr davon sogar in den USA.

Christine, die eine Praxis eröffnen würde.

Christine, deren Bild auf dem Kaminsims seines Cottage stand. Zur Zeit der Aufnahme war sie fünfzehn gewesen, ein schlaksiges Wesen mit dunkelbraunem Pferdeschwanz und ein paar Sommersprossen auf der Stupsnase. Georg nahm das Bild oft in die Hand.

Seine kleine Christine, die nun schon seit langem erwachsen war.

Auch Padraig kannte das Bild.

»Was für ein hübsches Mädchen«, hatte er bewundernd gemeint.

Georg hatte genickt und gelächelt. Padraig hatte selbst vier Töchter, inzwischen alle erwachsen und aus dem Haus, doch kamen sie immer noch gerne zu ihren Eltern zu Besuch, und Georg erlebte des öfteren den Trubel anläßlich eines solchen Tages bei Padraig. Iren verfügen über einen ausgeprägten Familiensinn, und Padraigs Gesicht wirkte nie faltiger vor lauter Rührung, als wenn er von seinen ersten Enkeln erzählte.

Daran mußte Georg denken, als er an diesem Samstagabend spät aus dem Pub kommend sich auf den Nachhauseweg machte. Er hatte eine kleine Strecke zu laufen, sein Cottage befand sich außerhalb des Dorfes. Es störte Georg nicht, er liebte es, einsame Spaziergänge zu machen, und da der Himmel heute nacht klar und der Mond schon gut gefüllt war, lag der Weg deutlich vor ihm. Die milde Luft zeigte den fortgeschrittenen Frühling an, und Georg atmete den Duft der wilden Blumen ein, der zu dieser Jahreszeit den Torfgeruch überdeckte.

Morgen würde Christine kommen.

Georg war nervös. Padraig hatte gut reden, wenn er meinte, daß es ihm guttäte, wenn ein wenig Unterhaltung in sein Leben käme. Er lebte nun schon so lange allein, daß er sich gar nicht mehr vorstellen konnte, wie es sein würde, jemanden um sich zu haben.

Und nun kam Christine.

Ein leises Schnauben störte Georg in seinen Gedanken und ließ ihn aufblicken. Er hatte gar nicht bemerkt, wie das Pferd herangekommen war. Es streckte seinen Kopf über die Mauer, die die Koppel umgab, und schnüffelte an Georgs Ärmel. Geistesabwesend strich ihm Georg über den glatten Hals. Hinter dem Braunen tauchte ein weiteres Pferd auf, dann noch eins. Sie schienen sich über eine nächtliche Unterhaltungsmöglichkeit zu freuen.

Georg kannte sie gut. Er mochte Tiere, auch wenn er nicht gerade den Kontakt zu ihnen suchte. Doch hatte er damals nicht lange überlegt, als ihm Padraig sagte, daß Niall O'Flaherty ihm das ehemalige Verwalterhäuschen zu vermieten bereit war. Das Cottage gefiel ihm spontan, und es war auch von der Lage her genau das, was ihm vorgeschwebt hatte –

weit genug vom nächsten Nachbarn entfernt, um seiner Sehnsucht nach Einsamkeit zu entsprechen, aber doch noch nahe genug an der Zivilisation, ohne die man nicht immer auskam. Anfangs störte ihn das Geklapper der Pferdehufe auf dem Kopfsteinpflaster oder das gelegentliche Wiehern, das immer wieder bis zu seinem Cottage hinüberdrang. Doch mit der Zeit bekamen die Pferde sogar in gewissem Sinne etwas Beruhigendes für ihn. Er konnte sie von seinem Fenster aus betrachten, sah, wie sie auf der Koppel verharrten und grasten, beobachtete, wie die Fohlen spielten und die Junghengste kleine Ringkämpfe ausfochten. Auch ohne sich besonders mit ihnen zu beschäftigen, kam er nicht umhin, mit der Zeit einzelne zu kennen. Er fand heraus, daß sie ebenso Wesen mit charakteristischen Eigenarten wie die Menschen waren. Es gab humorvolle, eitle und griesgrämige Pferde, er bemerkte die Neugier in den klugen Augen der Connemaraponys, er erkannte, daß die Stimmung der Irish Hunter am Ende eines langen Tages viel mit der Feierabendlaune eines Fabrikarbeiters gemein hatte, und er wußte vom Ehrgeiz der durchtrainierten Vollblüter, wenn sie vor einem Rennen standen.
Der Braune ahnte, daß Georg ihm nichts geben wollte, und wurde energisch. Er nahm seinen Ärmel zwischen die Zähne und zupfte daran.
Georg mußte lachen.
»Tut mir leid, ich habe wirklich nichts für dich«, sagte er zu dem Pferd und entzog ihm seinen Ärmel. »Außerdem«, fügte er in belehrendem Ton hinzu, »ist Essen vor dem Schlafengehen schlecht für die Zähne!« Dabei mußte er grinsen, als er sich bewußtmachte, mit welcher Ernsthaftigkeit er mit dem Pferd diskutierte. Es mußte am Bier liegen, im nüchternen Zustand hielt Georg nicht viel davon, Tiere zu vermenschli-

chen. Er klopfte dem Braunen nun abschiednehmend den Hals und konzentrierte sich wieder auf seinen Heimweg.
Er hatte keine Ahnung, weshalb Christine kommen wollte.
Vor zwei Wochen hatte er von ihr einen Brief erhalten, einfach so. Zuerst wußte er gar nicht, von wem er war. Die Druckbuchstaben auf dem Umschlag vermochte er keiner besonderen Schrift zuzuordnen. C. Bernhard hieß der Absender, darunter eine ihm unbekannte Adresse in Düsseldorf. Es hatte tatsächlich etwas gedauert, bis er schaltete; er entsann sich noch gut des Gefühls, das ihm in den Magen kroch, als er den Brief mit unsicheren Händen entfaltete.
Das Schreiben war kurz gewesen; Christine hatte nicht viel von sich erzählt. Ihr täten einige Wochen Ferien gut, meinte sie, und Irland sei ja ein wunderschönes Land. Deshalb würde sie ihn, wenn es recht sei, gerne einmal für ein paar Tage besuchen. Sie wolle ihm selbstverständlich keine Umstände machen, und wenn er nicht in der Lage sei, sie unterzubringen, dann könne er ihr doch sicher eine Unterkunft empfehlen.
Ein Brief wie von einer entfernten Bekannten, freundlich und unpersönlich. Der Gefühlsaufruhr, den dieser Brief bei ihm auslöste, überraschte Georg selbst. Er lebte seit langem ohne seine Familie, hatte sich hier eine Existenz geschaffen und war erstaunlich glücklich dabei geworden. Er mochte das Land und die Leute, er hatte einige gute Freunde gefunden, konnte sogar kleine Erfolge bei seiner Arbeit vorweisen, und so waren die letzten Jahre in ruhiger Beschaulichkeit vorbeigezogen.
Gedanken an Christine hatte er verdrängt, sie durften ihn nicht belasten. Doch nun stellte er fest, daß während der ganzen Zeit der Schmerz unter der Oberfläche konserviert worden war.

Und nun würde er sie wiedersehen.
Georg gestand sich ein, daß er ein wenig Angst vor dieser Begegnung hatte. Was für ein Mensch war sie geworden? Christine war früh selbständig gewesen und bereits als Teenager von einer sachlichen Intelligenz, die Georg regelrecht verunsichert hatte. Sie hatte ein Studium gewählt, das überdurchschnittliche Leistungen verlangte, und der Aufenthalt in den USA hatte sicherlich noch weiter zu ihrer Selbstsicherheit beigetragen. Nun war sie erwachsen, eine junge Frau.
Die Pferde schritten jenseits der Mauer neben ihm her, begleiteten ihn auf seinem Weg zu seinem Häuschen. Es war spät, doch er hatte keine Eile, niemand wartete auf ihn.
Vor der Tür blieb er stehen und sah zum Himmel hinauf. Er war fast wolkenlos, zahlreiche Sterne blinkten, der Mond stand hell und ließ die Frühlingsnacht freundlich sein. Der immerwährende Wind blies heute sanft vom Lough Corrib her und brachte das Quaken der ersten Frösche in Hochzeitsstimmung herüber. Der Geruch des blühenden Stechginsters lag in der Luft, und es schien fast so, als wollte sich das Land zu Christines Ankunft in seinem schönsten Gewand zeigen.
Die Pferde beobachteten Georg, als er mit einem tiefen Seufzer die Tür öffnete und ins Haus trat. Er schaltete die Deckenbeleuchtung nicht ein. Der Mond schien durchs Fenster und leuchtete ihm.
Aus seinem Atelier drang der Geruch von Farbe und Terpentin. Georg hatte erst heute nachmittag wieder ein Bild beendet. Er hob es auf und hielt es gegen das Fenster ins fahle Licht. Es war recht gut gelungen, fand er. Stunden hatte er mit seinem Skizzenblock am See zugebracht, hatte dann in seinem Atelier die Farben gemischt. Nun mußte er die Lein-

wand nur noch in einen Rahmen spannen. Im Juli würde in Galway wieder das alljährliche Kunstfestival stattfinden, und bis dahin wollte er noch ein paar Bilder gemalt haben.
Vor einigen Tagen hatte die Galerie in Dublin angerufen. Die letzte Vernissage war ein hübscher kleiner Erfolg gewesen, und Georg freute sich zu hören, daß danach mehrere seiner Bilder verkauft worden waren. Dennoch hielt er daran fest, weiterhin auch in Galway auszustellen. Er liebte diese Stadt, und im tiefsten Inneren war er abergläubisch. In Galway hatte sein bescheidener Erfolg begonnen. Galway im Westen der Insel war eine Stadt der Künstler und Studenten, und wer wußte schon, wie lange man ihn in der Metropole sehen wollte!
Georg stellte das Bild vorsichtig zurück.
Morgen würde Christine kommen.
Georg hatte Christine angeboten, sie in Dublin am Flughafen abzuholen, doch das wollte sie nicht. Sie hatte sich informiert und wußte daher, daß es von Dublin eine direkte Bahnverbindung nach Galway gab. Georg hingegen hätte eine ganztägige Autofahrt auf sich nehmen müssen, um sie in Dublin in Empfang zu nehmen.

Als der Zug anfuhr, lehnte sich Christine in ihrem Sitz zurück. Sie fühlte sich müde, wie so oft in den letzten Wochen. Es war eine bleierne Müdigkeit, die nichts mit Schlafmangel zu tun hatte und die ihr ein Gefühl vermittelte, als würde sie nie mehr zu aktivem Handeln fähig sein.
Der Zug war nicht voll besetzt, sie hatte das Abteil für sich allein. Ihre Reisetasche hatte sie auf den Nachbarsitz und den Koffer davor auf den Boden gestellt, ihre Jacke neben sich an den Haken gehängt. Sie legte ihren Kopf hinein und schloß die Augen. Vielleicht würde sie doch ein wenig schlafen kön-

nen. Sie schrak hoch, als sich die Abteiltür öffnete und der Schaffner den Kopf hereinsteckte.
»Jemand zugestiegen?« fragte er freundlich.
Christine richtete sich auf und holte ihre Fahrkarte aus der Tasche.
»Sie fahren bis Galway?« meinte der Schaffner und knipste das Ticket. »Dann haben wir Sie ja noch eine gute Strecke an Bord!«
Christine erwiderte sein freundliches Lächeln und bedankte sich, als er ihr die Fahrkarte zurückgab.
Sein Auge fiel auf ihren Koffer.
Christine lächelte ein wenig verlegen.
»Es tut mir leid. Ich weiß, daß der Koffer da unten im Weg steht, aber ...«
»Oh, machen Sie sich doch keine Gedanken«, beschwichtigte der Schaffner. Er lächelte Christine wieder an. »Es ist doch völlig verständlich, daß eine junge Dame wie Sie mit so einem schweren Stück nicht allein zurechtkommt.« Er ergriff den Koffer und hob ihn auf die Gepäckablage.
»Das ist furchtbar nett von Ihnen«, sagte Christine dankbar. »Nein, die Tasche brauche ich hier unten«, fügte sie schnell hinzu, als der Schaffner nach ihr greifen wollte. Er lächelte sie freundlich an, als Christine sich herzlich bedankte, und verabschiedete sich.
Christine ließ sich wieder zurücksinken, und ihre Gedanken begannen erneut zu schweifen.
Die Fahrt würde einige Stunden dauern, und sie würde sicherlich mehrmals Zuflucht zu ihrer Wasserflasche oder den Müsliriegeln nehmen müssen, deshalb wollte sie auch ihre Reisetasche griffbereit haben. Sie hatte sich anspruchslosen Lesestoff für unterwegs besorgt, doch im Augenblick verspürte sie keine Lust zum Lesen.

Die Entscheidung, ihren Vater in Irland zu besuchen, war ganz kurzfristig gefallen. Renate, ihre Mutter, sagte wenig, als Christine verkündete, zu ihrem Vater fahren zu wollen. Christine hatte keine großen Erklärungen abgegeben, das war nicht ihre Art. Aber unfreundliches oder abweisendes Verhalten konnte man ihr niemals vorwerfen. Sie traf ihre Entscheidungen selbst und ließ sich selten hineinreden. Und Rechenschaft über ihre Beweggründe legte sie selten ab.

Renate akzeptierte das. Sie selbst führte ein emanzipiertes Leben und hatte daher auch Christine früh dazu angehalten, Eigenverantwortung zu übernehmen. Angesichts von Christines Reiseplänen gestattete sie sich daher nicht mehr als eine leichte Verwunderung, und Christine war ihr dankbar dafür.

Abgesehen davon kannte Christine die Meinung ihrer Mutter, daß es ihr nur guttun könne, ein paar Wochen woanders zu verbringen und in der neuen Umgebung richtig abzuschalten. Obwohl ihr Verhältnis zueinander nicht besonders innig, sondern eher durch Sachlichkeit geprägt war, wußte Christine, daß sich hinter der zurückhaltenden Art ihrer Mutter tiefe Zuneigung zu ihr verbarg. Ihr entging auch nicht, daß sich Renate in der letzten Zeit Sorgen um sie machte. Christine hatte sich ihr nicht anvertraut, doch war sie sich darüber im klaren, daß Renate wußte, daß etwas nicht in Ordnung war.

Als der Zug hielt, schreckte Christine aus ihren Gedanken auf; sie erhob sich und schob das Fenster herunter. Frische, kühle Luft strömte ins Abteil und strich belebend über ihr Gesicht. Suchend blickte sie sich nach einem Namen um. ›Mui Leann Cearr – Mullingar‹, las sie auf dem Schild. Bereits bei ihrer Ankunft auf der Grünen Insel war ihr aufgefallen, daß alle Wegweiser und Hinweisschilder zweisprachig waren. Christine mußte unwillkürlich lachen, und sie wurde sich der Tatsache bewußt, daß sie sich in einem Land mit einer Kultur befand, von der sie bisher wenig bis gar nichts wußte. Und zum ersten Mal nach langer Zeit begann sie, sich für das, was vor ihr lag, zu interessieren.

Sie blickte auf die Uhr. Sie hatten bis jetzt noch nicht einmal die Hälfte der Strecke bis Galway zurückgelegt. Der Zug ruckte an, gewann langsam an Fahrt. Während er Mullingar in westlicher Richtung verließ, schloß Christine das Fenster und setzte sich wieder. Von nun an würde sie aufmerksam sein.

Sie passierten die letzten Häuser des Städtchens und kamen in offenes Land. Die Nachmittagssonne strahlte ins Abteil hinein, der Himmel war blau, mit ein paar kleinen weißen Wölkchen betupft. Sie fuhren durch endlos scheinendes, von vereinzeltem Buschwerk besprenkeltes, sattgrünes, flaches Land, auf dem Schafe und Kühe weideten. Ab und zu sah man ein paar Pferde neben dem Bahndamm grasen, mit den Schweifen die Fliegen fortwedelnd, unberührt vom Rattern des Zuges. Sie passierten einzelne Häuser, Bauernhöfe und Kapellen und durchquerten kleinere Wälder. Immer wieder liefen die Schienen für einige Kilometer an einer Straße entlang; der eine oder andere Autofahrer winkte den Reisenden lächelnd zu.

Christine winkte nicht zurück, aber ihr Gesichtsausdruck verlor allmählich die maskenhafte Starre.

Wie würde ihr Vater sein? Sicher war er verändert, hatte nicht mehr viel gemein mit dem Bild, das sie von ihm in sich trug. Immerhin hatte er auf ihren Brief sehr freundlich geantwortet. Die Überraschung, nach so langer Zeit plötzlich von ihr zu hören, war zwar zwischen den Zeilen deutlich herauszulesen gewesen, aber es schien so, als beabsichtige Georg, Vergangenes begraben sein zu lassen und einen neuen Anfang zu machen. Er fragte nicht danach, was sie plötzlich bewogen hatte, ihn zu besuchen; er ging in seinem Brief überhaupt nicht auf Persönliches ein. Er teilte ihr nur mit, daß er sich herzlich auf ihr Kommen freue, und selbstverständlich könne sie bei ihm wohnen, so lange sie mochte. Daraufhin hatte sie ihm nur noch zurückgeschrieben, um ihre genaue Ankunftszeit in Galway mitzuteilen.

Sie wußte noch nicht, wie lange sie bleiben würde.

Alex war der Meinung gewesen, daß sie ohnehin in spätestens einer Woche wieder vor seiner Tür stehen würde.

Christine biß die Zähne zusammen.

Der Zug war vor einer halben Stunde durch Athlone gekommen und hielt jetzt in Ballinasloe. Ballinasloe befand sich bereits in der Grafschaft Galway, in etwa einer Stunde würden sie am Ziel sein.

Christine schrak auf, als sich die Tür ihres Abteils öffnete. Eine freundliche Stimme fragte, ob noch Plätze frei seien. Ganz automatisch murmelte Christine ihr Ja und schob die Reisetasche unter ihren Sitz, während eine junge Frau zwei Mädchen im Vorschulalter hereinschob. Sie hatten kein Gepäck dabei, offenbar machten sie nur einen Tagesausflug. Im Handumdrehen war das stille Abteil von Leben erfüllt. Die Kinder plapperten fröhlich und begannen dann, sich um den verbliebenen Fensterplatz zu streiten. Christine lächelte der Mutter zu, stand auf und setzte sich selbst neben die Tür, den Kindern ihren Fensterplatz überlassend. Die Frau lächelte zurück und bedankte sich ein wenig erschöpft.

»Oh, ich weiß, wie Kinder sind«, lächelte Christine.

»Ja, ja«, seufzte die Mutter. »Man könnte manchmal meinen, ihr Leben hinge von so einem dummen Fensterplatz ab!«

»Sie haben eben keine anderen Sorgen.«

»Oh, ja«, erwiderte die Frau zustimmend. »Glückliche, kleine Wesen!«

Christine schwieg und betrachtete die beiden Mädchen, die jetzt friedlich auf den Sitzen kauerten und die Nasen an die Scheiben preßten.

»Fahren Sie auch bis Galway?« fragte die Frau Christine neugierig.

Christine nickte, und die Frau fragte sogleich weiter, mit Blick auf Christines doch ein wenig umfangreicheres Gepäck: »Sie kommen sicher von weiter her, nicht wahr?«

»Ich bin schon in Dublin zugestiegen«, bestätigte Christine, und im stillen über das erwartungsvolle Gesicht der Frau lächelnd, fügte sie hinzu: »Ich komme aus Deutschland.«

»Oh, aus Deutschland? Das hätte ich aber nicht gedacht! Sie sprechen wirklich gut Englisch!«

Es wäre auch schlimm, wenn ich es nicht täte, dachte Christine bei sich, heimlich amüsiert. Wenigstens das sollte ich in Kalifornien doch gelernt haben!

»Und Sie machen Ferien in Connemara?« wollte die Frau wissen.

»Ja«, bestätigte Christine und wunderte sich ein wenig über sich selbst. Normalerweise versetzte sie solch offenkundige Neugier stets in Rage. Doch in diesem Fall brachte sie es nicht übers Herz, grob zu antworten. Die junge Mutter schien so froh über die Gelegenheit zu einem kleinen Plausch zu sein, daß sie sie nicht enttäuschen mochte und gelassen blieb. Geduldig beantwortete sie Fragen nach ihrem Wohnort in Deutschland, wie ihr Irland bis jetzt gefiele und wie sie ihre Ferien zu verbringen gedächte. Dazwischen ließ sie sich ausführlich Empfehlungen hinsichtlich Ausflügen, Besichtigungen und sonstiger Möglichkeiten zur Gestaltung ihres

Urlaubs erteilen und erfuhr gleichzeitig Näheres über Ziel und Fahrt der Familie.
So verging der letzte Teil ihrer Reise wie im Fluge, und Christine war einigermaßen erstaunt, als die junge Mutter sich auf einmal mitten im Satz unterbrach, aus dem Fenster deutete und rief: »Da sind wir schon!«
Christine blickte ebenfalls hinaus.
Die Gleise hatten sich geteilt, Signale tauchten auf, und der Zug wurde zusehends langsamer. Er passierte gleichförmige Vorstadthäuser, flache Lagerhallen, und Güterzüge auf Abstellgleisen kündigten den Bahnhof an. Mit kreischenden Bremsen hielt der Zug schließlich neben dem weißen ›Gaillimh – Galway‹-Schild.
Christine blieb einen Moment still sitzen.
Ihre Reisegefährtin nahm die Kinder bei der Hand und schob die Abteiltür auf, drehte sich dann aber zu Christine um.
»Soll ich Ihnen mit Ihrem Gepäck helfen?« fragte sie hilfsbereit.
»Danke, es geht schon«, lächelte Christine zurück.
»Dann wünsche ich Ihnen einen schönen Aufenthalt hier.« Unter freundlichem Nicken schob sie ihre Kinder hinaus.
»Auf Wiedersehen«, sagten alle drei.
»Auf Wiedersehen!« Christine blickte ihnen nach.
Dann griff sie langsam nach ihren Sachen. Sie vermied es dabei, aus dem Fenster zu schauen. Würde ihr Vater dasein? Was, wenn sie ihn gar nicht mehr erkannte? Oder er sie nicht mehr? Dann schalt sie sich selbst. Was sollte der Unsinn, natürlich würden sie sich erkennen, soviel Zeit war schließlich auch wieder nicht vergangen!
Sie stellte ihre Tasche auf dem Sitz ab, legte ihre Jacke darüber und holte mit einiger Mühe ihren Koffer von der Ablage. Sie fühlte sich ziemlich steif nach der langen Reise, und ihr fiel auf

einmal ein, daß sie seit dem Frühstück im Flugzeug nichts mehr gegessen hatte, ihr Reiseproviant war nach wie vor unberührt. Trotzdem verspürte sie keinen Hunger, im Gegenteil, der Gedanke an eine Mahlzeit widerte sie eher an.
Christine zog ihre Jacke an und hängte sich ihre Reisetasche über die Schulter. Dann ergriff sie den Koffer und zog ihn hinter sich auf den schmalen Gang hinaus Richtung Tür, vorsichtig kletterte sie die Stufen hinunter, den Koffer mehr ziehend als tragend. Erst als sie auf der Plattform stand, hob sie ihren Blick. Sie war als eine der letzten ausgestiegen, und der Bahnsteig hatte sich bereits ziemlich geleert.
Ihre Blicke trafen sich. Sie verharrten einen Moment stumm, dann begannen sie, aufeinander zuzugehen.
Er hat sich fast überhaupt nicht verändert, dachte Christine, während sie auf ihren Vater zuschritt.
Mein Gott, sie ist erwachsen geworden, dachte Georg im gleichen Moment. Er sah eine schlanke, junge Frau mit kurzgeschnittenen dunkelbraunen Haaren auf sich zukommen, gekleidet in Leinenschuhe, hellblaue Jeans, einen weißen Baumwollpullover unter einer dunkelblauen Mikrofaserjacke von der Sorte, wie sie zur Zeit im Trend lag. Georg war angenehm überrascht über ihr schlichtes Äußeres. Nach dem, was er über sie wußte, hatte er eine elegante junge Dame, womöglich vom Typ extravagante Karrierefrau, erwartet, doch Christine schien sich ihre Natürlichkeit zu bewahren. Ihr Gesicht zeigte nur wenig Make-up, sie trug außer einem dünnen, silbernen Halskettchen keinen Schmuck, und ihre Kleidung war zwar bestimmt nicht vom Billigsten, jedoch unauffällig im Stil. Christine konnte sicher nicht als Schönheit im klassischen Sinn bezeichnet werden, doch der Kontrast zwischen ihren dunklen Haaren und den klaren, grünen Augen weckte beim Betrachter Interesse. Als

sie nun vor Georg stand, bemerkte er, daß sie seit damals nicht mehr viel gewachsen sein konnte, er überragte sie immer noch um Haupteslänge. Obwohl sie klein von Wuchs war, strahlte Christine so viel Würde aus, daß Georg sich unsicher fragte, wie er sie bloß begrüßen sollte.
Auch Christine fühlte sich lange nicht so selbstsicher, wie sie wirkte. Auch sie zitterte innerlich vor diesem Wiedersehen und hoffte, daß Georg das erste Wort sagen würde.
»Christine«, sagte Georg stockend.
»Hallo, Vater«, erwiderte Christine kaum hörbar.
Früher hatte sie Papa gesagt, schoß es Georg durch den Kopf, aber irgendwie war es ganz selbstverständlich für ihn, daß Christine ihn nun Vater nannte.
Er streckte ihr ein wenig unsicher die Hand entgegen. Christine ergriff sie zögernd. Ihre Hand war kalt.
»Willkommen in Irland«, sagte Georg, und ein vorsichtiges Lächeln malte sich auf sein Gesicht.
Christine erwiderte das Lächeln und drückte seine Hand.
»Danke, daß ich kommen durfte!«

Cuchulainn raste über die Koppel. Er hatte die Ohren flach an den Kopf gelegt, die Nüstern gebläht, das Weiße des Augapfels kam deutlich zum Vorschein. Die Steigbügel schlugen ihm an die Flanken, der Zügel flatterte hinter ihm her. Ruaidhri befürchtete zuerst, der Dunkelbraune würde in seiner Wildheit versuchen, den hohen Zaun im Sprung zu nehmen, doch glücklicherweise stoppte er kurz vorher, in ziellosen Bocksprüngen auf der Stelle tobend. Der baumelnde Zügel schien erneut seinen Zorn zu erregen, er versuchte, danach zu beißen, und schnaubte laut und heftig.
Denis hatte sich wieder vom Boden erhoben.
»So ein Mistvieh«, stieß er zwischen den Zähnen hervor.

»Daß ich einmal erleben werde, daß dich ein Pferd abwirft, hätte ich mir nie träumen lassen«, bemerkte Ruaidhri, den Zorn seines Bruders ignorierend. »Was ist eigentlich los mit euch beiden?«
»Frag ihn«, gab Denis übellaunig zurück und wies mit einer Kopfbewegung auf den jungen Hengst, der mit der Toberei aufgehört hatte und unruhig am Zaun hin und her lief.
»Irgendwie scheint ihr tatsächlich ein Problem miteinander zu haben«, meinte Ruaidhri gelassen. Er rutschte von der obersten Stange des Koppelzaunes, auf der er gesessen hatte, herunter. »Na, zum Glück ist es nicht meines!«
Denis warf ihm einen bösen Blick zu und wandte sich dann ab.
Cuchulainn stand nun still in der hintersten Ecke der Koppel. Als sich Denis langsam auf ihn zubewegte, sah er ihm argwöhnisch entgegen, warf den Kopf hoch und schnaubte. Denis bemühte sich, langsam und ruhig zu gehen, doch der Hengst ließ sich nicht täuschen. Noch bevor Denis ihn packen konnte, warf er sich herum und galoppierte an ihm vorbei zum anderen Ende der Wiese.
Denis fluchte unbeherrscht.
»Laß ihn sich doch erst mal beruhigen«, schlug Ruaidhri vor.
»Kümmere dich gefälligst um deinen eigenen Kram«, raunzte ihn Denis an. Ruaidhri zuckte die Achseln und wandte sich zum Gehen. Mit Denis war heute wieder einmal absolut nichts anzufangen. Wenn er sich in einer solchen Stimmung befand, dann war es das beste, man ging ihm aus dem Weg. Ruaidhri warf einen nachdenklichen Blick zu ihm zurück, als er pfeifend zum Stall schlenderte.
Irgendwie verhielt es sich schon sonderbar. In letzter Zeit hatte sich Denis ziemlich verändert, manchmal kam es Ruaidhri vor, als stünde ein Fremder vor ihm. Denis war noch nie sehr zu-

gänglich gewesen, doch diese Verbissenheit, die er im Moment an den Tag legte, hatte er früher bei ihm nicht gekannt. Auch die Pferde bemerkten seine Veränderung und reagierten auf ihre Weise darauf. Derartige Schwierigkeiten, wie Denis sie nun mit Cuchulainn erlebte, waren sonst nicht vorgekommen. Und gerade auf diesen Hengst setzten sie große Hoffnungen.

Ruaidhri hörte den Wagen und drehte sich um. Er sah Georgs Mazda vorbeifahren und hob grüßend die Hand. Ihm fiel ein, daß Georgs Tochter heute kommen sollte. Georg hatte nicht viel über sie erzählt, doch kannte man sich nach zehn Jahren enger Nachbarschaft so weit, daß die Familie O'Flaherty im großen und ganzen informiert war. Ruaidhris Eltern hielten gerne einmal mit Georg einen Schwatz, und Eleanor O'Flaherty ließ es sich nicht nehmen, ihm ab und zu einmal etwas aus ihrer Küche hinüberzubringen. Ruaidhri selbst hatte mit Georg nicht viel zu tun, er interessierte sich nicht für Malerei und betrachtete daher den Deutschen als Sonderling, den man anerkannte, obgleich man über ihn ein wenig lächelte.

Auf dem Platz vor dem Stall herrschte geschäftiges Treiben. Vor einigen Minuten war Fionas Gruppe vom Ausritt zurückgekommen und sattelte ab. Fiona übernahm meist die Anfänger und Kinder, sie verfügte über ein unnachahmliches Talent, mit unsicheren Reitern umzugehen. Ruaidhri machte niemals einen Hehl daraus, daß er für so etwas keine Geduld besaß. Fiona behauptete zwar immer, seine Nachsicht mit einer Anfängerin stünde in direktem Zusammenhang mit der Attraktivität der betreffenden Dame, doch Ruaidhri lachte dann bloß und meinte, mit der Attraktivität sei es meist nicht mehr weit her, wenn diese Dame erst einmal in ein Schlammloch gepurzelt sei.

»Na und? Dann hast du ja immerhin Gelegenheit, den Kavalier zu spielen und sie herauszuziehen«, konterte Fiona ungerührt.
Auch diesmal musterte Ruaidhri erst einmal unauffällig die Mitglieder der Gruppe. Er sah auf den ersten Blick, daß keine des Ansehens würdige weibliche Person darunter war, und wartete geduldig in einiger Entfernung, daß die Versorgung der Tiere beendet sein und die Gruppe sich zerstreuen würde.
Dabei ging sein Blick noch einmal zu Denis zurück, der den Hengst inzwischen wieder eingefangen hatte. Das wütende Schnauben des Tieres schallte laut zu Ruaidhri herüber, gefolgt von Denis' zornigen Flüchen.
Ruaidhri schüttelte nur den Kopf. Es war ihm einfach schleierhaft, wieso Denis mit dem Pferd nicht zurechtkam. Normalerweise verstand kaum jemand mehr von Pferden als er, und Ruaidhri gab stets eine Menge auf das Urteil seines Bruders. Noch im vorigen Herbst, als sie den damals Dreijährigen gekauft hatten, hatte Denis ihn in den höchsten Tönen gelobt. Auch Ruaidhri war beeindruckt gewesen von der Schnelligkeit und der Sprungkraft, die das Tier auf der Rennbahn, auf der ihn sein Vorbesitzer bereits laufen ließ, zeigte. Denis hatte gehofft, den Hengst zum Galway Hurdle Handicap im Juli melden zu können. Unglücklicherweise schien aber Cuchulainn plötzlich eine unüberwindliche Abneigung gegen Denis zu haben, was das Training zunehmend zu einem Kampf zwischen Mensch und Tier werden ließ.
Ruaidhri wunderte sich immer mehr über Denis' Verhalten. Dieser schien die Widerspenstigkeit des Pferdes als persönliche Beleidigung aufzufassen und reagierte unbeherrscht, was ihr Verhältnis nicht eben verbesserte. Ruaidhri war selbst Fachmann genug, um zu erkennen, daß der Hengst in seiner

momentanen Stimmung keine Rennen laufen würde, und die ohnmächtige Wut, die Denis darüber zu empfinden schien, konnte er nicht ganz nachvollziehen.

Auch Fiona blickte mit gerunzelter Stirn zu Denis hinüber. »Was hat er eigentlich in der letzten Zeit?«

»Frag mich nicht«, gab Ruaidhri zurück und hob die Schultern. Dann grinste er. »Und ich würde dir empfehlen, auch ihn nicht zu fragen, wenn du nicht willst, daß er dir den Kopf abreißt!«

»Ich werde mich hüten!« Fiona begann, ihre Fuchsstute mit einem Strohbüschel abzureiben. »Seine Rennpferde gehen mich zum Glück nichts an. Aber wenn du meine Meinung hören willst – so wie er das Pferd behandelt, wird das sowieso nie etwas mit den beiden.«

»Das ist mir schon lange klar«, nickte Ruaidhri. »Bloß er selbst merkt es offenbar nicht.« Er will es gar nicht merken, setzte er in Gedanken für sich hinzu.

»Ich muß sagen«, meinte Fiona nun energisch, »daß mir seine schlechte Laune allmählich gewaltig auf die Nerven geht. Und mich wundert es nur, daß ihm Dad nicht endlich mal die Meinung sagt.«

Das wunderte Ruaidhri eigentlich auch. Sein Vater war normalerweise niemand, der mit seinen Ansichten hinter dem Berg hielt, und Ruaidhri fand es aufgrund eigener Erfahrung äußerst seltsam, daß er das Verhalten seines ältesten Sohnes so einfach hinnahm.

Andererseits war es Ruaidhri im Grunde ziemlich egal, was Denis tat oder nicht tat. Nachdem jeder seinen eigenen Aufgabenbereich im Betrieb hatte, war er auf ihn nicht angewiesen und vermochte ihm daher auch leicht aus dem Weg zu gehen. Seinetwegen konnte er soviel schlechte Laune haben, wie er wollte.

Er zuckte daher bloß gleichgültig die Schultern und wechselte das Thema.
»Hast du übrigens schon die Tochter von George gesehen?« Seine Stimme klang beiläufig.
»Habe ich nicht«, meinte Fiona nicht sehr interessiert, ergriff ihr Pferd beim Halfter und führte es in den Stall. »Du?«
»Kurz im Vorbeifahren«, antwortete Ruaidhri und schlenderte hinter seiner Schwester her, die sich in ihrem Tun nicht stören ließ. »Das ist schon irgendwie komisch, nicht? Ich meine, jahrelang sieht man nichts von ihr, und dann taucht sie auf einmal auf!«
»Es wird schon so eine Zicke sein«, bemerkte Fiona bissig. »Ist sie nicht Studentin oder so?«
»Irgendwas in der Art, glaube ich, ja.« Ruaidhri grinste. »Ich denke, ich werde sie mir bei Gelegenheit einmal aus der Nähe ansehen.«
»Wann hast du dir denn jemals die Gelegenheit, ein weibliches Wesen aus der Nähe anzusehen, entgehen lassen?« erwiderte Fiona anzüglich.
»Noch nie, das ist richtig.« Ruaidhris Grinsen wurde breiter.
»Hast du eigentlich nichts zu tun?« fragte Fiona beiläufig.
»Nein, warum?« Ruaidhri vergrub seine Hände in die Hosentaschen.
»Weil du mir gerade recht kommst zum Füttern«, informierte Fiona ihn, klopfte der Fuchsstute noch einmal liebevoll den Hals und trat dann aus der Box. »Ich habe nämlich Ma versprochen, daß ich mit ihr noch schnell zum Einkaufen fahre.«
»Eigentlich ...«, begann Ruaidhri, doch Fiona war schon an der Stalltür.
»Und gib Myra heute keine Häcksel«, rief sie ihm noch von draußen zu. »Sonst bekommt sie wieder Koliken!«

»Biest«, murmelte Ruaidhri, der sich übertölpelt vorkam. Er warf einen düsteren Blick auf die lange Reihe der Boxen, seufzte dann tief auf und wandte sich in Richtung Futterkammer.

Christine stand am Fenster und schaute hinaus.
Das Zimmer, das Georg für sie hergerichtet hatte, lag gen Westen. Die Sonne war schon lange untergegangen und hinterließ nichts als einen leichten rötlichen Schimmer am dunkelblauen Abendhimmel. Weit in der Ferne konnte Christine die glatten Berge Connemaras erkennen, blaugrün und schattengleich, und das Schilfrohr am Ufer des Lough Corrib stand schwarz gegen das letzte Licht am Horizont.
Christine wunderte sich, wie still es hier war. Es war nicht das Fehlen der Alltagsgeräusche, das ihr auffiel – es war die Stille selbst, obwohl sie Vogelstimmen zu hören vermochte, das Zirpen von Insekten und gelegentlich ein Wiehern von der nahe gelegenen Koppel. Doch kein Motor dröhnte, kein Nachbar ließ sein Radio oder seinen Fernseher laufen, kein menschlicher Laut störte den Frieden. Über dem Land vor Christines Fenster lag eine gleichsam majestätische Ruhe, die sie glaubte greifen zu können.
Sie hatten nicht viel gesprochen auf der Fahrt im Auto, Georg und sie. Beide waren befangen, keiner von beiden fühlte sich sicher, keiner wußte, wie er sich dem anderen gegenüber verhalten sollte. Deshalb widmete Christine auch der Umgebung bis zu Georgs Zuhause betonte Aufmerksamkeit. Georg war froh um jeden unverbindlichen Gesprächsstoff und erteilte bereitwillig Auskunft.
Das Dorf, zu dem der O'Flaherty-Hof gehörte, lag nördlich von Galway, nicht weit vom Lough Corrib, dem großen See, entfernt. Christine hatte sich ein wenig über das Land infor-

miert, und so wußte sie, daß sie sich im kargen Nordwesten der Grünen Insel befand, in einer schroffen Landschaft mit felsiger Wüste, Bergen, Sumpf- und Moorland. Obgleich in der Großstadt aufgewachsen, fühlte sie sich stets zur Natur hingezogen, was sie letztendlich auch dazu gebracht hatte, sich für das Tiermedizinstudium zu entscheiden. Deshalb war ihr Interesse an Connemara durchaus echt, und je mehr sie auf der Fahrt aus dem Autofenster blickte, desto weniger beruhte ihre Aufmerksamkeit auf Verlegenheit.

»Wir sind gleich da«, sagte Georg schließlich. »Das Haus da vorn an der Straße ist meines.«

Christine sah hinaus. Das Haus gefiel ihr. Es sah zwar nicht gerade aus wie eines dieser malerischen, alten Cottages mit Reetdach zwischen zwei Kaminen, die sie schon auf Ansichtskarten gesehen hatte, sondern es war ein einfaches, gekalktes Häuschen mit Schieferdach, das immerhin auch schon ein stattliches Alter besaß. Eine Pferdekoppel trennte es vom O'Flaherty-Hof.

Unwillkürlich wanderte ihr Blick zu den langgestreckten Gebäuden des Reiterhofs. Georg hatte ihr während der Fahrt erzählt, daß sich sein Haus auf seinem Gelände befand, und Christine war ein wenig überrascht gewesen, als sie daraufhin einen kleinen freudigen Schrecken verspürte. Sie äußerte sich nicht weiter dazu und nahm an, daß Georg auch vermutlich nichts davon ahnte, wieviel Pferde für sie bedeuteten. Sie war sich nie bewußt gewesen, daß sie die Pferde so sehr vermißte. Und beim Anblick der Stallungen und der schönen Tiere auf den Koppeln schlug ihr Herz höher.

Sie bemerkte nicht, daß Georg einen flüchtigen Gruß mit dem jungen Mann, der gerade über den Hof geschritten kam, tauschte.

Doch Georg, der ihr einen prüfenden Blick von der Seite

zuwarf, erkannte sehr wohl, daß ihre Augen an den Pferden hingen. Und er glaubte nicht, daß er sich täuschte, wenn er meinte, daß Christines vorsichtig distanzierte Gesichtszüge auf einmal weicher und froher wurden.

Christines Zimmer war schlicht eingerichtet wie die anderen Räume auch. Sie konnte unschwer erkennen, daß es sich hier um einen Haushalt ohne Frau handelte. Nirgendwo sah sie irgendwelchen Zierat, und Christine mußte ein wenig lächeln, als sie die typischen Anzeichen männlichen Geschmacks erkannte: Möbel und Haushaltsgegenstände waren ganz offensichtlich mehr nach praktischen Erwägungen ausgesucht worden als nach visuell-ästhetischen Gesichtspunkten. An allen möglichen Stellen standen oder hingen Bilder, und über allem schwebte der penetrante Geruch von Farben und Lösungsmitteln.

Dennoch übte alles einen seltsamen Reiz auf Christine aus. Die kleinen Räume, die niedrigen Decken und die schmalen Fenster des Cottage strahlten Gemütlichkeit aus, und Christine ergriff ein kleines Gefühl der Rührung, als sie auf dem Kaminsims die gerahmte, alte Fotografie von sich selbst bemerkte.

»Hoffentlich ist es dir bei mir nicht zu spartanisch«, meinte Georg später beim Abendessen, in einem mühsamen Versuch, ein leichtes Gespräch in Gang zu setzen. Er hatte aus den Augenwinkeln beobachtet, wie sich Christine im Haus umsah, und bemerkt, wie nervös er dabei auf ihrem Gesicht nach abfälliger Kritik suchte.

»Oh, nein, keine Sorge«, erwiderte Christine und lächelte freundlich. »Es ist doch sehr hübsch!« Tatsächlich meinte sie es durchaus ehrlich und wäre ziemlich überrascht gewesen, wenn sie von Georgs Besorgnis gewußt hätte.

»Ja, nicht wahr?« Georg erwiderte das Lächeln voll heimlicher Erleichterung. »Und für mich ist es geradezu ideal von der Größe und der Lage her. Es reicht gerade aus für mich und meine Bilder, und ich habe hier in der Umgebung eine unerschöpfliche Fülle von Motiven.«

»Du malst immer noch, sehe ich«, bemerkte Christine und sah sich nach den Bildern um, die sich sogar noch in der Wohnküche stapelten. Sie verstand nicht viel davon, doch erkannte sie beim flüchtigen Hinsehen, daß es Landschaftsbilder in kräftigen Farben mit einem Faible fürs Realistische waren.

»Mehr denn je«, meinte Georg und folgte ihrem Blick. »Das sind nur einige Entwürfe, die guten Stücke habe ich drüben im Atelier. Wenn sie dich interessieren, kann ich sie dir auch einmal zeigen.«

»Doch, ich würde sie gerne sehen«, sagte Christine. »Verkaufst du sie?«

»Ich kann nicht klagen«, antwortete Georg lächelnd.

»Das ist ja wundervoll«, meinte Christine.

Stille trat ein.

»Wie geht es deiner Mutter?« fragte Georg nach einer Pause.

»Gut«, antwortete Christine höflich. »Sie läßt dich übrigens grüßen.«

»Du wohnst nicht mehr bei ihr, oder?« Georg bemerkte, daß er Christine damit zum ersten Mal eine persönliche Frage stellte.

»Nein«, erwiderte Christine, »schon lange nicht mehr. Es wäre zu umständlich gewesen, jeden Tag die Strecke bis zur Uni fahren zu müssen, und deshalb habe ich mir schon zum ersten Semester ein Zimmer genommen.«

»Das hätte ich genauso gemacht«, meinte Georg zustimmend.

»Ja, Mutter fand auch, daß das das vernünftigste wäre. Und

dann später, als die ganzen Praktika kamen, habe ich sowieso alle paar Monate woanders gewohnt.«
»Du warst sogar in den Staaten, hat Renate mir erzählt?«
»In Kalifornien«, bestätigte Christine. »Ich habe dort ein einjähriges Praktikum an einem Forschungsinstitut absolviert.«
»Labormäuse und so?« sagte Georg und lächelte.
»Keine Labormäuse«, meinte Christine und lächelte ebenfalls. »Rinder und Schafe.«
»Oh«, machte Georg beeindruckt.
»Meine Doktorarbeit habe ich über Hufkrankheiten bei Paarhufern geschrieben«, fügte Christine hinzu.
»Mir fällt in diesem Zusammenhang eigentlich nur die Maul- und Klauenseuche ein«, gestand Georg freimütig.
»Es gibt noch einiges andere«, lächelte Christine. Sie war es inzwischen gewohnt, daß die meisten fragten, was um Himmels willen man denn auf diesem Gebiet noch erforschen könne.
»Und du willst große Tiere behandeln?« fragte Georg interessiert. Er gestand sich ein, daß es für ihn fast nicht vorstellbar war, daß ein so zierliches Wesen wie Christine solch einen körperlich doch sicher nicht einfachen Beruf auszuüben imstande sein sollte.
»Nicht unbedingt.« Christine erriet seine Gedanken. »Aber solche Themen interessieren mich schon um einiges mehr als die Tätigkeit in einer Kleintierpraxis, wo ich hauptsächlich Hunde impfen und Katzen sterilisieren würde.«
»Das kann ich verstehen«, nickte Georg. Er konnte sich gut daran erinnern, daß Christine immer schon das Schwierige gereizt hatte, von Kindheit an. Sie war nicht unangenehm ehrgeizig, keine Streberin gewesen, doch war es ihr zuwider, der Einfachheit halber eine Kompromißlösung einzugehen.

Insofern sollten ihn ihre Pläne für ihre berufliche Zukunft nicht weiter überraschen.
»Dann könntest du ja direkt in Irland bleiben«, lächelte Georg nun. »Hier dürfte es mindestens so viele Rinder und Schafe geben, wie das Land Einwohner hat.«
»Ja, das ist mir schon aufgefallen.« Christine ging auf seinen leichten Ton ein. »Deine Nachbarn scheinen aber keine zu haben, oder?«
»Nein«, bestätigte Georg. »Sie halten nur Pferde, hauptsächlich Reitpferde und so.«
»Dann kann man bei ihnen reiten?« fragte Christine betont gleichmütig.
»Ja, natürlich«, meinte Georg und betrachtete Christine prüfend. »Möchtest du's auch versuchen?«
»Ich habe doch keine Reitkleidung dabei«, wehrte Christine ab. Das stimmte, sie hatte gar nicht daran gedacht.
»Oh, das dürfte wohl das geringste Problem sein«, sagte Georg. »Soviel ich weiß, haben sie für solche Fälle vorgesorgt.« Er schaute sie fragend an. »Du reitest zu Hause?«
»Ja«, sagte Christine schlicht.
Georg betrachtete sie einen Moment stumm, dann lächelte er.
»Nun, dann mußt du es hier aber unbedingt auch tun. Ich selbst habe mich zwar noch niemals dazu durchringen können, aber es heißt ja immer, daß man Irland am besten auf dem Pferderücken kennenlernen sollte.«
»Wir werden sehen«, erwiderte Christine und lächelte.

2. *Kapitel*

Der Morgen nach Christines Ankunft begann kühl. In der Nacht waren Wolken aufgezogen, doch es regnete nicht, und so ließ sich Georg von dem trüben Wetter nicht beeindrucken.

Christine schlief noch, und er wollte sie nicht wecken. Obwohl er sie seit ihrer Mädchenzeit nicht mehr gesehen hatte und daher keinen Vergleich zu ihrem üblichen Äußeren herstellen konnte, fand er, daß sie müde wirkte. Ihr Gesicht war blaß, und selbst wenn man voranstellte, daß sie aufgrund von viel Arbeit in letzter Zeit wohl nicht sehr oft an die frische Luft gekommen sein mochte, waren da Schatten unter ihren Augen, die ihm nicht gefielen. Gestern, am Abend, hatte sie kaum etwas gegessen, und als er sie ohne ihre weite Jacke sah, stellte er fest, daß sie nicht nur schlank, sondern regelrecht dünn war.

Noch immer wußte Georg nicht, weshalb Christine gekommen war. Er hütete sich jedoch, sie einfach darauf anzusprechen. Der gestrige Abend war letztendlich harmonisch verlaufen, und es fand sich unerwarteterweise genügend unverfänglicher Gesprächsstoff, um das Fundament für eine vorsichtige Annäherung zu legen. Georg wollte dies nicht durch überstürzte Fragen nach persönlichen Dingen aufs Spiel setzen.

Er war sich darüber im klaren, daß er seine Tochter wieder ganz von neuem kennenlernen mußte. Von dem Kind, zu dem er früher solch ein vertrautes Verhältnis gehabt hatte, war nichts mehr übriggeblieben. Christine war ihm im Moment fremder als jeder andere, mit dem er zu tun hatte. Mehr noch, er fühlte sich in ihrer Gegenwart fast ein wenig unsicher, ihre ruhig-sachliche Art und ihre Gelassenheit in bezug

auf ihre berufliche Laufbahn erinnerten Georg geradezu unangenehm deutlich an Renate. Andererseits schien Christine weicher und zugänglicher als ihre Mutter zu sein – und instinktiv ahnte Georg, daß sie auch verletzlicher war.
Er wußte nicht, was Christine für Pläne hinsichtlich ihres Aufenthaltes bei ihm hatte, ob sie beabsichtigte, Ausflüge zu unternehmen, oder einfach nur, sich auszuruhen. Er wagte auch nicht, Mutmaßungen darüber anzustellen, inwieweit er selbst einbezogen werden würde. Erwartete sie von ihm, daß er sich um sie kümmerte, womöglich den Fremdenführer spielte? Oder wäre sie im Gegenteil sogar ungehalten, wenn er ihr dies anböte?
Georg seufzte unwillkürlich. Er hatte sich in den letzten zehn Jahren fast zu sehr daran gewöhnt, allein und unabhängig zu sein und niemanden in seinen Tagesablauf einbeziehen zu müssen.
Er schaute auf die Uhr. Es war zehn vorbei. Noch immer kein Geräusch aus Christines Zimmer.

Christine war schon länger wach. Sie hatte tief und traumlos geschlafen, fast schien es, als ob sie hier zum ersten Mal seit langer Zeit wieder richtig schlafen konnte. Sie war so unendlich müde gewesen, was nicht allein durch die lange, anstrengende Reise bedingt war, und sie ahnte, daß es wohl noch vieler Stunden Schlaf bedurfte, bevor sie wieder das Gefühl haben würde, richtig ausgeruht zu sein.
Sie wußte nicht, was sie an diesem Morgen geweckt hatte, doch sie verspürte kein Verlangen danach aufzustehen. Im Zimmer war es nicht sehr hell, sie hatte die Vorhänge zwar offengelassen, doch kam durch das kleine Fenster nur trübes Licht herein. Offenbar war der Himmel bedeckt.
Christine lag im Bett, die Arme hinter dem Kopf ver-

schränkt, und lauschte dem Wind, hörte das Knirschen des Kieses unter Pferdehufen, das von der Einfahrt zum Reiterhof herüberkam, das metallene Klappern, als Reiter erst über den kopfsteingepflasterten Hof, dann über die Asphaltstraße kamen, das dumpfe Getrappel der über den Grasboden der Koppel laufenden Weidepferde, gelegentlich ein Wiehern oder Schnauben, und ab und zu klang auch die Stimme eines Menschen zu ihr herüber. Die Vorhänge am Fenster schwangen leise im Luftzug. Es war kühl, doch Christine fror nicht. Sie atmete die frische, feuchte Brise ein, die vom Lough Corrib herübergeweht kam, und sie mußte lächeln, als sie daran dachte, daß zu Hause in Deutschland viele Menschen hohe Summen investierten und lange Wartezeiten in Kauf nahmen, um für einige Wochen eine solche Luft atmen zu dürfen. Erst im vergangenen Jahr waren Alex' Eltern zur Kur an der Nordsee in St. Peter-Ording gewesen. Er und Christine hatten sie dort für einige Tage besucht.

Für einen winzigen Augenblick drohten Christine Erinnerungen zu überfallen, Dinge, an die sie nicht denken wollte. Sie holte tief Luft und schwang sich entschlossen aus dem Bett. Barfuß ging sie zum Fenster.

Das Wetter war trüb, wie sie schon vermutet hatte. Trotzdem bot sich ihr die Umgebung des Häuschens alles andere als trist dar. Das Gras auf der angrenzenden Koppel leuchtete in einem unwahrscheinlichen Grün, das mit dem graubewölkten Himmel kontrastierend noch kräftiger erschien. Die Stechginsterbüsche standen bereits in voller Blüte und bildeten kräftig-gelbe Farbkleckse auf dem Grün und Grau der Weite.

Christine zählte sechs Pferde, die über das Feld verteilt grasten, drei davon trächtige Stuten. Sie erkannte die schönen Irish Hunter sogleich nach den ihr vertrauten Bildern. Chri-

stine selbst hatte noch niemals ein solches Pferd geritten, sie wollte hier eigentlich überhaupt nicht reiten. Sie konnte gestern Georgs Vorschlag nicht rundheraus ablehnen, weil sie sein offensichtliches Bemühen, ihr Unterhaltungsmöglichkeiten zu bieten, irgendwie rührend fand. Beim Anblick der Pferde auf der Koppel regte sich bei ihr allerdings die Lust, es vielleicht doch zu tun.
Christine wandte sich vom Fenster ab.
Nun, es mußte ja nicht gleich heute sein, die Pferde liefen ihr nicht davon.

»Möchtest du Kaffee zum Frühstück?« fragte Georg freundlich.
Christine lächelte. »Ich dachte immer, in Irland gibt es nur Tee!«
»Das war einmal. Inzwischen ist man hier auf den Kaffeegeschmack gekommen. Kaffee trinkt man heute überall genauso wie Tee.« Georg lächelte humorvoll. »Allerdings mußt du dich darauf einstellen, daß es sich dabei oftmals bloß um Nescafé handelt, besonders wählerisch ist man im Lande nämlich in bezug auf Kaffee nicht.«
Er lachte, als Christine das Gesicht verzog. »Keine Sorge, dies ist einer der Punkte, in denen ich mich noch nicht an die hiesigen Sitten angepaßt habe.«
Er füllte die Kaffeemaschine und schaltete sie ein.
»Soll ich dir helfen?« fragte Christine.
»Oh, es ist eigentlich alles fertig«, dankte Georg.
»Ich habe wohl ein wenig verschlafen«, meinte Christine entschuldigend.
»Das macht doch wirklich nichts«, widersprach Georg. »Schließlich bist du hier, um Ferien zu machen, da kannst du doch schlafen, so lange du möchtest.«

»Ich möchte aber nicht gerne deinen gewohnten Tagesablauf stören.«
Christine setzte sich an den schlichten Holztisch in der Wohnküche, auf dem Georg für das Frühstück gedeckt hatte.
»Ach, dabei lasse ich mich schon nicht stören«, erwiderte Georg und lächelte sie an.
»Toast?«
»Gerne«, sagte Christine, obwohl sie nicht den mindesten Hunger hatte. Sie wollte ihren Vater jedoch nicht enttäuschen und nahm daher eine Scheibe aus dem Brotkorb, den er ihr reichte.
»Arbeitest du heute?«
»Nun ja«, meinte Georg, »ich muß das Bild rahmen, das ich gestern fertig gemalt habe. Außerdem wollte ich ein paar Skizzen von einem Baum machen, der mir vor ein paar Tagen aufgefallen ist. Den muß ich einfangen, du mußt ihn dir auch einmal anschauen. Das heißt ...«, er stockte und sah Christine forschend an, »wenn du irgend etwas anderes vorhast, ich meine, wenn ich mit dir irgendwo hinfahren soll, dann sag es mir ruhig. Schließlich sind es deine Ferien, und da möchtest du vielleicht das eine oder andere besichtigen ...?«
»Das ist nett von dir, Vater, aber nicht nötig«, sagte Christine. »Irgendwann einmal, später vielleicht, aber ich glaube, ich werde mir heute erst einmal die nähere Umgebung ansehen.«
»Ja, das solltest du wirklich«, sagte Georg mit heimlicher Erleichterung. »Es gibt hier wunderschöne Wege, die du laufen könntest, zum Teil direkt am See entlang.«
»Ja, an etwas in dieser Art dachte ich«, bestätigte Christine. Menschen waren zur Zeit das, worauf sie am allerwenigsten Lust verspürte, deshalb empfand sie die Aussicht auf ein paar

einsame Stunden in schöner Landschaft als durchaus angenehm.

Eine halbe Stunde später befand sie sich bereits außer Sichtweite des Hauses und des Reiterhofs. Sie folgte einem schmalen, in seiner Mitte bewachsenen Feldweg, der geradewegs in Richtung See führte. Die zahlreichen Hufabdrücke, die im sichtlich sonst öfters aufgeweichten Boden festgetrocknet waren, sowie Pferdemist zeigten ihr, daß die Strecke viel von Reitern benutzt wurde.
Christine schritt zügig aus. Dem Rat ihres Vaters folgend, hatte sie zusätzlich zu ihrer Windjacke einen dünnen Regenmantel dabei, den sie sich um die Taille gebunden hatte, und statt ihrer Leinenschuhe feste, lederne Halbschuhe angezogen. Sie hatte sich sogar ein wenig Proviant mitgenommen, da sie beabsichtigte, einige Stunden unterwegs zu sein. Der Wind blies frisch, doch es war nicht kalt, und Christine reckte ihr Gesicht in die Luft und genoß es, als er ihr das Haar zerzauste.
Bis zum See war es doch noch ein ganzes Stück zu laufen, von ihrem Fenster aus hatte er so nah gewirkt. Doch das war Christine nur recht. Körperliche Bewegung fehlte ihr in der letzten Zeit, und nachdem sie es besonders während ihres Kalifornienaufenthalts gewohnt war, viel an der frischen Luft zu arbeiten, genoß sie die Gelegenheit zu einem ausgiebigen Aufenthalt im Freien.
Der Boden war weich und dunkel, und es wuchs hier eine Sorte Gras, die Christine noch nirgendwo gesehen hatte. Je näher sie dem See kam, desto feuchter wurde es, und sie konnte die Schilfwiesen, die das Ufer säumten, erkennen.
Hufschlag ließ sie aufhorchen. Sie drehte sich um und blickte zurück über die Wiese, die sie soeben überquert hatte.

Weiter hinten auf dem Hügelhang bemerkte sie einen Reiter. Ohne es eigentlich bewußt zu wollen, blieb Christine stehen und blickte ihm hinterher.
Das Pferd war ein Rotfuchs mit vier weißen Fesseln und einer breiten Blesse. Das Gesicht des Reiters konnte Christine auf diese Entfernung nicht erkennen, doch war es ohnehin nicht der Mensch, den Christine bemerkte. Ihr Blick hing an dem Pferd, das nun in raumgreifendem Galopp über das Heidemoor preschte. Seine langen, schlanken Beine bewegten sich mit vollendeter Geschmeidigkeit, der rote Schweif wehte seidig hinter ihm her, und Christine erkannte selbst von ihrem Standort aus die nervige Kopflinie und den langgliedrigen Körper des Vollblüters. Der gleichmäßige Dreiklang des Galopps drang zu ihr herüber, und Christine war gefesselt von der Einheit, die Pferd und Reiter bildeten. Der Reiter stand in den Steigbügeln, den Oberkörper über den Hals des Tieres gebeugt, die Hände im Takt des Pferdekopfes bewegend, und ließ sich vom Rhythmus des Galopps tragen. Sie schienen ein einziges Wesen zu sein, die vollendete Harmonie.
Christine verharrte stumm, beobachtete ihren Weg. Sie konnte sich erinnern, daß sie vorhin genau dort hinten an einem Bach entlanggewandert war. Der Reiter zielte gerade darauf zu, und Christine wartete gespannt, was er tun würde. Doch sie wurde nicht enttäuscht. Noch nicht einmal ansatzweise verringerte der Rotfuchs seine Geschwindigkeit und flog über den Wasserlauf, geschmeidig den unmerklichen Hilfen seines Reiters nachgebend. Christine bemerkte, daß sie die Luft angehalten hatte. Und mochte sie vielleicht zuerst gedacht haben, daß es sich um ein Jagdpferd, einen Hunter, im Training handelte, so war sie sich nun ganz sicher: dies war ein Rennpferd! Diese Geschwindigkeit, dieser

fliegende Sprung. Dies war keines von den kräftigen, athletischen Tieren, die im Rudel mit zwei Dutzend anderen der Meute zu folgen pflegten und dabei ohne viel Federlesens über Hecken, Zäune und Wassergräben sprangen, ohne dabei besonderen Wert auf Eleganz zu legen.

Christine hatte zwar schon etliche Springturniere, doch noch niemals ein Rennen besucht. Sie wußte aber, daß die Pferderennen in Irland eine weitverbreitete Tradition und die Hindernis- oder Jagdrennen die Nummer eins waren.

Christine konnte sich vorstellen, daß der Rotfuchs sicher gute Zeiten lief. Pferd und Reiter waren schon lange hinter dem nächsten Hügel verschwunden, als sich Christine endlich wieder bewegte.

Mit einem tiefen Seufzer wandte sie sich wieder ihrem ursprünglichen Ziel zu. Nun war es nicht mehr weit zum See. Der Pfad schwenkte auf den Uferweg ein, der in einiger Entfernung zum Wasser am See entlangführte. Im Uferbereich wuchsen Schilf, Rohrkolben und Binsen, einzelne Schwarzerlen, Korbweiden unterbrachen die wogende Fläche der Gräser, und gelegentlich ließ eine Trauerweide ihre langen Zweige die glitzernde Wasseroberfläche streifen. Weiter oben, wo es trocken war, wuchs der allgegenwärtige gelbe Stechginster, und Christine entdeckte die wilden Rhododendronbüsche, deren rote Blüten bereits in den prallen Knospen zu ahnen waren. Andere Pflanzen waren ihr unbekannt: weiße, gelbe, rosafarbene Blumen – Christine hätte es nie geglaubt, daß das angeblich uniform grüne Irland, noch dazu sein karger Nordwesten, der sich in Braun und Grün zeigte, eine solche Blütenvielfalt hervorzauberte.

Christine bemühte sich, leise aufzutreten. Sie genoß es, allein inmitten dieser wunderbaren Naturfülle zu sein. Sie lauschte den Vogelstimmen und dem leisen Plätschern der kurzen

Wellen auf dem großen, tiefblauen See und fühlte sich belohnt, als unvermittelt vor ihren Füßen eine braungestromte Wildente ihre gelbbraunen Kleinen ins Wasser führte. Christine blickte der niedlichen Schar hinterher, als sie, in der Bugwelle ihrer Mutter schaukelnd, hinaus in den See paddelten.

Denis hatte Christine nicht bemerkt.

Sylvano war heute ganz besonders temperamentvoll, man merkte ihm an, daß er ganz offensichtlich Frühlingsgefühle hegte. Denis hatte ordentlich damit zu tun, den Rotfuchs im Zaum zu halten. Aus lauter Übermut versuchte er schon mehrfach, seinen Reiter abzuwerfen, doch Denis, der die verspielte Art des Junghengstes kannte, konnte er nicht foppen. Er ließ ihn eine Weile bocken, doch dann nahm er ihn fest in die Zügel und trieb ihn voran. Er wußte, daß ein scharfer Galopp Sylvano am ehesten die Flausen austreiben würde.

Der Rotfuchs sollte in dieser Saison zum ersten Mal starten. Zwar würde er zuerst das weniger anstrengende Galopprennen in Killarney laufen, aber für ein junges Pferd war Killarney eine gute Möglichkeit, Erfahrungen zu sammeln. Rennplatzatmosphäre, viele fremde Pferde und Menschenansammlungen, all das war schließlich etwas, woran sich ein sensibles Tier erst einmal gewöhnen mußte. Denis rechnete sich bei Sylvano gute Gewinnchancen aus. Der Hengst war kräftig und schnell, so daß auch Aussicht bestand, ihn in diesem Jahr noch zum Hindernisrennen in Galway melden zu können. Er hatte ihn in der letzten Zeit schon mehrmals auf der Trainingsbahn in Ballybrit laufen lassen. Und Sylvano hatte gute Leistungen gezeigt. Vielleicht konnte er eines Tages mit dem Roten sogar das Guinness Galway Hurdle Handicap gewinnen.

Allmählich wurde der Hengst ruhiger. Denis parierte ihn vorsichtig durch, und Sylvano reagierte bereitwillig, fiel in einen ausgreifenden Trab und wechselte dann zum Schritt. Denis ließ die Zügel lang, und der Hengst senkte den Kopf und stieß ein zufriedenes Schnauben aus, als er ihm den Hals klopfte. Den Rest des Heimwegs legen sie in zügigem Schritt zurück, damit sich das Pferd abkühlen konnte.
Cuchulainn stand einsam auf der kleinen Hauskoppel, als Denis mit Sylvano zum Hof zurückkehrte. Schon aus der Entfernung meinte Denis die Abneigung zu erkennen, die in den Augen des Pferdes stand: Das Weiße des Augapfels blitzte, die Ohren waren flach angelegt. Als Denis an der Koppel vorbeiritt, warf Cuchulainn den Kopf hoch, schnaubte aggressiv und wich in die hinterste Ecke der Umzäunung zurück.
Der Blick, den Denis dem Dunkelbraunen zuwarf, war regelrecht boshaft. »Blödes Vieh«, knirschte er leise zwischen den Zähnen hervor, und Sylvano machte einen erschreckten Satz nach vorn, als ihn Denis unwillkürlich fester zwischen die Schenkel nahm.
Als Denis Sylvano wieder beruhigt hatte und zu Cuchulainn zurückblickte, sah er den Hengst dastehen und ihm nachstarren. Und er hatte das Gefühl, daß die Haltung des Pferdes so etwas wie höhnischen Triumph ausdrückte.

Christine wußte nicht, wie lange sie gelaufen war, als sie beschloß, sich allmählich wieder auf den Rückweg zu machen. Ein Blick auf die Uhr bewies, daß es inzwischen Nachmittag war, und da der Heimweg noch eine gute Weile in Anspruch nehmen würde, schien es wohl höchste Zeit zu sein. Abgesehen davon, daß sie einige Male ein paar Schlucke aus ihrer Wasserflasche nahm, trug sie die beiden Sandwiches, die sie vorsorglich eingepackt hatte, nach wie vor unangerührt in ihrer Tasche. Obwohl sie immer noch keinen besonderen Hunger verspürte, holte sie nun dennoch eines der Brote heraus, wickelte es aus dem Papier und biß hinein. Sie war vernünftig genug, um zu erkennen, daß sich ihre Appetitlosigkeit mittlerweile zu einem Problem auszuwachsen begann, deshalb nahm sie sich vor, in Zukunft gezielt darauf zu achten, wieder mehr zu essen. Sie hatte in den letzten Wochen schon zuviel an Gewicht verloren, als daß es so weitergehen durfte.

Nicht zuletzt deswegen, weil Alex sich beileibe nicht einbilden sollte, sie trauere ihm hinterher!

Christine hatte sich für ihre Mittagsrast einen der Felsblöcke ausgesucht, die zwischen Weg und Ufer aus dem Boden ragten. Sie waren von der Natur rund geschliffen und mit gelbweißen Flechten überzogen, doch boten sie einen gemütlichen Platz. Christine faltete ihren Regenmantel auseinander und setzte sich darauf.

Während sie so auf ihrem Steinbrocken hockte und an ihrem Sandwich knabberte, hörte sie dumpfen Hufschlag. Es mußten mehrere Pferde sein, die aus der Richtung kamen, aus der auch Christine gekommen war. Sie blickte ihnen gleichmütig entgegen.

Es handelte sich um fünf oder sechs Reiter, alle ritten Hunter, und Christine erriet unschwer, daß sie vom O'Flaherty-Hof kommen mußten.

Die Reiter passierten ihren Platz im leichten Trab, einzelne grüßten freundlich. Ihr Akzent sagte Christine, daß es Franzosen sein mußten.

Als der letzte der Gruppe auf Christines Höhe angekommen war, parierte er seinen Hellbraunen durch.

»Einen guten Appetit wünsche ich«, lachte er ihr zu, und

Christine erkannte ihn als Einheimischen. Offenbar war er der Leiter.
»Danke«, erwiderte sie freundlich.
Der dunkelhaarige Mann mochte etwa in ihrem Alter sein, doch besaß er etwas jungenhaft Freches. Sein Gesicht mit den hellen, blauen Augen strahlte aber so viel Liebenswürdigkeit aus, daß Christine sein Lächeln unwillkürlich erwiderte.
»Kann es sein, daß Sie vielleicht Hilfe benötigen?« fragte Ruaidhri. Er hatte sofort geahnt, um wen es sich bei dieser jungen Frau handeln mußte, und nahm nun die Gelegenheit wahr, sie kennenzulernen.
»Weshalb sollte ich Hilfe benötigen?« fragte Christine erstaunt.
»Nun, es könnte ja immerhin sein, daß Sie sich verlaufen haben.«
»Wie kommen Sie darauf?« fragte Christine amüsiert.
»Weil Sie sich immerhin ganz schön weit von der nächsten menschlichen Behausung entfernt haben«, gab Ruaidhri vergnügt zurück. »Das heißt«, schränkte er ein, »zumindest als Fußgängerin.«
Christine warf einen Blick auf sein Pferd, das ungeduldig auf der Stelle trat und sichtlich zu seinen Gefährten strebte, die in einiger Entfernung angehalten hatten.
»Leider habe ich nicht so ein schönes Pferd wie Sie«, bestätigte sie.
»Was nicht ist, das kann ja noch werden!« Ruaidhri drehte seinen Hellbraunen einmal um sich selbst. »Stimmt's, Alter?« redete er das Pferd an. »Vielleicht sehen wir die Dame ja irgendwann wieder, und dann lassen wir sie gerne mal reiten, nicht wahr?«
Der Hellbraune gab ein prustendes Schnauben von sich,

schüttelte seine Mähne und stampfte mit einem Vorderhuf auf, worauf Christine hell auflachte.

»Er scheint von dieser Aussicht nicht so sehr begeistert zu sein.«

»Oh, das sieht nur so aus«, versicherte Ruaidhri und klopfte dem Tier den Hals. »Er hat normalerweise viel übrig für hübsche junge Damen.«

»So?« Christine mußte innerlich lachen. Diese Eigenschaft teilte das Pferd offenbar mit seinem Herrn. Ihre Meinung tat sie allerdings nicht kund, sondern lächelte Ruaidhri nur freundlich an und wies auf seine wartenden Reitgefährten. »Ich glaube, Sie werden erwartet!«

»Nun, denn, wenn Sie wirklich keine Hilfe brauchen ...« Ruaidhri machte ein bedauerndes Gesicht.

»Im Augenblick leider nicht, tut mir leid«, meinte Christine entschuldigend.

»Guten Weg weiterhin«, wünschte Ruaidhri und lachte Christine an.

»Danke, gleichfalls!« Christine blickte ihm nach, wie er sich seiner Gruppe wieder anschloß und die Reiter danach um die nächste Wegbiegung verschwanden. Sie wartete noch, bis das Geräusch der Hufe nicht mehr zu hören war, dann sprang sie von ihrem Felsblock hinunter. Sie verstaute die Reste ihrer Mahlzeit in der Tasche, band sich den Regenmantel wieder um ihre Mitte und machte sich dann in aller Ruhe auf den Heimweg.

Am darauffolgenden Morgen hatten sich die Wolken am Himmel wieder ein wenig verzogen. Es war zwar noch nicht richtig sonnig, aber man konnte davon ausgehen, daß die Sonne spätestens bis zum Nachmittag durchbrechen würde. Georg hatte an diesem Tag einen Termin in Galway, er fragte

Christine, ob sie vielleicht Lust hätte, mitzufahren, um sich die Stadt anzusehen.

»Ich glaube, ich komme lieber ein anderes Mal mit, wenn du mehr Zeit hast.« Christine lächelte ihren Vater an. »Ich könnte mir vorstellen, daß ich von so einer Stadtbesichtigung mehr habe, wenn jemand dabei ist, der sich dort ein wenig auskennt und mir das eine oder andere dazu sagen kann, nicht wahr?«

Georg war freudig überrascht. Er hätte es nicht zu hoffen gewagt, daß Christine auf seine Gesellschaft in irgendeiner Weise Wert legen könnte.

»Nun ja, wenn du meinst ...«, begann er deshalb ein wenig unsicher, doch Christine unterbrach ihn.

»Oder hast du zu so etwas keine Lust?« fragte sie besorgt. Sie konnte sich noch gut daran erinnern, daß ihr Vater schon früher anstrengenden und mit Aufwand und vielen Menschen verbundenen Unternehmungen in der Regel aus dem Weg gegangen war.

»Doch, doch, natürlich, gerne«, antwortete Georg schnell und erwiderte Christines Lächeln. »Wenn du willst, dann machen wir selbstverständlich einmal einen ausgiebigen Ausflug nach Galway.« Er überlegte einen Moment. »Wenn ich es mir recht überlege, dann könnten wir doch auch einmal für ein, zwei Tage nach Dublin fahren, oder was meinst du?«

»Warum nicht? Wenn du Zeit hast ...?«

»Ich werde doch wohl Zeit für meine Tochter haben«, lächelte Georg, »wenn sie mich schon mal besucht.«

Für einen Augenblick waren sie beide ein wenig verlegen. Dann sammelte sich Christine.

»Ich gehe heute vielleicht mal hinunter ins Dorf. Da gibt es doch sicher einen Laden oder so was?«

»Doch, natürlich«, bestätigte Georg. »Solange man nicht etwas ganz Ausgefallenes sucht, bekommt man dort alles, was man für das tägliche Leben braucht.«

»Ich wollte nur ein paar Kleinigkeiten einkaufen«, sagte Christine, »und mir gleichzeitig mal den Ort ein wenig ansehen.«

»Soll ich dich bis ins Dorf mitnehmen?«

»Danke, ich laufe gerne«, lächelte Christine.

»Wie du meinst«, sagte Georg und zog seine Jacke an. Die Bilder, die er mitzunehmen beabsichtigte, hatte er bereits ins Auto geladen. Er wollte schon einsteigen, doch dann besann er sich und ging noch einmal zurück ins Haus. Mit einem kleinen Schlüsselmäppchen kam er wieder zurück.

»Hier«, sagte er zu Christine und drückte es ihr in die Hand. »Für die Haustür. Es ist besser, wenn du einen eigenen Schlüssel hast, dann bist du nicht von mir abhängig.«

»Du hast recht, danke.« Christine steckte den Schlüssel ein.

»Also bis später«, grüßte Georg und stieg in seinen Wagen.

»Bis später«, lächelte Christine.

Als Georg davongefahren war, machte sich Christine daran, das Frühstücksgeschirr abzuspülen und die Wohnküche in Ordnung zu bringen. Georg hätte es niemals von ihr verlangt, doch fühlte sie sich im Grunde ein wenig dazu verpflichtet, zumal sie hier schon bei ihm kostenlos wohnte und aß. Christine war kein Mensch, der auf eine Umgebung, in der man vom Fußboden essen konnte, noch auf übertriebene Ordnung Wert legte. Auch Georg achtete ganz offensichtlich nicht allzusehr auf solche Äußerlichkeiten. Trotzdem würde sich Christine vorkommen, als nutze sie ihren Vater aus, wenn sie ihm während ihres Besuches nicht ebenfalls den einen oder anderen Vorteil aus ihrer Anwesenheit verschaffte – und sei es nur dieser, daß sie sich an der Hausarbeit beteiligte und ihm dadurch ein wenig Arbeit abnahm.

Nachdem sie mit allem fertig war, zog sie ihre Jacke an, nahm das Schlüsselmäppchen an sich und verließ das Haus. Sie hatte noch gut im Gedächtnis, wie sie laufen mußte, um ins Dorf zu gelangen, deshalb schritt sie munter die Straße entlang. Weit und breit war kein Auto zu sehen, es schien also noch nicht einmal nötig, sich am Straßenrand zu halten. Sie passierte den O'Flaherty-Hof und sah von weitem, wie sich gerade eine Gruppe von Reitern für den Ausritt fertigmachte. Die große Koppel längs der Straße war leer – offenbar waren gerade alle Pferde unterwegs. Weiter hinten auf einem Sandplatz wurde Reitunterricht gegeben. Christine sah einen älteren Mann, der in der Mitte des Vierecks stand und einem halben Dutzend Anfänger, die um ihn herum auf dem Hufschlag trabten, Anweisungen erteilte. Sie mußte lächeln, als sie sich an ihre ersten Reitstunden erinnerte. Titus war der Name ihres Pferdes gewesen, das wußte sie noch. Heute wunderte sie sich oft, mit welcher Geduld Reitschulpferde die Ungeschicklichkeiten von Anfängern hinzunehmen pflegten. Auch sie selbst hatte damals lange Zeit überhaupt nicht gewußt, wohin mit Armen und Beinen. Einige der Reiter drüben auf dem Sandplatz hingen mehr auf ihren Pferden, als sie ritten, doch ihre Tiere trotteten gleichmütig im Kreis, ohne sich dadurch beeindrucken zu lassen.
Christine wußte allerdings nur zu gut, daß es für einen Reitschüler kaum etwas Schlimmeres gab, als wenn er sich beobachtet fühlte, deshalb wandte sie sich ab und setzte ihren Weg fort.

Sie erreichte das Dorf und fand auch ziemlich rasch den Laden, von dem Georg gesprochen hatte. Zu ihrer Überraschung war er noch gar nicht einmal so klein, fast schon ein kleiner Supermarkt, und zu dieser Vormittagsstunde gut be-

sucht. Christine durchstreifte das Geschäft und suchte sich ein paar Sachen zusammen, die sie benötigte, dann blieb sie vor einem Ständer mit Ansichtskarten stehen.
Eigentlich sollte sie vielleicht die eine oder andere Karte schreiben.
Doch wem? Alex fiel ihr automatisch ein, doch diese Adresse strich sie energisch. Er war der letzte, dem sie schreiben würde.
Ihre Freunde? Nur wenige besaßen überhaupt Kenntnis, daß sie weg war. Von ihrer Reise nach Irland wußte nur eine einzige ihrer Bekannten, doch auch sie eigentlich nur durch Zufall. Christine hatte in letzter Zeit nicht viel Kontakt zu anderen Menschen gehabt, deshalb erschien es ihr unehrlich und oberflächlich, jetzt irgendwelche nichtssagenden Ansichtskarten zu verschicken.
Schließlich kaufte sie eine Karte für Renate, ihr war sie einen Gruß irgendwie schuldig, fand sie.
Das junge Mädchen an der Kasse gab auch gleich noch die passende Briefmarke dazu, und ihr neugieriger Blick bewies Christine, daß offenbar der ganze Ort über ihre Ankunft informiert war.
Nach dem Einkauf schlenderte Christine die Dorfstraße hinunter. Die hübschen, bunten Häuschen gefielen ihr, und sie mußte lächeln, als sie auf Anhieb vier verschiedene Pubs zählte. Vier Kneipen, verteilt auf eine Straßenlänge von kaum mehr als hundertfünfzig Meter, das kannte sie in Deutschland nur aus der Düsseldorfer Altstadt!
Christine wanderte die Straße auf der einen Seite hinunter, drehte am Ortsende um und kam die Strecke auf der gegenüberliegenden Straßenseite wieder herauf. Sie blieb einige Zeit vor der hübschen kleinen Kirche stehen – sie kannte sich in Architektur nicht besonders aus, doch sah selbst sie als

Laie, daß die Kirche schon sehr alt sein mußte –, und es dauerte nicht lange, bis sie das gesamte Dorf durchmessen hatte. Sie beschloß, noch eine Zeitung zu kaufen und sich dann wieder auf den Heimweg zu machen. Vielleicht würde ja bis zum Nachmittag das Wetter so weit aufklaren, daß sie sich eine gemütliche Stunde mit ihrer Zeitung im Freien machen konnte. Sie hatte an der Südwand von Georgs Haus eine Bank entdeckt, die auch Georg offenbar gerne benutzte.

Christine kaufte eine *Irish Times*, es interessierte sie zu erfahren, wie man in Irland über das aktuelle Weltgeschehen dachte.

Sie sah keinen Grund zur Eile, und so wanderte sie gemächlichen Schrittes heimwärts. Gerade als sie sich auf der Höhe des O'Flaherty-Hofes befand, brach die Wolkendecke auf, und die Sonne kam durch. Auf einmal wurde es ziemlich warm, und Christine öffnete ihre Jacke.

Huftritte neben ihrem Ohr ließen sie zur Seite blicken.

Sie bemerkte eine kleine Gruppe Pferde auf der vormals leeren Weide. Sie schienen erst vor kurzem vom Ausritt zurückgekommen zu sein, der frische Schmutz an ihren Flanken zeugte von übermütigem Wälzen im Gras. Die Pferde musterten Christine neugierig, zwei oder drei kamen heran, und Christine ahnte, daß sie daran gewöhnt waren, von Vorbeikommenden gestreichelt und womöglich mit Leckereien versorgt zu werden.

Ihr Blick blieb an einem hellbraunen Wallach hängen, und ihr Gesicht überzog sich mit einem warmen Lächeln.

»Ich glaube fast, wir kennen uns bereits!«

Das Pferd witterte sogleich einen mildtätigen Spender, trat heran und streckte den Kopf über die Mauer. Christine ließ es an ihren Händen schnuppern und legte dann ihre flache Hand an den Hals des Tieres.

»Aber bei unserem ersten Treffen warst du ziemlich unhöflich, meinst du nicht?«
Der Hellbraune pustete sie an und ließ sich von Christine seinen Hals streicheln. Sein Fell war glatt und warm, Christine genoß den vertrauten Pferdegeruch und lachte leise auf, als der Wallach ihr mit dem Maul ins Gesicht zu stupsen versuchte. Schnell fand sie heraus, daß er auch nichts dagegen einzuwenden hatte, als sie vorsichtig seine Mähne kraulte, und schloß daraus, daß es sich in der Tat um ein gutmütiges Tier handeln mußte. Daß der Hellbraune auch Sinn für Humor hatte, zeigte sich, als er plötzlich den Hals lang machte und nach der Zeitung angelte, die Christine unter den Arm geklemmt hatte.
»Halt!« lachte Christine und zog die Zeitung zwischen den Zähnen des Pferdes hervor. »Die habe ich noch nicht gelesen!«
Der Hellbraune schnaubte und schüttelte übermütig den Kopf.
»Aber wenn du willst, kannst du sie als nächster lesen«, bot ihm Christine an und klopfte ihm freundlich den Hals. »Wie heißt du eigentlich, mein Schöner?« fragte sie dabei. »Wir sollten uns wohl einmal vorstellen, nicht wahr? Ich bin Christine, und wer bist du?«
»Er heißt Bogy«, sagte auf einmal eine belustigte Stimme hinter ihr.
Christine fuhr erschrocken herum. Sie war so mit dem Pferd beschäftigt gewesen, daß sie Ruaidhris Nahen überhaupt nicht bemerkt hatte.
»Es tut mir leid, ich wollte Sie nicht erschrecken«, beschwichtigte Ruaidhri und hob entschuldigend die Hände. »Ich dachte, Sie hätten mich kommen gehört.«
»Zumindest hätte ich mir denken können, daß Sie hier ir-

gendwo in der Nähe sein müssen!« Es war Christine ein wenig peinlich, daß er sie überrascht hatte, deshalb fiel ihre Antwort spitzer aus, als sie es eigentlich beabsichtigte. Ruaidhri nahm es gleichmütig hin und lachte.
»Jedenfalls freue ich mich, daß Sie uns doch einmal besuchen kommen.«
»Wer sagt, daß ich Sie besuchen komme?« erwiderte Christine, die inzwischen ihre Fassung wiedergefunden hatte.
»Nun, immerhin stehen Sie hier vor unserer Tür und unterhalten sich mit Bogy.« Ruaidhri warf einen Blick auf die Zeitung, die deutliche Spuren von Pferdezähnen trug, und grinste. »Ich fürchte jedoch, daß Lesen zu den wenigen Dingen gehört, die ich nicht geschafft habe, ihm beizubringen.«
Christine mußte lachen.
»Ich bin überzeugt, es gibt genug anderes, was Sie ihm beigebracht haben, stimmt's?«
»Stimmt. Er heißt schließlich nicht umsonst Bogy, Kobold.« Er grinste Christine an und lehnte sich in aller Seelenruhe neben sie an die Mauer. »Ich gehe sicher recht in der Annahme, daß Sie Georges Tochter sind, nicht wahr?«
»Und ich gehe sicher recht in der Annahme, daß Sie auch meinen Namen kennen, nicht wahr?« gab Christine trocken zurück.
»Spätestens seitdem Sie sich Bogy vorgestellt haben. Darf ich mich Ihrer Einführung anschließen? Ruaidhri O'Flaherty ist mein Name, wenn's beliebt.«
»O'Flaherty?« fragte Christine. »Dann sind Sie einer der Besitzer des Hofes, oder?«
»Sozusagen«, bestätigte Ruaidhri. »Meinem Vater gehört er offiziell, aber wir arbeiten alle mit.«
»Ja, mein Vater sagte es mir. Er sagte mir auch, daß Sie Pferde vermieten.«

»Wir vermieten Pferde mit und ohne Begleitung, wir geben Reitunterricht, und wir organisieren auch mehrtägige Wanderritte«, nickte Ruaidhri. »Das einzige, was wir bis jetzt nicht haben, sind Zigeunerwagen. Wir hatten schon einmal überlegt, welche anzuschaffen, aber langfristig lohnt sich so etwas nicht sehr.«

»Sie reden wie ein Vertreter.«

»Öffentlichkeitsarbeit, sonst nichts! Werbung entscheidet alles: ›Pferdefreunde aus aller Welt – kommt zu den O'Flahertys, hier kostet's nur wenig Geld!‹«

»Das Dichten müssen Sie allerdings noch ein wenig üben«, urteilte Christine.

»Soll das heißen, Ihnen gefällt mein Spruch nicht?« tat Ruaidhri empört. »Wir Iren sind die besten Dichter der Welt!«

»Davon bin ich überzeugt«, stellte Christine fest.

»Wollen Sie denn nicht mal bei uns reiten?« fragte Ruaidhri und betrachtete sie ungeniert von oben bis unten. »Ich wüßte genau das richtige Pferd für Sie.«

»So?« meinte Christine amüsiert. »Und was für eins betrachten Sie als für mich geeignet?«

»Oh, da haben wir ein oder zwei hübsche kleine Stuten ...« Ruaidhri entgingen Christines boshaft funkelnde Augen. »Die sind genau richtig für eine Dame – weich im Gang und völlig brav.«

»Das ist wichtig«, nickte Christine ernsthaft.

»Nicht wahr?« bestätigte Ruaidhri lebhaft. »Also, wie ist es?«

»Ich weiß nicht«, meinte Christine gespielt einfältig, »braucht man dafür nicht ein paar Sachen? Ich meine, Reitstiefel, eine Kappe und so?«

»Kein Problem. Meine Schwester hat einen ganzen Schrank

voll Zeug für Gäste, die keine Reitkleidung dabei haben. Da werden wir schon etwas für Sie finden.«
»Nun ...«, begann Christine, doch Ruaidhri ließ sie nicht ausreden.
»Versuchen Sie's doch einfach mal«, drängte er. »Sie werden sehen, daß es Ihnen einen Riesenspaß macht! Und erzählen Sie mir nicht, daß Sie Angst vor Pferden haben! Das glauben wir Ihnen nämlich nicht, stimmt's, Bogy?«
Christine mußte lächeln angesichts seiner zur Schau gestellten Hartnäckigkeit.
»Fangen Sie eigentlich alle Ihre Kunden auf diese Weise auf der Straße ein?«
»Aber nein«, versicherte Ruaidhri. »Nur Sie!« Er lachte, und Christine stimmte in sein Lachen ein.
»Wissen Sie was«, meinte Ruaidhri dann, als wäre es ihm gerade in diesem Moment erst eingefallen, »ich lade Sie einfach zu einer kleinen Hofbesichtigung ein, was meinen Sie?« Er sah, daß Christine ablehnen wollte, und hob eifrig die Hände. »Ohne einen Gedanken an Werbung, ich verspreche es Ihnen!«
Christine lachte.
»Selbstverständlich. Auf diese Idee wäre ich sowieso nicht gekommen.«
»Also, dann kommen Sie am besten gleich mit, okay?« Er sah sie auffordernd an.
»Jetzt?« fragte Christine gedehnt.
»Ja, klar, warum nicht?«
Sie zögerte. Wollte sie das denn tatsächlich? Sie mußte zugeben, daß sie der Gedanke anzog, aber andererseits ...
Dann sah sie Ruaidhris offenes Lächeln und gab sich einen Ruck.
Warum eigentlich nicht, sie hatte doch ohnehin schon über-

legt, ob sie sich nicht doch irgendwann hier ein Pferd mieten sollte.

»Also gut«, lächelte sie.

»Wunderbar«, strahlte Ruaidhri. »Dann los!«

Christine wußte sehr genau, wie unnachahmlich geschickt er es angestellt hatte, sie zu überreden, doch sie nahm es mit Humor, zuckte die Achseln und folgte ihm in Richtung Einfahrt.

Jetzt aus der Nähe erkannte Christine erst so richtig, wie groß das Anwesen war. Haupthaus, Stallungen, eine Scheune, sogar eine kleine Reithalle gehörten dazu, zudem zwei Sandplätze. Auf einem war eine Reihe von Hindernissen aufgebaut.

»Ich sehe, Sie sind mit allem ausgestattet«, bemerkte Christine und deutete auf den in der Einfahrt geparkten Pferdetransporter. Dahinter sah sie auch noch einen Hänger stehen.

»Natürlich. Wir sind mittlerweile so groß geworden, daß bei uns mit Improvisieren nicht mehr viel drin ist.«

Christine schaute zu den Fensterreihen des Wohnhauses hinauf.

»Sie haben auch Logiergäste?«

Ruaidhri folgte ihrem Blick.

»Ja, seit einigen Jahren stehen wir sogar im Pensionsführer.« Er grinste. »Zugegeben, mit nicht allzu vielen Sternen, aber bisher waren alle unsere Gäste zufrieden.«

»Ich denke mir, wer hier wohnt, kommt wegen des Reitens und nicht wegen einer feudalen Unterkunft.«

»Das ist richtig.« Ruaidhri lachte. »Ich muß gestehen, ich kümmere mich nicht viel um den Pensionsbetrieb, das macht alles meine Mutter.«

»Sie sind ein richtiger Familienbetrieb, nicht wahr?«
»Stimmt«, sagte Ruaidhri. »Meine Eltern, meine Brüder, meine Schwester und ich. Jeder hat seine Aufgabe, und alle arbeiten zusammen.«
»Und worin besteht Ihre Aufgabe? In der Kundenwerbung, nicht wahr?«
»Auch«, grinste Ruaidhri. Dann wurde er ernst. »Aber hauptsächlich kümmere ich mich um die Pferde und veranstalte Reitausflüge, kleine Turniere oder sonst irgendwelche Veranstaltungen für die Kunden, genauso wie meine Geschwister.«
»Und Ihr Vater leitet das Ganze, oder?«
»Er gibt auch die meisten Reitstunden«, sagte Ruaidhri. »Obwohl«, er lächelte Christine an, »Ihre Reitstunden würde ich natürlich selbst übernehmen.«
»Natürlich«, nickte Christine. Sie wußte genau, daß sie den frechen jungen Mann eigentlich in die Schranken weisen mußte, doch tatsächlich amüsierte sie sich köstlich. Soviel Unverfrorenheit war ihr schon lange nicht mehr begegnet. Doch sie spielte das Spiel mit und staunte selbst, wieviel boshaften Spaß sie dabei empfand. Auch Ruaidhri war zufrieden mit sich. Er hatte geschafft, was er sich vorgenommen hatte, er hatte Christine vor allen anderen kennengelernt, und, mehr noch, sie schien fast bereit, sich in seine Obhut zu begeben. Wer weiß, vielleicht ergab sich ja auch die Gelegenheit für einen kleinen Flirt ...
Sie ist zwar ein bißchen klein geraten, dachte Ruaidhri bei sich, aber sonst sieht sie gar nicht übel aus!
Auf jeden Fall sollte er am Ball bleiben.
Während er zeigte und erklärte, benahm sich Christine zurückhaltend. Sie blickte sich um und hörte zu, was Ruaidhri sagte, doch ihre eigentlichen Eindrücke nahm sie ganz allein

auf. Die Reitpferde auf der Weide. Die Außenboxen, aus denen einige Pferdeköpfe herausschauten. Ein ganz offensichtlich skandinavisches Ehepaar, das vor dem Stall gerade in den Sattel stieg, wobei ihnen ein junges Mädchen in Reithosen mit einer Landkarte in der Hand Ratschläge erteilte. Daneben ein ungesatteltes, weißes Connemarapony, an einen Wandring gebunden und geduldig wartend.
Auf einer kleinen Koppel, die man von der Straße aus nicht hatte sehen können, stand ein einzelnes großes dunkelbraunes Pferd. Christine vermochte es aus der Entfernung nicht genau zu erkennen, doch seine Haltung wirkte ein wenig sonderbar.
Sie beschloß, Ruaidhri nach dem Pferd zu fragen, und drehte sich zu ihm um. Doch bevor sie den Mund aufmachen konnte, sah sie das junge Mädchen, das ihre Skandinavier endlich glücklich auf den Weg geschickt hatte, zu ihnen herüberkommen.
Ruaidhri hatte sie auch gesehen und unterbrach sich mitten im Satz.
»Hier kommt übrigens meine Schwester Fiona.«
Fiona trat zu ihnen heran.
»Laß mich raten«, sagte sie ganz ungezwungen zu Christine, »du bist die Tochter von George, nicht wahr?«
»Ich glaube, es hat hier sowieso keinen Sinn, es abzustreiten«, meinte Christine mit fröhlichem Lächeln.
»Nein, du hast recht. Hier bleibt niemand unerkannt, am wenigsten besonders interessante Nachbarn.« Fiona warf Ruaidhri einen durchdringenden Blick zu, den er gleichmütig hinnahm. »Und wie ich sehe, hat dich mein Bruder bereits mit Beschlag belegt.«
»Er war so freundlich, mir euren Hof zu zeigen«, nickte Christine.

»Ich nehme an, er hat dich auch schon überredet, bei uns zu reiten, richtig?« grinste Fiona.
»Was heißt hier überredet«, warf Ruaidhri ein.
»Er bot an, mir ein wenig Reitstunden zu geben«, bestätigte Christine.
Fiona nickte ernsthaft und betrachtete ihren Bruder, ohne dabei eine Miene zu verziehen.
»Oh, ja, Reitanfänger sind bei ihm in den besten Händen. Nicht wahr, Ruaidhri?«
Ruaidhri musterte sie argwöhnisch. Sie sollte es nur wagen, ihn vor Christine bloßzustellen!
Doch Fiona hielt ihren Mund und grinste ihn nur vielsagend an.
Ruaidhri wurde das Gespräch allmählich zu gefährlich, deshalb wechselte er rasch das Thema.
»Bist du nicht als nächste mit einer Reitgruppe dran?« fragte er Fiona hoffnungsvoll, die keine Anstalten machte, sich wieder zu entfernen, sondern mit hinter dem Rücken verschränkten Händen dastand, auf den Fersen wippte und ihn angrinste. Christine mußte heimlich lachen, als sie Ruaidhris Bemühungen, seine Schwester loszuwerden, ebenso wie Fionas offensichtliche Absicht, ihm diesen Gefallen nicht zu tun, beobachtete.
»Nein«, sagte Fiona seelenruhig. »Du bist als nächster dran. Ich war heute morgen schon unterwegs, und im Moment ist James mit einer Gruppe draußen.« Sie blickte auf die Uhr. »Und weil du gerade davon sprichst – du hast noch genau zwanzig Minuten Zeit, um für sechs Personen Pferde einzufangen und für den Ausritt vorzubereiten.«
Ruaidhri blickte sie finster an.
Christine ließ sich nicht anmerken, wie sehr sie sich amüsierte, sondern wandte sich an Ruaidhri.

»Ich muß jetzt sowieso gehen«, meinte sie besänftigend und wies auf die Tüte, die sie bei sich trug. »Ich will doch nicht den ganzen Tag meine Einkäufe in der Gegend herumtragen.«

»Sie versprechen mir aber, daß Sie morgen früh kommen, okay?« verlange Ruaidhri.

»Morgen schon?« Christine reagierte zurückhaltend. Irgendwie fühlte sie sich doch ein wenig überrumpelt.

»Klar«, nickte Ruaidhri. »Je früher wir anfangen, desto eher lernen Sie reiten.«

»Das leuchtet mir ein«, stimmte Christine zu. »Also gut, wenn Sie meinen, dann schaue ich morgen mal vorbei.«

»Versprochen?« wiederholte Ruaidhri.

»Versprochen.« Christine verabschiedete sich von Fiona, die ihr grinsend zuwinkerte, winkte Ruaidhri grüßend zu und wandte sich zum Gehen. Den Dunkelbraunen hatte sie vergessen.

3. Kapitel

Obwohl Christine zugestimmt hatte, das Reiten tatsächlich zu versuchen, war Ruaidhri doch ein wenig überrascht, als sie am darauffolgenden Morgen die Einfahrt heraufkam.

Christine sah es ihm an, und ihr Gesicht verzog sich zu einem Lächeln, während sie auf ihn zuging.

»Jetzt sagen Sie bloß nicht, daß Sie vergessen haben, was Sie mir gestern anboten«, sagte sie vorwurfsvoll.

»Oh, nein, nein«, meinte Ruaidhri schnell und erwiderte ihr Lächeln. »Ich muß nur zugeben, daß ich kaum zu hoffen wagte, daß Sie wirklich kommen würden.«

»Sie haben aber keine besonders gute Meinung von weiblicher Ehrlichkeit. Immerhin war es ja abgemacht, oder?«
Ruaidhri lachte und hob freimütig die Hände. »Sie haben recht, ich gebe es zu!«
»Also dann, wo ist mein Pferd?« grinste Christine.
»Sofort bereit!« Ruaidhri musterte sie prüfend. »Aber zuerst wollen wir mal sehen, ob wir für Sie nicht ein paar Reithosen und Stiefel finden.«
»Kann ich denn nicht so reiten?« fragte Christine harmlos und sah an ihren Jeans hinunter.
»Auf keinen Fall«, sagte Ruaidhri entschieden. »Die Nähte der Jeans würden Ihre ... ehem, nun, Sie würden sich im Handumdrehen wundreiten.«
»Wie Sie meinen«, sagte Christine nachgiebig.
»Kommen Sie, wir sehen mal nach, was wir für Sie haben.« Ruaidhri führte Christine in einen Nebenraum des Stallgebäudes und öffnete einen der Schränke. »Ich kenne mich mit den Größen bei Frauen nicht aus. Am besten suchen Sie sich selbst aus, was Ihnen paßt.«
Christine kramte unter den Sachen und zog eine Reithose hervor, die möglicherweise passen konnte.
»Ich probiere sie einfach mal an.« Sie öffnete ganz selbstverständlich ihre Jeans.
»Äh, ja ...« sagte Ruaidhri und wich unauffällig zurück. »Da hinten stehen auch Stiefel«, fügte er noch hinzu, während er bereits an der Tür war. »Ich warte draußen.«
Christine grinste in sich hinein, während sie in die Reithose schlüpfte. Sie paßte gut, und sie suchte sich auch noch ein Paar Stiefel heraus. Ihre eigenen Sachen legte sie ordentlich aufeinander, bevor sie wieder heraustrat.
Ruaidhri betrachtete sie anerkennend.
»Schick sehen Sie aus. Wie eine echte Reiterin.«

Christine begann, sich allmählich doch ein wenig darüber zu ärgern, mit welcher Selbstverständlichkeit er sie wie ein der Ermunterung bedürftiges Kind behandelte. Sie fragte sich, ob es hierzulande üblich war, Frauen in dieser Weise zu betrachten, oder ob es lediglich Ruaidhris Art sei. Doch sie sagte nichts, lächelte ihn nur unbefangen an und freute sich schon diebisch auf das Kommende.

»Jetzt holen wir mal Ihr Pferd«, meinte Ruaidhri nun.

Sie gingen hinüber zu einer der Koppeln, und Ruaidhri öffnete das Gatter. Er ließ einen schnellen Blick über die kleine Schar gleiten und ging dann auf eines der Connemaraponys zu.

»Ich denke, wir fangen für heute mal mit diesem hier an.« Er ergriff es beim Halfter. Christine registrierte, wie leicht sich die Stute hatte fangen lassen. Sie war eindeutig reifen Alters, ihr Senkrücken und der gemächliche Schlenderschritt, in dem sie hinter Ruaidhri hertrottete, ließen Christine heimlich die Nase rümpfen.

»Ich möchte aber lieber das da«, sagte sie freundlich und wies auf einen hübschen Rotschimmel mit keckem Gesicht.

Ruaidhri blickte sich nach dem Pferd um.

»Oh, den möchte ich Ihnen lieber nicht empfehlen.« Er lächelte nachsichtig. »Der ist nichts für Anfänger.«

»Das glaube ich Ihnen nicht«, sagte Christine gleichmütig.

»Was haben Sie denn gegen Cailin?« fragte Ruaidhri und klopfte der Stute den Hals. »Sie ist ein nettes Mädchen, nicht wahr, Cailin?«

»Das andere Pferd hat aber eine schönere Farbe«, sagte Christine unschuldig.

Ruaidhri starrte sie einen Moment verblüfft an, dann räusperte er sich.

»Eine schönere Farbe! Eh, nun gut.« Innerlich schüttelte er

den Kopf. Hatte man so was schon gehört? Die Idee, ein Pferd nach der Farbe auszusuchen, konnte ja nur von einer Frau kommen! Aber gut, wenn sie unbedingt wollte, dann sollte sie ihren Willen haben. Sie würde schon sehen, was dabei herauskam.

Er zuckte die Achseln und schickte Cailin mit einem kleinen Klaps fort. Dann ging er auf den Rotschimmel zu. Christine beobachtete voll Vergnügen, daß er sich diesem Tier schon weitaus vorsichtiger näherte. Offenbar war es bekannt dafür, daß es beim Einfangen mehr Schwierigkeiten machte als die träge kleine Stute.

Und richtig, der Rotschimmel ahnte, daß man ihn zum Arbeiten holen wollte, wieherte kurz auf und machte einen Satz zur Seite, gerade als Ruaidhri nach seinem Halfter fassen wollte.

Christines Gesicht blieb unbewegt, während sie amüsiert beobachtete, wie das Pony Ruaidhri erwartungsvoll ansah, sich neuen Spaß bei der nächsten Runde erhoffend. Ruaidhri holte tief Luft, dann versuchte er es zum zweiten Mal, wieder ohne Erfolg.

Eigentlich hatte Christine nicht eingreifen wollen, aber dann tat ihr Ruaidhri doch leid. Sie griff in ihre Jackentasche und holte ein Zuckerstück hervor.

»Vielleicht sollte man ihn bestechen«, schlug sie vor.

Ruaidhri warf einen Blick auf das Zuckerstück, dann seufzte er und nickte. »Das wird wohl das beste sein. Es sei denn«, er grinste Christine an, »Sie überlegen es sich doch noch einmal anders und nehmen Cailin.«

»Nein, ich will den hier«, sagte Christine und streckte dem Rotschimmel ihre Hand mit dem Zucker entgegen.

Das Pony, das sichtlich sein Vergnügen an der Sache gehabt hatte, wurde neugierig und kam heran. Es nahm den Zucker, und während es ihn genüßlich malmte, ließ es sich von Ruaidhri greifen.

»Er wollte es einfach nur nicht umsonst machen«, stellte Christine fest.

»Der hat schon viel zuviel von den Menschen gelernt«, bestätigte Ruaidhri trocken.

»Wie heißt er eigentlich?« Christine streichelte den Kopf des Rotschimmels.

»Bandit«, sagte Ruaidhri, »und Sie werden schon noch merken, wieso.«

Er zog ihn nun durchs Gatter und führte ihn in den Hof, wo er ihn an einem der Ringe festband. Dort kratzte er ihm die Hufe aus und legte ihm einen Sattel auf, beides nicht ganz ohne Schwierigkeiten, denn Bandit war kitzlig und außerdem sichtlich zu Schabernack aufgelegt. Christine sah geruhsam zu, wie Ruaidhri endlich den Gurt anzog und dann ging, um eine Trense zu holen. Sie stand am Kopf des Tieres und unterhielt sich leise mit ihm. Bandit sah sie mit klugen Augen an, und Christine mußte unwillkürlich lächeln, als sie sein aufmerksames Gesicht und die gespitzten Ohren betrachtete. Es schien fast so, als versuchte er zu verstehen, was sie sagte.

»Warten Sie«, sagte Ruaidhri, als er das Pferd fertig aufgezäumt hatte. Er ging in die Kammer, wo Christine ihre Sachen gelassen hatte, und kam mit einer Reitkappe zurück. »Auf Bandit sollten Sie nicht ohne so ein Ding steigen.«

Christine kam bereitwillig seinem Wunsch nach und setzte die Kappe auf.

Ruaidhri band Bandit nun los und führte ihn hinüber auf den Reitplatz. Dort zog er den Gurt noch einmal nach und wandte sich dann mit einem auffordernden Lächeln an Christine.

»Darf ich bitten?« Er wies galant auf den Rotschimmel.

Christine trat heran und ergriff die Zügel.
»Schaffen Sie's alleine rauf, oder soll ich Ihnen helfen?« fragte Ruaidhri.
»Danke, ich schaffe es schon«, lächelte Christine, setzte ihren Fuß in den Steigbügel und schwang sich ganz leicht hinauf. Sie setzte sich zurecht, stellte Bandit kurz an den Zügel, er reagierte gehorsam. Er wölbte den Hals, kaute am Gebiß und trat an, als ihn Christine unmerklich vorantrieb. Sie lenkte ihn auf den Hufschlag und sah aus den Augenwinkeln, wie Ruaidhri ganz erstarrt dastand und ihr nachsah.
Ruaidhri hatte im selben Augenblick, als sich Christine in den Sattel schwang, gemerkt, daß er hereingelegt worden war. Ihr Sitz, ihre Haltung und mehr noch das Verhalten des Tieres bewiesen ihm auf Anhieb, daß Christine alles andere als eine Anfängerin war.
Im ersten Moment empfand er Ärger. Was dachte sie sich eigentlich dabei, ihn zum Narren zu halten! Er gab sich alle erdenkliche Mühe, ihr einen Gefallen zu erweisen, und sie machte sich bloß über ihn lustig!
Doch dann überwog sein Humor. Er mußte fairerweise anerkennen, daß das ein Spaß war, den er sich an ihrer Stelle sicher auch nicht hätte entgehen lassen. Teufel noch mal, er mußte unwillkürlich grinsen. Das war wirklich schon ein Ding!
Christine, die Bandit einige Runden hatte traben lassen, bog nun vom Hufschlag ab und parierte vor Ruaidhri durch.
»Aha, Sie suchen sich also Ihre Pferde immer nach der Farbe aus«, nickte Ruaidhri nachdenklich.
Christine lachte. »Sind Sie mir böse?«
Ruaidhri grinste. »Unsinn! Aber ich muß zugeben, daß ich schon lange nicht mehr so hinters Licht geführt worden bin wie jetzt von Ihnen!«

»Sie müssen entschuldigen«, bat Christine, »aber ich konnte einfach nicht anders! Sie sind so ohne jede Nachfrage ganz selbstverständlich davon ausgegangen, daß ich nichts vom Reiten verstehe. Das verführte doch geradezu dazu, Sie in diesem Glauben zu lassen.«
»Das kann ich verstehen. Und ich bin selbst schuld, wenn ich Ihnen so eine prachtvolle Gelegenheit dafür verschaffe!«
»Ich bin froh, daß Sie es mir nicht übelnehmen«, sagte Christine, und es war ihr ernst damit. Es hätte ihr leid getan, wenn sie sich durch ihren Streich Ruaidhris Sympathien verscherzt hätte.
Sie sprang nun aus dem Sattel und wollte ihm Bandits Zügel in die Hand drücken. »Warum wollen Sie denn schon aufhören?« fragte Ruaidhri erstaunt. »Reiten Sie ihn ruhig noch eine Weile, das tut ihm nur gut. Er geht ja unter Ihnen wie Butter, das kenne ich von ihm gar nicht! Er hat sich nämlich in der letzten Zeit nichts als Flausen angewöhnt.«
»Meinen Sie wirklich, ich darf ihn noch eine Zeitlang haben?« fragte Christine erfreut.
»Klar«, nickte Ruaidhri. Dann lachte er. »Wenn Sie mir versprechen, dann auch bald einmal mit mir einen ordentlichen Ausritt zu machen. Ich meine, ohne Vorspiegelung falscher Tatsachen oder sonstige Streiche, okay?«
Christine lachte ebenfalls.
»Okay! Aber nur, wenn Sie mir nicht wieder einen Gaul wie Cailin zumuten wollen.«
»Keine Bange«, beruhigte sie Ruaidhri. »Wir haben schon noch genügend wilde Hengste für Sie!«
»Das will ich hoffen.« Christine schwang sich wieder in den Sattel.
»Ich nehme an, Sie kommen ohne mich zurecht.« Ruaidhri steckte seine Hände in die Hosentaschen und wandte sich

zum Gehen. »Ich werde mich dann erst einmal wieder denen widmen, denen ich wirklich noch was beibringen kann.«

»Ich bringe Bandit nachher auf die Weide zurück«, nickte Christine.

»Nur noch eins«, meinte Ruaidhri ein wenig verlegen. »Falls Sie Fiona begegnen sollten ...«

Christine mußte ein Lachen unterdrücken.

»Machen Sie sich keine Sorgen. Ich werde ihr schon sagen, daß sie mich falsch verstanden hätte.«

Ruaidhri war sichtlich erleichtert, nickte Christine noch einmal zu und verschwand.

Es war jedoch nicht Fiona, die einige Zeit später am Reitplatz vorbeikam, sondern ein etwa sechzehnjähriger Junge mit einem schwarzweißen Collie im Gefolge. Er grüßte zu Christine hinüber, warf dabei einen leicht erstaunten Blick auf das gehorsam trabende Pony und fragte nach Ruaidhri.

Christine konnte ihm keine Auskunft geben, deshalb wandte er sich gleich wieder zum Gehen. Seine Frage aber riß Christine aus ihrer Versunkenheit. Sie schaute auf ihre Uhr und bemerkte, daß sie schon seit fast einer Stunde ritt. Sie hatte es unendlich genossen, wieder auf einem Pferd zu sitzen. Bandit war nicht einfach zu reiten, er neigte dazu, am Zügel zu ziehen, und verfügte über recht ausgeprägte Vorstellungen darüber, wozu er Lust verspürte und wozu nicht. Doch es bedeutete für Christine eine Herausforderung, und sie brachte Bandit dazu, sich wieder an das zu erinnern, was er ursprünglich einmal gelernt hatte, und er erkannte rasch, daß sich Christine keine Nachlässigkeiten bieten ließ. Und Christine, in den Dialog mit dem Tier vertieft, merkte daher gar nicht, wie die Zeit verging.

Sie ließ Bandit, der merklich ruhiger geworden war, nun

noch einige Runden mit hängenden Zügeln im Schritt gehen, dann parierte sie ihn durch und saß ab.

»Das haben wir fein gemacht«, lobte sie den Rotschimmel und klopfte ihm liebevoll den Hals.

Bandit schnaube zufrieden und schnupperte nach ihrer Tasche.

»Du hast dir wohl gemerkt, daß ich hier etwas Gutes für dich habe«, lachte Christine und reichte ihm ein Stück Zucker. Er nahm es, dann scharrte er mit seinem Vorderhuf nach einem Nachschlag.

»Mehr gibt's nicht«, sagte Christine entschieden. »Zucker ist überhaupt nicht gesund für nette kleine Pferde.« Sie ergriff Bandit bei der Trense und führte ihn zurück in den Hof. Dort sattelte sie ihn ab, tauschte den Zaum gegen das Stallhalfter und rieb das schweißfeuchte Fell trocken. Schon nach wenigen Minuten war sie fertig und brachte Bandit auf seine Koppel zurück.

Sie schloß das Gatter und blieb noch für einen Moment nachdenklich stehen. Bandit wälzte sich einige Male im Gras, sprang wieder auf und schüttelte sich. Dann senkte er den Kopf und begann zu grasen. Christine betrachtete den Rotschimmel und spürte in sich eine Freude, wie man sie sonst Weihnachten nach dem Auspacken eines lang ersehnten Geschenkes empfand. Wie froh war sie, daß sie sich zum Reiten durchgerungen hatte.

Langsam ging sie zurück zum Stall und zog sich in dem kleinen Kämmerchen um. Als sie wieder im Hof stand, sah sie sich suchend um. Weder Ruaidhri noch irgend jemand sonst war zu sehen. Sie wollte eigentlich nicht so einfach wortlos verschwinden, immerhin mußte sie ja auch noch ihre Reitstunde bezahlen.

Sie entschloß sich, hinüber in die Pension zu gehen, dort

würde sicherlich jemand sein, der Bescheid wußte. Sie machte sich also auf den Weg zum Wohnhaus, das ein wenig abseits von den Stallungen stand. Zwischen den Gebäuden vermochte sie die dahinter liegenden Koppel zu erkennen.
Und ihr Blick fiel auf das einsame dunkelbraune Pferd, das ihr gestern bereits aus der Ferne aufgefallen war.
Christine blieb unwillkürlich stehen. Von hier aus konnte sie es besser sehen als gestern. Es war ein Hengst, doch Christine brauchte tatsächlich einige Zeit, bis sie erkannte, daß es sich um ein Vollblut handelte.
Sie wußte nicht, warum, aber von dem Anblick des Tieres, wie es still in der hintersten Ecke seiner Koppel stand, war sie im Innersten betroffen. Es schien durchaus gut gepflegt, sein Fell sah gesund aus, und es schien gut genährt zu sein, doch spürte Christine, daß mit dem Pferd etwas nicht stimmte. Seine Körperhaltung erinnerte nicht gerade an ein edles Vollblut, und als Christine vorsichtig näher trat, sah sie die angelegten Ohren, die rollenden Augen und die geblähten Nüstern des Hengstes.
»Was ist denn mit dir los?« fragte sie leise und lehnte sich behutsam an den Koppelzaun.
Der Hengst beobachtete sie, doch er rührte sich nicht. Christine bemerkte, daß er noch nicht einmal die Ohren in ihre Richtung drehte. Er stand einfach da und starrte sie an. Es war nicht direkt Aggressivität, die in seiner Haltung zum Ausdruck kam, es schien mehr der Wunsch zu sein, daß sie endlich gehen und ihn in Frieden lassen möge.
Christine hatte noch nie vorher ein Pferd gesehen, das sie derartig in ihrem tiefsten Inneren berührte. Sie wußte nicht, woran es lag, doch beim Anblick des Dunkelbraunen, wie er so starr und einsam auf seiner Koppel stand, klang in ihr eine Saite, die sie seit langem verstummt wähnte.

Sie wußte nicht, ob das Pferd sie überhaupt hörte, denn noch immer bewegten sich seine Ohren nicht im geringsten, doch sie begann dennoch leise in seine Richtung zu sprechen. Sie gebrauchte deutsche Worte, doch es war ohnehin unbedeutend, was sie sagte, sie wußte, daß einzig der Tonfall entscheidend war.
Christine hatte alles um sich herum vergessen, dachte nicht mehr daran, daß sie eigentlich auf der Suche nach Ruaidhri gewesen war, sie achtete nicht mehr darauf, was sich hinter ihr abspielen mochte. Sie sah nur das Pferd, das nach wie vor durch nichts zu erkennen gab, daß es ihr zuhörte.
Sie bemerkte weder, daß irgendwann ein Auto mit Hänger in den Hof einbog und vor den Stallungen hielt, noch hörte sie das Poltern der Hufe auf der Rampe, als die Pferde ausgeladen worden.
Sie wurde erst aufmerksam, als der Dunkelbraune auf einmal seinen Kopf hochwarf und sich noch weiter in seine Ecke zurückzog.
Christine drehte sich alarmiert um und sah einen Mann in Reithosen, der zwei Pferde mit Stoffdecken hinter sich herführte, auf sie zukommen. Er öffnete das Gatter der benachbarten Koppel, nahm den Pferden die Decken ab und ließ sie frei. Dann schloß er das Tor wieder und kam zu Christine herüber.
»Hat es einen bestimmten Grund, daß Sie sich hier aufhalten?« fragte er kurz angebunden, während Christine der beabsichtigte Gruß im Hals steckenblieb. Sein Ton verschlug ihr schlichtweg die Sprache, und es dauerte einen Moment, bis sie imstande war, zu antworten.
»Eigentlich bin ich nur zufällig vorbeigekommen«, erwiderte sie, trotz allem höflich.
»Dann seien Sie bitte so gut und gehen auch zufällig wieder«,

sagte der Mann knapp, faltete seine Pferdedecken zusammen und klemmte sie unter den Arm.
Christine starrte ihn an. Was sollte das, wer war er überhaupt? Für den Besitzer des Hofes erschien er ihr ein wenig jung, außerdem konnte sie sich nicht vorstellen, daß Mr. O'Flaherty riskieren würde, seine Kunden zu verlieren, indem er sie derart abweisend behandelte.
Sie räusperte sich also und bemühte sich, gelassen zu bleiben. »Warum sind Sie so unfreundlich? Ich habe nichts getan außer mit dem Pferd gesprochen, und das ist ja wohl nicht verboten.«
»Hier haben Gäste nichts verloren, das sollte für Sie Grund genug sein. Und was das Pferd angeht ...«, der Mann warf einen Blick auf den Dunkelbraunen, »so interessiert es sich nicht die Bohne für eine Unterhaltung mit Ihnen.«
»So, meinen Sie?« gab Christine scharf zurück. Sie wurde allmählich wütend. Was bildete sich dieser Kerl ein? »Ich habe eher das Gefühl, man sollte sich mal mit ihm unterhalten!«
»Liebe Lady«, sagte der Mann, »das geht Sie rein gar nichts an. Wenn ich jetzt also bitten dürfte ...« Er wies in Richtung Stallungen.
Das war ein glatter Rausschmiß.
Christine bebte innerlich vor Zorn. Da sie jedoch sicher war, daß eine Diskussion mit diesem Menschen ohnehin zu nichts führen konnte, wandte sie sich würdevoll zum Gehen. Sie hielt jedoch noch einmal inne und sah dunkle Augen finster auf sich gerichtet.
»Können Sie mir wenigstens noch verraten, wo ich Ruaidhri O'Flaherty finde?« fragte sie ihn betont höflich.
»Ruaidhri ist vorn im Stall«, sagte der Mann kurz und wandte sich von Christine ab. Er öffnete das Tor zur Koppel des

Dunkelbraunen, und Christine sah gerade noch im Weggehen, wie das Pferd nervös mit dem Schweif zu schlagen begann.

Christine kochte vor Wut, während sie davonrauschte. So etwas war ihr im Leben noch nicht passiert!

In ihrem Zorn wäre sie beinahe in Ruaidhri hineingerannt, der gerade in diesem Augenblick aus dem Stall kam.

»Hoppla«, meinte er überrascht und hielt sie fest.

»Entschuldigung.« Christines Ton und die Heftigkeit, mit der sie seine Hände abschüttelte, zeugten jedoch nicht gerade von ehrlichem Bedauern.

»Was ist denn passiert?« fragte Ruaidhri dann auch erstaunt.

»Oh, nichts«, entgegnete Christine. »Man hat mich bloß gerade davongejagt!« Ihre Augen blitzen noch immer vor Zorn.

Ruaidhri warf einen Blick auf den Rover-Geländewagen, der nun vor dem Stall stand.

»Ich verstehe«, sagte er gleichmütig. »Offenbar haben Sie Denis kennengelernt.«

»Ich weiß nicht, wie er heißt. Ich weiß nur, daß ich noch niemals zuvor einen so unangenehmen Menschen wie ihn getroffen habe.«

Ruaidhri seufzte. »Ich weiß, er ist ein wenig grob. Sie dürfen das nicht persönlich nehmen.«

»Wie soll ich es nicht persönlich nehmen, wenn mich jemand derartig rüde behandelt«, empörte sich Christine. »Wer ist dieser Denis überhaupt, daß er meint, hier soviel zu sagen zu haben?«

»Denis ist mein älterer Bruder«, sagte Ruaidhri. »Und wenn ich sagte, daß Sie es nicht persönlich nehmen sollten, dann meine ich damit, daß Denis jeden gleichermaßen rüde behandelt. Sie befinden sich also in zahlreicher Gesellschaft.«

»Und das nimmt hier jeder so einfach hin, was?«
Ruaidhri seufzte wieder. »Er ist kein schlechter Kerl, glauben Sie mir. Er hat seine Fehler, ich weiß, aber andererseits leistet er eine Menge Arbeit, das muß man anerkennen.«
»Was für Arbeit leistet er denn?« fragte Christine spöttisch. »Vergrault Gäste, was?«
Ruaidhri grinste. »Das würde meinem Vater dann doch zu weit gehen. Nein, Denis hat mit den Gästen nichts zu tun. Er trainiert unsere Rennpferde.«
»Sie halten Rennpferde?« fragte Christine ungewollt interessiert. Dann mußte der Reiter auf dem Rotfuchs, den sie neulich gesehen hatte, Denis gewesen sein.
»Ein paar«, nickte Ruaidhri. »Früher haben wir Vollblüter für Rennen gezüchtet, doch das trägt sich schon lange nicht mehr. Wir lassen aber nach wie vor einige Pferde bei Rennen laufen. Denis hat viel Erfahrung damit, er hat schon etliche Sieger ausgebildet.«
Christine mußte an den dunkelbraunen Hengst denken.
»Der Schwarzbraune dahinten sieht tatsächlich so aus, als ob er sein Geschäft versteht«, bestätigte sie ironisch.
Ruaidhri nickte nachdenklich. »Sie meinen Cuchulainn. Sie haben recht, das Pferd ist ein Problem.«
»Was ist los mit ihm?« fragte Christine. »Ist er krank?«
»Nein, krank ist er wohl nicht. Keiner weiß, was mit ihm los ist. Er hat schon mehrere Rennen gewonnen, er ist ein Siegertyp, aber seit er hier ist, ist mit ihm nichts mehr anzufangen.«
»Wie lange haben Sie ihn schon?«
»Seit etwa einem halben Jahr. Und es wird immer schlimmer mit ihm statt besser. Ich fürchte sehr, er wird irgendwann beim Abdecker landen.«
»Und Sie haben niemals versucht, herauszufinden, was ihm fehlt?« fragte Christine ungläubig.

»Du meine Güte. Sie haben doch Denis erlebt«, grinste Ruaidhri. »Glauben Sie im Ernst, er würde von mir oder sonstjemandem einen Rat annehmen? Er versucht es auf seine Weise, vielleicht klappt es ja doch mit der Zeit.«
Christine dachte daran, wie das Pferd auf Denis' Anwesenheit reagiert hatte, und biß sich auf die Lippe.
»Vielleicht liegt es ja an Denis selbst«, erwiderte sie kühl.
Ruaidhri wußte, daß sie mit dieser Überlegung nicht ganz verkehrt lag. Da er sich aber seinem Bruder gegenüber nicht illoyal verhalten wollte, hielt er den Mund.
Christine konnte es nicht fassen. Hier ging ein wertvolles Rennpferd zugrunde, nur weil niemand sich die Mühe machte, nach der Ursache der erkennbaren Verhaltensstörung zu suchen. Christine hatte sich in ihrem Studium nicht speziell mit Pferdekrankheiten befaßt, aber allgemeine Vorlesungen über Tierpsychologie belegt. Verhaltensauffälligkeiten bei Tieren – ebenso wie beim Menschen – entwickelten sich nicht zufällig, von seltenen Krankheiten einmal abgesehen. In der Regel lag ihnen irgendein Trauma zugrunde, das es herauszufinden und zu therapieren galt. Beides schien Denis für überflüssig zu halten, und Ruaidhri wusch seine Hände in Unschuld, nur um nicht den Zorn seines Bruders auf sich zu ziehen.
Allein aus wirtschaftlichen Gründen hätten sie alles daransetzen müssen, das Problem zu lösen. Das waren schöne Zustände! Nun, was ging es sie an.
Sie würde sich jedenfalls nicht noch einmal von Denis anschnauzen lassen. Sie kam hierher zum Reiten und zu nichts anderem.
Ruaidhri hatte ihr finsteres Gesicht ein wenig hilflos beobachtet, und er schien erleichtert, als sich Christines Miene wieder glättete.

»Vergessen Sie Denis«, sagte er besänftigend.
»Worauf Sie sich verlassen können.« Christine begann, in ihrer Jackentasche zu kramen. »Was bin ich Ihnen eigentlich schuldig?« fragte sie.
»Wofür?« Ruaidhri wußte im ersten Moment nicht, wovon sie sprach.
»Für die Reitstunde«, erläuterte Christine.
»Oh«, machte Ruaidhri, sichtlich verlegen, »die brauchen Sie doch nicht zu bezahlen!«
»Ich dachte, das ist hier ein Reitpferdeverleih«, meinte Christine sachlich. »Ich habe mir ein Tier ausgeliehen, und jetzt frage ich, was es kostet.«
Ruaidhri wußte nicht so recht, was er sagen sollte, und Christine lachte.
»Kommen Sie, das ist doch ganz in Ordnung. Was würde Ihr Vater sagen, wenn Sie alle Kunden kostenlos reiten ließen?«
»Nun gut«, grinste Ruaidhri, »dann darf ich um zwölf Pfund bitten. Bei regelmäßiger Inanspruchnahme unseres Services erhalten Sie Rabatt.«
»Das will ich doch stark hoffen.« Christine reichte ihm das Geld. »Trinkgeld gefällig?«
Ruaidhri stimmte in ihr Lachen ein.
»Das habe ich mir ja wohl wirklich nicht verdient«, gab er offen zu.
»Bis jetzt noch nicht«, nickte Christine ernsthaft. »Doch das kann ja noch werden.«
»Heißt das, Sie kommen wieder?« fragte Ruaidhri hoffnungsvoll.
»Ich glaube, zumindest für Bandit wäre es von Vorteil, wenn ich öfters zum Reiten käme.«
»Da haben Sie allerdings recht.« Ruaidhri lachte.

»Also dann bis morgen!« Christine hob grüßend die Hand, während sie sich zum Gehen wandte.
»Bis morgen«, wiederholte Ruaidhri mechanisch und blickte ihr nach, wie sie die Auffahrt hinunterlief. Junge, Junge, so übel war sie tatsächlich nicht!
Schritte ließen ihn zur Seite schauen.
Denis kam um die Hausecke und ging zum Rover. Er sah Christine, die schon an der Straße war, und warf Ruaidhri einen spöttischen Blick zu. Er sagte jedoch nichts, stieg ins Auto und ließ den Motor an.
Ruaidhri wandte sich ab und ging in den Stall zurück.

4. Kapitel

Das Pub war voll, wie an jedem Samstagabend.
Am Tresen drängten sich die Männer, und Georg hielt sein Bierglas fest in der Hand, um zu verhindern, daß es versehentlich umgestoßen wurde.
»Jetzt erzähl doch mal, Georg, wie läuft es denn so mit deiner Tochter?« Padraig zog an seiner Pfeife.
Georg sagte nicht gleich etwas. Er nahm gemächlich einen Schluck und wischte sich dann sorgfältig den Schaum von den Lippen. Was sollte er darauf erwidern? Die Frage war tatsächlich nicht so leicht zu beantworten.
»Hm«, meinte er dann auch bedächtig.
»Wolltest du sie nicht eigentlich mitbringen?« Padraig ließ nicht locker.
Georg hatte Christine gefragt, ob sie Lust hätte, mit ins Pub zu gehen. Ihre erste Antwort schien unentschlossen, sie sagte, sie wolle es sich überlegen. Später meinte sie jedoch, sie wäre müde und würde, wenn er es ihr nicht übelnähme, lie-

ber zu Bett gehen. Er glaubte ihr sogar, daß es sich dabei nicht einmal um eine Ausrede handelte, sie schlief sehr viel, seit sie zu ihm gekommen war.
Sie schlief viel und sprach wenig, und noch immer wußte er nichts Genaues über ihr derzeitiges Leben.
»Irgendwie ist es sehr merkwürdig«, sagte Georg daher auch nachdenklich.
»Versteht ihr euch nicht?« wollte Padraig wissen.
»Das ist es nicht. Wir haben keinen Streit oder so. Aber wir sind uns so fremd geworden, daß sie mir manchmal direkt unheimlich ist.«
Padraig nickte, merkte, daß seine Pfeife ausgegangen war, klopfte sie aus und begann, sie auf seine umständliche Art neu zu stopfen.
»Das passiert wohl öfters, wenn die Tochter älter wird«, kommentierte er und grinste. »Wenn ich da an meine Jenny denke ... seit sie in Dublin die gute Stellung hat, komme ich mir ihr gegenüber auch manchmal vor wie ein alter Trottel.«
»Es liegt nicht am Doktortitel und so«, widersprach Georg. »Christine ist trotzdem ein nettes Mädchen geblieben. Sie ist hilfsbereit und freundlich, gar nicht wie ...« Er stockte und fuhr dann fort: »Sie ist natürlich viel allein unterwegs, doch wir unterhalten uns auch miteinander, und ...«
»Aber du machst dir Sorgen, nicht wahr?« Padraig hatte die Pfeife fertiggestopft, zündete sie nun an und paffte einige Male.
»Irgend etwas scheint mit ihr nicht in Ordnung zu sein. Ich weiß bis heute nicht, weshalb sie überhaupt hergekommen ist, sie erzählt kaum etwas von sich, und ich finde auch, daß sie nicht gut aussieht, so dünn und blaß.« Georgs Stirn lag in Falten.

Padraig lachte.
»Oh, wenn es danach geht, dann sehen meine Töchter alle vier nicht gut aus! Ich persönlich finde ja durchaus, daß eine Frau ruhig ein bißchen handfest sein darf«, er zwinkerte Georg bedeutsam zu, »doch wenn ich das meinen Töchtern sage, dann heißt es gleich, ich hätte ja keine Ahnung!«
Georg mußte ebenfalls lachen. »Ja, die heutigen Schönheitsideale können wir Alten wohl nicht mehr nachvollziehen.« Doch dann wurde er wieder ernst. »Bei Christine ist es aber mehr als das. Sie ißt kaum was, und manchmal, wenn sie denkt, daß ich es nicht sehe, hat ihr Gesicht so einen Ausdruck ... also irgendwas stimmt nicht mit ihr.«
»Frag sie doch einfach«, schlug Padraig vor.
Er sollte sie einfach fragen? Georg mußte bei dieser Vorstellung lächeln. Padraig betrachtete das Ganze natürlich von seinem eigenen, unbefangenen Standpunkt aus, und insofern hatte er selbstverständlich recht. Doch wie sollte er Christine, die seit einer Woche ein Schattendasein in seinem Haus führte, die ihm freundlich, aber unpersönlich gegenübertrat, die bis jetzt jedem intensiveren Gespräch aus dem Weg gegangen war, nach solchen intimen Dingen fragen?
»Was treibt sie eigentlich die ganze Zeit bei dir?« wollte Padraig wissen.
»Oh, sie geht viel spazieren«, sagte Georg, »und sie liest. Und dann«, er lächelte ein wenig, »reitet sie seit einigen Tagen.«
»Bei Niall?«
»Ja, sie reitet auch zu Hause in Deutschland, und da trifft es sich natürlich gut, daß der Hof hier direkt vor unserer Tür liegt.«
»Ja«, nickte Padraig, »Niall hat gute Pferde. Und«, er grinste vielsagend, »ein paar unverheiratete Söhne außerdem!«

Georg lachte.
»Keine Ahnung, ob das bei Christine eine Rolle spielt. Obwohl«, er wurde nachdenklich, »jetzt, da du es erwähnst, fällt mir ein, daß sie mich neulich nach ihnen gefragt hat.« Er grinste. »Soweit ich es verstanden habe, muß sie mit einem der Söhne ein wenig aneinandergeraten sein.«
»Bestimmt mit Denis.« Padraig wiegte den Kopf.
»Ich kann mir nicht merken, wie sie heißen«, gestand Georg. »Ich hatte mit Nialls Kindern nie direkt zu tun.« Er lächelte ein wenig verlegen. »Soweit ich mich erinnere, waren sie bei meinem Einzug aus dem Alter, in dem man ihnen Schokolade schenkt, schon heraus.«
»Es sind Denis, Ruaidhri und James«, sagte Padraig. »Und dann haben sie noch eine Tochter, Fiona. Sie ist mit meiner Mary in die Schule gegangen.«
»Ja, richtig«, nickte Georg und machte ein freimütiges Gesicht. »Ich muß zugeben, daß mir meine Bildmotive wichtiger sind als die Leute um mich herum, deshalb konnte ich Christine leider auch nicht viel über sie sagen.«
»James ist der Jüngste«, erläuterte Padraig. »Er geht noch zur Schule, soviel ich weiß. Danach kommt Fiona, dann Ruaidhri.« Er grinste. »Der ist ein wahrer Schwerenöter, da mußt du aufpassen, daß er deine Christine nicht einzuwickeln versucht.«
Georg lächelte ein wenig hilflos.
»Ob ich so der Richtige bin, ihr Vorschriften zu machen …«
»Der Älteste, Denis, ist ein Fall für sich«, sagte Padraig, wieder ernst geworden. »Er ist ganz anders als seine Geschwister. Mit ihm gerät man ziemlich leicht in Streit.«
»Ich kann mich noch nicht einmal daran erinnern, wie er aussieht«, meinte Georg kopfschüttelnd.
»Das glaube ich gern«, nickte Padraig. »Man sieht ihn nicht

oft, doch soviel ich weiß, soll er kein sehr angenehmer Zeitgenosse sein.«
»Ich habe nicht so recht verstanden, was da vorgefallen ist«, meinte Georg, »aber Christine erschien mir ziemlich wütend.«
»Wenn Frauen wütend sind, dann ist das ein Zeichen dafür, daß sie immerhin noch am Leben sind«, grinste Padraig.
Georg stimmte in sein Lachen ein. »Vielleicht rüttelt sie das ein wenig auf.«
»Wie ist es«, wollte Padraig wissen, »hat sie eigentlich in Deutschland einen Freund oder Verlobten, oder wie man es heutzutage auch immer nennen mag?«
Georg hob die Schultern.
»Noch nicht einmal das weiß ich. Sie trägt keinen Ring, aber das muß ja nichts heißen. Sie erwähnt aber auch niemals irgend jemanden in dieser Art.«
Er seufzte. Genaugenommen wer er heute in bezug auf Christine kaum klüger als vor einer Woche. Sie hatte um sich herum eine Barriere freundlicher Unnahbarkeit aufgebaut, die er nicht anzutasten wagte. Georg freute sich durchaus über ihr Kommen, doch war es nicht von der Hand zu weisen, daß sie sein Dasein um etliche Probleme bereicherte und dadurch um einiges komplizierter machte. Und manchmal wünschte er heimlich, er lebte wieder so allein für sich wie in den letzten zehn Jahren.

Christine ahnte nichts von Georgs Sorgen.
Sie merkte durchaus, daß er sich ihr gegenüber unsicher fühlte, doch hatte er auf sie schon früher nicht gerade einen energischen Eindruck gemacht, weshalb sie gar nichts Ungewöhnliches darin sah. Ihr war allerdings ziemlich klar, daß es für Georg schwierig sein mußte, auf einmal wieder jemanden

ständig um sich zu haben, deshalb bemühte sie sich auch, ihm sowenig wie möglich in seinem Tagesablauf in die Quere zu kommen. Das letzte, was sie wollte, war, daß Georg sich verpflichtet fühlte, sie zu unterhalten, deshalb trachtete sie schon von sich aus danach, sich ihre eigenen Wege zu suchen.

Es kam ihrem Bedürfnis nach Einsamkeit entgegen. Sie wollte nicht reden, sie wollte nur vergessen.

Lediglich das Reiten führte sie nun für eine gewisse Zeit am Tag unter Menschen. Im nachhinein fiel ihr auf, daß die Stunde auf dem O'Flaherty-Hof die erste seit langem gewesen war, in der sie wieder sie selbst sein konnte. Der Streich, den sie Ruaidhri gespielt hatte, hatte sie zum ersten Mal seit Wochen aus ihrer Lethargie geholt und zum unbefangenen Lachen gebracht. Und der Ritt auf Bandit ließ sie zum ersten Mal an etwas anderes denken als an ihren Schmerz.

Seitdem kam sie jeden Morgen zum Reiten.

Bandit kannte sie inzwischen, kam ihr entgegen, wenn sie auf die Koppel zuging, und rieb sein weiches Maul an ihrer Schulter, dabei neugierig nach ihrer Tasche schnuppernd.

»Willst du nicht auch mal einen Hunter reiten?« fragte Ruaidhri, der stets auftauchte, wenn sich Christine auf dem Hof befand, und ihr gegenüber schon bald alle Förmlichkeit unnötigem Ballast gleich fallengelassen hatte.

»Wenn du mir die nötigen Reitkünste zutraust«, lachte Christine.

»Im schlimmsten Fall kann ich dir ja doch noch ein paar Reitstunden geben.« Ruaidhri erwiderte das Lachen.

Die schwarze Stute Blossom zeigte sich jedoch unter Christine von ihrer besten Seite, und Ruaidhri nickte zufrieden, während er die beiden auf dem Reitplatz beobachtete. Christine beherrschte die Sache, das war offensichtlich.

Auch die Menschen auf dem Hof lernte Christine mit der Zeit kennen. Als Niall hörte, daß sie Georgs Tochter war, kam er persönlich, um sie zu begrüßen.
»Wer hätte gedacht, daß Georg eine so hübsche Tochter hat«, meinte er galant und schüttelte ihr die Hand, sie dabei anerkennend von oben bis unten betrachtend.
Christine dachte sich insgeheim, daß er nicht unbeträchtliche Ähnlichkeit mit Ruaidhri besaß, zumindest was die Aufmerksamkeit gegenüber Frauen anging. Sie mochte den freundlichen, älteren Mann jedoch auf Anhieb, und auch Eleanor, seine Frau, die es sich natürlich ebenfalls nicht entgehen ließ, Christine anzusprechen, fand sie äußerst sympathisch.
Sie machte die Bekanntschaft von James, dem Nachzügler unter den Geschwistern, der trotz seines jungen Alters ebenfalls schon fleißig auf dem Hof arbeitete, und von Punch, dem Collie, seinem ständigen Begleiter.
Fiona war hingegen nur ein paar Jahre jünger als Christine, und obwohl Christine selten spontane Freundschaften schloß, verstand sie sich mit ihr ausnehmend gut. Ihr imponierte, mit welcher Energie das hübsche junge Mädchen ihre doch ziemlich anstrengende Arbeit erledigte und dabei immer noch Zeit für eine Unterhaltung und ein paar Späße fand. In Gesellschaft von Fiona konnte niemand lange Trübsal blasen, sie verfügte über einen treffenden Humor, den sie besonders gern an Ruaidhri erprobte.
Ruaidhri selbst nahm es gelassen hin, und er zwinkerte Christine verschwörerisch zu, während Fiona sich über seine ungewöhnlich häufige Präsenz zu Zeiten von Christines Besuchen ausließ.
»An deiner Stelle wäre ich mal ganz still«, gab Ruaidhri genießerisch zurück. »Sonst könnte es ja sein, daß sich jemand

einmal mit der Häufigkeit männlicher Besucher befaßt, die in der letzten Zeit immer ganz zufällig nach derselben Reitlehrerin fragen.«

Er sah voll Vergnügen zu, wie Fiona errötete, und Christine mußte heimlich lachen. Überhaupt lernte sie hier allmählich wieder zu lachen. Wenn sie ritt, schien sich ihr Kummer zu verflüchtigen. Sie meinte, wieder frei atmen zu können, und die vertrauensvolle Wärme, die von den Pferden ausging, schenkte ihr ungeahnten Trost.

Und Fiona und Ruaidhri zeigten ihr, daß das Leben weiterging, holten sie mit ihren Kabbeleien und unbefangenen Unterhaltungen in die Realität zurück und machten sie mit Freude und Frohsinn vertraut. Christine fragte sich manchmal, ob sie die beiden so gern hatte, weil Ruaidhri und Fiona ihr unbefangen gegenübertraten. Sie wußten nichts von ihr, kannten ihre Vergangenheit nicht, und so vermochte Christine ihnen gegenüber offener zu sein als gegenüber jedem anderen, den sie kannte.

Denis hingegen sah sie selten. Sie verspürte keine Lust, ihm über den Weg zu laufen, sein Anblick erinnerte sie bloß erneut an ihren Zusammenstoß. Sie wich ihm daher nach Möglichkeit aus, und die wenigen Male, bei denen sie ihm dennoch zufällig begegnete, ging sie mit hoheitsvoller Miene an ihm vorbei. Denis selbst grüßte sie nie, sondern streifte sie nur mit einem halb spöttischen, halb verachtungsvollen Blick, der Christine jedesmal aufs neue die Zornröte ins Gesicht trieb.

Sie hatte Cuchulainn seit jenem Tag nicht mehr besucht, sie mied die Umgebung, in der seine Koppel lag, soweit wie möglich. Dennoch kam sie nicht umhin, das Pferd hin und wieder zu sehen. Wenn es nicht gerade graste, stand es die meiste Zeit des Tages still in seiner Koppelecke. Der Anblick

tat Christine in der Seele weh, der junge Hengst bot ein derart unnatürliches Bild, daß sie sich immer wieder fragte, wie es möglich sein konnte, daß dies offenbar außer ihr niemandem auffiel.
Noch schlimmer war es, wenn Denis mit ihm arbeitete. Christine wünschte sich zuweilen, sie könnte sich einfach die Ohren zuhalten, und sie blickte krampfhaft in die andere Richtung, nur um nicht zusehen und zuhören zu müssen, wie er mit Cuchulainn kämpfte. Sie vermochte es einfach nicht zu glauben. Ging es denn nicht in den Kopf des Mannes hinein, daß er auf diese Weise die Situation bloß noch verschlimmerte?
Es hat keinen Sinn, dachte sie dann mit heimlich geballten Fäusten. Das Pferd ging sie nichts an, und warum sollte es sie belasten, wenn Denis den Dunkelbraunen endgültig verdarb?
Auch Fionas Gesicht war ernst.
»Laß ihn«, sagte sie leise, »es hat keinen Zweck! Er hat sich dahinein verbissen, und es nützt überhaupt nichts, wenn wir etwas sagen.«
»Und das Pferd?« fragte Christine heftig. »Warum muß das Pferd leiden, nur weil er sich an einen falschen Stolz klammert, oder was?«
Fiona erwiderte nichts darauf und seufzte nur.
Erstaunlicherweise schien Denis mit seinen anderen Pferden ungleich besser zurechtzukommen. Obwohl Christine ihm gegenüber eine heftige Abneigung empfand, konnte sie eine heimliche Bewunderung für seine Vollblüter nicht ganz verhehlen. Der Anblick der prachtvollen Tiere, wenn er zu einem Trainingsritt aufbrach, ließ die Pferdeliebhaberin in ihr erbeben, und obwohl sie es eigentlich nicht wollte, fühlte sie ihren Blick magisch von ihnen angezogen. Sie erkannte unter

anderem den Rotfuchs wieder, den sie damals aus der Ferne galoppieren gesehen hatte, und bemerkte das Feuer, das in seinen Augen stand. Sie mußte jedoch widerwillig anerkennen, daß ihn Denis gut zu leiten vermochte, ebenso wie jedes andere seiner Pferde.

Nur bei Cuchulainn setzte offenbar sein Verstand aus.

»Kümmere dich nicht darum«, meinte Ruaidhri besänftigend und schaute sie dann verschmitzt an. »Erinnerst du dich übrigens noch daran, daß du mir einen Ausritt versprochen hast?«

Christine lächelte.

»Und du willst die Einlösung des Versprechens?«

»Klar. Heute ist doch eine günstige Gelegenheit dafür – das Wetter ist schön, und ich habe gerade nichts zu tun.«

»Keine Reitgruppe heute?« lachte Christine.

»Nein, Gott sei Dank«, meinte Ruaidhri. »Die heutigen Reitkunden wollten alle allein los.«

»Und was ist, wenn ich auch allein los will?«

»Das wäre unfair«, behauptete Ruaidhri vorwurfsvoll, und Christine mußte lachen.

»Also gut«, meinte sie.

»Am besten nimmst du wieder Blossom«, riet Ruaidhri und fügte hinzu: »Damit du mit mir Schritt halten kannst.«

»Das ist noch nicht raus, wer hier mit wem Schritt halten muß.« Christine machte sich auf den Weg zur Koppel.

Ruaidhri grinste und folgte, nicht ohne dabei einen wohlgefälligen Blick über ihre Rückfront gleiten zu lassen.

Kurze Zeit später trabten sie durch das Hoftor.

Ruaidhri ritt wieder Bogy, und Christine mußte über die Kapriolen lachen, die dem ausgeruhten Pferd in den Sinn kamen. Blossom ließ sich ebenfalls davon anstecken, und Christine sah sich nach Ruaidhri um.

»Ich glaube fast, wir sollten sie erst einmal eine Strecke ren-

nen lassen, damit sie sich ein wenig austoben können, was meinst du?«
»Dann los!« Ruaidhri gab Bogy die Zügel frei.
Blossom folgte nur einen Augenblick später, und so stürmten die beiden Hunter, das schwarze und das hellbraune, bald Kopf an Kopf über den weichen Moorboden.
Christine genoß die Geschwindigkeit, sie beugte sich über den Hals der Stute und spürte die fliegende Mähne im Gesicht. Ruaidhri, der einen Blick zu ihr hinüberwarf, sah, wie ihre Augen vor Freude strahlten.
Zum Schluß war es tatsächlich Blossom, die eine Nasenlänge vorn lag. Als sie die Pferde am Ende der Heide durchparierten, lachte Christine, noch ein wenig atemlos: »Und? Wer hat nicht Schritt gehalten?«
»Das lag nur am Gewicht«, behauptete Ruaidhri. »Schließlich wiegst du doch fast nichts, während Bogy immerhin einiges mehr tragen mußte!«
»Alles Ausreden!«
Christine lenkte die Stute nun auf den Uferweg, und Ruaidhri folgte ihr. Der Weg war gerade breit genug, daß zwei Reiter nebeneinander Platz fanden, und Ruaidhri hatte sein heimliches Vergnügen darin, Christines erregtes Gesicht zu beobachten.
»Du reitest tatsächlich gut«, bemerkte er.
Christine blickte zu ihm hinüber. »Jetzt sag bloß, das sollte ein Kompliment sein.«
»Klar, weshalb auch nicht? Wenn ich dir sage, daß du ein hübsches Mädchen bist, dann ist das doch nichts Besonderes. Aber eine gute Reiterin zu sein, das ist etwas, auf das eine Frau stolz sein kann.«
Christine sah ihn von der Seite an und überlegte, daß es wohl noch eines langen Weges bedurfte, bis Frauen überall die

gleiche Anerkennung fanden wie Männer. Weshalb um alles in der Welt stellte es so etwas Ungewöhnliches dar, wenn eine Frau gut reiten konnte? Frauen ritten genauso wie Männer, man brauchte dabei nur an Fiona zu denken. Für einen Mann war es etwas ganz Normales, ein guter Reiter zu sein. Weshalb also mußten Frauen stolz darauf sein, wenn sie ebenfalls gute Reiter waren?

Christine hatte sich noch niemals in ihrem Leben mit Frauenbewegung, Feminismus und dergleichen beschäftigt. Doch hier begann sie geradezu zwangsweise, darüber nachzudenken. Sie ahnte jedoch, daß es Zeitverschwendung wäre, darüber mit jemandem wie Ruaidhri zu diskutieren, deshalb beschloß sie, Bemerkungen dieser Art einfach zu ignorieren.

Die Umgebung war auch zu wunderbar für derartige Gesprächsthemen. Heute war schönes Wetter, die Sonne schien, der Himmel war strahlendblau und spiegelte sich in den funkelnden kleinen Wellen des Sees.

Christine genoß den Ritt in vollen Zügen. Zu Pferd war doch um einiges rascher vorwärts zu kommen als zu Fuß, deshalb waren sie schon bald über die Stelle hinaus, an der Christine auf ihrer Wanderung beschlossen hatte umzukehren. Die Insel im See, die jetzt seitlich auftauchte, kannte sie deshalb auch noch nicht. Die Gebäudereste, die durch die Büsche lugten, sahen sehr alt aus und machten sie neugierig.

Christine zügelte Blossom, um sie genauer betrachten zu können.

»Was ist dort für eine Ruine?« fragte sie Ruaidhri und deutete darauf.

Ruaidhri blickte ebenfalls hinüber.

»Oh, das ist eine alte Fluchtburg. Von solchen gibt es hier noch einige.« Er grinste. »Sie gehörten vorzeiten uns.«

Christine sah ihn erstaunt an. »Euch?«

»Nun ja, dem O'Flaherty-Clan eben«, räumte Ruaidhri ein. »Vor ein paar hundert Jahren oder so.«

Christine lachte. »Dann wart ihr wohl eines dieser Raubrittergeschlechter, was?«

»Klar. Wir waren der Schrecken der Umgebung. ›Gott schütze uns vor den wilden O'Flahertys‹, sagte man früher.« Ruaidhri richtete sich im Sattel auf und funkelte mit den Augen. »Und wenn die Zeit gekommen ist, werden wir wieder aufstehen zu neuem Ruhme!«

Christine lachte.

Ruaidhri blies die Luft wieder aus und lachte ebenfalls.

»Aller Entwicklung zum Trotz haben wir uns bis heute ein bißchen Wildheit bewahrt.« Er zwinkerte Christine zu.

»Das glaube ich dir aufs Wort«, stellte sie vergnügt fest.

Ruaidhri sah sie mit gespielter Empörung an.

»Na, ein klein wenig mehr Ehrfurcht könntest du schon zeigen! Mein Vorfahren waren zum Beispiel berüchtigt dafür, daß ihnen keine Frau widerstehen konnte – die es dennoch tat, wurde einfach geraubt!«

»Und deswegen soll ich in Ehrfurcht erstarren?« lachte Christine. »Glaub mir, ich bin garantiert nicht so leicht zu rauben!«

»Das würde ich auch niemals versuchen«, versicherte Ruaidhri. »Da gibt es doch in Deutschland sicher jemanden, der da etwas dagegen hätte, nicht wahr?«

Christine betrachtete sein harmloses Gesicht und fragte sich heimlich, für wie dumm er sie eigentlich hielt. Noch plumper konnte man sie wohl nicht aushorchen.

Sie ging überhaupt nicht darauf ein, sondern trieb Blossom wieder an. Die Stute setzte sich in Trab, und es dauerte etwas, bis Ruaidhri sie einholte.

»Habe ich dich jetzt beleidigt?« Seine Miene wirkte so entwaffnend, daß Christine unwillkürlich lachen mußte.

»Unsinn«, meinte sie freundlich und deutete auf die Weggabelung, die vor ihnen aufgetaucht war. »Wohin kommt man, wenn man diese Abzweigung nimmt?«
»Oh!« Ruaidhri reckte den Hals. »Wenn wir uns dort rechts halten, treffen wir nach einer Weile auf den Hauptweg zurück zum Hof.« Er grinste. »Links kommen wir irgendwann in der Grafschaft Mayo raus.«
»Das ist wohl für heute doch ein bißchen weit, denke ich«, meinte Christine und wandte sich nach rechts.
»Aber wenn du Lust hast«, bemerkte Ruaidhri, »dann können wir auch mal einen mehrtägigen Reitausflug machen, was meinst du?«
»Nach Mayo?« lachte Christine.
»Oder runter in den Süden«, nickte Ruaidhri. »Wir waren sogar schon mit Gruppen an der Steilküste von Moher. Hast du von den Cliffs of Moher schon gehört?«
»Bisher nicht«, sagte Christine, »aber es klingt aufregend.«
»Atemberaubend«, sagte Ruaidhri einfach, und Christine blickte ihn ein wenig erstaunt an. In seiner Stimme lag keine Spur dieser oberflächlichen Leichtigkeit, die sonst so charakteristisch für ihn war, und Christine begann sich zu fragen, ob nicht doch mehr in ihm steckte, als sie bisher gedacht hatte. Sie hatte ihn bislang für nichts anderes als einen charmanten Luftikus gehalten, doch jetzt überraschte er sie mit einem offensichtlichen Sinn für Tieferes. Diese Erkenntnis ließ Ruaidhri doch ein wenig in ihrer Achtung steigen, und sie beschloß, ihm seine reichlich machohaften Ansichten über Frauen nicht weiter übelzunehmen.
Der Rest des Rittes verlief daher in freundschaftlicher Eintracht. Und als sie, auf den Hof zurückgekehrt, die dampfenden Pferde absattelten, zwinkerte Ruaidhri Christine zu.

»Ich hoffe ja sehr, daß dieser Ausflug nicht unser letzter gewesen ist!«
»Eigentlich war ja nur von einem Ausritt die Rede«, behauptete Christine, doch in ihren Augen funkelte das Lachen. Sie löste den Gurt und hob den Sattel von Blossoms Rücken.
»Warte, ich helfe dir«, meinte Ruaidhri und trat zu ihr.
»Danke, es geht schon«, lächelte Christine.
Ruaidhri nahm es gelassen, zuckte gleichmütig die Achseln und wandte sich wieder seinem Pferd zu.
Christine war mit ihrem Sattel schon vorausgegangen und wollte gerade die Klinke der Sattelkammertür mit dem Ellbogen herunterdrücken, als diese von innen geöffnet wurde. Sie erschrak beim Anblick der großen, dunklen Gestalt, die auf einmal direkt vor ihr stand, erkannte dann, wen sie vor sich hatte, und wich einen Schritt zurück.
Denis musterte sie einen Augenblick lang schweigend, dann trat er zur Seite und gab den Eingang frei. Für einen Moment trafen sich ihre Blicke, doch während Christine ihn trotzig anstarrte, ruhten seine Augen mit einem rätselhaft-finsteren Ausdruck auf ihr. Dann ging sie entschlossen an ihm vorbei, betrat die Kammer und hängte ihren Sattel auf seinen Halter.
Als sie sich wieder umdrehte, war Denis verschwunden. Eine ganze Weile später begriff sie, daß der Gegenstand in seiner Hand ein Kandarengebiß gewesen war.

Nach dem Abendessen räusperte sich Georg. »Ich will dich ja nicht bei deinen Plänen stören …«
»Ja?« Christine blickte von ihrem Buch auf, mit dem sie am Kamin saß.
»Ich dachte mir nur, wir könnten vielleicht morgen oder übermorgen einmal nach Galway fahren, wenn es dir recht ist.«

»Warum soll es mir nicht recht sein?« fragte Christine. Sie befiel doch allmählich hin und wieder ein leichtes Gefühl der Ungeduld.
»Ich meine ja nur«, beschwichtigte Georg, »weil du doch in den letzten Tagen immer zum Reiten gegangen bist ...«
»Das Reiten ist doch nichts, auf das ich nicht mal gut einen Tag lang verzichten könnte.« Christine klappte ihr Buch zu. »Und ich würde mir sehr gerne die Stadt ansehen.« Sie lächelte. »Soviel ich gehört habe, muß sie sehr hübsch sein.«
»Das stimmt allerdings«, bestätigte Georg lebhaft. »Galway ist eine Stadt, in der man auf Schritt und Tritt der Kunst begegnet, ich sage immer, sie ist das Paris Irlands.«
Christine betrachtete sein auf einmal angeregtes Gesicht, und ihr fiel erneut auf, daß für Georg kaum etwas anderes als seine Malerei existierte. Doch sie hatte sich mit ihrem Besuch bei ihm entschlossen, dieses Kapitel nicht anzuschneiden, deshalb ging sie auch nicht weiter darauf ein.
»Soweit ich weiß, ist dort auch einiges in Sachen Musik los, oder?« erkundigte sie sich.
»O ja, doch«, antwortete Georg ein wenig irritiert. »Man sieht eine Menge Straßenmusikanten oder wie man sie nennt, und es gibt auch eine Reihe Pubs.«
»Wann wolltest du fahren?« fragte sie. »Morgen?«
»Oder übermorgen. Aber wenn dir ein anderer Tag lieber ist ...«
»Nein, nein, es ist schon okay«, sagte Christine. »Ich finde es wirklich lieb von dir, daß du dir die Mühe machen willst.«
»Also dann übermorgen?« fragte Georg entschlossen. »Ich kann dann auch noch kurz in der Galerie vorbeischauen, da waren noch einige Fragen zu klären.«
Christine unterdrückte ein Lächeln.

»Schade«, meinte Ruaidhri und lachte.
»Wieso schade?« wollte Christine wissen.
»Dann kommst du morgen ja gar nicht!«
»Das ist ja furchtbar«, lachte Christine.
»Finde ich auch«, nickte Ruaidhri ernsthaft.
»Nun rede aber bloß keinen Unsinn«, sagte Christine energisch. »Deine anderen Kunden wollen schließlich auch mal wieder was von dir haben.«
»Meine anderen Kunden sind aber bei weitem nicht so hübsch wie du«, behauptete Ruaidhri. »Und außerdem – was soll ich Bandit und Blossom erzählen, wenn du nicht kommst?«
Christine klopfte Blossom den glatten, schwarzen Hals.
»Sie werden auch mal einen Tag ohne mich auskommen, nicht wahr, meine Schöne?«
Blossom prustete, und Christine lachte.
»Sie vielleicht«, entgegnete Ruaidhri mit düsterem Gesicht, und Christine amüsierte sich köstlich. Ruaidhri flirtete mittlerweile recht unverhohlen mit ihr, doch kam sie gar nicht auf die Idee, ihn ernst zu nehmen. Sie mochte ihn, genauso wie sie Fiona mochte, doch wußte sie genau, daß er sich jeder anderen auch nur einigermaßen gutaussehenden Kundin gegenüber genauso verhalten würde. Sie hatte deswegen durchaus keine Schwierigkeiten, damit in der rechten Weise umzugehen, und sah auch noch keinerlei Notwendigkeit, ihn in seine Schranken zu weisen. Obwohl sie ihn niemals ermutigte, gestand sie sich ein, daß es ihr sogar in gewisser Weise guttat, wieder einmal die Bewunderung eines Mannes zu spüren. Das war Balsam für sie, dessen Wirkung sie zu schätzen wußte. Abgesehen davon störte sie aber nach wie vor, daß Ruaidhri ihr gegenüber manchmal diese typisch männliche Überheblichkeit an den Tag legte. Sie billigte ihm zwar

zu, daß er nicht wissen konnte, daß sie promovierte Tierärztin und damit fachlich mehr als kompetent war, sie fand jedoch, daß er ihr ungeachtet ihrer Ausbildung doch ein wenig mehr Anerkennung entgegenbringen durfte.
Sie nahm es jedoch mit Humor, immerhin handelte es sich um nichts, womit sie auf Dauer zurechtkommen mußte.
»Aber heute wird noch ein wenig gearbeitet, was?« sagte Christine zu dem Pferd und nahm die Zügel wieder fester in die Hand. Ruaidhri trat ein Stück zurück, während Christine Blossom antrieb. Sie hatte ihn gefragt, ob sie mit der Stute auch einmal springen dürfte, und Ruaidhri war einverstanden.
»Sie springt recht gut«, nickte er und grinste stolz. »Unsere Irish Hunter sind in der ganzen Welt als Springpferde berühmt!«
»Na, dann wollen wir mal sehen, was Blossom kann«, lächelte Christine.
Als sie sich später im Kämmerchen, in dem sie ihre Kleidung aufzubewahren pflegte, umzog, hörte sie im Hof einen Diesel starten. Sie blickte hinaus und sah, wie Denis den Rover mit Hänger aus der Einfahrt lenkte und in Richtung Dorf fuhr.
Nachdenklich schaute ihm Christine nach.
Seit Tagen war sie bemüht gewesen, nicht zu Cuchulainn hinüberzuschauen. Sie ertrug es nicht, zu sehen, wie er litt. Und um nichts in der Welt wollte sie sich noch einmal Denis' Aggressionen aussetzen, indem sie wagte, sich dem Pferd zu nähern.
Doch jetzt war Denis fort.
Soweit Christine es hatte erkennen können, befanden sich Sylvano und Fairy Queen im Hänger, man durfte also davon ausgehen, daß er mit ihnen zum Training nach Galway fuhr.

Es würde noch eine gute Weile dauern, bis er wiederkam. Sollte sie es riskieren?
Was, wenn das Pferd inzwischen so verrückt war, daß es durchdrehte, sobald sich jemand mit ihm zu beschäftigen versuchte?
Eigentlich ging es sie ja wirklich nichts an.
Christine sah sich um. Ruaidhri war nirgends zu entdecken, und Fiona hatte sie vorhin mit einer Reitgruppe den Hof verlassen sehen. Die Hausgäste waren wohl alle zum Mittagessen unterwegs, jedenfalls rührte sich auf dem ganzen Anwesen nichts.
Sie entdeckte James' Collie, der faul auf dem Abtreter vor der Sattelkammertür lag und geduldig auf die Rückkehr seines Herrn aus der Schule wartete. Er blickte auf und wedelte andeutungsweise mit dem Schwanz, während Christine uninteressiert an ihm vorbeiging. Als er merkte, daß sie ihn nicht beachtete, legte er seine Schnauze wieder auf die ausgestreckten Vorderläufe und schloß mit einem Seufzer die Augen. Cuchulainn stand still in seiner Koppelecke, als Christine vorsichtig um das Gebäude herumging. Er graste nicht, sondern hielt den Kopf gesenkt, als ob er schlief. Sein langer Schweif bewegte sich leise im Wind, ohne dies hätte man denken mögen, das Pferd sei aus Stein gehauen.
Christine trat leise näher.
Cuchulainn sah sie und hob argwöhnisch den Kopf. Seine Ohren legten sich flach zurück, und Christine bemerkte wieder das Weiße seines Augapfels. Sie lehnte sich bedachtsam an den Koppelzaun, ohne etwas dabei zu sagen, das Pferd sollte erst einmal ihre Anwesenheit in Ruhe wahrnehmen.
Cuchulainn rührte sich nicht. Wie bei ihrer ersten Begegnung blieben seine Ohren beharrlich zurückgelegt, seine

Verhaltensweise war nicht die eines normal neugierigen Pferdes. Christine bemerkte die frischen Wunden an seinen Lefzen, sie mußte sofort an die Kandare in Denis' Hand denken, und ihr wurde eiskalt.

»Oh, mein Gott«, sagte sie leise und legte ihr Kinn auf ihre über der obersten Zaunstange gestützten Arme und faltete die Hände. »Du armer Kerl!«

Das Pferd reagierte nicht, doch in Christine pulste Mitleid, und gleichzeitig wurde sie von unbändiger Wut erfaßt. In diesem Augenblick hätte sie es sogar begrüßt, wenn Denis plötzlich hinter ihr stünde, in ihrem Zorn wäre sie ohne jede Hemmung fähig gewesen, ihn anzugreifen, ungeachtet seines einschüchternden Auftretens.

Doch sie bezwang ihre Gefühle. Hier ging es nicht um Denis, hier ging es einzig und allein um das Pferd.

In diesem Moment beschloß Christine, alles zu tun, was in ihrer Macht stand, um dem Tier zu helfen.

Leise begann sie zu sprechen. Ihr Ton war sanft und gleichmäßig, und sie wußte, daß das Gehör des Pferdes fein genug war, um diese Laute zu vernehmen, auch wenn es nicht erkennen ließ, daß es sie hörte.

Sie hatte jedes Gefühl dafür verloren, wie lange sie so stand und auf den Dunkelbraunen einsprach. Er rührte sich nach wie vor nicht, blickte Christine nur starr an. Sie bemerkte, daß ein wenig Schaum von seinen Lefzen zu Boden tropfte, und ihr Herz wurde schwer. Sollte das tatsächlich ein Hinweis darauf sein, daß Cuchulainn einen Hirndefekt hatte? In diesem Fall wäre wohl alle Mühe umsonst und der Schuß des Abdeckers die humanste Lösung.

War das Verhalten des Pferdes allerdings als neurotisch einzustufen, dann konnte die Ursache dafür nicht angeboren sein. Ruaidhri hatte erzählt, daß Cuchulainn bereits Rennen

gewonnen hatte – und ein geistig behindertes Tier gewann keine Rennen.
Christine war während ihres Studiums einigen Fällen von Geisteskrankheiten bei Tieren begegnet, doch diese waren in der Regel genetisch bedingt gewesen. Sie wußte allerdings, daß es beim Tier wie beim Menschen zahlreiche Formen psychischer Erkrankungen gab, die mit ähnlichen Symptomen einhergingen. Die Krankheiten waren teilweise heilbar, doch erforderte dies eine langwierige Behandlung, und Christine glaubte nicht, daß sich Denis die Mühe machen würde, eine solche an Cuchulainn erproben zu lassen.
Christine hätte das Pferd am liebsten ganz aus der Nähe betrachtet, um es sich genauer ansehen und möglicherweise einige oberflächliche Untersuchungen vornehmen zu können. Doch sie wußte, daß es momentan unmöglich war. Wenn sie überhaupt jemals Zugang zu Cuchulainn gewinnen sollte, dann mußte das Stück für Stück geschehen. Jede übereilte Annäherung würde ihn erschrecken, was für sie selbst durchaus gefährlich enden konnte. Ein verängstigtes Pferd war in der Lage, einen Menschen zu töten.
Nein, sie mußte zuerst versuchen, sein Vertrauen zu gewinnen.
Also blieb Christine, wo sie war, und redete weiter leise auf das Pferd ein.
Der Dunkelbraune stand immer noch wie in Erz gegossen, seine Haltung war stumpf und argwöhnisch zugleich. Christine hätte gerne gewußt, ob der Hengst sie überhaupt registrierte, und so machte sie ganz vorsichtig langsam ein, zwei Schritte zur Seite, wobei sie darauf achtete, keine raschen Gesten auszuführen, um ihn nicht aufs neue zu erschrecken. Zu ihrer Erleichterung stellte sie fest, daß der Hengst ihr mit den Augen folgte.

Er nahm sie also bewußt wahr, das war schon ein vielversprechender Anfang.
Sie fuhr fort, leise zu ihm zu sprechen, und erlebte endlich, daß Cuchulainns Ohren zu zittern begannen. Christine hielt den Atem an. Was würde geschehen? Langsam, ganz langsam entspannte der Hengst seine Ohren, und Christine fühle, wie ihr warm ums Herz wurde, als Cuchulainn endlich zögernd einen Lauscher in ihre Richtung drehte.
»So ist es brav. Jetzt hörst du mir doch ein bißchen zu, nicht wahr?«
Cuchulainn rührte sich nicht, doch sein Ohr blieb auf Christine gerichtet, die ihren leisen Monolog fortsetzte.
Christine war gerührt und hoffnungsfroh, denn dieser erste Versuch wies ein positives Ergebnis auf. Sie wollte das Pferd jedoch nicht überstrapazieren. Es sollte ihre Zuwendung als positiven Reiz begreifen lernen. Noch wußte sie nicht, wie sie dem Hengst am besten zu helfen vermochte, aber eins wußte sie, daß die erste Voraussetzung für eine Zusammenarbeit die Schaffung eines Vertrauensverhältnisses war.
»Ich muß jetzt gehen«, sagte sie sanft zu dem Pferd. »Aber ich verspreche dir, daß ich wiederkomme.«
Behutsam trat sie vom Zaun zurück und registrierte erfreut, daß sie weiterhin Cuchulainns Aufmerksamkeit besaß.
»Mach's gut«, flüsterte sie und entfernte sich langsam von der Koppel. Als sie, an der Hausecke angekommen, noch einmal zurückblickte, sah sie den Hengst immer noch am gleichen Fleck stehen. Und er schaute ihr hinterher.

»Wo warst du denn die ganze Zeit?« fragte Ruaidhri erstaunt, als sie ihm kurz darauf im Hof begegnete. »Ich habe schon gedacht, du wärst nach Hause gegangen!«

Christine sah ihm ins Gesicht und überlegte, ob sie ihm die Wahrheit sagen sollte. Dann entschied sie sich dafür. Obwohl sie ihren Besuch bei dem Dunkelbraunen nicht gerade Denis auf die Nase zu binden beabsichtigte, wäre es ihr feige vorgekommen, Ruaidhri anzulügen.
»Ich war bei dem Hengst«, sagte sie daher ein wenig herausfordernd.
Ruaidhri schaltete schnell. »Du meinst, bei Cuchulainn?«
Christine nickte trotzig. Dann sah sie Ruaidhri fast verzweifelt an.
»Sag mir, weshalb mißhandelt Denis das Tier bloß?«
Ruaidhri seufzte.
»Daß er es mißhandelt, das glaube ich nicht einmal. Ich habe noch nie gesehen, daß er den Hengst schlägt oder etwas dieser Art.«
»Er hat Verletzungen am Maul«, erwiderte Christine scharf.
»Die kann er sich auch anders zugezogen haben«, gab Ruaidhri zurück. »Hör zu, Christine, ich will Denis nicht in Schutz nehmen, glaub mir! Aber das Pferd ist tatsächlich schwierig, das habe ich selbst erlebt. Und ich kann dir nur sagen, daß ich sehr froh bin, nichts mit ihm zu tun zu haben.«
»So kann man sich natürlich auch seiner Verantwortung entledigen«, sagte Christine bitter. »Hat sich denn niemals irgend jemand hier Gedanken gemacht, weshalb das Pferd so schwierig ist?«
»Mein Gott«, meinte Ruaidhri ein wenig ungeduldig, »man erwischt eben zuweilen schwierige Pferde, das ist doch ganz normal!«
»Normal ist hierbei gar nichts«, versetzte Christine knapp. »Der Hengst ist Rennen gelaufen, bevor er zu euch kam, also kann er früher nicht schwierig gewesen sein, richtig?«
»Das weiß ich doch nicht«, meinte Ruaidhri unbehaglich.

»Ich habe ihn nur zwei- oder dreimal auf der Bahn gesehen, du darfst mich also nicht fragen, wie er sonst war.«
»Aber Denis muß es gewußt haben. Und wenn der Hengst schon damals so problematisch gewesen wäre, dann hätte er sicherlich nicht soviel Geld für ihn ausgegeben, stimmt's?«
»Wahrscheinlich nicht«, gab Ruaidhri ehrlich zu. »Soviel ich weiß, hat er ihn damals sogar einige Male geritten, bevor er sich entschied.«
»Und der Hengst ließ sich anstandslos von ihm reiten?«
»Ich nehme es an«, sagte Ruaidhri vorsichtig.
»Das heißt, der Wirbel ging erst hier auf dem Hof los«, stellte Christine fest. »Kommt dir das nicht ein wenig komisch vor?«
»Bei Pferden kommt mir niemals etwas komisch vor.« Ruaidhri schaute Christine mit besänftigender Miene an. »Komm, reg dich doch nicht wegen des Pferdes auf! Ich weiß, es ist ein Jammer mit dem Tier, aber was sollen wir denn tun?«
»Du könntest zum Beispiel einmal mit Denis reden«, sagte Christine direkt.
»Ich? Mit Denis reden? Bist du des Wahnsinns?« Ruaidhris Gesicht zeigte Fassungslosigkeit. »Er frißt mich mit Haut und Haaren, das müßtest du doch inzwischen wissen!«
»Daß du Angst vor deinem Bruder hast, hätte ich eigentlich nicht von dir gedacht«, meinte Christine, ungewollt amüsiert.
»Ich habe keine Angst vor ihm«, empörte sich Ruaidhri. »Ich will bloß nicht unbedingt mit ihm streiten. Zumal ich den Sinn des Ganzen nicht ganz einsehe.«
Christine gab es auf. Nun gut, dann würde sie die Sache eben allein anpacken. »Meinst du, ob Denis vielleicht damit einverstanden wäre, wenn ich versuchte, dem Pferd zu helfen?«

Ruaidhri schaute ein wenig belustigt drein.
»Wie willst du denn dem Pferd helfen?« fragte er, und Christine ärgerte sich wieder einmal über seine herablassende Art.
»Egal«, sagte sie kurz. »Wie würde Denis reagieren, was denkst du?«
»Probier's aus«, gab Ruaidhri zurück. »Aber wundere dich nicht, falls er dann seine gute Kinderstube vergessen sollte.«
»Daß er eine hat, nahm ich ohnehin nicht an«, erwiderte Christine. »Nun, es ist ja auch egal. Ich hoffe nur, daß es noch nicht zu spät ist.«
Ruaidhri betrachtete sie einen Moment prüfend, dann überzog sich sein Gesicht mit einem Lächeln.
»Du bist schon ein Mädel«, meinte er anerkennend. »So klein, und soviel Dampf dahinter! Nun, dann versuch dein Glück, ich bin wirklich gespannt, wie es ausgeht.«
»Ich auch«, erwiderte Christine still.

5. Kapitel

Die Stadt empfing sie in lebhaften Farben.
Nach den zurückliegenden Tagen der Stille in ländlicher Umgebung empfand Christine es als angenehme Abwechslung, wieder einmal in Trubel einzutauchen. Galway hatte sich, obwohl heute eine der größten Städte Irlands, seinen liebenswerten Charme bewahrt, und Christine gefiel es hier auf Anhieb.
Georg parkte sein Auto außerhalb des Zentrums.
»Am einfachsten kommt man zu Fuß voran«, bemerkte er. »Obwohl viele das einfach nicht begreifen wollen. Du kannst dir kaum vorstellen, wie vollgestopft hier die Straßen manchmal sind.«

Christine blickte sich interessiert um. Der Autoverkehr war stark, das stimmte. Trotzdem erkannte sie gleich einen grundlegenden Unterschied zu Deutschland: Niemand schien sich hier besonders wegen der Verkehrsregeln zu beunruhigen. Die Fußgänger überquerten die Hauptstraße bei fließendem Verkehr, keiner hupte auch nur, und es passierte offenbar niemals ein Unglück.
Menschen, Menschen, wohin Christine auch schaute. Sie wunderte sich ein wenig über die vielen jungen Leute, und Georg erklärte ihr, daß Galway eine Universitätsstadt sei.
Blumenrabatten, Straßenmusikanten, Cafés und Kneipen und Autos, das war Christines erster und oberflächlicher Eindruck, während sie an Georgs Seite durch die Innenstadt von Galway schlenderte. Georg selbst zeigte sich nicht allzu gesprächig, ihm fiel selbst auf, daß er ihr eigentlich gar nicht viel zu erklären imstande war. Obwohl er seit zehn Jahren nicht weit von Galway wohnte, hatte er sich nie für die Geschichte und Kultur der Stadt ernsthaft interessiert – außer wenn es um seine Malerei ging.
Es störte Christine allerdings nicht weiter, sie war durchaus zufrieden damit, schweigend zu bummeln und mit eigenen Augen und Ohren aufzunehmen.
In einem Buchladen kaufte sie sich eine Zeitung, und als es dann allmählich auf Mittag zuging, schlug Georg vor, eine Kleinigkeit essen zu gehen.
»Ich weiß nicht, was du gerne magst. Fisch vielleicht? Der Galway-Lachs ist eine echte Spezialität!«
»Soviel Hunger habe ich eigentlich nicht«, zögerte Christine.
»Oder ein Sandwich?« bot Georg weiter an.
»Gut, ein Sandwich werde ich wohl schaffen«, gab Christine nach.
Als sie dann im Café saßen, mußte Christine zugeben, daß sie

doch ein wenig Appetit bekommen hatte. Das Sandwich schmeckte ausgezeichnet, und sie bestellte sich gleich noch ein zweites.

»Ich glaube, wir wären doch besser Lachs essen gegangen«, lächelte Georg.

Christine erwiderte das Lächeln. »Beim nächsten Mal.«

Erstmals hinterließ der gefüllte Magen bei ihr nicht das Gefühl, als müsse sie sich gleich übergeben, im Gegenteil, sie spürte sich richtig beseelt von Aktivität.

»Wohin gehen wir nun?« fragte sie unternehmungslustig.

Georg zögerte.

»Ich müßte jetzt vielleicht doch erst einmal kurz in die Galerie.« Er schaute Christine unsicher an. »Ich weiß nicht, möchtest du mitkommen?«

Christine überlegte, dann schüttelte sie den Kopf.

»Vielleicht ein anderes Mal. Bei diesem schönen Wetter heute möchte ich eigentlich lieber noch ein wenig in der Stadt herumlaufen. Vielleicht können wir uns später irgendwo treffen?«

»Das ist eine gute Idee!« Georg verspürte heimliche Erleichterung. »Geh doch auch mal hinunter an die Bucht, da ist eine schöne Uferpromenade, direkt am Fuß der Altstadt.«

»Das hört sich gut an«, nickte Christine. »Und wo sehen wir uns wieder?«

Georg dachte nach.

»In der Quay Street gibt es ein paar nette Pubs, vielleicht sollten wir uns in einem von ihnen treffen!«

»Quay Street werde ich bestimmt finden. Und in welchem Pub?«

»Ich weiß nicht«, meinte Georg zögernd, »im ›Harper‹ vielleicht?«

»Da ich nicht weiß, wie das ›Harper‹ ist, kann ich auch nichts dazu sagen«, entgegnete Christine entschieden. »Aber abgemacht, treffen wir uns, sagen wir mal, gegen vier im ›Harper‹.«

»Gut, machen wir.« Georg erhob sich. Er zahlte die Sandwiches und folgte dann Christine hinaus auf die Straße. Vor dem Café trennten sie sich, und Christine wandte sich gen Altstadt, während Georg in die andere Richtung verschwand.

Christine mußte sich eingestehen, daß sie ein kleines Gefühl der Erleichterung darüber empfand, die Stadtbesichtigung allein fortsetzen zu können. Es war durchaus nicht so, daß Georg sie störte, er folgte ihr bereitwillig überallhin, wo sie etwas Interessantes zu sehen meinte, und er blieb stehen, wo sie stehenblieb, um geduldig zu warten, bis sie weiterschlenderte. Doch seine offensichtliche Unkonzentriertheit und der Eindruck, als fragte er sich, was er hier eigentlich tat, den sie nicht los wurde, beeinträchtigten ihr Vergnügen am Bummel doch ein wenig.

Nun war sie ihr eigener Herr, konnte tun, was ihr beliebte, ohne sich darüber Gedanken machen zu müssen, ob sie Georg möglicherweise ermüdete.

Sie durchstreifte also in aller Ruhe die engen, verwinkelten Gassen der Altstadt, deren bunte Häuser einen malerischen Anblick boten, sie entdeckte uralte Pubs, Kramläden, kleine Kellertheater und Musikkneipen. Sie studierte die Auslagen, stieg vorsichtig über die Ware der Straßenhändler hinweg, die oft einfach auf dem schmalen Bürgersteig ausgebreitet lag, und stand einige Male still, um dem Spiel eines Musikanten zu lauschen.

Die Promenade, von der Georg gesprochen hatte, fand sie ohne Schwierigkeiten. Im Brackwasser des River Corrib, der

vom Lough Corrib herunterkam und in die Galway Bay mündete, fischten Möwen, der Geruch des Meeres war allgegenwärtig. Christine wanderte an der Ufermauer entlang, ließ sich die warme Sonne ins Gesicht scheinen und hörte den Vögeln zu, die hier den Autolärm übertönten.
Als die Uhr auf vier zuging, machte sie sich auf den Weg in die Quay Street, die sie zuvor schon einige Male durchstreift hatte. Das ›Harper‹ war ihr dabei schon aufgefallen. Es war wie die vielen anderen Pubs auch eine sehr hübsche alte Kneipe.
Im Pub herrschte Dämmerlicht, besonders kontrastierend zu der Sonne draußen. Zu ihrer gelinden Überraschung war es hier trotz der nachmittäglichen Stunde nicht leer. Christine erkannte einige Touristen, jedoch auch Einheimische, die offenbar nach Arbeitsschluß noch auf ein Bier vorbeikamen.
Sie ließ sich an einem der kleinen, an der Wand gegenüber dem Tresen aufgereihten Tische nieder und bestellte einen Tee. Sie wußte nicht, wie pünktlich Georg sein würde, doch richtete sie sich auf eine längere Wartezeit ein und schlug geruhsam ihre Zeitung auf. Um möglichst viel Licht zum Lesen einzufangen, hatte sie sich mit dem Rücken zur Tür gesetzt und konnte daher nicht sehen, wer hereinkam oder hinausging. Den beiden Männern, die am letzten Tisch in der Ecke saßen, warf sie nur einen flüchtigen Blick zu. Sie beachteten sie auch nicht, sondern unterhielten sich leise.
Christine trank ihren Tee, in die Zeitung vertieft, und blickte daher nur recht geistesabwesend auf, als jemand, von hinten kommend, an ihrem Tisch vorbeiging und dabei versehentlich ihre Zeitung streifte. Ihr erschien es zwar ein wenig ungewöhnlich, daß er sich nicht entschuldigte, doch wollte sie sich schon wieder ihrer Lektüre zuwenden, als ihr plötzlich bewußt wurde, wer da an ihr vorbeigegangen war.

Denis bemerkte sie nicht. Er ging zum letzten Tisch und ließ sich, mit dem Rücken zu Christine, bei den beiden Männern nieder.
Obwohl es Christine nicht im mindesten interessierte, was Denis tat, konnte sie es nicht lassen, einen verstohlenen Blick zum letzten Tisch wandern zu lassen. Zum ersten Mal sah sie Denis nicht in Reitkleidung, sondern in Jeans und einer Lederjacke. Ganz offensichtlich fand hier ein privates Treffen statt.
Allerdings schien das Beisammensein nicht gerade ein geselliges zu sein. Christine wollte eigentlich nicht mehr hinüberschauen, bemerkte jedoch, daß Denis den Barkeeper, der nach seinen Wünschen fragte, recht kurz angebunden wegschickte.
Christine, die selbst gerne noch einen Tee bestellt hätte, verkniff sich diesen Gedanken, um Denis nicht ungewollt auf sich aufmerksam zu machen. Instinktiv spürte sie, daß er ihre Anwesenheit hier nicht besonders schätzen würde. Sie schaute auf ihre Uhr und hoffte, daß Georg bald käme und sie damit das Feld räumen konnte.
Doch Georg ließ sich Zeit, und Christine konnte nichts tun, als sich hinter ihrer Zeitung zu verstecken und vorzugeben, nichts von ihrer Umgebung zu bemerken. Sie konnte nicht verstehen, was Denis mit den beiden Fremden redete, doch erweckten diese nach genauerer Betrachtung nicht gerade einen besonders günstigen Eindruck. Sie standen in mittlerem Alter, ihre Kleidung war korrekt, sogar fast ein wenig zu elegant für die Umgebung. Der eine hatte einen teuren Aktenkoffer dabei, und vor ihrer Haustür angetroffen, hätte sie in ihnen Versicherungsagenten oder dergleichen vermutet. Dagegen sprach allerdings der Ausdruck, der auf den Gesichtern der beiden Männer lag. Er war nicht unfreundlich,

zeigte aber nichts von der Verbindlichkeit, die solchen zu eigen zu sein pflegte.
Denis' Gesicht konnte Christine nicht sehen, wohl aber seine rechte Hand, die auf seinem Oberschenkel lag, und so bemerkte sie, wie er nervös mit den Fingern trommelte. Er schien eindeutig unter Spannung zu stehen.
Die Männer ihm gegenüber waren hingegen ganz ruhig, sie wirkten direkt gelassen. Christine, die wie magisch angezogen immer wieder hinübersehen mußte, fragte sich, warum um alles in der Welt sie das Gefühl, daß es sich bei den beiden um keine besonders gute Gesellschaft handelte, nicht los wurde.
Andererseits – Denis traute sie sowieso alles Erdenkliche zu. Hinweise dafür, daß er auch noch in dunklen Kreisen verkehrte, würden ihre Meinung über ihn nur noch untermauern. Flüchtig dachte sie an Ruaidhri. Wußte er davon, oder war er vielleicht sogar selbst dahinein verwickelt? Nein, entschied Christine für sich. Ruaidhri war ein derartig offener Charakter, daß sie es sicherlich bemerken würde, wenn er etwas zu verbergen hätte.
Sie rief sich zur Vernunft. Schließlich gab es nicht den geringsten Beweis dafür, daß Denis mit diesen beiden Männern unseriöse Geschäfte machte – daß sie ihn nicht mochte, mußte ja nicht zwangsläufig bedeuten, daß er etwas Illegales tat. Und was die beiden Männer anging, so gestand Christine offen ein, daß es nicht das erste Mal wäre, daß sie sich vom Äußeren eines Menschen täuschen ließ. Auf ihre Menschenkenntnis war nicht unbedingt Verlaß.
Wie dem auch sei, es ging sie ohnehin nichts an.
Christine senkte ihren Blick entschlossen auf die Zeitung und widerstand allen weiteren Versuchungen, zu Denis hinüberzusehen oder aus dem leise Gesprochenen etwas heraus-

zuhören, und schaffte es tatsächlich, sich wieder auf ihre Lektüre zu konzentrieren.
Sie blickte erst auf, als in der Ecke Bewegung entstand. Ohne es zu wollen, schaute sie hinüber und sah, daß Denis aufgestanden war. Um nicht doch noch als ungebetene Zuhörerin ertappt zu werden, wollte sie sich rasch hinter ihrer Zeitung verstecken, doch er hatte sich bereits umgedreht und kam auf sie zu.
Ihre Blicke begegneten sich sogleich. Denis erkannte Christine, und sein finsteres Gesicht nahm einen Ausdruck an, den man beinahe erschreckt nennen konnte. Christine sah ihm trotzig entgegen und wappnete sich innerlich gegen die beißende Bemerkung, die womöglich gleich kommen würde.
Doch – Denis zögerte nur unmerklich, seine Augen glitten von ihr ab, und er ging an ihr vorbei, ohne das geringste Anzeichen eines Erkennens zu zeigen.
Christine drehte sich nicht nach ihm um, als er auf direktem Weg das Lokal verließ. Innerlich schäumte sie vor Zorn. Einen Gruß erwartete sie von Denis selbstverständlich nicht, doch er hatte darüber hinaus sogar so getan, als kenne er sie überhaupt nicht, was er noch nicht einmal mit ihrem gespannten Verhältnis zueinander entschuldigen durfte. Was war er doch für ein unsympathischer Kerl, Christine fühlte sich bestätigt.
Die beiden Fremden saßen immer noch am Ecktisch. Doch nun hob einer von ihnen die Hand, um den Barkeeper zu rufen. Sie zahlten, standen kurz danach auf und gingen an ihr vorbei hinaus. Noch nachdem sie verschwunden waren, umwehte Christine der Duft teuren Rasierwassers.
Gleich darauf kam Georg. Er war ein wenig atemlos und entschuldigte sich verlegen für seine Verspätung.
»Es hat doch ein bißchen länger gedauert, als ich dachte.« Er

ließ sich an Christines Tisch nieder. »Wartest du schon lange?«
»Oh, nein, ich bin auch erst vor kurzem gekommen«, beschwichtigte ihn Christine gutmütig.
Georg sah, daß Christines Tasse leer war. »Möchtest du noch einen Tee?«
»Gerne, ja«, nickte sie, und Georg rief den Barkeeper.
»Hast du alles erledigen können?« fragte Christine, nachdem er bestellt hatte.
»Doch, ja, es ist nun alles für die nächste Ausstellung geklärt. Und du hast dich noch ein wenig umgesehen?«
»Habe ich, ja.«
Während Christine begann, über das eine oder andere, das sie angeschaut hatte, zu berichten, vergaß sie Denis und sein sonderbares Stelldichein.

In der Nacht wurde Christine vom Bellen eines Hundes geweckt.
Es klang nicht allzuweit entfernt, vermutlich war es Punch, der drüben auf dem Hof bei den Ställen in seiner Hütte schlief.
Da er bisher jedoch nachts noch nie gebellt hatte, kam es Christine doch ein wenig außergewöhnlich vor. Und nachdem sie ohnehin wach war, schwang sie sich aus dem Bett und ging zum Fenster.
Draußen schien der Mond, es war deshalb nicht besonders finster. Christine konnte die Pferde auf der Weide erkennen, wie sie langsam herumwanderten und dabei grasten. Die Gebäude des O'Flaherty-Hofes lagen dunkel im Hintergrund, und als Christine ihre Augen anstrengte, sah sie das Weiße im Fell des Hundes herüberschimmern, während er offenbar aufgeregt im Hof hin und her lief.

Christine bemühte sich, den Grund für sein Bellen zu erkennen, doch konnte sie über die Entfernung und bei der unzureichenden Helligkeit nichts feststellen. Sie blieb noch für einen Moment am Fenster stehen, doch dann erkannte sie die Unsinnigkeit ihres Tuns, zuckte die Achseln und wollte sich gerade wieder in ihr Bett legen, als sie auf einmal Schritte hörte. Jemand ging drüben den Kiesweg entlang. Neugierig schaute Christine zur Hofeinfahrt hinüber und erkannte eine Gestalt in heller Hose und dunkler Jacke. Denis, dachte sie sofort. Er hatte am Nachmittag hellblaue Jeans und eine schwarze Jacke getragen.
Christine bemühte sich, Genaueres zu erkennen, und war sich daraufhin sicher, daß es tatsächlich Denis war. Sie warf einen Blick auf ihre Uhr. Es war eins vorbei. Was machte Denis um diese Zeit da draußen?
Denis überquerte mit schnellen Schritten den Hof. Der Hund lief ihm nach, worauf sich Denis zu ihm hinunterbeugte und etwas zu ihm sagte, was ihn offensichtlich erschreckte und zurückweichen ließ. Während Punch zu seiner Hütte zurückschlich, verschwand Denis hinter dem Haus. Sie wartete eine ganze Weile, doch er tauchte nicht mehr auf, und auch Punch verharrte still.
Nachdenklich legte sich Christine wieder ins Bett.

Am nächsten Tag wartete Christine darauf, daß Denis den Hof verlassen würde. Sie ritt Bandit, dann Blossom und scherzte dabei mit Ruaidhri, der sich betont erleichtert darüber äußerte, daß der lange gestrige Tag ohne sie endlich überstanden war.
Später kam Fiona und bat sie, ihr bei ein paar deutschen Touristen, die gestern angekommen waren, mit einigen Erklärungen auszuhelfen.

»Sie können weder reiten noch viel Englisch«, grinste sie, »aber eines davon ist Voraussetzung dafür, daß wir miteinander klarkommen.«
Christine lachte.
»Am einfachsten wäre es wahrscheinlich, wenn ich dir bei Gelegenheit die nötigen Brocken Deutsch beibringen würde.«
»Das kannst du gerne tun«, versicherte Fiona. »Bloß für heute reicht die Zeit wohl nicht mehr ganz.«
»Es gibt noch eine Möglichkeit«, grinste Ruaidhri, der nicht von Christines Seite wich.
»So? Und welche?« fragte Fiona argwöhnisch.
»Christine muß einfach hier bei uns bleiben, dann kann sie jedesmal die deutschen Gäste betreuen.«
»Das war schon immer meine Vorstellung von einem Traumberuf«, nickte Christine mit ernstem Gesicht und zwinkerte Fiona heimlich zu.
»Warum nicht?« Ruaidhri schien der Gedanke ausnehmend zu gefallen. »Was willst du denn in Deutschland? Den ganzen Tag in irgendeinem öden Büro hocken, das ist doch nicht das Wahre. Bleib hier bei uns, dann bist du immer an der frischen Luft und kannst reiten, soviel du willst.«
Mit Familienanschluß statt Gehalt, hätte Christine beinahe hinzugefügt, und sie mußte sich das Lachen verbeißen. Ruaidhris Motive waren allmählich gar zu offensichtlich.
Auch Fiona gluckste vernehmlich und betrachtete ihren älteren Bruder mit einem derart wissenden Gesichtsausdruck, daß Christine um ein Haar laut aufgelacht hätte. Doch sie wollte Ruaidhri nicht bloßstellen, das hatte er wirklich nicht verdient.
»Also, wo sind deine Sorgenkinder?« fragte sie Fiona und folgte ihr zum Reitplatz. Während sie Fionas Erklärungen

übersetzte und nebenbei auch noch eine Anzahl freundlicher Fragen nach ihrem Woher und Wieso beantworten mußte, hielt sie die ganze Zeit wachsam Ausschau nach Denis.
Endlich hörte sie, wie der Rover angelassen wurde, und gleich darauf sah sie ihn samt Hänger durch das Tor fahren. Christine wartete, bis das Motorengeräusch nicht mehr zu hören war, dann verließ sie den Reitplatz, nachdem sie sich vergewissert hatte, daß Fiona mit ihren Schülern inzwischen ohne sie zurechtkam.
Cuchulainn stand wie immer allein in seiner Koppelecke. Auch diesmal beobachtete er Christine argwöhnisch, als sie sich ihm vorsichtig näherte. Sie lehnte sich wieder über die oberste Koppelstange und sprach ihn leise an.
Wie beim vorigen Mal reagierte der Hengst nicht.
Soweit es Christine aus der Entfernung erkennen konnte, sahen die aufgerissenen Stellen an seinen Lefzen etwas besser aus, sie schienen zu heilen. Christine wünschte, sie könnte an das Pferd herankommen und ihm Salbe auf die Wunden auftragen. Aber noch war es unmöglich, es mußte ohne gehen.
Solange Christine sich heute auf dem Hof aufhielt, hatte Denis nicht versucht, das Pferd zu reiten. Offenbar war es auch gestern verschont geblieben. Christine zog nicht einen Augenblick in Betracht, daß Denis den Hengst aus Rücksicht auf seine Verletzungen nicht ritt – denn wäre er rücksichtsvoll, dann wäre es zu diesen Verletzungen gar nicht erst gekommen.
»Ich weiß nicht, ob ich jemals eine Möglichkeit finden werden, dich vor ihm zu schützen«, sagte Christine sanft, »doch ich verspreche dir, daß du in mir einen Freund haben wirst. Du wirst nicht mehr allein sein, glaub mir.«
Das Pferd sah sie an.
Verstand es, was sie sagte?

»Ich habe mir doch gleich gedacht, daß ich dich hier finde.« Ruaidhri lehnte sich neben Christine an den Zaun.
Christine war merklich zusammengefahren, als sie Schritte hinter sich hörte, und verspürte ziemliche Erleichterung darüber, daß es nur Ruaidhri war.
»Was macht er?« fragte er nun und wies mit dem Kopf auf Cuchulainn, der bei seinem Anblick die Augen rollte.
Christine hob die Schultern. »Er steht einfach so da. Und er hat Angst.«
»Das sieht man«, meinte Ruaidhri nüchtern.
»Es muß doch eine Möglichkeit geben«, sagte Christine leise. »Er kann doch das Pferd nicht einfach totquälen!«
Ruaidhri seufzte.
»Was willst du tun?« fragte er geduldig. »Sieh her, der Hengst ist in einer Verfassung, bei der ich selbst mich offen gestanden nicht in seine Nähe wagen würde. Ich wundere mich manchmal, daß Denis es immer noch tut. Ich an seiner Stelle machte mir allmählich ernsthafte Sorgen um meine Sicherheit.«
»Ich an seiner Stelle fragte mich, wie es überhaupt soweit kommen konnte«, erwiderte Christine hart.
Ruaidhri schwieg.
»Ich werde versuchen, ihm zu helfen«, murmelte Christine. »Ich weiß noch nicht, wie, aber ich werde irgend etwas tun.«
Ruaidhri blickte sie von der Seite an. Christine sah so klein und hilflos aus, doch in diesem Moment schien sie ihm zu allen entschlossen. Und er stellte fest, daß sie ihm wahrhaft imponierte.
Er zögerte einen Augenblick, dann rückte er unauffällig ein Stück näher an Christine heran und legte ihr ganz beiläufig den Arm um die Schulter. Christine schien es gar nicht zu merken. Ihr Blick hing immer noch an dem Pferd.

»Hör zu«, meinte Ruaidhri. »Egal, was du auch vorhast – ich möchte, daß du mir eines versprichst.«
Christine sah ihn ein wenig erstaunt an, seine Stimme klang so ernst.
»Du mußt mir versprechen, daß du niemals unvorsichtig wirst.« Ruaidhris Ton war eindringlich. »Vergiß nicht, der Hengst kann dir mit einem einzigen Schlag den Schädel zertrümmern – deshalb bitte ich dich: paß auf dich auf, okay?« Sein Gesicht drückte ehrliche Sorge aus, und Christine empfand in diesem Augenblick für Ruaidhri ein kleines warmes Gefühl. Er meinte es ernst, er hatte Angst um sie.
»Okay?« wiederholte Ruaidhri, und sein Griff wurde fester.
»Okay«, lächelte Christine.
»Dann werde ich euch wohl am besten allein lassen.«
Ruaidhri ließ Christine los. Sie lächelte ihn dankbar an und nickte ihm zu, als er grüßend die Hand hob und sich zurückzog.
Christine meinte zu beobachten, daß sich das Pferd ein wenig entspannte, nachdem Ruaidhri fort war. Sollte sein Verhalten tatsächlich auf bestimmte Personen bezogen sein? In diesem Fall gäbe es für sie durchaus eine Chance, an den Hengst heranzukommen, mit ihr konnte er schließlich keine schlechten Erfahrungen verbinden. Christine überlegte, ob sie Fiona bitten sollte, einmal probeweise mit hierherzukommen. Wie würde sich das Pferd Fiona gegenüber verhalten?
Doch dies war im Grunde erst einmal Nebensache. Wichtig war, daß sie selbst ein wenig sein Vertrauen gewann, alles Weitere ergab sich dann nach und nach. Außerdem schien es wohl zum gegenwärtigen Zeitpunkt nicht unbedingt ratsam, zu viele Personen einzuweihen. Es war schon ungünstig, daß Ruaidhri von ihrem Vorhaben wußte. Seine Sorge um sie konnte möglicherweise hinderlich werden.

Ganz abgesehen davon war sich Christine durchaus darüber im klaren, daß sie einer offenen Auseinandersetzung mit Denis auf Dauer nicht würde ausweichen können, wobei es unfair wäre, Unbeteiligte mit hineinzuziehen.

Christine fröstelte ein wenig und zog die Schultern hoch. Da hatte sie sich tatsächlich etwas vorgenommen, von dem sie noch nicht im geringsten wußte, wie es ausgehen würde.

An diesem Tag blieb Christine bis zum späten Nachmittag auf dem Hof.

Sie hatte Stunden bei Cuchulainn verbracht.

Sie wollte ihn mit ihrer Person vertraut machen, er sollte ihren Anblick und ihre Stimme kennen. Zu diesem Zweck stand sie lange Zeit am Zaun und redete leise und sanft mit dem Pferd, wobei sie durchaus den Eindruck hatte, daß es ihr zuhörte, auch wenn es wie immer keine Reaktion zeigte. Später ging sie einfach um die Koppel herum, immer wieder, bis Cuchulainn wußte, daß trotz der ständigen Bewegung um ihn herum ihm nichts Böses widerfuhr. Mit der Zeit bemerkte sie, daß er nicht jedesmal erschreckt hochzuckte, sobald sie sich rührte. Den schönsten Erfolg erlebte sie allerdings, als sie sich schließlich neben der Koppel auf den Boden setzte. Zuerst wandte der Hengst trotz allem kein Auge von ihr und beobachtete sie mit Argwohn. Doch dann, Christine wagte kaum zu atmen, senkte er irgendwann den Kopf und begann zu weiden, wobei er sie nach wie vor im Blick behielt, stets bereit, sich rasch zur Flucht zu wenden. Als er jedoch feststelle, daß von Christine wirklich keine Gefahr ausging, wurde er selbstsicherer und rupfte immer nachdrücklicher an den Grasbüscheln.

Aber auch Cuchulainn kannte das Geräusch von Denis' Wagen genau. Im selben Augenblick, als der Diesel die Straße herandröhnte, fuhr er auf und zog sich auf seinen Stammplatz in der entferntesten Ecke der Koppel zurück. Christine tat es in der Seele weh, daß sie ihn verlassen mußte, aber ein Streit mit Denis war etwas, was sie nicht unbedingt in Anwesenheit des Pferdes austragen wollte.

»Ich komme wieder«, sagte sie leise zu dem Hengst und ging still davon, wohl wissend, daß sie damit eine Flucht ergriff, die ihm nicht möglich war.

Auf Umwegen, da Denis ja nicht wissen durfte, woher sie gerade kam, erreichte sie den Hof im gleichen Moment, als Denis aus dem Auto stieg.

Er sah sie, doch in seinem Gesicht regte sich kein Muskel, und Christine empfand auf einmal wilden Zorn.

»Einen schönen Tag wünsche ich«, sagte sie laut und deutlich, während sie an ihm vorbeiging.

»Ebenfalls«, erwiderte Denis zu ihrer Überraschung knapp, und aus den Augenwinkeln bemerkte sie, daß seine dunklen Augen nachdenklich auf ihr lagen. Sie schritt jedoch geradewegs an ihm vorbei, und lediglich der kleine Schreck, der sie durchzuckte, als Denis hinter ihr die Autotür ins Schloß fallen ließ, bewies ihr, daß sie nicht ganz so ruhig war, wie sie sich gab.

6. Kapitel

Da sich Denis am nächsten Vormittag ständig auf dem Hof aufhielt, konnte Christine nicht so rasch zu Cuchulainn, wie sie es gerne wollte.

Während sie, von Ruaidhri fachkundig kommentiert, Blossom im Parcours ritt, warf sie heimlich ungeduldige Blicke zum benachbarten Sandplatz hinüber. Denis longierte Sylva-

no, und Christine bemerkte, daß er das Pferd zwar nicht übermäßig nachsichtig, aber dennoch fair behandelte.
Sie mußte widerwillig zugeben, daß an seinem Verhalten dem Rotfuchs gegenüber nichts auszusetzen war. Sylvano ließ sich allerdings auch durchaus gut führen, er zeigte zwar noch einige jugendliche Verspieltheiten, doch Christine sah, daß er jenen freundlichen, zutraulichen Charakter besaß, den man bei Cuchulainn wohl vergeblich suchte.
Daß er dieses Pferd anständig behandelt, ist kein Wunder, dachte Christine grimmig. Solange ein Tier tat, was er wollte, benahm er sich großmütig. Bloß Widerstand konnte er offenbar nicht vertragen.
Denis selbst achtete auf nichts anderes als auf seine Arbeit. Nicht ein einziges Mal sah er zu Ruaidhri und Christine hinüber, was Christine für absolut unnatürlich hielt. Jeder normale Mensch hätte allein aufgrund der Stimmen, die aus dem Nachbarviereck herüberschallten, ein zumindest flüchtiges Interesse dafür gezeigt, wer sich dort überhaupt aufhielt. Denis hingegen ignorierte sie vollkommen.
Ruaidhri schien nichts dabei zu finden, daß sein Bruder es für völlig unnötig hielt, ihm wenigstens einen kurzen Gruß zukommen zu lassen. Er lehnte ganz lässig am Zaun und schaute abwechselnd Denis und Christine zu.
Christine fühlte sich durch Denis' Anwesenheit gestört, er machte sie nervös, was Blossom auch sofort spürte. Sie riß mehrere Hindernisse, die ihr zuvor keinerlei Schwierigkeiten bereitet hatten.
»Ich glaube, ihr seid heute nicht ganz in Form«, grinste Ruaidhri und setzte zu einigen längeren Belehrungen an, während er gutmütig die Stangen wieder aufhob. Christine stieg das Blut in die Wangen. Zum Teufel mit Denis, dachte sie zornig, konnte er nicht endlich verschwinden?

Statt dessen erschien auf einmal James.
»Hat einer von euch Punch gesehen?«
Seiner Stimme war die Sorge anzumerken, und Christine fiel auf, daß sie den Collie heute überhaupt noch nicht gesehen hatte.
»Seit wann ist er denn weg?« fragte auch Ruaidhri.
»Ich weiß nicht«, meinte James. »Heute morgen sah ich ihn wie immer runter zu den Koppeln laufen, dann mußte ich zum Bus, und seitdem ist Punch weg.«
Ruaidhri trat an den Zaun heran.
»Vielleicht ist er ja auf Brautschau gegangen. Er wird schon wiederauftauchen, mach dir mal keine Sorgen.«
»Er ist aber sonst immer da, wenn ich von der Schule komme«, beharrte James. »Ich habe schon überall nach ihm gerufen, aber keine Spur von ihm entdeckt.«
»Der kommt schon wieder«, wiederholte Ruaidhri und grinste, dabei einen verstohlenen Blick auf Christine werfend. »Wenn es um Frauen geht, dann kann ein Mann leicht einmal die Zeit vergessen.«
James lächelte schwach, doch war es offensichtlich, daß er sich nicht in der rechten Stimmung für Ruaidhris Scherze befand. Er wandte sich nun ab und machte sich wieder auf die Suche nach seinem Hund.
Unwillkürlich blickte Christine zu Denis hinüber. Wie sie es sich bereits gedacht hatte, schienen Denis die Nöte seines kleinen Bruders nicht im geringsten zu interessieren. Ohne sich nur einen Moment ablenken zu lassen, handhabte er konzentriert Longe und Peitsche, um das um ihn herumlaufende Pferd zu dirigieren. Christine sah unauffällig auf ihre Uhr. Hoffentlich war er bald fertig, so daß sie endlich zu Cuchulainn gehen konnte. Sie wollte, daß ihre Besuche dem Hengst zu einer stehenden Gewohnheit wurden,

das war die beste Möglichkeit, mit ihm Freundschaft zu schließen.
»Wie ist es, meine Damen. Noch ein Versuch?« rief Ruaidhri vergnügt und riß sie damit aus ihren Gedanken. Er wies auf den Oxer, den er wieder aufgebaut hatte. »Aber diesmal mit etwas mehr Gefühl, wenn ich bitten darf.«
»Wir wollen doch bloß verhindern, daß du dir überflüssig vorkommst.« Christine klopfte ihrer Stute den Hals.
Blossom schnaubte, und Christine trieb sie weiter an. Sie ritt das Hindernis an, und die Stute sprang ab, nahm das Hindernis mühelos.
»Gut gemacht«, lobte Ruaidhri.
»Genug Gefühl?« lachte Christine.
»Zumindest beim Springen«, meinte Ruaidhri großzügig. »Ansonsten jedoch könnte es ruhig noch ein bißchen mehr werden«, fügte er mit verschmitztem Blick hinzu und schwieg, als sich Christine vernehmlich räusperte.
Sie wendete nun das Pferd für einen erneuten Versuch, doch im selben Moment, als sie anreiten wollte, ertönte aus der Entfernung ein gellender Schrei.
Blossom zuckte und schnaubte, auch Christine erschrak.
»Was war das?« fragte sie beunruhigt.
Ruaidhri war ebenfalls zusammengefahren und lauschte nun mit angespanntem Gesicht. Der Schrei wiederholte sich nicht, doch sie vernahmen einen leisen Klageton.
»Es ist James.« Ruaidhris Miene war so alarmiert, wie Christine es bei ihm noch nie erlebt hatte. Ohne noch einen Moment zu zögern, flankte er über den Zaun und spurtete in die Richtung, aus der der Schrei gekommen war.
Christine sprang aus dem Sattel, wickelte Blossoms Zügel eilig um den Torpfosten und folgte ihm.
Am Rand der großen Koppel fanden sie James.

Er kniete im Gras, neben sich einen stillen, schwarzweißen Körper, und Christine erkannte sofort, daß dem Collie nicht mehr zu helfen war.
James starrte seinen Hund an, als ob er sich weigerte, zu begreifen. Sein Gesicht war bleich, er kämpfte sichtlich mit den Tränen und schien es überhaupt nicht zu bemerken, als Ruaidhri und Christine neben ihn traten.
»Du lieber Himmel«, sagte Ruaidhri leise und legte James den Arm um die Schulter. James schüttelte ihn wild ab und unterdrückte ein heftiges Schluchzen.
Christine schob sich an den beiden vorbei und ging neben dem Hund in die Hocke. Mit sachkundigen Händen untersuchte sie das verendete Tier, schob seine Lefzen hinauf und besah sich das Zahnfleisch.
Ruaidhri sah den Schaum vor dem Maul des Collies.
»Zum Glück kann es nicht die Tollwut sein«, bemerkte er. »Die haben wir hierzulande nämlich nicht.«
»Es ist keine Tollwut«, sagte Christine kurz. »Er wurde vergiftet. Strychnin, würde ich sagen.«
»So, würden Sie sagen«, bemerkte eine spöttische Stimme hinter ihr.
Christine drehte sich um und sah Denis, der leise herangekommen war und sich nun ebenfalls zu Punch hinunterbeugte.
»Etwas Naheliegenderes wie zum Beispiel Rattengift ist Ihnen wohl zu billig«, fügte er ironisch hinzu.
»Bei Rattengift wären die Symptome anders«, erwiderte sie knapp.
»Aber wo sollte er denn Strychnin gefunden haben«, zweifelte Ruaidhri.
»Das«, meinte Christine, »darfst du mich nicht fragen.«
Denis schwieg, doch sein Gesicht war finster.

»Er ist schon seit einigen Stunden tot«, meinte Christine sachlich, »und es kommt eigentlich nichts anderes als Strychnin in Frage.«
»Sie scheinen ja sehr genau Bescheid zu wissen.« Denis' Ton ließ in Christine den Wunsch aufkeimen, ihm eine Ohrfeige zu verpassen.
»Zufällig bin ich Tierärztin«, erwiderte sie kühl.
Ruaidhri warf ihr einen überraschten Blick zu, doch Denis' Gesicht blieb unbewegt.
»Und da verfügen Sie natürlich über ein unfehlbares Urteil«, bemerkte er.
»Niemand ist unfehlbar«, gab Christine zurück. »Eine Laboruntersuchung würde natürlich Genaueres ergeben, aber auch ohne das deutet eine Menge auf Strychnin hin. Strychnin ist ein relativ einfach erhältliches, für Hunde absolut tödliches Gift. Es bewirkt unter anderem Krämpfe, die in kürzester Zeit zum Exitus führen. Und jetzt sehen Sie sich das Tier an – es muß innerhalb weniger Minuten unter Krämpfen verendet sein, das ist unzweifelhaft.«
»Und?« erwiderte Denis ungerührt, während James einen keuchenden Schluchzer ausstieß.
»Was und?« fragte Christine erbost. »Das heißt, daß es kein normaler Unfall gewesen sein kann. Rattengift hätte das Tier hier irgendwo versehentlich gefressen haben können – bei Strychnin sieht die Sache ein wenig anders aus. So was streut man nicht auf den Feldern aus.«
»Und?« wiederholte Denis. »Wofür ist das wichtig?«
»Wollen Sie das Ganze etwa auf sich beruhen lassen? Ganz offensichtlich hat jemand den Hund Ihres Bruders vergiftet, und Sie meinen, es sei nicht wichtig?«
Denis sah den Collie nicht an. Sein Blick lag auf Christine und drückte nichts als blanken Hohn aus.

»Meine liebe Lady«, sagte er beißend. »Selbst wenn Sie dreimal Tierärztin sein sollten – ich gebe Ihnen trotzdem einen guten Rat: Lernen Sie erst einmal richtig reiten, und danach können Sie so viele kluge Reden schwingen, wie Sie Lust haben!«
Christine erkannte, daß er während der letzten Stunde offenbar sehr wohl mitbekommen hatte, wie ungeschickt sie sich heute auf Blossom angestellt hatte, und sie spürte, wie sich ihre Wangen röteten. Denis bemerkte es genau, das konnte sie sehen, und sein ironischer Gesichtsausdruck ließ ihren Zorn wachsen.
»Ich rede soviel, wie es mir paßt«, sagte sie mit schmalen Augen.
»Es interessiert bloß niemanden«, gab Denis kühl zurück.
»Na, na«, wandte Ruaidhri beschwichtigend ein.
Denis betrachtete ihn spöttisch. »Mach dich ruhig weiter zum Affen für sie. Wahrscheinlich braucht sie das.«
Ruaidhri sah ihn nun doch ärgerlich an, und Christine platzte fast vor Wut.
»Ich hoffe aber, sie bezahlt dir deine Zeit wenigstens angemessen«, fügte Denis noch hinzu.
»Keine Sorge«, blitzte ihn Christine an. »Ich halte mich schon nicht auf Ihre Kosten hier auf!«
»Das beruhigt mich«, erwiderte Denis ungerührt.
Christine beherrschte sich mit Mühe. »Ich habe keine Lust, mir Ihre Unhöflichkeiten noch länger anzuhören.«
»Keiner zwingt Sie dazu«, entgegnete Denis kurz.
Christine starrte ihn einen Moment an, dann machte sie auf dem Absatz kehrt und stürmte davon.
»Was sollte das jetzt?« fragte ihn Ruaidhri ungehalten. »Mußtest du sie so unfair angreifen? Was hast du eigentlich gegen Christine?«

»Ich habe was gegen alle Weiber, die meinen, sie hätten etwas zu sagen«, erwiderte Denis bissig. »Wenn du sie unbedingt anbaggern willst – bitte schön, es ist deine Sache, vielleicht taugt sie ja in dieser Hinsicht was, obwohl ich das bezweifle. Doch für meinen Geschmack mischt sie sich viel zu sehr in Dinge ein, die sie nichts angehen.«

»Deshalb brauchst du nicht gleich derartig grob zu werden!« Ruaidhri überging Denis' unverblümte Redeweise.

»Was willst du überhaupt?« fragte Denis lässig. »Meine Grobheit verschafft dir doch wunderbare Gelegenheiten, sie zu trösten!«

»Idiot!« sagte Ruaidhri aus vollem Herzen und drehte sich zu James um, der immer noch wie betäubt neben seinem Hund kauerte.

»Komm, wir begraben ihn!« Er strich ihm über die Schulter. James atmete tief durch, dann nickte er: »Wenn ich den Scheißkerl erwische, der das getan hat!«

Denis betrachtete ihn mit undefinierbarem Gesichtsausdruck. Dann wandte er sich ab und ging zurück zum Hof.

Christine sah, wie er Sylvano, der innerhalb des Vierecks herumstreunte, wieder einfing. Ihr selbst war für diesen Tag die Lust am Reiten vergangen, sie sattelte Blossom ab, rieb sie trocken und brachte sie dann zur Weide zurück. In ihr brodelte die Wut auf Denis. Hatte sie es tatsächlich nötig, sich von ihm derartig behandeln zu lassen?

Bei ihrer Rückkehr auf den Hof bemerkte sie, daß der Sandplatz inzwischen leer war. Denis hatte seine Trainingsstunde mit Sylvano offenbar beendet. Christine ging auf ihr Umkleidekämmerchen zu, und während sie sich noch wachsam umsah, ob er sich irgendwo in der Nähe aufhielt, wäre sie um ein Haar mit Denis zusammengestoßen, als er gerade den Stall verließ. Sein Gesicht war nach wie vor finster, und Chri-

stines Anblick trug nicht eben zur Besserung seiner Laune bei.
»Schon wieder auf der Suche nach Ruaidhri?« fragte er spöttisch.
Christine warf ihm einen vernichtenden Blick zu, gab keine Antwort und bog um ihn herum wie um einen im Weg stehenden Baum. Denis musterte sie einen Augenblick lang, dann verzog er einen Mundwinkel und wandte sich ab. Durch das kleine Fenster der Kammer sah Christine, wie er mit langen Schritten zum Wohnhaus hinüberging und darin verschwand.
Christine zog sich um und wollte gehen, als sie Ruaidhris Stimme hörte, der sie rief.
»Mach dir doch nichts aus Denis' Gerede«, meinte er besänftigend, als er sah, daß sie immer noch wütend war.
»Ich mache mir nichts daraus. Ich werde es mir bloß nicht länger anhören!«
»Heißt das, du willst nicht mehr kommen?« fragte Ruaidhri beunruhigt.
Christine schwieg. Sie dachte an Cuchulainn.
Ruaidhri verstand ihr Schweigen falsch.
»Das tust du mir doch nicht an, nicht wahr?« Er lächelte verschmitzt. »Ich bin schließlich nicht so ein Ekel wie Denis, das mußt du zugeben.«
Christine mußte unwillkürlich ebenfalls lächeln.
»Nein, das bist du wirklich nicht«, sagte sie warm.
Ruaidhri räusperte sich ein wenig verlegen, und ein Augenblick des Schweigens trat ein. Doch dann blickte er Christine neugierig an. »Bist du wirklich Tierärztin?«
»Doch, ja.«
»Weshalb hast du mir denn nie etwas davon erzählt?« wollte Ruaidhri wissen.

»Du hast mich ja nie gefragt«, lächelte Christine.
Ruaidhri sah so aus, als ob ihm noch etwas auf der Zunge läge, doch dann schwieg er. Statt dessen legte er ganz nebenbei seinen Arm um Christines Schulter und drückte sie freundschaftlich an sich.
»Also, ich finde es jedenfalls wunderbar!« Er zwinkerte Christine zu. »Eine Tierärztin könnten wir hier übrigens sehr gut gebrauchen!«
Christine mußte lachen. »Davon bin ich überzeugt.«
Sie befreite sich freundlich, aber bestimmt aus seinem Arm.
Ruaidhri lachte. Er war nicht beleidigt. »Mein Charme scheint bei dir immer noch nicht gesiegt zu haben!«
»Du mußt ihn wohl noch ein bißchen üben«, stellte Christine fest.
»Darauf kannst du wetten«, versicherte Ruaidhri mit bedeutungsvollem Blick. Er zeigte nun die Schaufel vor, die er vorher aus dem Geräteschuppen geholt hatte.
»Ich werde jetzt erst einmal das arme Tier begraben.«
»Ruaidhri«, sagte Christine betroffen, »wer tut hier so etwas?«
Ruaidhri schwieg einen Moment, sein Gesicht war ungewohnt ernst, seine Stimme leise. »Ich habe keine Ahnung. Ich wüßte niemanden, der zu solch einer Tierquälerei fähig sein könnte.«
Christine sah ihn an. Das Wort Tierquälerei hatte Assoziationen erweckt, die ihr im ersten Augenblick völlig absurd erschienen. Nein, es war nicht möglich.
Sie schüttelte stumm den Kopf und holte tief Atem.
Ruaidhri schulterte die Schaufel und wandte sich zum Gehen.
»Kommst du mit?« fragte er.
Christine zögerte erst, dann nickte sie.

Sie begruben Punch unter einem Gebüsch neben der Koppel. James liefen die Tränen über das Gesicht, obwohl er sie mit wütenden Gesten wegzuwischen versuchte. Auch Fiona, die nach ihrer Rückkehr mit ihrer Reitergruppe über das traurige Ereignis in Kenntnis gesetzt worden war, stand das Wasser in den Augen. Punch hatte seit Jahren zur Familie gehört, und sein schrecklicher Tod ging allen nahe. Sogar Niall und Eleanor kamen dazu, und Christine sah, wie Niall tröstend seinen Arm um James legte und leise auf ihn einredete, während Ruaidhri die kleine Grube zuschaufelte.
Nur Denis fehlte.
Typisch, dachte Christine. Er besitzt ein Herz aus Stein.
Sie betrachtete noch einmal die traurige Szene, dann wandte sie sich still zum Gehen. Sie hatte das Gefühl, als gehöre sie hier nicht dazu. Auch wenn es sich nur um einen Hund handelte – ein geliebtes Wesen war nicht mehr, und Christine wußte nur zu gut von solch einem Schmerz.

Schon von weitem hörte sie das Wiehern und Stampfen.
Christine beschleunigte ihre Schritte. Wenn es sich tatsächlich darum handelte, was sie dachte, dann befand sie sich jetzt genau in der richtigen Stimmung dafür.
Und tatsächlich, als sie atemlos um die Hausecke bog, bot sich ihr die erwartete Szene.
Cuchulainn stand auf den Hinterbeinen, von seinen Flanken troff der Schweiß, und dicke Schaumflocken flogen um ihn herum, während er verzweifelt gegen Denis kämpfte, der wie festgeklebt auf seinem Rücken saß und mit Sporen und Kandare versuchte, den Hengst zu bändigen. Christine erkannte die Panik, die in den wild rollenden Augen des Pferdes stand, und sein Schrei hörte sich fast menschlich an. Christine blieb einen Moment wie angewurzelt stehen. Doch dann rannte sie

los, sie nahm sich nicht einmal die Zeit, den Zaun zu übersteigen, sondern duckte sich zwischen den Stangen hindurch.
»Hören Sie auf!« Kopflos stürmte Christine auf Pferd und Reiter zu. Sie erreichte sie und griff in die Zügel, ohne auch nur einen Gedanken an mögliche Gefahren zu verschwenden. Der Ruck, der sie vorwärts schleuderte, war unglaublich heftig und nahm ihr fast den Atem. Nur einen Augenblick später fühlte sie sich von starken Händen ergriffen und beiseite gerissen.
Im ersten Augenblick war sie halb betäubt und wußte kaum, was geschehen war.
»Sind Sie lebensmüde?« hörte sie Denis' Stimme dicht neben ihrem Ohr schreien. Und merkte, daß er sie immer noch grob umfaßt hielt. Offenbar war er von dem tobenden Pferd abgesprungen und hatte sie reaktionsschnell aus der Reichweite der Hufe gezerrt. Er schüttelte sie jetzt heftig.
»Sie sind wohl völlig übergeschnappt, was?«
Denis' Griff war schmerzhaft, und Christine unterdrückte einen Wehlaut. Doch sein Ton weckte in ihr erneut Wut. Sie befreite sich mit wilden Bewegungen aus Denis' Händen und zog sich aus seiner Reichweite zurück.
»Wer ist hier übergeschnappt?« schrie sie zurück und widerstand dem Drang, sich die schmerzenden Stellen an ihren Armen zu reiben.
»Sie wollen sich wohl mit aller Gewalt umbringen!« fauchte Denis. »Ich habe ja gewußt, daß Frauen nicht viel Verstand besitzen, aber soviel Dummheit ist mir im Leben noch nicht vorgekommen! Da wirft sich dieses dämliche Frauenzimmer doch tatsächlich unter die Hufe eines wilden Pferdes, ich fasse es nicht!«
»Und ich fasse es nicht, wie Sie das arme Tier behandeln!« schnappte Christine wütend.

»Es geht Sie verdammt noch mal einen feuchten Kehricht an, wie ich das Tier behandele!« Denis' Stimme klang schneidend.
»So, meinen Sie? Ich denke, es geht jeden etwas an, der Zeuge Ihrer Tierquälereien wird! Und wenn Sie sich noch so sehr einbilden, daß Sie Erfahrung mit Pferden besitzen – ein einziger Blick auf das Pferd beweist schon, wie weit es damit herzusein scheint!«
»Lady, Sie nehmen den Mund ganz schön voll«, sagte Denis mit schmalen Augen. »Sie denken wohl, daß Sie, nur weil Sie ein paar Semester studiert haben, mir vorschreiben können, was ich zu tun habe, was?«
»Dafür brauche ich gar nicht studiert zu haben, um zu wissen, daß Sie dabei sind, das Tier zu ruinieren!« Christine blickte zu Cuchulainn hinüber, der sich, noch immer bebend und schäumend, in die hinterste Ecke der Umzäunung geflüchtet hatte. »Schauen Sie doch hin, sieht so etwa ein gesundes, zufriedenes Pferd aus?«
»Ich erinnere mich nicht, Sie um Ihren medizinischen Rat gefragt zu haben.« Denis musterte sie von oben bis unten, sein Blick zeigte Verachtung. »Wenn es noch etwas Schlimmeres gibt als Frauen, dann sind es diese sogenannten gebildeten Frauen«, sagte er ätzend. »Tierärztin, du lieber Himmel! Sie haben wohl zu Hause keinen Mann abgekriegt, was?«
Christine ignorierte seinen anzüglichen Blick. »Ein anderes Argument fällt Ihnen wohl nicht ein, wenn Sie sonst nichts mehr zu sagen haben, richtig?«
»Ich weiß noch eine Menge zu sagen«, erwiderte Denis. »Ich sage Ihnen zum Beispiel, daß Sie sich gefälligst aus meinen Angelegenheiten herauszuhalten haben!« Er wischte sich die Hände an seiner Hose ab. »Falls Sie sich irgendwie unausge-

lastet fühlen sollten, dann steht Ihnen Ruaidhri sicherlich auch gern für ein paar Reitstunden im Heu zu Diensten – aber lassen Sie mich in Ruhe!«

Christine schluckte herunter, was sie ihm am liebsten geantwortet hätte. Es hatte keinen Sinn, mit Denis zu diskutieren zu versuchen. Er schien zu dieser Sorte Mann zu gehören, die sachliche Argumente mit Angriffen unter die Gürtellinie zu beantworten pflegte, wobei er offenbar keinerlei Hemmungen hinsichtlich seiner Ausdrucksweise besaß.

»Das könnte Ihnen so passen, daß ich Sie in Ruhe lasse«, erwiderte sie feindselig. Sie wollte noch mehr hinzufügen, doch Denis unterbrach sie.

»Ich sagte *Ruaidhri.*« Sein Lächeln war zynisch. »Wenn Sie ihn allerdings als nicht ausreichend betrachten, dann ließe ich möglicherweise ebenfalls mal mit mir reden.«

Christine starrte ihn an und merkte, wie ihre Wangen heiß wurden. Sie sah Denis spöttisch lächeln, holte tief Atem, drehte sich wortlos um und ging.

Es dauerte eine Weile, bis sie sich so weit beruhigt hatte, daß sie wieder klar denken konnte.

Zu ihrem eigenen Erschrecken stellte sie fest, daß sie den Streit mit Denis sogar genossen hatte, nach dem bedrückenden Ereignis mit Punch fühlte sie sich durch die offene Konfrontation irgendwie befreit.

Obwohl sie nach wie vor eine ziemliche Wut auf Denis verspürte, begann nun allmählich ihre Vernunft wieder die Oberhand zu gewinnen. Gleichzeitig wurde sie sich einer gewissen Komik in der Situation bewußt. Ihr war vollkommen klar, weshalb sich Denis zu seinen sexistischen Bemerkungen und schließlich sogar zu einem mehr oder weniger deutlichen Angebot verstiegen hatte. Immerhin bedeutete es

für ihn die einfachste Möglichkeit, sie rasch loszuwerden. Ganz offensichtlich wußte er genau, daß sie sich sonst nicht so schnell zum Rückzug hätte bewegen lassen.
Nicht ohne einen Anflug von Humor gestand sich Christine ein, daß sie tatsächlich seinen Erwartungen entsprechend reagiert und ihm dadurch ungewollt einen ersten Punktsieg überlassen hatte. Widerwillig mußte sie zugeben, daß er, obwohl sie ihn weiterhin für einen widerwärtigen Menschen hielt, durchaus nicht dumm zu sein schien.
Sie beabsichtigte allerdings nicht, die Sache auf sich beruhen zu lassen. Im Gegenteil, seine persönlichen Angriffe ermutigten sie erst recht, es nun gerade wieder zu versuchen.
Christine fühlte in sich wilde Kampfeslust.
Mit Alex hatte man nicht streiten können.

Selbst Georg fiel auf, daß Christines Augen an diesem Abend Funken sprühten. Er vermochte sich nicht zu erklären, weshalb sie auf einmal so energiegeladen schien, bemerkte allerdings, daß sich auch ihr Appetit allmählich zu normalisieren schien. Ihr Gang war schwungvoller, ihre Stimme energischer als bisher, und Georg dachte unwillkürlich an das, was Padraig angedeutet hatte.
Konnte es sein, daß Christine verliebt war?
Bis heute wußte er nicht, ob sie in Deutschland in einer Bindung lebte; doch selbst ein so weltfremder Mensch wie Georg war sich darüber im klaren, daß sie in einem solchen Fall kaum so lange, dazu ohne jeden Kontakt nach Hause, hiergeblieben wäre. Obwohl sie ursprünglich nicht für lange hatte herkommen wollen, war bisher noch nicht die Rede von einer Abreise gewesen. Georg wagte dies als vorsichtigen Hinweis auf eine doch mögliche Einstellungsänderung seitens Christines zu ihm zu werten, etwas, worauf er seit Jahren

vergeblich hoffte. Im Falle, daß jemand auf sie wartete, hätte sie inzwischen doch allmählich einen Termin für ihre Heimreise angestrebt, was sie aber scheinbar nicht beabsichtigte. Er ging also davon aus, daß sie ungebunden war, was dann natürlich die Möglichkeit nahelegte, daß sie hier jemanden kennengelernt haben mochte.

Trotzdem erschien es ihm eher zweifelhaft, daß hier der Grund für ihre Entwicklung zu finden war. Georg war wenig mit dem Erscheinungsbild verliebter Frauen vertraut, dennoch erwartete er instinktiv einen weicheren Gesichtsausdruck statt der gestrafften Kinnpartie und der blitzenden grünen Augen, die Christine momentan auszeichneten. Sie sah eher so aus, als rüste sie sich für einen Kampf als für eine zärtliche Beziehung. Nein, verliebt wirkte sie eigentlich nicht gerade.

Andererseits hatte auch Renate, solange er sie kannte, niemals verliebt ausgesehen, selbst während ihrer Verlobungszeit nicht.

Wie immer wußte also Georg nicht, wie die Dinge sich eigentlich verhielten. Und zum wiederholten Mal fand er, daß das Leben allein doch viel Erstrebenswertes beinhaltete.

Christine stand am Fenster ihres Zimmers und blickte hinüber zum O'Flaherty-Hof. Es war inzwischen fast dunkel, doch immer noch hell genug, um einige Einzelheiten erkennen zu können. Sie bemerkte die Pferde auf der Weide, sie sah, wie ein Auto mit aufgeblendeten Scheinwerfern aus der Einfahrt bog und die Straße hinunter verschwand.

Und sie mußte an die Nacht vor zwei Tagen denken, als ihr Denis und Punch aufgefallen waren.

Wer hatte Punch vergiftet?

Er hatte gebellt in jener Nacht, was er sonst nie tat. Dann war

Denis aufgetaucht, ganz offensichtlich ungehalten über den Hund.
Denis, den Christine wenige Stunden zuvor bei einem merkwürdigen Stelldichein ertappt hatte.
Und nun war Punch tot.
Wollte ihn Denis möglicherweise aus dem Weg räumen, weil er ihn bei irgend etwas behinderte? Ging er tatsächlich illegalen Geschäften nach?
Denis, der kein einziges tröstendes Wort für seinen jüngsten Bruder fand, als dieser um seinen Hund weinte.
Denis, der Christine offen angriff, nachdem sie davon sprach, daß es kein Unfall gewesen sein konnte.
Denis, der nichts unternahm, den merkwürdigen Vorfall zu klären.
Christine starrte grübelnd hinaus ins Dunkle.
Denis setzte einiges daran, sie zu vertreiben. Schon seit ihrer ersten Begegnung behandelte er sie mit einer Aggressivität, die man gegenüber jemandem, den man bis dahin noch niemals gesehen hatte, als absolut ungewöhnlich bezeichnen mußte. Auch jetzt schien ihm jedes Mittel recht, um sie zu beleidigen und abzuschrecken.
Konnte der Grund darin liegen, daß er Angst hatte, sie fände etwas heraus, was ihm Unannehmlichkeiten bereiten dürfte?
Christine begann sich zu fragen, wie weit er tatsächlich gehen würde. Zugegeben, heute hatte er ihr vermutlich sogar das Leben gerettet. Christine war ehrlich genug, sich inzwischen des Irrsinns, der sie vor die Hufe des tobenden Pferdes brachte, bewußt zu sein. In diesem Moment hatte schlicht und einfach ihr Verstand ausgesetzt, und wenn Denis nicht so blitzschnell reagiert hätte, wäre sie möglicherweise inzwischen aller irdischen Sorgen ledig.

Doch Christine neigte nicht unbedingt dazu, dies auf Denis' Plus-Konto zu verbuchen. Es erschien ihr eher wahrscheinlich, daß ihm einfach die Scherereien, mit denen ein Unfall auf dem Hof verbunden wäre, äußerst ungelegen kämen. Ein solcher zog unweigerlich eine amtliche Untersuchung nach sich, die womöglich für Denis unangenehme Dinge zutage fördern würde.
Christine spürte immer noch Denis' harten Griff, der auf ihren Armen mehrere große, blaue Flecken hinterlassen hatte, sie achtete daher auch sorgfältig darauf, während des Abendessens die Ärmel ihres Pullovers bis zu den Handgelenken hinunterzuschieben. Sie wollte nicht, daß Georg die Male sah und möglicherweise nach dem Grund fragte. Selbst er würde ihr nicht so ohne weiteres glauben, wenn sie behauptete, es handele sich lediglich um Pferdebisse.
Christine trat energisch vom Fenster weg und verschränkte die Arme fest auf der Brust.

In den nächsten Tagen gab sie sich noch mehr Mühe, Denis auszuweichen.
Ruaidhri, der ernsthaft befürchtete, daß sich Christine durch Denis vertreiben lassen würde, zeige sich sehr erleichtert über ihr unverdrossenes weiteres Kommen. Er selbst hatte entgegen seiner normalen leichtherzigen Art doch versucht, mit Denis noch einmal über Christine zu sprechen.
»Weshalb bist du eigentlich so unfreundlich zu ihr? Sie tut dir doch nichts!«
»Sie versucht, mir Vorschriften zu machen«, sagte Denis kühl, »und das ist etwas, auf das ich verdammt allergisch reagiere.«
»Sie meint es doch nur gut«, wandte Ruaidhri versöhnlich ein. »Und außerdem muß ich zugeben, daß sie tatsächlich

einiges von Pferden versteht. Vielleicht hat sie ja gar nicht so unrecht mit dem, was sie sagt.«

Denis verzog den Mund. »Tut mir leid, wenn ich dich enttäuschen muß, aber das, was sie mir bisher in Sachen Pferdewissen demonstriert hat, läßt mich eher an ihrem Verstand zweifeln.«

Ruaidhri, der nichts von dem Beinahe-Unfall wußte, ahnte nicht, wovon Denis sprach, und Denis schien auch nicht die Absicht zu haben, ihn aufzuklären. Er wandte sich nun von seinem Bruder ab, und Ruaidhri erkannte, daß für ihn das Thema Christine beendet war. So klug wie zuvor, blickte er ihm nach, wie er sich zwei Pferdedecken unter den Arm klemmte und schnellen Schrittes in Richtung Koppel davonging.

Christine wartete in sicherer Entfernung, bis Denis mit seinen Schützlingen den Hof verlassen hatte, dann ging sie schnurstracks zu Cuchulainn.

Sie befürchtete nicht, daß sich der Dunkelbraune an ihre Anwesenheit während seiner letzten Tortur erinnern würde. In seinem kopflosen Zustand hatte er sicherlich überhaupt nichts mehr um sich herum wahrgenommen, geschweige denn einzelne Menschen erkannt. Das einzige, was ihr ein wenig Sorge bereitete, war die Gefahr, daß sich die Verfassung des Hengstes aufgrund des Vorfalls weiter verschlechtert haben könnte, was die Chancen für seine Heilung weiter verringerte.

Sie sprach leise zu ihm, während sie sich langsam seiner Koppel näherte. Wie immer fuhr er hoch und zog sich ängstlich zurück. Doch zu Christines Freude schien er sich heute schneller zu beruhigen – offenbar kannte er sie tatsächlich inzwischen als jemanden, der für ihn keine Gefahr bedeutete. Wie beim letzten Versuch schlenderte Christine ganz beiläufig um die Koppel herum, dabei unmerklich die Kreise immer enger ziehend. Gelegentlich blieb sie stehen, dann wanderte sie langsam weiter, immer beobachtet von Cuchulainn, der jedoch zunehmend weniger Angst zeigte. Seine Ohren blieben aufgerichtet, sein Blick folgte Christine, und sein Schweif zeigte ebenfalls keine übermäßige Nervosität an.

Christine redete leise mit dem Tier, während sie langsam weiterging, immer auf einen ruhigen, sanften Ton achtend. Sie merkte, daß Cuchulainn nicht einmal mehr schreckte, wenn sie ganz in seiner Nähe war, das machte ihr Mut, einen nächsten Schritt zu unternehmen.

Als sie bei der nächsten Runde seine Ecke erreichte, blieb sie am Zaun stehen. Der Hengst beobachtete sie, doch mehr neugierig als ängstlich. Christine schob sich vorsichtig näher, bis sie sich direkt neben Cuchulainn befand. Er stand nun noch etwa einen Meter von ihr entfernt, nur durch den Zaun getrennt.

Christine wagte kaum, sich zu rühren. Sie fuhr fort zu flüstern, dabei fiel ihr auf, daß sie den Wind im Rücken hatte. Es war äußerst vorteilhaft, wenn ihr Geruch dem Hengst direkt zugetragen wurde, das wußte sie.

Cuchulainns Nüstern bewegten sich leicht. Christine konnte erkennen, daß er ihre Witterung aufnahm, und sie wartete gespannt, wie er reagieren mochte.

Er stand nur da und sah sie an.

Christine bemerkte auf seinem Fell verklebte Mistflecken, trockenen Schlamm und Schweiß. Offenbar war es schon seit einiger Zeit niemandem mehr gelungen, das Pferd zu putzen, und da es sich allein auf seiner Koppel aufhielt, konnte auch kein anderes Tier die nötige Fellpflege übernehmen.

Langsam, ganz langsam ließ Christine ihre Hand in die Tasche gleiten. Sie war am gestrigen Abend im Dorf gewesen und hatte eine größere Menge Karotten erstanden. Norma-

lerweise hielt sie nicht viel davon, Pferde mit Leckereien zu verwöhnen, doch in diesem Fall schob sie alle Lehrbuchweisheiten beiseite. Der Zweck heiligte hier jedes erdenkliche Mittel.
Vorsichtig zog sie eine Karotte hervor. Sie beging nicht den Fehler, sie dem Pferd einfach hinzustrecken, das hätte es möglicherweise wieder erschrecken können. Sie verschränkte die Arme über der obersten Zaunstange und ließ die Hand, in der sie die Rübe hielt, beiläufig pendeln.
Cuchulainn sah die Karotte. Er schien keine Reaktion zu zeigen, doch Christine sah, wie sich seine Nüstern unmerklich weiteten. Er sog den Geruch des Leckerbissens ein, das war offensichtlich. Ganz zaghaft schob er seinen Kopf vor. Christine wußte, daß er es vermutlich noch nicht wagen würde, die Karotte aus ihrer Hand zu nehmen. Um ihm entgegenzukommen, legte sie sie jetzt vorsichtig auf der Koppelstange ab und rückte bedächtig selbst ein kleines Stück zur Seite.
Der Hengst zögerte. Er blickte Christine an, dann die Karotte.
Eine schier endlose Zeit passierte nichts.
Aber dann bewegte das Pferd ein Bein, dann ein weiteres. Schritt für Schritt kam es näher, dabei immer noch argwöhnisch Christine beäugend. Sie beobachtete den Hengst atemlos. Würde er die Karotte holen? Oder war sein Fluchttrieb doch zu stark?
Als Cuchulainn endlich den Hals lang machte und die Karotte vom Zaun nahm, verspürte Christine ein würgendes Gefühl der Rührung.

Jeder Tag brachte nun neue winzige Fortschritte.
Noch immer wagte Christine nicht, den Dunkelbraunen zu berühren. Die Basis seines zaghaften Vertrauens war noch zu gering, als daß sie riskieren konnte, ihn zu sehr zu bedrängen.
Nachdem sie ihn immerhin so weit hatte, daß er sich vorsichtig seine Leckerbissen aus ihrer näheren Umgebung abholte, wollte sie nun versuchen, ihn dazu zu bringen, sie auch aus ihrer Hand zu nehmen. Wenn sie ihm nun sein Naschwerk auf die Zaunstange legte, verringerte sie von Mal zu Mal ihren Abstand von der deponierten Karotte.
Der Hengst merkte dies genau, das konnte sie deutlich sehen. In seinen Augen war nach wie vor Wachsamkeit zu lesen, doch Christine registrierte, daß er sie wenigstens nicht mehr so panisch aufriß wie zu Anfang. Das Weiße des Augapfels verschwand, und Cuchulainn begann allmählich wieder mehr wie ein normales Pferd auszusehen.
Auch das Speicheln beobachtete Christine nicht wieder. Möglicherweise rührte es tatsächlich nur daher, daß der Hengst aufgrund der eingerissenen Lefzen damals sein Maul nicht richtig schloß. Dies und die Tatsache, daß er jetzt ganz offensichtlich überlegt abschätzte, wieweit er ihr trauen durfte, waren für Christine Beweise, daß sein Verstand doch keinen Schaden genommen hatte. Diese Tatsache erleichterte sie mehr, als sie sich eingestehen wollte. Jetzt wußte sie, daß die Voraussetzung zu einer Heilung bestand.
Schließlich kam der Augenblick, wo Christine die Karotte nicht mehr auf die Stange legte, sondern in ihrer Hand behielt. Schon den vorigen Bissen hatte der Hengst direkt neben ihr aufgenommen, die Nähe zu ihr durfte deshalb nicht das Problem sein.
Cuchulainn sah ihr direkt ins Gesicht, während sie mit klop-

fendem Herzen die Karotte zwischen ihren Fingern hielt. Langsam beugte Christine nun ihre Hand und bot ihm den Leckerbissen an. Und Freude durchströmte sie, als Cuchulainn wie selbstverständlich seinen Kopf herüberstreckte und ihr die Karotte sanft aus den Fingern nahm. Er zog sich auch nicht mehr argwöhnisch zurück, sondern blieb einfach stehen und malmte geruhsam. Christine vermutete, daß dies das erste Mal seit langer Zeit war, daß der Dunkelbraune wieder einmal etwas zum Naschen erhielt. Sie wußte, daß es sich bei Tieren nicht viel anders als beim Menschen verhielt – kleine Leckereien bedeuteten Nervennahrung, und wieviel besser konnte man einem Pferd klarmachen, daß man ihm Gutes wollte, wenn man ihm einfach etwas Schmackhaftes zum Fressen brachte!
Hatte Denis dem Hengst jemals eine Karotte geschenkt?

Auch an den folgenden Tagen leitete Christine ihre Zusammenkünfte mit Cuchulainn stets mit Karotten ein, die er allmählich ganz unbefangen aus ihrer Hand nah. Er schreckte auch nicht mehr zusammen, wenn er sie kommen sah, sondern stand ruhig und folgte ihr mit den Augen, bis sie an den Zaun trat. Dann schritt er langsam näher und wartete, bis sie die Karotten hervorholte.
Christine fühlte tiefe Freude angesichts der Fortschritte, die sie bisher erzielt hatte. Sie ließen Hoffnung auf mehr aufkeimen.
Denis ließ den Hengst in Ruhe. Seit ihrem Streit hatte Christine nicht mehr beobachtet, daß er mit ihm zu arbeiten versuchte, was natürlich vorteilhaft für ihre heimlichen Besuche war. Sie hätte sicherlich nicht soviel erreichen können, wenn den Hengst immer wieder Panik befiel, weil Denis ihn streßte. Doch Denis hielt sich ungewöhnlich zurück. Chri-

stine nahm nicht einen Moment lang an, daß er das tat, weil sie es von ihm erhoffte. Wahrscheinlich sah er inzwischen selbst ein, daß er durch sein Vorgehen das Pferd nur schädigte. Obwohl ihn Christine sorgfältig mied, kam sie nicht umhin, Denis gelegentlich aus der Ferne zu sehen, und ihr fiel auf, daß sein Gesicht verbissener wirkte als je zuvor.
Es interessierte sie nicht.
Ihre ganze Aufmerksamkeit galt Cuchulainn. Ihr nächstes Ziel richtete sich darauf, den Hengst an ihre Berührung zu gewöhnen. Sie war sich dessen bewußt, daß das Pferd seit Monaten mit menschlichen Händen nichts als Pein verband. Selbst wenn es stimmte, was Ruaidhri sagte – daß Denis ihn niemals geschlagen hatte –, so reichten Cuchulainns Erfahrungen mit seinen sonstigen Erziehungsmaßnahmen ohne weiteres aus, um ihm eine tiefsitzende Angst vor dem direkten Kontakt zu Menschen einzuimpfen.
Zu einem Trauma, das oft ein ganzes Leben wirksam ist, wenn es nicht bearbeitet wird, kann ein einziges Ereignis führen. Wäre sich jeder darüber im klaren, so dachte Christine, würden wohl viele mit den ihnen Anvertrauten verantwortungsbewußter umgehen.
Christine wollte, daß Cuchulainn von sich aus auf sie zukam. Ein falscher oder voreiliger Schritt von ihr konnte zerstören, was sie bisher aufgebaut hatte, deshalb sollte das Pferd selbst entscheiden, wann es die Brücke zu ihr schlug.
Es dauerte lange Tage.
Tage, in denen Christine mit unendlicher Geduld unzählige Mohrrüben verfütterte, Tage, an denen sie jeden Zentimeter, den das Pferd heranrückte, atemlos registrierte und sie jede auch noch so kleine zutrauliche Geste mit Glück erfüllte.

Ruaidhri verfolgte die Sache mit großem Interesse.
Christine hatte ihn gebeten, sich fernzuhalten, bis man sicher sein konnte, daß Cuchulainn nicht durch ihn wieder Angst bekam.
»Ich habe ihm doch noch nie etwas getan«, wandte Ruaidhri ein.
»Das mag sein. Du warst aber öfters dabei, wenn Denis mit ihm arbeitete, richtig? Also kann es durchaus sein, daß dein Anblick ihn daran erinnert und er deswegen wieder verrückt spielt.«
Das sah Ruaidhri ein.
»Aber was bringt es, wenn du ihn jetzt nur an dich gewöhnst?« fragte er dennoch. »Immerhin ist er ein Rennpferd, und zwar eines, das eine Menge Geld gekostet hat. Ein Rennpferd muß laufen, und zwar unter jedem Jockey – und es muß gewinnen können. Ein Rennpferd, das niemanden abgesehen von dir an sich heranläßt, ist nichts wert, so leid es mir tut, dir das sagen zu müssen.«
Christine blickte finster vor sich hin. Sie sah ein, daß Ruaidhri recht hatte.
»Wer sollte den Hengst eigentlich im Rennen reiten? Denis?«
Ruaidhri schüttelte den Kopf. »Völlig unmöglich bei seiner Größe und seinem Gewicht!«
»Gott sei Dank«, entfuhr es Christine.
»Dasselbe gilt übrigens für mich«, fügte Ruaidhri hinzu. »Selbst James ist inzwischen zu groß und zu schwer.«
»Und Fiona? Sie ist kleiner und leichter.«
»Fiona«, grinste Ruaidhri, »ist eine Frau.«
»Und?« gab Christine kampflustig zurück.
Ruaidhri grinste noch mehr.
»Nein, wir haben da einen Mann aus Galway, der für uns

startet«, sagte er, ohne weiter auf diesen Punkt einzugehen. »Danny McCarthy heißt er, wir arbeiten schon seit Jahren mit ihm zusammen.«

»Kennt er das Pferd?«

»Er hat es schon mal laufen gesehen, genauso wie ich. Geritten hat er es, soviel ich weiß, noch nie.«

»Vielleicht sollten wir ihn, wenn ich mit Cuchulainn noch ein wenig weitergekommen bin, mal heimlich herholen«, überlegte Christine.

»Wenn Denis das mitkriegt, ist der Teufel los«, gab Ruaidhri zu bedenken.

Darüber war sich Christine durchaus klar. Nicht genug, daß sie hinter Denis' Rücken mit seinem Pferd arbeitete – nahm sie heimlich Kontakt mit dem Jockey auf, bedeutete dies nichts anderes, als daß sie Denis vor dem Mann bloßstellte.

Und sie war sich nicht sicher, ob sie so weit gehen wollte. Auch wenn sie sich Denis in keiner Weise verpflichtet fühlte – im Gegenteil, die Erinnerung an sein zynisches Angebot brachte sie noch im nachhinein zur Weißglut –, so sprengte dies allerdings jede Regel der Fairneß. Christine wußte, daß ein solcher Schritt das Maß dessen, was er sich unter Umständen von ihr bieten lassen würde, endgültig überstieg. Und sie mußte sich eingestehen, daß sie es ihm nicht einmal verübeln könnte.

Nein, es mußte andere Wege geben, den Hengst an Menschen zu gewöhnen. Zuerst einmal jedoch galt es, ihn wenigstens an sie selbst zu gewöhnen.

An diesem Tag machte Christine keine Anstalten, Cuchulainn mit Karotten zu füttern. Ohne dem Hengst einen Blick zu schenken, lehnte sie sich mit dem Rücken an seinen Koppelzaun, wobei sie mit der Mohrrübe in ihrer Hand spielte.

Sie hielt den Kopf ganz still und beobachtete aus den Augenwinkeln sehr genau, was das Pferd tat.
Zuerst stand es nur da, die Ohren gespitzt, die Nüstern geweitet. Es wartete sichtlich darauf, daß sich Christine ihm zuwenden und die Karotte reichen würde. Als es merkte, daß sie es nicht tat, scharrte es ungeduldig mit einem Vorderhuf. Christine durchlief ein kleiner Freudenschauer, als sie es hörte. Cuchulainn erhoffte nicht nur seine Karotte, er forderte sie sogar. Das hieß, sein Selbstbewußtsein kehrte merklich zurück. Christine ließ sich jedoch nicht beirren. Sie stand nach wie vor mit dem Rücken zu Cuchulainn und wippte die Rübe in ihrer Hand.
Sie wußte nicht, wie lange sie so dastand, doch nach schier endloser Zeit vernahm sie das Geräusch, das sie inständig ersehnte. Schwere Tritte zeigten an, daß der Hengst einen Entschluß gefaßt hatte. Langsam, ganz langsam kam er heran.
Christine rührte sich nicht.
Sie spürte den warmen Atem des Pferdes im Nacken, dann das Kitzeln der kleinen Härchen an seinen Nüstern.
Der Hengst blies ihr ganz sanft ins Genick.
Christine rührte sich noch immer nicht. Ihr Herz klopfte.
Und auf einmal spürte sie einen zarten Stups an ihrer Schulter, dann noch einen, diesmal ein wenig nachdrücklicher.
Cuchulainn war gekommen, um sich seine Karotte zu holen.
Unendlich langsam und behutsam drehte sich Christine zu ihm um.
Das Pferd stand da und schaute sie an. Dann stieß es einen leisen Pruster aus, es klang so wie ›nun gib schon her!‹
Christine mußte lächeln, ihr Herz war leicht wie schon lange nicht mehr.
Vorsichtig reichte sie ihm den Leckerbissen, er nahm ihn mit

zarten Lippen und kaute mit Genuß. Seine dunklen Augen ruhten dabei groß auf Christine, und sie mußte unwillkürlich schlucken unter diesem Blick.
Wie konnte jemand nur diesem Tier weh tun!
Ganz langsam ließ Christine nun ihre Hand über die Zaunstange gleiten, bis sie direkt unter dem Kopf des Pferdes lag.
Und Cuchulainn senkte den Hals und beschnupperte sie.
Christine streckte ihre Hand behutsam nach vorn.
Das Pferd wich nicht aus.
Christine wußte, daß eine entscheidende Phase angebrochen war. Würde der Dunkelbraune sich von ihr anfassen lassen?
Als sie den glatten warmen Hals des Pferdes unter ihrer flachen Hand spürte, stiegen ihr die Tränen in die Augen.

»Im Ernst?« Ruaidhris Stimme klang erstaunt.
»Im Ernst«, bekräftigte Christine.
»Donnerwetter«, meinte Ruaidhri anerkennend. »Ich hätte nicht gedacht, daß du das schaffst.«
Christine erkannte mit allmählicher Resignation, daß es tatsächlich vergeudete Mühe war, Ruaidhri eine andere Meinung über Frauen beizubringen.
»Nun, allzuviel bedeutet es ja immerhin auch noch nicht«, wandte sie ehrlich ein.
»Es ist aber zumindest ein vielversprechender Anfang.« Ruaidhri machte ein schelmisches Gesicht. »Vor allem auch für mich«, ergänzte er.
»Was soll denn das schon wieder heißen?« lächelte Christine.
»Ganz einfach«, meinte Ruaidhri schlau. »Wenn du jetzt mit dem Hengst schon so weit gekommen bist, dann wirst du doch garantiert erst recht weitermachen, richtig?«
»Worauf du dich verlassen kannst.«

»Das heißt, ich werde noch eine Menge Zeit haben, dich von meinen Qualitäten zu überzeugen«, grinste Ruaidhri.
Christine lachte. »Du willst es einfach nicht aufgeben, was?«
»Niemals«, versicherte Ruaidhri. »Bei so einem Klassemädchen, wie du es bist, gibt man doch nicht auf!«
»Na, na«, mahnte Christine und wich unauffällig aus, als er näher zu rücken versuchte. Ruaidhri lachte und breitete freimütig die Arme aus. »Aber nichtsdestoweniger ist das ein Tag, den man feiern muß.«
»So? Und wie willst du ihn feiern?«
»Indem wir heute abend zusammen ausgehen.«
Christine nickte ernsthaft.
»Einverstanden«, meinte sie, ohne dabei eine Miene zu verziehen. »Da es sich allerdings um Denis' Pferd handelt, müssen wir Denis natürlich ebenfalls dazu einladen.«
»Eh ...« Ruaidhri schien von dieser Idee sichtlich nicht angetan. Dann bemerkte er das humorvolle Funkeln in Christines Augen und lachte.
»Das hätte ich dir jetzt um ein Haar geglaubt!«
»Du lieber Himmel«, bemerkte Christine. »Denis fehlte mir gerade noch!«
»Willst du es ihm nicht irgendwann einmal sagen?« Ruaidhri wurde ernst.
»Ich bin doch nicht verrückt!« Christine schüttelte den Kopf. »Denkst du, ich will mir noch einmal seine Unverschämtheiten anhören?«
»Aber eines Tages wirst du nicht mehr darum herumkommen«, gab Ruaidhri zu bedenken. »Mich wundert sowieso, daß er noch nichts gemerkt hat.«
Das wunderte Christine eigentlich auch.
Seit Tagen war es für sie so leicht wie nie, mit Cuchulainn allein zu sein. Denis war fast ständig unterwegs, er kam mei-

stens erst abends nach Hause, zu einer Zeit, wenn Christine längst fort war. Er ließ Cuchulainn vollständig in Ruhe, was für Christines Bemühungen um den Hengst von unschätzbarem Vorteil war. Sie wußte nicht, was Denis beabsichtigte, sie erkannte nur, daß sie im Moment alle Möglichkeiten hatte, mit dem Pferd voranzukommen, und nutzte sie auch weidlich aus.

In ihrer guten Stimmung war sie schließlich auch tatsächlich einverstanden, mit Ruaidhri auszugehen.

Es stellte sich rasch heraus, daß Ruaidhri mit diesem Abend bestimmte Vorstellungen verband. Christine hatte sich gutmütigerweise dazu bereit erklärt, mit ihm nach Galway zu fahren und ins Kino zu gehen, doch bereits nach der ersten halben Stunde bereute sie es.

»Du bist ganz schön hartherzig«, stellte Ruaidhri fest, als sie zum wiederholen Mal seine Hand von ihrem Knie schob. »Noch nicht einmal im Kino darf ich an dich ran!«

Christine lachte leise.

»Ich glaube«, flüsterte sie, um die anderen Kinobesucher nicht zu stören, »aus dem Alter von Kinofummeleien bin ich wohl schon lange raus!«

»Oh!« Ruaidhri tat so, als wolle er aufstehen. »Wenn es nur daran liegt – gehen wir einfach woandershin!«

»Bleib sitzen!« lachte Christine, worauf er sich mit gespielter Enttäuschung wieder auf seinen Sitz zurückfallen ließ.

In der Kneipe, in der sie anschließend landeten, war es voll. Sie fanden keinen Sitzplatz und blieben daher am Tresen stehen. Ruaidhri ließ es sich nicht nehmen, für Christine das Bier zu bezahlen.

»Von einer Frau lasse ich mich nicht einladen«, sagte er bestimmt, als Christine, die es nur zögernd akzeptierte, die nächsten Pints übernehmen wollte.

Christine warf ihm einen schiefen Blick zu, doch er zwinkerte ihr zu und lachte. Sie sah sich nun neugierig um. Immerhin war es heute das erste Mal, daß sie abends ein Pub besuchte. Obwohl Georg sie schon mehrmals gefragt hatte, konnte sie sich bisher noch nie dazu durchringen. Die Aussicht, Stunden in verräucherter Umgebung zu verbringen, verursachte ihr Übelkeit.

Aber nun kam es ihr gar nicht so schlimm vor. Auch Ruaidhri rauchte und kommentierte ihre freundliche Ablehnung, als er ihr ebenfalls eine Zigarette anbot, mit nachsichtigem Kopfschütteln. Ihr Magen blieb zum ersten Mal seit langem wieder im Gleichgewicht.

Auf einem kleinen Podium in der Ecke spielten ein paar Musiker. Ganz offensichtlich gehörten sie sozusagen zum Inventar, selbst während des Spiels standen sie in lebhafter Diskussion mit einem Großteil ihres Publikums, und es kam sogar vor, daß einer von ihnen seinen Platz mit einem Zuhörer tauschte. Christine beobachtete es mit Vergnügen, es gab der Kneipe einen Rahmen von Familiarität, der ihr sehr gefiel.

Ruaidhri ließ sich von der heimeligen Atmosphäre ebenfalls anstecken. Christine registrierte, daß er sein Glas jedesmal auf sehr umständliche Weise um sie herum auf dem Tresen abstellte, um wieder ein Stückchen näher an sie heranrücken zu können. Als er sie endgültig mit seinen Armen zu umschließen versuchte, schob sie ihn jedoch freundlich, aber bestimmt zurück.

»Sei doch nicht so«, protestierte Ruaidhri. »Oder hast du was gegen mich?« Sein Gesicht drückte offene Ratlosigkeit aus, und Christine mußte lächeln.

»Ich habe nichts gegen dich«, beruhigte sie ihn. »Ich dachte bloß nicht, daß du meine Zustimmung zu diesem Abend als Einladung zum Angriff auffassen würdest.«

»Was heißt hier Angriff! Du gefällst mir eben, na und?«
»Hast du eigentlich keine Freundin?« fragte Christine angelegentlich.
»Oh, viele!« Ruaidhri ließ sich nicht aus der Fassung bringen. »Aber für dich würde ich alle anderen sausenlassen!«
»Das ehrt mich«, nickte Christine ernsthaft.
»Im Ernst!« Ruaidhri sah Christine augenzwinkernd an. »Immerhin bin ich allmählich in einem Alter, wo man auch mal an die Zukunft denken muß.«
»Und du meinst, dafür wäre ich geeignet!«
»Natürlich. Mit dir könnte ich mir wirklich vorstellen, seßhaft zu werden.« Ruaidhri betrachtete Christine eingehend. »Überleg doch mal – du und ich! Wir würden ein prachtvolles Paar abgeben und prachtvolle Kinder bekommen!«
Er schien von dem Gedanken immer mehr angetan und merkte nicht, daß Christine erstarrt war. Mit Feuereifer entwarf er ein wundervolles Gemälde dessen, wie er sich das zukünftige Familienleben mit Christine erträumte.
»Und bei so vielen Pferden bleibt dir auch noch ein genügend großes Betätigungsfeld als Tierärztin«, schloß er seine Ausführungen.
Christine sah ihn geistesabwesend an.
»Christine?« Ruaidhri musterte sie erstaunt.
Christine holte tief Luft, dann nahm sie sich zusammen und lächelte Ruaidhri unbefangen an.
»Ich glaube, wir vertagen das Thema lieber auf einen Zeitpunkt, wo du besser weißt, was du gerade redest.« Sie wies auf sein fast geleertes Glas, dem schon einige Pints vorausgegangen waren.
»Ich weiß ganz genau, wovon ich rede«, verwahrte sich Ruaidhri.

»Klar«, nickte Christine und trank ihr Glas aus. Dann sah sie auf ihre Uhr.
»Es ist schon reichlich spät, wir sollten uns jetzt allmählich auf den Heimweg machen. Und ich schlage vor, du läßt mich fahren.«
»Unsinn«, widersprach Ruaidhri. »Ich kann noch sehr gut fahren. So ein paar Pints werfen mich nicht um!«
»Das Auto aber vielleicht.« Christine blieb freundlich.
»Pah«, machte Ruaidhri, aber er leerte nun ebenfalls sein Glas und half Christine galant in ihre Jacke. Dann zog er sich seine über und folgte ihr zur Tür.
Als sie am Wagen ankamen, der ein Stück entfernt geparkt stand, entspann sich erneut die Diskussion um Ruaidhris Fahrtüchtigkeit. Ruaidhri wehrte sich entschieden gegen Christines Behauptung, er sei nicht mehr nüchtern, und überdies verursachte ihm die Aussicht, sich von einer Frau nach Hause bringen zu lassen, Schauder.
Christine gab es auf und versuchte es von einer anderen Seite.
»Und wenn ich dich herzlich bitte, mich auch mal fahren zu lassen?«
Ruaidhri betrachtete sie zweifelnd. »Du möchtest gerne fahren?«
»Ich habe doch noch nie ein Auto mit Rechtssteuerung gefahren«, erklärte Christine ernsthaft, »und will es einfach auch mal probieren.«
»Also okay«, gab Ruaidhri nach und grinste. »Unter einer Bedingung.«
»Und die wäre?« fragte Christine mißtrauisch.
»Wenn ich dafür von dir einen Kuß kriege.« Ruaidhris Miene war verschmitzt.
Christine musterte ihn scharf. Sie überlegte. Ruaidhri war eindeutig nicht mehr nüchtern, da mochte er behaupten, was

er wollte. Bis nach Hause waren es etliche Kilometer, die Gefahr, daß sie eine Polizeistreife anhielt, konnte man nicht ausschließen. Christine wußte nicht, wie in Irland Alkoholsünder am Steuer behandelt wurden, doch ging man besser kein Risiko ein. Abgesehen davon hatte sie auch keine Lust, während der Heimfahrt im Graben zu landen.

So gesehen war ein Kuß das geringere Übel.

Außerdem wußte Ruaidhri morgen vermutlich sowieso nicht mehr, was er heute abend gesagt oder getan hatte.

»Okay, einverstanden«, meinte Christine deshalb.

Ruaidhris Gesicht erhellte sich.

Sein Atem roch ein wenig nach Bier und Zigaretten, doch Christine hielt still, als er sie nun an sich zog und seinen Mund zu ihren Lippen herunterbeugte. Es war lange her, daß sie von jemandem geküßt worden war, und Christine merkte zu ihrem Schrecken, daß sie es vermißte.

Für den Bruchteil einer Sekunde war sie in Gefahr, weich zu werden, doch als Ruaidhri sich enger an sie heranzudrängen versuchte, schreckte sie auf und schob ihn energisch zurück.

»Wir sprachen von *einem* Kuß!«

»Schade«, meinte Ruaidhri bedauernd. »Wo wir doch gerade so schön dabei waren!«

»Die Autoschlüssel!« Christine hielt ihre Hand auf.

»Und ich hatte gehofft, du hättest es vergessen«, lachte Ruaidhri und ließ die Schlüssel in ihre Hand fallen.

Sie stiegen ein, und Christine orientierte sich zuerst einmal über die umgekehrten Verhältnisse in einem irischen Fahrzeug. Bei Ruaidhris Wagen handelte es sich um einen älteren Ford. Diesen Typ war Christine in Deutschland schon öfter gefahren, also sollte es keine größeren Probleme damit geben. Sie merkte rasch, daß lediglich die Gangschaltung auf

der anderen Seite angebracht war, woran man sich sicher schnell gewöhnte.
Ruaidhri, der unruhig auf dem Beifahrersitz hin und her rutschte, beobachtete argwöhnisch, wie Christine ihren Sitz einstellte, den Motor startete und den Gang einlegte. Er schien auf dem Sprung, ins Lenkrad zu fassen, und Christine wußte nicht so recht, ob sie sich über ihn amüsieren oder ärgern sollte.
»Keine Sorge, ich fahre dir dein Auto schon nicht zu Schrott«, beruhigte sie ihn mit einem Anflug von Ungeduld.
Als Ruaidhri merkte, daß Christine den Wagen tatsächlich sicher im Griff hatte, entspannte er sich ein wenig.
»Ich bin eben nun mal nervös, wenn eine Frau am Steuer sitzt«, entschuldigte er sich.
»Das merke ich.« Christine konzentrierte sich auf ihren Weg. Obwohl sie die Strecke vom Mitfahren her inzwischen kannte, war es heute das erste Mal, daß sie sie selbst finden mußte, zudem auch noch in der Dunkelheit. Ruaidhri dirigierte sie über den Kreisverkehr am Ortsausgang von Galway, bis sie sich auf freier Strecke befanden, dann lehnte er sich in seinem Sitz zurück.
»Eigentlich könnte ich mich an dich als Chauffeur gewöhnen«, grinste er. Er warf einen verschmitzten Blick zu Christine hinüber. »Überleg es dir, die Stelle ist noch frei!«
Christine schaute ihn von der Seite an und mußte lachen. Man konnte ihm tatsächlich nicht böse sein. Seine lausbubenhafte Art ließ vollkommen vergessen, daß er etwa ebenso alt sein mußte wie sie selbst. Er kam ihr sehr viel jünger vor, sie betrachtete ihn daher mit einer Nachsicht, die sie auch einem jüngeren Bruder entgegenbringen würde.
Ruaidhri allerdings sah das durchaus anders. Als Christine dann im Hof den Wagen parkte und den Motor abstellte,

wurde ihr ziemlich schnell klar, daß er auf eine Fortsetzung der ersten Kußszene hoffte.

»He«, machte Christine und wehrte ihn sanft, aber nachdrücklich ab. Das fehlte gerade noch, daß sie mit Ruaidhri hier im Wagen wie ein Teenager knutschte. Auch wenn sie sich einmal hatte überreden lassen, ihn zu küssen – sie mußte ihm unmißverständlich klarmachen, daß sie durchaus nicht beabsichtigte, sich mit ihm einzulassen.

»Sie will mich einfach nicht«, klagte Ruaidhri, fand sich jedoch großmütig mit der Zurückweisung ab.

»Im Moment will ich nichts als nach Hause in mein Bett«, bestätigte Christine, stieg aus dem Auto und schloß energisch die Tür.

»Ich bringe dich noch schnell rüber«, bot Ruaidhri an.

»Oh, danke, aber nicht nötig.« Christine wollte ihm nicht wieder Gelegenheit geben, sich ihr zu nähern.

»Dann paß aber auf, daß dich niemand überfällt«, warnte Ruaidhri.

»Als ob hier nachts jemand herumschleichen würde!«

»Man weiß ja nie.« Ruaidhri schaute Christine schelmisch an. »Wollen wir nicht doch noch mal ... nur so zum Abschied, meine ich?«

»Gute Nacht«, lachte Christine.

»Du verstehst, daß ich es wenigstens noch mal probieren mußte, oder?« Ruaidhris Miene drückte Treuherzigkeit aus.

»Natürlich verstehe ich das«, nickte Christine, winkte ihm grüßend zu und wandte sich dann zum Gehen.

Du liebe Güte, dachte sie dabei. Hoffentlich hatte sie sich mit diesem Abend nicht ein Problem aufgehalst! Sie konnte Ruaidhri gut leiden, aber mit ihm ein Verhältnis anzufangen war so ungefähr das letzte, was sie wollte. Abgesehen davon, daß für sie zu einer Beziehung ein gewisses Maß an Gefühlen

gehörte, die sie Ruaidhri gegenüber nicht empfand, konnte sie sich im Moment grundsätzlich nicht vorstellen, überhaupt die Nähe eines Mannes zuzulassen. Zu tief waren die Wunden, und obwohl sie in letzter Zeit nur noch selten an Alex dachte, war die Erinnerung immer noch lebendig.
Nachdenklich schritt sie den Kiesweg zu Georgs Haus entlang und achtete nicht allzusehr auf ihre Umgebung. Es war recht dunkel, da Wolken den Mond bedeckten, doch reichte das Licht gerade, um den Weg erkennen zu können.
Christine hatte nie zum ängstlichen Frauentyp gehört, und so dachte sie auch überhaupt nicht mehr an Ruaidhris halb scherzhafte Warnung.
Beim Anblick der großen, dunklen Gestalt, die ihr auf einmal gegenüberstand, blieb ihr jedoch im ersten Moment fast das Herz stehen. Mit Mühe unterdrückte sie einen Aufschrei, ihr Herz raste.
»Nun, Lady«, hörte sie eine spöttische Stimme, die ihr einen zusätzlichen Schauer über den Rücken schickte.
»Müssen Sie mich derart erschrecken?« fauchte sie Denis an, der sie sarkastisch anblickte.
»Sie haben wohl ein schlechtes Gewissen, was?« Er grinste. »Und, war der Abend schön?«
»Das geht Sie gar nichts an«, erwiderte Christine vernichtend.
Denis blickte in die Richtung, in die Ruaidhri verschwunden war.
»Ich hätte jedoch wenigstens angenommen, daß er Sie noch bis zur Tür begleitet«, bemerkte er spöttisch. »Macht man das nicht so nach einem gelungenen Abend?«
»Daß Sie das nicht wissen, ist mir völlig klar«, versetzte Christine bissig.
»Ich weiß immerhin, daß es für junge Damen gefährlich wer-

den kann, nachts allein draußen herumzustreunen«, sagte Denis bedeutsam.
Christine starrte ihn an. Wie meinte er das? Sollte das eine Drohung sein?
Sie merkte, daß ihr ein Schauer über den Rücken lief. Ruaidhri war bereits ins Haus gegangen, sie stand hier ganz allein mit Denis. Sie mußte an ihren Verdacht denken. Und mit einemmal verspürte sie leichte Angst.
Denis wußte offenbar, was in ihr vorging. Sein Grinsen wurde zynisch.
»Wenn Sie also nicht zufällig auf der Suche nach mir waren, dann gehen Sie jetzt lieber nach Hause.«
»Ich wüßte nicht, weshalb ich Sie suchen sollte«, erwiderte Christine feindselig.
»Oh, es könnte doch sein, daß Sie mit Ruaidhri nicht zufrieden waren«, versetzte Denis gelassen.
Es dauerte einen Moment, bis Christine verstand, was er meinte. Dann aber verschlug es ihr regelrecht die Sprache. Denis lächelte kalt, und in Christine stieg die blanke Wut hoch.
»Sie haben gerade Grund, mir mit unverschämten Bemerkungen zu kommen!« Ihre Stimme klang gefährlich leise. »Ich an Ihrer Stelle wäre damit besonders vorsichtig!«
Denis zog die Brauen zusammen.
»Meinen Sie etwas Bestimmtes?« fragte er kühl.
»Sie werden selbst wohl am besten wissen, was ich meine.« Christine drehte sich um und ließ ihn stehen. Sie verspürte Triumph darüber, daß sie Denis das erste Mal geschlagen zu haben schien.
Sie verkniff sich das Bedürfnis, sich noch einmal nach ihm umzublicken, da sie die Wirkung ihres Abgangs nicht noch im nachhinein zerstören wollte. Da sie keine Schritte hörte,

wußte sie jedoch, daß sich Denis nicht vom Fleck gerührt hatte.
Und sie hoffte, daß er an dem Brocken kauen würde, den sie ihm mit ihrer Andeutung hingeworfen hatte.

7. Kapitel

Zu Christines großer Beruhigung ging Ruaidhri am folgenden Morgen über die Ereignisse des Vorabends leichtherzig hinweg.
»Ich muß eben weiterhin versuchen, meinen Charme auf dich wirken zu lassen.«
»Versuchen kannst du es gerne«, nickte Christine humorvoll, die froh war, daß Ruaidhri es ihr nicht nachzutragen schien, gestern bei ihr abgeblitzt zu sein.
»Und irgendwann wirst du ihm nicht mehr widerstehen können, da möchte ich darauf wetten«, prophezeite Ruaidhri.
»Na, das wollen wir doch erst einmal abwarten«, lachte Christine.
»Übrigens«, fiel Ruaidhri ein, »habe ich eine gute Nachricht für dich.«
»So?«
»Dad sagte mir heute morgen, es hätten sich einige Gäste für einen Dreitagesritt zur Kliffküste interessiert.«
»Und das ist eine gute Nachricht für mich?« Christine lächelte.
Ruaidhri nickte fröhlich.
»Du erhältst dadurch eine sensationelle Möglichkeit, zum absoluten Vorzugspreis an einer interessanten Studienreise teilnehmen zu können!«

Christine mußte lachen.
»Nein, im Ernst«, meinte Ruaidhri. »Du kommst doch mit, oder?«
»Zur Küste?«
»Zu den Cliffs of Moher«, bestätigte Ruaidhri. »Zweimal Übernachtung unterwegs, zurück fahren wir mit dem Bus.«
»Und die Pferde?«
»Die werden mit dem Lastwagen abgeholt«, sagte Ruaidhri. »Wir machen das öfter, haben Vereinbarungen mit Unterkünften am Weg und so weiter. Alles inklusive.«
»Da spricht wieder der Werbemanager«, grinste Christine.
»Und der Organisator des Ganzen«, warf sich Ruaidhri in die Brust.
»Du führst die Tour?«
»Diesmal bin ich wieder dran«, nickte Ruaidhri. »Ich wechsle mich normalerweise mit Fiona ab.«
Christine zögerte. Drei Tage zu Pferde würden bedeuten, drei Tage ununterbrochen mit Ruaidhri zusammenzusein. Zwar wären sie natürlich nicht allein, da er ja noch von einigen anderen Teilnehmern sprach. Trotzdem mußte sie allmählich ein wenig vorsichtig sein, damit er es nicht wieder falsch auffaßte, sollte sie tatsächlich zustimmen mitzureiten.
Wenn sie außerdem ganz ehrlich zu sich selbst sein wollte, dann mußte sie sich eingestehen, daß ihr auch die Absicht, Denis neuen Stoff für anzügliche Bemerkungen zu liefern, zuwider war. Zwar konnte es ihr natürlich vollkommen egal sein, ob er annahm, sie hätte mit Ruaidhri ein Verhältnis – schließlich war Denis' Meinung über sie das letzte, worauf es ihr ankam. Dennoch paßte es ihr unsachlicherweise absolut nicht, daß er ihr einen lockeren Lebenswandel unterstellte.

Andererseits – die Kliffküste reizte sie natürlich sehr. Nachdem Ruaidhri das erste Mal davon erzählte, hatte sie später Georg gefragt, worauf er ungewöhnlich lebhaft reagierte.
»Da mußt du unbedingt einmal hin. Sie ist einfach grandios, eines der besten Motive, das mir jemals unter die Augen gekommen ist.«
Christine lächelte bei der Erinnerung an dieses Gespräch. Wenn aber selbst Georg diesen Ort bewußt wahrgenommen zu haben schien, dann mußte es sich tatsächlich um etwas Außergewöhnliches handeln.
»Wann soll es denn losgehen?« fragte sie Ruaidhri, der sie gespannt betrachtete.
»Übermorgen.«
»Hm.«
»Komm schon!« Ruaidhri grinste sie auffordernd an. »Gönne mir doch einmal das Vergnügen, eine schöne Frau dabeizuhaben.«
»Du wirst mir doch nicht erzählen, du hättest noch nie eine schöne Frau auf deinen Ausflügen mit dabeigehabt«, lachte Christine.
»Höchstens ein- oder zweimal«, schränkte Ruaidhri ein und verzog das Gesicht. »Aber meistens sind es nur alte und häßliche Schachteln.«

Die vier anderen Teilnehmer der Expedition machten auf Christine allerdings einen durchaus günstigen Eindruck. Das schwedische Ehepaar war mittleren Alters und absolut nicht häßlich, während die beiden Amerikaner sogar noch zur jüngeren Generation gerechnet werden durften. Alle konnten gut reiten, was Ruaidhri mit Erleichterung erfüllte.
»Das Schlimmste an solchen Ausflügen ist, wenn man ständig aufpassen muß, daß keiner vom Pferd fällt oder sonsti-

ger Unfug passiert«, vertraute er Christine an. »Eine Horde Anfänger ist schwerer zu beaufsichtigen als Kleinkinder!«

»Na, nun mal nicht so unfreundlich! Du hast doch sicher auch irgendwann das Reiten erst mal lernen müssen, oder?«

»Mich hätte ich damals auch nicht beaufsichtigen wollen«, gab Ruaidhri freimütig zu. »Ich war bestimmt noch schlimmer als andere.«

»Das glaube ich dir aufs Wort«, lachte Christine.

»Allerdings hat mich Dad erst dann auf solchen Touren mitreiten lassen, als er sicher war, daß ich mithalten konnte.«

»Nimmst du denn Anfänger überhaupt mit?« Christine war überrascht.

»Leider bleibt mir nicht viel anderes übrig. In unserem Prospekt steht es drin, also müssen wir es machen. Ich hatte schon Leute auf mehrtägigen Reitausflügen mit, die bis zu diesem Tag noch nicht ein einziges Mal auf einem Pferd gesessen hatten. Im Grunde ist es unverantwortlich – allein mit einem halben Dutzend Anfängern unterwegs! Gut, ich passe dann schon immer auf, daß wir für diese Leute wirklich nur die müdesten Gäule nehmen, aber man weiß nie, was selbst der abgestumpfesten Mähre in den Sinn kommen kann. Eigentlich ist es ein Wunder, daß noch nie ein größerer Unfall passiert ist.«

»Warum macht ihr es denn dann?«

»Wenn wir es nicht täten, hätten wir bald keine Gäste mehr«, sagte Ruaidhri nüchtern. »Es ist nichts als eine Frage der Konkurrenzfähigkeit. Die Leute wollen reiten, ob sie es können oder nicht – und wir brauchen Reitgäste, ob wir wollen oder nicht. Leider können wir es uns nicht erlauben, wählerisch zu sein.«

Das leuchtete Christine ein. Selbst an so einem abgelegenen, idyllischen Ort wie einem Reiterhof in Connemara herrschte also gnadenlose geschäftliche Härte.

»Also gut«, schloß Christine ihre Überlegungen kurzerhand ab. »Schreib mich auf deine Liste für den Ausflug!« Sie lächelte. »Wenigstens denke ich, daß ich mit meinem Pferd soweit klarkommen werde.«

»Wenn nicht du, wer denn sonst«, nickte Ruaidhri. »Du willst sicher Blossom reiten, nicht wahr?«

»Oder Bandit«, überlegte Christine.

»Nimm lieber Blossom«, riet Ruaidhri. »Bei solchen Touren reiten eigentlich nur Kinder Ponys.«

»Du bist der Fachmann«, meinte Christine gleichmütig.

»Bandit wird dich schon mal drei Tage lang entbehren können!« Ruaidhri erriet, was Christine bewegte.

»Aber ich ihn vielleicht nicht«, gab Christine schlagfertig zurück.

Dabei fiel ihr der Dunkelbraune ein, und sie wurde wieder ernst. »Ungünstig ist allerdings, daß ich dann drei Tage lang nicht mit Cuchulainn arbeiten kann.«

»Du lieber Himmel!« Ruaidhri schüttelte nur den Kopf. »Ich dachte eigentlich, du wolltest hier Ferien machen!«

»Schon.« Christines Gesicht war nachdenklich.

Ruaidhri sah sie an.

»Du hast Angst, daß ihn Denis sich in der Zwischenzeit wieder vornimmt, richtig?«

Christine hob stumm die Schultern.

»Das wird er ohnehin irgendwann wieder tun. Ob du nun da bist oder nicht. Und du wirst es nicht verhindern können.«

Christine sah ein, daß er recht hatte. Trotzdem wurde sie das Gefühl nicht los, daß sie das Pferd den Wölfen überließe, während sie selbst sich tagelang vergnüglichen Unternehmungen hingab.

Dies war dann wohl auch der Grund, weshalb sie an den verbleibenden zwei Tagen noch mehr Zeit bei dem Hengst verbrachte.
Cuchulainn schien sie tatsächlich inzwischen zu kennen und zu schätzen. Zwar war er nach wie vor sehr vorsichtig, doch kam er mittlerweile schon nach kurzer Gewöhnungszeit zu Christine an den Zaun und ließ sich auch von ihr streicheln. In welchem Zustand würde sie ihn nach der Tour vorfinden?

Früh am Morgen ging es los.
Christine erfuhr, daß sie sich nicht mit viel Gepäck belasten mußten – Fiona fuhr es mit dem Auto voraus zur ersten Unterkunft, von da aus sollte es dann später weitertransportiert werden.
»Und am Donnerstag nachmittag sehen wir uns an der Küste«, kündigte Fiona an und lachte. »Ich bin mal gespannt, wer von euch bis dahin noch sitzen kann!«
Die Teilnehmer der Gruppe lachten.
»Habt ihr nicht vielleicht ein paar Kissen für solche Fälle?« fragte der Amerikaner, der sich ihnen als Brad vorgestellt hatte.
»Kissen gibt es nicht«, grinste Fiona. »Wer nicht von Natur aus genug Polsterung hat, muß sich eben abhärten oder leiden.«
»Wenigstens in dieser Hinsicht scheine ich einen Vorteil zu haben«, seufzte Tracy, die Freundin des Amerikaners, und alle lachten, als sie freimütig auf ihr nicht allzu schmächtiges Hinterteil wies.
Auch Ruaidhri grinste fröhlich und ließ dabei ungeniert einen prüfenden Blick über Christine gleiten.
Christine bemerkte es und räusperte sich nachdrücklich, worauf Ruaidhri eine gespielt betretene Miene zog. Er lachte

über Christines amüsiertes Gesicht, besann sich dann aber wieder auf seine Aufgabe als Gruppenleiter.
»Von der Entfernung her ist es gar nicht so weit«, erklärte er. »Wir müssen aber Rücksicht auf die Pferde nehmen. Höchstens zwanzig Kilometer am Tag – mehr sollten wir ihnen nicht abverlangen.«
»Außerdem wollen wir ja auch noch was vom Weg sehen, nicht?« fügte Christine hinzu und schwang sich auf Blossom.
»Du sagst es.« Ruaidhri wandte sich nach seinen Schützlingen um. »Alle Mann fertig?«
Die beschlagenen Hufe klapperten laut über das Kopfsteinpflaster des Hofes, als sich die sechs Hunter in Bewegung setzten. Ruaidhri ließ Bogy die Führung übernehmen, und Christine wartete, bis alle anderen angeritten waren, bevor sie Blossom vorantrieb. Ihr letzter Blick galt dem einsamen, dunkelbraunen Pferd auf der Koppel hinter dem Stall.
Und es durchfuhr sie ein kleiner Schauer, als ihre Augen unvermittelt denen des Mannes begegneten, der im Eingang des Stalles stand und der Reitergruppe nachschaute. Auf Denis' Gesicht lag ein Ausdruck, der sie erschreckte. Es sah beinahe so aus, als haßte er sie.

Der Weg sollte sie fast vollständig um die Bucht von Galway herumführen. Christine hatte sich die Strecke von Fiona auf der Karte zeigen lassen, und so wußte sie, daß der erste Teil ihrer Tour durch ebenes Land gehen würde, während sie gegen Ende einen ziemlichen Höhenunterschied bis hinauf zur Kliffküste überwinden mußten.
Sie ließen sich Zeit.
Ruaidhri schlug ein gemächliches Tempo an, er meinte, sie sollten besonders zu Anfang die Pferde schonen, um sie warm werden zu lassen.

Christine, die am Ende der kleinen Gruppe ritt, sah, wie Ruaidhri mit dem Schweden sprach, der neben ihm an der Spitze des Trupps ritt. Nach gestenreicher Debatte schien der Mann endlich alles verstanden zu haben, was Ruaidhri ihm erklärte, denn Ruaidhri zügelte nun Bogy und ließ die anderen an sich vorbeiziehen. Als Christine zu ihm herankam, lenkte er sein Pferd ganz selbstverständlich neben sie.

»Ich dachte, unser Pfadfinder muß an der Tête reiten?« lächelte ihn Christine an.

»Ich habe ihm genau erklärt, wie wir reiten müssen.« Ruaidhri wies auf den Schweden.

»Und er hat verstanden, was du gesagt hast?«

»Heißt das, man versteht mich schlecht?« Ruaidhris Gesicht nahm einen Ausdruck der Empörung an, und Christine amüsierte sich.

»Oh, nein«, beruhigte sie ihn. »Ich verstehe dich ja auch.«

»Obwohl«, meine Ruaidhri kopfschüttelnd, »die Schweden reden wirklich komisch. Die beiden dort können wenigstens einigermaßen Englisch, zum Glück.«

»Schwedisch ist eine harte Nuß«, nickte Christine.

»Ja, wirklich. Allein die Namen!«

»Wie heißen sie denn?« fragte Christine neugierig und verkniff sich heldenhaft, ihn darauf hinzuweisen, daß sein eigener Name für einen Nichtiren mindestens genauso ungewöhnlich klang.

»Warte mal.« Ruaidhri überlegte. »Andersson, oder so ähnlich. Ja, richtig. Sie heißt Britt, das geht ja noch. Aber er – Anna, habe ich verstanden, aber das kann doch nicht sein!«

»Einar vielleicht?«

»Stimmt, das muß es gewesen sein. Hör auf zu lachen, ich habe doch mit den Namenslisten unserer Gäste nichts zu tun! Das ist Sache meiner Mutter!«

»Ich lache doch gar nicht«, behauptete Christine.
»Woher kennst du dich überhaupt so gut mit schwedischen Namen aus?« Ruaidhri sah Christine neugierig an. »Sprichst du etwa Schwedisch?«
»Oh, nein.« Christine schüttelte den Kopf. »Ich kannte bloß mal ein paar Schweden.«
Sie dachte an Solveig.

Mittags rasteten sie in einer kleinen Bucht.
Der Wind blies stetig vom Meer her und trieb Christine salzige Gischtflocken ins Gesicht, als sie nach dem Imbiß ein paar Meter am Wasser entlangwanderte. Barfuß, mit hochgekrempelter Reithose, lief sie durch die am Strand auslaufenden Wellen und verspürte jedesmal einen kleinen atemlosen Schrecken, wenn das eiskalte Wasser um ihre Knöchel spülte. Im Sand, halb vergraben, lagen Muscheln, und Christine fühlte sich unwillkürlich an ihre Kinderzeit erinnert, als sie mit Georg am Strand von Wangerooge Muscheln und Seesterne sammelte.
Von Wangerooge war es nur ein kleiner Schritt nach St. Peter-Ording.
Christine merkte nicht, wie sie stehenblieb, ihre Augen blickten geistesabwesend in die Ferne.
Gestern abend hatte sie Renate angerufen.
Sie wußte, daß Renate darauf wartete, daß sie sich einmal meldete. Auf der Ansichtskarte, die sie nach einigem Zögern doch abgeschickt hatte, stand nur wenig zu lesen, Christine mochte keine persönlichen Dinge auf einer offenen Karte erzählen.
Renate hatte sich gefreut, als Christine sich am Telefon meldete.
Ihre sonst etwas kühle Stimme klang angeregt und veranlaßte

Christine, einige unverbindliche Berichte über ihr und Georgs Wohlbefinden abzugeben.
»Das ist schön, daß es dir dort gefällt«, meinte Renate liebenswürdig. »Ich an deiner Stelle würde noch eine Weile bleiben.«
Christine mußte lächeln. Es war nicht Renates Art, sie auszufragen, doch schien es ziemlich eindeutig, daß sie sich damit nach dem Datum ihrer Rückkehr erkundigen wollte.
»Oh, ich denke schon, daß ich es noch eine Zeitlang aushalten werde«, entgegnete Christine daher.
Dann zögerte sie einen Augenblick. Was sie eigentlich von Renate wissen wollte, war ein wenig schwierig auszudrücken.
»Gab es irgend etwas Wichtiges in den letzten Tagen?« fragte sie mehr beiläufig.
Renate antwortete erst einen Herzschlag später.
»Nein«, sagte sie. »Nichts.«
Christine verstand.
Alex wußte nicht, wo sie hingefahren war, sie wollte nicht, daß er überhaupt noch etwas erfuhr. Doch wäre es für ihn kein Problem, über Renate herauszufinden, wo sie sich aufhielt.
Beim Gedanken an ihr letztes Zusammentreffen preßte Christine unwillkürlich die Lippen zusammen.
Das Telefongespräch mit Renate endete mit ausgetauschten Floskeln, und Christine brauchte anschließend einige Zeit, um wieder zur Ruhe zu kommen.

Möwenschreie weckten Christine aus ihrer Versunkenheit. Sie blickte sich um und bemerkte, wie die anderen sich schon wieder zum Aufbruch vorbereiteten. Sie sah Ruaidhri winken und setzte sich in Bewegung.

»Ich habe schon gedacht, du wolltest hierbleiben«, flachste Ruaidhri, als sie die Gruppe wieder erreichte.
»Warum nicht, hier ist es doch schön!« Christine stemmte sich gegen Blossoms Leib, um den Sattelgurt festzuziehen. Als letzte schloß sie sich dem Trupp an, der sich nun von der Küste abwandte, um die nächsten Landspitzen zu überqueren.
Am späten Nachmittag erreichten sie ihre erste Unterkunft. Es war ein kleiner Bauernhof, umgeben von Weiden mit Schafen, Kühen und einigen Ponys. Die Wirtsleute hatten sie bereits erwartet, sie begrüßten Ruaidhri als einen alten Bekannten und führten die Pferde in ein sorgfältig vorbereitetes Nachtquartier im Stall. Christine erkannte, daß die Freundlichkeit, mit der sie ihre Besucher willkommen hießen, tatsächlich von Herzen kam. Das ganze Haus atmete Gastfreundschaft, die Zimmer waren liebevoll hergerichtet, und Christine verspürte einen gelinden Schrecken, als sie die Portionen sah, die von der netten Bäuerin zum Abendessen aufgetragen wurden.
»Du kannst das doch unbesorgt essen«, fand Tracy nicht ohne Neid.
»Ich darf vielleicht«, verbesserte Christine, »aber ob ich es kann ...«
Alle lachten, und Einar, der Schwede, meinte: »Was Sie nicht schaffen, nehmen Sie morgen als Proviant mit!«
»Sie sehen nämlich so aus, als könnten Sie es vertragen, ein wenig herausgefüttert zu werden«, ergänzte Britt, wobei ihr Ruaidhri insgeheim zustimmen mußte.
Christine seufzte, betrachtete ihren Teller und machte sich dann todesmutig ans Werk.
Es wurde ein netter Abend. In der großen Stube des Bauernhauses knisterte der Torf im offenen Kamin und verbreitete

einen erdigen Geruch, der in Christine ein heimeliges Gefühl weckte. Das Haus mußte alt sein, es war noch in traditioneller Weise gebaut, mit Lehmwänden und winzigen Fenstern.
»Es hat schon einige Stürme überstanden«, nickte der Bauer auf Christines Frage. Sein Dialekt war schwer zu verstehen, er rollte die Laute in einer Weise, die für Christine nicht mehr viel mit Englisch gemein hatte.
Er lachte gutmütig, als er merkte, daß Christine seine Aussprache Probleme bereitete, und bemühte sich von nun an merklich, ein wenig deutlicher zu reden.
Auch Ruaidhri amüsierte sich über Christine.
»Sei froh, daß er überhaupt Englisch spricht«, sagte er zu ihr, worauf das Grinsen auf dem Gesicht des Hausherrn noch breiter wurde. »Hier in dieser Gegend spricht man noch viel Gälisch.«
»Können Sie Gälisch?« fragte Christine neugierig.
»Tuigim«, nickte der Bauer und fügte einen ganzen, für Christine unverständlichen Satz hinzu. Alle hörten fasziniert zu.
»Sie verstehen doch sicher, was er sagt, nicht wahr«, meinte Einar zu Ruaidhri.
»Eh«, machte Ruaidhri und lachte. »Eigentlich sollte ich es wohl, immerhin lernen wir Gälisch in der Schule.«
»Und du warst bestimmt der fleißigste von allen Schülern«, vermutete Christine todernst.
»Nun ja …« Ruaidhri räusperte sich.
Trotz aller Unterschiede harmonierten die Menschen, die hier zusammensaßen, gut miteinander. Man redete, lachte und trank ein Bier nach dem anderen. Christine beteiligte sich nicht besonders an den lebhaften Gesprächen, sie nippte an ihrem Glas und hörte zu. Sie wurde erst aufmerksamer, als zu fortgeschrittener Stunde der Hausherr zu erzählen

begann. Durch das Guinness und die inständigen Bitten seiner Gäste animiert, ließ er sich überreden, einige Kostproben der irischen Sagenwelt zum besten zu geben. Es war ihm anzumerken, daß er es nicht zum ersten Mal tat, seine Art des Erzählens zeugte von langer Übung. Obgleich er sich bemühte, ein möglichst verständliches Englisch beizubehalten, vermittelte er dennoch ein wenig von der Atmosphäre, die die alte Sprache ausstrahlte, und seine Zuhörer lauschten still.

Auch Christine hörte zu. Die Stimme des Erzählers schwang auf und ab, als er von Heldentaten in längst vergangenen Zeiten berichtete.

Als er zur Geschichte des mythischen Kriegers Cuchulainn kam, blickte Ruaidhri unwillkürlich zu Christine hinüber. Und er sah, wie sie mit großen Augen wie abwesend ins Torffeuer starrte.

»Ich will euch erzählen vom Helden der Ulaniden«, begann der Bauer mit klangvoller Stimme, »Setanta von Eamhain Macha in der Grafschaft Armagh. Viele Sagen erzählen vom Ruhm des großen Kriegers und weisen Mannes, den wir unter dem Namen Cuchulainn kennen und ehren.« Er machte eine kleine Pause, in der seine Zuhörer gespannt warteten. »Die berühmteste Legende ist diejenige, die berichtet, wie er zu seinem Namen kam.«

Der Erzähler räusperte sich, holte tief Luft und setzte einen halben Ton höher wieder an. »Einst lud der König von Armagh seinen jungen Neffen Setanta zum Festmahl ein. Setanta war ein großer Künstler im Hurlingspiel, er vermochte den Ball schneller und weiter zu schlagen als jeder andere in Irland, und der König war sehr stolz auf diesen Neffen. Setanta war sich der hohen Ehre bewußt, die ihm durch diese

Einladung zuteil ward, und er beeilte sich, ihr Folge zu leisten.«

Wieder hielt er inne und betrachtete aus den Augenwinkeln, ob seine Gäste ihm ihre ungeteilte Aufmerksamkeit schenkten.

»Der König hatte Cullan, den Schmied, beauftragt, alles für das Festmahl zu bereiten, und dieser tat gewissenhaft, was für das Wohlbefinden seines Herrn und dessen Gäste zu richten war. Leider vergaß der König, ihm die bevorstehende Ankunft seines Neffen kundzutun, und so ließ der Schmied nach dem Eintreffen des vermeintlich letzten Gastes seine scharfen Hunde frei, damit sie den Besitz bewachten. Setanta wußte nichts von der Gefahr und betrat daher den Hof unbefangen, als auch schon ein wilder Hund herbeistürmte, um ihm die Kehle zu zerbeißen. Nun war Setanta aber schon in seiner Jugend ein Held, und so packte er die Bestie und erwürgte sie mit seinen bloßen Händen.

Laut wehklagte da der Schmied über seinen Hund, und Setanta, der ein weiches Herz und außerdem ein tiefes Gefühl für Gerechtigkeit besaß, bedauerte, was er getan. Darauf faßte er einen Entschluß. Er nahm dem toten Hund das Halsband ab, legte es sich selbst um die Kehle und sprach: ›Edler Schmied, durch meine Schuld verlort Ihr ein treues Tier und einen aufopfernden Wächter für Euer Heim. Laßt mich so lange Euer Hund sein, bis Ihr Ersatz für Euer Eigentum gefunden habt!‹

Seit diesem Tag trug Setanta den Namen Cuchulainn – der Wachhund des Cullan –, und er erwies ihm in zahllosen Taten Ehre.«

Der Bauer schwieg.

Und Ruaidhri sah, daß Christines Augen voller Tränen standen.

Der nächste Tag brachte für einige von ihnen ein unangenehmes Erwachen. Christine spürte die ungewohnte Anstrengung des Vortages in allen Gliedern. Den ganzen Tag im Sattel – an so etwas mußte man sich erst einmal gewöhnen. Ruaidhri hingegen sah sich, ebenso wie ein oder zwei weitere aus der Gruppe, ganz anderen Sorgen gegenüber.
Christine mußte heimlich lachen, als sie ihm beim Frühstück begegnete.
»Du siehst so aus, als ginge es dir heute morgen nicht so gut.«
»Du hast recht«, gab Ruaidhri zu und rieb sich den Hinterkopf. »Irgendwie muß es gestern doch ein Pint zuviel gewesen sein.« Er musterte den gedeckten Frühstückstisch und stöhnte beim Anblick der Bohnen und Würstchen.
»Wie kann man so was nur am frühen Morgen essen«, beklagte er sich, dabei ignorierend, daß ihm seine Mutter dergleichen jeden Tag vorsetzte.
Christine lachte und nahm sich eine Scheibe Toast.
»Wenn es dich beruhigt«, sie wies auf Brad, der mit bleichem Gesicht am Tisch saß und in seinem schwarzen Kaffee rührte, »es geht offenbar nicht nur dir so schlecht.«
»Und es ist auch nur die gerechte Strafe«, bemerkte Tracy ungerührt, worauf ihr Brad einen finsteren Blick zuwarf.
Die frische, kühle Morgenluft, die vom Atlantik herüberwehte, vertrieb allerdings schon bald den Kater, und so dauerte es nicht lange, bis Ruaidhri seine ungewöhnliche Einsilbigkeit überwand und in üblicher, fröhlicher Weise seine Scherze machte.
Auch Christine merkte nach einer halben Stunde im Sattel keinen Muskelkater mehr, Blossom ging weich unter ihr, jeder kleinen Anweisung folgend, und Christine fühlte sich, als wenn sie noch niemals etwas anders getan hätte, als stundenlang durch eine wunderbare Landschaft zu traben.

Sie sah sich kaum jemals nach ihren Gefährten um, sie hörte nicht auf ihre Stimmen oder die Pferde hinter sich, sie wähnte sich ganz allein auf der Welt, allein mit Blossom und den Vögeln.

Am Abend erlebten sie allerdings eine ungeplante Überraschung.

Ruaidhris Gesicht drückte gelinde Verlegenheit aus, als er nach ihrer Ankunft in der kleinen Fremdenpension wieder aus dem Haus trat.

»Es gibt da ein Problem …« Er näherte sich zögernd Christine, die gerade Blossom absattelte und trockenrieb.

»Ja?« Christine sah ihn fragend an, das Strohbüschel noch in der Hand.

»Hm.« Ruaidhri schien ein wenig ratlos. »Die Sache ist die … Wir hatten für sechs Personen mit Pferden bestellt.«

»Ja, und?«

»Und irgendwie muß da was schiefgelaufen sein.« Ruaidhri druckste einen Moment, dann gab er sich einen Ruck. »Sie haben nur drei Zimmer reserviert.«

»Oh«, machte Christine, die allmählich verstand. »Sie haben gedacht, es handelte sich um drei Paare, richtig?«

»Richtig«, bestätigte Ruaidhri und sah Christine unsicher an. »Leider haben sie auch nichts mehr anderes frei, sonst hätten wir … Jedenfalls, was machen wir nun?«

Christine überlegte. Vielleicht, wenn sie mit Tracy und Brad redeten … Dann entschloß sie sich, daß dies einen unnötigen Aufwand bedeutete. Schließlich waren sie ja alle erwachsene Menschen, die nichts als einige Stunden Nachtruhe halten wollten, worin bestand also das Problem?

»Tja, es sieht wohl aus, als müßten wir beide heute nacht irgendwie miteinander auskommen.« Sie zuckte gleichmütig die Schultern.

»Ich kann natürlich auch im Stall schlafen«, versicherte Ruaidhri schnell.
»Ach, Unsinn«, schnitt ihm Christine das Wort ab und beendete Blossoms Fellpflege. »Wenn es dir nichts ausmacht – also mir ist es egal.« Sie zog ihre Stirn kraus. »Ich gehe doch davon aus, daß die Verhältnisse zwischen uns geklärt sind, oder?«
»Nun, ja, natürlich«, stimmte Ruaidhri zögernd zu.
Christine sah ihn scharf an.
»Du hattest das nicht zufällig geplant, oder?«
»Oh – nein, was denkst du von mir«, verwahrte sich Ruaidhri erschrocken, und Christine erkannte, daß er die Wahrheit sprach.
»Nun gut, dann ist doch alles nicht so schlimm.« Christine mußte über Ruaidhris betretenes Gesicht lächeln. »Komm schon, die eine Übernachtung werden wir wohl überstehen!«
»Wenn du meinst …« Ruaidhri schien erleichtert, daß Christine die Sache von der humorvollen Seiten nahm.
Christine, die ihn prüfend anblickte, kam zu dem Schluß, daß es Ruaidhri tatsächlich peinlich war. Zuerst hatte sie automatisch gedacht, daß ihm diese unerwartete Situation sicher gelegen kam, möglicherweise mochte sich ihm ja dadurch eine neue Gelegenheit bieten, sich ihr zu nähern. Doch bei genauerer Betrachtung merkte sie, daß ihm die Notwendigkeit, mit ihr das Zimmer zu teilen, im Gegenteil eher unangenehm zu sein schien. Offenbar steckte in Ruaidhri trotz seiner forschen Art eine streng moralische Erziehung, die ihn nun in einen ernsten Konflikt brachte.
Christine bemühte sich, nicht über ihn zu lächeln. Immerhin konnte es ihr nur recht sein. Mit einem Ruaidhri, der die Lage hemmungslos auszunutzen versuchte, wäre sehr viel

schwieriger umzugehen als mit jemandem, der sichtlich Scham verspürte.

Tatsächlich unternahm Ruaidhri keinen einzigen Versuch, mit Christine an diesem Abend auch nur zu flirten. Er schien sorgfältig darauf bedacht, möglichst großen Abstand zu ihr zu halten, und Christine amüsierte sich heimlich über seine übergroße Rücksichtnahme, als es am Ende des Abends darum ging, sich zurückzuziehen.

»Gute Nacht«, wünschte sie ihm freundlich.

»Gute Nacht«, kam es aus dem anderen Bett, das zu Ruaidhris großer Erleichterung wenigstens an der gegenüberliegenden Wand des Zimmers stand.

Christine warf einen Blick hinüber. Ruaidhri hatte sich in seine Decke eingerollt, sie sah von ihm nichts außer einigen zerzausten dunklen Haaren.

Und in diesem Moment wünschte sich Christine von ganzem Herzen, sie hätte einen Bruder wie ihn.

Der Weg stieg zusehends an. Das Felsland, den Burren mit seinen Rissen und Furchen und der einzigartigen Flora, hatten sie lange hinter sich, sattgrünes Weideland hatte den plattigen blaßgrauen Kalksandstein abgelöst. Christine konnte sich nicht satt sehen. Zu ihrer Rechten war das Meer, der Wind nahm an Heftigkeit zu, und die Pferde gingen im Schritt hintereinander Meter für Meter aufwärts.

»Wir sind bald da«, berichtete Ruaidhri, als sie eine Pause machten, um die Pferde verschnaufen zu lassen. »Noch ein kurzes Stück, dann kann man die Felswände sehen.«

Christine schwieg. Sie nahm die Umgebung in sich auf, das pelzige Gras, sah die Steinblöcke, die aus ihm ragten, sah die Dohlen, die krächzend über ihre Köpfe flogen. Auch Blossom schien sich für die Dohlen zu interessieren, sie reckte ihren Hals und schnaubte ihnen hinterher. Christine mußte lächeln.

»Auf geht's«, forderte Ruaidhri seine Schützlinge auf und riß damit Christine aus ihrer Versunkenheit.

Sie saßen wieder auf, um das letzte Stück der Strecke in Angriff zu nehmen.

Christines erster Eindruck von den berühmten Cliffs of Moher war eher enttäuschend. Ein riesiger Parkplatz neben einem Besucherzentrum mit Café, Andenkenbuden und zahlreiche Besucher bestimmten das Bild. Ganz offensichtlich hatte man schon lange erkannt, wie sich ein solches Naturwunder touristisch ausschlachten ließ. Ruaidhri leitete seine Gruppe jedoch zielstrebig an diesem Rummel vorbei.

Christine sah, wie er dabei die Autos auf dem Parkplatz scharf musterte.

»Fiona ist noch nicht da«, bemerkte er auf ihren fragenden Blick.

Er steuerte eine ein Stück weiter entfernt liegende umzäunte Weide an, auf der bereits einige Kühe lagen und geruhsam wiederkäuten, und zügelte Bogy.

»Hier können wir die Pferde lassen.« Er saß ab.

Die anderen folgten seinem Beispiel. Christine klopfte Blossom den Hals, worauf diese befriedigt schnaubte und den Kopf senkte, um zu grasen. Auch die anderen Pferde schienen zu wissen, daß an dieser Stelle die Reise für sie beendet war. Von den Sätteln befreit, nutzte so manches von ihnen die Möglichkeit, sich im kühlen Gras zu wälzen.

Tracy sah neidvoll zu.

»Am liebsten würde ich das auch machen«, vertraute sie Christine leise an, reckte sich ächzend und rieb sich ihr Kreuz. »Ich muß zugeben, ich bin heilfroh, daß wir es endlich geschafft haben!«

Christine lächelte. Doch obwohl auch sie müde war, wollte sie endlich die Kliffküste sehen. Schon der Blick aus der Ferne hatte ausgereicht, um einen kleinen Eindruck von ihrer Schönheit vermittelt zu bekommen, und so schaute Christine ungeduldig nach Ruaidhri aus, der Britt beim Absatteln half.

Endlich schloß er den Koppelzaun hinter ihrem Pferd und wandte sich um.

»Wer will sich ausruhen, wer will zu den Felsen?«

»Felsen«, antwortete Christine als erste und hob lächelnd die Hand.

»Ausruhen«, stöhnte Tracy und erntete wieder Lacher.

Sie raffte sich aber trotzdem auf und tauschte ihre Reitstiefel gegen die festen Schuhe, die sie wie jeder der Gruppe wohlweislich hinter ihrem Sattel mit sich geführt hatte. Dann schloß sie sich den anderen an, die ungeachtet ihrer Erschöpfung nun doch noch das letzte Stück des Anstiegs zum Aussichtsturm hinaufstapften. Vorbei an den Andenkenbuden, vorbei an Eltern mit Kindern, Hunden und Fotoapparat, vorbei an einigen unverdrossenen, jungen Musikern, die am Wegrand aufspielten, in der Hoffnung, sich damit ein paar Pennies zu verdienen.

Christine schaute sich nicht nach den anderen um, hörte nicht Tracys unterdrücktes Klagen. Sie strebte vorwärts, und Ruaidhri, der sich immer wieder fürsorglich nach Tracy umsah, hatte einige Mühe, mit ihr Schritt zu halten.

Oben holte er sie ein.

Christine stand und schaute.

Ruaidhri kannte diesen grandiosen Teil von Irlands Westküste, diese acht Kilometer Naturwunder, von unzähligen Besuchen her. Doch heute sah er alles mit Christines Augen. Er sah die großen Dreizehenmöwen, die mit heiserem Schrei an

den steilen Wänden gaukelten, er sah die schäumenden Wellen, die tief unter ihnen an die Felsen schlugen, er sah die Felswände mit ihren wechsellagigen Schichten aus rotem Sandstein, schwarzem Schiefer und grauem Kalkstein, er sah die unendliche Fläche des Atlantiks silbrig glitzern, und er hörte das Pfeifen des Windes.
Christine atmete die salzige Luft, genoß den Wind. Auch die anderen standen und schauten, selbst Tracy war verstummt. Sie hielt Brads Hand fest umklammert und blickte sich staunend um. Einar hatte einen Fotoapparat aus der Tasche geholt und machte ein Bild nach dem anderen, keiner sprach ein Wort.
Auch Ruaidhri schwieg. Er wußte aus Erfahrung, wie der Anblick der Cliffs of Moher auf jeden wirkte, der hier zum ersten Mal stand, und er wollte niemanden durch eine Bemerkung aus seiner Versunkenheit reißen.
Brad brach das Schweigen.
»Wow«, stieß er aus. »Die sind ja noch höher als die Niagarafälle!«
»An einigen Stellen mehr als zweihundert Meter«, sagte Ruaidhri trocken.
Tracy hielt Brad fest, der forsch bis fast an die Abbruchkante trat.
»Geh nicht so dicht ran«, warnte sie ihn nervös. »Hier gibt es ja noch nicht mal einen Zaun oder so was!«
»Ist eigentlich noch niemals jemand hinuntergestürzt?« fragte Britt, die den völlig ungesicherten Küstenabbruch ebenfalls mit besorgten Blicken musterte.
»Dieser Ort muß ja ein Paradies für Selbstmörder sein«, bestätigte Einar.
Bevor Ruaidhri antworten konnte, ließ sich Christine vernehmen.

»Wer hier steht und all das sieht, der bringt sich nicht mehr um«, sagte sie still.
Ruaidhri betrachtete sie erstaunt, in ihrer Stimme lag ein seltsamer Klang, den sogar das Pfeifen des Windes nicht verfälschen konnte. Sie stand und blickte hinaus auf das Meer, die Böen zerzausten ihr Haar, und sie zog ihre Jacke eng um sich.
Ruaidhri trat an ihre Seite und schlang einen Arm um sie.
»Du frierst, nicht wahr?«
»Ich friere nicht.« Christines Antwort klang abweisend, doch sie ließ es zu, daß er den Arm auf ihren Schultern liegen ließ.
»Die Cliffs of Moher waren für Hunderttausende von Iren, die wegen der tödlichen Hungersnot im letzten Jahrhundert nach Amerika auswanderten, das letzte, was sie von ihrer Heimat sahen«, sagte Ruaidhri leise. »Wie viele von ihnen mochten sich wohl dabei gefragt haben, ob sie sie jemals wiedersehen würden?«
»Sie gaben ihnen sicher Kraft«, murmelte Christine. »Die Kraft, durchzuhalten, allem zu trotzen. Wie die Felsen, die der Brandung trotzen.«
»Und die schon immer da waren. Was sich auch immer für Tragödien um sie herum ereignet haben mochten.«
Sie schwiegen beide.
Einar entdeckte den Weg, der an der Abbruchkante entlangführte.
»Gehen wir doch noch ein Stück«, meinte er und weckte damit Christine aus ihren Gedanken. Sie holte tief Luft, merkte, daß Ruaidhri sie immer noch umfaßt hielt, und entzog sich ihm ruhig, aber entschieden.
Obwohl Tracy heimlich jammerte, wandten sie sich von ihrem Aussichtspunkt ab in die Richtung, die Einar vorge-

schlagen hatte. Der Weg, anfangs aus Steinplatten gelegt, wurde zu einem Trampelpfad, und Tracy hörte auf, sich zu beklagen, um sich nur noch ängstlich an Brad festzuhalten. Neben ihnen fielen die Felsen schroff ab, und auch Britt warf unsichere Blicke auf den schmalen Grasstreifen, der den Fußweg vom Abgrund trennte.
Nur Christine verspürte keine Nervosität. Sie schüttelte geistesabwesend den Kopf, als Ruaidhri ihr halb scherzhaft anbot, sie bei der Hand zu führen, und stieg mit sicheren Tritten vorwärts.
Sie hielten bei dem alten Aussichtsturm, der an der Spitze des Kaps Wache hielt. Steindohlen marschierten mit hellem Krächzen durch das windgepeitschte Gras, und Möwen segelten in halsbrecherischem Sturzflug auf den heftigen Windböen, die an der Kleidung der Besucher zerrten. Von hier aus konnte man die Weitläufigkeit der Landterrasse erst richtig erkennen, und der Blick reichte bis zu den weit draußen im Meer liegenden Araninseln und den glatten Bergen von Connemara.
Christine schwieg beharrlich. Ihre Augen waren weit geöffnet, und Ruaidhri sah fasziniert, wie sie das Bild in sich aufnahm.
Und zum ersten Mal begann er sich zu fragen, was in Christine eigentlich vorging.

Sie waren noch nicht ganz bei den Pferden angelangt, als sie das Brummen des Lastwagens vernahmen.
»Das ist Fiona.« Ruaidhri schaute sich nach seinen Schützlingen um, ob alle folgen konnten.
Christine sah den Pferdetransporter, der sich im niedrigen Gang die letzten Meter der Steigung empormühte. Er hielt neben der Koppel, und der Motor erstarb in einem Zischen.
Obwohl Christine bis zu diesem Moment nichts Unge-

wöhnliches auffiel, beschleunigte Ruaidhri auf einmal seine Schritte.

»Es ist nicht Fiona«, sagte er auf Christines erstaunten Blick. »Es ist Denis.« Seine Miene war ernst geworden, und Christine schloß daraus, daß es sich um einen sehr ungewöhnlichen Umstand handeln mußte, daß nicht Fiona, sondern Denis sie hier abholte. Sie selbst hatte bei der Nennung des Namens einen spontanen Schrecken verspürt, worüber sie sich allerdings sofort ärgerte. Weshalb regte sie sich auf, schließlich brauchte sie vor Denis ja wohl keine Angst zu haben, schon gar nicht in Anwesenheit der ganzen Gruppe!

Denis sprang aus dem Führerhaus des Transporters, ging nach hinten und öffnete die Klappe des Laderaumes. Der Gruppe gönnte er kaum einen Blick. Ruaidhri beeilte sich, und Christine sah, wie die beiden leise miteinander sprachen. Denis' Miene blieb dabei unbewegt, doch der Ausdruck, der daraufhin auf Ruaidhris Gesicht erschien, bewies ihr, daß tatsächlich etwas passiert sein mußte.

Den anderen fiel nichts auf. Während sie gerade darüber debattierten, ob die Zeit bis zur Abfahrt des Busses wohl noch für einen kleinen Imbiß im Café oben reichen würde, konnte Christine ihren Blick nicht von Ruaidhri und Denis wenden. Sie bemerkte, daß Ruaidhri während des Gespräches unwillkürlich mit sorgenvoller Miene zu ihr hinübersah, ganz offensichtlich betraf die Sache auch Christine.

Was mochte bloß geschehen sein? Etwas mit Cuchulainn? Ruaidhri schien jedoch nicht die Absicht zu haben, etwas verlauten zu lassen. Er wandte sich von Denis ab und drehte sich zu seinen Schützlingen um.

»Laden wir mal die Rösser ein«, meinte er betont munter. Er öffnete den Zaun und griff das erste Pferd beim Halfter. Auch Denis kam herbei und fing sich eines der Pferde. Da Christine nicht wollte, daß jemand sagen könnte, sie überließe ihre Aufgaben anderen, ging sie ebenfalls auf die Koppel, um Blossom zu holen. Denis, der ihr mit Brads Falbem entgegenkam, streifte sie mit einem gleichgültigen Blick, und Christine hätte sich eher die Zunge abgebissen als ihm einen Gruß geschenkt. Der LKW bot ausreichend Platz für die sechs Pferde, und da sie diese Art der Beförderung offenbar gewohnt waren, gab es auch keine Schwierigkeiten beim Verladen. Schon nach kurzer Zeit befanden sich alle Tiere im Transporter, und Denis schloß die Klappe.

Ruaidhri wandte sich an die Gruppe, sein Gesicht drückte Unsicherheit aus.

»Alle mal herhören! Ich weiß, daß wir eigentlich zusammen mit dem Bus zurückfahren wollten ...«

»Ja?« Sie betrachteten ihn neugierig.

»Ich wollte fragen, ob es sehr viel ausmachen würde, wenn ich nicht mitführe.«

Ruaidhri war anzusehen, wie unbehaglich er sich fühlte.

»Wollen Sie denn noch länger hierblieben?« fragte Britt und warf einen beiläufigen Blick auf Christine.

»Nein, nein«, verwahrte sich Ruaidhri. »Ich würde bloß gerne mit meinem Bruder schon vorausfahren.«

Christine schaute ihn scharf an, er mied ihren Blick.

»Natürlich können wir allein nach Hause fahren«, beruhigte ihn Einar und lächelte. »So klein sind wir schließlich nicht mehr, oder?«

Ruaidhri lächelte ebenfalls schwach, doch mit unverkennbarer Erleichterung.

»Ich hole Sie dann in Galway mit dem Rover ab. Der Bus fährt um vier Uhr da drüben los, die Fahrscheine erhalten Sie von mir, also ...«

»Machen Sie sich doch keine Gedanken«, unterbrach ihn

Britt freundlich. »Es geht schon in Ordnung, wir sehen uns dann später in Galway am Busbahnhof.«
»Laß dir ruhig dabei noch ein wenig Zeit«, warf Brad grinsend ein. »In Galway gibt es ein paar gute Kneipen!«
»Nun, ja, dann ...« Ruaidhri schien unschlüssig.
»Es ist okay«, nickte Einar. »Wenn Sie es eilig haben, dann fahren Sie ruhig mit Ihrem Bruder.«
»Gut, wenn Sie meinen!« Ruaidhri griff in seine Tasche und verteilte die Busfahrscheine.
Nur Christine griff nicht zu, als er ihr den ihren reichen wollte.
»Was ist passiert?« fragte sie leise.
»Ich erzähle es dir später«, murmelte er, doch Christine sah ihm an, daß sein Gleichmut gespielt war. Sie nahm ihren Fahrschein, doch als sich Ruaidhri daraufhin dem LKW zuwenden wollte, kam sie ihm hinterher und ergriff ihn beim Arm.
»Ruaidhri!« Ihre Stimme war drängend. »Was zum Teufel ist los?«
Ruaidhri zögerte.
»Es ist zu Hause etwas passiert«, gab er dann zu. »Ich kann es dir jetzt auf die Schnelle nicht erklären.«
»Es hat etwas mit mir zu tun, nicht wahr?« fragte Christine ihn geradeheraus.
»Wie kommst du darauf?« Ruaidhri schaute sie nicht an dabei.
»Ist es etwas mit Cuchulainn?«
»Nein, es ist nicht Cuchulainn.« Ruaidhri warf einen hilflosen Blick zu Denis hinüber, der am LKW lehnte und sichtlich ungeduldig wartete.
»Wird das heute noch was?« ließ er sich nun finster vernehmen.

»Ruaidhri!« Sie ließ seinen Arm nicht los.
»Es ist Bandit«, meinte Ruaidhri knapp.
»Was ist mit ihm?«
»Es ist ihm etwas zugestoßen.« Ruaidhri sah Christine fast verzweifelt an. »Himmel, ich weiß doch auch nichts Genaues!«
Christine starrte ihn an, dann gab sie seinen Arm frei und wandte sich voller Entschlossenheit an Denis.
»Was ist mit Bandit?« Ihre Stimme klang sachlich.
Denis musterte sie fast unbeteiligt. Einen Moment lang fürchtete Christine, er würde ihr wieder eine unverschämte Abfuhr erteilen.
»Er ist tot«, antwortete er dann jedoch brüsk.
Christine mußte schlucken, doch unter Denis' Blick nahm sie sich zusammen.
»Wie ist das passiert?« fragte sie kühl, dabei die wilden Gefühle, die in ihr aufstiegen, mit Macht unterdrückend.
»Ist das wichtig?« fragte Denis zurück.
»Allerdings ist das wichtig«, sagte Christine leise, während ihre Augen vor Zorn zu funkeln begannen.
»Denis, bitte!« Ruaidhri legte ihm die Hand auf die Schulter. »Können wir?«
»Von mir aus schon lange.« Denis wandte sich von Christine ab.
»Halt!« Christine stellte sich ihnen in den Weg. »Ich fahre mit!«
Denis' Gesicht nahm einen genervten Ausdruck an, und auch Ruaidhri schien von diesem Ansinnen nicht sehr begeistert.
»Christine, sei vernünftig!«
»Die Frau Tierärztin fühlt sich wieder nicht ausgelastet«, bemerkte Denis spöttisch.
»Und wenn es Ihnen noch sowenig paßt«, gab Christine

feindselig zurück, »ja, ich würde mir das Pferd gerne ansehen.«
»Da ist sowieso nichts mehr zu machen.« Denis' Stimme klang kalt, und sein Ton war abschließend. Er ging nun um Christine herum, öffnete die Fahrertür des Transporters und stieg hinauf.
Christine wollte ihm schon eine wütende Antwort geben, als er sich zu ihrer Überraschung noch einmal zu ihr umwandte.
»Aber meinetwegen – tun Sie, was Sie nicht lassen können!«
Er schlug die Tür hinter sich zu.
Ohne noch ein Wort zu sagen, stieg Christine auf der anderen Seite ein, gefolgt von Ruaidhri.
Denis startete den Motor, und der Wagen setzte sich schwerfällig in Bewegung.
Während sie nun langsam die Serpentinen hinunterrollten, herrschte Schweigen. Christine mußte widerwillig anerkennen, mit welcher Umsicht Denis den schweren Transporter auf der Straße lenkte. Sie spürte einige Male ihren Magen und hoffte, daß es den Pferden im Laderaum gutging.
Nach Lisdoonvarna wurde die Straße besser, und Denis gab Gas.
»Weshalb hat uns Fiona nicht abgeholt?« Christine kam diese Frage ganz spontan in den Sinn.
»Fiona heult«, erwiderte Denis kurz, worauf ihm Christine einen wütenden Blick von der Seite her zuwarf.
»Wenigstens hat sie Gefühle«, versetzte sie spitz. »Im Gegensatz zu anderen hier.«
Denis blickte sie kurz an.
»Heulen macht das Pferd auch nicht mehr lebendig.« Seine Stimme war kühl.
»Dad meinte, es sei nicht so günstig, wenn uns Fiona in die-

sem Zustand abholt«, warf Ruaidhri erklärend ein. »Er wollte nicht, daß es unsere Gäste mitbekommen.«

Er schwieg einen Moment, dann wandte er sich über Christines Kopf hinweg an Denis.

»Du hast schon mit Mick gesprochen?«

Denis nickte knapp, und Christine fragte: »Wer ist Mick?«

»Der Abdecker«, gab Ruaidhri Auskunft, worauf Christine schluckte.

Stille kehrte ein.

Christine starrte aus dem Fenster auf die Straße vor sich.

Es konnte nicht wahr sein.

Bandit war tot. Der muntere, kleine Bandit.

Noch am selben Morgen, an dem Christine mit der Gruppe fortgeritten war, hatte sie ihn auf seiner Koppel besucht und ihm einige kleine Leckereien zugesteckt, zum Trost dafür, daß sie ihn jetzt drei Tage lang nicht reiten konnte.

Und jetzt war er tot.

Was war nur passiert?

8. Kapitel

Sie hatten ihn mit einer Plane zugedeckt.

Christine fühlte, wie sie zitterte, während sie vorsichtig näher trat. Es war nicht das erste Mal, daß sie ein totes Pferd sah, sie hatte während ihres Studiums sogar zeitweise im Anatomiekurs Pferdekadaver seziert.

Doch nun handelte es sich um ein Tier, dem sie persönlich verbunden war. Hier lag kein anonymer Leichnam, hier lag Bandit.

Zuerst nahm Christine nur den buschigen, grauschwarzen Schweif des Ponys wahr. Er blickte unter der Kunststoffolie hervor, hing stumpf herunter, in seiner Leblosigkeit Zeichen der Realität des Todes.

Christine ging neben Bandit in die Hocke.

»Willst du es wirklich tun?« Ruaidhris Stimme klang leise.

Christine nickte mit zusammengepreßten Lippen.

Ruaidhri zögerte noch einen Moment, dann zog er mit einem Ruck die Plane zurück. Christine konnte ein leises Keuchen nicht unterdrücken.

Denis hatte es nicht für nötig gehalten, ihr Genaueres über die Todesursache zu sagen. Wieweit Ruaidhri bis zu diesem Moment Bescheid wußte, konnte Christine nicht beurteilen, ihre diesbezüglichen Fragen waren von ihm nur sehr unklar beantwortet worden.

Auf den ersten Blick sah Bandit aus, als ob er schliefe. Er trug noch das rote Stallhalfter, seine Mähne war genauso zerzaust wie immer, wenn er Christine morgens mit neugierigem Gesicht entgegengelaufen kam.

Doch die wachen Augen des Ponys waren erloschen, der Kopf lag flach auf dem Boden, der Hals war lang ausgestreckt, und aus dem leicht geöffneten Maul sah die Zunge hervor.

Es dauerte einen Moment, bis Christine die große Lache getrockneten Blutes bemerkte, in der das Connemarapony lag. Den Einstich hinter dem linken Vorderbein konnte man kaum sehen, das ganze Blut war offenbar gleich nach unten weggelaufen und hatte das Fell des Ponys nicht befleckt. Für den Bruchteil einer Sekunde drehte sich Christine der Magen um, doch dann atmete sie tief durch. Sie durfte sich keine Blöße geben, schließlich war es ihr Beruf. Hier lag ein totes Pferd, nichts weiter. Sie mußte einfach vergessen, daß es Bandit war.

Ruaidhri kniete stumm neben ihr. Außer ihnen befand sich

im Moment niemand auf der Koppel, die anderen Pferde hatte man entfernt.
Auch Denis war nicht da. Nachdem er den Transporter im Hof abgestellt hatte, hatte er keine Anstalten gemacht, sich Ruaidhri und Christine anzuschließen, die sofort zu Bandit wollten. Er hatte mit dem Ausladen der Pferde begonnen, ohne sich nach ihnen umzusehen. Christine wußte nicht, was sie von einer derartigen Gleichgültigkeit halten sollte. Es überraschte sie allerdings inzwischen nicht mehr. Viel eher hätte es sie wohl verblüfft, wenn Denis plötzlich Anteilnahme gezeigt hätte.
Aber Denis war ja auch schon dem Tod von Punch mehr als uninteressiert gegenübergestanden.
Christine wurde auf einmal sehr nachdenklich.
Erst Punch, und nun Bandit. Bestand da ein Zusammenhang?
Christine holte tief Luft und begann mit Bedacht, die Stichwunde zu untersuchen. Ruaidhri schaute ihr wortlos zu.
»Ein schmaler, langer Gegenstand«, meinte Christine schließlich, einen prüfenden Blick auf die Umgebung werfend. »Direkt ins Herz.«
»Woran siehst du das?« Ruaidhri wollte eigentlich nur irgend etwas sagen.
»Er ist praktisch auf der Stelle umgefallen und war tot. Das Blut befindet sich ausschließlich hier direkt unter dem Körper, das heißt, er ist nicht noch blutend herumgelaufen.«
»Und was verstehst du unter einem langen, schmalen Gegenstand?«
Christine zuckte die Achseln. »Keine Ahnung, was es genau war, dazu müßte man Gewebeproben nehmen und sie mikroskopisch untersuchen lassen. Ein Brotmesser oder etwas in dieser Art, schätze ich.«
»Eine Hauklinge vielleicht?«

»Gut möglich«, erwiderte Christine. »Ich nehme an, bei so vielen Pferden kommt der Hufschmied regelmäßig zu euch, richtig?«

»Ständig«, nickte Ruaidhri. »Durchaus wahrscheinlich, daß hier noch das eine oder andere seiner Werkzeuge herumliegt.«

Christine schwieg und blickte auf Bandit hinunter.

»Armes Tier«, sagte sie leise und strich sanft über seinen still daliegenden Hals.

Sie vernahmen auf einmal Schritte hinter sich und drehten sich um.

»Und, Frau Tierärztin«, sagte Denis, »wie ist Ihre Diagnose?«

Christine sah ihn starr an.

»Tun Sie bloß nicht so, als würde es Sie in irgendeiner Weise interessieren«, sagte sie bitter.

»Es interessiert mich auch nicht«, bestätigte Denis. »Das Tier ist tot – um das festzustellen, brauche ich keine ärztliche Untersuchung.«

Er wandte sich an Ruaidhri. »Mick rief gerade noch einmal an. Er kommt in einer halben Stunde.«

Ruaidhri nickte. »Alles klar.«

»Was hat denn die Polizei gesagt?« fragte Christine.

»Welche Polizei?« Denis bückte sich und nahm Bandit das Halfter ab.

Christine glaubte, sie hätte sich verhört.

»Sie haben noch nicht einmal die Polizei eingeschaltet?«

Denis richtete sich auf und blickte sie an.

»Weshalb hätte ich das tun sollen?« Seine Stimme war kalt.

»Weshalb?« Christine stand nun ebenfalls auf, sie merkte, wie sie allmählich die Beherrschung verlor, doch sie zwang sich zur Ruhe. »Vor ein paar Tagen wurde hier ein Hund vergiftet. Okay, möglicherweise ein Unfall. Doch nun«, sie wies mit dem Finger auf Bandit, »ist dieses Pferd heimtückisch erstochen worden. Und noch nicht einmal Sie können jetzt noch behaupten, es handele sich um einen Unfall. Ist Ihnen das nicht Grund genug?«

Denis schaute Bandit nicht an.

»Und? Was soll dabei die Polizei tun?«

»Den oder die Täter finden, möglicherweise«, entgegnete Christine scharf. »Für so etwas gibt es nämlich eine Polizei.«

»Meine liebe Lady«, sagte Denis ironisch, und Christine begann, seine Angewohnheit, sie so anzusprechen, allmählich zu hassen, »erstens hat die Polizei sicherlich Wichtigeres zu tun, als sich mit einer verendeten Mähre zu befassen.«

»Und zweitens?« Christine merkte, daß er sie mit dieser abwertenden Ausdrucksweise ganz offensichtlich bewußt verletzen wollte.

»Zweitens«, fuhr Denis fort, legte das Halfter zusammen und baute sich dann vor ihr auf, »geht mir Ihr Naseweisgetue verdammt noch mal auf die Nerven. Haben Sie nichts Besseres zu tun, als mir gute Ratschläge zu erteilen?«

»Denis!« mahnte Ruaidhri, doch weder Denis noch Christine achteten auf ihn.

Zornfunkelnde grüne Augen trafen auf verächtliche braune, doch Christine, die sich eisern vorgenommen hatte, sich von Denis nicht wieder einschüchtern zu lassen, hielt seinem finsteren Blick stand.

»Ihnen hätte schon lange einmal jemand gute Ratschläge erteilen müssen«, versetzte sie in vernichtendem Ton.

»Und dafür sind Sie natürlich genau die Richtige«, gab Denis zurück. »Sie haben wohl ein paar Kriminalromane zuviel gelesen, was?« Er blickte voller Spott auf Christine herunter. »Soll ich Ihnen etwas sagen, Lady? Sie bilden sich vielleicht eine Menge auf Ihren Doktortitel ein – für mich sind Sie nichts weiter als ein Frauenzimmer, das gefälligst den Mund zu halten hat!«

»Denis, bitte!« Ruaidhri machte eine hilflose Handbewegung.

»Solange ich einen Mund habe, werde ich auch reden«, sagte Christine leise, doch mit gefährlichem Klang in ihrer Stimme. »Und langsam kommt mir Ihr Bedürfnis, diese ganzen Vorfälle unter den Tisch zu kehren, mehr als ungewöhnlich vor.«

»Was soll das bitte sehr heißen?«

Wurde Denis' Miene wachsam?

Christine hielt seinem Blick stand.

»Das heißt, ich beginne mich allmählich zu fragen, weshalb Ihnen so darum zu tun ist, daß sich keiner mit Ihren toten Tieren befaßt.«

Denis betrachtete sie mit einem undefinierbaren Ausdruck in den Augen, und Christine fröstelte auf einmal. Sie ließ sich jedoch nichts anmerken, sondern funkelte weiterhin zu ihm hinauf und erlebte schließlich den Erfolg, daß es Denis war, der sich mit einem verächtlichen Zucken seines Mundwinkels abwandte, das Halfter über seine Schulter schwang und ging.

Ruaidhri sah ihm nach.

»Ich verstehe wirklich nicht, weshalb ihr euch ständig miteinander anlegen müßt«, meinte er kopfschüttelnd.

»Das liegt ja wohl nicht an mir«, erwiderte Christine kurz.

»Zugegeben«, nickte Ruaidhri. »Aber du reizt ihn auch noch zusätzlich. Weshalb tust du das? Es bringt doch nichts.«

»Soll ich etwa genauso vor ihm kuschen, wie du es tust?« Christine empfand ein Gefühl der Erbitterung. Ruaidhri war ihr tatsächlich nicht die geringste Hilfe.

»Ich kusche nicht vor Denis!« Ruaidhris Ton zeugte von Empörung. »Ich gehe bloß unnötigem Streit aus dem Weg.«
»Genau das meinte ich«, nickte Christine. »Jeder gibt nach, nur damit er nicht wütend wird. Kein Wunder, daß er sich für unfehlbar hält.«
Ruaidhri seufzte. Mit Christine war über das Thema Denis nicht zu diskutieren.
Christine blickte Denis nach, der sich gerade über den Koppelzaun schwang, um danach mit langen Schritten zum Stall hinauf zu verschwinden.
Sie wandte sich abrupt ab und zog die Plane über den Rotschimmel.

Bald darauf rollte ein kleiner, unauffälliger Lastwagen die Auffahrt hinauf.
»Das ist Mick«, sagte Ruaidhri und ging auf ihn zu.
Fiona, die sich vor einigen Minuten zu Christine gesellt hatte, schniefte und wischte sich erneut über die rotgeweinten Augen.
»Ich habe schon so oft gesehen, wie er ein Pferd abgeholt hat«, meinte sie leise. »Aber ich kann mich bis heute nicht daran gewöhnen.«
»An so etwas kann man sich, so glaube ich, niemals gewöhnen«, erwiderte Christine rauh. Sie sah zu, wie Ruaidhri Mick zu Bandit führte, doch dann wandte sie sich ab. Sie wollte nicht mit ansehen, wie sie ihm Stricke um die Beine banden und ihn zum LKW schleiften.
Fiona schien das gleiche zu empfinden. Sie legte Christine die Hand auf die Schulter.
»Kommst du mit?« fragte sie mit gepreßter Stimme. »Ma hat für uns einen Tee gemacht.«
Christine zögerte zuerst, doch dann nickte sie.

Das letzte, was sie hörten, war das dumpfe Poltern, als Ruaidhri und Mick mit vereinten Kräften den Körper des Ponys auf die Ladefläche des Lastwagens wuchteten. Weder Christine noch Fiona drehten sich um.

Denis hatte sich weder noch einmal blicken lassen noch beim Einladen mit angepackt.

Auch Eleanors Gesicht drückte Kummer aus.

»So ein armes Tier«, meinte sie, während sie den Tee ausschenkte.

Sie saßen in der gemütlichen Küche des Wohnhauses, doch Christine fühlte sich elend vor Trauer und widmete daher ihrer Umgebung kaum einen Blick. Auch Fiona starrte schweigend in ihre Tasse. Keiner von ihnen rührte die Scones an, die Eleanor auf den Tisch gestellt hatte.

Christine schwieg eine Weile, doch dann platzte es aus ihr heraus.

»Ist so etwas eigentlich früher schon mal passiert?«

Eleanor sah sie fast erschrocken an. »Nein, natürlich nicht!«

Auch Fiona schüttelte den Kopf.

»Hier hat jeder Tiere gern. Ein Pferd umzubringen, das ist für viele gleichbedeutend damit, einen Menschen umzubringen.«

»Und was ist mit dem Hund?« Christine richtete ihre Augen auf Fiona.

Fiona erwiderte ihren Blick, und Christine konnte sehen, daß ihr dieser Gedanke nun zum ersten Mal dämmerte.

»Du meinst …?«

»Es scheint mir ein bißchen zu sehr Zufall, um noch einer zu sein«, sagte Christine und rührte nachdenklich in ihrer Tasse.

Fiona starrte sie an, doch dann schloß sie ihre Augen und schüttelte den Kopf.

»Das kann ich nicht glauben«, meinte sie entschieden. »Weshalb sollte jemand erst Punch umbringen und dann Bandit? Nein, ich denke, du bildest dir da etwas ein.«
Christine hob die Schultern.
»Ich sage ja nicht, daß es so sein muß. Aber Tatsache ist, daß innerhalb weniger Tage zwei Tiere unter mysteriösen Umständen getötet wurden.«
»Daß Punch bewußt vergiftet worden ist, können wir nicht mit Bestimmtheit behaupten«, wandte Fiona ein. »Trotz allem ist es möglich, daß er das Gift versehentlich irgendwo gefressen hat. Du hast ja selbst gesagt, daß man ohne Laboranalyse nicht sicher sagen kann, ob es sich tatsächlich um Strychnin handelte. Vielleicht war es doch irgendeine Giftpflanze oder so was.«
»Bei einem Fleischfresser nicht sehr wahrscheinlich«, bemerkte Christine. »Aber gut, lassen wir das einmal beiseite. Es bleibt die Sache mit dem Pferd. Ein Stich ins Herz kann schlecht versehentlich beigebracht werden. Jemand hat Bandit absichtlich getötet, aus welchem Grund auch immer. Was zu der Frage führt, wer es war.«
Fiona zuckte die Achseln. »Verrückte tauchen immer wieder auf.«
Christine mußte ihr ehrlicherweise recht geben. In Deutschland hatte es in den letzten Jahren wiederholt Fälle gegeben, bei denen Weidepferde von Unbekannten nachts auf der Koppel getötet wurden. Falls man die Täter überhaupt faßte, so stellte sich meist heraus, daß es sich um Psychopathen ohne weitergehendes Motiv handelte. Und nur weil Irland gemeinhin als Land der Pferdeliebhaber galt, so dachte Christine, war deshalb noch lange nicht gewährleistet, daß man hier nicht auch den einen oder anderen Pferdehasser treffen konnte.

Fiona mochte also durchaus recht haben.
Sie hörten die Eingangstür klappen. Jemand ging den Flur entlang und verschwand in einem der hinteren Zimmer. Christine war derart darauf trainiert, auf Denis' Schritte zu achten, wenn sie sich bei Cuchulainn aufhielt, daß sie nun sofort erkannte, daß er es war.
Sie vernahm seine Stimme durch die geschlossene Tür. Ganz offensichtlich telefonierte er. Christine konnte nicht verstehen, was er sagte, sie hatte auch nicht die Absicht, zu lauschen. Doch sein Auftauchen brachte das Gespräch in der Küche zum Verstummen. In der eingetretenen Stille war Denis leise, aber deutlich zu vernehmen. Es hörte sich nach mühsam unterdrücktem Zorn an. Er schwieg immer wieder recht lange, antwortete nur knapp. Er legte schließlich auf, ohne auch nur im mindesten etwas zu äußern, das einem Gruß nahegekommen wäre. Gleich darauf verließ er das Zimmer und stieg mit wenigen, großen Schritten die Treppe hinauf.
Fiona und Eleanor schienen mit ihren Gedanken weit fort, sie hatten nicht darauf geachtet. Christine jedoch drehte ihren Teelöffel nervös in den Fingern.
Mit wem mochte Denis telefoniert haben?
Ging es um Bandit?
Es dauerte nur kurz, bis sie Denis wieder auf der Treppe hörte.
Einen Moment später ging die Küchentür auf.
Denis hatte sich umgezogen, offenbar war er im Aufbruch begriffen. Er trat in die Küche, ohne sich dabei umzublicken, und griff ans Schlüsselbrett neben dem Schrank. Er nahm den Autoschlüssel und drehte sich um.
Als er Christine bemerkte, die ihn mit undurchdringlicher Miene musterte, verfinsterte sich sein Gesicht noch mehr. Er

verkniff sich jedoch seinen Kommentar und wandte sich an seine Mutter.
»Sag Ruaidhri, ich hätte seinen Wagen genommen.«
Eleanor schien sich an seiner mürrischen Art nicht zu stören, sie nickte bloß gleichmütig.
»Bist du zum Abendessen zurück?« wollte sie wissen.
»Weiß ich noch nicht.« Denis nickte ihr kurz zu und verließ die Küche, ohne irgend jemanden noch eines Blickes zu würdigen. Die Haustür krachte hinter ihm ins Schloß, gleich darauf hörten sie einen Motor anspringen.
Kurz darauf kam Ruaidhri. Seine Miene zeugte von Unruhe.
»Wo ist Denis?« fragte er.
»Mit deinem Auto weggefahren«, erwiderte Fiona lakonisch.
Ruaidhri stieß die Luft aus.
»Na, Gott sei Dank«, meinte er aus vollem Herzen. »Ich dachte schon, er hätte den Rover genommen. In diesem Fall könnte ich einpacken!«
Auf Christines fragenden Blick fügte er hinzu: »Ich muß doch gleich nach Galway fahren und unsere Truppe abholen.«
»Der Rover steht in der Scheune«, warf Fiona ein. »Ich habe ihn gestern abend dort abgestellt. Wenn du den Hänger zur Seite schiebst, siehst du ihn.«
Christine, bei der sich für den Bruchteil eines Augenblicks der erstaunliche Gedanke entwickelt hatte, daß Denis ganz offensichtlich Ruaidhris Verpflichtungen nicht nur im Kopf behielt, sondern sogar darauf Rücksicht zu nehmen schien, fühlte sich ernüchtert. Offenbar war er nur zu bequem oder auch zu sehr in Eile gewesen, um den Geländewagen aus der Scheune herauszuholen.
Sie erhob sich nun und bedankte sich bei Eleanor für den Tee.

»Keine Ursache«, lächelte Eleanor liebenswürdig. »Kommen Sie ruhig öfter, ich freue mich über jeden Besuch.«
»Ich komme gern, danke«, entgegnete Christine freundlich.
»Und bringen Sie das nächste Mal auch Ihren Vater mit«, fügte Eleanor hinzu. »Ich lade ihn immer wieder ein, aber er ziert sich gerne ein wenig.«
Christine mußte lächeln. Das war Georg, wie er leibte und lebte. »Ich werde mein Bestes tun. Versprechen kann ich es Ihnen allerdings nicht.«
»Männer!« Eleanor schüttelte den Kopf.
Da mußte ihr Christine zustimmen. Sie sagte aber nichts weiter darauf, sondern verabschiedete sich und folgte Ruaidhri und Fiona nach draußen.
Der Hof war leer, Mick war nicht mehr da.
Christine mußte wieder ein wenig schlucken.
Ruaidhri blickte auf seine Uhr.
»Ich muß los«, sagte er.
»Nimmst du mich bis Galway mit?« fragte Fiona.
Ruaidhri schaute sie neugierig an. »Hast du dort was Bestimmtes vor?«
»Das geht dich gar nichts an«, gab Fiona freundlich zurück.
»Und wie kommst du wieder nach Hause?«
»Oh, da finden sich schon Möglichkeiten.« Fiona hatte ganz offensichtlich nicht die Absicht, sich von Ruaidhri aushorchen zu lassen.
Er grinste dann auch bedeutsam.
»Dann aber Tempo«, forderte er. »Du hast noch genau fünf Minuten, um dich zumindest äußerlich in eine Dame zu verwandeln. Innerlich ist es ohnehin zwecklos.«
»Pah!« Fiona warf ihm einen vernichtenden Blick zu und verschwand.
Ruaidhri steckte seine Hände in die Hosentaschen.

»Sie braucht sowieso mindestens zehn. Ich möchte wirklich mal wissen, wieso ihr Frauen immer so lange braucht, um euch schönzumachen.«
»Das ist nur ein Vorurteil«, erwiderte Christine friedlich. »In Wirklichkeit dauert es bei Männern genausolang. Sie merken es bloß nicht, weil Frauen zu höflich sind, ihnen ihre Eitelkeit vorzuwerfen.«
Ruaidhri lachte.
Christine mußte wieder einmal an Alex denken, an all die Male, wo sie sich zum Ausgehen herrichteten. Während Christine stets rasch angezogen und geschminkt war, hatte Alex meistens eine Ewigkeit zuerst im Bad und dann später voller Konzentration vor dem Kleiderschrank verbracht, wobei der Duft seines Rasierwassers durch die ganze Wohnung zog.
Tatsächlich war Fiona überraschend schnell wieder da. Christine, die sie nun zum ersten Mal anders als in Reitkleidung sah, musterte sie bewundernd. Sie trug einen Rock mit passendem Blazer, und ihre dunklen Haare, die sie sonst in einen Pferdeschwanz band, fielen ihr in seidigen Locken bis auf die Schultern.
»Schick«, bemerkte Christine ehrlich.
»Ach, Unsinn«, erwiderte Fiona. »Können wir?«
»Zu Diensten, die Dame!« Ruaidhri lehnte sich gegen den Rover, den er inzwischen aus der Scheune gefahren hatte. Er hielt nun mit betonter Höflichkeit die Beifahrertür auf und ließ Fiona einsteigen.
»Es geht doch nichts über einen gut abgerichteten Bruder«, bemerkte Fiona mit einem Augenzwinkern zu Christine, während sie einstieg.
Christine war dankbar, weil ihr das muntere Geplänkel der beiden eine kleine Ablenkung und Aufheiterung verschaffte.

Doch während Fiona ihren anfänglichen Kummer ganz offensichtlich einigermaßen überwunden zu haben schien, vermochte Christine das Bild des toten Ponys nicht aus ihrem Kopf zu verbannen.
Schon als der Rover längst nicht mehr zu sehen war, verharrte sie stumm und starrte vor sich hin.
Eine Bewegung, die sie aus den Augenwinkeln wahrnahm, ließ sie aufblicken.
Cuchulainn stand und sah zu ihr herüber.
Seinen Kopf trug er erhoben, die Ohren waren gespitzt.
Christine durchzog ein warmes Gefühl. Erwartete sie der Hengst tatsächlich? Langsam ging sie auf ihn zu.
»Hallo, mein Freund«, sagte sie leise, als sie an seinen Zaun herantrat.
Der Dunkelbraune blickte sie an.
Dann senkte er den Hals und stieß ein leises Prusten aus.
Er gab Antwort.
Christine verspürte tiefe Freude.
»Ich habe heute leider keine Karotte für dich.« Dennoch streckte sie ihre Hand zu Cuchulainn hinüber.
Cuchulainn drehte den Kopf und beschnupperte die Hand. Dann stupste er zart dagegen. Christine mußte unwillkürlich lachen. Vorsichtig berührte sie die Wange des Hengstes. Er wich nicht aus, sondern hielt still, während Christine ihn sanft streichelte. Seine dunklen Augen betrachteten sie, und die bebenden Nüstern zeigten an, daß er ihren Geruch aufnahm.
Christine empfand in diesem Moment, wie sehr ihr der Dunkelbraune ans Herz gewachsen war. Gleichzeitig erschien das Bild eines anderen Pferdes vor ihrem inneren Auge.
Ein grauschwarzes Gesicht mit wilder Mähne.
Bandit.

Der kluge, kleine Bandit.
Bandit, dem anfangs nur Schabernack im Kopf steckte. Den sie in mühevoller Arbeit an Disziplin gewöhnt hatte.
Und mit einemmal war Christine sich darüber im klaren, daß sie selbst die Schuld an Bandits Tod trug.
Sie erinnerte sich noch daran, welche Mühe es Ruaidhri anfangs bereitet hatte, den Rotschimmel einzufangen. Zu dieser Zeit vermochte niemand so einfach an Bandit heranzukommen, um ihn kaltblütig umzubringen.
Dann wäre eben ein anderes Pferd das Opfer gewesen, mahnte sich Christine zur Vernunft.
Doch nun war es Bandit.
Und da kam Christine ein weiterer Gedanke.
Cuchulainn.
Auch ihn versuchte sie gerade an Menschen zu gewöhnen. Auch bei ihm arbeitete sie daran, ihm die Angst vor einer möglichen Bedrohung zu nehmen.
Beging sie damit nicht einen großen Fehler? Gefährdete sie damit nicht unter Umständen sein Leben?
Wäre es nicht ratsamer, ihm seine natürliche Vorsicht zu belassen, selbst um den Preis, daß er weiterhin verrückt spielte? Zumindest bis zu jenem Zeitpunkt, an dem der Pferdekiller dingfest gemacht sein würde?
Was war schon Denis' Zorn auf Cuchulainn, gemessen an der Gefahr, daß ihm womöglich irgendwann ein Verrückter eine Klinge zwischen die Rippen stieß! Denis würde ihn wenigstens nicht umbringen.
Er würde ihn nicht umbringen.
Christine starrte vor sich hin.
Würde er es wirklich nicht tun?
Ruaidhris Worte kamen ihr ins Gedächtnis. Ein Rennpferd, das keine Rennen läuft, ist nichts wert – so hatte er sich sinn-

gemäß ausgedrückt. Und: Cuchulainn kostete eine Menge Geld.
So wie sich die Dinge im Moment verhielten, bestand wenig Aussicht, daß der Hengst jemals wieder ein Rennen laufen würde. Und Denis' Zurückhaltung in der letzten Zeit schien darauf hinzudeuten, daß er selbst ebenfalls nicht mehr daran glaubte.
Christine zwang sich, den Gedanken weiterzudenken.
Ein wertvolles Tier wie Cuchulainn war vermutlich versichert.
Kein Käufer würde wahrscheinlich gegenwärtig für ihn viel bezahlen. Die Versicherungssumme hingegen betrug bestimmt einiges.
Was, wenn Denis tatsächlich aufgegeben hatte, auf Cuchulainns zukünftige Erfolge bei Rennen zu hoffen?
Christine merkte, wie ihr übel wurde.
Und Bandit? Wie paßte er dazu?
Als Ablenkungsmanöver, dachte Christine automatisch. Jeder vermutete einen Psychopathen hinter der Angelegenheit. Keiner würde an einen Versicherungsbetrug denken, wenn vor Cuchulainn bereits ein anderes Pferd umgekommen war. Ein Connemarapony wie Bandit kostete sicher nicht die Welt, seinen materiellen Wert konnte man verschmerzen. Außerdem, so kam es Christine bedrückend in den Sinn, bot sich dadurch für Denis zusätzlich eine hervorragende Möglichkeit, sich an ihr, Christine, zu rächen. Er hatte sicherlich ihren vertrauten Umgang mit Bandit bemerkt, er mußte wissen, wie sehr sie der Tod des Ponys traf. Christine schloß die Augen.
Der Gedanke allein war grauenhaft.
Nein, es konnte nicht sein. Auch wenn ihr Denis aus tiefstem Herzen unsympathisch war, auch wenn er Cuchulainn ganz

offensichtlich mißhandelte, so durfte sie trotz allem keine derartigen Rückschlüsse ziehen.
Vermutlich hatte sie tatsächlich zu viele Kriminalromane gelesen.
Doch irgendwie schien alles nicht so abwegig, wie es Christine immer noch hoffte. Sie mußte an Punch denken. Trotz aller ruhigen Überlegungen vertrat sie nach wie vor die Ansicht, daß man ihn absichtlich vergiftet hatte. Der Gedanke, daß der Hund irgend jemandem im Weg gewesen war, lag nahe.
Konnte es Denis sein?
Eine sanfte Berührung holte Christine aus ihren Gedanken zurück. Cuchulainn wollte offenbar, daß sie ihn weiter streichelte.
Christine lächelte und strich dem Hengst über die Nüstern.
»Du hast recht. Sag nur, was du möchtest!«
Cuchulainn drehte den Kopf schief und angelte mit dem Maul nach Christines Hand, so als ob er sie beißen wollte. Christine wußte jedoch, daß es sich lediglich um eine Aufforderung zum Spiel handelte.
Sie lachte hellauf und tätschelte seine Wange.
»So, deinen Spaß willst du auch haben?«
Der Ausdruck in Cuchulainns Augen erinnerte sie in diesem Moment an Bandit. So hatte das Pony immer ausgesehen, bevor es sich daranmachte, Christines Taschen nach Süßigkeiten zu untersuchen.
Auch die Miene des Dunkelbraunen drückte vorsichtigen Mutwillen aus.
Sie tat ihm den Gefallen und ging auf ihn ein. Dabei wurde ihr klar, daß der Hengst mit seinen vier Jahren im Grunde tatsächlich kaum mehr als ein Jungtier war. Als gewöhnliches Reitpferd hätte er wohl gerade erst damit begonnen, unter

dem Sattel seinen Dienst zu tun. Christine wußte jedoch, daß bereits Zweijährige Rennen liefen. Sie seufzte.
»Armer Kleiner«, sagte sie leise. »Du hättest bestimmt gerne noch ein, zwei Jahre auf der Weide gespielt, nicht wahr?« Es erschien ihr ganz selbstverständlich, den großgewachsenen Vollblüter so anzusprechen. In diesem Moment sah sie in ihm nichts als das Fohlen, das man um seine Kindheit betrogen hatte.

»Vater«, meinte Christine beim Abendessen, »wie stehen sie eigentlich finanziell da?«
»Wer?« Georgs Stimme klang ein wenig erschreckt.
»Die O'Flahertys.« Christine fühlte leichte Ungeduld.
Georg blickte sie erstaunt an.
»Das kann ich dir wirklich nicht sagen«, entgegnete er dann nachdenklich. »Nicht schlecht, nehme ich an.«
»Was verstehst du unter ›nicht schlecht‹?«
»Nun ja, ich habe niemals gehört, daß sie Probleme hätten«, meinte Georg. »Ich meine, ich weiß natürlich nichts Näheres, aber sie machten eigentlich nie den Eindruck, als ob ... Es sind immer Gäste da, und erst im letzten Jahr haben sie sogar irgend etwas auf ihrem Grundstück gebaut.«
»Die Reithalle vermutlich.« Sie war Christine als ziemlich neu aufgefallen.
»Richtig, ich erinnere mich.« Georg nickte. Dann sah er Christine forschend an.
»Weshalb fragst du?«
Christine schüttelte den Kopf. »Nur so.«
Georg betrachtete sie eindringlich.
»Ich kann dir wirklich nicht sagen, in welchen Verhältnissen Niall lebt. Ob er drei Mietshäuser in Dublin besitzt oder ob sein Hof der Bank gehört – ich weiß es nicht, und es interes-

siert mich auch nicht.« Er räusperte sich. »Gott sei Dank sind wir hier nicht in Deutschland, wo dergleichen eine Rolle zu spielen scheint.«
Christine hatte beinahe das Gefühl, als müsse sie sich verteidigen.
»Ich denke nicht, daß ich zu denen gehöre, die Menschen nach ihrem Besitz beurteilen.«
Georg lächelte.
»Nicht bewußt«, sagte er. »Aber wenn du ehrlich zu dir sein willst, so mußt du zugeben, daß auch du nicht frei von Wertvorstellungen sein kannst, die dir von Kindesbeinen an vermittelt worden sind. Soweit ich mich erinnern kann, pflegte deine Mutter zum Beispiel immer einen zwar nicht gerade pompösen, so doch immerhin gediegenen Lebensstil. Geld war nie wichtig – weil es nie zum Problem wurde. Du bist damit aufgewachsen, kennst es nicht anders. Gut, sicherlich könntest du durchaus anders leben – aufgrund einer bewußten Entscheidung. Doch es ist nahezu unmöglich, sich von grundsätzlichen Prägungen zu befreien. Es entzieht sich unserer bewußten Beeinflussung.«
»Es sei denn, man kommt so weit, daß man gegen seine eingeprägten Muster revoltiert«, lächelte Christine.
»Oder das«, nickte Georg. Er schaute Christine offen an. »Ich muß zugeben, ich trage genauso Wertvorstellungen mit mir herum, die mir einmal eingeimpft wurden und die ich oft genug mein Leben bestimmen lasse.«
»Bloß in Sachen Geld hast du es offenbar geschafft, dich von ihnen zu lösen«, meinte Christine.
Georg lachte. »Sonst hätte ich auch nicht herzukommen brauchen.« Er wurde ernst. »Geld ist hier lange nicht so wichtig wie in Deutschland«, sagte er ruhig. »Irland ist schon immer ein armes Land gewesen, über Jahrhunderte

hinweg hungerte seine Bevölkerung, gleichzeitig lernten die Menschen, wie wenig materieller Besitz über den Charakter eines Menschen aussagt. Reichtum nimmt bei ihnen einen völlig anderen Stellenwert ein als bei uns. Gerade in Connemara gab und gibt es auch heute noch unglaubliche Armut. Früher sind die Bewohner in großen Zahlen ausgewandert, um nicht zu verhungern – heute leben sie immerhin von der Sozialhilfe. Aber gerade weil hier die wenigsten viel haben, gerade weil es immer in erster Linie um das nackte Überleben und niemals um irgendwelche Statussymbole ging, gerade deshalb schaut man auch nur auf das Innere der Menschen, auf ihr tiefstes Wesen, ihr Verhalten. Viele hier haben Schulden – doch man lebt damit, sie gehören dazu, und niemand sieht einen deshalb schief an. Man kann vom Äußeren eines Menschen niemals auf seine finanziellen Verhältnisse schließen. Genausowenig wie von seinen finanziellen Verhältnissen auf den Charakter. Und das ist gut so.«
Christine blickte ihren Vater erstaunt an. Seine Stimme klang fest und sicher, und sie bemerkte, daß auch der gehemmte Unterton in seiner Stimme fehlte.
Zum ersten Mal trat er entschieden auf, und ihr war klar, daß er sich über dieses Thema oft Gedanken gemacht haben mußte.
Und ihr war klar, daß er recht hatte.

Gerade als sich Christine ins Bett legen wollte, hörte sie draußen ein Auto kommen. Sie löschte das Licht und ging ans Fenster.
Die Lichtkegel der Scheinwerfer schwankten, als der Wagen in die Einfahrt des O'Flaherty-Hofes einbog. Ein kleinerer Typ, ohne das typische Geräusch des Dieselmotors.
Ruaidhris Auto.

Denis kam also nach Hause.
Wo mochte er gewesen sein? Hatte er sich wieder mit den beiden Männern getroffen?
Hatte er womöglich den zweiten erfolgreichen Schritt seiner Kampagne gefeiert? Den dritten vorbereitet?
Christine preßte die Lippen zusammen.
In diesem Moment verspürte sie große Angst.

9. Kapitel

Cuchulainn folgte Christine mit den Augen.
Sie hatte eine ganze Weile still auf dem Koppelzaun gesessen und dem Hengst beim Grasen zugesehen. Anfangs beobachtete er argwöhnisch jede ihrer Bewegungen – offenbar entfachte ihr veränderter Standort bei ihm eine gewisse Unruhe, Christine nahm an, daß sie auf ihn da oben um einiges größer als sonst und somit auch bedrohlicher wirkte. Doch mit der Zeit verlor er seinen mißtrauischen Ausdruck.
Christine rührte sich erst nicht. Nach einer Weile begann sie, leicht mit dem Fuß zu pendeln.
Cuchulainn warf ihr einen Blick zu, doch zu ihrer Erleichterung schien er nicht zu erschrecken. Geruhsam zupfte er an den wenigen Grasbüscheln, die sich noch auf seiner Koppel befanden. Christine beobachtete den Zustand der Weide schon seit einigen Tagen mit Besorgnis. Obwohl man die Fläche nicht unbedingt klein nennen durfte, hatte sie der Hengst inzwischen restlos abgegrast oder zertrampelt. Geblieben waren nur noch die üblichen Blattrosetten der Pflanzen, die das Pferd verschmähte. Normalerweise war es schon lange an der Zeit, ihn auf eine andere Koppel zu bringen, damit sich die Grasnarbe wieder erholen konnte. Glückli-

cherweise hatte es in den letzten Tagen weniger geregnet, was den nackten aufgewühlten Boden bisher davor bewahrt hatte, vollends zur Matschwüste zu werden. Der nächste Guß bereits würde die Koppel jedoch in ein Schlammloch verwandeln.

Christine fühlte sich durchaus nicht zur Sorge um die Qualität der Weiden auf O'Flaherty-Land verpflichtet. Ihr tat lediglich der Hengst leid. Sie wußte natürlich, daß nackte Erde einem Pferd normalerweise nicht schadete. Auch Cuchulainn wurde immerhin ausreichend gefüttert, um nicht auf das Gras angewiesen zu sein. Christine hatte öfters heimlich beobachtet, wie Denis den Dunkelbraunen versorgte – wenigstens beim Futter erhielt der Hengst, was er brauchte, wie sie grimmig bemerkte.

Doch Christine wußte auch, wie sehr es Pferde genossen, über weiches Gras statt durch schmatzenden Schlamm zu laufen, der sich in dicken Klumpen an ihren Hufen festsetzte und das Traben zu einer Stolper- und Rutschpartie werden ließ.

Außerdem war es gerade für ein Tier, das allein stand, doppelt wichtig, die Möglichkeit des Wälzens im Gras zu haben, zumindest als kleinen Ersatz für entgangene liebevolle Fellpflege durch einen Artgenossen.

Auch Cuchulainns Hufe erfüllten Christine mit heimlicher Sorge. Sie hatte darüber schon mit Ruaidhri gesprochen.

»Wann ist er eigentlich zum letzten Mal beschlagen worden?«

Ruaidhri kratzte sich nachdenklich am Kopf.

»Das muß schon eine Weile hersein. Warte mal, ich kann mich erinnern – im Herbst nahmen wir ihm die Renneisen ab. Denis meinte, über den Winter wollte er ihn sowieso nicht starten lassen, da reichten einfache Flachstahleisen.«

»Und seitdem hat ihn kein Hufschmied mehr gesehen?« Christine schaute ihn ungläubig an.
»Versucht haben wir es freilich«, verteidigte sich Ruaidhri. »Aber du kannst dir bestimmt vorstellen, was das für ein Tanz war! Wir hingen zu dritt an ihm, aber er keilte wie verrückt um sich. Es war völlig sinnlos. Colin, der Hufschmied, sagte damals, er hätte noch niemals so ein Pferd erlebt.« Ruaidhri grinste. »Er meinte noch, daß er den Teufel tun würde, so einem Raubtier auch nur auf zehn Yards in die Nähe zu kommen.«
Christine lachte nicht.
»Hast du dir seine Hufe in der letzten Zeit einmal angeschaut?«
»Nein«, gab Ruaidhri zu. »Verdammt noch mal, warum sollte ich auch«, begehrte er auf. »Schließlich ist es Denis' Sache, nicht meine!«
»Okay, okay, du hast ja recht«, beruhigte ihn Christine. »Aber dann muß sich Denis darum kümmern! Cuchulainns Hufe müßten dringend nachgesehen werden.«
»Hat er irgendwas?« Ruaidhri runzelte die Stirn.
»Nichts Krankhaftes, zumindest soweit ich es aus der Ferne erkennen konnte.« Christines Ton war sachlich. »Auf dem weichen Boden in seiner Koppel konnten sich seine Hufe aber verständlicherweise nicht abnutzen. Der Tragrand ist inzwischen weit über die Eisen hinausgewachsen, was bedeutet, daß es höchste Zeit ist, die Hufe auszuschneiden. Außerdem meine ich gesehen zu haben, daß hinten links zwei Nägel fehlen. Bis er das Eisen verliert, ist es nur noch eine Frage der Zeit.«
Ruaidhri seufzte und zog die Schultern zusammen.
»Du weißt, daß bei dem Hengst ohne Vollnarkose nichts zu machen ist.«

»Außerdem wundert mich, daß er bei der mangelnden Hufpflege und dem ständigen Matsch noch keine Strahlfäule oder so was hat«, fuhr Christine schonungslos fort, als ob sie ihn nicht gehört hätte.
Ruaidhri schaute sie an und wünschte sich in diesem Moment brennend, Christine wäre eine jener netten, leicht zu behandelnden Frauen, die sich für Mode und solchen Schnickschnack interessieren und darüber hinaus zu allem ja und amen sagten, was der Mann bestimmte.
»Was schlägst du vor?« fragte er zurück. »Natürlich ist es richtig, das Pferd muß neu beschlagen werden, man muß ihm regelmäßig die Hufe auskratzen, man muß ihn endlich mal wieder striegeln, vom Impfen ganz abgesehen. Dann sag mir aber bitte, wie wir das machen sollen, ohne daß er uns dabei den Schädel einschlägt oder sich selbst vor Hysterie das Genick bricht.«
Christine schwieg mit finsterem Gesicht. Ruaidhri hatte leider recht.
»Wenn man vielleicht mit Beruhigungsmitteln ...?«
Ruaidhri schüttelte den Kopf.
»Zwecklos. Haben wir alles schon ausprobiert.«
»Dann bleibt wirklich nichts übrig, als zu versuchen, ihn irgendwie zahm zu kriegen«, meinte Christine nachdenklich.
Ruaidhri betrachtete sie. Sein Gesicht verzog sich gutmütig.
»Wobei du immerhin schon ganz gut vorangekommen bist«, bemerkte er.
»Meinst du?« Auf Christines Gesicht blitzte ein Lächeln auf.
»Zweifelsohne«, nickte Ruaidhri. »Soweit ich gesehen habe, läßt er sich ja sogar schon ganz sorglos von dir streicheln.«
»Du hast heimlich zugeschaut«, warf ihm Christine mit gerunzelter Stirn vor.
»Klar«, grinste Ruaidhri. Bevor sie allerdings etwas sagen

konnte, hob er beschwichtigend seine Hände. »Aber nur ganz vorsichtig – ohne daß ich mich blicken ließ! Ich wollte euch nicht stören.«

»Glücklicherweise tatest du das nicht! Ich weiß nämlich nicht, wie Cuchulainn reagiert, wenn andere dabei sind.« Christine warf Ruaidhri einen scharfen Blick zu.

»Ich hoffe allerdings, daß du deinen Mund hältst!«

»Was denkst du von mir!« Ruaidhri sprühte vor Empörung. Sie mußte lachen und tätschelte seinen Arm.

»Nichts für ungut, aber ich möchte wirklich nicht, daß es Denis irgendwie mitkriegt.«

Ruaidhri wurde auf einmal ernst.

»Meinst du nicht, daß es vielleicht sogar besser wäre, wenn er es wüßte?«

Christine sah ihn starr an, und Ruaidhri nickte. »Möglicherweise könnte es ganz ratsam sein, wenn Denis darüber im Bilde ist, daß für Cuchulainn doch noch nicht alles verloren sein muß.«

»Wie meinst du das?« Christines Stimme war leise.

Unter ihrem eindringlichen Blick wurde Ruaidhri doch unsicher.

»Einfach so«, entgegnete er vage. »Es ist nur so ein Gefühl.« Und Christine fragte sich, ob er das gleiche dachte wie sie.

Dieses Gespräch trieb Christine noch mehr dazu, mit Cuchulainn weiterzukommen. Als nächsten Schritt wollte sie versuchen, ihn an ihre Anwesenheit innerhalb seiner Koppel zu gewöhnen. Sie war sich klar darüber, daß der Hengst die Umzäunung nicht zuletzt als Schutz gegen Gefahren wahrnahm – von daher bedeutete es einen nicht unerheblichen Unterschied für ihn, ob sie ihn über den Zaun hinweg streichelte oder direkt neben ihm stand.

Sie wagte nicht, Fiona um ein Paar Gummistiefel zu bitten, da sie keine unnötige Aufmerksamkeit auf ihr Tun lenken wollte. Angesichts des Matsches auf Cuchulainns Weide würde sie allerdings kaum um unempfindliches Schuhwerk herumkommen, deshalb machte sie sich kurzerhand auf den Weg ins Dorf. Soweit sie sich erinnern konnte, gab es im Supermarkt Gummistiefel zu kaufen.

Zu Christines großer Erleichterung fand sich unter dem reichhaltigen Angebot an Männerstiefeln tatsächlich auch ein vereinzeltes Paar in ihrer Größe. Während sie es zur Kasse trug, fiel ihr ein, daß ihr Karottenvorrat ziemlich zur Neige ging, und sie ließ sich daher auch gleich noch eine gute Portion abwiegen.

Ihre Einkäufe unter den Arm geklemmt, marschierte Christine kurz darauf die Straße nach Hause zurück.

Die Pferde auf der großen Koppel sahen sie kommen, einige kamen an den Zaun. Christine lächelte, als sie Bogy erkannte. Sie mußte an ihre erste Begegnung mit ihm denken.

»Hallo, Bogy!« Sie streichelte seine Nase und lachte, als er versuchte, sein Maul in ihre Karottentüte zu stecken. »Die sind nicht für dich!«

Bogy schnaubte.

»Also gut, weil du es bist!« Sie gab ihm eine Möhre, doch als sie sah, daß immer mehr Pferde kamen, zog sie die Tüte zurück.

»Ich kann euch doch nicht alle mit Karotten versorgen! Ich brauche sie noch für einen Kameraden von euch!« Sie wurde ernst. »Dem es nicht so gut geht wie euch«, fügte sie leise hinzu. Sie schloß die Tüte sorgfältig und wandte sich zum Gehen.

In diesem Moment hörte sie den Diesel.

Die Sonne schien ihr direkt ins Gesicht, deshalb konnte sie

den Wagen nicht deutlich erkennen, sie wußte jedoch sofort, wer es war.
Der Rover kam ihr rasch entgegen. Christine fragte sich, ob Denis angesichts der schmalen Straße wenigstens mit der Geschwindigkeit heruntergehen würde, bevor er sie erreichte, doch er tat es nicht. Für den Bruchteil eines Augenblicks blitzte in ihr sogar der Gedanke auf, er könnte sie einfach über den Haufen fahren. Reflexartig sprang sie zur Seite, als Denis, ohne auch nur im mindesten abzubremsen, an ihr vorbeisauste. Gleich darauf ärgerte es sie jedoch, sich eine Blöße gegeben zu haben. Der heftige Windzug des Wagens zerrte an ihrer Kleidung, und sie blickte sich wütend nach ihm um. Sie sah den leeren Hänger hüpfen und erinnerte sich, daß Ruaidhri etwas von bestellter Kleie erzählt hatte. Es dauerte einige Augenblicke, bis Christine merkte, daß sie ihre Gummistiefel ganz offen unter dem Arm trug.

Cuchulainn zerkaute die Möhren. Inzwischen ließ er sich ganz unbefangen von Christine den Hals streicheln, gelegentlich stupste er ihr dabei seine Nüstern ins Gesicht, worauf Christine leise lachte.
»Du schmust gerne, nicht wahr?«
Insgeheim dachte sie bitter, daß das Pferd ihr während der letzten Woche mehr Zärtlichkeit geschenkt hatte als Alex im ganzen letzten Jahr.
»Aber so sind sie, die Männer«, sagte sie leise und strich Cuchulainn über die Nase. »Wenn sie sich einer Frau erst einmal sicher sind, halten sie es nicht mehr für nötig.«
Der Dunkelbraune blickte sie aufmerksam an, und Christine mußte lächeln.
»Man könnte wirklich glauben, du verstehst, was ich sage!«

Das Pferd pustete und schnupperte nach einer weiteren Karotte.
Christine reichte sie ihm.
»Aber langsam essen«, mahnte sie. »Nicht, daß du Bauchschmerzen bekommst!« Sie schaute das Pferd liebevoll an.
»Da scheint ein Unterschied zwischen uns zu sein«, bemerkte sie. »Wenn es mir schlechtgeht, dann kann ich überhaupt nichts mehr essen, noch nicht einmal Süßigkeiten. Dir hingegen schlägt dein Kummer zumindest nicht auf den Magen, nicht wahr?«
Während der Hengst die Karotte malmte, rückte Christine ein Stück von ihm fort. Sie duckte sich und schob sich langsam durch den Zaun hindurch. Sie achtete darauf, keine abrupten Bewegungen zu machen, und hob behutsam ein Bein nach dem anderen über die Koppelstange. Drinnen richtete sie sich vorsichtig auf und schaute nach dem Hengst aus.
Er beobachtete sie wachsam, doch er zeigte keine Angst.
Christine wußte, daß es unklug wäre, auf ihn zuzugehen. Sie wandte ihm im Gegenteil den Rücken zu und lehnte sich von innen gegen den Zaun, die Tüte mit den Karotten dabei sichtbar in der Hand haltend.
Atemlos wartete sie, was geschehen würde.
Es dauerte eine Weile. Cuchulainn schien zu überlegen. Konnte er ihr trauen? Seit Monaten verband er mit der Anwesenheit von Menschen in seiner Koppel nichts als Schmerz und Schrecken.
Doch dieser Mensch hier trat ihm nicht mit Sporen und Peitsche entgegen. Dieser Mensch brachte süße Karotten, dieser Mensch bedeutete zärtliche Berührungen und leise, warme Laute. Dieser Mensch vermittelte Wohlbefinden.
Cuchulainn zögerte noch einen Moment. Dann drehte er sich um und kam auf Christine zu.

Als Christine später, durch das Motorengeräusch von Denis' Wagen vertrieben, sich von Cuchulainns Koppel fortstahl, blickte sie noch einmal zurück.
Der Dunkelbraune stand am Zaun und schaute ihr nach. Ganz still stand er da, nur sein langer Schweif wehte in der schwachen Brise.
Und Christine glaube, beinahe wörtlich die Botschaft zu lesen, die der Hengst ihr mit seinem Blick nachsandte: Bleib bei mir, laß mich nicht allein!

Im nachhinein fragte sich Christine allerdings ehrlich, ob sie sich richtig verhielt. Cuchulainn schien sich tatsächlich an sie zu gewöhnen.
Er ließ Christine an sich herankommen, er erlaubte ihr, ihn zu berühren, und er zeigte sich in ihrer Anwesenheit zunehmend unbefangener und selbstbewußter. Möglicherweise würde es wirklich irgendwann so weit kommen, daß er sich von ihr reiten ließ.
Doch Christine wußte, daß es darauf nicht ankam.
Was nützte es, wenn sich der Hengst bei ihr normal verhielt, solange er bei jedem anderen weiterhin verrückt spielte? Immerhin gehörte er nicht Christine, sie hatte nicht den geringsten Einfluß auf Cuchulainns weitere Zukunft, und sie war sich nur zu klar darüber, daß diese nicht in einem Dasein als ihr persönliches Streicheltier bestehen konnte.
Der Hengst oblag Denis. Denis war derjenige, mit dem Cuchulainn auf Dauer zurechtkommen mußte. Es war völlig unbedeutend, ob Christine das Pferd reiten konnte, solange es Denis nicht vermochte.
Und Christine war sich klar darüber, wie sehr ihr Verhältnis zu Denis die Beziehung zwischen Denis und dem Hengst weiter verschlechterte. Abgesehen davon, daß sich Denis aus

Ärger über Christines Einmischung möglicherweise noch unbeherrschter als sonst verhielt – was schloß Cuchulainn allein aus der Tatsache, daß Christine bei Denis' Auftauchen jedesmal die Flucht ergriff?
Christine war auf dem Gebiet der Verhaltensforschung ausreichend zu Hause, um zu wissen, daß der Lerneffekt dem Hengst auf Dauer schaden würde. Sie lehrte ihn erst recht, daß Denis zu fürchten war.
Es schien ein wahrer Teufelskreis zu sein, und Christine zerbrach sich den Kopf, wie sie das Problem am besten löste. Doch soviel sie auch nachdachte – sie kam immer wieder zu dem gleichen Ergebnis: Es half nichts, sie durfte Denis nicht aus ihrer Therapie ausschließen. Sie mußte dem Hengst durch ihr eigenes Verhalten beweisen, daß Denis keine Gefahr für ihn darstellte.
So widerwärtig ihr der Gedanke auch war – sie würde nicht darum herumkommen, sich mit Denis in irgendeiner Weise zu arrangieren.
Daß Denis allerdings dabei mitspielen würde, wagte sie zu bezweifeln.

»Ruaidhri?«
»Was gibt's?« Ruaidhri richtete sich auf und drehte sich zu Fiona um, die Gabel voll Mist noch erhoben.
»Hast du vielleicht einen Moment Zeit?« Fionas Stimme klang besorgt.
»Jetzt?« Ruaidhri blickte mit gerunzelter Stirn auf die erst zur Hälfte ausgemistete Box. »Was ist denn los?«
»Mit Oíche stimmt etwas nicht«, sagte Fiona. »Und ich glaube, es ist besser, wenn du sie dir mal ansiehst.«
Ruaidhri sah alarmiert auf. In letzter Zeit schienen sich bei den Tieren mysteriöse Fälle zu häufen.

»Es ist doch keine Vergiftung oder so etwas?« meinte er beunruhigt.
»Nein, ich glaube nicht.« Fiona schwieg einen Moment. »Sie will nur nicht aufstehen«, fügte sie hinzu.
Ruaidhri stieß seine Forke ins Stroh, wischte sich die Hände an der Hose ab und trat aus der Box.
»Wieso will sie nicht aufstehen?« fragte er mit zusammengezogenen Brauen.
»Das weiß ich doch nicht!« Fiona hörte sich schrill an. Die Ereignisse der letzten Tage hatten die Nerven aller blankgelegt.
»Nun reg dich nicht auf«, meinte Ruaidhri in besänftigendem Ton. »Wo ist sie?«
»Auf der Westkoppel.«
Während die beiden nun schnellen Schrittes über den Hof gingen, berichtete Fiona, wie sie die Connemarastute gefunden hatte.
»Ich wollte Honeybee holen, da sich für zehn Uhr das Smith-Mädchen angemeldet hat. Ich komme auf die Koppel – und da liegt sie.«
»Honeybee oder die kleine Smith?«
»Oíche!« schnappte Fiona mit vernichtendem Blick. »Sie liegt am Boden und kann nicht aufstehen.«
»Woher willst du wissen, ob sie nicht kann?« fragte Ruaidhri nüchtern. »Vielleicht hat sie einfach nur keine Lust.«
»Ich wollte sie hochbringen«, entgegnete Fiona und warf ihrem Bruder einen bösen Blick zu, »aber sie schafft es nicht.«
»Hm.« Ruaidhri öffnete das Gatter zur Koppel. »Dann wollen wir mal sehen, warum sie es nicht schafft.«
Oíche lag tatsächlich immer noch am Boden. Sie kauerte auf dem Bauch, die Beine unter sich angewinkelt wie eine Katze,

den schwarzen Kopf mit der buschigen Mähne erhoben. Sie blickte Ruaidhri und Fiona anklagend entgegen.

»Na, Mädchen, was ist los mit dir?« Ruaidhri trat an ihre Seite. »Warum willst du denn nicht aufstehen?«

Oíche senkte den Kopf und ließ sich von Fiona die Stirn streicheln.

»Hopp, auf!« Ruaidhri stemmte sich gegen ihre Flanke.

Oíche unternahm einen kläglichen Versuch, gab es mit einem kurzen Wiehern aber wieder auf.

»Sie scheint irgendwie Schmerzen zu haben«, sagte Ruaidhri stirnrunzelnd und trat einen Schritt zurück, um sie genauer zu betrachten. »Was fehlt dir denn, hm?«

Oíche blickte ihn an, ihre Augen drückten Hilflosigkeit aus. Fiona weinte beinahe.

»Da siehst du es selbst«, preßte sie hervor.

»Immer langsam«, meinte Ruaidhri und schaute sie dann forschend an. »Gestern war sie noch ganz in Ordnung?«

»Ich glaube, ja«, schluckte Fiona. »Ich kann es aber auch nicht so genau sagen, sie wurde schon ein paar Tage lang nicht mehr angefordert.«

Ruaidhri war ernst geworden. Er probierte ein weiteres Mal, die kleine Stute hochzuwuchten, doch vergeblich. Sie stieß einen Schmerzenslaut aus, bewegte hilflos die Hinterbeine, doch dann sank sie wieder zurück.

»Tja«, bemerkte Ruaidhri. »Sie kann tatsächlich nicht. Es ist schon seltsam.«

»Rufst du den Tierarzt an?« Fiona wischte sich eine Träne vom Gesicht.

»Da wird mir wohl nichts anderes übrigbleiben.« Ruaidhri erhob sich aus der Hocke. Er sah Fiona an und legte ihr die Hand auf die Schulter. »Jetzt mach dir mal keine unnötigen Sorgen, das wird schon wieder!«

»Hoffentlich«, schniefte Fiona. Sie streichelte Oíche ratlos. »Armes Mädchen!«
»Ich schlage vor, du holst jetzt Honeybee«, riet Ruaidhri vernünftig. »Die Smith wartet bestimmt schon. Und ich kümmere mich um Oíche.«
Fiona sah ein, daß er recht hatte. Während sie ging, um das Pony einzufangen, drehte sie sich jedoch noch einige Male nach Oíche um, die hilfesuchende Blicke zu den beiden Menschen sandte.
Ruaidhri befand sich gerade auf dem Weg ins Haus, um zu telefonieren, als er Christine erblickte. Sie kam die Auffahrt herauf, unter dem Arm ihre obligatorische Tüte, von der Ruaidhri wußte, daß sie Karotten enthielt.
»Hallo«, lächelte sie ihm zu.
»Hallo!« Sein Ton war aber derartig abwesend, daß es Christine auffiel.
»Ist etwas los?«
»Eins der Ponys scheint krank zu sein«, gab Ruaidhri Auskunft.
Christines Blick wurde aufmerksam. »Was fehlt ihm denn?« fragte sie sachlich.
»Es liegt am Boden und will nicht aufstehen.« Ruaidhri fiel ein, daß Christine Tierärztin war.
Christine blickte ihn prüfend an.
»Ich will mich nicht aufdrängen«, meinte sie langsam, »aber wenn du nichts dagegen hast, dann kann ich mir das Tier ja mal ansehen.«
Ruaidhri betrachtete sie zweifelnd.
»Kennst du dich mit Pferdekrankheiten denn aus?«
»Ein wenig«, nickte Christine und lächelte leicht.
»Nun ja«, Ruaidhri war ein wenig unschlüssig, »wenn du meinst ...«

»Wo ist das Pony im Moment?« Christine wandte sich halb in die Richtung, aus der Ruaidhri vorher gekommen war.
»Warte, ich bring dich hin.«
Oíche lag immer noch so da, wie Ruaidhri sie verlassen hatte. Christine ging zu ihr und kniete sich neben sie ins Gras.
»Du möchtest nicht aufstehen, habe ich gehört?« Sie strich der kleinen schwarzen Stute liebevoll über den Hals.
»Sie macht den Eindruck, als hätte sie Schmerzen«, bemerkte Ruaidhri.
Christine nickte stumm und betrachtete das Tier aufs genaueste.
»Was genau hat sie getan?« Ihr Ton war knapp und nüchtern.
»Sie versucht hochzukommen, gibt es aber immer wieder auf«, antwortete Ruaidhri ebenso sachlich.
Christine schwieg einen Moment.
»Probieren wir es noch mal«, sagte sie dann. »Ich muß mir das mal anschauen.«
Ruaidhri kniete sich neben das Pony und versuchte erneut, es zum Aufstehen zu bringen, indem er sich kräftig gegen es stemmte.
Christine sah aufmerksam zu.
»Sie bewegt nur die Hinterbeine. Ist dir das schon aufgefallen?«
»Stimmt, jetzt, da du es sagst …« Ruaidhris Blick erhellte sich ein wenig.
Christine blieb ernst. Vorsichtig betastete sie die Vorderbeine und Hufe der Stute. Auch die Zähne sah sie nach und ließ dann einen nachdenklichen Blick über die mit saftigem Gras bedeckte Koppel streifen.
»Was meinst du, was es sein kann?« Ruaidhri wartete ungeduldig.

»Hatte sie das schon öfter?« fragte Christine zurück.
»Soviel ich weiß, nicht«, erwiderte Ruaidhri erstaunt.
Christine seufzte und streichelte den Kopf des Ponys.
»Arme Kleine«, sagte sie dabei leise. »Ich weiß, du hast ziemliche Schmerzen!« Sie wandte sich an Ruaidhri. »Mit großer Wahrscheinlichkeit handelt es sich um Hufrehe.«
»Hufrehe? Bist du sicher?« Ruaidhri war skeptisch.
»Ziemlich«, nickte Christine. »Fühl mal, wie heiß ihre Hufe sind. Sie hat starke Schmerzen in den Vorderhufen, das ist typisch. Wenn sie aufstehen würde, könnten wir auch sehen, daß ihre Vorderbeine steif sind.«
Ruaidhri beugte sich tiefer.
»Man kann aber nichts erkennen«, meinte er erstaunt. »Ich dachte immer, Rehehufe wären deformiert, voller Rillen und so!«
»In schweren Fällen oder bei chronischer Rehe«, stimmte Christine zu. »Soweit ist es bis jetzt glücklicherweise noch nicht.«
»Was meinst du, was die Ursache sein könnte?«
»Ursachen gibt es viele«, antwortete Christine nüchtern. »Sie hat nicht zufällig in letzter Zeit verfohlt?«
Ruaidhri schüttelte den Kopf.
»Dann, schätze ich, liegt es an der Ernährung.«
»Sie frißt doch auch nichts anderes als sonst«, wandte Ruaidhri ein. »Und sie hatte noch niemals Probleme mit Rehe oder so was.«
»Manchmal kommt es mit dem Alter. Soweit ich sehe, ist sie ja nicht mehr die Jüngste, oder?«
»Vierzehn oder fünfzehn Jahre wird sie sein«, nickte Ruaidhri. »Und du meinst wirklich, das Futter ist schuld?«
»Hufrehe ist eine Stoffwechselstörung, bei der der Eiweißüberschuß zum Beispiel jungen Grases nicht verarbeitet

wird«, erklärte Christine. »Und eine Koppel wie diese hier«, sie machte eine umfassende Armbewegung, »strotzt jetzt im Frühling vor eiweißreichem Gras. Mit fortschreitender Jahreszeit nimmt der Eiweißgehalt ab, da gibt es in der Regel keine Probleme mehr, doch im Frühjahr und dann noch mal während der kurzen Wachstumsperiode im Herbst sollte man deshalb empfindliche und gierige Pferde nur auf kahlgefressene Weiden lassen.«

»Man lernt anscheinend nie aus«, gestand Ruaidhri seufzend. »Was schlägst du für Oíche vor?«

»Oíche heißt sie?« lächelte Christine. »Was bedeutet das?«

»Nacht.«

»Klar, was sonst«, nickte Christine, das schwarze Fell der Stute betrachtend. »Nun«, meinte sie, »viel machen kann man im Moment wohl nicht. Kühle Umschläge, eventuell eine entzündungshemmende Breipackung. Eiweißarmes Futter, das heißt nur Heu und Stroh. Auf keinen Fall Hafer, er enthält ja ebenfalls viel Eiweiß. Sollte es schlimmer werden oder sich sogar chronisch entwickeln, braucht sie Spezialhufeisen, aber das wird euer Hufschmied sicher wissen.«

»Ich denke es«, bestätigte Ruaidhri.

»Das wichtigste dürfte allerdings sein«, Christine schaute sich prüfend um, »das Pony hier aus dem fetten Gras herauszuholen.«

Ruaidhri betrachtete es und seufzte. »Ich habe schon verstanden.«

»Ich helfe dir«, bot Christine an.

Ruaidhri mußte lächeln und maß Christines Körper mit nachsichtiger Miene. »Sei mir nicht böse, aber ich denke doch, daß dir dafür ein paar Muskeln fehlen.«

Christine warf ihm einen ungehaltenen Blick zu, doch sie sah

ein, daß er recht hatte. Das Pony war nicht eben klein und wog sicherlich einiges.
»Ich schau' mal nach, ob Denis da ist«, bemerkte Ruaidhri.
Christines Gesicht zuckte unmerklich.
»Vielleicht wenn du James ...«, begann sie.
»James ist noch in der Schule«, sagte Ruaidhri ruhig und stand auf.
Christine atmete tief durch, doch dann nahm sie sich zusammen. Schließlich ging es hier einzig darum, das kranke Pferd in eine ungefährliche Umgebung zu bringen. Ruaidhri war groß und alles andere als schwächlich, doch allein konnte er es nicht schaffen – da lag es nahe, Denis um Hilfe zu bitten. Ihre eigene Abneigung gegen ihn durfte dabei wohl wirklich keine Rolle spielen.
Es dauerte eine Weile, bis Ruaidhri wiederauftauchte.
»Denis kommt gleich.« Er beugte sich zu Oíche hinunter. »Immer noch keine Veränderung?«
Christine schüttelte den Kopf und fuhr fort, der Connemarastute sanft den Kopf zu streicheln. »Aber ein liebes Mädchen ist sie!«
Ruaidhri lächelte.
»Sie tut keiner Fliege etwas zuleide«, stimmte er zu. »Wir nehmen sie gerne für Kinder, sie scheint sich direkt für sie verantwortlich zu fühlen.«
Christine nickte. »Ja, es ist manchmal wirklich interessant zu beobachten, daß es Tiere gibt, die offenbar ein richtiges Faible für Kinder haben. Man könnte meinen, es käme bei ihnen eine Art Mutterinstinkt zum Vorschein.«
»Haben den nicht alle Frauen irgendwie?« Ruaidhri betrachtete Christine vielsagend.
Christine sah kurz zu ihm auf, gab aber keine Antwort.
Gleich darauf hörten sie Schritte und das Gatter knarren.

»Hufrehe, sagst du?« Ohne Christine zu beachten, hockte sich Denis neben Oíche und tastete ihre Vorderbeine ab. Christine sah, daß seine Handgriffe trotz seiner nach wie vor finsteren Miene nicht unsanft waren und von Erfahrenheit zeugten.

»Es sieht tatsächlich so aus«, nickte er nun und warf Christine einen ausdruckslosen Blick zu. »Nicht schlecht, Lady!«

»Danke für das Lob«, erwiderte Christine kühl.

»Christine sagt, es liegt am Gras«, warf nun Ruaidhri ein.

»Vermutlich«, stimmte Denis zu und ließ seine Hand durch die kühlen, saftigen Halme streichen. »Zu eiweißhaltig im Moment.«

Sein Blick begegnete Christines, und sie konnte aus seiner spöttischen Miene deutlich herauslesen, was er dachte: Um das zu wissen, braucht man kein tierärztliches Diplom!

»Das Pony muß von der Koppel herunter«, sagte Christine nun bestimmt.

»Logisch.« Denis sah Ruaidhri an. »Dann wollen wir mal!«

»Soll ich nicht mit anfassen?« Christine hatte wenig Lust, untätig zuzusehen.

Ruaidhri grinste, und selbst auf Denis' Gesicht erschien zum ersten Mal, seit Christine ihn kannte, ein wahrhaft humorvolles Lächeln. Eine Antwort schien sich für ihn allerdings zu erübrigen.

Die Brüder nahmen Oíche in die Mitte, Denis zog vorsichtig ihre Vorderbeine unter ihr hervor und stemmte dann ihre Brust hinauf, während Ruaidhri von hinten half. Christine erkannte, daß die beiden ein eingespieltes Team waren, zudem körperlich gleichermaßen kräftig, so daß ihre eigene Hilfe tatsächlich eher hinderlich gewesen wäre. Innerhalb weniger Augenblicke stand das Pferd, die Vorderbeine steif gespreizt.

»Schafft sie es überhaupt bis zum Stall hinüber?« zweifelte Ruaidhri.
»Sie wird Schmerzen haben, aber laufen kann sie«, beruhigte ihn Christine. Sie schaute Denis an. »Sie wissen Bescheid über die notwendigen Maßnahmen?«
Denis betrachtete sie einen Moment schweigend, doch statt der befürchteten bissigen Antwort nickte er. »Kein Grün, kein Kraftfutter, nur Rauhfutter, ich weiß.« Er verzog seinen Mundwinkel auf eine Art, die Christine an ihm mittlerweile kannte, und konnte sich dann doch nicht verkneifen hinzuzufügen: »Falls Sie mir soviel Verstand zutrauen.«
Christine sah ihn direkt an.
»Ich traue jedem soviel Verstand zu, wieviel er mir zu besitzen beweist.«
Ihre Stimme war leise, aber bestimmt.
Denis erwiderte ihren Blick nachdenklich, und für einen Moment stand Cuchulainn deutlich sichtbar zwischen ihnen.
»Dann mal los«, meinte Ruaidhri, dem der tiefere Sinn des Wortwechsels entgangen war. Er nahm die Stute beim Halfter, Denis trat an ihre andere Seite, und Christine beeilte sich, das Gatter für sie zu öffnen. Langsam führten sie das Pony den Weg hinauf zum Stall. Oíche ging steifbeinig, die Schmerzen waren ihr anzumerken, doch schien sie erleichtert, daß man ihr offenbar helfen wollte. Ruaidhri und Denis stützten sie links und rechts, und schließlich sank sie mit einem beinahe menschlichen Seufzer im Stall auf ihr Strohlager.
Christine kniete neben ihr nieder und strich ihr sanft über den Hals.
»Bald geht es dir wieder besser«, flüsterte sie dem Pony ins Ohr. Sie wußte, daß Zuwendung dem kranken Tier viel Trost verschaffte, deshalb blieb sie noch eine ganze Weile bei

Oíche sitzen, als die kühlenden Umschläge fertig und Denis und Ruaidhri schon längst gegangen waren.
Als Christine aus dem Stall kam, standen sie draußen, ins Gespräch vertieft. Sie hörten ihren Schritt und sahen gleichzeitig zu ihr hinüber. Zum ersten Mal fiel Christine auf, wie ähnlich sich die beiden sahen. Beide waren hochgewachsen und durch körperliche Arbeit von gehärteter Statur, beide hatten dunkles Haar, und Christine dachte unwillkürlich, daß ohne Denis' für gewöhnlich finsteren Gesichtsausdruck auch ihre Züge sich ziemlich ähneln würden. Allerdings besaß Ruaidhri blaue Augen, während die von Denis braun waren.
Christine zögerte einen Augenblick, dann trat sie doch zu ihnen.
»Hast du mal nachgesehen, ob ihr noch mehr rehekranke Tiere habt?« wandte sie sich an Ruaidhri.
Er sah ein wenig verlegen aus. »Bis jetzt noch nicht, aber ...«
Denis unterbrach ihn mit leicht spöttischem Blick auf Christine. »Laß das doch ruhig deine Lady hier machen! Du siehst doch, wie sie darauf brennt.«
Christine fühlte, wie sich in ihr erneut Zorn zusammenballte, doch sie dachte an Cuchulainn und beherrschte sich. Es half nichts, sie mußte sich auf Dauer mit Denis arrangieren, ein erneuter Streit mit ihm brachte daher rein gar nichts.
Sie atmete tief durch.
»Was ist dagegen zu sagen, wenn ich mir Ihre Tiere alle kurz anschaue?« Sie lächelte freudlos. »Sie brauchen auch keine Angst zu haben, daß ich Ihnen eine Rechnung schreibe.«
Denis musterte sie, und Christine befürchtete schon, daß er sich wieder zu ironischen Bemerkungen über unausgelastete Frauen versteigen würde. Doch zu ihrer Überraschung ließ er die Gelegenheit ungenutzt verstreichen.

»Mich geht das nichts an, meinetwegen können Sie tun, was Sie wollen.« Er zuckte die Schultern.
»Wirklich?« fragte Christine leise und fixierte ihn genau.
Denis erwiderte den Blick.
»Meine Pferde haben keine Rehe, da können Sie sicher sein.« Seine Stimme hatte sich nicht erhoben, doch der darin enthaltene Unterton ließ Christine wieder frösteln.
»Aber vielleicht etwas anderes.« Christine wußte, daß es unklug war, Denis wieder zu reizen, doch sie schaffte es nicht, ihren Mund zu halten.
Denis' Brauen zogen sich auch sofort wieder zusammen.
Ruaidhri ahnte, daß er im Begriff war, eine boshafte Antwort zu geben.
»Hauptsache, wir können sicher sein, daß nicht noch andere Pferde zuviel Gras gefressen haben«, warf er hastig ein. »Es wäre eine Katastrophe, wenn plötzlich ein halbes Dutzend oder mehr für den Reitbetrieb ausfielen.«
Keiner hörte zu, was Ruaidhri sagte, doch immerhin hatte er es geschafft, einen erneuten Zusammenstoß zu verhindern. Denis schluckte hinunter, was ihm gerade noch auf der Zunge lag, auch Christine bedauerte bereits ihre undiplomatische Bemerkung und war daher erleichtert, den Streit abgewendet zu sehen.
Sie sah Denis' Augen mit bohrendem Ausdruck auf ihr liegen und wußte genau, was er ihr damit sagen wollte: Finger weg von meinen Angelegenheiten!
Sie begegnete seinem Blick äußerlich unbewegt und hoffte, daß er in ihrem Gesicht lesen konnte, was sie darauf antwortete: Ich gebe nicht auf!
Ein leichtes Zucken in Denis' Mundwinkel verriet ihr, daß er sehr wohl verstand.

Bis zum Nachmittag stand fest, daß außer Oíche kein Pferd an Hufrehe litt.
»Ich verstehe das nicht«, grübelte Ruaidhri. »Ich kann mich nicht erinnern, daß wir so einen Fall hier schon mal hatten, und ich weiß wirklich nicht, weswegen Oíche jetzt auf einmal krank geworden ist.«
»Niemand kann etwas dafür«, beruhigte ihn Christine. »Und man kann es auch kaum verhindern. Manche Pferde neigen dazu, bei solchen muß man dann natürlich aufpassen, daß sie möglichst nicht zuviel auf fetten Weiden grasen, am besten gibt man ihnen während der gesamten gefährlichen Zeit auch keinen Hafer. Andere Pferde sind wiederum nicht im geringsten empfindlich und vertragen alles. Bei einigen kommt es, wenn sie älter werden, bei anderen ist es ihr ganzes Leben lang so, also brauchst du dir überhaupt keine Gedanken zu machen, was der Grund sein könnte.«
»Aber ich dachte immer, daß die Connemaraponys besonders robust sind!«
»Gerade Kleinpferde bekommen komischerweise öfter Rehe als Großpferde«, erklärte Christine. »Frag mich nicht, wieso!«
Ruaidhri seufzte. »Na, Gott sei Dank scheint Oíche ja bisher der einzige Fall zu sein. Stell dir mal vor, eine dieser Stuten hier wäre erkrankt!«
Christine blickte sich um. Auf der Weide, die sie gerade als letzte überprüft hatten, grasten drei trächtige Hunter-Stuten. Als Christine ihre Beine untersuchte, ließ sie es sich nicht nehmen, ihr Ohr an die gespannten Leiber der Stuten zu legen, um den Herzschlag der Fohlen zu hören. Auf ihre Frage, wann er das Abfohlen erwartete, meinte Ruaidhri, es wäre erst in etlichen Wochen soweit.
»Einen Zuchthengst habt ihr aber nicht, oder?«

Ruaidhri schüttelte den Kopf.
»Das wäre ein zu großer Aufwand für die paar Fohlen, die wir jedes Jahr ziehen. Bei Clifden ist ein Gestüt mit einem Hengst, da bringen wir unsere Stuten immer hin.« Er grinste. »So ein Leben, wie dieser Hengst führt, könnte mir auch gefallen!«
Christine lachte.
»Vergiß nicht, daß dieser Hengst allerdings keine Möglichkeit hat, sich seine Damen selbst auszusuchen. Würde dir das dann immer noch so gut gefallen?«
Ruaidhri überlegte einen Moment, verzog dann sein Gesicht und lachte.
»Du hast recht! Wenn ich da an so manche alte Mähre denke, die zwar zum Reiten kaum noch taugte, die wir aber noch zum Decken hinübergeschickt haben ... das wäre ja übertragen auf menschliche Verhältnisse eine mindestens Fünfundsechzigjährige!« Ruaidhri war die Erschütterung anzusehen.
»Siehst du!«
Christine amüsierte sich köstlich.
»Nein, nein«, meinte Ruaidhri, »da suche ich mir doch liebe eine – eh«, er legte ganz beiläufig seinen Arm um Christine und grinste sie an, »wie alt bist du doch gleich?«
»Das möchtest du wohl gerne wissen!« Christine schob energisch seinen Arm von ihrer Schulter. »Haben wir jetzt alle Pferde durch?« fragte sie ihn sachlich.
»Haben wir«, nickte Ruaidhri.
»Ausgenommen die Vollblüter«, fügte Christine nach einer kurzen Pause hinzu.
Ruaidhri runzelte die Stirn.
»Laß die Vollblüter lieber! Sie kommen sowieso nicht so oft auf die Weide wie die anderen, und außerdem geht uns Denis

bloß wieder an die Kehle, wenn wir eines seiner Pferde anfassen.«

»Gehören sie ihm eigentlich persönlich?«

»Genaugenommen gehören alle Pferde meinem Vater«, erklärte Ruaidhri. »Der gesamte Hof mit allem, was dazugehört, läuft auf seinen Namen. Jeder von uns hat allerdings gewisse Vollmachten, auch was die Finanzen angeht, und Denis ist eben für die Vollblüter zuständig.«

»Und was sagt dein Vater zu der Art, wie Denis mit Cuchulainn umgeht?«

»Nichts«, mußte Ruaidhri zugeben, wobei ihm unwillkürlich sein damaliges Gespräch mit Fiona einfiel.

Auch Christine sah ihn ungläubig an.

»Das kann ich mir fast nicht vorstellen. Ich kenne deinen Vater natürlich nicht sehr gut, aber er machte auf mich eigentlich einen ganz vernünftigen Eindruck. Ich glaube einfach nicht, daß er damit einverstanden ist, daß Denis ein wertvolles Pferd einfach ruiniert!«

»Ich weiß es doch auch nicht«, meinte Ruaidhri unbehaglich.

»Und vielleicht wäre dein Vater endlich einmal jemand mit der Handhabe, Denis zurechtzuweisen«, fuhr Christine fort.

»Auf ihn muß er doch hören, oder nicht?«

»Sei ehrlich«, erwiderte Ruaidhri. »Glaubst du im Ernst, daß Denis sich von irgend jemandem etwas sagen ließe? Auch wenn es Dad wäre?«

Christine schwieg.

»Aber du hast recht«, versetzte Ruaidhri. »Und ich muß ehrlich zugeben, daß sowohl ich als auch Fiona uns schon darüber gewundert haben, daß Dad so einfach zusieht. Er ist nämlich eigentlich nicht gerade der Typ, ein Blatt vor den Mund zu nehmen.«

Christine blickte ihn nachdenklich an.

Doch dann schüttelte sie den Gedanken, der sich ihr unwillkürlich aufdrängen wollte, energisch ab.

10. Kapitel

Das Telefon läutete.
Georg seufzte, legte den Pinsel auf die Palette und wischte sich die Hände flüchtig an einem bereits über und über mit Farbe befleckten Lappen ab. Den Blick immer noch auf das halbfertige Bild geheftet, angelte er geistesabwesend nach dem Apparat.
»Ja?«
»Guten Tag, Georg.« Renate war trotz der großen Entfernung klar und deutlich zu hören.
»Oh!« Georg räusperte sich. Obwohl er seine Exfrau seit vielen Jahren nicht mehr gesprochen hatte, erkannte er ihre Stimme sofort.
»Hier ist Renate«, fügte sie noch hinzu, um sicherzugehen, daß er wußte, um wen es sich handelte.
»Ja, hm«, meinte Georg unsicher. »Guten Tag, Renate. Wie geht es dir?« fuhr er nach unmerklichem Zögern fort.
»Mir geht es gut, danke«, erwiderte Renate in der kühlen Art, an die sich Georg noch so gut erinnerte. Unwillkürlich tauchte vor seinem inneren Auge ihr Bild auf, wie sie damals ausgesehen hatte, ihr gepflegtes Gesicht und ihre schlanke Figur in den betont schlichten, doch teuren Kostümen. Sicher wies ihr Haar auch heute noch kein Grau auf, sah man ihrem Teint keine Spuren der vergangenen Jahre an. Renate war schon zu Zeiten ihrer Ehe beruflich erfolgreich gewesen, doch verstand sie es stets, durch sorgfältige Planung Streß und daraus resultierende Abgespanntheit zu vermeiden. Ge-

org nahm an, daß sich daran vermutlich nichts geändert hatte. Er vermied es, Christine direkt auszufragen, doch aus einigen ihrer Äußerungen schloß er, daß Renate inzwischen in jenen gehobenen Kreisen verkehrte, mit denen sie damals bereits liebäugelte.

Auf ihre direkte Weise, die Georg ebenfalls als noch sehr vertraut empfand, kam Renate gleich zur Sache. »Du wunderst dich wahrscheinlich, daß ich anrufe.«

»Nun ja, eigentlich …«

Renate zögerte einen winzigen Augenblick.

»Ist Christine in der Nähe?«

Georg schüttelte den Kopf, dann fiel ihm ein, daß ihn Renate nicht sehen konnte.

»Nein. Wolltest du sie sprechen?«

»Was ich eigentlich wissen möchte, erfahre ich vielleicht eher von dir«, versetzte Renate. »Nämlich, wie es Christine geht.«

»Christine? Hm, gut, denke ich.« Georg warf einen sehnsüchtigen Blick auf seine Palette.

»Georg!« Renates Stimme verriet leichte Ungeduld.

Georg nahm sich zusammen.

»Es geht ihr gut«, bekräftigte er. »Sie geht spazieren, sie reitet, und sie scheint sich hier wohl zu fühlen.«

Renate schwieg einen Moment.

»Was hältst du von ihr?« fragte sie, und Georg erkannte zu seinem Erstaunen einen leicht gezwungenen Unterton in ihrer Frage. Renate machte sich offenbar Sorgen um Christine. Gleichzeitig fiel ihm ein, daß ihm selbst an Christine einiges seltsam vorgekommen war und er sich nur in der letzten Zeit daran gewöhnt hatte.

»Sie ist sehr dünn«, sagte er daher nach einem Moment des Überlegens. Dann räusperte er sich. »Was ist eigentlich mit ihr los?«

»Hat sie dir nichts erzählt?«
»Nein.«
»Genaues weiß ich selbst nicht«, sagte Renate. »Sie ist auch mir gegenüber verschlossen. Aber sogar dir dürfte aufgefallen sein, daß etwas mit ihr nicht in Ordnung ist. Das einzige, was ich dir sagen kann, ist, daß sie sich mit ihrem Freund gestritten haben muß. Es scheint sie sehr mitgenommen zu haben, was mich ein wenig wundert. Christine ist so gar nicht der Typ, so etwas schwerzunehmen.«
»Einen Freund hat sie nie erwähnt«, bemerkte Georg.
»Sie lebt seit längerem schon mit ihm zusammen. Ich kenne ihn nicht besonders gut, wir sehen uns ja auch nicht sehr häufig. Ich habe keine Vorstellung, was vorgefallen ist, Christine war noch nie sehr mitteilsam, aber sie kommt mir zur Zeit ziemlich merkwürdig vor. Allein diese Idee von ihr, auf einmal zu dir zu fahren!«
Georg erkannte resigniert, daß sich ihre Ansicht über ihn in den letzten zehn Jahren nicht im geringsten geändert hatte.
»Vielleicht wollte sie einfach einmal einen Tapetenwechsel«, meinte er vorsichtig.
»Aber einen ziemlich radikalen, meinst du nicht?« Renate hörte sich kühl an. »Jedenfalls möchte ich nun doch einmal wissen, was sie macht. Sie ist ja inzwischen schon reichlich lange bei dir.«
»Wie ich schon sagte«, entgegnete Georg. »Sie ist viel an der frischen Luft, und ich habe den Eindruck, daß sie nicht mehr ganz so blaß ist wie zu Anfang. Sie ißt auch wieder mehr, das ist mir schon aufgefallen.« Er räusperte sich und fuhr dann mit fester Stimme fort: »Ich habe natürlich gemerkt, daß mit ihr irgend etwas nicht stimmt. Ich dachte mir aber, es stünde mir nicht zu, sie auszufragen. Wenn sie mir erzählen will,

was sie bedrückt, dann wird sie das tun. Wenn nicht – gut, es liegt bei ihr.«

»Das sieht dir ähnlich.«

Georg wußte, daß Renate das nicht als Kompliment meinte. Er seufzte.

»Verstehe ich das richtig, daß du dich gar nicht um sie kümmerst?« Renate schien ärgerlich.

Georg seufzte wieder.

»Hör zu«, meinte er geduldig. »Ich weiß, daß du meine Art, mit Menschen umzugehen, oder besser, nicht umzugehen, noch nie geschätzt hast. Vielleicht sollte ich mich wirklich mehr um Christine kümmern, das mag stimmen. Ich weiß, ich bin weltfremd, egoistisch, ein Eigenbrötler, der nur an sich denkt. Das hast du mir schon oft genug vorgeworfen, und wir wissen beide, daß es stimmt. Es ist richtig, ich sitze hier und male, während Christine allein unterwegs ist und ich meist nicht einmal weiß, wo sie sich aufhält. Möglicherweise wäre es angebracht, daß ich ihr ein Programm biete, mit ihr alle Sehenswürdigkeiten besuche, mich den ganzen Tag um sie sorge. Aber hast du eigentlich schon einmal darüber nachgedacht, ob Christine überhaupt will, daß wir uns um sie sorgen? Sie ist achtundzwanzig Jahre alt, eine erwachsene Frau. Ich denke, sie weiß selbst sehr gut, was sie will. Und sie hat sich aus freien Stücken entschlossen hierherzukommen. Zu mir. Meinst du nicht, daß sie das vielleicht tat, weil sie genau wußte, daß ich mich nicht besonders um sie kümmern würde?«

»Daß ich ihr mit übertriebener Fürsorge käme, das brauchte sie ja wohl ebenfalls nicht zu befürchten«, sagte Renate mit leichter Spitze.

»Nein«, bestätigte Georg. »Aber meinst du nicht, daß man in einem großen Kummer möglicherweise Trost sucht, indem man sich auf seine Ursprünge besinnt, das heißt, versucht, in einer bodenständigen Umgebung wieder zu sich selbst zu finden?«

»Soll das heißen, daß Christine bisher ein abgehobenes Leben führte?«

Georg hörte aus ihrer Stimme den Ärger heraus.

»Das soll nur heißen, daß eine Umgebung wie die meine eine kranke Seele heilen kann«, sagte er ruhig. »Hier gelten einfach andere Regeln, hier sind andere Sachen wichtig als bei euch. Man gewinnt eine ganz neue Sicht der Dinge.«

»Ich hoffe ja nur, daß sich Christine nicht von deinem Aussteigerspleen anstecken läßt«, bemerkte Renate kühl.

Georg verspürte nun doch so etwas wie leichten Verdruß.

»Und wenn?« sagte er ruhig. »Wer entscheidet darüber, was das richtige Leben ist und was nicht?«

»Lassen wir das Thema«, beendete Renate diese Frage. »Daß wir uns darüber nicht einigen können, wissen wir ja schon lange.«

Da mußte ihr Georg voll und ganz zustimmen.

»Wirst du Christine sagen, daß ich angerufen habe?«

»Soll ich?«

Renate zögerte kurz. »Laß es lieber«, meinte sie dann. »Schließlich braucht sie nicht zu denken, ich wollte sie kontrollieren. Mir ging es im Grunde nur darum, zu erfahren, daß es ihr gutgeht.«

»Hat sie sich, seit sie hier ist, eigentlich mal bei dir gemeldet?« Georg konnte seine Neugier nicht ganz verhehlen.

»Gleich zu Anfang bekam ich von ihr eine Karte, und vor einiger Zeit rief sie kurz an«, informierte ihn Renate. »Doch viel gesagt hat sie nicht.«

»Das hat sie schon früher nicht.«

»Es muß wahrscheinlich nichts bedeuten«, gab Renate zu.

»Ich glaube, du solltest dir keine zu großen Sorgen machen«, wagte Georg ihr zu raten. »Was immer es gewesen sein mag, was sie bedrückt – glaub mir, sie ist in der Lage, damit fertig zu werden.« Er lächelte unwillkürlich. »Das hat sie von dir.«
Renate schwieg einen Augenblick.
»Mir wäre wohler, wenn ich nicht wüßte, daß Christine im Gegenteil sehr viel von dir hat«, erwiderte sie dann nüchtern.

Christine wäre sehr überrascht gewesen, wenn sie geahnt hätte, daß sich ihre Mutter Gedanken über sie machte. Sie sahen sich oft über Monate hinweg nicht, und keiner von beiden lag es besonders, in langen Telefonaten Persönliches auszutauschen. Seit Jahren liefen ihre Wege getrennt voneinander, und obwohl sie es anläßlich ihrer gelegentlichen Besuche durchaus genossen, bei einem Glas Wein ein vernünftiges Gespräch miteinander zu führen, berührten sie dabei selten Privates aus ihren jeweiligen Lebensbereichen. Christine hatte sich ganz selbstverständlich daran gewöhnt und schätzte ihre Unabhängigkeit, besonders angesichts einiger Fälle aus ihrem Bekanntenkreis, bei denen Eltern es nicht schafften, das Erwachsenenleben ihrer Kinder zu akzeptieren. Deshalb kam sie gar nicht auf den Gedanken, daß Renate sich über ihre seelische Verfassung Sorgen machte.
Christine wußte um ihre persönlichen Gründe, nach Irland zu fahren. Gründe, an die sie jedoch in der letzten Zeit nur noch selten dachte. Das Leben, von dem sie sich nicht hatte vorstellen können, daß sie jemals wieder daran teilnehmen würde, griff mit Macht nach ihr. Das Reiten, Ruaidhris unbefangene Späße, selbst die Streite mit Denis weckten Christine aus ihrer Lethargie.
Und dann Cuchulainn. Er bedeutete eine Aufgabe für Chri-

stine. Eine Aufgabe, bei der sie nicht versagen durfte. Christine wußte, daß sie Cuchulainns letzte Hoffnung war.

»So ist es fein!«
Christine klopfte dem Dunkelbraunen den Hals. Sie vermochte sich inzwischen ganz ohne Probleme in seiner Koppel aufzuhalten. Er kam heran, sobald er sie sah, und wartete mit deutlicher Ungeduld, bis sie über den Zaun kletterte und ihre Karotten auspackte. Während er seinen Anteil zerkaute, ließ er sich gelassen von ihr streicheln.
Christine, die ihn anfangs nur sehr vorsichtig berührte, wagte sich allmählich näher an ihn heran. Sie tastete sich über seinen Hals zu seinem Rücken, strich über seine Flanken und fühlte unter ihren Fingern die vom Schlamm verklebten Haare. Auch Cuchulainns Mähne war verfilzt, sein ganzes Äußeres erinnerte kaum noch an das edle Vollblutpferd, das er eigentlich war. Christine fühlte das Bedürfnis, ihn einmal gründlich zu putzen, doch sie wußte, daß es Denis sofort auffallen würde. So leid es ihr tat, sie war deshalb gezwungen, den Hengst in seinem derzeitigen ungepflegten Zustand zu belassen.
Denis' Verhalten verblüffte sie allerdings ziemlich. Er schien sich nahezu überhaupt nicht mehr um Cuchulainn zu kümmern, abgesehen davon, daß er ihm regelmäßig sein Futter im Schubkarren zur Koppel brachte und den Mist entfernte. Schon lange hatte Christine keine Szene zwischen den beiden mehr beobachtet. Sie wußte von Ruaidhri, daß Denis Sylvano und Aurora für die Killarney Races Mitte Mai gemeldet hatte, das erklärte vielleicht, weshalb er derzeit jede Minute diesen beiden Pferden widmete. Christine war es egal, für sie kam es einzig darauf an, daß sich Denis möglichst oft fern vom Hof aufhielt. Fuhr er nach Galway – um so besser, da-

durch verringerte sich die Gefahr, daß er sie doch einmal unvermittelt überraschte.
»Und das wollen wir im Moment ja nicht unbedingt, was?« Sie legte ihre Wange an den warmen Hals von Cuchulainn. Das Pferd stieß ein sanftes Schnauben aus.
»Du hast recht«, nickte Christine ernsthaft. »Er ist wirklich nicht sehr nett, weder zu dir noch zu mir. Und eigentlich sollte man solche Leute einfach ignorieren. Unser Problem ist aber leider, daß wir genau das nicht können.«
Der Dunkelbraune heftete seine Augen auf Christine, und wie so oft hatte sie das starke Gefühl, als versuchte er tatsächlich, zu verstehen, was sie sagte.
»Wer weiß schon genau, ob du mich nicht wirklich verstehst«, sagte Christine leise und streichelte seine Nüstern. »Du kannst keine Worte formen, aber du denkst und fühlst und vermagst deutlich auszudrücken, was du meinst. Bloß die Tatsache, daß wir Menschen deine Sprache nicht hören können, läßt uns immer davon ausgehen, daß du keine hast.«
Cuchulainn hob sein Maul zu ihrem Gesicht und stupste sanft dagegen.
Und Christine freute sich über diesen Beweis seiner Zuneigung mehr, als sie sich jemals in ihrem Leben über eine der wenigen roten Rosen von Alex gefreut hatte.
An diesem Tag vergaß sie die Zeit, und als sie Huftritte hörte, blickte sie erschrocken auf ihre Uhr. Sie erkannte, daß Denis erfahrungsgemäß jeden Augenblick zurückkommen würde. Sie wollte es eigentlich vermeiden, sich weiterhin erst im Moment seiner Ankunft zurückzuziehen, um bei Cuchulainn jede Verknüpfung mit Negativem auszulöschen. Sie verabschiedete sich also ein wenig eilig von Cuchulainn.
Als Christine um die Hausecke bog, sah sie Fiona, die mit ihrer Gruppe absattelte. Sie grüßte heiter herüber, und Chri-

stine winkte lächelnd zurück. Aus dem Wohnhaus trat gerade ein dunkelhaariger Mann in Reithosen und Flanellhemd. Ruaidhri, dachte Christine, während sie ihren Blick achtlos über ihn streifen ließ. Doch auf einmal erstarrte sie.
Es war gar nicht Ruaidhri. Es war Denis.
Christine fühlte einen eisigen Schauder. Wie lange war Denis bereits hier? Weshalb hatte sie ihn nicht kommen gehört? Noch nicht einmal Cuchulainn war hochgeschreckt.
War Denis womöglich überhaupt nicht fort gewesen?
Der Rover stand nicht im Hof, Christine wußte genau, daß sie vor längerer Zeit gehört hatte, wie er wegfuhr. Sie erinnerte sich nun allerdings, auch Ruaidhri schon länger nicht mehr gesehen zu haben. Benutzte er den Wagen heute?
Christine strich sich mit der Hand ratlos durchs Haar. Sie bemühte sich, die leichte Panik niederzukämpfen, die sie zu überfallen drohte. Weshalb regte sie sich auf – Denis hatte mit großer Wahrscheinlichkeit trotz allem nichts bemerkt, sonst wäre sie sicherlich nicht ungeschoren davongekommen. Außerdem – Christine schalt sich selbst einen Feigling – gab es ja wohl keinen triftigen Grund, ihn tatsächlich zu fürchten. Was konnte schon passieren, außer einem weiteren heftigen Streit?
Christine atmete tief durch und beschloß, sich nicht mehr aus dem Gleichgewicht bringen zu lassen. Wenn sie sich bereits durch die vage Möglichkeit, daß Denis etwas gemerkt haben könnte, derartig ins Bockshorn jagen ließ – wie sollte sie dann erst den unvermeidlichen großen Krach aushalten, wenn sie nicht mehr umhinkam, Denis irgendwann einmal Rede und Antwort zu stehen?
Als sie Denis eine halbe Stunde später tatsächlich über den Weg lief, schaffte sie es deshalb, seinen unbewegten Blick mit völliger Gelassenheit zu erwidern.

Von nun an wurde sie noch vorsichtiger. Sie wußte allerdings, daß es im Grunde bloß eine Frage der Zeit war, bis Denis sie wirklich erwischte.

Der Moment kam wenige Tage darauf.
Christine arbeitete inzwischen daran, den Hengst dazu zu bringen, sich von ihr führen zu lassen. Er akzeptierte es schon ganz selbstverständlich, daß Christine ihn am Kopf berührte, deshalb wagte sie den nächsten Schritt.
Wenn Christine sich Cuchulainns Halfter ansah, mochte sie jedoch am liebsten weinen. Selbst wenn Denis ihn zum Reiten aufzäumte, hatte er es offenbar nicht abgenommen. Das ehemals grüne Textilband hatte eine graubraune Farbe angenommen, vom ständigen Wechsel zwischen Nässe und Trockenheit bei Regenwetter oder Sonnenschein war es brettsteif geworden, der angetrocknete Schlamm tat ein übriges. Christine bemerkte, daß Cuchulainns Gesicht an einigen Stellen bereits Druckmale aufwies, die harten Riemen scheuerten sein Fell.
Sie wußte daher, daß sie mit größter Behutsamkeit vorgehen mußte, um dem Hengst keine Schmerzen zuzufügen und ihm dadurch das Geführtwerden zu vergällen.
Das erste Mal probierte sie es mit Hilfe einer Möhre. Sie hielt sie dem Hengst in gerade ausreichendem Abstand vor die Nase, daß er sie nicht erreichen konnte, ohne einen Schritt nach vorn gehen zu müssen. Gleichzeitig legte sie die andere Hand unter seinen Unterkiefer.
Es klappte ohne Schwierigkeiten. Cuchulainn senkte seinen Kopf und ließ sich von Christine den Schritt zur Möhre hinleiten.
Jedesmal vergrößerte Christine nun die Strecke, die der Dunkelbraune zurückzulegen hatte, bevor er seine Möhre erhielt.

Schließlich kam es tatsächlich so weit, daß sie den Hengst problemlos in seiner Koppel herumführen durfte. Er ging lammfromm an ihrer Hand, die sie sanft unter seinem Kinn hielt, ohne dabei das unbequeme Halfter überhaupt zu berühren. Seine dunklen Augen ruhten auf Christine, worauf sie leise lachte.

»Du willst mir bestimmt sagen, daß ich dich nicht für dumm halten soll, richtig?« Liebevoll tätschelte sie seinen Hals. »Du hast recht, ich halte dich selbstverständlich nicht für dumm. Natürlich hast du sehr wohl gemerkt, daß ich das alles nur tue, damit du brav mit mir läufst, richtig?«

Cuchulainn schnaubte und streckte seine Nase zu Christines Jackentasche hinüber.

»Und jetzt willst du endlich deine Belohnung haben, das verstehe ich.«

Christine holte eine Karotte hervor und reichte sie dem Hengst, doch statt daß er sie nahm, hob er plötzlich mit einem Ruck seinen Kopf, schnaubte nervös und wich zurück.

Alarmiert fuhr Christine herum.

Denis lehnte mit verschränkten Armen an der Rückfront des Stallgebäudes.

Seinem Gesicht war nicht die geringste Regung anzusehen. Er musterte Christine schweigend.

Für einen langen Augenblick herrschte absolute Stille.

Christine merkte, wie es in ihrer Magengrube zu arbeiten begann. Auch wenn sie seit langem mit diesem Moment rechnete, so war sie dennoch nicht auf das eisige Gefühl des Schreckens gefaßt, das sie nun überfiel. Sie stand zwischen Denis und dem Hengst, doch unwillkürlich verspürte sie den Drang, sich hinter dem Pferd zu verstecken.

Auch Cuchulainn stand starr. Christine erkannte aus den

Augenwinkeln, daß er wieder die Ohren angelegt hatte und mit den Augen rollte. Mit einemmal war ihr klar, daß ihre Situation alles andere als ungefährlich war. Falls der Hengst den Kopf verlor, befand sie sich ungeschützt in Reichweite seiner mörderischen Hufe.

Sie konnte nur beten, daß Denis nicht näher kam. Wenn er sich ruhig verhielt, bestand Hoffnung, daß Cuchulainn ebenfalls Ruhe bewahrte.

Christine wußte nicht, daß sie Denis beinahe flehend ansah.

»Geh, bitte geh«, murmelte sie beinahe unhörbar, dabei jeden Moment damit rechnend, hinter sich ein steilendes Pferd zu hören. In diesem Fall mußte sie sich blitzschnell zur Seite werfen.

Sie hatte keine Ahnung, ob Denis sie gehört hatte oder ob er ihren Blick richtig interpretierte. Jedenfalls löste er sich nun ruhig von der Wand, an der er lehnte, steckte seine Hände in die Hosentaschen und ging.

Christine merkte erst jetzt, daß sie den Atem angehalten hatte.

Ihr Herz klopfte, und sie spürte, wie weich ihre Knie waren. Für einen Augenblick schloß sie ihre Augen.

Was passierte nun?

Langsam drehte sie sich zu Cuchulainn um. Seine Ohren waren immer noch zurückgelegt, er schien sich aber bereits zu beruhigen. Christine wagte es, ihre Hand vorsichtig auf seinen Hals zu legen, wobei sie ihn jedoch wachsam beobachtete, jeden Moment gegenwärtig, sich durch einen Sprung aus der Gefahrenzone schnellen zu müssen.

Cuchulainn wandte seinen Blick von der Stelle, an der gerade noch Denis gestanden hatte, und Christine zu. Dann senkte er den Kopf und stieß sie sanft mit dem Maul an.

Christines Kehle war wie zugeschnürt. Zu deutlich war die

Botschaft, die ihr der Hengst zu vermitteln schien: Dem haben wir's aber gegeben, was?
Ohne nachzudenken, schlang Christine dem Dunkelbraunen die Arme um den Hals und verbarg ihr Gesicht in seinem warmen Fell.
Und Cuchulainn hielt still.

Denis stand vor dem Stall und striegelte Fairy Queen.
Christine bemerkte ihn sofort, als sie um die Ecke kam. Für einen kurzen Moment stockte ihr Schritt, am liebsten wäre sie umgekehrt, um sich auf einem anderen Weg an ihm vorbeizuschleichen. Doch dann nahm sie sich zusammen. Einmal mußte die Konfrontation stattfinden, warum also nicht jetzt! Sie spürte noch den warmen Körper des Pferdes an ihrer Wange, wußte um sein Vertrauen in sie. Dies würde ihr die nötige Kraft geben, das fühlte sie ganz sicher.
Sie straffte sich also und ging weiter.
Denis sah sie kommen. Er ließ sich jedoch nicht stören. Seine Bewegungen waren ruhig und energisch, auch der Art, wie er den Striegel ausklopfte, vermochte Christine kein Anzeichen von Zorn zu entnehmen. Sie verspürte Erleichterung darüber, daß er sich offenbar in der Gewalt zu haben schien.
Als sie näher kam, wandte er ihr sein Gesicht zu. Es zeigte keine Regung, sein Ausdruck war nachdenklich.
»Nun, Lady«, sagte er ruhig.
Christine erwiderte seinen Blick aufsässig.
»Ich weiß sehr gut, was Sie mir jetzt sagen werden!«
»So, wissen Sie das?« Denis' Stimme blieb beherrscht. »Dann brauche ich mich ja offenbar nicht zu wiederholen.«
»Es wäre nur Zeitverschwendung«, erwiderte Christine knapp.
Denis legte seinen Arm auf Fairy Queens Rücken und drehte

sich zu Christine um. »Sie sind sich doch darüber im klaren, daß ich Ihnen ausdrücklich untersagt hatte, sich dem Pferd zu nähern?«
»Und Sie müßten sich ja wohl im klaren darüber sein, daß ich mir von Ihnen nichts verbieten lasse!«
»Hören Sie zu, Lady.« Denis blieb nach wie vor erstaunlich ruhig. »Ich dachte eigentlich, daß auch ein Spatzenhirn wie das einer Frau in der Lage sein dürfte, zu kapieren, weshalb ich Ihnen den Zutritt zu dieser Koppel nicht gestatte.«
»Ich kann mir schon denken, weshalb Ihnen das nicht paßt!« entgegnete Christine feindselig.
Denis machte eine entschiedene Handbewegung.
»Welche Motive Sie mir unterstellen oder nicht, ist mir vollkommen egal. Tatsache ist die, daß der Hengst gefährlich ist. Sie denken vielleicht, Ihnen kann nichts passieren, aber ich sage Ihnen eins: Er ist völlig unberechenbar. Er zertrümmert Ihnen den Schädel, bevor Sie überhaupt merken, woher der Schlag kommt.«
»Sie wollen doch nicht behaupten, das würde Ihnen etwas ausmachen«, sagte Christine spitz.
Denis musterte sie unbewegt.
»Sie haben recht, es würde mir nichts ausmachen«, antwortete er dann ungerührt. »Ich habe allerdings keine Lust, hinterher Ihre Gehirnmasse aus dem Gras kratzen zu müssen.«
»Aus welchem Gras denn?«
Denis ging überhaupt nicht darauf ein. »Wobei ich zumindest Ruaidhri ein wenig mehr Verstand zugetraut hätte.«
»Was hat Ruaidhri damit zu tun?«
»Sie brauchen mich nicht für völlig dumm zu halten«, sagte Denis gelassen. »Meinen Sie im Ernst, ich hätte nicht gemerkt, was Sie hinter meinem Rücken mit dem Pferd treiben? Und daß Ruaidhri Sie dabei auch noch unterstützt?« Er

deutete auf Christines Füße. »Wenn ich Ihnen übrigens einen Tip geben dürfte, falls Sie mich wieder einmal hinters Licht führen wollen – leihen Sie sich in Zukunft lieber ein Paar Stiefel von ihm.«

Christine folgte seinem Blick und wurde sich ihres entscheidenden Fehlers bewußt. Natürlich hatte Denis die auffällig kleinen Abdrücke ihrer Gummistiefel im Lehm in Cuchulainns Koppel bemerkt.

»Abgesehen davon dachte ich eigentlich, Ruaidhri wäre genügend scharf auf Sie, daß er Ihren Selbstmordversuch verhindert«, fügte Denis noch hinzu.

»Und wie hätte er mich daran hindern wollen?« Christine hatte ihre Wort kaum ausgesprochen, als ihr auch schon klar wurde, wie sie auf Denis wirken mochten.

Tatsächlich verzog er seinen Mund ironisch.

»Er scheint ja schon ganz schön unter Ihrem Pantoffel zu stehen, was? Na, wenn er unbedingt so dumm sein will ...«

»Er hat wenigstens mehr Verständnis als Sie«, entgegnete Christine eisig.

»Ich möchte sehr bezweifeln, daß zu seinen Motiven Verständnis gehört«, gab Denis ungerührt zurück. »Aber das geht mich zum Glück nichts an.«

»Allerdings nicht!« Christine funkelte ihn an, worauf Denis zynisch grinste.

»Was mich aber sehr wohl etwas angeht, ist mein Pferd.«

Christine, in der bereits wieder die Wut aufgestiegen war, beherrschte sich, als sie Denis' nach wie vor ruhigen Ton vernahm. Sie fühlte sich ermutigt und atmete tief durch.

»Hören Sie«, sagte sie in eindringlichem Ton. »Ich will Ihrem Pferd doch bloß helfen, sehen Sie das nicht ein?«

»Habe ich Sie denn um Ihre Hilfe gebeten?«

»Nein, das haben Sie ja nicht nötig«, entgegnete Christine

sarkastisch. »Denis O'Flaherty, der große Pferdekenner, besitzt so viel Wissen über Pferde, daß er niemals einen Rat braucht, schon gar nicht von einer Frau. Er ruiniert lieber ein wertvolles Tier, bevor er zugibt, daß er nicht weiterweiß.«
Sie trat unwillkürlich einen Schritt näher zu Denis heran. »Verstehen Sie mich nicht? Sicher, Sie verfügen über weitaus mehr Erfahrung mit Pferden als ich, das streite ich gar nicht ab. Ich glaube Ihnen gerne, daß Sie normalerweise niemals Schwierigkeiten haben, mit einem Pferd fertigzuwerden. Aber Sie sehen doch selbst, daß Sie bei Cuchulainn an Ihre Grenzen gestoßen sind. Der Hengst hat eine Höllenangst vor Ihnen, und das mit gutem Grund.«
»Dafür spielen Sie ja jetzt sein Kindermädchen.« In Denis' dunklen Augen lag Spott.
Christine blieb ruhig.
»Und wennschon! Sehen Sie denn nicht, daß ich dadurch immerhin einige kleine Erfolge erzielt habe?«
»Mit Möhren!« Denis' Stimme klang verachtungsvoll.
»Mit Liebe«, sagte Christine leise.
Denis sah sie einen Moment schweigend an. Dann zog sich sein Mundwinkel nach unten.
»Sentimentaler Weiberschwachsinn!« Er blickte demonstrativ auf seine Uhr. »Wenn Sie mich nun bitte entschuldigen würden ...«
Christine schaute Fairy Queen an, die ihren Kopf gedreht und der Diskussion mit gespitzten Ohren gelauscht hatte.
»Sehen Sie die Stute an«, meinte Christine still, »und dann sagen Sie mir ins Gesicht, daß Pferde keine Gefühle besitzen!«
Denis warf einen Blick auf Fairy Queen. Dann stieß er verächtlich die Luft aus und wandte sich von Christine ab, um mit dem Striegeln fortzufahren.

Christine sah ihm einen Augenblick lang zu.
»Nur eine Frage noch.«
Denis hielt inne und blickte sie schweigend an, sein Gesicht wirkte genervt.
»Hätte Sie etwas dagegen, wenn ich Cuchulainn einmal putze?«
Christines Ton war unverbindlich höflich.
Denis musterte sie finster. Er würdigte sie jedoch keiner Antwort, sondern setzte seine Arbeit mit energischen Strichen fort.
Christine zuckte ihre Schultern und wandte sich um.
Immerhin hatte er es ihr nicht ausdrücklich verboten.

Als Christine näher darüber nachdachte, fiel ihr auf, daß ihr Denis genaugenommen auch nicht untersagt hatte, weitere Versuche mit Cuchulainn zu unternehmen. Überhaupt schien er die Sache gelassener aufzunehmen als befürchtet. Seine Reaktion beinhaltete mehr Spott als Zorn, doch damit vermochte Christine zu leben. Mehr denn je fühlte sie wilde Entschlossenheit, mit ihrer Therapie fortzufahren.
»Ich lasse dich schließlich nicht so einfach im Stich«, meinte sie zu Cuchulainn, als sie ihn am nächsten Tag wieder besuchte.
Zu ihrer Erleichterung war Denis schon früh am Morgen weggefahren. Sie hatte sich zwar vorgenommen, notfalls auch vor seinen Augen zu Cuchulainn zu gehen, doch gab es ihr ein Gefühl der Beruhigung, zu wissen, daß er nicht auf dem Gelände war.
Ruaidhri zeigte sich amüsiert, als sie ihm erzählte, daß Denis Bescheid wußte.
»Mir war ziemlich klar, daß wir es nicht lange vor ihm geheimhalten können«, bemerkte er gelassen. »Auch wenn De-

nis in der Regel den Eindruck erweckt, als interessiere er sich für nichts als seine eigenen Angelegenheiten – es ist manchmal direkt unheimlich, wieviel er trotzdem wahrnimmt.«

Christine wollte nichts weniger hören als ein Lob über Denis.

Andererseits mußte sie unwillkürlich daran denken, was er über Ruaidhri geäußert hatte. Heimlich musterte sie ihn. Stimmte es tatsächlich, daß er ihr nur half, weil er sich dadurch größere Chancen bei ihr ausrechnete? Dachte er insgeheim genauso wie Denis?

Ruaidhri bemerkte, daß sie ihn betrachtete. Auf sein Gesicht malte sich ein Lächeln, und beim Blick in seine offenen blauen Augen schwand Christines Verdacht, weshalb sie sein Lächeln erwiderte.

»Man kann zwar bei Männern nie sicher sein, was in ihren Köpfen wirklich vorgeht«, erzählte sie später dem Hengst. »Wie oft spielen sie dir etwas vor, während sie bei ihren Freunden ganz anders über dich reden. Es ist manchmal ganz erstaunlich, zu welchen vertrauensbildenden Maßnahmen Männer nach außen hin bereit sind, nur um ihr Ziel zu erreichen. Deshalb ist der sicherste Weg der, daß man ihnen am besten grundsätzlich überhaupt nichts glaubt. Das gilt garantiert genauso für Ruaidhri, aber ich denke mir, mit ihm werde ich schon klarkommen.«

Cuchulainn wandte den Kopf um und betrachtete Christine aufmerksam. Nachdem sie schon lange mit dem Gedanken gespielt hatte, den Hengst einmal gründlich zu putzen, wußte sie auch genau, wo die dafür notwendigen Utensilien zu finden waren. Seit geraumer Zeit beschäftigte sie sich nun schon mit Cuchulainns Fell. Obwohl Christine anfangs befürchtete, daß er das Putzen nicht mögen würde, schien er es im Gegenteil sogar zu genießen. Geduldig ertrug er das Ziepen, das Christine nicht immer vermeiden konnte, während sie in mühevoller Kleinarbeit den trockenen Schlamm und Schweiß entfernte.

»Am einfachsten wäre es ja, wenn wir beide einmal baden gehen würden«, meinte Christine und rieb den Rücken des Hengstes vorsichtig mit einem Schwamm ab. Es bereitete ihr einige Schwierigkeiten, der Vollblüter verfügte über ein Stockmaß von mehr als einssechzig, weshalb Christine kaum bis zu ihm hinaufgreifen konnte.

»Kennst du eigentlich den See?« fragte sie ihn zärtlich. »Er ist hier ganz in der Nähe, und dir würde es bestimmt gefallen, hin und wieder schwimmen zu dürfen. Das Wasser ist zwar recht kalt, aber das macht dir ja bestimmt nichts aus. Wasser ist etwas Wunderbares, du wirst ganz leicht darin, schwebst einfach so dahin, während die Wellen um dich herumplätschern.«

Der Dunkelbraune pustete leise.

»Meinst du, wir dürfen irgendwann einmal zusammen dorthin gehen?«

Christine betrachtete das Pferd und wünschte sich mit einemmal brennend, daß es das ihre wäre.

»Warum bist du nur als solch ein vornehmes Pferd auf die Welt gekommen!« Sie streichelte den Hengst liebevoll. »Warum kannst du nicht ein ganz normales Pferd oder Connemarapony sein? Dann nähme ich dich einfach mit, und wir würden ein wunderbares Leben zusammen führen. In Deutschland ist es natürlich nicht so schön wie in Irland, das gebe ich zu, aber es fände sich schon ein Platz, wo es uns beiden gefällt, meinst du nicht auch?«

Während sie leise mit dem Hengst sprach, setzte sie ihre Säuberungsarbeit fort. Nachdem sie Schlamm und Schweiß abgewaschen hatte, nahm sie den Striegel zur Hand. Mit

gleichmäßigen Strichen fuhr sie über das dunkelbraune Fell, bis man ein wenig von seinem früheren Glanz erahnen konnte.
»Jetzt siehst du wieder eher aus wie ein Aristokrat«, lächelte sie und griff nach einer Bürste, um sich noch der struppigen Mähne anzunehmen. Dabei fiel ihr Blick auf das steife, schmutzige Halfter, das Cuchulainn nach wie vor trug.
»Ich glaube, das nehmen wir besser ab, nicht wahr?«
Mit einiger Mühe löste Christine den bereits angerosteten Verschluß und zog das Halfter mit spitzen Fingern ab.
»Um Himmels willen!« Sie betrachtete es angewidert. »Und das Ding hast du die ganze Zeit am Kopf getragen?«
Besorgt untersuchte sie den Kopf des Hengstes auf Ekzeme. Doch glücklicherweise fand sie keine, abgesehen von einigen Scheuerstellen.
Cuchulainn schien selbst froh, die unangenehmen Riemen los zu sein. Er senkte den Kopf und rieb ihn an Christine.
Christine, die durch diese rauhe Zärtlichkeit ins Taumeln geriet, lachte und hielt sich an Cuchulainns Hals fest. Er ließ es sich gefallen und schnaubte befriedigt.
»Du bist mir schon einer«, meinte Christine liebevoll und klopfte ihm den Hals. An die Hufe wagte sie sich allerdings doch noch nicht heran. Trotz aller Freundschaft vermochte sie nicht in aller Konsequenz abzuschätzen, wie sich das Pferd verhalten würde. Auch wenn Denis' Ansichten für Christine kein Maßstab waren, so durfte sie dennoch nicht alle seine Warnungen in den Wind schlagen. Er hatte zugegebenermaßen Erfahrung, und der Hinweis, daß der Hengst unberechenbar war, hatte sicher seine Berechtigung. Sie hoffte aber, daß sich das Verhältnis zwischen ihr und Cuchulainn mit der Zeit genügend stabilisierte, daß er ihr erlaubte, auch seine Hufe einmal anzusehen.

»Wobei eigentlich weitaus wichtiger wäre, daß es ein Hufschmied tut. Was meinst du, mein Kleiner, möchtest du es dir nicht vielleicht einmal überlegen? Es tut doch nicht weh, das weißt du doch. Der Hufschmied ist sicher nett. Wie hieß er gleich, sagte Ruaidhri? Colin?«
Cuchulainns Augen hingen aufmerksam an Christines Gesicht.
»Und wenn ich dir verspreche, daß Denis dann nicht dabei ist?«
Christine hoffte, daß es ihr möglich sein würde, ein solches Versprechen zu halten.

Als sie den Diesel kommen hörte, bemühte sie sich um Gelassenheit. Die Gelegenheit war günstig, allmählich damit zu beginnen, Cuchulainn von Denis' Harmlosigkeit zu überzeugen.
Der Dunkelbraune war beim Geräusch des Motors hochgezuckt.
Christine bezwang ihre eigene Nervosität, da sie wußte, sie würde sich dem Hengst mitteilen. Ruhig blieb sie neben Cuchulainn stehen und streichelte ihn sanft.
»Er tut dir nichts«, flüsterte sie. »Hörst du, er kann dir nichts tun!«
Gleichmäßig strich sie über den glatten Hals des Pferdes, dabei wohl erkennend, wie sehr es unter Spannung stand. Ihr war klar, wieviel Schaden Denis dem Tier bereits zugefügt hatte, und unwillkürlich drängte sich ihr der Gedanke auf, daß es vermutlich schon zu spät war, die beiden wieder aneinander zu gewöhnen. Heimlich betete sie, daß Denis nicht etwa hier auftauchen würde.
Doch glücklicherweise tat er es nicht. Christine vermochte nicht zu sagen, ob er sich absichtlich fernhielt – das würde

auf ein Verständnis hindeuten, von dem Christine nicht annahm, daß er es besaß. Vermutlich hatte er einfach woanders zu tun.

»Aber das ist uns ja auch egal«, sagte Christine zu Cuchulainn, während sie ihn unentwegt streichelte. »Wir lassen uns einfach nicht von ihm beeindrucken, nicht wahr?«

Sie hörte Hufgeklapper und vermutete, daß Denis eines seiner Pferde zu einem Ausritt mitnahm. Sie mußte an Sylvano denken, wie sie ihn damals galoppieren sah, federleicht, windschnell. Und sie verspürte den Wunsch, ihn noch einmal laufen zu sehen.

Christine hatte sich getäuscht. Es war nur ein Reitgast, der über den Hof geritten war, denn sie begegnete Denis, als sie von Cuchulainn zurückkam.

Auf dem Putzplatz hockte Denis neben Fairy Queen, die an einem der Anbinderinge angebunden war, auf dem Boden. Er hatte offenbar ihre Fesselhaare beschnitten und fettete nun ihre Hufe ein. Als er Christines Schritte hörte, blickte er auf. Er sah den Eimer und die Putzutensilien in ihrer Hand und verzog seinen Mund.

»Na, ist das Baby gebadet?«

Christine sah ihn ruhig an.

»Es war dringend nötig«, sagte sie kurz. Sie griff in den Eimer und holte Cuchulainns Halfter heraus. Mit zwei Fingern hielt sie es weit von sich.

»Ich nehme an, ich kann es in den Müll werfen, oder?« Ihre Stimme hatte einen spitzen Beiklang.

Denis' Brauen zogen sich zusammen. Er stand auf und klopfte sich den Staub von seiner Hose.

»Was hier weggeworfen wird oder nicht, entscheiden nicht Sie.« Er trat heran und nahm Christine das Halfter aus der Hand. Daß er sich anschließend nicht sofort wieder auf den

Boden setzte, um mit seiner Arbeit fortzufahren, wertete Christine allerdings keineswegs als höfliche Geste. Ganz offensichtlich gehörte Denis zu jenen Menschen, die es nicht ertrugen, wenn sich ihr Gegenüber beim Gespräch in einer räumlich höheren Position befand.

Christine, die es von jeher gewohnt war, zu ihren Gesprächspartnern aufblicken zu müssen, ließ sich nicht davon beeindrucken, daß Denis sie um mehr als einen Kopf überragte und sie von seiner Höhe herab finster betrachtete.

Sie warf einen Blick auf Fairy Queens blankgeriebene Hufe und entschied, daß die Gelegenheit vielleicht günstig war, das Thema Hufschmied anzuschneiden.

»Auch wenn Sie mir gleich wieder vorhalten werden, ich mischte mich in Sachen ein, die mich nichts angingen – aber die Hufe des Hengstes sind in einem erschreckenden Zustand.«

»Wie gut Sie doch stets zu wissen scheinen, was ich als nächstes sagen werde.« Denis' Miene war ironisch. »Mich wundert nur, daß Sie sich trotzdem Ihre guten Ratschläge nicht sparen.«

»Und mich wundert, daß man mit Ihnen offenbar kein einziges vernünftiges Wort reden kann«, erwiderte Christine heftig. »Sie verhindern jede sachliche Diskussion, ohne darüber nachzudenken, daß sie vielleicht angebracht wäre. Verdammt noch mal, geht es eigentlich in Ihren Schädel nicht hinein, daß ich hier weder mich produzieren noch Sie angreifen will? Mir tut nur Ihr Pferd entsetzlich leid! Es ist mir ein Rätsel, wie es soweit mit ihm kommen konnte, doch Sie wissen gut genug, daß es nicht so weitergehen kann. Cuchulainn hat noch eine kleine Chance, wenn sich jemand ernstlich um ihn bemüht.«

»Und dieser Jemand sind ausgerechnet Sie.«

»Weshalb nicht? Himmel noch mal, können Sie nicht einfach vergessen, daß ich eine Frau bin?«

»Verzeihung, Lady, ich schätze, Sie wissen nicht, was Sie da reden.« Denis musterte sie kühl. »Ein Hengst, und schon gar nicht dieser, gehört nicht in die Hand einer Frau.«

»Was für eine typisch männliche Betrachtungsweise«, sagte Christine angewidert. »Sie sehen bloß, daß ich körperlich schwächer bin als ein Mann, was Ihnen als Beweis für meine Unfähigkeit ausreicht. Daß man ein Tier nicht allein mit Muskelkraft erziehen kann, verstehen Sie wohl nicht?«

»Ich verstehe eine Menge, glaube ich«, entgegnete Denis, »unter anderem von Hengsten. Und gerade Sie, die Sie angeblich soviel Wissen über Pferdepsychologie besitzen, müßten ja wohl darüber informiert sein, daß ein unkastrierter Hengst stets den Kampf sucht. Haben Sie einmal zwei Hengste auf der Weide beobachtet? Da geht es zur Sache, das kann ich Ihnen sagen! Keiner ist dabei zimperlich, weder im Austeilen noch im Einstecken von Schlägen, die jedem Menschen die Hirnschale spalten würden. Es liegt in ihrer Natur. Ein Hengst akzeptiert nichts anderes als das Recht des Stärkeren.«

»Womit Sie rohe Gewalt meinen.« Christines Stimme klang sehr bitter.

»Ich meine, daß er sich von so einem zarten Frauenhändchen vielleicht gerne mal streicheln läßt.« Denis grinste kurz und zynisch. »Welcher Mann ließe sich das wohl nicht gefallen!« Dann wurde er wieder ernst. »Aber Sie bilden sich doch nicht etwa ein, daß Sie ihn halten können, wenn er beschließen sollte, daß es nun genug der Zärtlichkeit sei!«

Nein, das bilde ich mir nicht ein, dachte Christine. Das kann ich bei keinem männlichen Wesen, weshalb sollte es dann bei einem Pferd klappen!

Denis betrachtete sie nun von oben bis unten.
»Außerdem«, fügte er nüchtern hinzu, »verbietet sich ja allein angesichts Ihrer Größe jede Idee, Sie könnten mit dem Hengst zurechtkommen.«
»Meine Größe steht hier ja wohl nicht zur Debatte.«
»Da muß ich Ihnen allerdings zustimmen.« Denis' Blick war eindeutig, und Christine spürte zu ihrem Ärger, wie ihr das Blut in die Wangen stieg. Denis bemerkte es und grinste sardonisch.
»Was ist jetzt mit den Hufen?« fragte Christine kühl.
»Was soll mit ihnen sein«, gab Denis knapp zurück. »Hören Sie, Lady, Sie brauchen mir nicht zu erzählen, wie es um sie bestellt ist. Ich habe selber Augen im Kopf, und ich bin nicht mehr ganz der Anfänger, für den Sie mich offenbar halten. Ich weiß sehr wohl, daß eine Sitzung mit dem Hufschmied mehr als überfällig ist. Leider hat dieser bloß verständlicherweise wenig Lust, sich von dem Pferd umbringen zu lassen.«
Christine betrachtete Denis nachdenklich. Mit einemmal erinnerte sie sich wieder an ihren unglaublichen Verdacht. Deutete Denis' Gleichgültigkeit bezüglich der Gesundheit des Hengstes etwa darauf hin, daß er es als nicht mehr lohnenswert ansah, in diese noch Geld zu investieren?!
Doch dann schob sie diesen Gedanken energisch von sich und atmete tief durch.
»Und wenn ich es versuche?«
»Ihn zu beschlagen, was?« In Denis' Augen funkelte der Spott.
»Natürlich nicht«, gab Christine ärgerlich zurück.
»Sie wollen doch nicht behaupten, es gäbe etwas, worüber Sie nicht Bescheid wissen?« Denis tat erstaunt.
Christine blitzte ihn an.

»Verwechseln Sie mich bitte nicht mit Ihrer Person«, schnappte sie, nahm sich dann aber zusammen. Der Erfolg ihrer Bemühungen hing von Denis' Mitarbeit ab, daran war nichts zu ändern. Es nützte also nichts, wenn sie über jede seine Bemerkungen in Zorn geriet.

»Ich meinte lediglich, daß ich versuchen würde, ihn so weit zahm zu kriegen, daß er den Hufschmied an sich heranläßt.«

»Da haben Sie sich ja was vorgenommen«, erwiderte Denis kühl. Er musterte sie gleichgültig. »Aber wenn Sie sich unbedingt umbringen wollen – von mir aus.«

»Sagen Sie mir eins«, fragte Christine leise. »Liegt Ihnen denn überhaupt nichts an Cuchulainn?«

Denis sah sie mit unbewegtem Gesicht an.

»Pferde sind Geschäft«, entgegnete er hart. »Und dieses ist ein verdammtes Verlustgeschäft. Beantwortet das Ihre Frage?«

Christine gab keine Antwort.

11. Kapitel

»Fiona?«

»Was gibt's?« Fiona drehte sich um und sah das Mädchen neugierig an.

Cathy war zwölf und die Tochter des englischen Ehepaares, das seit zwei Wochen in der Pension wohnte. Sie verstand sich gut mit Fiona, und auch Fiona mochte das Mädchen, das nach der Reitstunde stets noch länger blieb, beim Pflegen der Pferde half und dabei auf zutrauliche Weise mit ihr plauderte.

Doch im Moment zeigte ihr sonst so fröhliches Gesicht Verstörtheit. Fiona wurde ernst.

»Was ist los?« wiederholte sie und legte Cathy die Hand auf die Schulter.

Cathy steckte einen Finger in den Mund.

»Ich war gerade bei den Ponys unten.«

Fiona wartete besorgt.

»Und da war … ich meine, ihr habt doch auch ein paar große Pferde auf der Wiese, nicht wahr?«

Fiona nickte ungeduldig. »Was ist mit ihnen?«

Cathy drehte eine Haarsträhne zwischen den Fingern. Sie zögerte.

»Das eine blutet ganz schlimm«, sagte sie dann mit aufgeregter Stimme.

Fiona stockte der Herzschlag.

»Wo blutet es?« fragte sie mit betont ruhiger Stimme, um Cathy nicht zu erschrecken.

»Am Bauch«, sagte Cathy. »Neben seinem Vorderbein.«

Fiona schloß für einen Augenblick die Augen. Nein. Nicht schon wieder.

»Auf welcher Koppel?«

Cathy überlegte.

»Dieselbe, auf der auch Cailin ist«, antwortete sie dann.

Fiona atmete tief durch.

»Danke, daß du es mir gesagt hast«, meinte sie dann freundlich. »Ich gehe gleich mal hin und sehe nach. Wahrscheinlich hat sich das Pferd bloß an irgendwelchen Dornen gerissen, das passiert schnell.«

»Ich komme mit«, sagte Cathy.

»Ich glaube, deine Eltern suchen dich aber schon«, lächelte Fiona. »Immerhin bist du schon seit deiner Reitstunde heute morgen hier.«

Cathy zog einen Flunsch, doch Fiona nickte ihr auffordernd zu, worauf sie sich zögernd zurückzog.

Fiona schaute ihr nach, bis sie in der Pension verschwunden war, dann warf sie den Zaum, den sie gerade einfettete, über die Wand der nächstgelegenen Box und stürmte aus dem Stall.
In ihrem Kopf arbeitete es fieberhaft. Konnte es sich tatsächlich wieder um einen Anschlag handeln? Fiona verspürte Panik bei dem Gedanken, allein zur Koppel gehen zu müssen. Sie mußte Hilfe holen.
Ruaidhri war mit einer Gruppe im Gelände, er fiel bis auf weiteres aus.
Denis? Der Rover stand nicht im Hof.
Ihr Vater hatte beim Frühstück angekündigt, in Galway zu tun zu haben, auch er war also vermutlich nicht da.
Wer noch?
Christine, fiel Fiona ein. Sie hielt sich sicher hinter dem Haus bei Denis' Hengst auf. Fiona hatte gelinde Verwunderung gezeigt, als sie erfuhr, daß Christine sich jeden Tag stundenlang mit dem Pferd beschäftige. Sie selbst hätte sich um nichts in der Welt näher als zehn Schritte an Cuchulainn herangewagt.
»Du hast vielleicht Mut«, bemerkte sie zu Christine, und Christine verstand genau, daß sie damit nicht allein die Unberechenbarkeit des Pferdes meinte.
Auch heute befand sie sich seit dem Morgen bei Cuchulainn, sprach mit ihm, streichelte ihn und freute sich über jeden noch so kleinen Vertrauensbeweis des Hengstes.
Bei Fionas Ruf schreckte sie auf. Auch Cuchulainn hob den Kopf und blickte mit gespitzten Ohren in die Richtung, aus der der Ton gekommen war.
»Es ist nur Fiona«, sagte Christine und klopfte ihm den Hals. Ihre Ruhe war allerdings nicht so ganz echt – in Fionas Stimme klang Schrecken mit.

»Ich schaue mal nach, was sie will.« Christine gab Cuchulainn noch einen kleinen zärtlichen Klaps und stieg dann über den Koppelzaun.
»Was ist passiert?« fragte sie beunruhigt, als sie sah, daß Fionas Gesicht kalkweiß war.
»Du mußt mit mir runter zur Südkoppel gehen«, sprudelte Fiona schrill hervor. »Ich gehe auf keinen Fall allein!«
»Um Himmels willen, was ist denn los?« Christine faßte Fiona am Arm.
Fiona starrte Christine an.
»Ich glaube, sie haben wieder ein Pferd getötet«, flüsterte sie. In ihren Augen stand die blanke Panik.
Christine wurde es eiskalt. Sie holte tief Luft, doch angesichts Fionas Verzweiflung wußte sie, daß sie sich zusammennehmen mußte.
»Ist niemand sonst ...?« begann sie, doch Fiona schüttelte heftig den Kopf.
»Wir sind allein heute«, stieß sie hervor.
Christine biß die Zähne zusammen. Dann schaute sie Fiona fest an.
»Wo ist das Pferd?«
»Ich zeige es dir«, sagte Fiona, durch Christines ruhige Stimme ermutigt.
Da sie unwillkürlich nach einem liegenden Körper Ausschau hielten, konnten Christine und Fiona auf den ersten Blick nichts Ungewöhnliches erkennen, als sie die Südkoppel erreichten. Fiona begann sich sogar zu fragen, ob sich Cathy nicht doch geirrt hatte, und sie wollte schon erleichtert aufatmen, als Christine nach links deutete.
»Dort drüben«, sagte sie kurz und stieg über den Zaun.
Fiona folgte ihrem Blick und stöhnte spontan, als sie die Schimmelstute sah. Die Vorderbeine des Tieres waren blut-

überströmt, und es stand mit hängendem Kopf mitten auf der Wiese.
Christine schwieg, während sie auf das Pferd zuging und dann sorgsam und vorsichtig die Wunde der Stute zu untersuchen begann.
Schließlich sah sie zu Fiona auf. Ihr Gesicht trug einen verbissenen Ausdruck.
»Das gleiche wie bei Bandit«, sagte sie tonlos. »Mit dem einzigen Unterschied, daß sie bei der Stute nicht so gut gezielt haben, sonst wäre sie jetzt ebenfalls tot.«
Fiona starrte sie an.
»Es muß schon vor einer Weile passiert sein«, fuhr Christine nüchtern fort. »Die Blutung ist bereits zum Stillstand gekommen. Glücklicherweise scheint nichts Wichtiges getroffen zu sein, es sieht so aus, als ob die Waffe an den Rippen abgeglitten ist.«
Fiona war immer noch stumm.
Christine erhob sich aus der Hocke und trat zu Fiona.
»Geht es dir gut?« Sie legte beunruhigt den Arm um ihre Schultern.
Fiona nickte, doch ihr weißes Gesicht und ihr starrer Blick bereiteten Christine Sorge.
»Setz dich lieber hin«, riet sie ihr und drückte sie sanft hinunter ins Gras. »Ist dir schlecht?«
Fiona holte krampfhaft Luft, dann nickte sie.
»Kopf nach unten halten«, wies sie Christine an, worauf Fiona gehorchte.
Christine schaute zwischen ihr und der Schimmelstute hin und her, dann biß sie die Zähne zusammen und blickte hinüber zum Hof. War tatsächlich niemand anderer mehr da? Fiona stand ganz offensichtlich unter Schock, man mußte sich um sie kümmern. Dann war da das Pferd. Es schien sich

nicht in unmittelbarer Lebensgefahr zu befinden, dennoch bedurfte seine Wunde der Versorgung.
Als ob ihr heimliches Gebet Gehör gefunden hätte, vernahm Christine auf einmal Huftritte. Möglicherweise kam Ruaidhri mit seiner Gruppe, oder ein paar der anderen Reiter kehrten zurück.
Christine erkannte jedoch schnell, daß es sich um ein einzelnes Pferd handelte. Sie stand auf, um Ausschau zu halten. Als sie sah, daß es Denis war, fühlte sie überraschenderweise Erleichterung. Trotz ihrer Vorbehalte und Verdachtsmomente gegen ihn weigerte sie sich immer noch beharrlich, tatsächlich zu glauben, daß er selbst hinter all diesen Anschlägen steckte. Sie konnte es sich nicht erklären, schließlich sprach nicht viel für ihn. Dennoch war es ihr lieber, Denis zu Hilfe zu holen, als einen der Reitgäste ansprechen zu müssen. Sie wußte, daß es die Familie O'Flaherty vermieden hatte, die Sache mit Bandit unter ihren Gästen bekanntwerden zu lassen. Solche Vorfälle warfen ein übles Licht auf den Hof, deshalb wollten sie sicher auch diesen neuen Fall für sich behalten.
Christine warf einen raschen Blick auf Fiona, die immer noch mit gekreuzten Beinen und vornübergebeugten Kopf im Gras hockte. Dann ging sie kurz entschlossen Denis entgegen, der Aurora in zügigem Schritt dem Hof zu lenkte.
Er sah Christine, und offenbar stand in ihrem Gesicht genug zu lesen, denn bevor sie etwas sagen konnte, zügelte er Aurora und blickte sie mit zusammengezogenen Brauen an.
»Was ist passiert?« fragte er kurz.
Christine antwortete ebenso knapp. »Ein Pferd ist schwer verletzt. Dieselben Umstände wie bei Bandit.«
Denis sah sie an. Dann schwang er sich aus dem Sattel.
»Wo?«

»Dort.« Christine ging ihm voraus.
Denis schlang Auroras Zügel um die Koppelstange, bevor er Christine über den Zaun folgte.
Fiona blickte auf, als sie ihre Schritte hörte.
»Denis!« Ihre Stimme klang hilflos wie die eines kleinen Mädchens.
Denis schaute kurz zu ihr herüber, doch dann wandte er sich der Stute zu.
»Bleiben Sie bitte bei dem Pferd, während ich Fiona ins Haus bringe«, bat ihn Christine leise.
Denis sah nicht auf, doch er nickte.
»Komm, wir gehen.« Christine half Fiona aufzustehen und hakte sie unter. Fiona folgte ihr willenlos.
Glücklicherweise befand sich Eleanor im Haus. Mit erschrockenen Augen hörte sie, was passiert war.
»O Gott, o Gott«, sagte sie immer wieder. »Mein armes Mädchen!« Sie nahm Fiona in die Arme und strich ihr übers Haar.
Christine sah, daß Fiona bei ihr in guten Händen war, und verabschiedete sich daher ganz schnell wieder. Es drängte sie zurück zu der verletzten Stute.
Denis war tatsächlich immer noch bei dem Tier.
»Sie wird es überstehen«, bemerkte er, als Christine herankam.
»Das denke ich auch«, nickte Christine und streichelte dem Pferd sanft über den Hals. »Die Wunde sieht schlimmer aus, als sie ist.«
Bei einem kurzen Blick zur Seite bemerkte sie, daß Denis trotz der guten Aussichten ein verbissenes Gesicht machte.
»Darf ich an die Stallapotheke? Haben Sie vielleicht Catgut und Nadeln da? Und ein Lokalanästhetikum? Ich nähe und verbinde sie dann, das müßte vorerst ausreichen.«

Denis nickte, immer noch schweigend. Mit einem langem Blick sah er sich um, und Christine vermutete, daß er ihr gar nicht zugehört hatte. Sie hätte für ihr Leben gern gewußt, was ihm in diesem Moment durch den Kopf ging.
»Denis«, sagte sie leise. »Was wird hier gespielt?«
Denis blickte sie an. Für den Bruchteil einer Sekunde meinte sie in seinen dunklen Augen eine Spur Hilflosigkeit zu entdecken, aber dieser Moment ging so schnell vorbei, daß Christine sicher war, sich getäuscht zu haben. Denis' Miene zeigte den gleichen finsteren Spott wie immer.
»Sie wollen sich wohl wieder als Detektiv betätigen«, bemerkte er ätzend. »Haben Sie immer noch nicht kapiert, daß Ihre Meinung hier nicht gefragt ist?«
In Christine stieg wieder Zorn hoch. Sie unterdrückte ihn jedoch mühsam.
»Und Sie haben anscheinend immer noch nicht kapiert, daß ich nichts will als Ihnen helfen.«
Denis betrachtete sie von oben herab.
»Wenn Sie mir helfen wollen, dann bleiben Sie mir mit Ihrer dauernden Einmischung vom Leib! Nähen und verbinden Sie so viele Pferde, wie Sie wollen, davon müssen Sie ja immerhin etwas verstehen, aber lassen Sie mich in Frieden!«
Christine merkte, daß er ihr offenbar doch zugehört hatte, und ihr fiel ein, daß auch Ruaidhri schon erwähnt hatte, Denis bekäme mehr mit, als man meinte.
Sie ließ sich jedoch nicht beirren und sah ihn mit kühler Abneigung an. »Ich habe noch niemals in meinem Leben einen solchen Menschenfeind wie Sie getroffen!«
»Nennen Sie mir einen Grund, weshalb ich die Menschen lieben sollte!« Denis' Antwort kam knapp und kalt.
»Man braucht nicht immer für alles einen Grund«, erwiderte Christine. »Und es hätte Sie zum Beispiel nicht im geringsten

etwas gekostet, sich Ihrer Schwester ein wenig anzunehmen. Für sie war das heute ein schlimmer Schock.«

»Es reicht doch, wenn Sie sich ihrer annehmen, möchte ich meinen.«

»Sie haben aber nicht einmal gefragt, wie es ihr geht! Und das zeugt von einer geradezu unglaublichen Herzlosigkeit, finde ich.«

»So, finden Sie«, gab Denis zurück. »Und? Wie geht es ihr?«

»Ihre Mutter wollte sie ins Bett stecken«, berichtete Christine kühl.

»Na also, dann ist sie ja gut aufgehoben.« Denis' Miene blieb ungerührt.

Christine bekam schmale Augen.

»Sie sind ...«, begann sie, doch dann beherrschte sie sich und verstummte.

»Was bin ich?« In Denis' Blick lag Spott.

Christine funkelte ihn an.

»Ich werde mich von Ihnen nicht mehr provozieren lassen«, entgegnete sie eisig. »Sie sind der unsympathischste Mensch, der mir je begegnet ist, es scheint Ihnen regelrecht Spaß zu machen, andere zu verletzen, und es kümmert Sie offenbar nicht im geringsten, wenn jemand leidet. Sie interessieren sich für nichts anderes als sich selbst, und sogar für Ihre Pferde nur soweit, wie sie Ihnen Nutzen bringen. Ich bin mir ziemlich sicher, daß Sie keines der anderen Pferde auf dem Hof jemals registrieren. Bandit war für Sie nichts als ein toter Gaul, Punch nur ein toter Köter. Ich weiß nicht, wie diese Stute heißt, aber ich möchte wetten, Sie wissen es erst recht nicht. Selbst Cuchulainn nennen Sie nicht mit seinem Namen, er ist für Sie genau wie jedes andere Lebewesen hier nur eine Sache. Herrgott noch mal, was sind Sie nur für ein Mensch!«

»Ein unsentimentaler, im Gegensatz zu Ihnen. Und wenn Ihnen meine Art nicht paßt, Lady, dann gebe ich Ihnen einen ganz einfachen Tip: Bleiben Sie weg von mir!«

»Sehr gerne«, erwiderte Christine. »Lassen Sie mich tun, was ich will, dann lasse ich Sie in Ruhe.«

»Das wäre ein Wort«, gab Denis zurück, »wenn es nicht von einer Frau käme.«

Christine würdigte ihn keiner Antwort.

»Zuerst sollten wir aber die Stute in den Stall bringen.« Denis warf Christine einen unbewegten Blick zu. »Sie heißt übrigens Dinah.«

Christine wußte nicht, was sie darauf sagen sollte, ergriff das Pferd wortlos beim Halfter und führte es vorsichtig zum Koppelgatter. Aus den Augenwinkeln sah sie Denis zynisch an. Dann folgte er ihr.

Auch Ruaidhri zeigte sich geschockt, als er von dem neuen Vorfall erfuhr. Zum ersten Mal, seit Christine ihn kannte, schien ihn sein unbekümmerter Gleichmut verlassen zu haben.

Christine entging nicht der Blick, den er mit Denis tauschte, und sie begann darüber nachzudenken, ob es sich nicht tatsächlich um eine Angelegenheit größeren Ausmaßes handelte, über die Ruaidhri ebenfalls informiert war.

Fiona zumindest wußte offenbar nichts. In ihrer Fassungslosigkeit war keine Spur Unehrlichkeit festzustellen, und der Ausdruck ihrer Augen zeigte nichts als Hilflosigkeit und Nichtverstehen.

Immerhin kümmerte sich Ruaidhri im Gegensatz zu Denis eingehend um Fiona, die sich wieder ein wenig gefangen hatte und es deshalb nicht für nötig erachtete, sich hinzulegen. Christine bemerkte von weitem, daß Ruaidhri mit ihr sprach und Fionas Gesicht anschließend wieder ein wenig fröhlicher aussah.

Denis sprach mit niemandem. Zu Christines Überraschung kam er ihr in den Stall hinterher und half mit völliger Selbstverständlichkeit bei der Versorgung der Stute. Während Christine die Wunde desinfizierte, spritzte und nähte, hielt er Dinah mit kundigen Händen und verhinderte, daß sie sich im unpassenden Moment bewegte und gegen die Behandlung sträubte. Auch beim anschließenden Verbinden erwies er sich als erfahren, und ihre Zusammenarbeit hätte nicht perfekter sein können. Christine, die sein ruhiges Geschick im Umgang mit dem nervösen Pferd heimlich bewunderte, fragte sich erneut, wie so jemand bei Cuchulainn derartig versagen konnte. Gleichzeitig erschien ihr der Verdacht, daß Denis in diese Vorfälle irgendwie verwickelt sein könnte, wieder einmal als geradezu absurd. Jemand, der kaltblütig Pferde umbrachte, würde sicherlich nicht hinterher mit gelassener Umsicht bei der Erstversorgung eines Pferdes assistieren. Mit einem kurzen Blick aus dem Augenwinkel stellte Christine fest, daß Denis' Gesicht zwar seinen gewohnt finsteren Ausdruck, jedoch ansonsten geduldige Konzentration zeigte.

Denis' beharrliches Schweigen bei allem, was er tat, schuf allerdings keine besonders angenehme Arbeitsatmosphäre, und Christine fühlte Erleichterung, als sie endlich fertig waren.

»Danke für die Hilfe«, sagte sie dennoch zu ihm, als sie die Erste-Hilfe-Ausrüstung wieder eingeräumt hatten und sich nun am Ausguß die Hände wuschen.

»Der Dank gebührt ja wohl Ihnen«, erwiderte Denis knapp, worauf ihn Christine überrascht ansah. Hatte sie recht gehört?

Denis schaute sie kurz an und reichte ihr das Handtuch wei-

ter. Sie nahm es, und während sie sich die Hände abtrocknete, heftete sie ihre Augen fest auf Denis.
»Wird es weitere Angriffe auf Pferde geben?« Ihre Stimme war leise.
Denis erwiderte stumm ihren Blick. Dann hob er die Schultern.
Christine sah ihm nach, als er den Stall verließ.

Im nachhinein meinte Christine, sie habe sich diesen Moment nur eingebildet. In der folgenden Zeit wirkte Denis unzugänglicher als je zuvor. Selbst Ruaidhri begann, ihm aus dem Weg zu gehen, und Christine, die insgeheim gehofft hatte, sie könnte damit beginnen, Denis in ihr Arbeitsprogramm mit Cuchulainn einzubeziehen, mußte erkennen, daß der Zeitpunkt denkbar ungeeignet war. So wie er sich verhielt, mußte sie froh sein, daß er ihr nicht überhaupt kategorisch verbot, dem Hengst nahe zu kommen. Überraschenderweise tat er es nicht, doch zeigte sein Gesicht eine derartige innere Wut, daß Christine unwillkürlich erschrak, wenn sie ihm begegnete.
Abgesehen von der nicht greifbaren Bedrohung, die seit dem letzten Anschlag wie eine dunkle Wolke über jedem auf dem Hof lag, verspürte Christine tiefe Freude, wenn sie mit Cuchulainn zusammen war. Der Hengst folgte ihr wie ein Hund, er suchte in ihren Taschen nach Möhren, stupste sie fordernd gegen die Schulter, wenn er gestreichelt werden wollte, und rieb seinen Kopf an ihr, bis sie lachend zur Seite taumelte und sich auf den Koppelzaun flüchtete. Cuchulainn kam ihr hinterher, legte seine Nase auf ihren Schoß und pustete leise, während sie sein Stirnhaar kraulte.
Das war der Moment, in dem Christine entschied, daß sie nun einen Versuch unternehmen würde, das Pferd zu reiten.

Es ging ganz leicht.
Vom Boden aus wäre sie niemals auf den Rücken des großen Hengstes gelangt, schon gar nicht ohne Sattel. Deshalb setzte sie sich einfach auf die oberste Stange des Koppelzaunes. Cuchulainn kam beinahe sofort herbei, und als er sich, nach einer Möhre angelnd, zur Seite drehte, hob Christine ein Bein über seinen Rücken und schob sich dann behutsam hinüber.
Ganz still sitzend wartete sie atemlos, wie Cuchulainn reagierte.
Er wandte seinen Kopf nach hinten und beschnupperte Christines Bein, doch ganz offenbar verknüpfte er ihr leichtes Gewicht auf seinem Rücken nicht mit seinen traumatischen Erinnerungen an Denis.
Christine entspannte sich zunehmend, als sie erkannte, daß der Hengst seine Ruhe bewahren würde. Sie hatte mit allem gerechnet, sich auf einen wilden Satz und den zwangsläufig folgenden schweren Sturz eingerichtet. Doch Cuchulainn trug Christine, als ob er nie etwas anderes getan hätte.
Christine war sich darüber im klaren, daß es noch nicht viel bedeutete. Im Moment ritt sie Cuchulainn nicht, sondern ließ sich lediglich von ihm tragen. Für den großen, starken Hengst stellte ihre kleine, leichte Person keine besondere Beeinträchtigung seiner Bewegungsfreiheit war, was vermutlich der Grund war, weshalb er sich nicht dagegen sträubte. Sehr viel entscheidender würde der Augenblick sein, wenn sie begann, auf ihn einzuwirken.
Sanft strich Christine über den Hals des Hengstes. Sie besaß weder Sattel noch Zügel, doch war sie schon früher öfters auf ungesatteltem Pferd geritten, weshalb es für sie kein Problem bedeutete.
Noch niemals zuvor hatte sie allerdings einen Hengst gerit-

ten, zumal einen so großen wie Cuchulainn. Christine fühlte die starken Muskeln des Pferdes an ihren Schenkeln, und unwillkürlich mußte sie daran denken, was Denis über ihre Größe und ihr daraus resultierendes Unvermögen, mit einem solchen Tier zurechtzukommen, geäußert hatte. Sie gab zu, daß er wohl nicht ganz unrecht hatte. Sie fühlte sich auf Cuchulainn wie ein Kind, das man auf ein großes Pferd gesetzt hatte, und ihr kamen Zweifel, ob der Hengst sich jemals von ihr leiten lassen würde.

Vorsichtig versuchte sie, ihn ein wenig voranzutreiben.

Zu ihrem Erstaunen reagierte Cuchulainn und setzte sich gutmütig in Gang. Sein Schritt war lang ausgreifend, und Christine erhielt eine kleine Ahnung, wie es sein mußte, ein solches Pferd im Galopp oder auf der Rennbahn zu reiten. Cuchulainns Kopf nickte bei jedem seiner Tritte, und Christine vergrub ihre Hände in seiner Mähne. Sie spürte, wie sich die Halsmuskeln des Hengstes bewegten. Behutsam lenkte sie ihn nach rechts und war beinahe überrascht, als er sich tatsächlich zur Seite wandte. Sie merkte, daß Cuchulainn eine sorgfältige Ausbildung bei einem fähigen Lehrer genossen hatte.

»Ich kann einfach nicht verstehen, wie es soweit mit dir kommen konnte«, sagte sie leise und streichelte den Hals des Pferdes. »Was ist nur mit dir und Denis? Er versteht doch sein Handwerk, daran kann es nicht gelegen haben. Ich glaube einfach nicht, daß er dich ohne Grund von Anfang an derartig grausam behandelte.« Sie seufzte. »Warum kannst du denn bloß nicht sprechen und es mir einfach erzählen?«

Am nächsten Tag bat sie Ruaidhri, mit zu Cuchulainn zu kommen.
»Und du meinst, er springt dir nicht vor Schreck in die Tasche?« Ruaidhri klang amüsiert.
Christine lächelte ebenfalls. »Ich hoffe nicht.«
»Was sagt eigentlich Denis?«
Christine schwieg.
»Nichts«, meinte sie dann einsilbig. »Er kümmert sich praktisch überhaupt nicht mehr um Cuchulainn, abgesehen davon, daß er ihn füttert und tränkt.«
»Das ist doch das, was du wolltest«, wandte Ruaidhri praktisch ein.
»Schon. Ich frage mich nur, aus welchem Grund er das tut. Bestimmt nicht aus Rücksicht auf den Hengst.«
Ruaidhri erwiderte nicht gleich etwas. Christine hatte heimlich gehofft, er wüßte eine einfache Erklärung, etwa daß Denis im Moment zuviel anderes zu tun hätte. Doch er sagte nichts, und Christine fühlte Eiseskälte in ihrem Inneren. Es durfte doch nicht sein, daß Ruaidhri zu dem gleichen Schluß kam wie sie – daß Denis innerlich mit dem Tier abgeschlossen hatte und sich seiner zu entledigen gedachte.
Als Cuchulainn Ruaidhri sah, wurde sein Blick wachsam. Christine sah mit Besorgnis, daß seine Ohren nervös spielten.
»Langsam«, sagte sie zu Ruaidhri, worauf er gleichmütig gehorchte. Es amüsierte ihn, Christine als Versuchsperson dienen zu müssen, doch er wollte kein Spielverderber sein und ließ sich daher bereitwillig Anweisungen geben.
Christine wußte, daß sie Cuchulainn von Ruaidhris Ungefährlichkeit überzeugen mußte, doch wie sollte sie das dem Tier am einfachsten erklären?
»Ich muß ihm zeigen, daß du unser Freund bist«, erklärte sie

Ruaidhri leise und trat dicht neben ihn. Indem sie einen Arm um Ruaidhris Mitte schlang, zog sie ihn vorsichtig näher an Cuchulainns Koppelzaun heran.

»Oh, mach nur weiter«, grinste Ruaidhri. »Ich habe bestimmt nichts dagegen, selbst wenn es bloß dem Gaul dient!«

Christine ignorierte die Bemerkung und beobachtete das Pferd.

Cuchulainn schien zu überlegen. Diesen Menschen kannte er irgendwoher, und zwar unter nicht sehr angenehmen Umständen. War er ein Feind? Andererseits hatte Christine ganz offensichtlich keine Angst vor ihm. Im Gegenteil, sie stand ganz dicht bei ihm und tätschelte seine Schulter. Christine konnte er vertrauen, das wußte Cuchulainn. Wenn Christine diesen Mann nicht fürchtete, ihm sogar gestattete, daß er sie berührte, dann konnte er kein Gegner sein.

»Laß dir ruhig Zeit«, murmelte Ruaidhri, an die Adresse des Pferdes gerichtet, und zog Christine enger an sich.

Sie räusperte sich vernehmlich, wagte sich aber nicht zu sträuben, um die Wirkung auf Cuchulainn nicht zunichte zu machen.

»Wenn du das jetzt ausnützt ...«, sagte sie leise zwischen den Zähnen, mußte aber unwillkürlich grinsen beim Anblick von Ruaidhris verschmitztem Gesicht.

»Eigentlich bin ich dumm, es nicht zu tun«, flüsterte er ihr ins Ohr. »Wer weiß, ob ich so eine Gelegenheit noch mal erhalte. Aber ich will mal nicht so sein.« Er lockerte seinen Griff, und Christine atmete auf.

Sie standen nun direkt am Zaun, Cuchulainn hielt immer noch wachsam Abstand. Zu Christines Erleichterung zeigte er aber keine Furcht mehr. Offenbar hatte ihre Demonstration den gewünschten Erfolg.

Ruaidhri stützte seine Ellbogen vorsichtig auf den Zaun und

stellte einen Fuß auf die unterste Stange. Der Hengst beobachtete ihn genau.

»Irgendwie ist es tatsächlich erstaunlich«, bemerkte Ruaidhri.

»Was ist erstaunlich?« Christine wollte, daß er weitersprach. Sie sah, daß Cuchulainn aufmerksam seiner Stimme lauschte.

»Was du mit dem Pferd bisher geschafft hast. Wenn ich daran denke, daß er noch vor kurzem völlig übergeschnappt war ...«

»Kannst du dir denn wirklich nicht erklären, was der Grund für sein Überschnappen war?«

»Das weiß der Himmel«, sagte Ruaidhri. »Als er zu uns kam, machte er einen ganz normalen Eindruck. Aber schon nach den ersten Tagen ging es los. Denis kann im Grunde überhaupt nichts dafür. Mag sein, daß er im Umgang mit dem Hengst dann nicht den rechten Ton fand, aber die Ursache für den Zirkus ist er nicht.«

»Das heißt, die Schwierigkeiten haben sich dann nach und nach hochgeschaukelt.«

»So kann man sagen, ja«, bestätigte Ruaidhri. »Das Pferd tobte, Denis tobte, und schließlich war die Sache so verfahren, wie du sie jetzt erlebst.«

»Ich habe allerdings inzwischen Hoffnung, daß sich die verfahrene Sache doch irgendwie korrigieren läßt«, meinte Christine. »Sieh, wie er dich beobachtet. Er hat keine Angst, er ist nur noch vorsichtig, das ist ein gutes Zeichen. Jetzt paß auf, was wir machen.« Sie holte aus ihrer Tasche einige Möhren hervor und hielt Cuchulainn eine hin.

Der Hengst sah die Möhre, und ihm war anzusehen, welche Überlegungen ihm durch den Kopf gingen. Er blickte zwischen der Karotte, Christine und Ruaidhri hin und her und schien sich nicht entscheiden zu können.

»Komm, mein Kleiner, komm!« Christines Stimme klang sanft und schmeichelnd.
Endlich setzte sich Cuchulainn zögernd in Gang. Er streckte seinen Hals aus und nahm die Karotte aus Christines Hand.
»Jetzt du.« Christine drückte Ruaidhri eine Möhre in die Hand.
Er zuckte gleichmütig die Schultern.
»Komm, Kleiner, komm«, sagte er zu Cuchulainn, dabei Christine imitierend.
»Hör auf, mich auf den Arm zu nehmen«, befahl sie ihm im Flüsterton, mußte aber heimlich lachen, als sie seine fröhlichen Augen sah.
»Wieso nehme ich dich auf den Arm? Ich tue doch nur, was du mir sagst!« In Ruaidhris Miene war die Entrüstung zu lesen.
»Kindskopf!« sagte sie nur.
Es dauerte eine Weile, bis Cuchulainn die Möhre von Ruaidhri annahm. Doch die letzten zwei Wochen, in denen er nur noch liebevolle Zuwendung in Verbindung mit schmackhaften Karotten erfahren hatte, zeigten Wirkung. Die schmerzvollen Erlebnisse mit Denis begannen dem Vergessen anheimzufallen, und Cuchulainn vermochte inzwischen wieder besser abzuschätzen, wer tatsächlich zu fürchten war.
»Donnerwetter!« Ruaidhri konnte sein Erstaunen, als der Hengst sich von ihm die Karotte füttern ließ, nicht verbergen.
»Weißt du jetzt, warum ich Hoffnung habe?« Christines Stimme war leise, dennoch schwang Triumph darin.
»Das müßte Denis sehen«, bemerkte Ruaidhri nüchtern.
Christine schwieg einen Moment.
»Er will es nicht sehen, fürchte ich«, sagte sie dann still.
Ruaidhri war ernst.

»Ich weiß nicht, was er im Moment wieder hat«, bestätigte er. »Er sieht aus wie der Leibhaftige, und es ist völlig unmöglich, ihm ein normales Wort zu entlocken. Von daher ist es wohl nicht klug, ihm mit Cuchulainn zu kommen.«
»Ruaidhri«, sagte Christine leise. »Was hat er mit dem Tier vor?«
»Das«, seufzte Ruaidhri, »weiß ich ebensowenig wie du.«

12. Kapitel

Fiona tat recht geheimnisvoll, als sie Christine beiseite nahm. »Hast du Lust auf einen kleinen Ausflug?«
»Warum nicht«, erwiderte Christine, die an einen Ritt dachte.
Wie sich allerdings herausstellte, meinte Fiona etwas ganz anderes.
»Ich muß nach Dublin fahren. Und da eine solche Tour alleine stinklangweilig ist, dachte ich, daß du vielleicht mitkommen könntest.«
»Nach Dublin?« Christine sah sie überrascht an. Nach Dublin wollte sie in der Tat gern einmal. Soweit sie wußte, gab es in dieser Stadt eine Fülle von Sehenswürdigkeiten. »Und für wie lange?«
»Oh, nur für einen einzigen Tag. Wir fahren morgens los und sind abends wieder zurück.«
Also nichts mit Sehenswürdigkeiten, schloß Christine. Die Fahrt dauerte auch mit dem Auto sicherlich vier Stunden pro Strecke, da blieb nicht viel Zeit für den Aufenthalt.
»Sag mir erst einmal, worum es bei dieser Fahrt geht.«
Fiona lächelte verschmitzt. »Das ist eine Überraschung.«
»Hm.« Christine betrachtete sie ein wenig argwöhnisch.

Acht Stunden Fahrtzeit, unbekanntes Ziel, dazu ein verlorener Tag bei Cuchulainn, das wollte gut überlegt sein.
Der Blick in Fionas Gesicht zeigte ihr jedoch, daß Fiona einiges an ihrer Begleitung lag.
»Also gut«, stimmte sie zu und lächelte. »Hoffentlich ist es deine Überraschung auch wert.«
Die erste Überraschung, die Christine erlebte, als sie sich vor dem Morgengrauen am nächsten Tag im Hof des Reiterhofs einfand, war allerdings, daß Fiona offenbar mit dem Geländewagen zu fahren beabsichtigte.
»Und Denis hat es erlaubt?« rutschte Christine spontan heraus.
»So ungefähr«, antwortete Fiona vage, woraus Christine schloß, daß sie ihn gar nicht gefragt hatte. Ergeben nahm Christine an, daß Denis dies sicherlich ebenfalls auf ihrem Schuldkonto verbuchen würde, aber dann schob sie alle Bedenken beiseite. Auf eventuellen Ärger wegen des Autos kam es bei ihrem derzeitigen Verhältnis zu Denis nun wirklich nicht mehr an, da es sich kaum noch verschlechtern ließ.
»Hilfst du mir mal?« Fiona war in der Scheune verschwunden, und Christine erkannte zu ihrer Verblüffung, daß sie sich an einem der Hänger zu schaffen machte.
»Willst du den Hänger mitnehmen?«
»Richtig«, meinte Fiona und schob ihn keuchend hinaus zum Auto. Christine faßte ebenfalls zu, und schließlich war er angekoppelt und bereit zur Abfahrt.
»Und wenn Denis den Wagen heute braucht?« fragte Christine vorsichtig.
»Er braucht ihn heute nicht«, verkündete Fiona. »Ich habe gehört, wie er sagte, daß er erst morgen wieder nach Galway fährt. Und wenn doch, dann soll er den Lastwagen nehmen«,

fügte sie ein wenig trotzig hinzu. Sie öffnete die Fahrertür des Rovers und stieg ein.
Christine zuckte die Schultern und folgte ihr. Immerhin ging es sie nichts an.
Der Motor des Rovers sprang mit lautem Nageln an, und Christine nahm an, daß Denis dieses Geräusch schwerlich überhören könnte. Fiona gingen offensichtlich die gleichen Gedanken durch den Kopf, denn sie gab eilig Gas, und der Wagen samt Hänger setzte sich mit einem Ruck in Bewegung.
Sie schwiegen beide, bis sie hinter Galway die breite N6 erreichten und Fiona die Geschwindigkeit erhöhte.
»Vielleicht solltest du mir doch erzählen, was du vorhast«, bemerkte Christine ruhig. »Du kannst mir nämlich nicht weismachen, daß mit dieser Fahrt alles seine Richtigkeit hat.«
Fiona warf ihr einen etwas verlegenen Blick zu.
»Zumindest würde ich gerne wissen, warum du mich unbedingt dabeihaben willst.«
Christines Stimme klang gelassen.
»Ruaidhri konnte ich nicht mitnehmen«, sagte Fiona ehrlich. »Wir dürfen nicht beide einen ganzen Tag verschwinden, wer soll sich denn dann um die Gäste kümmern. James hat Unterricht, und Denis ...«
»... braucht man sowieso im Moment nicht anzusprechen. Aber warum mußt du denn nach Dublin, zumal mit dem Hänger? Willst du ein Pferd transportieren?«
»Genau das.« Fiona schaute Christine offen an. »Ich kann es dir eigentlich genausogut gleich erzählen. Ich fahre nach Dublin, weil ich ein Pferd abholen will.«
»Was für ein Pferd? Ein neues Reitpferd?«
Fiona schüttelte den Kopf.
»Ein alter Schulfreund bat mich um Hilfe. Er ist seit Jahren

in Dublin Sozialarbeiter. Er arbeitet im Armenviertel im Norden, in Ballymun.«
»So was habt ihr in Irland?« Christine wußte, daß ihre Frage dumm war, doch sie war ehrlich erstaunt.
»Das kannst du glauben«, nickte Fiona. »Gerade in Dublin gibt es eine Unmenge Armut, die bloß gerne übersehen wird. Nun denn, jedenfalls rief mich John vor ein paar Tagen an und fragte, ob wir Platz für ein Pferd hätten.«
»Ein Pferd? Aus dem Armenviertel?«
»Aus dem Armenviertel. Du wirst es nicht glauben, aber in Dublin leben unzählige Pferde – viele davon gehören den Kindern der Armen, die kaum genug für sich selbst zum Beißen haben, aber ein Pony im Hinterhof halten. Stell dir vor, ein Pony in der Sozialwohnung.«
»Wie bitte? Und so ein Pferd sollst du abholen? Wieso?«
Fiona zuckte die Achseln. »Keine Ahnung. John sagte irgendwas, daß das Tier getötet werden muß, wenn sich nicht jemand seiner erbarmt. Offenbar ist es krank oder so.«
»Aha.« Christine war nun klar, weshalb Fiona soviel Wert darauf legte, daß sie mitfuhr. »Ich nehme an, deine Familie weiß Bescheid?«
»Nun«, meinte Fiona zögernd, »eigentlich nicht direkt. Aber ich bin sicher, daß sie nichts dagegen haben werden«, schloß sie mit fester Stimme. »Was macht so ein Pferd mehr oder weniger schon aus!«
»Wenn es irgendeine Infektionskrankheit haben sollte, dann macht es schon etwas aus«, bemerkte Christine nüchtern.
»Aber du kannst bestimmt feststellen, ob es eine hat, nicht wahr?« Fiona strahlte Christine an.
Christine mußte unwillkürlich lachen. Fiona hatte die ganze Sache tatsächlich perfekt eingefädelt. Nun, man würde sehen, was auf sie zukam.

Als sie Dublins Vororte erreichten, schaute Christine aufmerksam aus dem Fenster des Rovers. Bei ihrer Ankunft in Irland damals war sie praktisch gleich vom Flugzeug in den Bus und von dort aus in den Zug gestiegen, ohne sich besonders umzusehen, deshalb bedeutete Dublin für sie Neuland. Fabriken, Einkaufszentren, Tankstellen, Häuser, Menschen und unzählige Autos – Christine, die sich Irland nach wie vor als die idyllische Grüne Insel vorstellte, fühlte sich ein wenig ernüchtert.
Fiona fluchte unterdrückt, als vor ihnen der Verkehr zum Stillstand kam. Sie befanden sich mitten in der Stadt, und Christine blickte sich interessiert um.
»Irgendwie erinnert mich die Verkehrsdichte sehr an Deutschland.«
»Heute scheint es wie verhext zu sein«, nickte Fiona mit verbissenem Gesichtsausdruck. »Keine Ahnung, was da los ist.«
Als die Autoschlange jedoch vorrückte, sahen sie das Polizeiaufgebot.
Fiona schlug sich vor die Stirn.
»Richtig, heute sind ja wieder irgendwelche Friedensverhandlungen! So ein Pech, daran habe ich gar nicht gedacht!«
Während sie sich langsam an den von Polizeifahrzeugen umringten Menschen, die mit Pappschildern für den Frieden warben, vorbeischoben, dachte Christine insgeheim, daß sie heilfroh war, in Connemara von diesen Dingen nicht behelligt zu werden.
Sie überquerten den River Liffey, der die Hauptstadt in eine vornehmere Süd- und proletarische Nordhälfte teilte. Die mehrstöckigen georgianischen und viktorianischen Häuser im Zentrum machten mehr und mehr trostlosen Häuserzeilen, Baulücken und verlassenen Häusern Platz. Schmutzige

Straßen waren von niedrigen Reihenhäusern und verfallenen Lagerhäusern gesäumt. An den kaputten Vorzäunen lungerten Kinder herum, starrten dem Auto mit Hänger und Galway-Kennzeichen hinterher. In der Ferne sah Christine die typische Silhouette moderner Hochhaussiedlungen.
Fiona hielt schließlich vor einem großen Tor. Das dahinter liegende Gebäude erinnerte Christine spontan an eine Werkstatt.
»Da sind wir.« Sie zog die Handbremse an und würgte den Motor ab.
Christine betrachtete die heruntergekommene Fassade skeptisch, doch Fiona nickte ihr zu und schloß sorgfältig die Türen des Rovers ab.
»Sicher ist sicher«, bemerkte sie dabei.
»Hier arbeitet dein Bekannter?«
»Nein, das hier ist das Tierheim«, sagte Fiona. »Das heißt, so eine Art Tierheim zumindest«, fügte sie hinzu. »Aber John sagte, er wäre heute hier.«
Sie stieß das schwere Metalltor auf. Ihre Ankunft war offenbar registriert worden, denn aus dem Gebäude trat ein Mann in Jeans und Pullover.
»Da ist er schon«, sagte Fiona. »Hallo, John!«
»Hallo«, lächelte John und streckte Christine seine Hand hin. »John Kinsella«, stellte er sich vor.
»Ich bin Christine«, antwortete Christine freundlich und schüttelte ihm die Hand.
»Ich finde es großartig, daß ihr gekommen seid«, meinte John, an Fiona gerichtet. »Ihr wart meine letzte Hoffnung.«
»Wo ist das Pferd?« fragte Fiona.
»Ich zeige es euch.«
John öffnete eine Tür des Nebengebäudes. Drinnen war es düster, ein stechender Geruch ließ Christine die Nase rümp-

fen. Es roch nach Jauche, altem Stroh und Pferden, und auch Fiona blickte sich mißtrauisch um. Es gab keine einzelnen Boxen, nur schmale Ständer. Der Stall schien auf den ersten Blick leer, doch ganz hinten in der Ecke bewegte sich etwas.

»O Gott«, entfuhr es Fiona, als sie den Schecken sah.

Christine sagte nichts, als sie näher trat, um das Pferd genauer zu betrachten.

»Die Leute hier haben getan, was sie konnten«, bemerkte John entschuldigend. »Als das Pferd herkam, sah es noch viel schlimmer aus, das könnt ihr mir glauben. Ich verstehe ja nicht viel davon, aber ...« Er unterbrach sich, als sich die Tür öffnete und eine in einen Overall gekleidete Frau hereinkam. »Da ist Brenda, sie arbeitet hier und weiß besser über das Tier Bescheid.«

Brenda begrüßte die Besucher ernst.

»Ja, das ist es«, meinte sie dann mit Blick auf den Schecken. »Unser derzeitiges Sorgenkind.«

»Wo kommt er her?« fragte Christine.

»Wir haben ihn seinen Besitzern wegnehmen müssen.« Brenda seufzte. »Beinahe jede Woche erfahren wir von solchen elenden Tieren. Die Leute hier meinen es nicht böse, sie lieben ihre Tiere. Die größte Tierliebe nützt bloß nichts, wenn sie keine Möglichkeiten haben, die Ponys anständig zu halten und zu versorgen. Die Tiere stehen in Verschlägen ohne Fenster, in Garagen, in den Hinterhöfen auf Beton und sogar in den neuen Wohnblocks auf dem Balkon. Zu fressen bekommen sie oft Abfälle, oder sie dürfen sich auf den Müllhalden zwischen den Hochhäusern ein bißchen Unkraut suchen. Direkt gut haben es die, die sich in den Vorgärten nähren können. Einen Tierarzt oder Hufschmied bekommen die meisten ihr ganzes Leben lang nicht zu sehen, die meisten

sind krank, leiden unter Mangelerscheinungen und Parasiten.«
Christine betrachtete das Pferd. Es war nur klein, eher ein Pony von unbestimmter Rasse. Sie bemerkte die Ekzeme, die der Schecke am ganzen Körper trug, sah die deformierten Hufe und seufzte.
Auch Fionas Gesicht spiegelte tiefes Mitleid.
»Du armer Kerl«, sagte sie leise. »Wie konnten dich deine Besitzer nur so herunterkommen lassen!«
»Er gehörte ein paar Kindern«, warf nun John ein. »Ich kenne sie gut, sie lieben das Tier sehr. Ich habe die traurige Angelegenheit schon länger verfolgt, doch nun ging es nicht mehr anders, ich mußte den Tierschutzverein einschalten.«
»Es ist sicher auch für die Kinder sehr schlimm«, meinte Christine leise.
John nickte.
»Natürlich. Es tat mir unendlich leid, aber was sollte ich machen. Ich habe versucht, es ihnen zu erklären, und ich glaube, sie haben es auch verstanden.« Er lächelte Fiona an. »Ich sagte ihnen, daß Charly an einen schönen Platz in Connemara kommt, daß er auf die Weide darf und mit vielen seiner Artgenossen zusammensein wird.«
Fiona erwiderte das Lächeln und wandte sich an Christine.
»Was sagst du?«
Christine lächelte nicht. Sie schob sich an dem Pony vorbei und löste seinen Haltstrick.
»Ich möchte es mir gerne mal bei Tageslicht ansehen.«
»Selbstverständlich«, nickte Brenda und trat beiseite.
»Christine ist Tierärztin«, meinte Fiona erklärend zu John, worauf er Christine einen besorgten Blick zuwarf.
Christine führte den Wallach hinaus in den Hof, wobei ihr

nicht entging, wie zögernd er seine Hufe setzte. Sie gab Fiona die Leine zum Halten und hockte sich dann neben den Patienten. Konzentriert betastete sie seine Beine, untersuchte Hufe, Zähne, Augen und Ohren und nahm dann seine Ekzeme in Augenschein.

»Wir haben ihm schon zweimal ein Wurmmittel gegeben«, bemerkte Brenda. »Man wird es aber noch einige Male wiederholen müssen.«

Christine nickte schweigend und legte dann ihr Ohr an die Brust des Schecken.

»Dämpfig ist er auch.« Sie seufzte erneut. »Chronische Bronchitis, Überbeine an allen vier Beinen, Verwachsungen an den Hufen – und dabei ist das Tier höchstens sieben oder acht Jahre alt.«

Fiona war ebenfalls ernst geworden.

»Hat er denn eine Chance?« fragte sie leise.

Christine blickte zu ihr auf.

»Ganz gesund wird er nie mehr, darüber mußt du dir im klaren sein«, sagte sie nüchtern. »Ob er überhaupt jemals wieder geritten werden kann, ist mehr als unsicher. Du solltest schon wissen, daß du für ihn vermutlich nichts tun kannst, als ihm noch ein paar Jahre friedliches Weidedasein zu ermöglichen.«

Fiona schwieg und streichelte Charlys Nüstern.

Christine wußte genau, was ihr durch den Kopf ging. Was würde ihre Familie sagen, wenn sie ein solches Tier anschleppte?

Auch Johns und Brendas Blicke hingen erwartungsvoll an Fionas Gesicht.

Fiona sah Christine an.

»Was würdest du tun?«

Christine schwieg. Das Pony war unheilbar krank und zu

keiner Arbeit mehr zu gebrauchen. Es schmerzlos zu töten war sicherlich die beste Lösung.

Sie blickte es an. Sein Gesicht wies eine lustige schwarzweiße Zeichnung auf, und sie mußte daran denken, daß die Kinder es liebten. Es ihnen wegnehmen zu lassen war für John eine harte Entscheidung gewesen.

In diesem Moment wandte Charly seinen Kopf und schaute sie neugierig an. Seine Augen hinter den eiterverklebten Lidern waren hell und klug.

Christine zögerte lange. Dann holte sie tief Luft.

»Ich würde es versuchen.«

Die Heimfahrt verlief schweigend. Fiona steuerte den Rover in verhaltenem Tempo, damit der Hänger nicht ins Schwingen geriet. Sie brauchte daher für die Heimfahrt länger als für die Tour am Morgen.

Sowohl John als auch Brenda hatten sich erleichtert gezeigt.

»Ich muß sagen, ich habe mir gar nicht klargemacht, wie schlimm das Tier wirklich dran ist«, gestand John, als sie später beim Mittagessen saßen, zu dem er Fiona und Christine einlud. »Ich sah nur, daß es völlig verlottert war.«

»Wenn man so etwas dauernd sieht, verliert man wohl auch allmählich den Blick dafür«, meinte Fiona.

John nickte.

»Es ist wirklich furchtbar. Und man ist so hilflos. Das Schlimme ist ja, daß diese traurige Tierhalterei nur das Ergebnis der traurigen Lebensumstände der Menschen hier ist: Arbeitslosigkeit, Armut, Kinderreichtum, Straßenkriminalität, Drogen – ein Kreislauf, der kaum zu unterbrechen ist. Die Sozialhilfe reicht vorn und hinten nicht.«

»Man braucht viel Idealismus, um die Hoffnung zu bewahren«, nickte Fiona.

John lächelte schwach. »Noch habe ich ihn. Und da ich heute sehe, daß es auch noch andere gibt, die bereit sind, etwas zu tun, was ihnen keinen Profit bringt, habe ich wieder mehr Hoffnung.« Er blickte zwischen Fiona und Christine hin und her.

»Es ist wirklich großartig von euch, daß ihr Charly nehmt. Ich freue mich schon darauf, es den Kindern erzählen zu können.«

»Ich werde dir Nachricht geben, wie sich Charly bei uns macht«, versprach Fiona.

»Das wäre wunderbar.« John erwiderte ihr Lächeln. »Und du kannst sicher sein, daß ich mich bei meinem nächsten Besuch bei meinen Eltern auch bei euch sehen lasse und Charly besuche.«

Wohl nicht nur Charly, mutmaßte Christine heimlich, während sie den Blickwechsel zwischen John und Fiona beobachtete.

»Dir ist aber schon klar, daß du Charly auf keinen Fall sofort zu den anderen lassen darfst?« bemerkte sie später im Auto zu Fiona. »Zwei, drei Wochen Quarantäne ist das mindeste. Die Gefahr, daß er bei euch eine Infektionskrankheit einschleppt, ist einfach zu groß.«

Fiona nickte. »Ich werde auch den Hänger gründlich desinfizieren.« Sie verzog trotzig das Gesicht. »Dann hat Denis auch keinen Grund, sich aufzuregen.«

Christine schwieg.

Sie wappnete sich innerlich für die bevorstehende Auseinandersetzung.

Als Denis den Rover hörte, kam er aus dem Stall.

»Auweh«, murmelte Fiona, als sie sein unheilverkündendes Gesicht sah.

Christine sagte nichts, doch sie wußte, daß ihnen eine unangenehme Szene blühte.
Fiona stellte den Motor ab und sprang aus dem Auto. Christine folgte langsamer.
Denis blickte ihnen unbewegt entgegen.
»Nun?« Seine Stimme klang erstaunlich ruhig.
Fiona blickte ihn herausfordernd an. »Du hast gesagt, du bräuchtest den Wagen heute nicht.«
Denis musterte sie kühl.
»Man könnte trotzdem erwarten, daß du Bescheid gibst, bevor du das Auto den ganzen Tag verschleppst«, erwiderte er knapp. »Dad brauchte es nämlich heute.«
»Tut mir leid, das wußte ich nicht«, sagte Fiona ein wenig kleinlaut.
Denis' Blick heftete sich auf den Hänger, und seine Augen wurden schmal.
Fiona bemerkte es.
»Um deiner Frage vorzugreifen«, meinte sie spitz, »ja, da ist ein Pferd drin.«
Denis schwieg. Er öffnete die Klappe.
»Gott im Himmel!« Dann verstummte er, während er Charly mit einem langen Blick musterte.
»Wo kommt der Gaul her?« Seine Stimme war leise und messerscharf.
»Aus Dublin.« Fiona starrte ihn trotzig an.
Denis verschlug es im ersten Moment die Sprache. Dann atmete er tief durch.
»Sag das noch mal«, verlangte er. »Ihr wart in Dublin, um diesen Klepper zu holen?«
»Warum nicht?« Fiona bebte zwar insgeheim unter seinem eisigen Blick, doch sie gab keinen Fußbreit nach. »Man bat mich darum, weil das Pferd sonst getötet werden würde.«

»Was das einzig richtige wäre«, erwiderte Denis. »Ich darf wohl annehmen, daß es John Kinsella war, der es dir angedreht hat.«
»Und wenn er es war?« Fionas Miene drückte Aufsässigkeit aus.
Denis blickte von ihr zu Charly.
»Okay«, meinte er kurz, »wenn du schon soviel Sprit für den Gaul verschwendet hast, dann kannst du es auch noch ein zweites Mal tun. Fahr nach Dublin und bring das Vieh dorthin zurück, wo du es herhast. Mit schönem Gruß von mir an John, er soll seine Schlachttiere woanders unterbringen.«
Fiona wollte etwas antworten, doch er schnitt ihr das Wort ab. »Bis morgen früh ist das Auto wieder hier.«
Er drehte sich auf dem Absatz um und wollte gehen, als sich ihm Christine in den Weg stellte.
»Einen Augenblick«, sagte sie ruhig.
Denis blieb stehen und sah sie an. »War das Ihre Idee?«
»Es ist doch vollkommen egal, wessen Idee es war«, entgegnete Christine. »Tatsache ist, das Pony ist jetzt hier, und es wäre Unsinn, es wieder nach Dublin zurückzuschaffen. Abgesehen davon haben wir acht Stunden Autofahrt hinter uns, und keiner von uns ist in der Lage, die Tour noch mal zu machen, schon gar nicht bis morgen früh.«
»Das ist ja wohl nicht mein Problem.« Denis' Miene drückte Entschiedenheit aus.
»Horen Sie«, sagte Christine und bemühte sich um Gelassenheit. »Sie haben vollkommen recht, sich darüber zu ärgern, daß wir so einfach das Auto genommen haben. Sie haben auch recht, wenn Sie das Tier als Klepper bezeichnen. Aber wollen Sie sich nicht erst einmal anhören, weshalb wir das gemacht haben?«

»Ich wüßte nicht einen einzigen triftigen Grund, den ich akzeptieren könnte«, gab Denis knapp zurück.

»Ich wüßte einen«, sagte Christine gefährlich leise. »Nämlich den, daß Fiona mündig und damit berechtigt ist, eigene Entscheidungen zu treffen, ohne Sie vorher um Erlaubnis zu bitten. Wenn sie dieses Pony hier haben will, dann ist es ihre Sache, selbst wenn es sich um ein noch so armseliges Wesen handelt.«

Denis blickte sie an, in seinen Augen stand eine deutliche Warnung.

»Ich habe das deutliche Gefühl, Lady, Sic mischen sich schon wieder in Dinge ein, die Sie nichts angehen. Mein Pferd reicht Ihnen wohl inzwischen nicht mehr, jetzt meinen Sie sich auch noch für meine Schwester stark machen zu müssen!«

»Ich mische mich so lange ein, wie es nötig ist. Und zufällig war ich dabei, wie Fiona dieses arme Tier hierherholte, was bedeutet, daß ich mich in diesem Fall mit einiger Berechtigung einmische. Warum stört es Sie überhaupt, daß das Pony hier ist?«

»Das kann ich Ihnen sagen«, erwiderte Denis kalt und trat zu Charly, den Fiona inzwischen aus dem Hänger geführt hatte. Christine mußte zugeben, daß Charly tatsächlich ein Bild des Jammers bot und Denis seine Nase nicht ganz grundlos rümpfte. Er ging nun um den Schecken herum, ihn wortlos musternd.

»Sie als Tierärztin wissen ja vermutlich selbst, was mit dem los ist, nicht wahr?«

Christine nickte.

»Er ist dämpfig, seine Beine sind restlos hinüber, abgesehen davon leidet er an Bindehautentzündung und Geschwüren.« Denis legte prüfend seine Hand auf Charlys Fell.

»Und an Krätze, so wie es aussieht.« Er sah Christine spöttisch an.
»Habe ich noch was vergessen?«
»Unterernährung und Würmer«, antwortete Christine gleichmütig.
»Na also.« Denis kam wieder heran. »Und diesen Sammelplatz an Krankheiten und Ungeziefer wollen Sie hier auf den Hof bringen? Wissen Sie, was das bedeutet?«
»Er muß natürlich zuerst in Quarantäne, bis er keine Ansteckungsquelle mehr ist, das ist ja wohl klar«, gab Christine ärgerlich zurück.
»Was ist daran klar?« Denis blickte sie eisig an. »Sind wir hier ein Sanatorium für kranke Großstadtponys? Dieses Vieh hier wird einen Aufwand verursachen, der absoluter Irrsinn wäre: einen eigenen Stall, eine eigene Koppel, eigenes Putzzeug. Dann braucht es Medikamente. Wer bezahlt die? Es braucht Aufbaukost. Wer finanziert die? Außerdem wissen Sie wahrscheinlich so gut wie ich, daß das Tier niemals arbeiten kann. Das heißt, er wäre für den Rest seines Lebens ein unnützer Fresser.«
»Sie wollen damit sagen, daß allein der finanzielle Aspekt für Sie der entscheidende ist?« Christine sah Denis ungläubig an.
»Und?« Er erwiderte ihren Blick finster. »Lady, Sie scheinen wieder einmal nicht zu wissen, wovon Sie reden.«
»Verdammt noch mal, sagen Sie nicht immer Lady zu mir!« fauchte ihn Christine unbeherrscht an. »Und wenn Ihnen das Geld so wichtig ist, dann übernehme ich eben die Kosten für die Medikamente und die Aufbaunahrung. Ist das ein Angebot?«
»Darüber ließe sich reden«, nickte Denis ungerührt. Er wandte sich an Fiona. »Ich erwarte allerdings von dir peinliche Hygiene bei diesem Gaul, hörst du?«

»Was denkst du von mir?« Fiona machte ein empörtes Gesicht.
»Ich sage es dir lieber einmal zu oft«, gab Denis kühl zurück. »Ich will auf keinen Fall, daß sich eines unserer Tiere bei diesem hier ansteckt, ist das klar? Das heißt, kompletter Monturwechsel, bevor du eins der anderen auch nur ansiehst. Habe ich mich deutlich genug ausgedrückt?«
»Mehr als deutlich«, versetzte Fiona schlechtgelaunt.
Denis warf einen Seitenblick auf Christine.
»Der Lady hier brauche ich es ja wohl nicht extra zu sagen, ich nehme an, so etwas lernt man auf der Universität.« Er grinste sarkastisch, als er sah, daß Christine bei der Anrede schmale Augen bekam. Dann wandte er sich ab. »Stell es unten auf die kleine Koppel beim Schuppen«, wies er Fiona knapp an.
»Blödmann!« zischte ihm Fiona nach, als er gegangen war.
Christine enthielt sich solcher Äußerungen, obwohl auch sie erbost war.
»Bin ich froh, daß ich keinen Bruder habe«, bemerkte sie aus vollem Herzen.
»So war er früher nicht«, erwiderte Fiona. »Ich weiß auch nicht, weshalb er sich jetzt immer so eklig benimmt.«
»Hat er eigentlich eine Freundin?« fragte Christine neugierig. Sie konnte sich beim besten Willen nicht vorstellen, daß dieser Mann einer Frau gegenüber Gefühle zu entwickeln imstande war.
Fiona schüttelte denn auch den Kopf.
»Der hat doch nur seine Arbeit im Kopf.« Sie grinste. »Obwohl ich mich erinnern kann, daß er früher sogar gelegentlich Frauenbekanntschaften hatte. So wild wie Ruaidhri trieb es Denis allerdings nie.«
Christine lachte. »Das dürfte ihm wohl auch schwerfallen.«

Fiona sah sie neugierig an. »Hat Ruaidhri eigentlich ... ich meine, habt ihr ...?«
»Ob ich etwas mit ihm habe?« Christine amüsierte sich. »Du lieber Himmel, nein. Er probiert es zwar regelmäßig, aber da gehören ja wohl immer noch zwei dazu, und ich stehe nicht so besonders auf professionelle Schürzenjäger.«
»Da hast du recht«, nickte Fiona. »Nimm ihn bloß nicht ernst. Ich dachte mir gleich, daß es nicht stimmen kann.«
»Behauptet denn jemand, wir hätten ein Verhältnis miteinander?« Christine blickte Fiona erstaunt an.
»Eine Dame bei uns in der Pension sagte so etwas.« Fiona überlegte. »Diese Norwegerin, oder ist sie Schwedin?«
»Britt«, nickte Christine. »Sie war bei unserem Reitausflug nach Moher dabei. Sie hat wohl falsche Schlüsse aus einigen Situationen gezogen.« Sie lachte, als sie Fionas neugieriges Gesicht bemerkte. »Wir mußten nämlich einmal sogar zusammen im Doppelzimmer übernachten, weil nichts anderes frei war.«
»Du und Ruaidhri? Und wie hat er sich benommen?«
»Oh, tadellos. Ihm war es weitaus peinlicher als mir.«
»Das sieht ihm ähnlich«, lachte Fiona. »Große Sprüche, nichts dahinter!«
Christine enthielt sich des Kommentars.
In der Zwischenzeit hatten sie Charly zu der von Denis erwähnten Koppel gebracht. Während Fiona ging, um Futter und Wasser zu holen, blieb Christine bei dem Schecken stehen und streichelte ihn.
»Hier wirst du es gut haben«, sagte sie leise zu ihm.
Charly sah sie an, und sie meinte in seinen klugen Augen so etwas wie Trauer zu lesen.
»Ich weiß, du vermißt deine Freunde«, meinte Christine liebevoll. »Sie konnten dir vielleicht kein sehr leichtes Leben

bieten, aber sie waren deine Freunde, nicht wahr? Sie denken jetzt bestimmt genauso an dich und fragen sich, wie es dir geht. Du mußt jetzt gesund werden, damit wir ihnen mitteilen können, daß es dir gutgeht. Und wer weiß, vielleicht können sie dich ja hier auch irgendwann einmal besuchen, was meinst du?«
Dann kam Fiona zurück.

Bevor Christine an diesem Abend nach Hause ging, wollte sie doch noch einen kurzen Besuch bei Cuchulainn machen. Sie schrubbte sorgfältig ihre Hände und Arme am Ausguß im Stall, wohl wissend, daß sie dem Hengst heute trotzdem nicht zu nahe kommen durfte. Immerhin hatte sie keine Gelegenheit gehabt, sich andere Kleidung anzuziehen.
Sie hörte die Stalltür klappen und drehte sich um.
Denis schob den Leiterwagen voller Stroh in den Stallgang, offenbar wollte er am nächsten Tag neu einstreuen. Er sah Christine, die sich gerade abtrocknete, wobei sie die Ärmel so weit es ging zurückgeschoben hatte.
Denis verzog unmerklich einen Mundwinkel. Dann legte er die Deichsel des Wagens auf die Erde und kam zu ihr heran. Wortlos ging er an Christine vorbei und betrat den kleinen Nebenraum, in dem sich die Kleiderschränke befanden. Er öffnete einen von ihnen und holte etwas heraus, das Christine als zusammengefaltetes Hemd erkannte, von der Sorte, wie sie Denis selbst zu tragen pflegte.
»Ziehen Sie das an, bevor Sie zu dem Hengst gehen«, sagte er ruhig und reichte ihr das Hemd. Christine blickte ihn überrascht an, doch er nickte mit unbewegtem Gesicht.
»Danke«, sagte sie und sah ihm erstaunt nach, als er wieder zu seinem Leiterwagen zurückkehrte. Sie entledigte sich ihres Pullovers und zog dann das Hemd an. Es mußte tatsäch-

lich eines von Denis sein, es reichte Christine bis zu den Knien, und so knotete sie es am Saum zusammen. Das Hemd war eine gute Idee. So konnte sie Cuchulainn berühren, ohne ihm einen Bazillus zu übertragen.
Denis sah nicht von seiner Arbeit auf, als Christine aus dem Stall ging. Sie wußte, daß sie den Beweis für seine Akzeptanz ihrer Bemühungen um Cuchulainn am Leib trug.

Etwas weckte Christine abrupt aus dem Schlaf.
Sie wußte nicht, was es gewesen war. Sie setzte sich im Bett auf und griff nach ihrer Armbanduhr, die auf dem Nachttisch lag. Im schwachen Licht des Mondes erkannte sie, daß es zwei Uhr vorbei war.
Sie lauschte. War da draußen etwas?
Siedendheiß fielen Christine die Anschläge auf die Pferde ein. Niemand konnte wissen, ob nicht weitere geplant waren, man mußte wohl mit allem rechnen.
Entschlossen stand Christine aus ihrem Bett auf und ging ans Fenster.
Sie konnte nichts erkennen. Dort drüben waren die Schatten einiger Pferde auszumachen, doch alles schien still.
Aber halt – bewegte sich dort nicht etwas? Christine strengte ihre Augen an. Wenn es doch nur nicht so dunkel gewesen wäre! Aber der Mond verschwand immer wieder hinter den Wolken.
Was, wenn dort draußen tatsächlich jemand war, jemand, der ein weiteres Pferd zu töten beabsichtigte?
Christine überlegte. Dann faßte sie einen Entschluß. Sie würde hinausgehen und nachsehen. Möglicherweise konnte sie durch ihre einfache Anwesenheit einen eventuellen Anschlag verhindern.
Sie schlüpfte in ihre Leinenschuhe und zog ihre Windjacke

über das lange T-Shirt, das sie im Bett trug. Eine Taschenlampe besaß sie nicht, doch es mußte auch ohne gehen.
Vorsichtig öffnete Christine ihre Zimmertür. Hoffentlich wachte Georg nicht auf, sie hatte keine Lust, ihm eine Erklärung abgeben zu müssen. Stufe für Stufe schlich sie die Treppe hinunter, dankbar, daß sie kaum knarrte.
Draußen war es unerwartet kühl. Christine bedauerte, sich keine lange Hose angezogen zu haben, doch sie wollte nicht noch einmal umkehren. Sie wickelte sich fest in ihre Jacke ein und ging leise zur Koppel hinüber.
Die Pferde grasten ruhig. Keines von ihnen befand sich in der Nähe des Zaunes, und nachdem Christine ihnen eine Weile zugesehen hatte, kam sie zu dem Schluß, daß diese Herde nicht in Gefahr sein konnte. Durch die fehlende Deckung vermochte sich hier niemand unbemerkt an eines der Tiere anzuschleichen.
Sie wanderte weiter zur nächsten Weide. Auch hier war alles ruhig. Einige Pferde bemerkten sie und kamen heran, um gestreichelt zu werden.
»Ich bin eigentlich nicht gekommen, um euch zu unterhalten«, flüsterte Christine, während sie liebevoll ihre Hälse tätschelte.
Mit leichtem Klaps schickte sie die Pferde weg und machte sich dann wieder auf ihren Weg. Durch ihre dünnen Schuhe fühlte sie die kühle Nässe des Nachttaues und fröstelte. Der Unsinn ihres Vorhabens wurde ihr mehr und mehr bewußt. Vermutlich war es ohnehin ein Hirngespinst gewesen, das sie zu dieser Expedition verleitete.
Sie erreichte die Südkoppel, auf der zuletzt Dinah angegriffen worden war. Christine musterte mißtrauisch die Büsche neben der Umzäunung. Möglicherweise versteckte sich hier jemand.

Auf einmal durchzuckte es sie. Bewegte sich dort nicht tatsächlich etwas?
Christine blieb stehen. In ihrem Innern kämpfte der natürliche Fluchttrieb mit der Entschlossenheit, die Pferde zu beschützen.
Zögernd trat sie näher und versuchte, das Dunkel mit den Augen zu durchdringen.
Doch nichts hatte sie auf ihren eisigen Schrecken vorbereitet, als mit einemmal neben ihr eine dunkle Gestalt auftauchte, sie packte und mit sich zu Boden riß.
Es ging so rasch und der Aufprall war so heftig, daß Christine noch nicht einmal zu schreien imstande war, sondern meinte, ihr Herz bliebe stehen. Auch ihr Angreifer sprach kein Wort, er hielt ihre Arme in eisernem Griff und preßte ihren Körper mit seinem Gewicht nieder. Christine fühlte, wie sich ein spitzer Stein in ihre Seite bohrte, sie schmeckte Gras in ihrem Mund, doch konnte sie sich unter dem schweren Mann weder rühren noch um Hilfe rufen. Sie lag wie erstarrt und war sich völlig sicher, daß dies nun ihr Ende bedeutete.
Es dauerte jedoch nur einige Sekunden.
»Himmel, Sie sind es!« flüsterte eine wohlbekannte Stimme dicht an ihrem Ohr, und der harte Griff lockerte sich.
Denis rollte sich von Christine herunter, doch sie blieb wie gelähmt liegen.
»Alles in Ordnung?« fragte er leise.
Christine holte tief Luft, ihre Brust war wie zugeschnürt, und sie hatte das Gefühl, als ob ihr Herz gerade erst langsam wieder anfinge zu schlagen.
»Mein Gott, haben Sie mich erschreckt!« flüsterte sie.
Denis half ihr, sich aufzurichten. »Was schleichen Sie auch nachts hier herum!«

Christine vernahm jedoch zum ersten Mal keinen Zorn in seiner Stimme.
»Ich dachte, ich hätte was gehört«, erwiderte sie matt.
Denis warf ihr einen scharfen Blick zu. »Wo?«
»Irgendwo draußen, ich weiß es nicht.« Christine strich sich verwirrt das Haar aus der Stirn. »Ich kann mich auch geirrt haben.«
»Oder auch nicht«, erwiderte Denis knapp. Er hockte immer noch neben Christine, seine Augen wanderten jedoch aufmerksam umher. Sie sah, daß er seine Lederjacke, dunkle Jeans und dunkle Schuhe trug, und wußte nun, weshalb sie sein Kommen nicht bemerkt hatte. Und auf einmal erkannte sie, daß er absichtlich so gekleidet war.
Ihr wurde eiskalt. Konnte es stimmen, daß sie ihn beim Versuch eines weiteren Anschlages ertappt hatte? Sie betrachtete ihn, sein finsteres Gesicht, das in diesem Augenblick angespannte Konzentration zeigte. Zu ihrem eigenen Erstaunen verspürte sie aber keine Angst, obwohl sie wußte, daß sie sich möglicherweise in höchster Gefahr befand.
Und auf einmal fiel es Christine wie Schuppen von den Augen. Sie fühlte sonnenhelle Erleichterung.
»Sie passen auf die Pferde auf, nicht wahr?«
Denis schaute sie an. »Woraus schließen Sie das?«
»Weil Sie nicht so aussehen, als hätten Sie Angst, daß jemand kommt«, meinte sie mit einem kleinen Lächeln. »Sie wirken eher so, als wollten Sie, daß jemand kommt, um ihm dann an die Gurgel zu gehen. Stimmt's?« Sie wußte selbst nicht, weshalb sie so froh über diese Erkenntnis war.
»Ich will nicht noch ein Pferd verlieren«, sagte Denis kurz.
In Christines Kopf wirbelten die Gedanken. Er gab damit zu, daß tatsächlich etwas im Gange war, daß er weitere Anschläge für wahrscheinlich hielt.

Denis erwiderte stumm ihren Blick, und Christine schluckte hart. Dann rutschte sie ohne zu überlegen näher an ihn heran und legte ihm die Hand auf den Arm.

»Was ist denn bloß los?«

Denis antwortete zuerst nicht. Dann wandte er sein Gesicht ab.

»Fragen Sie besser nicht«, sagte er rauh.

Christine schwieg einen Moment. »Vielleicht wäre es aber besser, wenn Sie mir zumindest sagen würden, was noch alles passieren kann«, meinte sie dann still. Sie merkte, daß ihre Hand noch immer auf seinem Arm lag, und nahm sie verlegen fort.

Denis schien nicht darauf zu achten, er ließ die Umgebung nicht aus den Augen.

»Sie rechnen mit ungebetenen Besuchern, nicht wahr?« Christine folgte seinem Blick und erschauderte unwillkürlich.

Denis zuckte die Achseln.

»Wäre es nicht doch besser, die Polizei einzuschalten?« fragte Christine vorsichtig.

Denis sah zu ihr hinunter.

»Die Polizei kann da überhaupt nichts machen.« Seine Antwort klang überraschend ruhig.

Christine, die mit einer bissigen Abfuhr gerechnet hatte, fühlte sich ermutigt.

»Und Sie denken, Sie könnten etwas machen?« Ihre Stimme war leise und eindringlich.

Denis atmete tief durch. »Ich muß etwas machen können. Zwei Pferde und ein Hund sind mehr als genug Opfer!«

Christine betrachtete ihn besorgt. Er hörte sich direkt erschöpft an.

Auf einmal wurde Christine klar, daß Denis tatsächlich am

Ende seiner Kräfte sein mußte. Tagsüber arbeitete er schwer auf dem Hof, es war Christine durchaus nicht entgangen, daß er mehr leistete als irgendein anderer, und nachts wachte er bei den Pferden. Kein Wunder, daß er eine derartig üble Laune zur Schau trug!

»Hören Sie«, sagte Christine sanft. »Sie wollen mir nicht sagen, was los ist, und das muß ich akzeptieren. Aber Sie können so nicht weitermachen, das ist Ihnen doch klar!«

»Weshalb sollte ich das nicht können?« In Denis' Miene flackerte Unwillen.

Christine ließ sich jedoch nicht einschüchtern und schaute ihn ruhig an.

»Weil Sie todmüde sind. Machen Sie mir doch nicht weis, daß Sie in der letzten Woche überhaupt noch zum Schlafen gekommen sind, oder?«

Denis schwieg.

»Sagen Sie mir, wann haben Sie denn zuletzt geschlafen?« Christine ließ nicht locker.

Denis' Gesicht verzog sich zu einem schwachen Lächeln.

»Gestern früh zwischen fünf und sechs – genau in der Zeit, als ihr mit dem Wagen weggefahren seid!«

Christine mußte ebenfalls lächeln. Doch sie wurde schnell wieder ernst.

»Sehen Sie, das ist doch auf die Dauer völlig unmöglich. Wenn Sie schon meinen, Wache bei den Pferden halten zu müssen – warum bitten Sie nicht Ruaidhri, sich mit Ihnen abzuwechseln?«

»Weil er die Klappe nicht halten kann«, erwiderte Denis rüde. »Natürlich, er wäre sofort dabei, wenn ich ihn fragte. Dann könnte ich aber ebensogut gleich einen Anschlag an die Bäume hängen: ›Attentäter gesucht, bitte freundlichst zu melden unter ...‹.«

Christine schwieg einen Moment. Dann gab sie sich einen Ruck.
»Und wenn ich Ihnen anbiete, mich an der Wache zu beteiligen?« Sie sah ihn ruhig an.
»Sie? Unsinn!«
»Weshalb Unsinn? Ich kann meinen Mund halten, das können Sie mir glauben.«
»Das glaube ich Ihnen sogar wirklich«, sagte Denis überraschend. »Aber wie wollen Sie hier Nachtwache halten, als ...«
»... Frau, ich weiß«, nickte Christine. »Aber auch als Frau habe ich Augen und Ohren im Kopf. Ich gebe zwar zu, daß ich nicht so einen harten Schlag habe wie Sie ...«
Denis grinste mit ungewohnter Verlegenheit.
»Ich bitte um Verzeihung. Ich wußte ja nicht, daß Sie es waren.«
»... und daher eventuelle Attentäter wohl nicht selbst zu überwältigen imstande bin«, fuhr Christine ungerührt fort, »aber Sie im Ernstfall wecken kann ich durchaus.«
Denis betrachtete sie nachdenklich. Dann schüttelte er den Kopf.
»Unmöglich. Das ist viel zu gefährlich. Außerdem – wie stellen Sie sich das vor? Sie sind bei uns Reitgast, bezahlen für Reitstunden, da wollen Sie ja wohl für uns nicht auch noch Ihre Nächte opfern, oder?«
»Ich glaube, ein normaler Reitgast bin ich sowieso nicht mehr. Was Sie mir ja auch bereits ständig vorwerfen.«
»Nein, das sind Sie wohl wirklich nicht«, nickte Denis.
»Außerdem gibt es hier einiges, woran mir viel liegt. Glauben Sie nicht, daß ich auch ein wenig das Recht habe, darauf aufzupassen?«
Denis gab keine Antwort.

»Kommen Sie, seien Sie vernünftig! Sie schaffen das nicht allein!«
Denis blickte sie an, in seinen Augen funkelte eine Spur seines üblichen Spottes.
»Sagen Sie, Lady, Sie waren nicht etwa in einem früheren Leben die heilige Joan oder sonstjemand von dieser hartnäckigen Sorte?«
»Nicht daß ich wüßte«, entgegnete Christine. »Aber wenn Sie mich noch ein einziges Mal Lady nennen, ziehe ich mein Angebot zurück.«
Denis grinste. »Einverstanden, ich werde versuchen, es mir abzugewöhnen.«
»Also, dann ist die Sache abgemacht«, beschloß Christine. »Sie legen sich schlafen, und ich rufe Sie, wenn etwas sein sollte.«
»Langsam«, bremste Denis und betrachtete sie von oben bis unten. »So können Sie das ja wohl nicht machen.«
»Was meinen Sie?« Christine blickte an sich herunter und merkte, daß ihre Kleidung tatsächlich mehr als unzureichend war. Sie war froh, daß Denis in der Dunkelheit ihr Erröten nicht sehen konnte, und zog ihre Jacke fester um sich.
»Ich meine«, sagte Denis sachlich, »daß es bei einer solch verführerischen Aufmachung wie Ihrer gegenwärtigen schnell dazu kommen könnte, daß das nächste Opfer kein Pferd ist, sondern Sie. Wie, das brauche ich Ihnen ja wohl nicht näher zu erklären. Außerdem«, er bückte sich und fuhr ohne viel Federlesens mit der Hand über ihre Beine, »frieren Sie, und Ihre Schuhe sind naß. Wollen Sie sich eine Lungenentzündung holen?«
Christine, die sich bemühte, seine Berührung gleichmütig hinzunehmen – ganz offenbar sah Denis nach jahrelangem Umgang mit Pferdebeinen keinen Unterschied mehr zu de-

nen von Frauen –, mußte widerwillig erkennen, daß er recht hatte. Ohne wärmere Kleidung war an einen längeren Aufenthalt in der Nachtkühle nicht zu denken.
»Gut«, meinte sie deshalb. »Ich ziehe mir etwas drüber, und dann komme ich zurück.«
»Etwas Dunkles, wenn möglich«, ergänzte Denis.
»Okay«, nickte Christine. »Ich möchte Sie allerdings darum bitten, mich diesmal ein bißchen sanfter anzuspringen. Sie haben mir ja fast das Kreuz gebrochen!«
Denis grinste entschuldigend. »Ich werde mir Mühe geben. Aber woher zum Teufel hätte ich ahnen sollen, daß Sie das waren!« Er betrachtete Christine mit einem langen Blick. »Aber genaugenommen«, fügte er hinzu, »hätte ich es wissen müssen.«
In der Dunkelheit konnte Christine aus seiner Miene nicht viel erkennen, doch sie wußte, daß sie es als Kompliment ansehen durfte.

Schon kurze Zeit später war Christine wieder da. Sie hatte sich schwarze Jeans und feste Schuhe angezogen, außerdem unter ihre Jacke noch einen Pullover. Die warme Kleidung steigerte sofort ihr Wohlbefinden, sie merkte erst jetzt, wie kalt ihr doch gewesen war.
Denis stand immer noch an der gleichen Stelle. Christine war erleichtert, sie hatte schon befürchtet, ihn in der Dunkelheit suchen zu müssen.
»Ich bin's«, sagte sie vorsichtshalber, als sie näher trat.
»Keine Sorge, ich überfalle Sie nicht noch einmal«, hörte sie Denis' beruhigende Stimme. »Alle Achtung, daß Sie es sich nicht doch anders überlegt haben!«
»Immerhin hatte ich es versprochen, nicht?«
»Aber ich nähme es Ihnen nicht übel, wenn Sie im letzten

Moment doch noch der Mut verlassen hätte. Schließlich handelt es sich nicht gerade um ein Picknick im Grünen.«
»Zugegeben, ein etwas ungewöhnliches Stelldichein«, nickte Christine.
Denis grinste. »Da sind Sie sicher anderes gewohnt, was?«
Christine gab keine Antwort.
»Also, passen Sie auf«, begann Denis in erklärendem Ton. »Das wichtigste ist, sehen zu können, ohne gesehen zu werden. Am besten setzen Sie sich hier irgendwo ins Gebüsch oder neben die Wand des Schuppens in den Schatten. Sie verhalten sich ruhig – wenn Sie einen Stellungswechsel machen wollen, dann tun Sie das leise und unauffällig. Hören ist noch wichtiger als Sehen, Sie können davon ausgehen, daß Sie nachts eher jemanden kommen hören, als daß Sie ihn sehen. Lassen Sie sich nicht von jedem Rascheln ins Bockshorn jagen, es gibt hier eine Menge Kaninchen und solches Viehzeug. Aber achten Sie auf die Pferde. Wenn Sie bemerken sollten, daß irgend etwas ihre Neugier erregt, dann ist das für Sie ein Warnsignal. In diesem Fall holen Sie mich sofort.«
»Und wo finde ich Sie?«
»Ich stelle mir ein Feldbett in die Sattelkammer, das ist am einfachsten.«
»Es würde wohl zu lange dauern, wenn ich Sie erst im Haus suchen müßte«, nickte Christine.
»Und um es noch einmal ganz deutlich zu sagen«, meinte Denis nachdrücklich, »versuchen Sie unter gar keinen Umständen, selbst etwas zu unternehmen. Eine Frau wie Sie hat gegen einen kräftigen Mann nicht die geringste Chance, denken Sie daran! Holen Sie mich lieber einmal zu oft als einmal zuwenig, verstanden?«
»Verstanden«, nickte Christine und blickte ihn dann mit

leichtem Schalk in den Augen an. »Und Sie gehen jetzt endlich ins Bett! Sonst ist die Nacht herum, und Sie stehen immer noch hier und erteilen mir Anweisungen. Verstanden?«
»Verstanden«, grinste Denis und wandte sich zum Gehen. »Wie lange ...«
»Ist sechs Uhr okay?«
»Mehr als okay. Das reicht dann gerade noch, um unauffällig ins Haus zu verschwinden, bevor dort jemand aufsteht.« Er schaute Christine besorgt an. »Kommen Sie dann noch ein wenig zum Schlafen?«
»Keine Sorge«, lächelte sie. »Abgesehen davon hatte ich ja auch schon vorhin ein paar Stunden Schlaf. Also verschwinden Sie jetzt!«
Als er ging, wandte sie sich um, um einen geeigneten Platz als Versteck zu finden.
Sie horchte auf, als sie Denis' leise Stimme hörte.
»Christine?« Er war stehengeblieben und schaute zurück.
»Ja?«
»Danke für deine Hilfe.«
Sie blickte ihm nach, bis er nur noch als entfernter Schatten zu erkennen war.

13. Kapitel

Als Christines Armbanduhr sechs zeigte, wandte sie sich dem Stall zu.
Es war bereits seit einiger Zeit hell, und Christine hatte es daher in der letzten halben Stunde nicht mehr für nötig gehalten, im Gebüsch zu hocken. Wenn jemand kam, dann tat er dies sicherlich während der schützenden Dunkelheit.
Der Morgen war grau und diesig, und Christine zog die

Schultern hoch. Sie freute sich auf eine heiße Dusche, trotz ihrer warmen Kleidung fror sie inzwischen jämmerlich.

Drüben im Haus regte sich nichts, als Christine hinübersah. Es konnte aber nicht mehr lange dauern, bis die ersten Schläfer erwachten, deshalb wurde es Zeit, Denis zu wecken.

Christine betrat leise den Stall. Es befanden sich nur drei oder vier Pferde darin, die restlichen Boxen waren leer.

Auch in der Sattelkammer war es still. Christine steckte vorsichtig den Kopf hinein.

Denis schlief fest. Er hatte sich, ohne auch nur seine Schuhe auszuziehen oder sich eine Decke zu holen, auf der Liege ausgestreckt. Er mußte augenblicklich eingeschlafen sein. Seine Züge wirkten im Schlaf so entspannt, wie es Christine noch nie bei ihm gesehen hatte. Sie ließen zum ersten Mal seine Ähnlichkeit mit Ruaidhri hervortreten. Und jetzt, im fahlen Morgenlicht, das durch das kleine Fenster hereinkam, bemerkte Christine deutlich die Zeichen der Erschöpfung auf Denis' Gesicht.

Sie zögerte.

Sollte sie ihn tatsächlich wecken? Er mußte immer noch todmüde sein, die wenigen Stunden Schlaf konnte man bei weitem nicht als ausreichend betrachten.

Andererseits hatte sie es ihm versprochen.

Christine seufzte. Obwohl es ihr zuwider war, sie mußte es dennoch tun.

Sie beugte sich über Denis und legte ihm sacht die Hand auf die Schulter.

»Denis?«

Sie schrak ein wenig zurück, als er hochfuhr.

»Was ist? Kommt jemand?«

»Nein, nein«, beruhigte ihn Christine. »Aber ich sollte dich doch um sechs Uhr wecken.«

»Oh, ja, richtig.« Denis strich sich verwirrt das Haar zurück. »Danke, daß du daran gedacht hast!« Er sah auf seine Uhr.

»Willst du nicht doch lieber noch ein wenig schlafen?« Christine schaute ihn besorgt an.

Denis schüttelte den Kopf und schwang seine Beine auf den Boden. Er rieb sich den Nacken und bemühte sich sichtlich, wach zu werden.

»Es geht schon«, sagte er dann. »Eine kalte Dusche und ein paar Tassen Kaffee, und ich bin wieder fit.« Er blickte Christine an. »Wie war es draußen?«

»Kalt. Heute abend ziehe ich mir mindestens noch einen zweiten Pullover an.«

Denis schwieg einen Moment. »Heißt das, du machst tatsächlich weiter mit?« Seine Stimme klang ungläubig.

Christine erwiderte seinen Blick. »Natürlich.« Ihr Gesicht verzog sich zu einem Lächeln. »Aber ab heute abend machen wir einen richtigen Zeitplan, mit Wachablösung und so weiter. Damit du endlich einmal wieder regelmäßig zum Schlafen kommst.«

»Ich hab's doch gewußt!«

»Was hast du gewußt?«

»Daß Frauen gerne kommandieren. Aber okay, du hast wohl recht, das wird das beste sein.« Er stand auf und streckte sich. Dann sah er Christine an. »Wie ist es, kommst du mit rüber zum Frühstücken?«

Christine überlegte, dann schüttelte sie den Kopf.

»Besser nicht. Ich will meinen Vater nicht unnötig beunruhigen, er weiß ja nicht, wo ich bin. Außerdem«, sie schaute Denis schräg an, »würde es wohl einen etwas seltsamen Eindruck machen, wenn wir beide plötzlich friedlich vereint beim Frühstück erschienen.«

Denis grinste. »Du meinst, jeder würde glauben, wir hätten die Nacht miteinander verbracht, was?«
Christine wurde unwillkürlich rot unter seinem Blick.
Sie wandte sich zur Tür. »Ich gehe dann also.«
»Wir sehen uns später«, nickte Denis, klappte mit drei Griffen das Feldbett zusammen und schob es hinter den Schrank. Er blickte zu Christine hinüber, in seinen Augen stand das neue kleine Lächeln, das sein Gesicht auf einmal so sympathisch machte. »Danke nochmals.«
»Gern geschehen. Bis nachher!«
Während Christine den Kiesweg hinüber zu Georgs Haus schritt, wunderte sie sich insgeheim darüber, wieviel besser sie sich fühlte, seitdem sie Denis nicht mehr als Gegner betrachten mußte. Sie war müde, hatte eiskalte Füße, und die Seite, mit der sie auf den Stein gefallen war, schmerzte. Aber allein die Chancen, die sich nun für Cuchulainn ergaben, ließen für Christine den Tag so hell erscheinen wie noch keinen vorher.

Cuchulainn begrüßte sie freudig.
»Hallo, mein Kleiner«, sagte Christine, während sie auf den Zaun kletterte.
Er schnoberte an ihrer Tasche, und sie lachte, während sie ihm eine Karotte reichte.
»Ich muß wegen dir bald eine Großbestellung Karotten aufgeben!« Sie tätschelte den glatten Hals des Hengstes. Er blieb ruhig stehen, als sie sich hinüber auf seinen Rücken schob, und wölbte anmutig den Hals.
Christine trieb ihn vorwärts, worauf er in einen leichtfüßigen Trab fiel. Zu galoppieren wagte sie nicht, da sie gehört hatte, daß Rennpferde, an schnellstes Tempo gewöhnt, oftmals nicht mehr in der Lage waren, langsam zu galoppieren. Für

höhere Geschwindigkeiten war die Koppel allerdings zu klein, und Christine verspürte keine Lust, sich oder den Hengst am Zaun zerschmettert zu sehen.
»Meinst du, Denis hat etwas dagegen, wenn wir beide einmal ins Gelände gingen?«
Sie klopfte dem Dunkelbraunen den Hals. Er schnaubte, und Christine lachte hellauf. »Ja, sagst du? Nun, da wäre ich mir an deiner Stelle gar nicht mehr so sicher. Ich glaube nämlich, er ist gar nicht so schlimm, wie er tut. Er paßt auf dich auf, weißt du das?«
Mit einemmal wurde sie nachdenklich. Konnte es tatsächlich sein, daß der Grund, weshalb Denis sich in der letzten Zeit überhaupt nicht mehr um Cuchulainn gekümmert hatte, der war, daß er den Hengst ganz bewußt ihrer, Christines, Fürsorge überließ? Daß er genau merkte, daß Christine mit dem Pferd Fortschritte erzielte, die ihm niemals möglich waren? Daß er auf sie und ihre Arbeit vertraute?
Es paßte alles zusammen.
Nun, es würde sich herausstellen, wie er sich von nun an verhielt.
Christine hatte sich überlegt, daß es taktisch unklug wäre, Denis' erste halbwegs gute Stimmung gleich für Bitten um Unterstützung auszunutzen. Als sie ihn jedoch später vor dem Stall traf, vergaß sie alle Vorsätze.
Denis striegelte Aurora, als Christine um die Ecke bog.
Er sah sie, und obwohl sein Gesicht gewohnt unbewegt blieb, meinte Christine doch, in seinen Augen ein winziges freundliches Blitzen bemerkt zu haben.
Dadurch ermutigt trat sie näher.
»Sie soll morgen starten, nicht wahr?« Christine streckte ihre Hand aus und streichelte Aurora.
Denis nickte. »Und gewinnen, hoffe ich.«

»Hat sie schwere Konkurrenz?« Christine war sich bewußt, daß sie Konversation betrieb.

Denis merkte es genau, das sah sie.

Er zuckte die Achseln. »Leicht ist es nie. Jedes Rennen birgt neue Überraschungen.«

Dann schaute er Christine prüfend an. »Schieß los, was hast du auf dem Herzen?«

Christine mußte lächeln. »Sieht man mir das so deutlich an?«

»Ziemlich«, nickte Denis. »Ist es Cuchulainn?«

»Ich würde gerne mal mit dir über ihn reden«, bestätigte Christine. »Wenn du es mir gestattest«, fügte sie hinzu.

»Ich muß mich wohl damit abfinden, daß sich hier keiner mehr um meine Anweisungen schert«, entgegnete Denis, jedoch in gleichmütigem Ton.

»Du weißt, daß er mich inzwischen aufsitzen läßt?« fragte Christine sachlich.

Denis nickte. »Als nächstes solltest du es vielleicht mal mit Sattel probieren.«

»Ja, das habe ich mir auch schon überlegt.«

»Ich suche dir nachher seinen Sattel heraus. Laß dir von Ruaidhri helfen, falls es Schwierigkeiten geben sollte. Der Hengst scheint ihn ja inzwischen ebenfalls an sich heranzulassen.«

»Wichtiger wäre, daß er dich an sich heranließe«, sagte Christine leise.

Denis schwieg.

»Ich bezweifle, daß das noch einmal möglich sein wird«, entgegnete er dann nüchtern.

Christine sah ihn an. Sie wußte, daß er wahrscheinlich recht hatte.

»Aber was nützt es denn, wenn ich ihn reite? Ich kann ihn nicht trainieren oder gar im Rennen reiten!«

»Ich werde mit Danny reden«, meinte Denis. »Das ist unser Jockey. Er soll Cuchulainn im Rennen reiten. Gegen ihn wird der Hengst nicht viel einzuwenden haben, er kennt ihn bisher noch gar nicht. Und wenn sich hier eine gewisse Lady«, er warf Christine ein kleines verschmitztes Lächeln zu, »bereit erklären würde, dem Pferd zu erzählen, daß Danny ein ganz lieber Junge ist, dann könnte er vielleicht auch das Training übernehmen.«

»Die Lady ist gerne dazu bereit«, sagte Christine, »vorausgesetzt, man redet sie endlich nicht mehr so an.«

»Verzeihung«, grinste Denis. »Ich weiß, ich wollte es nicht mehr tun.« Er blickte Christine aufmerksam an. »Hast du noch ein wenig schlafen können?«

Christine schüttelte den Kopf. »Nicht nötig, ich hatte mich doch vorher genug ausgeruht.«

»Und du willst wirklich ...?«

»Ich will es wirklich, ja«, nickte Christine. »Wie machen wir es? Wachwechsel alle zwei Stunden?«

»Es entstehen dadurch zwar viele Momente, bei denen keiner aufpaßt«, bemerkte Denis sachlich, »aber mehr als zwei Stunden ununterbrochene Konzentration werden tatsächlich schwierig.«

»Und kalt«, fügte Christine hinzu.

»Zieh dich ordentlich warm an«, nickte Denis. Dann zögerte er. »Ich weiß nicht, würde es dir etwas ausmachen, mit mir den Schlafplatz in der Sattelkammer zu teilen?« Er grinste. »Ich meine natürlich nicht gleichzeitig.« Er wurde wieder ernst. »Aber das wäre das einfachste.«

»Kein Problem«, versetzte Christine gleichmütig. »Dann kommt man gleich in ein vorgewärmtes Bett – gar kein schlechter Gedanke.«

»Was wirst du George sagen?«

Denis' Frage verblüffte Christine, ihr wurde klar, daß sie noch gar nicht daran gedacht hatte, daß sie ihrem Vater eine Erklärung für ihr nächtliches Ausbleiben bieten mußte.
Sie überlegte.
»Wenn es dir nichts ausmacht«, meinte sie dann, »so würde ich ihm am liebsten die Wahrheit erzählen. Mich in Ausreden zu flüchten war noch nie mein Fall, und ich bin sicher, daß er uns verstehen wird und auch niemandem etwas verrät.« Jetzt, als sie sich diese Sache durch den Kopf gehen ließ, merkte sie, daß es die Wahrheit war. Georg würde Verständnis für diese wahnwitzige Sache haben.
Denis betrachtete sie nachdenklich. Dann nickte er.
»Ich glaube, du hast recht. Ich kenne deinen Vater nicht besonders gut, aber ich muß sagen, daß ich ihm mehr traue als ...« Er verstummte.
Christine sah ihn neugierig an, doch Denis sprach nicht weiter. Statt dessen meinte er: »Sag ihm ruhig so viel, wie du für nötig hältst. Es ist besser, er weiß Bescheid, als wenn er denkt, du triffst dich jede Nacht heimlich mit einem Mann.«
»Das tue ich doch«, erwiderte Christine verschmitzt, worauf Denis grinste.
Sie hörten Schritte hinter sich, und als sie sich umdrehten, sahen sie Ruaidhri müßig herbeischlendern.
Denis wandte sich wieder Aurora zu, während Christine Ruaidhris Gruß freundlich erwiderte.
»Wenn du gerade nichts zu tun hast«, bemerkte Denis, während er die Kardätsche mit kräftigen Strichen über den Rücken des Pferdes führte, »dann sei so gut und hol bitte Cuchulainns Sattel und Trensenzaum für Christine.«
Ruaidhris Gesicht zeigte Verblüffung. Er schaute zwischen Denis und Christine hin und her. »Eh, ja, natürlich. Wenn du meinst.«

»Und, Ruaidhri«, Denis fixierte ihn ernst. »Bleib dabei, okay?«
»Ich werde aufpassen«, nickte Ruaidhri, der sich allmählich von seiner Überraschung erholte.
»Was ist denn auf einmal in Denis gefahren?« fragte er Christine, als sie nebeneinander zum Stall gingen. »Er läßt dich tatsächlich Cuchulainn reiten?«
»Wir hatten ein vernünftiges Gespräch«, nickte Christine.
»Na, Gott sei Dank«, versetzte Ruaidhri. »Ich wußte doch, daß er nicht so ist. Und ich bin froh, daß ihr euch endlich zu vertragen scheint.« Dann grinste er Christine von der Seite an. »Ich hoffe allerdings, ihr vertragt euch nicht noch zu gut!«
»Was soll denn das schon wieder bedeuten?«
»Nun, schließlich habe ich ja immer noch Hoffnung, daß du irgendwann meinem geballten Charme nicht mehr widerstehen kannst.« In Ruaidhris Augen stand ein lustiges Funkeln. »Und da kann ich natürlich keine Konkurrenten gebrauchen, noch nicht einmal meinen eigenen Bruder. Obwohl«, er machte ein zufriedenes Gesicht, »gegen mich hat er sowieso keine Chance.«
Christine lachte. »Dein Selbstbewußtsein möchte ich haben!«
»Nicht wahr?« Ruaidhri zwinkerte ihr zu.
In der Sattelkammer reichte er ihr Cuchulainns Trensenzaum und lud sich dann den Sattel auf die Schulter. »Probieren wir mal unser Glück.«
Cuchulainn, der Ruaidhri anfangs mißtrauische Blicke zuwarf, ließ sich dann tatsächlich von ihm satteln. Christine trenste ihn auf und ergriff dann die Zügel, um den Hengst näher an den Zaun zu führen.
Ruaidhri grinste. »Tja, kleine Mädchen haben schon ihre Probleme mit großen Pferden, nicht wahr?«

»Wenn du nichts Besseres zu tun hast, als zu lachen, dann hilf mir lieber mal«, versetzte Christine.
»Zu Befehl«, meinte Ruaidhri, trat an ihre Seite und hob sie schwungvoll in den Sattel.
»Danke.« Christine setzte sich zurecht und setzte die Füße in die Steigbügel.
»Spring ab, wenn er anfängt zu steigen, okay?« Ruaidhri beobachtete sie besorgt.
»Das tut er schon nicht, stimmt's, mein Kleiner?« Christine klopfte Cuchulainn den Hals. Sie nahm ihn nun vorsichtig an den Zügel und ritt an.
Ruaidhri sah, daß der Hengst tatsächlich friedlich blieb und Christines Hilfen willig gehorchte. Beruhigt kletterte er nun auf den Zaun und setzte sich bequem auf die oberste Stange.
»Nun zeigt mir mal was«, forderte er.
Christine hätte ihm am liebsten die Zunge herausgestreckt, doch sie verkniff es sich. Immerhin hatte sie Ruaidhri einiges zu verdanken, da durfte sie sich wohl mit seiner Art abfinden.
Und dann vergaß sie Ruaidhris Anwesenheit und dachte nur noch an das Pferd.
Sie sah die schwarze Mähne des Hengstes wippen, während sich sein Kopf im Takt seiner Schritte bewegte, sie spürte die Wärme seines Körpers und die Kraft seiner Muskeln an ihren Beinen und wiegte sich im Rhythmus seines weichen Gangs. Das glatte Leder des Zügels lag vertraut in Christines Hand, sie hielt sanfte Verbindung zu Cuchulainns Maul und meinte beinahe, zu fühlen, wie er atmete. Es war, als ob sie niemals etwas anderes getan hätte, als den Hengst zu reiten. Cuchulainn kaute vertrauensvoll am Gebiß und folgte bereitwillig ihrer Führung, als sie ihn vorsichtig zum leichten Trab antrieb.

Und ihr wurde bewußt, wie sehr sie dieses wunderbare Pferd liebte.

Georg hörte schweigend zu.
»Und du denkst, daß es weitere Anschläge geben wird?«
Christine nickte ernst. »Wenn Denis das meint, dann glaube ich es ihm. Er ist nicht der Typ, Hirngespinsten nachzujagen.«
»Hm, ich muß gestehen, ich kenne ihn eigentlich überhaupt nicht. Aber Niall scheint auf seinen Ältesten große Stücke zu halten. Ist er das?«
»Das ist Denis, ja«, bestätigte Christine.
Georg dachte daran, was Padraig gesagt hatte, doch er schwieg. Offenbar war der Streit zwischen Christine und diesem Denis mittlerweile beigelegt, Christines Bericht nach verfügte der junge Mann sogar über einige anerkennenswerte Eigenschaften. Und nun wollte Christine sogar ihre Nächte opfern, um bei den O'Flahertys die Pferde bewachen zu helfen. Nun, es war ihre Sache. Georg war das energische Funkeln, das Christine seit einiger Zeit in den Augen trug, nicht entgangen, und er freute sich darüber, daß sie hier offenbar ein Betätigungsfeld gefunden hatte, das ihren geheimnisvollen Kummer verblassen ließ. Von daher war es nur von Vorteil, wenn sie meinte, sich engagieren zu müssen.
Er lächelte Christine nun an. »Ich muß sagen, dein Vertrauen ehrt mich richtig. Immerhin bist du aus dem Alter raus, wo du mich noch um Erlaubnis gefragt hast.«
Christine erwiderte das Lächeln. »Du sollst dir schließlich keine Sorgen machen, wenn ich mich nächtelang irgendwo herumtreibe.« Sie mußte heimlich lächeln, als ihr einfiel, was Denis gesagt hatte. »Außerdem kann ich mich eigentlich nicht erinnern, daß du sogar früher jemals verlangt

hast, daß ich dich wegen irgend etwas um Erlaubnis bitten sollte.«

»Nun, ich denke, du warst dein eigener Herr und hattest deine Gründe für das, was du tust, nicht wahr? Außerdem bin ich schon immer der Meinung gewesen, es stünde keinem zu, ungebetene Ratschläge zu erteilen oder gar zu versuchen, Einfluß zu nehmen.«

»Eine leider nicht sehr verbreitete Meinung.«

»Du hast recht. Weißt du, was meiner Ansicht nach die Wurzel vieler Differenzen ist? Es ist die unausrottbare Sucht vieler Menschen, andere nach ihren eigenen Vorstellungen zu formen. Sie denken, ihr eigenes Wesen, ihre eigene Lebensweise, ihre eigenen Zielvorstellungen sind das einzig richtige, es ist für sie der Maßstab, nach dem sie ihre Mitmenschen beurteilen. Sie sehen beispielsweise, daß ihr Nachbar kein oder nur ein altes Auto fährt, daß ihre Nachbarin in vermeintlich unmoderner Kleidung herumläuft, und rümpfen die Nase über sie. Sie vergessen dabei, daß Autos und Kleidung vielleicht für sie selbst wichtig und ein Zeichen für Lebensqualität sind – für ihre Nachbarn aber möglicherweise ganz andere Dinge Bedeutung haben.«

»So wie manche Menschen einem geregelten Beruf nachgehen, während andere malen.«

»Ebendies.« Georg lächelte Christine an. »Kein Mensch hat das mindeste Recht, darüber zu entscheiden, was objektiv akzeptabel ist und was nicht. Natürlich könnte ich jetzt sagen, daß du verrückt bist, dir für ein paar Gäule die Nächte um die Ohren zu schlagen – mir selbst bedeuten Pferde ja schließlich nichts. Ich denke mir aber, daß sie für dich wichtig sind, daß dir daran liegt, daß ihnen nichts passiert. Und nachdem ich das weiß, finde ich es auch vollkommen in Ordnung, wenn du dich nachts hinstellen und auf sie aufpassen willst.« Er räusperte sich. »Wobei ich natürlich hoffe, daß der junge Mann weiß, was er tut. Ich meine, wenn er dich schon zur Wache einteilt, dann muß er natürlich auch dafür Sorge tragen, daß dir dabei nichts passieren kann.«

»Er hat mir eine endlose Predigt über Vorsichtsmaßnahmen gehalten«, nickte Christine, worauf Georg lachte. »Außerdem bleibt er ständig in Rufweite.« Und verfügt im Notfall über eine verflixt harte Rechte, dachte sie bei sich und verbiß sich das Grinsen.

»Dann bin ich ja beruhigt«, meinte Georg.

»Du weißt, daß die Sache unter uns bleiben muß, nicht wahr?«

Georg nickte. »Das war mir schon klar.«

Und in Christine formte sich der Gedanke, daß es nicht das Schlechteste war, einen Vater wie ihn zu haben.

Gegen zehn huschte Christine leise hinüber.

Denis wartete im Schatten neben dem Stall.

Schon auf dem Weg war sich Christine bewußt geworden, daß ihre Verabredung viel Ähnlichkeit mit einem verschwiegenen Stelldichein besaß, und sie mußte heimlich lächeln. Denis schienen ähnliche Gedanken durch den Kopf zu gehen, denn er beugte sich zu Christine hinunter und flüsterte: »Es ist zwar ein etwas ungewöhnliches Geschenk für ein Rendezvous, aber ich denke mir, ein nützliches.«

Er drückte Christine etwas in die Hand, das sie zu ihrer Überraschung als Trillerpfeife an einem Band erkannte.

Denis war ernst geworden. »Nimm sie mit, für den Notfall. Ich will nicht, daß dir etwas passiert.«

Christine verstand. Wortlos hängte sie sich die Pfeife um den Hals.

Sie hatten ausgemacht, daß Christine die erste Wache über-

nahm. Dadurch fiel die gefährlichere Zeit nach Mitternacht an Denis.
»Bist du warm genug angezogen?« fragte er nun.
Christine nickte. »Ich mache mich dann auf. Leg dich ruhig schlafen, ich wecke dich um zwölf.«
»Gut.« Denis stand ein wenig unschlüssig.
Christine nickte ihm auffordernd zu und wandte sich zum Gehen.
»Denk daran«, sagte Denis ernst, »du holst mich sofort, wenn dir etwas komisch vorkommt. Und falls ...« Er zögerte. »Wenn es aus irgendeinem Grund dafür nicht mehr reichen sollte, dann benutz die Pfeife, vergiß es nicht! Ich höre sie, selbst im Schlaf, und bin in einer Minute da.«
»Es ist okay«, lächelte Christine. »Mach dir keine Sorgen, ich werde auf mich achtgeben.«
Sie hatte sich ein Stück Pappkarton mitgebracht, um nicht auf dem kühlen, feuchten Boden sitzen zu müssen. Damit und in warme Kleidung gehüllt, fühlte sie sich gut ausgerüstet, um die langen, einsamen Stunden zu bestehen.
Als sie dann still am Rande der großen Koppel kauerte, mit gutem Ausblick nach allen Seiten, verlor sich nach und nach ihre Nervosität. Die Luft war verhältnismäßig mild, es roch nach Blüten und feuchter Erde, und das Rupfen der grasenden Pferde wirkte beruhigend.
Christine begann, an ihrer Situation Gefallen zu finden. Wann sonst hatte sie jemals Gelegenheit, die nächtliche Natur zu genießen? Vor Jahren, in ihrer Anfangszeit mit Alex, war sie einmal zelten gewesen. Christine hatte sich darauf gefreut, ein paar schöne Tage draußen zu verbringen, mit Spaziergängen und romantischen Abenden am Feuer. Es stellte sich allerdings rasch heraus, daß das einzige, dem Alex Geschmack abzugewinnen vermochte, die

Nächte in den aneinandergeknüpften Schlafsäcken waren. Christine hatte mitgemacht, doch kehrte sie von diesem Ausflug mit dem Gefühl zurück, als sei ihr etwas entgangen. Sie wiederholten das Campingwochenende auch niemals, Christine wohnte schon bald darauf in einem eigenen kleinen Apartment, was Alex der Notwendigkeit enthob, besondere Gelegenheiten für ein ungestörtes Zusammensein schaffen zu müssen.

Doch nun war das alles Vergangenheit.

Christine blickte zum Himmel, sah die unzähligen Sterne, und tiefer Frieden erfüllte ihr Herz.

Die beiden Stunden vergingen wie im Flug, und Christine empfand fast so etwas wie Enttäuschung, als sie nach einem Blick auf ihre Uhr sah, daß es Zeit war, Denis zu wecken. Bevor sie sich erhob, spähte sie aufmerksam um sich. Alles war ruhig.

Wie beim ersten Mal zögerte Christine, als sie Denis auf dem Feldbett liegen sah. Er lag in eine Wolldecke eingewickelt und atmete ruhig, und Christine hätte ihn am liebsten weiterschlafen lassen, so müde wie er sein mußte.

Doch dann faßte sie ihn dennoch vorsichtig bei der Schulter. Denis öffnete seine Augen. Er sah Christine, erkannte, daß kein Notfall vorlag, und setzte sich auf.

»Zwölf Uhr?« fragte er kurz.

»Zwölf Uhr«, nickte Christine. »Alles ruhig draußen.«

Denis schnürte seine Schuhe zu und stand auf.

»Macht es dir wirklich nichts aus, dich hier schlafen zu legen?« Er blickte Christine forschend an.

»Warum sollte es«, gab sie zurück, setzte sich auf die Bettkante und zog ihre Schuhe aus.

Denis sah zu, wie Christine sich auf der Liege ausstreckte und in die Decke einrollte.

»Da werde ich gleich wieder warm«, meinte sie mit einem verschmitzten Lächeln.
Denis erwiderte das Lächeln.
»Schlaf gut«, meinte er.
»Danke. Und vergiß bloß nicht, mich um zwei Uhr zu wecken!«
»Ich vergesse es nicht.«
Als er gegangen war, kuschelte sich Christine eng in die Decke. Ihr war wohlig warm und gemütlich zumute, das flache Kissen roch ein wenig nach Aftershave, doch das störte sie nicht. Denis benutzte zum Glück eine andere Marke als Alex. Und ehe Christine sich's versah, war sie eingeschlafen.
Als sie Denis' Hand spürte, wußte sie im ersten Augenblick gar nicht, wo sie sich befand. Verwirrt blickte sie um sich und sah ihn neben dem Bett hocken.
»Willst du immer noch mitmachen?« fragte er lächelnd.
»Klar.« Christine richtete sich auf und strich sich das wirre Haar aus der Stirn. Sie fröstelte, als sie die Decke abstreifte, und sie merkte deutlich, daß sich ihr Blutdruck im untersten Bereich befand. Unter Denis' aufmerksamem Blick nahm sie sich jedoch zusammen.
»Geht es wirklich?« Seine Stimme klang besorgt. »Bleib lieber liegen, du mußt es doch nicht tun.«
»Ich will aber«, entgegnete Christine und zog sich ihre Schuhe wieder an. Sie funkelte dabei zu Denis hinauf. »Wenn du es schaffst, dann schaffe ich es auch.«
Denis grinste.
»Weiber«, meinte er nur. Er streckte sich ohne Zögern auf der Liege aus, die Christine gerade verlassen hatte. »Du hast recht, ein vorgewärmtes Bett ist nach zwei Stunden draußen tatsächlich nicht zu verachten«, bemerkte er und wickelte sich in die Decke ein.

Christine warf ihm einen kurzen Blick zu. Wie Denis dalag und sie mit einem kleinen Lächeln ansah, konnte er eine gewisse Ähnlichkeit mit Ruaidhri nicht verleugnen.

»Gute Nacht«, wünschte sie ihm nun.

»Hast du die Pfeife?« fragte Denis.

Christine zeigte sie ihm.

»Dann ist es gut. Paß auf dich auf, okay?«

»Mach' ich«, nickte Christine und verließ den Raum.

Nach ihren anfänglichen Schwierigkeiten, wach zu werden, fühlte sie sich inzwischen wieder fit und munter. Es war noch ein wenig kühler als vor zwei Stunden, doch außer einem leichten Frösteln, das mehr von der ungewohnten Wachzeit herrührte als von der Kälte, fror Christine nicht. Sie sah die Schatten der Pferde, der Büsche und Felsen mit seltener Klarheit, spürte den kühlen Wind durch ihr Haar streichen, roch den Wassergeruch, der vom See herüberkam, und hörte das leise Rascheln der Blätter in der Brise. Sie war eins mit alldem.

Und mit einemmal verspürte Christine tiefe Dankbarkeit, daß sie ein Teil davon sein durfte.

Als Denis mit Aurora im Hänger den Hof verließ, schlief Christine noch.

Nach ihrer zweiten und letzten Wache hatte sie sich in ihr eigenes Bett in Georgs Haus gelegt, um noch zwei oder drei Stunden zu schlafen. Ein wenig schuldbewußt dachte sie daran, daß sich für Denis an die letzte Wache gleich das normale Tagwerk anschließen würde. Sie tröstete sich jedoch damit, daß sie ihm immerhin einige Stunden Schlaf ermöglichte – mehr Schlaf, als er sich in der letzten Zeit gestattet hatte.

Georg ging mit keinem Wort auf ihre nächtliche Aktion ein,

und da von den anderen auf dem Hof niemand etwas davon bemerkt hatte, konnte Christine sich ganz unbefangen und normal verhalten.
Sie ritt Blossom im Gelände und arbeitete danach mit Cuchulainn, kaum daß sie Zeit für ein eiliges Mittagessen fand.
Ruaidhri, der einige Male vorbeikam, nickte anerkennend, als er sah, wie problemlos Christine mit dem Dunkelbraunen umging.
»Ein Jammer, daß du ihn nicht im Rennen reiten kannst«, bemerkte er.
»Denis sagte, er wollte euren Jockey herholen?«
Ruaidhri nickte. »Das ist die einzige Lösung. Ich bin sicher, Danny ist einverstanden. Allerdings wird es auch mit Dannys Hilfe ein hartes Stück Arbeit sein, Cuchulainn wieder renntauglich zu machen.«
»Du meinst, weil er schon so lange steht?«
»Sicher. Er ist seit Monaten nicht mehr gelaufen, seine Muskeln sind schlaff. Was er jetzt bräuchte, wäre Konditionstraining, Muskelaufbau und so weiter.«
»Kann ich dabei nichts tun?« wollte Christine wissen.
»Kannst du longieren?« fragte Ruaidhri zweifelnd.
»Habe ich noch nie gemacht«, gab Christine zu. »Aber vielleicht kannst du es mir zeigen?«
»Ob das Sinn hat«, winkte Ruaidhri ab. »Höchstens ...« Er überlegte.
»Ja?«
»Vielleicht, wenn ich es probiere ... Möglicherweise macht der Hengst mit, wenn du ihn am Anfang führst. Ich muß aber ehrlich sagen, daß ich davon auch nicht so besonders viel verstehe. Für so was war immer Denis zuständig.«
»Wobei wir wieder beim Ausgangspunkt des Problems wä-

ren«, seufzte Christine. »Ohne Denis kommen wir nicht weiter.«
»Du verstehst dich doch in letzter Zeit so gut mit ihm«, grinste Ruaidhri.
»Aber Cuchulainn nicht«, gab Christine nüchtern zurück.
»Na und? Laß Denis ihm doch einfach ein paar Möhren füttern, dann ist die Sache in Butter!«
Christine lachte. »Wenn es bloß so einfach wäre!«
Einigermaßen ratlos machte sie sich am späten Nachmittag auf den Weg zu Charly, der ihr und Fiona ebenfalls Sorgen bereitete.
»Er will nicht fressen«, meinte Fiona trübsinnig.
»Hm.« Christine stand neben Charly und streichelte ihn liebevoll.
Er bot wirklich ein trauriges Bild, mit hängendem Kopf und Schweif drückte er sich in die Ecke seiner kleinen Koppel und beachtete nichts von all dem, womit Fiona in den letzten zwei Tagen versucht hatte, seinen Appetit anzuregen.
»Was ist denn los mit dir?« fragte Christine leise. Sie hatte seine Bindehautentzündung mit Salbe behandelt, doch um die Ekzeme zum Verschwinden zu bringen, bedurfte es in erster Linie vitamin- und mineralstoffreicher Nahrung in ausreichender Menge. Solange Charly jedoch das Futter verweigerte, konnte sie in dieser Hinsicht nichts tun.
»Er hat bestimmt Heimweh«, sagte Fiona leise.
»Das wird es sein«, nickte Christine. »Man darf nicht vergessen, daß er sein ganzes Leben in der Stadt verbrachte – vermutlich erschreckt ihn das alles hier. Er kennt keine grünen Wiesen, seine Freunde sind nicht da, und wir sind ihm fremd.«
»Was kann man denn da machen?« Fiona sah Christine beinahe verzweifelt an. »Es ist doch unmöglich, jemanden her-

zubringen, den er kennt. Aber wir können ihn hier doch nicht einfach eingehen lassen.«
»Ich denke, er wird sich mit der Zeit wieder von selbst fangen«, meinte Christine. »Wenn er seine Furcht vor der neuen Umgebung ein wenig ablegt, wenn er merkt, daß auch hier ein paar nette Leute sind und er gut behandelt wird ...« Sie verstummte. Ihr war ein Gedanke gekommen. Konnte es möglich sein?
Sie mußte Ruaidhri fragen. Oder, noch besser, Denis.
Im selben Augenblick, als Christine an Denis dachte, hörte sie den Diesel kommen.
Sie ging ihm entgegen und sah zu, wie Denis Aurora auslud.
»Und, wie ist sie gelaufen?«
Denis blickte sie an, und wieder wunderte sich Christine über seinen veränderten Gesichtsausdruck, der seit zwei Tagen zu beobachten war. »Gut«, lächelte er.
»Gewonnen?«
»Gewonnen.«
»Gratuliere«, meinte Christine anerkennend und schaute die Stute an, die tatsächlich einen richtig stolzen Eindruck machte. »Leider kann ich dich jetzt nicht streicheln«, sagte sie bedauernd zu ihr. »Ich komme nämlich gerade von Charly und habe mich noch nicht waschen können.«
»Was macht denn euer Flohzirkus?« fragte Denis.
»Flöhe hat er keine«, verwahrte sich Christine entschieden.
»Verzeihung«, grinste Denis. »Ich wußte doch, daß da noch was war, was er nicht hat.«
»Ich wollte dich fragen, ob du nachher vielleicht mal für ein paar Minuten zu ihm runterkommen könntest.«
Denis betrachtete sie erstaunt. »Aus irgendeinem ganz bestimmten Grund?«
»Ja«, sagte Christine schlicht.

Er schaute sie prüfend an, dann nickte er. »In einer halben Stunde.«

Tatsächlich dauerte es nicht länger, bis Christine ihn kommen sah.

Sie hockte auf Charlys Koppelzaun und schaute dem Schecken zu, der immer noch trübsinnig in der Ecke stand.

»Was ist los?« Denis lehnte sich neben Christine an den Zaun und legte seine Arme auf die oberste Stange.

»Sieh ihn dir an.« Christine wies auf Charly.

»Er macht nicht gerade einen glücklichen Eindruck«, nickte Denis.

»Er hat Heimweh«, meinte Christine ruhig.

»Möglich. Aber deswegen hast du mich bestimmt nicht geholt, oder?«

»Denis«, sagte Christine, »wo hat Cuchulainn vorher gelebt?«

»Bei Downpatrick«, antwortete Denis, »im Norden.« Er verstummte. Dann warf er Christine einen nachdenklichen Blick zu. »Du willst damit andeuten …?«

Christine sah ihn offen an. »Meinst du nicht, hier könnte der Grund für sein verrücktes Benehmen zu finden sein, in seiner Verpflanzung?«

Denis antwortete nicht gleich. Er betrachtete Charly.

»Cuchulainn war drei Jahre alt, als ihr ihn gekauft habt«, meinte Christine leise. »Das heißt, er war kaum mehr als ein Fohlen. Ein unsicheres, hilfloses Fohlen, das von einem Moment auf den anderen quer über die ganze Insel in ein völlig neues Zuhause gebracht wurde, wo es niemanden kannte.«

»Er ist zu diesem Zeitpunkt bereits Rennen gelaufen. Und zwar nicht nur in Downpatrick.«

»Aber vermutlich stets in Begleitung vertrauter Personen«, erwiderte Christine. »Ich nehme an, er hatte wohl einen langjährigen Trainer, vielleicht auch immer den gleichen Jockey, deshalb machte es ihm nichts aus.«

Denis schwieg.

Christine deutete auf Charly. »Bei ihm äußert sich das Heimweh darin, daß er das Futter verweigert. Aber Pferde haben ebenso unterschiedliche Temperamente wie Menschen, die einen sind sensibel und in sich gekehrt, die anderen aggressiver. Möglicherweise ist Cuchulainns Widerspenstigkeit nichts anderes als der Ausdruck von Einsamkeit und Heimweh.«

»Es ging, kurz nachdem ich ihn hergebracht hatte, los«, meinte Denis nachdenklich.

»Du hast ihn hergebracht?« Christine betrachtete ihn prüfend. »Ganz allein?«

»Ruaidhri wollte erst mit, doch dann kam kurzfristig etwas dazwischen.«

»Das heißt, er muß dich als den alleinigen Grund für sein Unglück ansehen«, sagte Christine langsam. »Du hast ihm die lange Fahrt hierher zugemutet, der erste, den er bei seiner Ankunft hier sah, warst du. Und vermutlich warst du auch der einzige, mit dem er danach zu tun hatte.«

»Und ich verlangte von ihm Leistung.« Denis' Stimme klang trocken.

Christine blickte stumm auf Charly.

»Du verlangtest Leistung, ohne ihm dafür ein bißchen Liebe zu geben«, entgegnete sie leise.

Denis warf ihr einen kurzen Blick von der Seite zu.

»Liebe ist Weibersache«, erwiderte er kurz.

»Jeder braucht Liebe«, sagte Christine ruhig. »Ob Mensch oder Tier. Wenn dir das Wort zu groß ist, dann nenn es

Verständnis, Einfühlungsvermögen, Zuneigung. Ohne dies alles kann niemand auf Dauer existieren.«

Denis betrachtete sie nachdenklich. In ihrer Stimme schwang ein seltsamer Unterton mit. Als sie ihn nun aber ansah, ließ ihr Gesicht nichts erkennen.

»Du machst dich darüber lustig, daß ich Cuchulainn mit Karotten verwöhne«, fuhr Christine fort, »aber versetz dich doch mal in die Seele des Pferdes. Es ist einsam, es ist unglücklich. Und dann gibt ihm jemand etwas Leckeres zu fressen, streichelt es, redet mit ihm. Vermittelt ihm positive Impulse, um es einmal wissenschaftlich auszudrücken. Meinst du nicht, daß man dadurch mehr bewirken kann als mit Sporen und Kandare?«

»Was glaubst du, wie weit ich mit meiner Arbeit käme, wenn ich jedem Pferd erst ein paar Märchen erzählen muß, bevor es mir gestattet aufzusitzen«, erwiderte Denis leicht belustigt.

»Es müssen keine Märchen sein.« Christine blieb ganz ruhig. »Ein freundliches Wort, ein kleines Streicheln, ab und zu etwas zum Naschen, das alles kostet nicht viel Zeit. Es begründet aber ein Verhältnis des Vertrauens, das mit Sicherheit bessere Ergebnisse erzielt als eine Beziehung, die lediglich auf Gleichgültigkeit oder gar Furcht basiert.«

»Du scheinst dich ja gut mit so was auszukennen«, bemerkte Denis sachlich.

Christine blickte still zu Charly hinüber.

Sie kannte sich damit aus. Nur zu sehr. Hinterher war man immer klüger.

»Ich verstehe bloß nicht, weshalb es bei euch so eskalieren mußte.« Christine sagte es fast unhörbar. Sie fragte sich insgeheim selbst, weshalb sie Denis auf einmal schonte. Daß er seit kurzem zu ihr freundlich war, entschuldigte ja noch lan-

ge nicht sein Verhalten gegenüber Cuchulainn. Aber andererseits hoffte sie, daß er nun vielleicht so weit zugänglich wurde, daß er doch ein wenig auf sie hörte, wenn sie ihm die Grausamkeit seines Tuns vor Augen führte.
Denis schwieg eine ganze Weile. Als Christine ihn vorsichtig ansah, bemerkte sie, daß er gedankenvoll in die Ferne starrte. Sie wartete, doch es kam von ihm keine Antwort.
»Willst du nicht doch noch einmal versuchen, ihm näherzukommen?« Christine blickte Denis bittend an.
Er wandte ihr das Gesicht zu.
»Traust du mir denn soviel – wic sagtest du doch, Einfühlungsvermögen und Zuneigung zu?«
Christine sah ihn aufmerksam an, merkte, daß in seinen dunklen Augen fast so etwas wie Bitterkeit stand.
»Warum nicht?« Sie verzog ihr Gesicht zu einem kleinen Lächeln. »Ich denke, bei jemandem, der seinen Schlaf opfert, um auf seine Pferde aufzupassen, muß zumindest ein kleiner Rest Herz vorhanden sein.«
»So, das denkst du.« Denis erwiderte ihr Lächeln. »Sonst hast du aber anders geredet.«
Christine ging nicht darauf ein. »Was hast du denn mit Cuchulainn eigentlich vor?«
Denis hob die Schultern. »Ich habe heute mit Danny gesprochen. Er ist bereit, ab und zu herzukommen und mit dem Hengst zu arbeiten. Leider wird das nicht ganz ausreichen.«
»Ruaidhri sagte schon, Cuchulainn wäre nicht mehr trainiert genug«, nickte Christine. »Er meinte, man müßte mit ihm an der Longe arbeiten.«
Denis seufzte. »Da hat er ausnahmsweise recht.«
»Ist Longieren schwierig?« fragte Christine schlicht.
Denis betrachtete sie. »Willst du es lernen?«

Christine erwiderte seinen Blick. »Willst du es mir zeigen?« Er schaute sie einen langen Moment an. Dann nickte er.

Auch die folgende Nacht blieb ohne besondere Vorkommnisse.
»Das bedeutet aber nicht, daß wir leichtsinnig werden dürfen«, bemerkte Denis beim letzten Wachwechsel. »Solange wir nicht sicher sein können, daß kein neuer Anschlag mehr kommen wird, heißt es weiter aufpassen.«
»Wodurch wirst du wissen, daß keine Anschläge mehr kommen?« fragte Christine leise.
Denis blickte sie schweigend an. Dann schloß er kurz seine Augen.
»Laß es gut sein, Christine«, sagte er still.
Christine nickte. »Es ist okay«, meinte sie. »Du mußt es mir nicht sagen.«
»Danke, daß du mir trotzdem hilfst.« Denis sah sie ernst an. Für einen kurzen Moment dachte Christine, er wollte noch mehr sagen, doch er schwieg.
»Schlaf noch ein paar Stunden«, empfahl er ihr. »Und nachher bringe ich dir das Longieren bei.«
»Ruaidhri schien davon überzeugt, ich würde es nicht begreifen.«
»Ruaidhri«, erwiderte Denis trocken, »hatte selbst niemals die geringste Geduld, es richtig zu lernen.«
»Und ich?«
»Du?« Denis lächelte kurz. »Du wirst es lernen.«
Und so stand Christine einige Stunden später in der Mitte des Reitplatzes neben Denis, hielt das Ende der Longe in den Händen und versuchte, dabei die lange Peitsche nicht fallen zu lassen, die, wie ihr Denis erklärte, die Hilfen des imaginären Reiters ersetzen sollte.

»Das Problem bei euch Frauen ist, daß ihr so kleine Hände habt!« Denis trat dicht hinter Christine, griff um sie herum und legte seine Hände auf die ihren, die Longe und Peitsche hielten. Christine stand ganz still und ließ sich von ihm führen, und sie mußte sich gestehen, daß es ihr bei Ruaidhri unangenehm gewesen wäre, ihn so eng an ihrem Rücken zu spüren wie jetzt Denis.
Für Verlegenheit blieb allerdings keine Zeit, denn das Pferd erforderte all ihre Aufmerksamkeit. Denis hielt es für das beste, wenn sie ihre ersten Versuche an einem erfahrenen Tier unternahm, deshalb hatte er Gypsy Boy für sie ausgesucht. Gypsy Boy war das Gehen an der Longe gewohnt. Er machte auch tatsächlich keinerlei Schwierigkeiten, trotz Christines anfänglich ungeschickten Bewegungen.
»Nicht verkrampfen«, mahnte Denis, als er spürte, wie Christine ihre Armmuskeln anspannte. »Ganz ruhig und locker bleiben, sonst hast du später einen fürchterlichen Muskelkater.«
»Den kriege ich sowieso«, stöhnte Christine. »Wie schaffst du das nur, die Peitsche und die lange Leine stundenlang in dieser Stellung konzentriert zu halten?«
»Alles Übung.« Denis grinste. »Wenn du das jetzt jeden Tag machst, dann kannst du nachts bald die Pfeife zu Hause lassen.«
»Meinst du«, versetzte Christine mit angestrengter Miene und stolperte über ihre eigenen Füße, im Bemühen, an ihrem Platz zu bleiben und das um sie herumlaufende Pferd zu dirigieren.
Denis hielt sie fest. »Langsam!«
»Sag das dem Pferd!«
»Nein, das mußt du ihm sagen«, widersprach Denis. »Du bist der Boß, vergiß es nicht.«

Christine blickte kurz zu ihm hoch und sah dunkle Augen amüsiert auf ihr liegen.
Sie mußte lachen. »Du redest wie mein früherer Reitlehrer!«
»Und heute weißt du, daß der Mann recht hatte, stimmt's?« Denis korrigierte ungerührt ihre Handstellung ein wenig.
Christine begriff das Prinzip ziemlich schnell.
»Gut«, lobte Denis, der weniger und weniger eingreifen mußte. Er ließ Christines Hände los, blieb aber hinter ihr stehen. Christine vermißte zuerst seinen beruhigenden Griff, doch sie merkte selbst, daß es ihr immer leichter fiel. Leine und Peitsche schienen sich mit der Zeit fast von selbst zu handhaben, und Denis nickte anerkennend.
»Ich wußte, daß du es kannst.«
Trotz ihres guten Gefühls bei der Sache fühlte sich Christine doch ein wenig verlassen, als Denis nun ging und sich in einiger Entfernung an die Umzäunung lehnte.
»Das nächste Mal probierst du es mit Cuchulainn«, sagte er ruhig.
»Und du meinst wirklich, ich schaffe das?«
Denis nickte. »Auf jeden Fall so gut, daß der Hengst endlich wieder ein wenig zum Laufen kommt. Daß du ihn an der Longe richtiggehend ausbildest, verlangt ja keiner von dir, das setzte natürlich schon ein paar mehr Kenntnisse voraus, als du jetzt auf die Schnelle lernst.« Er lächelte kurz. »Wobei ich ziemlich sicher bin, daß du damit auch bald zurechtkämst.«
Christine fiel etwas ein. »Du hast nicht vielleicht zufällig ein Buch, damit ich mich theoretisch etwas, sagen wir mal, bilden könnte?« Zweifelnd sah sie Denis an.
Zu ihrer Überraschung nickte er. »Doch, natürlich. Erinnere mich nachher daran, daß ich dir etwas heraussuche.«

Nach der Stunde rieben sie Gypsy Boy trocken und brachten ihn zurück auf die Koppel.
»Für den Anfang war es doch gar nicht schlecht«, lobte Denis.
»Oh, danke«, lächelte Christine. »Du wolltest mir noch ein Buch geben.«
»Richtig. Komm am besten gleich mit.«
Christine folgte Denis ins Haus. Sie zögerte, als er die Treppe hinaufging, doch auf sein aufforderndes Nicken hin folgte sie ihm. Sie war noch nie im oberen Stockwerk gewesen und blickte sich ein wenig neugierig um. Es sah aus wie in einem alten englischen Spielfilm: Holzvertäfelungen und geblümte Tapeten, überall an den Wänden hingen Pferdebilder, und durch das Fenster am Treppenabsatz konnte sie in den Hof hinüberschauen.
Denis öffnete eine Tür am Ende des Flures und winkte Christine herein.
Es mußte sein eigenes Zimmer sein, Christine bemerkte die Lederjacke über der Stuhllehne und den Stapel frisch gewaschener Hemden auf seinem Bett, über das eine Tagesdecke geworfen war.
Denis trat ans Bücherregal und ließ seinen Blick schweifen. Christine fühlte gelinde Überraschung, als sie sah, wie viele Bücher er besaß. Zahllose Fachbücher, und zu ihrem Erstaunen noch vieles andere. Sie wußte nicht, was sie erwartet hatte, doch wäre ihr im Traum nicht eingefallen, daß Denis mehr las als höchstens gelegentlich einen Kriminalroman. Neben Klassikern standen moderne Literatur, Romane, Erzählungen und die verschiedensten Bildbände.
»Hast du das alles gelesen?«
Denis blickte kurz zu ihr hinüber. »Im Moment komme ich leider nicht mehr oft zum Lesen.« Er zog ein Buch heraus

und reichte es Christine. »Hier. Da steht einiges übers Longieren drin. Es ist vielleicht wirklich keine schlechte Idee, wenn du dir auch ein bißchen Theorie aneignest. Laß dich aber nicht irremachen, das meiste kommt für Cuchulainn sowieso nicht in Betracht.«
»Danke.« Christine blätterte. Dann sah sie auf und lächelte Denis an. »Ich glaube, wenn ich wieder in Deutschland bin, kann ich mich dort als Hilfsausbilder für Pferde bewerben.«
»Nun, ich hoffe aber doch, daß du uns noch eine Weile erhalten bleibst!«
Christine warf ihm einen leicht überraschten Blick zu, aber es klang tatsächlich so, als meinte er es ehrlich. Mit dem Buch in der Hand trat sie nun ans Fenster. »Einen schönen Ausblick hast du von hier.«
»Ja.« Denis stellte sich hinter Christine und schaute über ihren Kopf hinweg ebenfalls hinaus. »Sieh mal, da drüben!« Er deutete an ihr vorbei.
Christine reckte den Hals. »Oh, da ist Cuchulainn!« Sie errötete ein wenig, als ihr klar wurde, was das hieß. »Kein Wunder, daß du gemerkt hast, wie ich mit ihm arbeitete.«
»Nicht allein deshalb«, entgegnete Denis, doch als sie fragend zu ihm hinaufblickte, sah er sie nur mit amüsiertem Funkeln in den Augen an.
Christine schaute nun wieder hinaus. »Man kann ja von hier aus bis zum Haus meines Vaters hinübersehen.«
»Ich weiß«, sagte Denis und verzog sein Gesicht zu einem leichten Grinsen. »Theoretisch könnten wir uns mit der Taschenlampe gegenseitig Alarm funken.«
»Ich habe leider keine Taschenlampe«, meinte Christine entschuldigend und erwiderte sein Lächeln. »Aber du hast recht, mein Zimmer liegt genau in dieser Richtung.«
»Wie günstig!« In Denis' Augen stand das Lachen, und Chri-

stine dachte unwillkürlich, wie sympathisch er doch auf einmal war. Konnte es wirklich sein, daß sich derselbe Mensch innerhalb so kurzer Zeit so vollkommen änderte? Es war schon seltsam, was die bloße Tatsache, daß er nun wieder zu einem einigermaßen regelmäßigen Schlaf kam, bewirkte.
Unter seinem Blick senkte sie die Lider und wandte sich vom Fenster ab.
»Wenn du noch mehr Bücher brauchst, kannst du dir jederzeit welche nehmen«, sagte Denis und trat zurück, um sie vorbeizulassen.
»Das Angebot ist verlockend«, nickte Christine. Sie sah ihn mit verschmitztem Lächeln an. »Dürfte ich denn dann gleich so unverschämt sein und fragen, ob ich mir vielleicht dieses hier ausleihen kann?« Sie zog einen Band Erzählungen heraus.
Denis warf einen Blick darauf. »Klar, warum nicht?«
»Von diesem Autor kenne ich bereits ein Werk auf deutsch, und es würde mich reizen, einmal eins auf englisch zu lesen.«
»Er schreibt gut«, nickte Denis. »Ich lese ihn auch gern.« Er griff ins Regal und holte ein weiteres Buch heraus. »Wenn du den Stil magst, dann empfehle ich dir dieses hier.«
Christine schaute sich den Titel an. »Erst dieses, okay? Anschließend lese ich es gerne.« Und sie warf Denis einen verwunderten Blick zu. Er schien tatsächlich mit Büchern vertraut zu sein.
Denis erriet offenbar, was ihr durch den Kopf ging, denn sie sah wieder das belustigte Funkeln in seinen Augen. Er sagte jedoch nichts und wandte sich zur Tür.
Fiona, die gerade unten den Flur entlangging, machte ein leicht verblüfftes Gesicht, als sie Denis und Christine gemeinsam die Treppe hinunterkommen sah. Sie erwiderte Christines Gruß jedoch mit einem fröhlichen Lächeln, und

Christine fragte sich im nachhinein, weshalb sie trotzdem ein leichtes Gefühl der Verlegenheit verspürte.

Ruaidhri ließ es sich nicht nehmen, dabeizusein.

Christine, die sich darüber im klaren war, daß der Hengst heute zum ersten Mal seit Monaten seine Koppel verließ, hielt ihn vorsichtig am Führstrick, dabei jeden Moment damit rechnend, daß er erschrak und steilte.

Doch abgesehen davon, daß seine Ohren nervös spielten, sobald er um die Hofecke bog und die lang vergessene Umgebung sah, machte er keine Schwierigkeiten.

»Wollen wir hoffen, daß er sich wenigstens noch ans Longieren erinnert«, meinte Ruaidhri.

Doch offenbar wußte Cuchulainn, was von ihm erwartet wurde. Die ersten Runden führte ihn Christine am Halfter um den Platz, dabei die Longe langsam ausrollend. Schließlich hatte sie die Mitte erreicht und berührte nun Cuchulainn vorsichtig mit der Peitsche. Er wich aus und spähte mißtrauisch nach der Peitsche. Christine kam ins Schwitzen, als er ruckartig ausbrach, dabei nervös tänzelte.

»Ruhig, mein Kleiner, ruhig!«

Beschwörend sprach sie auf ihn ein, während sie sich bemühte, die Longe ruhig und locker und die Peitsche außer Sichtweite zu halten.

»Soll ich probieren, ihn zu führen?« Ruaidhri trat einen Schritt vor.

»Laß es lieber«, meinte Christine, der nicht entging, daß Cuchulainn ihm argwöhnische Blicke zuwarf. »Im Moment würde es die Sache wohl nur verschlimmern. Er muß sich einfach erst einmal beruhigen.«

Tatsächlich verlor sich allmählich der nervöse Ausdruck des Hengstes. Er hörte auf zu tänzeln und nahm den Kopf herunter. Endlich bog er auf den Hufschlag ein und begann, gleichmäßig zu laufen.

Christine atmete auf und entkrampfte sich. Auch Ruaidhri, der am Zaun lehnte, steckte seine Hände in die Hosentaschen und stützte gemütlich einen Fuß auf die Stange.

»Du scheinst die Sache ja direkt zu beherrschen«, kommentierte er.

Christine achtete nicht auf ihn. Vorsichtig leitete sie Cuchulainn, dabei paßte sie sorgfältig auf, daß er nicht erneut vor der Peitsche erschrak. Er schien allerdings begriffen zu haben, daß sie für ihn keine Bedrohung darstellte, was Christine erleichterte.

Nach einer Viertelstunde beendete sie jedoch die Übung.

»Ich will dich ja schließlich nicht überfordern!« Sie klopfte Cuchulainn den Hals. Er schnaubte und steckte seine Nüstern in Christines Tasche.

»Du liebe Güte, du hast ihn ganz schön verwöhnt«, stellte Ruaidhri fest.

»Das macht gar nichts, nicht wahr, mein Kleiner?« Christine streichelte Cuchulainn, während er seine wohlverdiente Karotte zerkaute.

Ruaidhri grinste sie an. »Ich gäbe was drum, wenn du einmal so nett zu mir wärst!«

»Dann hättest du am besten als Pferd auf die Welt kommen müssen«, erwiderte Christine ungerührt.

»Wie kann man nur so hartherzig sein!« Ruaidhri schüttelte den Kopf.

»Wie kann man nur so hartnäckig sein«, verbesserte Christine trocken.

»Weil wir gerade von Hartnäckigkeit sprechen«, meinte Ruaidhri, »Denis sagte mir, du könntest Cuchulainn auf die kleine Koppel neben der Einfahrt stellen, die Weide sei gesünder für ihn.« Er schaute Christine neugierig an. »Was hast du denn mit Denis angestellt, daß er dir in letzter Zeit alle Wünsche erfüllt?«

Christine blickte unter dem Hals des Hengstes zu ihm herüber. »Tut er das?«

»Wie du siehst. Du scheinst bei ihm inzwischen einen regelrechten Stein im Brett zu haben. Und auch du hast dich schon seit geraumer Zeit nicht mehr über ihn beklagt.«

»Wenn er mir meine Wünsche erfüllt, wie du sagst, muß ich das ja auch nicht«, meinte Christine, dabei das Lachen verbeißend. Ruaidhris Beobachtungsgabe war nicht zu unterschätzen.

»Ja, ebendas wundert mich ja.« Ruaidhri grinste. »Man könnte schon beinahe eifersüchtig werden.«

»Sei nicht albern«, versetzte Christine amüsiert. »Er hat wahrscheinlich nur inzwischen selbst eingesehen, daß ich ein kleines bißchen recht hatte mit dem, was ich sagte. Welche Koppel meintet ihr?«

»Diese gleich da drüben.«

Ruaidhri ging ihr voraus, während sie Cuchulainn hinter sich herführte.

Christine erkannte schnell, daß sich Denis bei der Wahl dieser Weide ganz offensichtlich einiges gedacht hatte. Hier wuchs nicht nur ausreichend Gras, sie lag auch abgeschieden genug, so daß der Hengst nicht dem Trubel im Hof ausgesetzt war. Andererseits konnte er von hier aus beobachten, was sich tat, nicht zuletzt auch das Geschehen auf dem Reitplatz verfolgen.

Gar nicht ungeschickt, dachte sie bei sich. Cuchulainn konnte daher auch ihm, Denis, bei der Arbeit zuschauen, ohne sich durch ihn bedroht fühlen zu müssen. Wenn es überhaupt noch eine Möglichkeit gab, Cuchulainn mit Denis zu

versöhnen, dann war dies sicherlich der einzige Weg, damit zu beginnen.
Sie sagte es auch zu Denis, als sie ihn später vor dem Stall traf.
»So, du meinst also, das war Absicht?« Denis blickte sie amüsiert an.
»Das meine ich, ja«, nickte Christine, ohne sich beirren zu lassen. »Und ich finde die Idee gut.«
»Wenn du es sagst!« Denis lud sich einen weiteren Hafersack auf die Schulter, um ihn wie schon etliche andere vorher in den Stall zu tragen. Er hielt allerdings inne und drehte sich noch einmal zu Christine um. »Wie ist es eigentlich, würdest du dir zutrauen, den Hengst im Gelände zu reiten?«
Christine blickte ihn erstaunt an. »Ich weiß nicht ... Nun, ich denke schon.«
»Ganz ehrlich!«
»Doch, das würde ich.« Christine sah Denis ernst an. »Ich habe zwar noch niemals ein solches Pferd geritten, ich meine, außer jetzt in der Koppel. Aber ich glaube, er vertraut mir genug, um mir keine Schwierigkeiten zu machen.«
»Warte einen Moment.« Denis trug den Sack in den Stall, und Christine hörte den dumpfen Plumps, als das schwere Gewicht auf dem Boden landete. Gleich darauf kam Denis wieder heraus und klopfte sich die staubigen Hände ab.
»Mich selbst wird er wohl nicht mehr aufsitzen lassen«, meinte er sachlich. »Danny hat auch nicht die Zeit, hier jeden Tag Stunden zu verbringen. Cuchulainn muß aber laufen, was das Zeug hält.«
»Logisch.« Christine nickte. »Gut, ich probiere es.«
Denis blickte ernst zu Cuchulainn hinüber, der ihn von seiner neuen Koppel aus schon vor einiger Zeit bemerkt hatte und argwöhnisch beobachtete.
»Hoffentlich geht es gut.«

»Ich werde ihn schon unbeschadet wiederbringen«, lächelte Christine.
Denis wandte ihr sein Gesicht zu.
»Ich meinte nicht das Pferd«, erwiderte er hart.

14. Kapitel

Christine wußte allerdings nur zu gut, daß an einen Geländeritt mit Cuchulainn nicht zu denken war, bevor nicht etwas mit seinen Hufen geschah. In ihrem derzeitigen Zustand konnte es für Reiter und Pferd lebensgefährlich werden.
Denis nickte nachdenklich.
»Colin kommt morgen sowieso. Glaubst du, daß du es schaffst, den Hengst so weit ruhig zu kriegen, daß er ihn sich einmal vornehmen kann?«
Christine hob die Schultern. »Ich probiere es zumindest.«
»Dann viel Glück«, lächelte Denis.
Colin sah überhaupt nicht aus wie ein Hufschmied. Er wirkte eher klein und schmächtig, doch Christine bemerkte auf Anhieb, daß er sein Geschäft verstand. Er besaß viel mehr Körperkraft, als man ihm nach seinem Äußeren zutraute, und verfügte über genau die richtige Mischung von Rücksichtnahme und Festigkeit, die ihn auch mit schwierigen Pferden zurechtkommen ließ.
Cuchulainn jedoch war selbst für ihn ein unüberwindliches Problem gewesen, an das er sich auch nur zu gut erinnerte.
»Wen bringt ihr mir denn da?« fragte er und schob seine Mütze in den Nacken, vom Anblick des Hengstes sichtlich nicht sehr angetan.
»Jemanden, der es äußerst nötig hat«, erwiderte Christine und führte den Hengst behutsam näher. Sie merkte deutlich,

daß er nervös war, und sprach beruhigend auf ihn ein. »Ich weiß, daß Sie mit ihm das letzte Mal größere Probleme hatten«, meinte sie dann zu Colin. »Würden Sie es trotzdem noch mal versuchen?«
»Und Sie denken, er springt mir diesmal nicht vor Wut in die Esse?« Colin musterte Cuchulainn zweifelnd.
»Ich hoffe nicht.« Christine blieb am Kopf des Pferdes stehen. »Sieh nur, Cuchulainn«, sagte sie leise zu ihm. »Hier ist Colin, der dir gleich die unbequemen alten Eisen abnimmt und dafür schöne neue anpaßt.«
»Sie macht das immer so«, grinste Ruaidhri dem Schmied zu. »Erzählt ihm was, und er wird daraufhin lammfromm.«
»Von mir aus soll sie ihm aus der Bibel vorlesen, solange er nicht wieder versucht, mich zu Boden zu schicken«, entgegnete Colin ungerührt, während Christine Ruaidhri mit gerunzelter Stirn ansah. Er klopfte dem Dunkelbraunen die Flanke. »Na, zumindest hast du heute offenbar bessere Laune als beim letzten Mal.«
Anfangs behielt Cuchulainn trotz allem die Ohren nach hinten gelegt und blickte argwöhnisch auf Colin, als dieser mit seiner Arbeit begann. Doch stand er immerhin still und überließ ihm einigermaßen friedlich seine Hufe.
Es dauerte geraume Zeit, bis Colin fertig war.
»Na, das ging ja heute wunderbar«, bemerkte er und streichelte den Hengst. »Was haben sie dir denn ins Futter gemischt, daß du auf einmal so brav bist?«
»Weiblichen Charme«, grinste Ruaidhri und warf Christine einen Blick zu. »Du weißt ja – ein Blick aus schönen Augen, und jeder Mann wird schwach.«
Colin lachte dröhnend, und Christine, die hart mit sich kämpfte, um sich nicht über Ruaidhri zu ärgern, beschloß, seine Bemerkungen zu ignorieren.

»Und, wann läuft er das nächste Mal?« wollte Colin wissen.
»Das ist noch nicht entschieden«, antwortete Ruaidhri. »Denis will ihn aber auf jeden Fall für Galway Ende Juli melden.«
»Das sollte ja wohl klar sein«, versetzte Colin. »Galway Races ohne Sieger in O'Flaherty-Farben hat es schließlich noch nie gegeben.«
Christine schwieg und strich Cuchulainn über die Nüstern.

Als sie den Hof hinter sich gelassen hatten, entspannte sich Christine. Ohne sich dessen bewußt zu sein, war sie doch ein wenig nervös gewesen. Wie mochte Cuchulainn sich außerhalb seiner Koppel unter ihr verhalten? Sie hatte sich darauf eingestellt, daß er Schwierigkeiten machen würde, doch abgesehen davon, daß er unruhig mit dem Schweif schlug, als sie ihn vorsichtig über den Hof ritt, ging alles glatt.
Sie lenkte ihn in Richtung Lough Corrib und trieb ihn behutsam an. Cuchulainn fiel in einen ausgreifenden Trab, und Christine merkte deutlich den Unterschied zwischen dem Gang eines Freizeitpferdes und dem eines leichtfüßigen Vollbluts. Sie hob sich aus dem Sattel, faßte die Zügel fester, worauf Cuchulainn sofort reagierte. Er wölbte den Hals, und Christine erkannte an seinen aufmerksam gespitzten Ohren, wie sehr ihm dieser Ausflug zu gefallen schien. Sein lockerer Gang bewies ihr, daß er sich sicher fühlte, und sein vertrauensvoller Stand am Zügel zeigte seine Bereitschaft voranzukommen. Sie wagte mehr und mehr, ihren Blick auf ihre Umgebung zu richten, statt wachsam und ausschließlich auf mögliche Angstreaktionen des Hengstes zu achten.
Zu galoppieren traute sie sich allerdings nicht, sie hatte doch noch nie ein Rennpferd geritten, und die Gefahr, die Kon-

trolle über Cuchulainn zu verlieren, war zu groß – und sie war hier allein.
»Und das könnte für uns beide böse enden«, bemerkte sie zu dem Pferd und streichelte seine Mähne.
Bereits nach einer halben Stunde machte sie sich deshalb auf den Rückweg. Für dieses Mal war sie zufrieden, daß alles geklappt hatte, und sie hielt es auch für ratsamer, den Hengst nicht zu überanstrengen.
Der Hof war leer, als sie eintrafen. Christine saß vor dem Stall ab und lobte den Hengst ausgiebig.
»Gut haben wir es gemacht, mein Kleiner.« Sie reichte ihm eine Möhre und sah zu, wie er sie malmte. Wieder mußte sie daran denken, wieviel einfacher Cuchulainns Leben doch sein könnte, wenn er nicht ein so hoch dotiertes Rennpferd wäre.
Sie sattelte ihn ab, rieb ihn trocken und brachte ihn dann zurück auf die Koppel, wo er sogleich zu grasen begann. Christine hatte mit Wohlgefallen zur Kenntnis genommen, daß diese neue Weide einen guten Bewuchs aufwies.
Als sie aus der Sattelkammer kam, wäre sie beinahe mit Denis zusammengestoßen.
»Ihr seid ja schon wieder da«, bemerkte er. »Alles in Ordnung?«
»Keine Probleme«, nickte Christine, doch Denis sah ihren nachdenklichen Gesichtsausdruck.
»Aber irgendwas macht dir Sorgen.«
Sie blickte ihn an. Sollte sie ihm ihre Angst gestehen? Doch Denis' ruhige braune Augen flößten ihr Vertrauen ein.
»Ich habe Bedenken, daß er mir durchgeht, wenn ich zu galoppieren versuche«, sagte sie deshalb knapp. »Halte mich ruhig für feige.«
»Ich halte dich durchaus nicht für feige.« Denis' Stimme

blieb sachlich. »Im Gegenteil, der Gedanke ist vernünftig und wohl auch berechtigt.« Er fuhr sich durchs Haar. »Verflixt, daran habe ich tatsächlich nicht gedacht!«

»Am besten wäre es, wenn ein zweites Pferd mitkäme, das ihn beruhigen kann.«

Denis nickte bedächtig. Dann schaute er Christine scharf an.

»Wie verhält sich Cuchulainn draußen?«

»Erstaunlich unbefangen. Er beobachtet alles sehr genau, doch er hat keine Angst und geht ganz weich.«

Denis schwieg einen Moment. »Wie, glaubst du«, sagte er langsam, »würde er reagieren, wenn ich mitkäme?«

Christine blickte ihn erstaunt an, doch es war Denis offenbar ernst mit seiner Frage.

»Ich weiß nicht.« Sie zögerte. »Möglicherweise ginge es sogar gut.«

»Ich habe gemerkt, daß er in letzter Zeit nicht mehr ganz so erschreckt davonspringt, wenn ich an seiner Koppel vorbeikomme.« Denis' Gesicht wirkte nachdenklich.

»Er lernt allmählich, daß deine Anwesenheit nicht mehr automatisch Streß bedeutet«, nickte Christine. »Das einzige, was er im Moment mit dir in Verbindung bringt, ist Futter und Wasser. Dem Aversionsverhalten wird nur durch positive Konditionierung entgegengewirkt.«

Denis lächelte kurz. »Was für ein Glück, daß du für alles sofort eine wissenschaftliche Erklärung hast.«

»Entschuldigung.« Sie hatte tatsächlich nicht beabsichtigt, sich so geschwollen auszudrücken.

»Oh, ich lerne gerne mal dazu«, grinste Denis. »Und du hast recht, er ist sehr viel ruhiger geworden, seit ich ihn nicht mehr anfasse. Deshalb denke ich, wir könnten wirklich einmal probieren, ob er meine Begleitung duldet.«

»Entweder duldet er sie«, bestätigte Christine, »oder er dreht durch. Mehr Möglichkeiten gibt es nicht.«
Denis schwieg einen langen Augenblick.
»Das ist allerdings richtig«, sagte er langsam. »Und da wir nicht ausschließen können, daß er verrückt spielt, lassen wir es besser.«
»Dann erfahren wir nie, wie er auf dich reagiert.« Christine sagte es ganz nüchtern. »Ich bin der Meinung, wir versuchen es einfach.«
Denis rieb sich das Kinn. Dann schüttelte er den Kopf. »Es ist zu gefährlich. Ich riskiere damit schlimmstenfalls dein Leben.«
Christine erkannte zu ihrer Verblüffung, daß er sich tatsächlich Sorgen machte, und ein Gefühl der Wärme durchrieselte sie.
»So ein Unsinn«, meinte sie beruhigend. »Wenn ich merke, daß er hochgeht, springe ich einfach ab.«
Denis schwieg.
»Komm schon, es wird schon nichts passieren.«
»Na, hoffentlich.« Denis schien noch nicht überzeugt. »Mir ist verdammt unwohl bei dem Gedanken.«
»Und außerdem ist es notwendig, daß du mitreitest und nicht etwa Ruaidhri«, warf Christine mit einem kleinen Lächeln ein.
»So?« Denis erwiderte ihren Blick amüsiert. »Wie komme ich zu dieser Ehre?«
»Ruaidhris Pferd ist nicht schnell genug«, sagte Christine gelassen.
»Wenn Cuchulainn losrennt, hängt er jeden Hunter ab«, nickte Denis.
»Und deshalb nützt es nichts, wenn ich Ruaidhri bitte«, schloß Christine.

»Nun gut.« Denis gab sich einen Ruck. »Probieren wir's, dann wissen wir mehr.«
Erst eine ganze Weile später fiel Christine ein, daß keiner von ihnen auf die einfachste aller Lösungen gekommen war – Ruaidhri brauchte sich schließlich nur einen von Denis' Vollblütern auszuleihen, um mit Cuchulainn Schritt halten zu können. Zu ihrer eigenen Verblüffung stellte sie jedoch fest, daß sie bei genauerer Überlegung auch nicht den geringsten Anlaß sah, Denis diese Idee mitzuteilen.

Cuchulainn ließ kein Auge von Denis, als dieser Fairy Queen sattelte. Er hatte sich absichtlich so plaziert, daß der Hengst ihn sehen konnte, behielt jedoch genügend Abstand zu ihm, um sein Nichtinteresse an ihm zu demonstrieren.
Christine merkte aber deutlich, daß der Dunkelbraune unter Spannung stand. Beruhigend sprach sie auf ihn ein und versuchte, ihn mit Karotten abzulenken, während sie ihn für den Ausritt vorbereitete. Immerhin machte er ihr keine Schwierigkeiten, als sie endlich die Zügel ergriff und ihn näher an den Zaun heranführte, um von dort aus auf seinen Rücken zu steigen. Sie sah Denis amüsiert lächeln, und ihr war klar, daß er sich sicherlich ebenso wie Ruaidhri über ihre geringe Körpergröße lustig machte.
Er saß nun ebenfalls auf und lenkte Fairy Queen im Schritt durchs Hoftor.
Christine trieb Cuchulainn an und war erleichtert, als er ihr anstandslos gehorchte. Ganz offensichtlich hatte Denis für ihn in der letzten Zeit doch einiges an Schrecken eingebüßt. Vielleicht war der Reiter Denis für ihn auch nicht identisch mit dem Fußgänger Denis.
Denis drehte sich nicht nach Christine um, sondern trieb

seine Stute an, worauf sie in einen rascheren Schritt fiel. Christine folgte seinem Beispiel, dabei Cuchulainns Verhalten wachsam beobachtend.
Der Hengst wurde zunehmend ruhiger, und Christine wagte es, allmählich dichter zu Denis aufzuschließen, bis sie direkt hinter ihm ritt.
»Alles okay?« hörte sie Denis fragen.
Cuchulainns Ohren bewegten sich bei dem Klang seiner Stimme, doch blieb er in seinem gleichmäßigen Gang, ohne zurückzuschrecken.
»Keine Probleme«, antwortete sie daher.
Denis blickte über seine Schulter zurück. »Versuch mal, vorsichtig neben mich zu kommen. Paß aber auf – wenn er nervös wird, dann parierst du ihn sofort durch!«
»Ich probier's«, meinte Christine und trieb den Hengst behutsam an. Nach kurzem Zögern beschleunigte er seinen Schritt und schob sich neben Fairy Queen.
»Gut«, bemerkte Denis ruhig. Die beiden Pferde gingen nun nebeneinanderher, und Christine entspannte sich.
»Es scheint tatsächlich zu klappen.« Sie sah zu Denis hinüber.
Er wies auf Fairy Queen. »Es liegt nicht zuletzt an ihr.«
»Du meinst, weil sie eine Stute ist?«
»Natürlich. Ich hätte heute auf keinen Fall zum Beispiel Sylvano reiten dürfen. Zwei Hengste machen meistens Theater, wenn sie zusammen sind. Aber eine Stute wirkt auf einen Hengst beruhigend.« Denis warf Christine ein leichtes Grinsen zu. »Das ist bei Pferden auch nicht anders als bei Menschen.«
Unter seinem Blick wurde sie tatsächlich ein wenig rot. »Nun, ob Frauen auf Männer immer so beruhigend wirken, ist sehr die Frage«, erwiderte sie dann jedoch leichthin.

Denis' Grinsen wurde breiter. »Zumindest bei Ruaidhri dürftest du da jedenfalls noch eine Menge zu tun haben«, stimmte er zu.

Christine schaute ihn verwirrt an. Was meinte er? Dachte er etwa ebenfalls, sie hätte tatsächlich etwas mit Ruaidhri? Sie stellte fest, daß ihr die Gerüchteküche allmählich unangenehm wurde, und öffnete schon den Mund, um die Sache richtigzustellen, doch dann schloß sie ihn wieder. Was konnte es schon für sie bedeuten, was Denis von ihr glaubte!

Aber wenn sie ehrlich zu sich sein wollte, so mußte sie sich eingestehen, daß ihr der Gedanke, er könnte sie für Ruaidhris Geliebte halten, nicht besonders gefiel.

Sie hatten das Gelände erreicht, wo Christine Denis zum ersten Mal hatte reiten sehen.

Denis schaute Christine auffordernd an.

»Wie ist es nun, traust du dir einen Galopp zu, wenn ich dabeibleibe?«

Sie erwiderte seinen Blick. »Solange du mich aufsammelst, wenn ich stürze!«

Denis lächelte. »Ich verspreche dir, daß ich dich nicht liegen lassen werde. Aber du stürzt nicht, das weiß ich.« Er wurde ernst. »Bleib möglichst hinter mir, dann gerät er nicht in Versuchung davonzurennen. Und eins noch – vermeide es, dich am Zügel festzuklammern. Es könnte dazu führen, daß er wirklich durchgeht.«

»Alles klar.« Christine ordnete die Zügel in ihrer Hand und sah dann zu Denis hinüber.

Er nickte ihr zu und gab dann Fairy Queen einen Schenkeldruck. »Auf geht's!«

Die Stute galoppierte, und Cuchulainn folgte auf Christines Kommando auf der Stelle.

Im ersten Moment nahm ihr die Geschwindigkeit den Atem

und für einige Augenblicke, so schien es ihr, den Verstand. Cuchulainns Mähne wehte ihr ins Gesicht, und sie sah zwischen seinen Ohren die Eisen an Fairy Queens Hinterhufen blitzen. Ihre Hände hielten ganz leicht die Zügel, bewegten sich im Takt des Kopfs des Pferdes, ihr Körper bewegte sich im Dreitakt des Galopps. Und Christine meinte, sie flöge über die grüne Wiese.

Auch Cuchulainn schien Freude am Dahinstürmen zu haben, und ihn schien, wie Christine bemerkte, offenbar auch noch der Ehrgeiz gepackt zu haben, Fairy Queen zu überholen. Sie parierte ihn ein klein wenig, und zu ihrer Erleichterung gehorchte er, schwenkte wieder hinter der Stute ein. Bei diesem rasenden Lauf dauerte es nicht lange, bis sie das Ende der Weide erreichten. Denis zügelte Fairy Queen, und Christine tat es ihm gleich. Cuchulainn fiel in Trab, ging in Schritt über, und Christine blickte mit leuchtenden Augen zu Denis hinüber.

Er lächelte, als er Christines Gesicht sah. »Wie ich sehe, sitzt du noch im Sattel!«

Christine strich sich die zerzausten Haare aus der Stirn und lachte. »Puh, das war ein Tempo! Hast du gemerkt, daß Cuchulainn an dir vorbeiwollte?«

Denis nickte. »Nun, immerhin wurde er dafür ausgebildet, seine Konkurrenten zu überholen. Insofern beruhigt es mich, zu sehen, daß er sich offenbar noch daran erinnert.«

»Er hat aber sofort gehorcht, als ich es ihm verwehrte.«

»Zum Glück«, grinste Denis. »Ich bezweifle, daß ich sonst mit euch hätte Schritt halten können. Cuchulainn ist schneller als Fairy Queen, obwohl er nicht in Form ist. Zudem trägt er mit dir viel weniger Gewicht als die Stute mit mir.«

»Das nächste Mal mußt du mich eben handicappen«, lächelte Christine.

Denis betrachtete sie von oben bis unten. »Es ist schon in Ordnung, so wie du bist«, sagte er ruhig.
Christine wußte nicht so recht, was er damit meinte, doch er wendete nun Fairy Queen ein wenig und trieb sie wieder an. »Reiten wir noch ein Stück.«
Beide Pferde schienen den Lauf ebenso genossen zu haben wie Christine. Sie schnaubten zufrieden und tänzelten, voller Bereitschaft, wieder anzugaloppieren. Da Denis jedoch keine Anstalten machte, Fairy Queens Wünschen nachzugeben, hielt auch Christine Cuchulainn zurück.
»Ihr habt Glück, daß ihr so eine schöne Umgebung zum Reiten habt«, bemerkte sie.
Denis sah zu ihr hinüber und nickte. »Es ist kein Wunder, daß Connemara ein Pferdeland ist. Wer würde hier schon auf die Idee kommen, das alles durch Straßen zu zerstören!«
»Wie bei uns in Deutschland. Dort kann man fast nur noch auf irgendwelchen ausgewiesenen Wegen reiten, die ständig über Straßen führen.«
»Aus welchem Teil Deutschlands kommst du?« Es war das erste Mal, daß Denis Christine eine persönliche Frage stellte.
»Im Moment wohne ich in Düsseldorf.« Sie verzog ein wenig das Gesicht. »In der Großstadt.«
»Aber in einer schönen Großstadt«, versetzte Denis.
Christine blickte ihn überrascht an. »Du kennst Düsseldorf?«
»Nur vom Erzählen«, wehrte er ab. »Ich weiß es von jemandem, der Verwandte dort hat.« Er lächelte. »Es dürfte wohl keine Ecke auf der Welt geben, in der keine Iren leben.«
»Du warst noch nie in Deutschland?«
Denis schüttelte den Kopf. »Ich war mal in England, aber das ist schon viele Jahre her. Unsereiner kommt nicht viel zum Reisen ins Ausland.«

»Das braucht ihr ja eigentlich auch nicht«, lächelte Christine. »Die ganze Welt kommt doch zu euch.«
Denis erwiderte das Lächeln. »Es sieht ganz so aus.« Er wurde wieder ernst. »Und es ist ja auch nur zu gut zu verstehen.« Schweigend blickte er hinüber zu den Bäumen, die das Ufer des Lough Corrib säumten. Die Rhododendronbüsche öffneten gerade ihre rosa Knospen, der gelbe Stechginster stand in voller Blüte, Farbkleckse auf braungrüner, bewegter Ebene vor grünen, glatten Hügeln. Das tiefblaue Wasser des Sees glitzerte silbrigfein im Sonnenlicht, und kleine weiße Wolken segelten rasch über den tiefblauen Himmel.
Und Christine sah zu ihrer Überraschung, daß Denis' Züge einen beinahe andächtigen Ausdruck angenommen hatten.
»Du liebst dieses Land, nicht wahr?« Christines Stimme war leise.
Denis wandte ihr sein Gesicht zu. Seine dunklen Augen leuchteten regelrecht.
»Ja«, sagte er einfach.

Am nächsten Vormittag kam Danny.
Christine stand gerade bei Cuchulainn in der Koppel, als sie das Auto sah, doch achtete sie nicht weiter darauf. Sie wurde erst aufmerksam, als sie Denis drüben im Hof mit einem ihr unbekannten Mann sprechen sah. Er blickte zu Christine und winkte sie heran.
Neugierig kletterte sie über den Koppelzaun und ging hinüber. Sie sahen ihr entgegen.
»Christine, das ist Danny McCarthy«, stellte Denis vor und wandte sich dann an Danny. »Und hier ist Christine.«
Er erklärte ihm nicht, wer sie war, woraus Christine schloß, daß die beiden bereits vorher über sie gesprochen hatten.
Danny wandte sich ihr auch gleich mit breitem Grinsen zu

und schüttelte ihr die Hand. »Hallo, ich habe schon viel von Ihnen gehört!«
Christine warf Denis einen erstaunten Blick zu, doch dann begrüßte sie Danny freundlich. Er sah aus, wie sie sich einen Jockey vorstellte – kleinwüchsig und drahtig, dazu verfügte er über einen feuerroten Schopf, fröhliche blaue Augen und zahlreiche Sommersprossen. Sein Händedruck war kräftig und sein Lachen ansteckend, so daß Christine ihn unwillkürlich anlächelte.
»Zum Teufel mit dir, Denis«, bemerkte Danny, »du hast mir gar nicht erzählt, wie hübsch die junge Dame ist!«
Denis lächelte. »Habe ich das nicht?«
Danny zwinkerte Christine zu. »Das hat er mir absichtlich verschwiegen. Sonst wäre ich vielleicht schon eher mal vorbeigekommen!« Er lachte herzlich.
Christine errötete ein wenig und sah aus den Augenwinkeln Denis' Blick auf ihr ruhen.
»Es ist vielleicht besser, wenn du Danny mit Cuchulainn bekannt machst«, bemerkte er nun zu ihr.
Christine nickte. »Alles klar. Soll ich ihn gleich hinbringen?«
»So dachte ich es mir«, bestätigte Denis, sah dann Danny an und lächelte leicht. »Ich gebe dir den guten Rat, zu tun, was sie dir sagt.« Er betrachtete Christine mit amüsiertem Funkeln in den Augen. »Sie kann nämlich ziemlich grob werden!«
»Nur zu Leuten, die selbst grob sind«, entgegnete Christine und schaute Denis fest an. Er erwiderte ihren Blick, sagte jedoch nichts. Nach einer Weile wandte sie sich Danny zu. »Also, dann kommen Sie am besten gleich mit!«
Nachdem sie Danny eine Weile zugesehen hatte, nickte Christine befriedigt. Der Hengst und er würden miteinander auskommen, das war zu sehen. Zwar hielt Danny nicht viel

von Möhren und ähnlichen »Kleinkinderbonbons«, wie er es nannte, doch behandelte er das Pferd auf eine gelassene, freundliche Weise, die eine einigermaßen reibungslose Zusammenarbeit versprach. Und Christine dachte, daß Cuchulainns Probleme sich niemals in dieser Weise ausgeweitet hätten, wenn Denis bereit gewesen wäre, den Jockey bereits früher hinzuzuziehen.

Cuchulainn war anfangs äußerst vorsichtig. Ähnlich wie bei Ruaidhri beobachtete er argwöhnisch jede Bewegung des fremden Mannes und nahm aufmerksam seinen Geruch auf. Hatte Ruaidhri beim Umgang mit dem Hengst eine deutliche Vorsicht walten lassen – schließlich wußte er nur zu gut, zu welchen Verrücktheiten das Tier fähig war, und Cuchulainn war dies natürlich nicht entgangen, und ähnlich wie ein Hund, der erst recht denjenigen beißt, der Angst vor ihm hat, ließ der Hengst die Annäherung nicht ohne weiteres zu –, verlor Danny hingegen keine Zeit mit Vorsichtsmaßnahmen, und Christine war sich nicht sicher, ob aus Sorglosigkeit oder aus reinem Unwissen über Cuchulainns bisheriges Benehmen, doch schien sich Danny von Anfang an sicher, daß der Hengst ihm nichts tun würde.

»Aber natürlich«, meinte er auf Christines vorsichtige Anfrage. »Wir werden uns schon verstehen, nicht wahr?« Er klopfte Cuchulainns Hals und grinste Christine an. »Was glauben Sie, was ich schon für Pferde unter mir hatte! Wahre Teufel, das kann ich Ihnen sagen!«

Christine lächelte höflich und dachte bei sich, daß Danny trotz aller offensichtlichen Fachkenntnisse ein rechter Aufschneider zu sein schien. Dennoch fand sie ihn unwillkürlich sympathisch und freute sich ehrlich, daß er es möglicherweise schaffen würde, Cuchulainn in Form zu bringen.

Da sie der Meinung war, daß Danny den Hengst am besten in Ruhe ohne ihre Anwesenheit kennenlernen sollte, verließ sie die beiden bald und ging zu Denis, der in einiger Entfernung Sylvano sattelte.
Er sah ihr entgegen. »Keine größeren Schwierigkeiten, nicht wahr?«
Christine schüttelte den Kopf. »Er behauptet, es gäbe kein Pferd, mit dem er nicht zurechtkäme.«
Denis grinste. »Das kann ich mir vorstellen. Danny ist der größte Angeber, den ich kenne.« Er wurde wieder ernst. »Aber er versteht seine Sache.«
»Doch, den Eindruck habe ich auch«, nickte Christine.
»Jetzt bist du arbeitslos, was?« Denis lächelte.
»Im Moment schon«, lachte Christine. »Ich denke, ich setze mich jetzt gemütlich in die Sonne und lese das Buch, das du mir geliehen hast.«
»Nicht abends vor dem Einschlafen?« Denis trug ein kleines Funkeln in den Augen.
»Da habe ich zur Zeit anderes zu tun«, entgegnete Christine todernst.
Denis blickte sie an, sein Lachen verschwand. »Wird es dir nicht zuviel?«
Christine erwiderte seinen Blick. »Solange du meinst, daß eine Gefahr besteht, werde ich dasein.«
Er schwieg eine Weile.
»Es ist gut, daß du da bist«, sagte er dann still, schwang sich auf Sylvanos Rücken und ritt an.
Christine schaute ihm stumm nach.

15. Kapitel

Es war reiner Zufall, daß Christine das Licht sah.
Wie meistens kauerte sie am Rand des Gebüschs neben der großen Koppel, von wo aus sie den besten Überblick über das Gelände besaß. Nach etlichen Nächten Wache, in denen ihr außer einigen Kaninchen nichts begegnete, hatte Christines Nervosität ziemlich abgenommen. Sie wußte zwar, daß die Gefahr noch nicht gebannt war und sie daher in ihrer Aufmerksamkeit nicht nachlassen durfte, dennoch entwickelte sich für sie mit der Zeit eine gewisse Routine zwischen Wache und Ablösung durch Denis.
Auch die Pferde, die sich anfangs zuweilen neugierig bei ihr einfanden, merkten mit der Zeit, daß Christine zu dieser Stunde nicht zum Streicheln aufgelegt war. Sie verloren ihr Interesse an ihr und grasten schlußendlich trotz ihrer Anwesenheit friedlich weiter. Christine war heilfroh, denn es machte wenig Sinn, Wache zu stehen, wenn hartnäckig liebebedürftige Pferde ihre Anwesenheit kundtäten.
Sie liebte diese stillen Stunden in der Nacht, die ihr Zeit boten nachzudenken. Angesichts der friedlichen Ruhe, die vor allem nachts über diesem Land lag, erschienen ihr ihre eigenen Sorgen immer unbedeutender. Hier galten nur die Gesetze der Natur, und Christine fühlte sich mehr und mehr an das eigentlich Wichtige im Leben erinnert, fand ihren inneren Frieden, indem sie alles Laute, Unnatürliche hinter sich ließ.
Und mit der Zeit stellte sie fest, daß sie sich sogar darauf freute – auf die einsamen Wachen draußen in der sternklaren Dunkelheit und auf die wenigen Sätze, die sie beim Wachwechsel mit Denis zu tauschen pflegte. Er blieb stets recht schweigsam, doch Christine bemerkte immer öfter das

freundliche Blitzen in seinen Augen und wunderte sich, wie wohl sie sich angesichts ihrer inzwischen doch kameradschaftlichen Beziehung fühlte.
Es kam so weit, daß sich Christine zuweilen mit Macht daran erinnern mußte, weshalb diese nächtlichen Wachen überhaupt stattfanden. Eine mögliche Gefahrensituation erschien ihr so unendlich weit entfernt.

Es mußte sich um einen in ziemlicher Entfernung befindlichen Autoscheinwerfer handeln, die beiden Leuchtkegel bewegten sich im Gleichtakt. Zu hören war nichts, da der Wind entgegengesetzt blies.
Christine blickte mehr zufällig in diese Richtung, und zuerst fiel ihr auch nichts Ungewöhnliches daran auf – immerhin war die Straße vom Dorf her zwar selten befahren, doch wer konnte schon wissen, ob nicht doch ein Feriengast zu ungewöhnlich später Stunde vom Pub heimkehrte. Sie schaute also mehr aus Müßigkeit zu, wie das Auto näher kam.
Doch plötzlich richtete sie sich alarmiert auf. Das Licht war auf einmal verschwunden.
Christine lauschte, doch sie konnte nichts hören. Wo war das Auto geblieben? War es abgebogen, oder hielt es dort hinten? Wenn ja, weshalb?
Natürlich konnte es sich auch um ein Liebespaar handeln, das einen ungestörten Parkplatz für ein lauschiges Stelldichein gefunden hatte. Christine verfügte über genügend eigene Erinnerungen an jene Zeiten, wo man erste Erfahrungen auf den Rücksitzen geliehener elterlicher Autos zu sammeln pflegte.
Andererseits hielt sie hier nicht Wache, um sich dann für jede ungewöhnliche Situation eine harmlose Erklärung zu konstruieren. Denis befürchtete nicht grundlos Gefahr.

Christine war aufgestanden und beugte sich atemlos in die Richtung, in der sie die Scheinwerfer ausgemacht hatte. Was sollte sie tun? War das jetzt eine bedrohliche Lage oder nicht? Sie konnte nichts sehen, und ungehalten blickte sie zum Himmel. Warum schien bloß kein Mond?
Doch als ob jemand dort oben ein Einsehen hätte, verschoben sich in diesem Augenblick die Wolken, und blasses Licht erhellte die Umgebung.
Im selben Moment erschrak Christine zu Tode. In einiger Entfernung erkannte sie einen, nein, zwei Schatten. Was war das? Bewegten sie sich nun oder nicht?
Sie hatte jedoch genug gesehen. Ob es sich letztendlich um Hirngespinste handelte oder nicht – im Fall einer tatsächlichen Gefahr war es höchste Zeit, Denis zu holen.
Vorsichtig schlich sie sich am Rand der Büsche entlang, sorgsam darauf achtend, daß sie selbst nicht gesehen werden konnte. Sie war dankbar für ihre dunkle Kleidung und für die Tatsache, daß von hier bis zum Hof eine ununterbrochene Reihe Koppelzäune Deckung bot.
In der Hofeinfahrt begann sie zu laufen. Hier waren ihre Schritte von der Straße aus nicht mehr zu hören.
Sie eilte in die Sattelkammer, kniete neben Denis nieder und berührte seine Schulter.
»Denis!« Ihr Flüstern klang heiser.
Er war sofort wach, und es dauerte nur den Bruchteil eines Augenblickes, bis er erkannte, daß Gefahr im Verzug war. Er schwang sich hoch, zog sich eilig seine Schuhe an. »Wo?« fragte er kurz.
»Unten, an der großen Koppel«, antwortete Christine. »Ich bin mir nicht ganz sicher, ob wirklich jemand da ist, aber ...«
»Das ist gleichgültig«, unterbrach sie Denis knapp. »Ich sagte dir ja, hol mich lieber zehnmal umsonst als einmal zuwe-

nig.« Er stand auf und ergriff Christine beim Arm. »Zeig mir, wo du etwas bemerkt hast.«
Draußen war alles still. Christine führte Denis leise zu der Stelle, an der sie vorher gesessen hatte, und sie hockten sich dicht nebeneinander ins hohe Gras neben dem Koppelzaun.
»Vom Dorf kam ein Auto«, flüsterte Christine beinahe unhörbar und deutete auf die Straße. »Dann gingen seine Scheinwerfer auf einmal aus, ohne daß ich es weiterfahren hörte.«
Denis nickte und spähte scharf aus. »Und …?«
»… dann meinte ich, Schatten gesehen zu haben. Ich kann mich aber auch täuschen.«
»Wie viele?«
»Zwei, glaube ich.« Christine wurde unruhig. »Meinst du wirklich, da ist jemand?«
Denis schwieg. Er blickte immer noch angespannt in das Dunkel.
»Ja«, sagte er dann auf einmal kurz und wies voraus.
Christine holte tief Luft, als sie die beiden Gestalten am unteren Rand der Koppel entlangschleichen sah.
Denis beugte sich zu Christines Ohr. »Ich halte es für besser, wenn du jetzt gehst.«
Christine blickte ihn entsetzt an. »Und du willst ihnen alleine entgegentreten? Kommt nicht in Frage!« Die Aussicht, daß sich Denis in eine nicht abzuschätzende Gefahr begab, machte ihr unerwartet angst.
Denis drückte ihren Arm, sein Flüstern klang belustigt. »Deine Kampflust in allen Ehren, aber ich glaube nicht, daß dies hier etwas für dich ist.«
»Aber es sind zwei. Das schaffst du nicht!«
Denis schwieg einen Moment.

»Okay«, meinte er dann leise. »Dann geh und hol Ruaidhri.«
»Wo schläft er?« fragte Christine und erkannte an Denis' erstauntem Blick, daß er tatsächlich annahm, sie wüßte es.
»Sein Zimmer ist direkt neben meinem. Die Haustür ist normalerweise offen, du kommst also rein.«
Christine zögerte, doch dann erkannte sie, daß es wirklich die einzig richtige Lösung und überdies keine Zeit zu verlieren war.
»Bitte warte, bis Ruaidhri kommt«, flüsterte sie dicht an Denis' Ohr. »Denk daran, zwei gegen einen sind auch für dich zuviel!«
Denis blickte sie an. Obwohl sie seine Züge nicht restlos erkennen konnte, meinte Christine zu sehen, daß er zum Sprechen ansetzte. Doch er schwieg und legte zu Christines Überraschung seine Hand um ihren Nacken und drückte ihn sanft.
»Mach dir keine Sorgen«, sagte er leise. »Geh!«
Etwas verwirrt huschte Christine davon. Sie hatte das Wohnhaus schon fast erreicht, als ihr auf einmal klar wurde, daß es ein kluger Schachzug von Denis gewesen war, sie fortzuschicken. Er beabsichtigte natürlich nicht, auf Ruaidhri zu warten. Er konnte es wohl auch gar nicht. Immerhin waren die Attentäter auf eine schnelle Aktion erpicht und hielten sich daher sicherlich nicht unnötig lange mit Vorbereitungen auf.
Christine stockte im Schritt, als sie zu dieser Erkenntnis kam. Für einen Moment spielte sie mit dem Gedanken, wieder umzukehren und Denis zu helfen. Doch dann gewann ihre Vernunft die Oberhand. Was vermochte sie selbst schon viel auszurichten! Einem Handgemenge war sie nicht gewachsen, ihr Beistand würde Denis wenig nutzen. Das einzige, was sie tatsächlich tun konnte, war, Ruaidhri zu holen. Selbst wenn

er möglicherweise zu spät kam, so war er immer noch eher in der Lage, Denis beizuspringen, als sie.
Und die beiden Unbekannten hatten eine Waffe.
Christine wurde es eiskalt, als der Gedanke in ihr emporstieg.
Ohne noch einen Augenblick zu überlegen, rannte sie los.
Die Tür des Wohnhauses war wirklich offen. In diesem Land schien man offensichtlich nicht mit Eindringlingen zu rechnen. Sie bemühte sich, leise aufzutreten, während sie die Treppe hinaufeilte, dabei immer zwei Stufen auf einmal nehmend. Oben schaute sie sich suchend um. Wo war Ruaidhris Zimmer? Denis hatte gesagt, es läge direkt neben seinem. Es mußte sich also um die vorletzte Tür handeln.
Christine zögerte. Hoffentlich stolperte sie nicht versehentlich ins Schlafzimmer von Niall und Eleanor oder in eines der Gästezimmer hinein. Doch dann ergriff sie entschlossen die Klinke.
Drinnen war es nicht so dunkel wie befürchtet, die Vorhänge waren offen.
Ruaidhri lag zusammengerollt im Bett und schlief. Angesichts seines bloßen Oberkörpers dachte Christine unwillkürlich an seine Verlegenheit, als sie sich damals gezwungenermaßen ein Zimmer teilen mußten. Doch auf solche Kleinigkeiten konnte sie heute keine Rücksicht nehmen. Sie ergriff energisch seine Schulter und schüttelte ihn.
»Ruaidhri!« Ihre Stimme war leise und flehend.
Er regte sich ein wenig, doch er schlief weiter.
Christine schüttelte ihn heftiger. »Ruaidhri, bitte wach auf!«
Verschlafen öffnete er die Augen und fuhr unwillkürlich hoch, als er Christine erkannte. »Um Himmels willen, was machst du hier?«
»Du mußt sofort mitkommen«, flüsterte Christine drängend. »Denis ist da draußen ganz allein!«

»Denis? Wieso Denis?« Er sah, daß Christine vollständig angekleidet war, und sein Gesicht wurde angespannt. »Ist etwas passiert?«
»Zwei Männer schleichen unten an den Koppeln herum!« Christines Gesicht drückte besorgte Ungeduld aus. »Denis ist dort, um die Pferde zu beschützen, aber er hat doch allein keine Chance gegen zwei Gegner!«
»Da wäre ich mir zwar nicht so sicher«, sagte Ruaidhri nüchtern, »aber okay, ich komme.« Er griff nach seiner Kleidung.
»Bitte, beeil dich«, bat Christine, schon wieder an der Tür. »Ich gehe schon voraus.«
»Wo, sagtest du, sind sie?«
»An der großen Koppel direkt an der Straße«, gab Christine Auskunft. »Und bitte sei leise«, fügte sie noch hinzu und verließ das Zimmer. Sie fühlte in sich eine unbändige Sorge. Wenn nur Denis in der Zwischenzeit keine leichtsinnigen Alleingänge versuchte!
Die Angst trieb Christine zur Eile. Es durfte einfach nichts passieren!
Leise lief sie zurück zu der Stelle, an der sie Denis verlassen hatte. Wie bereits befürchtet, war er nicht mehr da. Sie schaute sich unschlüssig um. Was sollte sie tun? Hier warten, bis Ruaidhri kam, oder sich auf die Suche nach Denis machen? Und wo waren die Männer? Hatten sie sich womöglich einer anderen Koppel zugewandt? Auf dieser Weide war nichts Ungewöhnliches festzustellen, alle Pferde grasten friedlich.
Vorsichtig schob sich Christine am Zaun entlang, sich sorgsam vor möglicher Entdeckung duckend. Sie erreichte die Biegung, an der die Koppel an die nächste grenzte. Hier befand sich ein mit hohem Gras bewachsener Graben, der Christine als geeignetes Versteck erschien.
Sie wollte sich gerade hineinrutschen lassen, als sie sich um-

faßt fühlte. Eine Hand legte sich auf ihren Mund, und jemand zog sie mit sich in den Graben hinab.
Im ersten Moment erschrak Christine, doch es dauerte nur eine Sekunde, bis sie wußte, wer es war.
Denis nahm vorsichtig seine Hand von Christines Mund, doch hielt er sie weiterhin beruhigend an sich gedrückt.
»Alles in Ordnung?« Seine Stimme war kaum mehr als ein Hauch, und Christine spürte seine Bartstoppeln an ihrer Wange.
Sie nickte schweigend.
»Entschuldige, aber ich mußte dich am Schreien hindern«, flüsterte Denis dicht an ihrem Ohr.
»Ruaidhri kommt gleich«, flüsterte Christine zurück. »Wo sind die Männer?«
Denis wies mit einer Kopfbewegung nach vorn. Zwei dunkle Schatten kauerten in einiger Entfernung am Koppelzaun und beratschlagten ganz offensichtlich miteinander ihr Vorgehen. Christine sah, wie der eine auf die Pferde deutete. Sie schienen sich über ihr Opfer noch nicht ganz einig zu sein.
Christines Herz klopfte, als ihr klar wurde, daß wirklich ein weiterer Anschlag verübt werden sollte, und sie konnte nicht verhindern, daß sie leicht zitterte. Denis, an dessen Körper sie nach wie vor gepreßt lag, spürte es.
»Hast du Angst?« fragte er sie leise und umfaßte sie enger. »Das brauchst du nicht. Ich lasse nicht zu, daß sie noch ein Pferd toten, da kannst du sicher sein.«
»Ich habe keine Angst«, erwiderte Christine flüsternd. Tatsächlich verspürte sie keine Angst um die Pferde. Vielmehr machte sie sich Sorgen um Denis, daß er womöglich allein versuchen würde, die Männer zu stellen.
Denis schien ihre Gedanken zu erraten.
»Egal, was passiert, du rührst dich hier nicht von der Stelle,

verstanden?« Sein kleines Lächeln und der beruhigende Druck seines Arms milderten jedoch seine entschiedene Anweisung, und Christine nickte stumm.

Hoffentlich beeilte sich Ruaidhri!

Er kam wenige Minuten darauf.

Denis hörte das leise Rascheln, als Ruaidhri zu ihnen in den Graben hinunterglitt, und blickte sich kurz nach ihm um. Als er dabei von Christine abrückte, vermißte sie unwillkürlich die tröstliche Berührung.

»Hab' ich mir's doch gedacht, daß ich euch hier finde«, flüsterte Ruaidhri. »Wo ist was los?«

Denis deutete wortlos auf die beiden Männer auf der Koppel.

»Sieh mal einer an«, bemerkte Ruaidhri fasziniert. »Die wollen doch tatsächlich vor unseren Augen ein Pferd abstechen!«

»Dafür sind wir ja da, um es zu verhindern«, gab Denis zurück.

Ruaidhri warf ihm einen nachdenklichen Blick zu, dann betrachtete er Christine. Er enthielt sich jedoch jeden Kommentars und grinste Denis an. »Irgendwie erinnert mich das hier an unsere Kinderzeit, als wir IRA spielten und Engländer beschlichen. Weißt du noch, Denis?«

»Still!« Denis' Ton war scharf.

Die beiden Männer hatten sich erhoben und bewegten sich nun auf eine kleine Gruppe Pferde zu. Christine sah zu ihrem Entsetzen, daß der eine einen langen Gegenstand in der Hand trug.

Plötzlich ging alles sehr rasch.

»Auf geht's!« Denis schnellte sich aus dem Graben, und Ruaidhri folgte nur einen Herzschlag später.

Christine blieb wie gelähmt liegen und beobachtete voller

Angst, was geschah, soweit sie es überhaupt erkennen konnte. Gerade in diesem Augenblick war der Mond wieder einmal hinter einer Wolke verschwunden, so daß sie nicht genau ausmachen konnte, wer mit wem rang. Sie vernahm nur einige erstickte Flüche, dumpfes Getrampel und unterdrücktes Keuchen sowie den Hufschlag der Pferde, die erschreckt davonstoben.

»Paß auf, Denis, die wollen abhauen!« hörte sie Ruaidhri rufen, gleich darauf schien sich auch der zweite Mann losgerissen zu haben, denn Christine sah zwei rennende Gestalten, denen zwei andere folgten. Die beiden Pferdemörder ließen inzwischen jede Vorsicht außer acht, zu Christines Überraschung riefen sie sich laut irgend etwas zu, was sie nicht verstehen konnte. Hatten sie den Verstand verloren? Sie mußten doch wissen, daß sie damit womöglich nur noch mehr Gegner auf den Plan riefen.

Den Grund für ihre Aktivität erkannte Christine allerdings schnell, als sie auf einmal ein Auto starten hörte. Der Motor heulte auf, und der Wagen wendete in rasendem Tempo. Christine erkannte im Scheinwerferlicht, wie jemand aus dem Weg sprang, sie wußte nicht, ob es sich um Ruaidhri oder Denis handelte. Autotüren schlugen, der Fahrer gab Gas, und sie preschten in hoher Geschwindigkeit los.

Christine war aus dem Graben geklettert und schaute stumm dem davonfahrenden Auto nach.

Ruaidhris Fluchen war das erste, was sie vernahm, als die beiden zurückkehrten. »So eine verdammte Scheiße! Hast du das gesehen? Da hatte ich den Kerl schon fest am Kragen, und dann ging er mir doch noch durch! Rein ins Auto, und die Kiste hätte mich fast noch über den Haufen gefahren! Das gibt's doch gar nicht!«

Denis schwieg, als Christine ihnen entgegenging. Ohne auf

Ruaidhris erregtes Schimpfen zu achten, blickte sie Denis ernst an. »Es tut mir so leid!«

Er sah zu ihr herunter.

»Weshalb muß es dir leid tun, daß wir die Typen nicht geschnappt haben?«

»Ich hätte wissen müssen, daß das Auto hier irgendwo stand!«

»Woher solltest du wissen, daß da noch ein dritter Mann im Auto wartete?« erwiderte Denis ruhig. Nach kurzem Zögern legte er Christine die Hand auf die Schulter. »Mach dir keine Gedanken, es sollte eben nicht sein.« Er ließ sie los und wandte sich ab.

Ruaidhri beruhigte sich allmählich, und Christine erkannte, daß er die Rauferei richtiggehend genossen hatte. Seine Augen leuchteten im Mondlicht, und er rieb sich befriedigt die Fäuste.

»Die sollen bloß wiederkommen«, bemerkte er. »Der Kerl kann gerne noch so eins auf die Nase kriegen, wie ich ihm schon verpaßt hab'. Was für ein Pech, daß er abgehauen ist, ich hätte ihn mir so gerne noch eine Weile vorgenommen! Pferdemörder, elendiger!«

Christine schob sich neben Denis. »Sie werden wohl erst mal nicht wiederkommen, oder?«

Denis schüttelte den Kopf. »Das denke ich auch. Sie wissen jetzt, daß wir aufpassen.« Er sah Christine von der Seite an, und sie bemerkte ein schwaches Lächeln auf seinem Gesicht. »Das heißt, wir können unser Wacheschieben vorerst beenden.«

Sie lächelte zurück, aber zu ihrer Überraschung stellte sie fest, daß sie bei dieser Aussicht ein leichtes Gefühl der Enttäuschung überkam.

»Soll das heißen, ihr habt hier regelrecht Wache geschoben?«

Ruaidhri war verblüfft. »Und warum weiß ich nichts davon? Ich hätte mich doch beteiligt!«
»Das war nicht nötig«, bemerkte Denis gelassen. »Christine hat es sehr gut gemacht.«
Christine wurde ein wenig verlegen, doch Ruaidhri grinste sie an. »Das kann ich mir vorstellen! Ist sie nicht ein Prachtweib?«
»Ja«, bestätigte Denis amüsiert, und Christine fühlte ihre Wangen heiß werden, als sie seinem Blick begegnete. Unsicher senkte sie die Augen. Dabei bemerkte sie, daß Denis seine rechte Hand sonderbar steif hielt. Nur einen Augenblick später erinnerte sie sich an etwas, was ihr bereits vorhin aufgefallen war, ohne daß sie es bewußt registriert hatte: Als Denis ihr die Hand auf die Schulter legte, hatte er die linke benutzt. Denis war aber Rechtshänder, das wußte Christine.
»Was ist mit deiner Hand?« Ihre Stimme war ganz sachlich.
Denis antwortete nicht, doch Ruaidhri hörte die Frage und reckte den Hals herüber. »Hast du was abgekriegt?«
»Nur einen Kratzer«, wehrte Denis unwillig ab.
»Darf ich es mir ansehen?« fragte Christine ruhig.
»Ich dachte, du seist Tierärztin.« Denis' Miene verriet Humor.
»Solange es sich nur um Kratzer handelt, kann ich auch Menschen behandeln«, erwiderte Christine gelassen. »Sei nicht albern, was ist schon dabei, wenn ich einen Blick drauf werfe!«
»Meinetwegen.« Denis zuckte die Schultern und grinste schwach. »Es hat wohl keinen Sinn, einer Frau zu widersprechen!«
Christine lachte jedoch nicht, als sie im trüben Licht des Stalls seine Hand untersuchte. Quer über seine Handfläche lief ein tiefer, stark blutender Schnitt.

»Um Himmels willen!« Christine half ihm vorsichtig, als er sich die Jacke auszog. »Wie ist denn das passiert?«
»Der Kerl wollte zuerst sein Messer nicht hergeben«, antwortete Denis lakonisch.
Christine blickte entsetzt zu ihm auf, aber sie schwieg dennoch und hob den Arm an. »Halte ihn hoch«, wies sie Denis an.
Er tat es und schaute zu, wie Christine die Stallapotheke begutachtete. Mit geschickten Griffen säuberte sie seine Hand und betrachtete dann die Wunde.
»Du hast ziemliches Glück gehabt, daß keine Sehnen durchtrennt sind. Der Schnitt muß aber genäht werden.«
»Dann tu es«, versetzte Denis gelassen.
Christine sah ihn an. »Traust du mir das denn zu?« In ihren Augen stand ein kleines humorvolles Funkeln.
Denis erwiderte ihren Blick. »Wenn du es nur halb so gut hinkriegst wie bei Dinah, dann brauche ich mir keine Sorgen zu machen.«
Ruaidhri, der im Hintergrund an einer Boxenwand lehnte, machte ein entsetztes Gesicht. »Heißt das, du willst ihn hier regelrecht operieren?«
»Wenn du kein Blut sehen kannst, dann geh besser raus«, grinste Christine ihm zu. »Falls du aber glaubst, daß dir nicht schlecht wird, dann wäre es schön, wenn du mir die Lampe halten könntest.« Sie wandte sich dann wieder an Denis. »Setz dich lieber hin.«
Denis ließ sich auf dem Boden nieder und lehnte sich an die Wand. Christine wusch sich ausgiebig die Hände, kniete sich anschließend vor ihn hin und bettete seine Hand auf ihren Schoß. Dann begann sie mit ihrer Arbeit.
Denis zuckte nicht ein einziges Mal. Christine war sich bewußt, daß er sie die ganze Zeit über ansah, während sie die

Handfläche desinfizierte, ein Lokalanästhetikum spritzte und anschließend behutsam den Schnitt nähte. Sie hob jedoch ihre Augen nicht, sondern verwandte ihre ganze Aufmerksamkeit auf ihr Tun.
Sie hörte Ruaidhri merklich ausatmen, als sie den letzten Faden verknotet hatte und begann, die Wunde abzudecken und die Hand zu verbinden. Als Christine aufschaute, begegnete sie Denis' Blick. Sie konnte den Ausdruck seiner Augen nicht deuten, doch er machte sie verlegen, und so widmete sie sich lieber wieder dem Verbandmull.
»Ich nehme an, du bist gegen Tetanus geimpft?«
Denis nickte und wartete stumm, bis Christine fertig war. Nachdenklich betrachtete er dann seine verbundene Hand.
Christine ahnte, was ihm durch den Kopf ging.
»Kein Longieren in den nächsten zwei Wochen«, sagte sie mit einem kleinen Lächeln.
Denis verzog das Gesicht. »Was für ein Glück, daß du es inzwischen kannst.«
Doch Christine sah ihm an, daß ihm nicht zum Lachen zumute war. Forschend betrachtete sie ihn – und Denis erwiderte ihren Blick schweigend.
Nach einem kurzen Moment erhob sich Christine aus ihrer kauernden Stellung und ging zum Ausguß, um sich die Hände zu waschen.
Ruaidhri schien froh, daß die Behandlung abgeschlossen war. Er klopfte nun Denis auf die Schulter. »Das wird schon wieder.« Dann grinste er zu Christine hinüber. »Dafür, daß sie mir einmal genausolange die Hand hält wie dir gerade, würde ich sie mir sogar freiwillig zerschneiden lassen!«
»Sonst hast du keine Probleme?« Denis stand abrupt auf und zog sich seine Jacke wieder an.

Christine sah ihn besorgt an, er schien zornig. Doch der Blick, den er ihr nun zuwarf, war ruhig.
»Danke für alles«, sagte er leise.
»Keine Ursache.« Sie schaute ihm nach, als er den Stall verließ, ohne sich noch einmal umzudrehen.
Christine räumte die Utensilien auf, das benutzte Material legte sie beiseite zur Entsorgung, während Ruaidhri die Lampe an ihren Haken hängte.
»Junge, Junge«, bemerkte er dazu. »In letzter Zeit erlebt man ja einiges!«
»Nicht viel Angenehmes, fürchte ich«, erwiderte Christine. »Danke jedenfalls, daß du vorhin gleich gekommen bist. Wer weiß, wie es ohne dich ausgegangen wäre.«
»Vermutlich auch nicht anders«, entgegnete Ruaidhri ehrlich. »Wir haben die Kerle ja trotz allem nicht erwischt.«
»Ruaidhri«, sagte Christine, »weißt du, wer sie sind?«
Ruaidhri schüttelte den Kopf. »Wenn ich es wüßte, wäre ich am nächsten Tag bei ihnen und verpaßte ihnen eine Gesichtskorrektur.«
Christine mußte lächeln. »Oder sie dir!«
»Niemals! Hast du nicht gesehen, wie ich dem Typen vorhin eine gekleistert habe? Der war mir doch bei weitem nicht gewachsen!«
Christine verkniff sich das Lachen. »Es war leider zu dunkel, um etwas zu sehen.«
»So ein Pech«, grinste Ruaidhri. »Da hat man einmal Gelegenheit, für eine Frau zu kämpfen, und dann sieht sie es gar nicht, weil es zu dunkel ist!«
»Das ist allerdings schade«, stimmte Christine todernst zu. »Ich wollte schon immer mal bei einer Rauferei zuschauen.«
»Na, vielleicht kommt mal wieder so eine Chance«, meinte Ruaidhri fröhlich.

»Hoffentlich nicht!« Christine verging der Humor.
»Was machen wir denn nun mit der angebrochenen Nacht?« Ruaidhri schaute Christine erwartungsvoll an.
»Schlafen gehen«, erwiderte sie nüchtern und blickte auf ihre Uhr. »Es ist beinahe zwei, da wird es Zeit.«
»Schade.« Ruaidhri grinste. »Ich bringe dich wenigstens noch bis zur Tür, okay?«
»Danke, nicht nötig«, lächelte Christine. Ruaidhri war ihr im Moment um einiges zu aufgekratzt, und sie hatte keine Lust, ihn womöglich wieder abwehren zu müssen.
»Wirklich nicht?« Er blickte sie aus treuherzigen Augen an.
»Wirklich nicht.« Christine ergriff ihn kurzerhand und schob ihn aus dem Stall hinaus in Richtung Wohnhaus. »Dort geht's lang!«
»Oh, ihr hartherzigen Frauen«, klagte Ruaidhri wehmütig, doch dann machte er sich gehorsam auf den Weg. »Gute Nacht!« rief er Christine zu, worauf sie ihm lächelnd zuwinkte. Sie wartete, bis er im Haus verschwunden war, dann drehte sie sich um.
Langsam löschte sie das Licht im Stall und schloß die Tür.
Draußen war alles still. Ein kühler Wind trug die feuchte Luft vom Lough Corrib heran, und Christine atmete tief durch, als sie im Hof stand und zum Himmel hinaufblickte. Die meisten Sterne waren von Wolken verdeckt, und der Mond verschwand auch immer wieder mal hinter einem Wolkenhaufen.
Obwohl Christine müde war, fühlte sie sich innerlich zu aufgewühlt, um schlafen zu gehen. Deshalb beschloß sie nach kurzer Überlegung, Cuchulainn noch einen Besuch abzustatten.
Leise schritt sie den Weg hinunter. Trotz der Erlebnisse der letzten Stunde verspürte sie keine Angst, es war hell genug,

um die Umgebung gut erkennen zu können, und die Schatten um sie herum kamen ihr unendlich vertraut vor.
Sie erschrak deshalb auch nicht, als sie die dunkle Gestalt sah, die an Cuchulainns Koppelzaun gelehnt stand.
Denis hatte die Ellbogen auf den Zaun gelegt und stützte einen Fuß auf die unterste Stange. Obwohl er Christine gehört haben mußte, drehte er sich nicht nach ihr um.
Auch Christine sprach kein Wort. Sie trat an seine Seite und lehnte sich ebenfalls an den Zaun. Lange verharrten sie so nebeneinander und sahen Cuchulainn zu, der in gebührender Entfernung graste. Seine langen Schweifhaare bewegten sich im schwachen Wind, und das gleichmäßige Geräusch, das er beim Abrupfen des Grases erzeugte, brachte Frieden.
Nach schier endloser Zeit brach Denis das Schweigen.
»Es ist alles meine Schuld.« Seine Stimme war leise und rauh.
Christine blickte ihn ruhig an. »Warum sagst du das?« fragte sie sanft.
»Weil es die Wahrheit ist«, erwiderte Denis tonlos. »Der Ärger mit Cuchulainn, die Anschläge, alles rührt daher, daß ich den größten Fehler meines Lebens gemacht habe. Dies hier«, er hielt seine verbundene Hand hoch, »ist nur ein kleiner Teil meiner gerechten Strafe.«
Christine blieb eine Weile stumm. Doch dann wandte sie sich Denis zu und legte, ohne zu überlegen, behutsam ihre Hand auf sein verbundenes Handgelenk.
»Du mußt mir nicht sagen, was dich bedrückt«, meinte sie leise. »Doch manchmal hilft es, wenn man darüber sprechen kann.«
Denis schwieg lange. Dann blickte er zu Christine herunter.
»Gepeinigte Kreaturen scheinen dein Spezialgebiet zu sein.«
Aber er sagte es ohne Spott. Es klang hilflos.
Der Schmerzen lacht, wer Kummer nie gefühlt, dachte Chri-

stine bei sich. Dieses Sprichwort konnte man auch umdrehen.

Sie erwiderte Denis' Blick. »Ich weiß, wie es ist, niemanden zum Reden zu haben.« Sie wußte selbst nicht, weshalb sie ihm das sagte. Doch irgendwie schien es ihr richtig, ihm zu vertrauen.

Seine Augen ruhten auf ihr, mit diesem tiefgründigen, nachdenklichen Blick, den sie an ihm inzwischen kannte.

Sie wurde verlegen und entdeckte, daß ihre Hand immer noch auf seinem Arm ruhte. Doch als sie sie fortnehmen wollte, legte Denis seine andere Hand auf ihre und hielt sie fest. Seine Stimme klang spröde, als er zu erzählen begann.

»Die Kerle heute hat uns ein Mann namens Donohue auf den Hals geschickt. Er ist Geschäftsmann in Galway, macht in Import und Export, handelt mit allen möglichen Dingen. Und nebenbei betreibt er ein, sagen wir, Kreditinstitut. Kein ganz legales, sollte ich vielleicht dazu sagen.«

Christine erinnerte sich. »Die beiden Männer, mit denen ich dich damals in Galway sah …?«

Denis nickte. »Das waren Donohue und sein sogenannter Geschäftsführer.«

»Und mit denen hast du zu tun?«

»So kann man sagen, ja.« Denis schwieg einen Moment. »Ich stehe bei ihnen gewaltig in der Kreide.«

Christine brauchte einen Augenblick, um diese Information zu verdauen. »Das heißt, du hast bei ihnen Schulden? Bei einem Wucherer?«

»Das schockiert dich, nicht wahr?«

»Nun, schockiert ist wohl nicht ganz der richtige Ausdruck«, sagte Christine langsam. »Ich nehme an, es gibt einen triftigen Grund.« Sie lächelte schwach. »Ich kann mir bei dir

irgendwie nicht vorstellen, daß du Spielschulden hast oder etwas in dieser Art.«
Denis erwiderte das Lächeln kurz, doch dann wurde er wieder ernst. »Es hat schon etwas mit Spekulation zu tun. Aber ich muß dir wohl die ganze Geschichte erzählen.« Er schwieg einen langen Augenblick, dann holte er tief Luft. »Du mußt wissen, ein Hof wie der unsere hat enorme Betriebskosten. Pferdefutter und Rechnungen von Tierarzt und Hufschmied müssen erwirtschaftet werden, Unterhalt für die Pension, Personalkosten, Reparaturen an Gebäuden und Fahrzeugen, dazu kommen die horrenden Versicherungsprämien für Hof und Tiere und die Personenhaftpflicht, es nimmt kein Ende.«
Christine nickte verstehend. »Und gerade hier in Connemara ist es nicht leicht, Geld zu verdienen.«
»Zu teuer dürfen wir nicht werden, sonst gehen die Touristen in andere Gegenden. Es wird ohnehin immer schwieriger, die Pension gut ausgebucht zu halten, und Tagesgäste sind dünn gesät.«
»Und die Rennpferde ...«
»Die Rennpferde sind eigentlich das einzige, wodurch ab und zu wirklich einmal Geld hereinkommt«, meinte Denis. »Ein Sieger erhält schon eine anständige Prämie. Das ist der Grund, warum wir immer noch Vollblüter halten. Ohne sie hätten wir wahrscheinlich schon vor Jahren dichtmachen können.«
»Ihr seid also in Geldschwierigkeiten.«
Denis zögerte ein wenig. »Das Problem war – nun, es ist zwar eigentlich nicht richtig, wenn ich das sage, schließlich ...« Er stockte, dann holte er Atem. »Bis vor einiger Zeit lag alles Finanzielle in der Hand meines Vaters. Noch nicht einmal meine Mutter wußte Bescheid. Fiona, Ruaidhri und

ich arbeiten zwar schon seit Jahren mit, aber trotzdem hatte keiner von uns Einblick in die Bücher. Dad hatte alles gut im Griff – so schien es zumindest.«

»Aber so war es nicht.«

»Nein, so war es ganz und gar nicht.« Denis' Stimme klang auf einmal heftig. »Man könnte wirklich glauben, er wäre in den letzten Jahren völlig blind gewesen. Allein die Reithalle war der blanke Wahnsinn.« Er atmete tief durch und beherrschte sich wieder. »Und ich habe es zu spät gemerkt.«

»Wie solltest du es denn merken, wenn du keine Zahlen kanntest«, warf Christine vernünftig ein.

»Daß er über die Verhältnisse wirtschaftete, hätte mir auch so auffallen müssen«, gab Denis bitter zurück. »Dad tat aber immer, als ob alles in Ordnung sei, dabei waren wir bereits, als er die Reithalle baute, vollkommen überschuldet.« Sein Gesicht verzog sich grimmig. »Und weißt du, was er zu mir sagte, als mir unsere Situation endlich klar wurde? Er wüßte gar nicht, weshalb ich mich so aufregte. Schließlich hätte hier jeder Schulden.«

Denis' Stimme war die Erregung anzuhören, und Christine merkte, wie sehr ihn die Situation bedrückte. Ganz offensichtlich hatte er tatsächlich noch nie zuvor Gelegenheit gehabt, sich seinen Zorn und seine Ohnmacht von der Seele zu reden, und die Enttäuschung über seinen Vater stand ihm ins Gesicht geschrieben.

Behutsam drückte Christine sein Handgelenk, worauf Denis aufsah und sie schwach anlächelte. »Entschuldige, ich wollte dich nicht erschrecken.« Er blickte vor sich hin. »Doch nun zu meinem eigenen Riesenfehler.«

»Du hast sicher versucht, die Angelegenheit irgendwie zu retten, stimmt's?«

»Leider mit den falschen Mitteln. Ich dachte mir, ich müßte versuchen, über die Rennpferde das Geld wieder hereinzuholen. Und damit sind wir bei Cuchulainn.«

»Er sollte gewinnen, um die Verluste wieder auszugleichen«, flüsterte Christine.

»Ich habe ihn gekauft, weil er gut ist. Ich wußte, daß er Erfolg haben würde, und ich hoffte, daß er genug einbrachte, um die Schulden abzubauen.«

»Und um ihn kaufen zu können, bist du zu diesem Wucherer gegangen.«

»Die Banken haben uns keinen Kredit mehr gegeben. Es schien mir zu diesem Zeitpunkt eine sichere Sache. Cuchulainn würde gewinnen, ich könnte das Geld zurückzahlen, alles kein Problem.«

Christine schwieg. Dann schloß sie kurz die Augen. »Aber Cuchulainn spielte nicht mit. Er lief kein Rennen, und du konntest daher das Geld nicht zurückzahlen.«

»So ist es.« Denis sagte es knapp.

»Und deine Enttäuschung und Verzweiflung darüber hast du dann an dem Tier ausgelassen.«

Denis wandte Christine das Gesicht zu. »Du hattest vollkommen recht, als du mich verurteiltest. Ein solches Verhalten kann man durch nichts entschuldigen, es ist absolut unverzeihlich.«

»Es ist menschlich«, erwiderte Christine sanft. »Du stehst unter einem solchen Druck, daß du eine Maschine sein müßtest, um noch normal zu funktionieren. Deine Sorgen wegen der wirtschaftlichen Lage des Hofes, der Kredit, von dem du nicht weißt, wie du ihn zurückzahlen sollst, vermutlich hohe Zinsen, richtig?«

Denis nickte.

»Dachte ich's mir doch. Und dann fehlt dir der Schlaf, weil

du jede Nacht wachst. Es ist nur zu gut nachzuvollziehen, weshalb du keine Nerven mehr hast.«
Denis lächelte schwach. »Es ist irgendwie sonderbar, daß du mich offenbar noch verteidigst.«
»Ich verteidige dich nicht«, sagte Christine ruhig. »Ich sagte nur, daß ich es verstehen kann.«
Denis schwieg. Seine Hand lag auf Christines, es erschien ihr, als hielte er sich an ihr fest. Und sie verspürte ein kleines warmes Gefühl in sich. Daß sich dieser harte, zynische Mann ihr gegenüber so offen gab, brachte bei ihr eine Saite zum Klingen. Er hatte Fehler gemacht, er hatte sich falsch verhalten, doch in diesem Moment fühlte Christine nichts als den Wunsch, ihm in irgendeiner Weise beizustehen.
»Ich werde tun, was ich kann, damit Cuchulainn wieder Rennen läuft«, sagte sie leise. »Und ich wünschte wirklich, ich könnte dir mehr helfen.«
Denis umfaßte ihre Hand fester, doch er blickte zu dem Hengst. »Du hast schon so viel geholfen«, erwiderte er rauh. Dann schaute er zu Christine hinunter. »Weißt du eigentlich, daß ich seit langer Zeit endlich wieder ein bißchen Hoffnung habe, daß wir aus dem Schlamassel herauskommen?« Er lächelte schwach. »Es ist eigentlich unglaublich – da kommt so ein Frauenzimmer aus Deutschland, mischt sich in Dinge ein, die sie nichts angehen, und plötzlich sieht alles ganz anders aus.«
»Du hast etwas vergessen«, warf Christine ein. »Das Frauenzimmer hat sich nämlich auch durch nichts davon abhalten lassen, sich einzumischen – weder durch Grobheiten noch durch Anzüglichkeiten.«
»Ich weiß. Ich sagte zu dir Sachen, die ich heute selbst nicht mehr begreifen kann. Dabei wußte ich doch von Anfang an, daß du es nur gut meintest.«

Christine blickte ihn mit feinem Lächeln an. »Ich denke, es ist für jemanden, der sein Leben lang alles allein schaffte, wohl immer sehr schwer, Hilfe anzunehmen. Zumal von einer Frau.«
»Damit wirst du wohl recht haben.« Denis erwiderte ihren Blick. »Gerade, weil du eine Frau bist«, fügte er still hinzu.
Christine sah seine Augen auf ihr ruhen, und plötzlich schien noch etwas anderes dazusein. Sie fühlte den Verband und die warme Haut, die sein Jackenärmel freigab, ganz deutlich, und sein Pulsschlag unter ihren Fingern ließ sie erschauern. Einigermaßen verwirrt zog sie ihre Hand zurück. Denis betrachtete sie ernst.
»Es ist spät, und ich gehe jetzt wohl am besten nach Hause«, murmelte Christine und schaute zu Cuchulainn hinüber. »Du sagtest ja, Wache halten sei im Moment nicht mehr nötig.«
»Ich gehe davon aus, daß in der nächsten Zeit nichts mehr passiert«, nickte Denis und lächelte leicht. »Das heißt, wir können beruhigt schlafen.«
»Vor allem, weil wir es schaffen werden.« Christine blickte Denis ruhig an.
»Das glaube ich inzwischen auch.« Christine meinte, seine dunklen Augen warm leuchten zu sehen. Er sah stumm zu ihr hinunter, die Spannung war fühlbar, und Christine fragte sich unwillkürlich, wie sie wohl reagieren würde, falls Denis sie jetzt küßte.
Er tat es nicht, und sie verharrten nachdenklich schweigend. Schließlich sagte sie leise: »Also dann gute Nacht.«
»Gute Nacht«, erwiderte Denis, und Christine spürte seinen Blick in ihrem Rücken, während sie durch die Dunkelheit davonging.

16. Kapitel

Als Danny Cuchulainns Zügel ergriff, um aufzusitzen, hielt Christine unwillkürlich den Atem an. Sie stand am Kopf des Pferdes und streichelte seine Nüstern, während Ruaidhri die ganze Angelegenheit aus gebührender Entfernung vom Zaun herab beobachtete.

»Gehen Sie lieber zur Seite, Miss«, sagte Danny freundlich. »Wenn er tatsächlich zu toben beginnt, dann ist es für mich hier oben wesentlich ungefährlicher als für Sie da unten.«

Christine sah ein, daß er recht hatte. Sie trat zurück, dabei den Hengst aufmerksam im Auge behaltend.

»Du benimmst dich wie eine Glucke, deren Küken allmählich flügge werden«, grinste Ruaidhri. »Ich habe fast den Eindruck, du willst überhaupt nicht, daß Cuchulainn jemand anders akzeptiert als dich!«

Christine blickte sich nach ihm um und mußte lächeln. Irgendwie war etwas Wahres an dem, was Ruaidhri da sagte. Wenn Christine ehrlich zu sich sein wollte, so war sie sich bewußt, wie sehr sie in Cuchulainn aufging, wie sehr sie sein Vertrauen genoß. Doch ebenso wie eine Mutter erkennen mußte, daß sie eines Tages nicht mehr der ausschließliche Mittelpunkt im Leben ihrer Kinder sein konnte, so wußte auch Christine, daß Cuchulainn irgendwann in sein eigentliches Leben als Rennpferd zurückkehren würde – ein Leben, zu dem Christine keinen Zutritt hatte.

Und es sah tatsächlich so aus, als stünde dieser Tag bevor.

Als Cuchulainn sah, wie Christine sich entfernte, hob er argwöhnisch den Kopf und spielte mit den Ohren. Doch der Reiter auf seinem Rücken hielt die Zügel ganz leicht und sprach ebenso leise auf ihn ein, wie es Christine zu tun pflegte.

Der Hengst wandte seine Nüstern zu Danny und beschnupperte sein Bein. Den Geruch kannte er, er gehörte zu dem kleinen, freundlichen Mann, der ihn in den letzten Tagen auf seiner Koppel besuchte und streichelte. Offenbar drohte ihm von diesem Menschen keine Gefahr. Überhaupt schien sich die ganze Welt verändert zu haben.

An die Stelle von Flüchen und rauher Behandlung waren Möhren und sanfte Berührungen getreten, und Christines liebevolle Gesellschaft hatte das bohrende Gefühl der Verlassenheit, das den Hengst quälte, zum Verstummen gebracht.

Auch dieser Mann hier vermittelte ihm angenehme Empfindungen. Und – er gab ihm die Gelegenheit zu laufen. Cuchulainn liebte es, zu rennen, den Wind um seine Nüstern zu spüren. Monatelang war ihm dieses Erlebnis verwehrt geblieben, erst vor kurzem durfte er mit Christine wieder zum ersten Mal hinaus.

Und nun schien der kleine Mann extra gekommen zu sein, um ihn diese Freiheit kosten zu lassen.

Cuchulainn bebte in der Erwartung.

Danny lachte und klopfte ihm den Hals. »Ich glaube, Miss, Sie brauchen sich keine Sorgen zu machen. Er will rennen, da wird er sich durch mich nicht stören lassen.«

»Ich sehe es«, lächelte Christine und bemühte sich, ein leicht wehmütiges Gefühl zu unterdrücken.

»Dann los, mein Junge!« Danny trieb den Hengst vorwärts.

Cuchulainn schüttelte zufrieden den Kopf und trabte an.

Christine blickte ihnen hinterher.

»Du wirst sehen, sie kommen gut klar miteinander«, bemerkte Ruaidhri.

»Ja«, sagte Christine. Dann gab sie sich einen Ruck und drehte sich um.

Denis hatte sie heute noch nicht gesehen, obwohl der Rover im Hof stand. Vermutlich war er ebenfalls ausgeritten.
Christine bekam heiße Wangen, als sie an ihre letzte Begegnung mit ihm dachte. Hatte sie es sich nur eingebildet, durch die aufgewühlte Stimmung der vergangenen Nacht heraufbeschworen? Oder war da wirklich etwas entstanden, etwas, dessen Folgen sie nicht abzuschätzen wagte?
Nein, entschied sie bei sich. Sie alle waren müde und enttäuscht gewesen, die unwirkliche Situation des nächtlichen Kampfes hatte jeden von ihnen aus dem Gleichgewicht gebracht, vermutlich bereute Denis inzwischen bereits, daß er Christine von seinen Problemen erzählt hatte.
Es gab also auch keinen Grund, etwas in eine Begebenheit hineinzuinterpretieren, das gar nicht existierte.
Außerdem war da immer noch die Sache mit Alex. Auch wenn Christine mit ihm abgeschlossen hatte und seit Wochen kaum jemals an ihn dachte, so fühlte sie sich trotzdem innerlich noch nicht so weit von ihm befreit, daß sie ... – nein, es war absurd, solche Gedanken überhaupt zuzulassen.
Christine beschloß, einen Spaziergang ins Dorf zu unternehmen.
Schon seit Tagen war sie nicht mehr dazu gekommen, die Sorge um Cuchulainn hatte ihr keine Ruhe gelassen. Doch nun bot sich die Gelegenheit, sich wieder einmal dem eigentlichen Sinn ihres Urlaubs, sich zu entspannen, zu widmen.
Christine wechselte ihre Kleidung und machte sich auf den Weg.
Sie hatte etwa die Hälfte der Strecke zurückgelegt, als sie hinter sich den Wagen hörte. Im ersten Augenblick stockte ihr das Herz, doch dann nahm sie sich zusammen. Schließlich war überhaupt nichts Besonderes vorgefallen.

Als Denis neben ihr bremste, blickte Christine daher vollkommen unbefangen zu ihm hinauf.
»Hallo«, grüßte sie.
»Soll ich dich irgendwohin mitnehmen?« fragte Denis. Christine sah, daß er den Hänger angekoppelt hatte.
»Ich wollte ins Dorf«, antwortete sie. »Aber wenn du mich schon so fragst ...« In ihrem Kopf war eine blitzschnelle Idee entstanden. »Fährst du zufällig nach Galway?«
»Zufällig ja. Willst du mitkommen?«
»Wenn es dir nichts ausmacht?«
»Weshalb sollte es mir etwas ausmachen«, erwiderte Denis, griff zur Beifahrertür hinüber und klinkte sie auf. »Steig ein!«
Christine ging um das Auto herum und kletterte hinein. Während sie sich anschnallte, legte Denis den Gang ein und gab vorsichtig Gas.
Christine deutete auf seine verbundene Hand. »Wie geht es heute damit?«
Denis lächelte. »Gut, wie nicht anders zu erwarten bei der guten Behandlung.«
»Keine Schmerzen?«
Denis schüttelte den Kopf. »Fast gar nicht.«
»Ich schaue mir die Wunde heute abend noch einmal an, wenn du einverstanden bist«, sagte Christine. »Nur um sicherzugehen, daß sie sich nicht infiziert.«
»Jawohl, Frau Doktor«, grinste Denis und schaltete in einen höheren Gang. »Hast du in Galway etwas Bestimmtes vor?«
»Ich wollte eigentlich bloß ein bißchen einkaufen gehen«, entgegnete Christine, »und mir vielleicht noch das eine oder andere ansehen.«
Denis schwieg eine Weile.

»Möchtest du irgendwann einmal mit auf die Rennbahn kommen?« fragte er dann beiläufig.
Christine sah ihn überrascht an. »Gerne, ja. Würdest du mich denn wirklich mitnehmen?«
»Klar, warum nicht?« Denis blickte aufmerksam nach vorn.
Christine betrachtete ihn unauffällig von der Seite. Denis verfügte über kein so ebenmäßiges Gesicht wie Ruaidhri, doch sie mußte gestehen, daß auch er mit seinen dunklen Haaren und braunen Augen ein recht gutaussehender Mann war. Sein scharfes Profil und die dichten schwarzen Augenbrauen deuteten auf wache Entschlossenheit hin, die Christine bei ihm so gut kennengelernt hatte.
Er schaute nun zu Christine hinüber und begegnete ihrem Blick. Das kurze Lächeln, das daraufhin in seinen Augen aufblitzte, brachte ihre Sicherheit ein wenig ins Wanken. Nein, es durfte doch nicht sein!
»Ich werde in den nächsten Tagen versuchen, Cuchulainn nach Galway mitzunehmen«, sagte Denis. »Danny meinte, man könne es riskieren.«
»Danny kommt gut mit ihm zurecht«, nickte Christine.
Zu ihrer Verblüffung schien Denis den Unterton in ihrer Stimme herauszuhören.
»Es ist dir zu verdanken«, meinte er ruhig. »Ohne deine Arbeit wäre das niemals möglich gewesen.«
»Unsinn«, erwiderte sie ein wenig verlegen. »Cuchulainn lebt sich bloß allmählich ein. Wahrscheinlich hätte Danny ohne mich ebenfalls keine großen Probleme mit ihm gehabt.«
»Lady, ich denke, du glaubst selbst nicht, was du da gerade sagst«, bemerkte Denis.
»Und du wolltest nicht mehr Lady zu mir sagen«, konterte Christine.
»Verzeihung. Es war nicht böse gemeint.«

»Das weiß ich.« In Christines Augen funkelte der Schalk. »Das nächste Mal ist aber etwas fällig!«

Denis grinste. »Einverstanden. Wenn es mir wieder einmal herausrutschen sollte, gebe ich dir ein Bier aus. Oder einen Kaffee, wenn dir der lieber ist«, fügte er hinzu.

»Kaffee ist okay.« Um Himmels willen, dachte Christine bei sich. Was tat sie da? Sie sollte sich hüten, mit Denis auch noch zu flirten!

Sie erreichten die Außenbezirke von Galway, und Denis blickte fragend zu Christine hinüber. »Wo möchtest du, daß ich dich absetze?«

»Oh, das ist mir gleich«, erwiderte Christine und sah sich um. »Irgendwo, wo es dir paßt, ich komme dann schon allein weiter.« Sie lächelte. »Ich bin ganz froh, wenn ich ein Stück laufen kann.«

Denis nickte und richtete seine Aufmerksamkeit auf den Verkehr. Nach einigen Abzweigungen hielt er am Straßenrand, und weiter vor ihnen sah Christine nun die Innenstadt liegen.

»Von hier aus erreichst du alles in kurzer Zeit«, meinte Denis. »Hast du einen Stadtplan?«

»Habe ich nicht. Ich denke aber, ich finde mich auch ohne zurecht.«

»Warte mal.« Denis beugte sich zu ihr hinüber und öffnete das Handschuhfach. »Hier muß irgendwo noch ein Plan liegen.« Er kramte unter den Papieren und zog schließlich tatsächlich eine klein zusammengefaltete Karte heraus. »Hier«, sagte er. »Ich weiß zwar nicht, wie alt er ist, doch die Straßen werden sich ja nicht allzusehr geändert haben.«

Als er Christine den Plan reichte, berührten sich ihre Finger. Christine hielt unwillkürlich den Atem an, es war wie ein Stromstoß, der sie durchfuhr. Sie wußte nicht, wie Denis es

empfand, doch beim zaghaften Blick in sein Gesicht sah sie, daß er sie eindringlich betrachtete.
»Danke«, sagte sie ein wenig rauh und öffnete die Tür, um auszusteigen.
»Soll ich dich auf dem Rückweg hier wieder aufsammeln?« Denis' Stimme klang ruhig.
»Gerne, ja.« Christine hatte ihre Fassung wiedergefunden. Was sollte das auch, sie benahm sich ja wie ein unreifer Teenager! Aus dem Alter unausgegorener Gefühlswallungen war sie doch wohl heraus!
»Wann bist du auf der Bahn fertig?«
Denis blickte auf die Uhr. »Nun, sagen wir, in drei Stunden?«
»Okay.« Christine klappte die Tür zu, und Denis fuhr an.
Im bunten Treiben der Stadt vergaß sie ihre sonderbaren Empfindungen. Überhaupt, es wurde ohnehin allmählich Zeit, an ihre Heimreise nach Deutschland zu denken, schließlich konnte sie nicht für immer hier bei Georg bleiben.
Beim Gedanken an Georg lächelte Christine. Obwohl es ihr anfangs schwergefallen war, mit seiner Art zurechtzukommen, seiner Zerstreutheit, seiner Bedächtigkeit, seiner vordergründigen Unsicherheit, so hatte sie doch mit der Zeit gelernt, seine guten Seiten wahrzunehmen. Niemals erwartete Georg von ihr eine Erklärung, er ließ sie leben, wie sie wollte, ohne sich über irgend etwas zu wundern. Er selbst führte ein Dasein, in dem er unabhängig von der Meinung anderer tat, was er für richtig hielt, und Christine merkte, daß er diese Toleranz nicht nur von seinen Mitmenschen verlangte, sondern auch selbst zu bieten imstande war. Auch seine zurückhaltende Art war, so wußte Christine, beileibe kein Zeichen für Zaghaftigkeit. In Unterhaltungen mit ihm hatte sie gelernt, daß Georg durchaus feste Standpunkte ein-

nahm und diese auch mit ruhiger Bestimmtheit vertrat. Er schien es nur hinsichtlich der alltäglichen Dinge nicht immer für wichtig zu halten, eine Meinung zu haben, was Christine inzwischen als bemerkenswerte Eigenschaft ansah.
Obwohl sie allmählich begriff, was Georg nach Irland gezogen hatte, war ihr klar, daß sie selbst auf Dauer nicht so leben konnte. Georg fühlte sich wohl allein, ihm genügten seine Arbeit und ein gelegentlicher Plausch mit Padraig, den Christine kürzlich kennengelernt hatte. Doch Christine merkte, daß sie trotz allem Menschen brauchte, Ansprache und eine Aufgabe. Die Arbeit mit Cuchulainn, das Geplänkel mit Ruaidhri, die fröhlichen Unterhaltungen mit Fiona zeigten Christine, daß dies der einzige Weg für sie war, am Leben zu bleiben. Einsamkeit bedeutete dagegen Schmerz, das hatte sie lange genug erlebt.

Das Schild holte sie abrupt aus ihren Gedanken.
»Donohue Trade Inc.« stand in großen Buchstaben an einem Geschäftshaus in der Seitenstraße, durch die sie gerade schlenderte.
Christine blieb stehen und betrachtete die Fassade. Den Namen Donohue gab es sicherlich häufiger, doch in Verbindung mit einem Handelsunternehmen war die Wahrscheinlichkeit groß, daß es sich bei dieser Firma um diejenige handelte, mit der Denis zu tun hatte.
Die Pferde töten ließ, um Druck zu erzeugen.
Christine biß die Zähne zusammen. Für einige Momente kämpfte sie mit sich.
Und dann betrat sie das Gebäude.
Sie wußte nicht, was sie dazu trieb. Sie konnte noch nicht einmal sicher sein, daß dieser Donohue der richtige war. Und schließlich wagte sie nicht, sich Denis' Reaktion auszumalen,

erführe er von dieser erneuten Einmischung in seine Angelegenheiten.

Die Firma befand sich im zweiten Stock. Christine stieg langsam die Treppe hinauf, ihre Schritte hallten auf dem blanken Steinboden wider. Sie erreichte eine Milchglastür, neben der das Firmenschild prangte, und hielt kurz inne, bevor sie auf den Klingelknopf drückte.

Was sollte sie sagen, falls es sich um ein anderes Unternehmen handelte?

Nach einigen Sekunden rührte sich etwas hinter der Scheibe. Die Tür öffnete sich, und eine gutgekleidete Dame musterte Christine fragend.

»Ja bitte?«

Christine zögerte. Eine Bewegung im Hintergrund zog jedoch ihre Aufmerksamkeit auf sich, und im gleichen Moment wußte sie, daß sie hier richtig war. Den Mann, der in der offenen Tür des Nebenzimmers stand, kannte sie. Es war einer der Männer aus dem »Harper Pub«.

»Guten Tag«, sagte sie höflich zu der Frau, in der sie eine Sekretärin vermutete. »Ich hätte gern mit Mr. Donohue gesprochen.«

»Haben Sie einen Termin?«

»Ich bin sicher, daß er mich auch ohne Termin gerne einmal empfängt«, erwiderte Christine freundlich.

Die Sekretärin blickte sie prüfend an und hielt dann die Tür auf, um sie einzulassen.

»Wen darf ich melden?«

»Mein Name ist Bernhard«, gab Christine Auskunft, sich dabei der englischen Aussprache bedienend.

»Und von welcher Firma?«

»Keine Firma«, sagte Christine. »Ich komme als Privatkundin.«

»Einen Augenblick bitte.« Die Dame wies auf einige Stühle an der Wand und verschwand.
Christine durchschlenderte den hellen, freundlichen Raum und blickte sich neugierig um. Es war ein ganz normales Büro mit Telefonanlage, Computer und offenen Schränken, in denen Akten nach Jahrgängen geordnet standen. Christine verstand nichts von Wirtschaft und Großhandel, doch kam ihr hier alles unauffällig und solide vor. Es schien schwer vorstellbar, daß dieses ganz offensichtlich renommierte Unternehmen den Deckmantel für einen illegalen Geldverleih bilden sollte.
Christine blickte unauffällig an sich herunter. Glücklicherweise hatte sie sich für den Gang zum Einkaufen zum ersten Mal seit Wochen wieder gut angezogen. Jetzt war sie froh darüber, da es ihr in der Kleidung, wie sie sie in letzter Zeit meist trug, sicher schwergefallen wäre, auf Donohue einen seriösen Eindruck zu machen.
Es dauerte nur wenige Momente, bis die Sekretärin zurückkehrte.
»Sie haben Glück. Mr. Donohue hat gerade für einige Minuten Zeit.«
»Danke.« Christine nickte ihr freundlich zu und betrat den Nebenraum, dessen Tür offenstand.
Donohue kam ihr höflich entgegen und reichte ihr die Hand.
»Mrs. Bernhard, habe ich recht? Guten Tag, setzen Sie sich doch!«
Christine nahm Platz und lehnte lächelnd ab, als ihr die Sekretärin einen Kaffee anbot.
Sie fragte sich insgeheim, was sie hier eigentlich tat. Dieser ganze Besuch war nichts als die Idee eines Augenblicks gewesen. Sie hatte nicht die geringste Vorstellung, was sie da-

mit erreichen wollte, und ihr wurde nun der ganze Wahnwitz ihres Vorhabens bewußt.
Doch nun befand sie sich schon einmal hier, jetzt würde sie auch versuchen, das Beste daraus zu machen.
Sie holte also tief Luft und lächelte Donohue an.
»Sie fragen sich bestimmt, weshalb ich Sie so unangemeldet überfalle ...«
»Oh, das macht überhaupt nichts«, entgegnete Donohue galant. »Für so eine hübsche junge Dame wie Sie habe ich immer Zeit.«
»Danke sehr.« Christine tat verlegen.
»Womit kann ich Ihnen also behilflich sein?«
Christine räusperte sich. Sie war noch nie eine besonders gute Schauspielerin gewesen, doch half ihr ihre Unsicherheit bei der glaubwürdigen Darstellung ihrer Rolle.
»Sie müssen wissen, man hat mir Ihren Namen empfohlen«, begann sie umständlich und schlug ihre Beine übereinander.
»Ja?« Donohue verschränkte die Hände. »Meine Sekretärin sagte mir, Sie kämen nicht von einer Firma. Ich nehme also an, Sie möchten gerne in die Branche einsteigen?«
»Nun, nicht ganz«, erwiderte Christine und senkte die Augen. »Ich meinte nicht Ihre Handelsgesellschaft.«
»Ich verstehe.« Donohue erhob sich, ging zur Tür und schloß sie. Dann setzte er sich wieder und lächelte Christine an. »Sie sagten, ich wurde Ihnen empfohlen. Darf ich fragen, von wem?«
»Oh, von einem Bekannten«, antwortete Christine vage und schenkte ihm ein verführerisches Lächeln. »Er sagte mir, Sie wären der richtige Ansprechpartner für manche Probleme und wüßten stets einen unbürokratischen Lösungsweg.«
Donohue räusperte sich.
»Nun, es ist möglich, daß ich schon das eine oder andere Mal

jemandem helfen konnte«, meinte er vorsichtig. Mit Blick auf ihre unberingte linke Hand fügte er beiläufig hinzu: »Ich sehe, Sie sind nicht verheiratet?«

»Nein. Ist das von Bedeutung?«

»Oh, keineswegs! Es ist nur so, daß sich eine verheiratete Frau mit solchen – eh, Anliegen wohl eher an ihren Mann wendet. Aber da Sie ja offenbar ganz allein dastehen, möchte ich Ihnen natürlich gerne meine Hilfe anbieten.«

»Das ist sehr freundlich von Ihnen.« Christine strahlte ihn an. »Heißt das, Sie wären tatsächlich bereit, sich meines – hm, kleinen Problems anzunehmen?«

»Wie klein ist Ihr Problem denn im einzelnen?« fragte Donohue leutselig.

Christine zögerte. Was sollte sie für eine Summe nennen? Sie hatte keine Ahnung, um welche Beträge man sich für gewöhnlich an solche Menschen wandte.

»Zehntausend?« Ihre Stimme klang zaghaft, doch offenbar hatte sie damit nichts Falsches gesagt. Donohue lächelte sie an.

»Das ist ja wirklich nur ein kleines Problem.« Sein Lächeln wurde breiter. »Da waren wohl die Verlockungen der Versandhäuser zu stark, stimmt's?«

Idiot, dachte Christine bei sich, doch sie erwiderte sein Lächeln betont verlegen. »Ich habe da diese Raten für meine Wohnung – und jetzt bin ich im Geschäft gekündigt worden und weiß wirklich nicht ...« Sie stockte, dabei ging ihr durch den Kopf, daß hier der Punkt erreicht war, an dem ein seriöser Kreditgeber Bedenken anmelden mußte.

Aber nichts geschah. Donohues Lächeln veränderte sich nicht.

»Nun, nun, machen Sie sich mal keine Sorgen«, sagte er beruhigend. »Das kriegen wir schon hin.«

»Wirklich?«
»Aber natürlich. Wir setzen ein kleines Papier auf, und morgen haben Sie Ihr Geld. Ist das ein Angebot?«
»Und wie ist es mit der Rückzahlung?« Christine machte ein betont naives Gesicht.
»Oh, das ist auch kein Problem«, erwiderte Donohue gleichmütig. »Sie bestimmen selbst, wieviel Sie mir jede Woche zurückzahlen wollen, und in ein paar Monaten ist alles vergessen.«
»Aber da fallen doch bestimmt noch Zinsen oder so was an, nicht wahr?«
»Fünfzehn Prozent«, erklärte Donohue. »Das ist weniger, als eine Bank von Ihnen verlangt. Es kommen zwar noch ein paar Bearbeitungskosten dazu, aber die können wir vernachlässigen. Es ist ein wirklich günstiges Angebot.«
Christine hatte noch niemals einen Kredit aufgenommen, deshalb wußte sie nicht, ob fünfzehn Prozent ein üblicher Satz waren. Sie neigte aber dazu, ihn für alles andere als niedrig zu halten. Außerdem erschienen ihr die Aussagen Donohues über Bearbeitungsgebühren und Rückzahlungsmodus verdächtig unklar. Mit großer Wahrscheinlichkeit lagen hier die Fallstricke verborgen. Sie begann sich zu fragen, wie ein intelligenter Mann wie Denis sich auf so etwas hatte einlassen können.
»Das hört sich ja wirklich recht gut an«, sagte sie jedoch. »Ich bin richtig erleichtert, daß ich auf meinen Bekannten gehört habe und zu Ihnen gekommen bin.«
Donohue räusperte sich.
»Ihr Bekannter hat Ihnen aber selbstverständlich gesagt, daß ich, nun, sagen wir, gewisse Sicherheiten benötige, nicht wahr?«
»Was verstehen Sie unter Sicherheiten?« Christine vermute-

te, daß ihm eine solche Frage, sofern sie ihm eine Frau stellte, nicht verdächtig vorkam.
Sie täuschte sich nicht. Donohues Gesicht nahm einen überlegenen Ausdruck an.
»Nun, ich meine damit, daß ich mein eigenes Risiko natürlich nicht ganz außer acht lassen darf. Immerhin kenne ich Sie nicht«, er lächelte charmant, »zumindest im Moment noch nicht. Obwohl Sie natürlich eine ganz bezaubernde junge Frau sind, bei der jeder Mann froh sein muß, ihr beistehen zu dürfen. Und ich bin sicher, daß es sich bei Ihnen nur um eine Formsache handelt, die niemals zum Tragen kommen wird.«
»Um welche Formsache handelt es sich denn?« Christine blieb hartnäckig.
»Das bedeutet, daß Sie mir natürlich garantieren müssen, daß ich mein Geld auch wieder zurückbekomme. Immerhin bin ich keine Bank, die sich ihre Außenstände auf dem Rechtsweg zurückholen kann.«
Sein Lachen ließ Christine schaudern.
»Das heißt, entweder bringen Sie mir jemanden, der für Sie bürgt, oder Sie bieten mir, nun, sagen wir, Ihre Wohnung als Sicherheit. Aber ich sagte ja schon, das ist nur eine Formalität, die niemals Wirklichkeit wird.« Sein Gesicht drückte unendliche Liebenswürdigkeit aus.
»Hm«, machte Christine. »Das muß ich mir selbstverständlich alles genau überlegen.«
»Überlegen Sie nicht zu lange«, bemerkte Donohue. »Ich sagte bereits, ich bin keine Bank und habe daher natürlich keine unbegrenzten Mittel zur Verfügung. Schon morgen könnte mich jemand anders um Hilfe bitten, weshalb es für mich dann sicherlich schwierig würde, ein so günstiges Angebot zweimal zu vergeben.«

»Das leuchtet ein«, nickte Christine. »Haben Sie denn eventuell so ein Papier bereit?« fragte sie dann ganz nebenbei.
»Aber natürlich.« Donohue zog eine Schublade seines Schreibtisches auf und holte einige Blätter heraus. Eins davon reichte er Christine.
Sie nahm es und begann es durchzulesen.
»Sie haben übrigens einen ganz bezaubernden Akzent«, lächelte Donohue. »Stammen Sie ursprünglich aus England, oder vielleicht aus den Staaten?«
Christine hob ihren Blick. Sie erkannte gut, daß er sie mit Komplimenten von der genauen Lektüre des Vertrages ablenken wollte.
»Nein«, sagte sie sachlich, faltete die Seite zusammen und steckte sie in ihren Halsausschnitt. »Ich bin Deutsche.« Sie hatte genug gehört und wollte nun das Spiel beenden.
Donohue bemerkte sofort ihre veränderte Stimme. Seine Brauen zogen sich zusammen. »Sie sagen das so, als wären Sie nun doch nicht interessiert?«
»Keineswegs«, erwiderte Christine. »Ich bin sogar überaus an Ihnen interessiert.« Sie griff in ihre Jackentasche, da sie sich erinnerte, dort einen Kugelschreiber aufzubewahren. Das Klicken, als sie ihn betätigte, war geradezu bühnenreif.
»Aber für heute genügt mir, was Sie mir erzählt haben.« Sie stand auf, ging zur Tür und nahm die Klinke in die Hand.
»Wie darf ich das verstehen?« Donohue erhob sich ebenfalls.
Christine fühlte sich lange nicht so sicher, wie sie sich gab, doch traute sie sich notfalls zu, im Spurt entkommen zu können. »Das heißt, die Aufzeichnung unseres Gespräches dürfte wohl einige Stellen ziemlich interessieren«, meinte sie kühl.

»Sie haben ...« Donohue kam hinter seinem Schreibtisch hervor, sein Gesicht drückte eine offene Warnung aus, doch Christine stoppte ihn mit einer Handbewegung.
»Wenn Sie mich anrühren, schreie ich so laut, daß die Leute von der Straße heraufkommen, das verspreche ich Ihnen.« Sie betrachtete ihn unbeteiligt. »Und das wäre Ihnen doch sicher unangenehm, nicht wahr? Ich glaube sogar, daß noch nicht einmal Ihre Sekretärin etwas von Ihren kleinen Geschäften weiß, nachdem Sie die Tür so sorgsam schlossen.«
»Was wollen Sie von mir?« Donohues Stimme war leise und drohend.
Christine betrachtete ihn voller Abneigung.
»Ich will Ihnen eine Geschichte erzählen«, begann sie dann im Plauderton. »Die Geschichte von einer deutschen Touristin, die in Ruhe in Irland Urlaub machen will. Sie bucht Ferien auf einem Reiterhof in Connemara, weil sie Pferde mag und gerne reitet. Aber eines Tages kommt sie morgens auf die Weide und findet das Pferd, das sie zu reiten pflegt, tot. Ein paar Tage später das nächste Pferd. Beide erstochen von ein paar Rowdys, die nicht das mindeste Mitleid mit unschuldigen Tieren haben. Die Touristin beschwert sich beim Besitzer des Reiterhofes und erfährt, daß diese armen Tiere nichts als die Opfer eines skrupellosen Geldeintreibers sind. Ihre Opfer.«
»O'Flaherty!« knirschte Donohue. »Er hat Ihnen das erzählt?«
»Er hat mir einiges erzählt«, nickte Christine. »Das meiste davon fand ich einfach unglaublich. Und deshalb bin ich jetzt hier.«
»Und? Was beabsichtigen Sie? O'Flaherty schuldet mir eine Stange Geld, das hat er Ihnen offenbar nicht gesagt!«
»Doch, das hat er mir gesagt. Er sagte mir auch, daß Ihnen

sein Tempo beim Zurückzahlen zu langsam ist und Sie ihm zur Beschleunigung ein paar Pferde töten ließen.«
»Wer will mir das beweisen?« Donohue starrte sie finster an.
»Das macht zu gegebener Zeit schon die Polizei«, erwiderte Christine liebenswürdig. »Ich habe nämlich vor, sie einzuschalten, falls noch ein einziger Ihrer gedungenen Schlächter auf dem Hof erscheint oder Sie O'Flaherty auf andere Weise unter Druck zu setzen versuchen.«
Donohue schien sein Selbstvertrauen wiedergefunden zu haben. »Und Sie meinen, O'Flaherty hat besonders viel Interesse daran, daß die Sache an die Öffentlichkeit kommt, was?« Er grinste zynisch.
Christine holte tief Atem für ihren großen Bluff.
»Was O'Flaherty für ein Interesse hat, ist mir vollkommen schnuppe«, sagte sie kalt. »Seine Geldangelegenheiten und sein Ansehen in der Öffentlichkeit gehen mich nichts an, und wenn er sich auf solch eine Sache einläßt, dann ist er keinen Deut besser als Sie. Ich nehme deshalb bestimmt keine Rücksicht auf ihn. Mir geht es nur darum, daß keine Pferde mehr umkommen und wieder Ruhe auf dem Hof einkehrt.« Sie musterte Donohue angewidert. »Und ich werde nicht die geringsten Hemmungen haben, deshalb zur Polizei zu gehen, am allerwenigsten wegen O'Flaherty.« Auf ihrem Gesicht erschien ein sarkastisches Lächeln. »Ich weiß, daß Ihre Kunden Sie niemals anzeigen werden, weil sie Angst haben, daß ihre eigene Lage dabei ans Tageslicht kommt. Doch ich habe diese Angst nicht, mein Ruf wird dadurch bestimmt nicht gefährdet. Ich werde Sie anzeigen, darauf können Sie sich verlassen. Sie wissen genau, daß kein einziger Polizeibeamter an meinen Worten zweifeln wird. Aber dann möchte ich sehen, wie Sie sich herauswinden, angesichts unseres kleinen Gespräches hier.« Christine klopfte vielsagend auf ihre Jak-

kentasche. »Das mindeste, was Ihnen passiert, ist der Ruin Ihres Unternehmens. Wer will schon Handelskontakte zu jemandem, gegen den ein Verfahren wegen Wucherei läuft?« Ein Blick in Donohues Gesicht zeigte ihr, daß ihr Bluff Erfolg zu haben schien.

Er musterte sie nachdenklich. Christine ahnte, was ihm durch den Kopf ging, und schüttelte den Kopf. »Sie brauchen sich keinen falschen Hoffnungen hinzugeben. Ich bleibe nämlich noch eine ganze Weile hier. Vermutlich haben Sie bis zu meiner Abreise sowieso längst Ihr Geld von O'Flaherty zurück, dann können wir die ganze Sache wohl ohnehin als erledigt betrachten, nicht wahr?«

»O'Flaherty sagte Ihnen, daß er zahlen will?« Donohue betrachtete sie mit verkniffener Miene.

»Den Eindruck hatte ich«, nickte Christine. »Es besteht also nicht der geringste Grund für weitere Pferdemorde.« Ihre Stimme wurde leise. »Sie verstehen mich?«

»Sie sind ganz schön mutig.« Donohue verzog sein Gesicht zu einem kalten Lächeln. »Sie kommen hier einfach zu mir, ganz allein, um mir die Pistole auf die Brust zu setzen. Haben Sie keine Angst, daß Ihnen etwas passieren könnte?«

»Sie bilden sich doch nicht etwa ein, ich hätte Angst vor Ihnen«, entgegnete Christine verächtlich. »Sie sind nichts als ein widerlicher Kredithai, der sich bei seinen miesen Geschäften auf die Furcht seiner Kunden, ihren guten Ruf zu verlieren, verläßt. Pferde mögen Sie vielleicht umbringen lassen, aber wir wissen doch beide, daß ein Mord an einem Menschen für Sie eine Nummer zu groß ist. Im übrigen bitte ich Sie, mich nicht für dumm zu halten. Ich habe selbstverständlich in meiner Unterkunft hinterlassen, wo ich hingegangen bin. Es würde Ihnen also wenig nützen, mich jetzt zu beseitigen.« Sie verzog einen Mundwinkel. »Vor allem, weil sich in einem solchen Fall sicherlich die deutsche Botschaft einschalten wird. Eine verschwundene, vielleicht ermordete deutsche Touristin – Galway ist schließlich nicht Miami, die Sache dürfte daher nicht geringes Aufsehen erregen.«

»Ich hätte nie gedacht«, versetzte Donohue voller Abneigung, »daß in dieser hübschen Hülle eine solche eiskalte Hexe verborgen sein könnte.«

»Das«, erwiderte Christine, »fasse ich als Kompliment auf.« Sie öffnete die Tür. »Die Aufzeichnungen werde ich gut aufbewahren«, bemerkte sie freundlich. »Und herzlichen Dank für unser informatives Gespräch.«

Donohue gab keine Antwort.

Christine grüßte liebenswürdig die Sekretärin, die hinter dem Computer saß, und wäre an der Eingangstür beinahe noch mit dem Mann zusammengestoßen, den sie mit Donohue zusammen im »Harper Pub« gesehen hatte und der laut Denis sein Geschäftsführer war. Er blickte Christine erstaunt nach, als sie die Treppe hinunterlief.

Als sie aus dem Haus trat, wurden ihr im ersten Moment die Knie weich. Erst jetzt machte sie sich klar, auf was sie sich eingelassen hatte, und beim Gedanken daran, was ihr alles dabei hätte zustoßen können, stieg Übelkeit in ihr auf. Christine wußte jedoch, daß Donohue sie unter Umständen vom Fenster aus beobachtete und sie sich deshalb keine Blöße geben durfte. Sie straffte sich also und marschierte energisch los, bis sie um die nächste Ecke gebogen und damit aus seiner Sichtweite war. Dort jedoch blieb sie stehen und lehnte sich erschöpft gegen die nächste Hauswand. Mit zitternden Händen strich sie sich das Haar aus der Stirn. Um Himmels willen, was hatte sie getan!

Doch gleichzeitig mußte sie lachen. Ihre Unterredung mit Donohue erinnerte sie an einen schlechten Film – die Naive und der Gangsterboß! Christine legte die Hand vor den Mund, um das Kichern zu unterdrücken, das machtvoll hervorzubrechen drohte. Wer hätte gedacht, daß sie sich auf diesem Gebiet derart souverän schlagen würde! Was Denis wohl dazu sagte, wenn er es wüßte!

Um Himmels willen, Denis! Christine blickte auf ihre Uhr. Erleichtert stellte sie fest, daß sie gerade noch genug Zeit hatte, zum Treffpunkt zu laufen. Nachdem sie einen prüfenden Blick in die Umgebung schickte, ob nicht doch jemand aus Donohues Büro ihr folgte, machte sie sich flotten Schrittes auf den Weg.

Denis war noch nicht da, als sie die Ecke erreichte, an der er sie abgesetzt hatte.

Es dauerte jedoch nur wenige Minuten, bis sie seinen Wagen mit dem Hänger kommen sah.

Er hielt am Straßenrand neben Christine und öffnete ihr die Autotür.

»Wartest du schon lange?«

»Oh, nein, ich bin ebenfalls gerade erst gekommen.« Christine kletterte neben Denis in den Rover und schnallte sich an.

Er wendete in geübter Weise das Gespann und gab Gas. Während sie in rascher Fahrt Galway hinter sich ließen, herrschte Schweigen. Christine schaute unauffällig zu Denis hinüber, der den Wagen voller Konzentration durch den dichten Verkehr lenkte. Offenbar spürte er ihren Blick, denn in diesem Moment wandte er ihr sein Gesicht zu.

»Alles klar?« fragte er, und Christine erkannte das ihr inzwischen wohlbekannte freundliche Blitzen in seinen Augen.

»Kein Grund zur Klage«, berichtete sie. »Ich habe alles gefunden, was ich wollte. Und du?«

»Fairy Queen läuft hervorragende Zeiten«, nickte Denis. »Sie wird mit großer Wahrscheinlichkeit in Killarney einen

guten Platz erlaufen.« Er bog vom Kreisverkehr in die Ausfallstraße nach Norden ein und beschleunigte die Geschwindigkeit.
»Und nun«, bemerkte er ganz beiläufig, »erzählst du mir, was du angestellt hast.«
Christine stockte der Atem. »Was meinst du damit?« Sie wagte kaum, zu Denis hinüberzublicken.
Er lächelte sie kurz an. »Ich weiß nicht, aber ich habe so ein Gefühl, als wäre da noch etwas gewesen.«
Christine schwieg eine Weile. Sie betrachtete Denis. Er vermochte es ihr tatsächlich anzusehen, es war unfaßbar.
»Komm schon, raus mit der Sprache!« Denis blickte sie amüsiert an. »Was hast du wieder unternommen, wovon ich nichts wissen darf?«
Noch immer schwieg Christine. Sie konnte es Denis nicht sagen. Mit einemmal war ihr klar, daß sie die beginnende Freundschaft zwischen ihnen nicht aufs Spiel setzen wollte. Doch in Denis' dunklen Augen las sie Ermutigung.
»Ich war bei Donohue.« Ihre Stimme klang leise, und sie glaubte im ersten Moment, Denis habe sie gar nicht gehört, da er nicht zu reagieren schien.
Er blickte in den Rückspiegel, dann setzte er den Blinker und hielt am Straßenrand. Als der Motor des Rovers erstarb, herrschte auf einmal tiefe Stille, und Christines Herz rutschte in den Magen.
»Du warst wo?« Denis sah sie starr an, die Hand noch am Lenkrad.
»Bei Donohue«, wiederholte Christine still, aber mit trotzigem Unterton. Sie schaute auf den Griff des Handschuhfachs vor ihrem Sitz. Ihr war mehr als unbehaglich zumute, und sie mied Denis' Blick.
Denis schwieg lange.

Christines Mut sank, in ihr war es ganz kalt. Sie hatte es sich nun mit Denis vermutlich ein für allemal verscherzt. Niemals würde er eine derartige Ungeheuerlichkeit von ihr hinnehmen. Heimlich mit seinem Pferd zu arbeiten war eine Sache, sich jedoch ungebeten in seine finanziellen Angelegenheiten einzuschalten etwas ganz anderes.
Nach endlosen Augenblicken des Schweigens wagte Christine, einen zaghaften Blick hinüberzuwerfen.
Denis schaute aus dem Seitenfenster. Christine konnte sein Gesicht nicht sehen, doch sie war sicher, daß er vor Zorn bebte. Und ihr Herz war schwer.
»Denis?« Sie wußte gar nicht, wie dünn sich ihre Stimme anhörte.
Er drehte den Kopf und sah sie an. Seine Miene war unbewegt.
Und dann überzog ein Lächeln sein Gesicht.
»Oh, Mädchen«, sagte er, »ich frage mich, ob es eigentlich noch irgend etwas gibt, womit du es nicht aufnimmst.«
Christine wußte im ersten Moment nicht, wie ihr geschah.
»Du bist nicht böse?« fragte sie leise.
Denis blickte sie nachdenklich an.
»Ich müßte es natürlich sein.« Seine Augen funkelten amüsiert. »Aber ich kann mir nicht helfen, ich finde es großartig.«
»Wirklich?« Christine wagte ein zaghaftes Lächeln, das Denis erwiderte.
»Ich finde es großartig«, wiederholte er. »Zuerst legst du dich gegen jede Vernunft mit mir an, um Cuchulainn zu helfen – und nun tust du das gleiche, ebenfalls gegen jede Vernunft, diesmal jedoch, um *mir* zu helfen.« Er betrachtete Christine mit einem sonderbaren Ausdruck in den Augen. »Warum machst du das?«
Christine wußte nicht, was sie darauf antworten sollte, und

nach einem kurzen Augenblick brach Denis unerwartet in Lachen aus. Sie war überrascht, noch nie zuvor hatte er sich derartig der Heiterkeit hingegeben.

»Hattest du das geplant? Wolltest du deshalb nach Galway?« fragte er dann, wieder ruhiger.

»Nein«, gab Christine leicht verlegen zu. »Die Idee kam mir, als ich zufällig an dem Haus vorbeiging und das Schild las.«

»Da wäre ich für mein Leben gern dabeigewesen!« Denis schüttelte fasziniert den Kopf. Dann sah er auf, und Christine bemerkte das Lachen in seinen Augen. »Was hast du Donohue gesagt?«

»Ich habe mich ein wenig über seine Angebote informiert«, berichtete Christine gleichmütig. »Er war sehr freundlich, als ich ihm von meinen Geldnöten erzählte, und arbeitete mir ein äußerst günstiges Lösungskonzept aus.«

Denis blickte sie mit leichter Besorgnis an.

»Und wie hat er reagiert, als er merkte, daß du ihn nur aushorchen wolltest?«

»Gezwungenermaßen ruhig«, erwiderte Christine gelassen. »Ich drohte ihm ein bißchen, worauf er wieder ganz friedlich wurde.« Sie hütete sich, ihm von den Augenblicken zu erzählen, in denen sie selbst an ihrer Sicherheit gezweifelt hatte.

»Christine«, sagte Denis mit zusammengezogenen Brauen, »soll das etwa heißen, daß du dich bei ihm in Gefahr begeben hast?«

»Oh, das glaube ich nicht.« Christine erkannte, daß er tatsächlich ungehalten war, und beeilte sich, ihn zu beruhigen. »Ich erklärte ihm lediglich, daß ich ihn anzeigen würde, wenn er noch ein Pferd töten ließe.«

Denis musterte sie prüfend. »Und was noch?«

»Er behauptete, daß du bestimmt nicht wolltest, daß ich die

Polizei einschaltete.« Christine blickte ihn von der Seite an. »Ich sagte, was du wolltest, wäre mir egal.«
Denis blieb einen Moment stumm, dann fing er wieder an zu lachen.
»Du bist wirklich eine außergewöhnliche Frau«, stellte er endlich fest. Unter seinem Blick errötete Christine.
»Unsinn«, meinte sie. »Du könntest mit gutem Recht sagen, ich mischte mich wieder in Dinge ein, die mich nichts angingen.«
»Das könnte ich«, nickte Denis. »Und wir wissen beide, daß es stimmt.« Er betrachtete Christine mit nicht zu deutendem Ausdruck, und seine Stimme wurde leise. »Aber irgendwie scheint alles, was du tust, für mich die Dinge zum Guten zu wenden.«
Auf einmal war wieder diese Spannung zu fühlen. Denis sah Christine ernst an, seine Hand bewegte sich, und für einen Moment dachte Christine, er wolle sie berühren. Doch er stoppte unvermittelt und griff statt dessen zum Zündschlüssel. Als er den Motor anließ, holte Christine tief Luft, um sich wieder zu fangen.
Während der Heimfahrt spürte sie einige Male, wie Denis sie anblickte.
»Habe ich einen Fleck auf der Nase?« fragte sie endlich amüsiert.
Denis erwiderte ihr Lächeln. »Ich kriege es bloß nicht auf die Reihe«, sagte er kopfschüttelnd. »Und ich habe dich auch noch selbst hingefahren!« Er schwieg einen Moment, dann fügte er still hinzu: »Dabei hätte ich es wissen müssen.«
Christine betrachtete ihn prüfend, doch er sagte nichts mehr. Stumm erreichten sie den Hof.
Christine hatte sich schon einige Schritte vom Auto entfernt, als ihr der Stadtplan einfiel.

»Mit Dank zurück«, sagte sie und reichte ihn Denis, der gerade die Klappe des Hängers öffnete.
»Er scheint dir ja immerhin gute Dienste geleistet zu haben«, grinste Denis und steckte den Plan zurück ins Handschuhfach. Dann drehte er sich um und sah Christine nachdenklich an.
»Du weißt, daß Ruaidhri morgen früh wieder zu einem mehrtägigen Reitausflug aufbricht?«
Christine nickte. »Er hat mich schon gefragt, ob ich mitkommen will.«
Denis lehnte am Wagen und schaute mit undeutbarem Gesichtsausdruck zu ihr hinunter. »Wirst du mitreiten?« Seine Frage hörte sich unbeteiligt an, doch in seiner Stimme schwang etwas mit, das Christine unwillkürlich aufsehen ließ.
»Nein«, sagte sie leise. »Ich werde nicht mitreiten.«
Für einen kurzen Moment hefteten sich ihre Blicke aneinander. Doch dann löste sich Denis abrupt vom Auto und ging wieder zum Hänger.
»Ich wollte morgen Cuchulainn mit auf die Rennbahn nehmen«, versetzte er sachlich. »Wenn du Lust hast, kannst du gerne mitfahren.«
»Natürlich habe ich Lust.« Christine war ebenfalls wieder ganz ruhig. »Gerade bei Cuchulainn möchte ich einmal dabeisein.«
»Okay, dann ist es abgemacht«, nickte Denis. »Wir treffen Danny direkt auf der Bahn, das ist am einfachsten.«
»Das heißt, du brauchst mich, um Cuchulainn hier in den Hänger hineinzubekommen«, versetzte Christine amüsiert.
Denis grinste. »Ich gebe zu, ohne dich wäre es ein wenig schwierig.«

»Dann scheine ich doch noch nicht ganz überflüssig zu sein«, lächelte Christine.
»Das«, erwiderte Denis still, »bist du sowieso nicht.«
Er wandte sich um und betrat die Rampe.

Cuchulainn musterte den Hänger argwöhnisch.
»Komm, mein Kleiner, hier ist nichts Gefährliches«, schmeichelte Christine und führte ihn vorsichtig näher. Sie war sich klar darüber, daß der Hengst seit Monaten nicht mehr transportiert worden war, zudem konnten seine Erinnerungen an eine Reise keine besonders angenehmen sein. Sie verließ sich jedoch darauf, daß ein Rennpferd wie Cuchulainn grundsätzlich daran gewöhnt sein mußte, in einem Hänger zu fahren, weshalb es sich eigentlich als nicht allzu schwierig herausstellen konnte, ihn wieder dazu zu überreden.
»Ich fahre auch mit, das verspreche ich dir.« Christine streichelte den Hals des Pferdes und lächelte, als es ihr seine Nüstern ins Gesicht stieß. »Ja, natürlich, heute nachmittag sind wir alle beide wieder zu Hause. Und in der Zwischenzeit darfst du rennen, das gefällt dir doch, oder?«
Cuchulainn schaute sie aufmerksam an, und in Christine wallte das Blut. Die Augen des Pferdes drückten so viel Zuneigung und Vertrauen aus, daß ihr warm ums Herz wurde. Und wieder erkannte sie, wieviel ihr an dem Tier lag.
Tatsächlich überwand sich der Dunkelbraune bereits nach kurzer Zeit, durch Karotten und liebevolles Zureden beschwichtigt, und trottete die Rampe hinauf.
Mit erleichtertem Seufzen band ihn Christine fest und schloß dann die Klappe.
Denis mußte sie aus der Entfernung beobachtet haben, denn er kam nun herbei und blickte sie fragend an. »Können wir?«

»Ich bin fertig«, nickte Christine und öffnete die Beifahrertür des Wagens.
Langsam rollten Rover und Hänger durch das Hoftor und gewannen an Fahrt.
»Dann bin ich ja mal gespannt, ob das heute klappt«, bemerkte Denis mit prüfendem Blick in den Rückspiegel. Auch Christine sah sich um, doch im Hänger schien alles ruhig zu sein.
»Und du möchtest wirklich mit?« Denis warf ein leichtes Grinsen zu Christine hinüber. »Oder hast du wieder irgendwelche geschäftlichen Termine?«
»Nein.« Christine mußte ebenfalls lächeln.
Denis war bisher mit keinem Wort auf das gestern Vorgefallene eingegangen. Selbst als ihm Christine abends wie versprochen den Verband wechselte, hatte er nicht viel gesagt, sondern stumm zugesehen, wie sie seine Verletzung in Augenschein nahm, für gut heilend erklärte und anschließend neu verband. Sein Blick jedoch, als sich Christine verabschiedete, um nach Hause zu gehen, drückte Wärme aus.
»Schlaf dich wieder einmal richtig aus«, bemerkte er mit einem Augenzwinkern.
»Du aber auch«, konterte Christine. »Meine ärztliche Verordnung lautet acht Stunden Bettruhe, und das jede Nacht von heute an.«
Denis' Gesicht verzog sich. »Jawohl, Frau Doktor.« In seinen Augen lag ein heller Schein. »Dank dir ist es ja auch tatsächlich möglich.«
»Unsinn.« Christine war verlegen, doch Denis nickte ihr ernst zu, als sie ging.
Im nachhinein war sich Christine völlig sicher, daß seine freundschaftlichen Gesten lediglich auf seiner Dankbarkeit für ihre Hilfe beruhten.

Und so lehnte sie eine Weile später ganz unbefangen neben Denis am Zaun an der Rennbahn und sah zu, wie Danny Cuchulainn warmritt.
Denis musterte die beiden mit scharfen Blicken.
»Er hat natürlich nicht seine volle Kondition«, bemerkte er, »doch so wie ich es sehe, ist er trotz allem recht fit.«
»Keine Versteifungen«, nickte Christine. »Regelmäßiges Lauftraining, dann wird es schon werden.«
»Ich sagte Danny, er solle später auch einmal ein paar niedrige Sprünge versuchen, damit sich der Hengst wieder daran gewöhnt.«
Christine schwieg eine Weile. »Ich habe gehört, bei solchen Hindernisrennen sind schon Pferde umgekommen«, meinte sie dann.
Denis blickte sie ruhig an. »Du redest bestimmt von diesen Unfällen, die vor allem in England immer wieder passieren, nicht wahr?«
»Soviel ich weiß, kommen regelmäßig Pferde dabei um.« Christine schaute ernst zu ihm hinauf.
»Bei tiefem Boden herrscht ein gewisses Risiko, das ist richtig.« Denis betrachtete Christine forschend. Dann verzog sich sein Gesicht zu einem Lächeln. »Ich weiß, daß du mich für einen herzlosen Geschäftsmann hältst, aber ich versichere dir, daß ich noch niemals eines meiner Pferde einem solchen Risiko ausgesetzt habe.«
»Ein Geschäftsmann bist du deshalb aber wohl trotzdem noch«, konterte Christine. »Immerhin sind die Pferde ja doch eine Kleinigkeit wert, nicht wahr? Aber zumindest scheinst du nicht herzlos zu sein.«
»Meinst du?« Denis blickte Christine mit leichtem Lächeln an, dann wandte er sich wieder der Bahn zu. »Laß ihn jetzt mal rennen!« rief er Danny zu.

Danny verstand. Er wendete Cuchulainn und ließ ihn angaloppieren.
Denis holte seine Stoppuhr aus der Tasche und gab mit erhobenem Arm Zeichen, worauf Danny den Hengst antrieb.
Christine hatte Cuchulainn noch niemals in vollem Tempo laufen sehen. Sie besuchte keine Pferderennen und verfügte daher über keinerlei Vergleichsmöglichkeiten, doch kam ihr die Geschwindigkeit des Hengstes überaus bemerkenswert vor.
Auch Denis nickte anerkennend, während er schweigend zusah.
»Nicht übel«, murmelte er und hielt die Uhr an. Die Zeit, die er ablas, schien ihn zu befriedigen, denn er lächelte Christine an.
»Mädchen, ich glaube, wir können wieder einige Hoffnung in ihn setzen.«
»Das freut mich«, erwiderte Christine, und sie meinte es ehrlich.
Tief in ihrem Inneren empfand sie ein kleines bißchen Stolz, denn sie wußte, daß sie daran beteiligt gewesen war. Zum ersten Mal in ihrem Leben schien sie etwas richtig gemacht zu haben. Die Vergangenheit zählte nicht mehr, hier war jemand, dem sie hatte helfen können, für den sie nach vorn blickte.
Und Christine begriff auf einmal, wieviel Glück ihr dieses Bewußtsein vermittelte.

17. Kapitel

Am folgenden Tag sah Christine nichts von Denis. Er schien mit Gypsy Boy und Aurora auswärts unterwegs zu sein, und Christine wäre sich albern vorgekommen, wenn sie Fiona nach ihm fragte.

Auch Ruaidhri war nicht da. Er hatte sich demonstrativ enttäuscht gezeigt, als ihm Christine eine Absage für seinen Ausflug erteilte.

»Immerhin war ich ja schon beim letzten Mal dabei«, hatte sie gemeint, worauf Ruaidhri nur ein Auge zukniff und spitzbübisch erwiderte: »Keine Ausreden, ich weiß schon Bescheid!«

Christine blickte ihn erstaunt an, doch Ruaidhri nickte bekräftigend und grinste ihr zu. Sie hätte gerne gewußt, was ihm durch den Kopf ging, doch ließ sie die Sache auf sich beruhen.

Sie verbrachte den Tag geruhsam, übte eine Stunde mit Blossom Springen und wagte dann sogar, Cuchulainn für einen Geländeritt zu satteln.

»Wir haben uns ja inzwischen gut genug aneinander gewöhnt, nicht wahr, mein Kleiner?« sagte sie zu dem Hengst und klopfte ihm den Hals.

Er senkte den Kopf und kaute zufrieden am Gebiß, als ihn Christine Richtung See lenkte. Sie nahm den Uferweg, den sie am ersten Tag gelaufen war und wo sie Ruaidhri kennengelernt hatte.

Soviel war seitdem geschehen. Christine fragte sich, ob sie immer noch der gleiche Mensch sein konnte wie bei ihrer Ankunft.

Auch die Umgebung hatte sich verändert. Zwar leuchtete nach wie vor überall der gelbe Stechginster, doch stand inzwischen der rote Rhododendron in voller Blüte, und das ehemals zarte, helle Laub der Bäume hatte ein kräftigdunkles Grün angenommen. Die Sonne schien warm, und die Wellen des Sees glitzerten tiefblau, den strahlenden Himmel widerspiegelnd.

Christine merkte, wieviel Zeit vergangen war. Seit langen Wochen lebte sie nun in Connemara, und beim Gedanken, daß sie nicht für immer hierbleiben konnte, wurde ihr das Herz schwer.

Hier herrschte Frieden. Und sie wollte nichts mehr anderes als dies.

Niemals jedoch hätte sich Christine träumen lassen, daß sie der eiskalte Wind der Realität derart unvermutet ereilen konnte.

Sie saß mit Georg beim Abendessen.

Der Abend war mild, und Georg hatte vorgeschlagen, draußen zu decken, eine Idee, der Christine gerne zustimmte. Die goldene Abendsonne, die in Connemara so wunderschön wie nirgends sonst schien, und der Anblick der friedlich grasenden Pferde auf der Weide regten Christines Appetit an, und Georg, der den gleichen Sinn für Natur besaß, lächelte zufrieden.

Der Hufschlag eines Pferdes störte sie auf, kam näher, und Christine erhob sich leicht von ihrem Stuhl, um zu sehen, wer da unterwegs war.

Es war James, der in eiligem Galopp auf ungesatteltem Pferd herankam, die niedrige Mauer zuletzt im Sprung nehmend. Vor Georgs Haus stoppte er und blickte sich suchend um.

»James, was ist los?« Christine ging auf ihn zu.

Bei ihrem Anblick malte sich Erleichterung auf sein Gesicht. »Gut, daß du da bist«, sagte er leicht außer Atem. »Du mußt sofort kommen.«

»Wer sagt das?« Ihre Frage kam beunruhigt.
»Denis«, erwiderte James. »Es ist im Stall, irgendwas stimmt nicht mit Sally. Er meinte, ich solle dich holen, und zwar mit Volldampf!«
»Okay.« Christines Stimme klang knapp. Sie warf einen Blick auf Georg, der ebenfalls herangekommen war und beunruhigt wirkte. »Es kann eine Weile dauern.«
Georg nickte bedächtig. »Du hast ja einen Hausschlüssel.«
»Läßt du mich mit aufsitzen?« fragte Christine James.
»Klar.« Er zog sie hinter sich auf den Rücken seines Ponys und drückte ihm die Absätze in die Flanken. Christine hielt sich an ihm fest, während sie über die Mauer setzten und dann im gestreckten Galopp zum Hof preschten.
In Christine brodelte Unruhe. Sally war eine der trächtigen Hunter-Stuten, doch bis zur Geburt ihres Fohlens blieb laut Ruaidhri noch etwas Zeit.
Beim Stall angekommen, sprang Christine ab und eilte hinein.
Denis stand in Sallys Box, sein Gesicht wirkte ernst.
»Was ist mit ihr?« flüsterte Christine und legte ihre Hand auf Sallys Hals. Das normalerweise fuchsrote Fell war dunkel vom Schweiß.
»Sie fohlt«, sagte Denis mit zusammengebissenen Zähnen. »Doch irgend etwas ist nicht in Ordnung, es kommt viel zuviel Blut!«
Christine sah nun ebenfalls die Lache. »Hatte sie nicht ohnehin noch ein paar Wochen?«
»Das auch.« Denis' Stimme klang knapp. »Mindestens noch einen Monat.«
Christine schwieg. Sie betastete sorgfältig den gespannten Leib der Stute und legte ihr Ohr daran. Ihr Gesicht war starr, als sie sich wieder umwandte. Sie mied Denis' Blick, als sie

zum Ausguß ging, wo sie sich ihr Sweatshirt auszog und ausgiebig Hände und Arme schrubbte.
Im selben Moment, als sie zur Box zurückkam, schnaubte Sally schmerzvoll auf und machte Anstalten, sich zu legen.
»Halte sie auf!« rief Christine Denis zu, der sich daraufhin mit aller Kraft dagegenstemmte. Sally gab den Versuch wieder auf, doch Christine hielt den Atem an, als sie den Blutstrom sah.
»Ich muß sie zuerst untersuchen«, sagte sie kurz. »Das geht im Liegen viel schwerer.«
Aus den Augenwinkeln bemerkte sie Fiona, die mit blassem Gesicht im Eingang der Box stand. Sie ließ sich jedoch nicht ablenken, sondern tastete sich behutsam in die Stute hinein. Sie spürte, wie eine neue Wehe kam, und hörte Sallys Stöhnen.
Endlich zog Christine ihren Arm zurück und drehte sich um. Sally sank ins Stroh, und diesmal hinderte sie niemand daran. Fiona streichelte sie hilflos.
»Der Muttermund ist offen, wir werden es nicht mehr aufhalten können«, sagte Christine, wobei sie sich nicht bewußt war, daß ihre Augen Panik signalisierten.
Denis sah es und betrachtete sie einige Sekunden lang beunruhigt.
Doch er kam nicht mehr dazu, etwas zu sagen, denn im gleichen Moment wieherte Sally auf und begann zu pressen.
Christine half ihr mit geübten Händen, Denis bemerkte voll Erleichterung, daß sie genau wußte, was zu tun war. Er selbst stand neben Sally und streichelte sie beruhigend, dabei unterstützt von Fiona.
Niemand wußte, wie lange es dauerte, bis endlich ein nasses, dunkles Bündel hinter Sally im blutigen Stroh lag. Und keiner sprach ein Wort, während Christine vorsichtig die Eihaut

vom Kopf des Fohlens entfernte, wobei dieser schlaff herunterhing.
Die Augen des Fohlen waren fest geschlossen, die Ohren sahen klein und unfertig aus, und noch nicht einmal Fiona täuschte sich über die grausame Wahrheit hinweg. Denis zog Fiona zum Kopf der Stute zurück und bedeutete ihr durch eine kurze Geste, mit dem Streicheln fortzufahren. Dann hockte er sich neben Christine, die bei dem toten Fohlen kauerte und es mechanisch untersuchte.
»Es hatte wohl keine Chance«, sagte sie leise.
Christine schüttelte den Kopf, doch sie schwieg beharrlich. Ihre Hand streichelte das nasse, gekräuselte Fell des Fohlens, als ob es noch leben würde.
Denis blickte sie ernst an. »Christine?«
Sie gab keine Antwort, sondern holte tief Luft. Dann zog sie langsam ihre Hand zurück und stand auf. Ihr Gesicht war weiß und starr, als sie Denis anschaute.
»Ich werde erst einmal nachsehen, ob es Sally soweit überstanden hat.« Ihre Stimme klang spröde, und Denis faßte sie am Arm.
»Christine, ist alles in Ordnung?«
»Klar.« Sie machte sich freundlich, aber bestimmt los und wandte sich der Stute zu. Denis musterte sie eindringlich, sagte aber nichts mehr und bückte sich nach dem Fohlen. Christine drehte sich nicht nach ihm um, als er es aufhob, um es aus der Box zu tragen.
»Machst du Sally ein bißchen Kleiebrei?« bat sie Fiona, die nickte und verschwand. Die Stute war aufgestanden, sie wirkte so, als ob es ihr einigermaßen gutginge. Christine untersuchte sie behutsam und half ihr, als die Nachgeburt erschien. Sie stellte fest, daß keine Nachblutungen auftraten und somit kein Grund zur Besorgnis bestand.

Denis, der nun zurückkam, bemerkte allerdings voll Unruhe, daß Christines Gesicht immer noch diese wächserne Starre zeigte; sie streichelte die Stute mit einem abwesenden Ausdruck, der ihn alarmierte.
»Was ist mit dir?« fragte er leise und legte Christine die Hand auf die Schulter.
Sie hob den Kopf und sah ihn an. Denis erschrak unwillkürlich, als er den Haß sah, der aus ihren grünen Augen sprühte.
»Nichts ist mit mir«, erwiderte sie kurz, schüttelte seine Hand ab und trat aus der Box. Denis blickte ihr nach, wie sie mit steifen Schritten zum Ausguß ging. Ohne sich darum zu kümmern, daß er ihr dabei zusehen konnte, streifte sie ihr blutverschmiertes T-Shirt und den Büstenhalter ab, wusch sich mit routinierten Bewegungen und zog dann ihr Sweatshirt wieder an. Alles andere ließ sie über dem Rand des Ausgusses liegen, als sie den Stall verließ.
Denis wirkte sehr nachdenklich, als Fiona zurückkehrte.
»Wo ist Christine?« fragte sie erstaunt.
»Draußen«, entgegnete er einsilbig. »Hast du Kleiebrei für die Stute?«
Fiona zeigte die Schüssel vor.
Während die Stute den Brei aufleckte, rieben Denis und Fiona ihr Fell trocken. Anschließend führte Fiona Sally in eine saubere Box und holte dann Eimer und Schrubber, während Denis begann, das blutige Stroh auf einen Schubkarren zu laden.
Draußen war es schon fast dunkel, als sie mit ihrer Arbeit fertig waren.
»Geh schon mal ins Haus«, beschied Denis Fiona, die einen müden Eindruck erweckte. »Ich habe noch rasch etwas zu erledigen.«
Fiona widersprach nicht. Sie war erschöpft und traurig über

das tote Fohlen und wollte am liebsten gleich ins Bett. Denis wartete, bis sie außer Sichtweite war, dann wandte er sich um.
Er hatte richtig vermutet, Christine stand am Zaun von Cuchulainns Koppel.
Sie blickte sich nicht nach ihm um, als er näher kam.
Auch Denis schwieg. Er stützte sich neben sie auf die Stange und sah zu dem Hengst hinüber, der bei seinem Eintreffen nur kurz den Kopf gehoben hatte, ohne sich von ihm weiter beim Grasen stören zu lassen.
In Christine tobten die Gefühle. Verzweifelter Kummer wechselte sich mit lähmendem Haß ab, sie hatte es nie für möglich gehalten, daß all dies immer noch so stark in ihr steckte. Sie glaubte, sie wäre darüber hinweg gewesen, doch der Anblick des toten Fohlens hatte die Wunde wieder aufgerissen, ließ sie ihren Schmerz und ihre Wut erneut spüren. Und hier war Denis – auch er war ein Mann, auch er gehörte zu dieser Sorte Menschen, die niemals verstehen würden!
Christine schloß ihre Augen und ballte die Fäuste.
Denis sah es. Nach kurzem Zögern griff er hinüber und legte seine Hand um ihre verkrampften Finger. Er fühlte, wie eiskalt sie waren.
»Du hättest nichts tun können, um das zu verhindern«, sagte er ruhig.
Christine spannte ihre Kiefermuskeln, ohne ihn anzuschauen.
»Nein«, brach es aus ihr heraus. »Ich hätte nichts tun können. So etwas passiert nun mal. Es passiert gar nicht selten. Ohne ersichtlichen Grund. Niemand ist schuld daran. Das nächste wird gesund sein.« Es klang wie auswendig gelernt.
»Es stimmt ja auch wirklich«, erwiderte Denis behutsam.
Christine sah auf, ihre Augen flammten.

»Etwas anderes sagt ihr ja nie«, stieß sie hervor. »Das ist alles, was man von den Ärzten zu hören bekommt, und das ist das, wohinter ihr Männer euch verschanzt! Ihr macht es euch so einfach, ihr sagt, daß keiner etwas daran ändern kann, und dann geht ihr zur Tagesordnung über! Keiner von euch hat die mindesten Gefühle!« Und ohne nachzudenken, wandte sich Christine mit blinden Augen zu Denis um und schlug ihm heftig auf die Brust.

Er ließ es sich im ersten Moment stumm gefallen, doch dann fing er Christines Fäuste ein und hielt sie fest.

»Christine, he, Christine«, sagte er beruhigend, während sie sich erbittert gegen seinen Griff wehrte. »Komm, es ist ja gut!« Er legte ihre Hände an seine Brust und umfaßte sie mit seinem freien Arm. Während er sie fest an sich gedrückt hielt, merkte er, wie ihr Widerstand allmählich erlahmte. Am Zucken ihres Körpers erkannte er, daß sie weinte.

Christine wußte nicht mehr, wie ihr geschah. Die ganze Zeit hatte sie ihren Schmerz tief in sich verborgen getragen, doch nun kam er mit Gewalt heraus. Sie weinte, wie sie noch nie geweint hatte, krampfhaft und heftig, sie meinte, niemals mehr aufhören zu können. Denis hielt sie fest, ließ sie nicht los, und Christine preßte ihr Gesicht an seine Brust, während es sie schüttelte. Sie merkte kaum, wie er sie fester umschlang, sie spürte nicht seine Hand, die beruhigend über ihr Haar strich.

Erst nach schier endloser Zeit wurde Christine ruhiger. Denis hielt sie nach wie vor in seinen Armen, während Christines Schluchzen erschöpft verebbte.

Lange herrschte Schweigen. Denis streichelte sanft Christines Haar, und sie wünschte auf einmal brennend, daß er sie für immer so festhalten würde.

Schließlich atmete Denis tief durch.

»Ich wußte nicht, daß du selbst so etwas durchmachen mußtest«, sagte er leise. »Es tut mir so leid. Ich hätte dich heute nicht dazuholen dürfen.«
»Es war schon in Ordnung so«, flüsterte Christine. »Du konntest es ja nicht wissen.« Sie hob den Kopf. »Und ich werde noch viele Male in meinem Leben solche Fälle zu sehen bekommen. Wenn ich als Tierärztin arbeiten will, muß ich lernen, es auszuhalten.«
Denis betrachtete sie voller Mitgefühl. »Es muß schlimm für dich gewesen sein.«
Christine schloß die Augen. »Mein Kind war noch nicht soweit wie das von Sally«, sagte sie leise. »Es war noch ganz, ganz winzig. Aber es hatte alles, was nötig war. Arme, Beine, Gesicht ...« Ihre Stimme brach, und Denis drückte sie noch fester an sich. Christine holte tief Atem. »Ich habe es gesehen«, flüsterte sie, »sie gaben mir noch nicht einmal eine Narkose, und da habe ich es ganz deutlich gesehen. Sie wollten es mir aber dann nicht geben, sie sagten, es sei zu klein und gelte noch nicht als Totgeburt.« Christine verbarg ihr Gesicht an Denis' Brust. »Es war für sie nichts als Krankenhausmüll.«
Denis hielt Christine ganz fest umschlungen und strich mit der Hand durch ihr Haar. »Und wie kam es dazu?« fragte er nach einer Pause leise.
Christine hob die Schultern. »Es starb einfach. Ich ging zur Routineuntersuchung, und sie fanden keine Herztöne mehr.« Sie lächelte bitter. »Glaubst du mir, wenn ich dir sage, daß ich als Medizinerin es zuerst nicht wahrhaben wollte? Mir einredete, es wäre alles in Ordnung?«
»Doch, das glaube ich dir sofort«, nickte Denis. »Man klammert sich wohl in so einem Moment an jeden Strohhalm.«
»Sie schickten mich ins Krankenhaus«, erzählte Christine

mit kleiner Stimme weiter. »Zur Nachräumung, wie sie es nannten. Es ist so ein grauenhaftes Wort, es machte mein Kind zu einer Sache, zu einem Fremdkörper in meinem Bauch, den man entfernen mußte, damit er keinen Schaden anrichtete. Und ich stand in der Klinik, ganz allein auf dem Flur, und wartete darauf, daß mir jemand mein Kind aus dem Bauch holen würde, um es in den Abfall zu werfen.«

»Mein Gott«, sagte Denis leise.

»Ich dachte, ich bekäme wenigstens eine Narkose, damit ich es nicht miterleben müßte. Ich glaubte, sie holten es ganz einfach und schnell heraus. Aber sie meinten, dafür sei das Kind schon zu groß. Sie gaben mir Wehenmittel und leiteten die Geburt ein. Es dauerte nicht sehr lange.« Christine schluchzte heftig auf, und Denis streichelte ein wenig hilflos ihr Gesicht. »Alle sagen, man vergißt sofort die Schmerzen beim Gebären, sobald man das Baby in den Armen hält. Ich durfte es nicht in die Arme nehmen. Sie wickelten es in einen Lappen und brachten es weg. Ins Labor, wie sie mir sagten.« Ihre Stimme erstarb.

Denis atmete tief durch.

»Und ... der Vater deines Kindes?« fragte er behutsam.

Christine erstarrte. »Er hat mich im Krankenhaus besucht«, sagte sie. »Einmal. Er brachte mir einen Strauß Blumen aus der Krankenhausblumenhandlung, sagte, daß es schon wieder würde, und verschwand.« Ihre Stimme bebte vor Haß.

»Und danach?« Denis fragte es zögernd.

»Danach?« Christine lachte bitter auf. »Nach ein paar Tagen meinte er zu mir, ich könnte allmählich aufhören mit der Heulerei, es wäre doch alles nicht so schlimm. Das Kind sei doch ohnehin nicht geplant gewesen, deshalb träfe es sich doch direkt günstig, daß es nun nicht geboren würde. Und außerdem wäre ich schließlich selbst daran schuld.«

»Wieso sollst du selbst schuld daran gewesen sein?« fragte Denis verwundert.

Christine schwieg lange. Dann holte sie tief Luft.

»Ich hatte während der Schwangerschaft das Reiten nicht aufgegeben«, flüsterte sie. »Ich fühlte mich wohl, paßte auch immer auf, deshalb dachte ich ... Mein Arzt meinte auch, es machte nichts aus, solange ich vorsichtig wäre, nicht stürzte und so.«

»Und bist du gestürzt?«

Christine schüttelte den Kopf. »Nein, ich gab immer acht.«

»Dann kann es ja daran nicht gelegen haben«, meinte Denis nüchtern.

»Hat es auch nicht. Das Labor sagte später, die Plazenta sei nicht in Ordnung gewesen.«

»Und dein Mann wußte das und machte dir trotzdem Vorwürfe?«

»Wir waren nicht verheiratet«, murmelte Christine. »Er sagte, es sei kein Wunder, daß eine Frau, die so oft auf Pferden sitzt, keine gesunden Kinder kriegen kann. Er meinte, selbst im Bett sei mir anzumerken ...« Sie stockte und biß sich auf die Lippen.

Denis schwieg eine Weile. Dann räusperte er sich. »Ich weiß nicht, ob es dir hilft, aber meine Mutter ist früher ebenfalls viel geritten. In ihrer Jugend, und auch noch während der ersten Jahre ihrer Ehe. Du siehst«, er lächelte schwach, »sie hat deshalb trotzdem vier gesunde Kinder bekommen.«

Christine atmete tief durch.

»Ich werde niemals Kinder bekommen«, flüsterte sie.

Denis horchte auf. »Weshalb nicht?« Seine Stimme klang behutsam.

Christine biß die Zähne zusammen. »Es gab Probleme nach der Geburt«, stieß sie tonlos hervor. »Sie mußten mich einige

Stunden später noch mal operieren, sonst wäre ich verblutet.«
»Das heißt ...«
»Sie haben mir die Gebärmutter herausgenommen«, sagte Christine fast unhörbar. »Es ging nicht anders, sagten sie. Das heißt, ich werde nie mehr ein Baby haben.« Sie legte ihr Gesicht an Denis' Brust und verharrte so, wie versteinert vor Kummer.
»Und wie hat er darauf reagiert?« Denis fragte es ganz leise.
»Er ...« Christines Stimme brach, sie schluckte und holte dann tief Luft. »Er sagte, das sei doch gar nicht so übel – dann könnten wir uns wenigstens den ganzen Aufwand mit der Verhütung sparen.«
Denis blieb stumm. Dann umschloß er Christine fest mit beiden Armen.
Christine wollte nichts mehr sehen, sie preßte sich an Denis und wünschte, sie könnte auf einmal alles Schwere vergessen. Ohne nachzudenken, was sie tat, legte sie ihrerseits ihre Arme um ihn. Irgendwie schien es ihr richtig so, er kam ihr vertraut vor, sein Körper bot Wärme, und sein Griff vermittelte Geborgenheit.
Denis beugte seinen Kopf zu ihr herunter.
»Christine?« Seine Stimme war leise.
Christine blickte auf. Sie wußte, daß ihre Augen geschwollen, ihr Gesicht verweint sein mußten. Doch sie wußte in diesem Moment auch, daß es bei Denis nichts ausmachte.
Sie sah seine dunklen Augen warm auf ihr liegen. Und mit einemmal war sie wieder da, die Spannung zwischen ihnen, fast greifbar. Ein Schauer lief über Christines Rücken, und ihr Herz pochte, während sie Denis stumm anschaute.
Denis' Gesicht war dicht über ihr, und es war nur noch ein kurzer Weg von seinen Lippen bis zu ihren.

Christine hielt ganz still, als er sie küßte.
Seine Berührung war unendlich sanft, und sie ertappte sich dabei, daß sie seinen Kuß erwiderte. Sie erschrak über die starken Gefühle, die sie auf einmal verspürte. Denis zog sie enger an sich, sein Griff wurde fester und sein Kuß heftiger.
Doch dann gab er sie abrupt frei und trat einen Schritt zurück.
Für einige Sekunden starrten sie sich schweigend an. Denis' Atem ging genauso rasch wie Christines, in seinen Augen stand ein nicht zu deutender Ausdruck.
»Ich bitte um Entschuldigung«, sagte er rauh.
»Du mußt dich nicht entschuldigen.« Christines Stimme war leise. Ihr Herz schlug immer noch schnell, doch ihre Vernunft sagte ihr, daß man eine solche aus hochkochenden Gefühlen entstandene Situation nicht überbewerten durfte.
Auch Denis schien wieder zu seiner Selbstbeherrschung zurückzufinden. Er holte tief Atem, räusperte sich und lehnte sich dann wieder an den Koppelzaun. Beim Anblick des Hengstes erschien sogar ein kleines Lächeln auf seinem Gesicht.
»Guck ihn dir an«, meinte er.
Christine drehte sich ebenfalls um, erleichtert über die Selbstverständlichkeit, mit der Denis über das gerade Vorgefallene hinwegging.
Cuchulainn stand nicht weit weg, den Kopf wachsam erhoben, die Ohren unwillig zurückgelegt. Seine ganze Haltung drückte Warnung aus.
Christine lächelte. »Er will mich verteidigen.«
»Es sieht ganz so aus«, nickte Denis und warf Christine einen amüsierten Blick zu. »Da habe ich ja Glück gehabt, daß er mir nicht ins Kreuz gesprungen ist.«

»Es ist alles in Ordnung«, sagte Christine sanft zu Cuchulainn. »Denis tut mir nichts.«
Denis sah zu ihr hinunter. »Du bist mir nicht böse, nein?«
Christine schüttelte den Kopf. »Es tut mir leid, daß ich mich so gehenließ. Du kannst zu Recht behaupten, daß ich hysterisch bin.«
»Du bist nicht hysterisch.« Denis sagte es ganz ruhig. »Dich belasten Erinnerungen, mit denen du erst einmal fertig werden mußt. Es ist selbstverständlich, daß diese Wunde in Situationen wie heute abend aufbricht.« Er schwieg eine Weile. »Ich weiß auch, daß ich als Mann wohl niemals imstande sein werde, die Gefühle einer Frau vollständig nachzuvollziehen. Ich kann es immer nur versuchen.«
»Das ist mehr als das, wozu viele Männer bereit sind«, erwiderte Christine leise.
»Und ich weiß nicht, ob du mir glaubst, wenn ich dir sage, daß es mir unendlich leid tut.« Denis' Stimme war ganz still.
»Doch«, murmelte Christine. »Ich glaube dir.«
Ihre Blicke trafen sich, und für einen Moment meinte Christine, in Denis' Augen etwas zu lesen, das sie erbeben machte. Doch dieser Moment ging rasch vorbei. Sie mußte vernünftig sein. Wo sollte es auch hinführen!
Ein leichter Wind ließ Christine fröstelnd die Schultern zusammenziehen.
Denis wußte, daß sie unter ihrem Sweatshirt nichts trug, er löste sich vom Koppelzaun und sah sie auffordernd an. »Du frierst – ich denke, du gehst jetzt lieber hinein, okay?«
Christine nickte stumm, doch sie rührte sich nicht. Sie schaute Cuchulainn an. »Ich wollte nie mehr reiten«, sagte sie leise.
Denis schwieg einen Moment, dann legte er ihr ruhig die Hand auf die Schulter. »Ich bin froh, daß du es doch wieder getan hast«, erwiderte er.

Christine blickte zu ihm hinauf, betrachtete sein Gesicht, in dem sie aber im Dunkeln nur ungenau lesen konnte.
»Ich auch«, meinte sie still und wandte sich zum Gehen.
Denis begleitete sie schweigend bis zum Hof, wo Christine stehenblieb.
»Ich möchte gern noch einmal nach Sally sehen.«
»Bist du sicher?« Denis schaute sie prüfend an.
Christine nickte. »Ich will mich vergewissern, daß es ihr gutgeht.« Sie öffnete die Tür des Stalles, doch als Denis das Licht einschalten wollte, schüttelte sie den Kopf. »Es ist hell genug, und ich möchte Sally nicht stören.« Tatsächlich schien der Mond durch das Stallfenster und tauchte die Boxen in ein bläuliches Licht.
Leise näherten sie sich Sallys Box. Die Stute kam heran, als sie die Besucher bemerkte. Christine strich ihr sanft über die Stirn.
»Wie geht es dir?« fragte sie liebevoll. »Alles in Ordnung, keine Schmerzen?«
Sallys Fell war trocken, ihr Verhalten ruhig, alles wies darauf hin, daß sie das Verfohlen trotz allem gut überstanden hatte.
Als sich die Stute wieder ihrer Raufe zuwandte, stützte Christine ihr Kinn auf die Kante der Boxentür.
»Ob sie noch daran denkt?« Ihre Stimme war still.
Denis stellte sich neben sie und betrachtete Sally.
»Ich glaube nicht«, antwortete er leise. »Sie weiß wohl nicht, daß es ihr Fohlen gewesen ist. Sie merkt nur, daß ihre Schmerzen weg sind und daß sie sich nun auch wieder leichter bewegen kann. Aber sie trauert nicht.«
Christine schwieg lange. Dann holte sie tief Atem.
»Ich wünschte, ich könnte so sein wie sie«, flüsterte sie, und die Hoffnungslosigkeit, die aus ihren Worten klang, rührte

Denis tief im Inneren. Ohne daß er weiter darüber nachdachte, tastete seine Hand nach Christine. Er spürte, wie sie zitterte, und zog sie an sich.

Christine legte ihren Kopf an seine Schulter. Es war so selbstverständlich, da war Denis, der ihr zuhörte, Denis, der sie hielt, Denis …

Und mit einemmal zeigte sich, daß sie sich etwas vorgemacht hatten. Es war keine Einbildung gewesen, die von ihnen beiden mühsam unterdrückten Gefühle standen plötzlich überwältigend stark zwischen ihnen, und Christine erstarrte, als sie Denis' Körper an ihrem fühlte.

Diesmal entschuldigte er sich nicht.

Sein Mund war zärtlich, sein Griff behutsam, und Christine schloß ihre Augen, als er sie langsam küßte. Wie von selbst öffneten sich ihre Lippen, und sie schmiegte sich in seine Arme, während sie innerlich vibrierte.

Denis' Atem ging schnell, er zog Christine fester an sich und suchte immer hungriger nach ihrem Mund. Christine erkannte sein Begehren, doch es schreckte sie nicht, sondern erweckte in ihr eine lang vergessene Sehnsucht, die sie sich dichter und dichter an ihn drängen ließ. Ihre Finger tasteten über seine Schultern und umfaßten seinen Nacken, sie fühlte, wie seine Lippen ihren Hals hinunterwanderten, und erbebte, als sie seine Hände unter ihrem Sweatshirt spürte. Sie wehrte ihn aber nicht ab, sondern begegnete seinem Mund voller Leidenschaft.

Denis hielt einen Moment inne.

»Möchtest du das denn wirklich?« flüsterte er, heftig atmend.

Christine nickte stumm und zog seinen Kopf zu sich herunter.

Die meisten Boxen im Stall waren leer. Das Mondlicht warf

einen fahlen Streifen herein und ließ die Umrisse der wenigen Pferde erkennen.
Christine merkte nicht die harten Strohhalme in ihrem Rücken, als Denis sie vorsichtig hinbettete. Sie hörte nicht das Rascheln, als er sich zu ihr legte, und sie vergaß alles um sich herum, als sie seinen Körper über sich spürte.
Noch nie zuvor hatte sie von einem Mann soviel Sanftheit und Rücksichtnahme erfahren. Denis' Leidenschaft hinderte ihn nicht daran, sich Zeit zu lassen. Christine fühlte seinen Mund und seine Hände, die mit unendlicher Behutsamkeit über ihren Körper glitten, bis sie in Ekstase erbebte, sie gab ihm zurück, was er ihr schenkte, und die Welt um sie herum versank, während sie sich voller Zärtlichkeit liebten.

Als es vorbei war, lagen sie regungslos nebeneinander. Christine fühlte die Wärme, die von Denis' Körper ausging, und sie wagte nicht, sich zu rühren. Zu groß war ihre Furcht, es könnte ihm nun erst bewußt werden, was sie getan hatten, zu groß die Angst, er würde es bereuen.
Sie selbst bereute nichts. Obwohl es eine Kurzschlußreaktion gewesen war, obwohl keiner von ihnen es geplant oder auch nur für möglich gehalten hatte, selbst wenn es sich nur um eine einmalige Sache handeln sollte und Denis es vielleicht als simplen One-Night-Stand abtun mochte – Christine war damit ein winziger Blick in eine Welt geschenkt worden, die sie schon für nicht mehr existierend hielt. Diesen kleinen Blick wollte sie sich bewahren, niemand konnte ihn ihr wieder nehmen.
Doch zu Christines atemloser Verwunderung hielt Denis sie immer noch fest in seinen Armen. Obwohl der kopflose Rausch verflogen war, schien er dennoch nicht vor der Situation zurückzuweichen. Christine wagte noch immer nicht

ganz, zu glauben, daß ihm das, was gerade passiert war, diese Momente rückhaltloser Gefühle, etwas bedeutet haben könnten. Und sie wollte sich immer noch nicht eingestehen, daß sie sich genau dies so unendlich wünschte.
Zaghaft schmiegte sie sich dichter an ihn. Sie fühlte seine Arme um sich, atmete seinen vertrauten Geruch ein. Fast meinte sie, sie kennte ihn schon seit langer Zeit.
Endlich holte Denis tief Luft, seine Stimme klang ein wenig rauh.
»Du denkst jetzt bestimmt schlecht von mir, nicht wahr?«
»Warum?« Christine wandte den Kopf und blickte ihn fragend an.
Seine dunklen Augen waren ernst auf sie gerichtet. »Weil du mit einiger Berechtigung sagen kannst, daß ich die Situation schamlos ausnutzte. Du brauchtest Trost, und mir fiel nichts Besseres ein, als mit dir zu schlafen.«
Christine schaute ihn an. »Vielleicht war das ja auch genau der Trost, der mir in diesem Moment fehlte«, erwiderte sie still.
Wenigstens für kurze Zeit durfte ich mich wieder als vollwertige Frau fühlen, dachte sie bei sich, doch sie sagte es nicht laut.
Denis schien jedoch zu ahnen, was ihr durch den Kopf ging. Sanft legte er seine Hand auf Christines Bauch, auf die schmale, rote Narbe, die man trotz des schwachen Lichtes deutlich erkennen konnte.
»Deshalb?« fragte er leise.
Christine nickte mit geschlossenen Augen.
Denis betrachtete sie zärtlich. Und dann beugte er sich hinunter und berührte die Narbe mit seinen Lippen.
Christine hielt den Atem an.
»Warum tust du das?« Ihre Stimme war kaum zu hören.

»Weil du eine wunderbare Frau bist«, erwiderte Denis leise, »mit einem wunderbaren Körper.«
»Einem Körper mit einem entscheidenden Fehler«, murmelte Christine.
Denis schüttelte den Kopf.
»Du kannst nicht mehr schwanger werden. Das ist eine Tatsache. Für dich eine schlimme Tatsache, das verstehe ich. Es ist aber nichts, was dich weniger wert sein läßt. Du bist eine Frau. Frauen können meistens Kinder bekommen, das ist richtig. Es ist aber nicht diese einzelne Fähigkeit, die darüber entscheidet, ob sie Frauen sind oder nicht.« Er lächelte. »Du bist so sehr Frau, daß bei dir niemand auf die Idee käme, es in Frage zu stellen.«
Christine errötete ein wenig unter seinem Blick und schlug die Augen nieder.
»He«, sagte Denis leise und berührte mit seinen Fingerspitzen ihre Wange. »Glaubst du mir das nicht?«
»Doch«, flüsterte Christine und tastete mit ihrer Hand nach der seinen.
»Und du verzeihst mir, daß ich ein wenig den Kopf verloren habe?« Und er schob seine Finger zwischen ihre.
»Bereust du es denn?« Christine fragte es ganz leise. Sie konnte es kaum glauben, doch in Denis' Blick las sie etwas, das sie bei diesem nüchternen, vermeintlich so gefühlsarmen Mann niemals für möglich gehalten hätte.
Denis schaute sie an. »Es gibt nichts, was ich weniger bereue«, erwiderte er knapp, bog sanft ihren Arm hinunter und verschloß ihren Mund mit seinen Lippen.

Christine wußte nicht, wie spät es war, als sie den Stall verließen.
Sie schwiegen beide, während sie langsam den Weg zu Ge-

orgs Haus hinunterschritten. Es war irgendwie ganz selbstverständlich, daß Denis mitkam, er hatte auch kein Wort darüber verloren. Sie gingen nebeneinanderher, ohne sich zu berühren, doch Christine war sich Denis' Nähe unglaublich bewußt, und obwohl es inzwischen wieder recht kühl geworden war, fror sie nicht. In ihr lag eine Wärme, die ihr bis heute unbekannt gewesen war.

Sie hatten nicht über Gefühle gesprochen. Christine erschrak direkt, als sie erkannte, wie stark sie für Denis empfand, und auch in Denis' Augen stand ein Ausdruck, der sie erbeben ließ.

Alle beiden scheuten davor zurück, das Wort Liebe zu gebrauchen. Doch jeder von ihnen wußte, daß es nicht bloße körperliche Anziehung und der Wunsch nach sexueller Erfüllung gewesen war, was sie vereint hatte.

Vor Georgs Haustür blieben sie stehen.

Stumm sahen sie sich an.

Sie hörten nur ihr Atmen.

Schließlich räusperte sich Denis. »Reitest du morgen wieder Cuchulainn?«

»Wenn du es mir erlaubst?« Christine lächelte ihn vorsichtig an.

Denis erwiderte das Lächeln. »Seit wann fragst du mich um Erlaubnis?«

Das leichte Geplänkel schaffte es, ihre Befangenheit ein wenig zu mindern. Denis betrachtete Christine still.

»Hättest du etwas dagegen, wenn ich mitkäme?« Seine Frage klang ganz nebensächlich, doch Christine fühlte, wie es sie erneut durchzuckte.

»Natürlich nicht«, antwortete sie still.

Ihre Blicke hingen aneinander.

»Christine«, sagte Denis leise und berührte sie sanft. Seine

Hand war stark und warm, und Christine holte tief Luft, bevor sie scheu danach tastete.
»Oh, Christine«, wiederholte Denis, als er sie vorsichtig in die Arme nahm.
Christine seufzte tief und glücklich auf und legte ihr Gesicht an seine Brust.
Lange standen sie so da, regungslos, mit pochendem Herzen. Der leichte Wind zerzauste Christines Haar, doch sie fühlte nichts als Denis, der sie hielt.
Als sie sich endlich zögernd voneinander lösten, hingen ihre Augen aneinander.
»Gute Nacht.« Christine sagte es fast unhörbar.
»Schlaf gut«, erwiderte Denis leise und sah regungslos zu, wie Christine im Haus verschwand.
Während er langsam den Weg zurück zum Hof ging, fing die erste Grille des Frühsommers an zu zirpen.

18. Kapitel

Cuchulainn musterte Denis mißtrauisch.
Christine mußte heimlich lachen, als sie den Ausdruck des Hengstes bemerkte. Es schien tatsächlich so, als läge der Grund für seine Zurückhaltung Denis gegenüber inzwischen nicht mehr allein in seiner Furcht vor ihm begründet – ganz offensichtlich betrachtete er ihn als Rivalen.
Auch Denis grinste.
»Ich hätte mir niemals träumen lassen, daß ich einmal mit einem Pferd um eine Frau konkurrieren muß!«
»Du siehst«, erwiderte Christine, »das ist der Beweis, daß Tiere genauso fühlen wie Menschen.«
»Nun ja …« Unter Denis' Blick errötete Christine, wandte

sich verlegen Cuchulainn zu und zog seinen Sattelgurt fest an.

An diesem Morgen war sie mit Herzklopfen auf dem Hof erschienen. Noch immer konnte sie kaum glauben, was passiert war, und bei der Erinnerung an die vergangene Nacht durchlief es sie heiß. Sie wagte kaum, Denis in die Augen zu sehen, als sie ihm vor dem Stall begegnete. Um Himmels willen, als was mochte er sie nur betrachten! Sie hatte sich ihm ja regelrecht an den Hals geworfen, was noch nicht einmal durch die Außergewöhnlichkeit der Situation zu entschuldigen war.

Inzwischen war Christine auch wieder unsicher, ob sie sich das, was sie aus Denis' Verhalten und Blicken herauszulesen meinte, nicht doch einbildete.

Andererseits fühlte sie tiefe Wärme in sich, wenn sie daran dachte, wie verständnisvoll er sich ihren Kummer angehört hatte. Das konnte einfach nicht vorgetäuscht sein.

Und so grüßte sie ihn voller Verlegenheit und fühlte seinen Blick beinahe körperlich auf ihr liegen.

Denis erwiderte ihren Gruß mit dem wohlbekannten freundlichen Blitzen in den dunklen Augen, obwohl er sonst schweigsam blieb. Als Christine jedoch in die Sattelkammer ging, um Cuchulainns Zaumzeug zu holen, kam er ihr nach.

»Du bist mir immer noch nicht böse?« fragte er sie mit vorsichtigem Blick.

Christine schaute zu ihm auf und fühlte, wie das Blut wallte.

»Nein, niemals«, erwiderte sie leise.

Denis betrachtete sie mit zärtlichem Lächeln, hob seine Hand und strich ihr sanft mit zwei Fingern eine Haarsträhne aus der Stirn. Diese kleine liebevolle Geste und dazu der Ausdruck seiner Augen ließen in Christine ein ungeahntes Glücksgefühl aufsteigen. Er schwieg jedoch, nachdem sie

Fionas Schritte im Stalleingang hörten. Denis wandte sich den Sätteln zu und hob den von Cuchulainn vom Sattelhalter.
Christine folgte ihm mit der Trense hinaus und sah zu, wie er den Sattel vor dem Stall auf einen der Sattelböcke legte.
»Ich sattele noch schnell Fairy Queen.«
Wieder wallte ihr Blut, als er ihr einen langen Blick zuwarf.
»Beeil dich aber, sonst sind wir womöglich schon weg«, lächelte sie spitzbübisch.
»Und du meinst, ich finde euch nicht?« Denis erwiderte das Lächeln.
Und so lernte Christine eine Weile später, daß es etwas gab, was die Freude am Reiten auf einem weichgängigen Pferd durch eine wunderbare Umgebung noch zu steigern vermochte. Sie fühlte Cuchulainn, wie er leicht unter ihr trabte, und sobald sie ihren Kopf zur Seite drehte, sah sie Denis neben sich.
Cuchulainn spielte zuerst wieder argwöhnisch mit den Ohren, als er merkte, daß Denis in seiner Nähe blieb, doch Fairy Queens Gegenwart beruhigte ihn rasch, und er war auch zu begierig, vorwärts zu kommen, um sich auf Dauer durch ihn stören zu lassen.
Christine wandte ihr Gesicht der Sonne zu. In ihrem Inneren verspürte sie ein unbändiges Glücksgefühl, das ihre Augen strahlen ließ, ohne daß es ihr bewußt war. Denis sah es, und auf seinem Gesicht erschien ein warmes Lächeln.
»Darf ich mir einbilden, daß es dir zumindest nicht unangenehm ist, daß ich heute dabei bin?«
Christine schaute ihn an und erwiderte sein Lächeln.
»Ich kann zwar nicht für Cuchulainn sprechen, aber mich störst du nicht sehr, das ist richtig.«
Denis betrachtete sie mit einem leicht boshaften Zwinkern.

»Vielleicht redest du anders, wenn Fairy Queen und ich euch erst einmal abgehängt haben.«
Christine nahm die Herausforderung an. »Das schafft ihr nie!«
Und mit vergnügtem Funkeln in den Augen trieb sie Cuchulainn an. Denis folgte augenblicklich, und die beiden Pferde fielen in Galopp.
Schon nach kurzer Strecke lag der Hengst vorn. Denis bemühte sich nicht sehr, ihn zu überholen, er beobachtete voll Vergnügen, daß Cuchulainn der Ehrgeiz gepackt hatte, die Stute hinter sich zu lassen. Christine saß leicht über seinen Hals gebeugt, und Denis erkannte beruhigt, daß sie den Dunkelbraunen gut beherrschte.
Warum Cuchulainn dann jedoch auf einmal stolperte, konnte niemand sagen. Christine hatte ihn bereits durchpariert, er lief daher nur noch im kurzen Galopp, als er plötzlich aus dem Takt geriet und strauchelte. Christine war nicht darauf gefaßt, verlor das Gleichgewicht und fiel.
Denis beobachtete es aus einiger Entfernung, konnte es jedoch nicht verhindern. Hastig zügelte er Fairy Queen, sprang noch im Lauf aus dem Sattel und eilte zu Christine, die still liegengeblieben war.
»Christine!«
Christine hatte der harte Aufprall den Atem verschlagen, und sie brauchte einige Zeit, um zu erkennen, was passiert war. Dann hörte sie Denis' Stimme und fühlte seine Arme um sich.
»Christine, ist alles in Ordnung?« Seine Stimme war drängend, und sie holte tief Luft, um die Benommenheit abzuschütteln.
»Ja, ja, mir ist nichts passiert«, stieß sie hervor, immer noch ein wenig schwindlig. Sie blickte auf und sah Denis' Gesicht

direkt neben ihrem, und der Ausdruck seiner Augen traf sie tief. Er war nicht besorgt – er war geradezu angsterfüllt. Nichts hätte Christine deutlicher beweisen können, wieviel Denis tatsächlich an ihr lag.

»Ich bin okay«, wiederholte sie daher leise.

»Wirklich?« Denis' Arme umfingen sie fester. »Keine Schmerzen? Kannst du alles bewegen?«

Christine probierte vorsichtig ihre Gliedmaßen, und Denis' Gesicht zeigte Erleichterung, als er sah, daß sie wirklich glimpflich davongekommen zu sein schien. »Verflixt, hast du mir einen Schrecken eingejagt«, bemerkte er aufatmend.

»Es tut mir leid«, flüsterte Christine und schloß die Augen, als er sie einfach an sich zog und küßte.

Huftritte holten sie aus ihrer Versunkenheit.

Christine machte Anstalten, sich aufzurichten. »Um Gottes willen, ich muß nachsehen, ob Cuchulainn etwas passiert ist!«

»Langsam«, mahnte Denis, und Christine erkannte, daß ihre Gesundheit ihm wirklich wichtiger war als die Unversehrtheit des Hengstes. Er half ihr nun behutsam, sich aufzusetzen, und folgte ihrem Blick, der nach Cuchulainn suchte.

Cuchulainn war nach ihrem Sturz nur noch eine kurze Strecke weitergelaufen, er schien ohne Schaden davongekommen zu sein. Als er spürte, daß Christine nicht mehr auf seinem Rücken saß, machte er kehrt. Er sah Christine am Boden liegen, und er bemerkte Denis, der bei Christine kniete und sie in den Armen hielt.

Und nun – Christine hielt den Atem an – kam er heran.

Denis verhielt sich vollkommen ruhig. Sie wußten beide, daß die Situation kritisch werden konnte. Denis hockte bei Christine, die der Hengst liebte und schon einmal versuchte hatte zu verteidigen. Cuchulainn war niemals heimtückisch gewesen, aber er betrachtete Denis als Bedrohung, als Gegner. Und Denis befand sich ungeschützt in kauernder Stellung am Boden, in einer Körperhaltung, die dem Pferd keinen Respekt einzuflößen vermochte, sondern Verletzlichkeit demonstrierte.

Was würde geschehen?

Christine war sich nicht bewußt, daß sie Denis' Hände umklammert hielt. Was sollte sie nur tun, falls Cuchulainn Denis angriff? Sie bewegte sich unmerklich, versuchte, sich vor Denis zu schieben. Denis erkannte, was sie beabsichtigte, und hielt sie mit eisernem Druck zurück. Er war sich ebenso wie Christine über die Gefährlichkeit der Situation im klaren, wartete aber ruhig ab, was der Hengst tun würde.

Cuchulainn kam vorsichtig näher. Von ihrer Stellung am Boden aus nahm Christine seine überwältigende Größe bewußt war. Der Hengst konnte sie beide mit Leichtigkeit töten, daran bestand kaum ein Zweifel. Und Christine wußte mit einemmal klar und deutlich, daß sie den Gedanken, daß Denis etwas passierte, nicht ertrug.

So klopfte ihr Herz rasend schnell, als Cuchulainn vor ihnen stehenblieb.

»Hallo, mein Kleiner«, sagte sie leise, dabei bemüht, den Schrecken, den sie verspürte, nicht hören zu lassen.

Cuchulainns Ohren spielten beim Klang ihrer Stimme, seine Augen hefteten sich auf Denis, und Christine hielt den Atem an. Jetzt war der entscheidende Augenblick. Der Hengst senkte den Kopf. Er nahm Denis' Witterung auf und legte kurz die Ohren zurück. Doch dann wandte er, ohne auch nur das mindeste Zeichen einer Drohgebärde erkennen zu lassen, sich Christine zu.

Und Christine stiegen die Tränen in die Augen, als er ihr vorsichtig seine Nüstern ins Gesicht stupste. Niemand hätte

in diesem Augenblick abstreiten mögen, daß sich Cuchulainn um Christine sorgte und gekommen war, um nachzusehen, ob es ihr gutging.
»Oh, mein Kleiner«, murmelte sie mit erstickter Stimme und legte dem Hengst behutsam die Hand auf die Wange.
Cuchulainn schnaubte sanft und drehte seinen Kopf, um an ihrem Ärmel zu zupfen. Daß Denis direkt vor ihm hockte, schien ihn nicht zu stören.
Denis blieb stumm, doch Christine fühlte sein Herz schlagen, als er sie nun vorsichtig enger an sich drückte. Sie zögerte kurz, doch dann tastete sie nach seiner Hand. Denis überließ sie ihr, er schien zu wissen, was sie beabsichtigte.
Christine legte ihre Hand auf seine. Und Cuchulainn hielt still, als er Denis' flache Hand zusammen mit Christines auf seinem Hals fühlte.

Fairy Queen war ebenfalls nicht weit fortgelaufen, sie graste friedlich in kurzer Entfernung. Sie ließ sich willig von Denis beim Zügel nehmen, während Christine sorgfältig Cuchulainns Beine auf eventuelle Verletzungen untersuchte.
»Es ist wie ein Wunder«, bemerkte sie, als Denis mit der Stute zurückkam. »Er hat nichts. Keine Verstauchungen, keinen Kratzer.«
»Hauptsache, daß dir nichts passiert ist«, erwiderte Denis sachlich. »Es hätte schlimm ausgehen können.«
Christine rieb sich die Hüfte. »Nun, ein paar blaue Flecken dürfte ich schon abbekommen haben«, meinte sie und verzog humorvoll das Gesicht. »Aber das ist bloß die gerechte Strafe dafür, daß ich nicht aufgepaßt habe.« Dann wurde sie unvermittelt ernst. »Denis«, sagte sie leise, »warum warst du so leichtsinnig?«
Denis wußte sofort, wovon sie sprach.

»Du meinst, weshalb ich nicht aufgestanden bin, als der Hengst herankam?«

»Er hätte dich töten können«, murmelte Christine.

»Das hätte er. Und du kannst sicher sein, daß ich auf dem Sprung war, uns beide zur Seite zu werfen.« Denis lächelte nun. »Aber du müßtest doch selbst am besten wissen, weshalb ich damit bis zum letzten Moment warten wollte.«

Christine starrte ihn an. »Du willst sagen …«

Denis nickte. »Hätte ich mich Cuchulainn vorsorglich entgegengestellt, so wäre er zurückgeschreckt.« In seinen Augen erschien ein zärtlicher Ausdruck. »Und wenn ich meine kleine Lady richtig verstehe, so möchte sie doch, daß der Hengst vor mir ja gerade keine Angst mehr hat, stimmt's?«

»Oh, Denis«, stieß Christine aus vollem Herzen hervor. »Du bist …«

»Was bin ich?« fragte Denis lächelnd, und Christine erinnerte sich an den gleichlautenden Dialog, den sie vor unendlich anmutender Zeit geführt hatten. Die gleichen Worte, doch welch ein Unterschied im Inhalt!

»Du bist wunderbar«, sagte Christine leise und erschauerte unter seinem Blick.

»Meinst du«, wollte Denis mit amüsiertem Seitenblick auf Cuchulainn wissen, »ob dein Pferd mir vielleicht kurz erlauben würde, dich zu küssen?«

»Frag es«, murmelte Christine und schmiegte sich in seine Arme.

Doch endlich mußten sie trotz allem an die Rückkehr zum Hof denken.

»Immerhin sind wir ja nicht nur zu unserem Vergnügen ausgeritten«, meinte Denis mit einem ergebenen Seufzer.

Christine lächelte. »Du gehörst zu diesen Männern, die bei

allem, was sie tun, die Arbeit nicht aus den Augen verlieren, richtig?«

»Nicht bei allem, was ich tue«, entgegnete Denis mit einem Zwinkern, und Christine fühlte, wie ihre Wangen heiß wurden.

Denis warf einen Blick auf Cuchulainn.

»Da du hier ja keinen Zaun zum Hinaufklettern hast – soll ich dir beim Aufsitzen helfen?« Er grinste. »Soviel ich gesehen habe, ist Cuchulainn in dieser Hinsicht doch ein wenig zu groß für dich.«

»Nun ja!« Christine lachte ebenfalls. »Probieren wir es – sonst mußt du mich wohl bei dir mit aufs Pferd nehmen.«

»Was mir gar nicht so besonders viel ausmachte«, lächelte Denis.

Cuchulainn ließ es jedoch gleichmütig geschehen, als Denis neben ihn trat und Christine in den Sattel half.

»Er scheint sich wirklich an dich zu gewöhnen«, bemerkte sie freudig.

»Hoffentlich nicht nur er.« Denis sagte es mit einem Lächeln, doch seine Augen vermittelten Christine Einblick in etwas, das in ihr eine unglaubliche Freude aufsteigen ließ.

Und sie begann, allmählich daran zu glauben.

Als Christine zum Abendessen nach Hause gehen wollte, hielt Denis sie zurück. »Hast du heute abend schon etwas vor?« fragte er sie mit einem kleinen Lächeln in den Augen.

»Eigentlich nicht«, antwortete sie leichthin, doch sie merkte, wie in ihrem Bauch die Schmetterlinge flatterten. Sie schaute Denis spitzbübisch an. »Ich hatte mir gedacht, ich könnte vielleicht ein wenig lesen oder so etwas.«

Denis strich mit einem Finger vorsichtig über ihren Arm. »Hast du denn auch genügend Lesestoff?« Sein Blick war zärtlich.

»Dein Buch habe ich schon ausgelesen«, sagte Christine. »Könntest du mir vielleicht noch eines ausleihen?« fragte sie nach einer kleinen Pause leise.
»Ich leihe dir gerne noch ein paar Bücher.« Denis' Stimme hörte sich leicht rauh an. »So viele du willst«, fügte er hinzu und sah sie warm an. »Kommst du später und suchst dir welche aus? Du weißt ja, wo sie stehen.«
Das Flattern der Schmetterlinge nahm zu.
Christine holte tief Atem. »Kann ich denn einfach zu dir ins Zimmer gehen und welche holen?« Ihre Wangen brannten. »Ich meine, wird sich niemand daran stören, wenn ich bei euch im Haus herumlaufe?«
»Es ist doch meine Sache, wem ich meine Bücher ausleihe, oder?« erwiderte Denis leise, und Christine erbebte, als sie las, was in seinen Augen stand.
»Gut«, flüsterte sie, »ich komme.«

Es wurde gerade hell, als Christine erwachte. Draußen zwitscherten bereits die Vögel, doch im Haus herrschte tiefe Stille.
Christine rührte sich nicht. Sie hörte die Vögel, spürte die leichte Brise, die vom offenen Fenster herüberkam, und sah Denis' Lederjacke, die über der Lehne des Stuhles neben dem Bett hing.
Denis schlief ruhig. Sein Arm lag über ihrer Brust, und sie fühlte seinen kräftigen Körper warm an ihrem.
Christine drehte ein wenig den Kopf, um ihn anzuschauen. Seine dunklen Haare waren zerzaust, auf Kinn und Wangen erkannte sie die Schatten seines Bartes, und ihr fiel ein, wie er gekratzt hatte, als sie …
Sie fühlte eine tiefe Zärtlichkeit, als sie Denis so entspannt liegen sah. Er wirkte ganz jung und vertrauensvoll, nichts

erinnerte an den nüchternen, ironischen Mann, als den sie ihn so oft tagsüber erlebt hatte.
Christine wußte, daß ihre Gefühle Denis gegenüber das Maß der Vernunft bereits überschritten hatten. Doch wo sollte das hinführen? Sie konnte schließlich nicht hierbleiben. Irgendwann mußte sie zurück nach Deutschland, nach Hause, ihre Arbeit aufnehmen.
Denis lebte in Irland, es war absurd zu hoffen, daß er zu ihr nach Deutschland kommen könnte. Er war kein ungebundener Schuljunge, sondern ein Mann in den Dreißigern, hatte hier seinen Beruf, seine Aufgabe und sein Leben, das er niemals aufgeben würde.
Und Christine? Vor ihrer Abreise stand sie in Kontakt mit einer größeren Tierklinik in Köln, die ihr für den Herbst die Möglichkeit einer festen Anstellung signalisierte. Christine war sich der Chancen, die eine Arbeit dort bot, äußerst bewußt. Was stand dem in Irland entgegen? Sie wußte nicht, wie hier die Aussichten für Tierärzte waren, doch angesichts der allgemeinen bescheidenen Wirtschaftslage neigte sie dazu, sie als eher gering einzustufen. Und sich auf Dauer hier auf dem Hof einzurichten, ohne dabei jemals mehr zu tun, als gelegentlich die eigenen Pferde zu behandeln, das widerstrebte Christine zutiefst, dafür hatte sie nicht jahrelang hart gearbeitet, um sich möglichst hoch zu qualifizieren.
Sie konnte es drehen und wenden, wie sie wollte, die Schwierigkeiten blieben bestehen. Doch gleichzeitig wünschte sie sich brennend, es gäbe eine Lösung.
Das entfernte Wiehern eines Pferdes ließ Christine aus ihren Gedanken schrecken. Sie blickte auf die Uhr. Es war fünf vorbei. Bald würden die ersten Bewohner des Hauses aufstehen.
Christine schaute Denis an, und eine Welle der Gefühle

überrollte sie. Wie gerne wollte sie einfach zurück in seine Arme, seine Wärme spüren und die Berührung seines Körpers genießen, um dann später gemeinsam mit ihm zu erwachen, gemeinsam zu frühstücken, um aller Welt zu zeigen, daß sie zusammengehörten. Wie gerne würde sie einfach hierbleiben.
Es war nicht möglich. Sie konnte nicht bleiben. Es durfte nicht mehr sein als ein kleines, heimliches Verhältnis, das nur zu bald beendet sein würde.
Christine verspürte einen scharfen Schmerz in ihrer Seele, als ihr dies klar wurde.
Für einen Moment lag sie mit geschlossenen Augen und kämpfte mit sich. Dann schob sie behutsam Denis' Arm zur Seite und glitt aus dem Bett. Leise schlüpfte sie in ihre Kleidung, doch bevor sie das Zimmer verließ, kniete sie sich noch einmal neben das Bett. Zart strich sie eine Haarsträhne aus seinem Gesicht. Dann beugte sie sich über ihn und küßte ihn unendlich sanft. Er rührte sich für einen kleinen Augenblick, doch zu Christines Erleichterung wachte er nicht auf. Sie warf ihm noch einen schmerzvollen Blick zu. Dann ging sie.

19. Kapitel

Vom Fenster ihres Zimmers aus sah Christine das Auto nahen, doch es erregte nicht ihr Interesse. Immer wieder kamen Besucher auf den Hof. Reitgäste, Lieferanten oder auch Bekannte und Freunde der O'Flahertys selbst, es bedeutete also durchaus nichts Außergewöhnliches.
Sie wurde erst aufmerksam, als der Wagen die Einfahrt des Reiterhofes passierte und auf Georgs Haus zuhielt. Georg war nicht da, er hatte sich nach dem Mittagessen mit seinem

Skizzenblock verabschiedet, und Christine wußte, daß er vermutlich für den Rest des Tages verschwunden sein würde. Der rote Mitsubishi besaß ein Dubliner Kennzeichen, es konnte sich also durchaus um einen Mitarbeiter der Galerie handeln, mit der Georg in geschäftlichem Kontakt stand. Christine hatte zwar keine Ahnung, ob sie ihm weiterhelfen konnte, dennoch wollte sie ihn nicht unverrichteter Dinge wieder wegfahren lassen. Sie klappte also das Buch zu, in dem sie gerade las, und ging die Treppe hinunter.
Der Kies vor dem Haus knirschte, als der Fahrer des Autos ausstieg.
Christine schaute kurz aus dem Wohnzimmerfenster, doch sie konnte niemanden erkennen. Der Mann stand mit dem Rücken zu ihr und blickte sich um. Er war mittelgroß, blond und trug eine helle Wildlederjacke. Nichts an ihm kam Christine bekannt vor.
Sie öffnete die Haustür.
»Kann ich Ihnen helfen?« fragte sie freundlich.
Beim Klang ihrer Stimme drehte sich der Mann um.
»Hallo, Chrissie«, lächelte er.
Christine stand ganz still. Im ersten Moment dachte sie überhaupt nichts, in ihr herrschte gleichgültige Leere. Dann fingen ihre Gedanken an, sich zu drehen. Nein. Das konnte nicht wahr sein! Es mußte Einbildung sein, ein böser Traum! Es war keine Einbildung. Sein Lächeln wurde breiter.
»Mir scheint, ich hab' dich überrascht, was?«
Christine bemühte sich um Fassung.
»Allerdings«, erwiderte sie rauh.
»Na, und nun? Willst du mich noch nicht einmal begrüßen?«
»Guten Tag, Alex«, sagte Christine kühl. »Was führt dich her?«
»Das ist vielleicht ein Empfang«, bemerkte Alex. »Man reist

Tausende von Kilometern, um seine Liebste wiederzusehen, und sie fragt nur kaltschnäuzig, was einen herführt.«

»Um deine Liebste zu sehen, hättest du nicht so weit reisen müssen«, gab Christine spitz zurück. »Oder ist Solveig wieder in Stockholm?«

»Wer fragt denn nach Solveig!« Alex spähte an Christine vorbei. »Willst du mich nicht einmal hereinlassen?«

Christine zuckte die Schultern und trat einen Schritt zurück. Alex blickte sich neugierig um.

»So lebt man also als Aussteiger in Irland«, bemerkte er, und Christine sah die Herablassung in seiner Miene, während er das mit Bildern und Bilderrahmen vollgestopfte Wohnzimmer und die unordentliche Kochecke musterte.

Christine, die selbst gelegentlich fand, daß es Georg mit seiner Malerei ein wenig übertrieb, fühlte auf einmal Zorn. Was erlaubte sich Alex! Er hatte nicht das mindeste Recht, die Nase über ihren Vater zu rümpfen!

»Ich lebe hier jedenfalls besser als in einer Dreizimmerwohnung in Oberkassel«, entgegnete sie scharf.

Alex warf ihr einen amüsierten Blick zu. »Du hast dich wohl zum einfachen Leben bekehren lassen, was?«

»Und wenn, was geht es dich an!« Christines Stimme klang knapp.

Alex grinste begütigend. »Nun komm, Chrissie, wir wollen doch hier nicht sofort wieder streiten, okay?«

»Ich sowieso nicht«, entgegnete Christine steif. Dann holte sie tief Luft. »Darf ich dir etwas anbieten? Tee? Kaffee?«

»Ich habe gehört, es gibt hier so gutes Bier«, versetzte Alex.

Christine schwieg. Es sah nicht so aus, als wollte Alex sich heute noch auf den Rückweg machen. »Bier haben wir keines da«, erwiderte sie kühl. Dann blickte sie ihn durchdringend an. »Wann fährst du wieder?« fragte sie direkt.

»Nun mal langsam«, meinte Alex und ließ sich gemütlich auf einem der Sessel nieder. »Immerhin bin ich doch gerade erst angekommen, nicht?«
Christine blieb eisern vor ihm stehen.
»Alex«, sagte sie ruhig, »was willst du hier?«
Er blickte sie nachdenklich an. »Kannst du dir das nicht denken?«
»Nein, das kann ich nicht«, erwiderte Christine. »Unser letztes Gespräch war ja wohl eindeutig, soweit ich mich erinnere. Und das, was vorher geschah, erst recht.«
»Du hast schon immer alles viel zu sehr überbewertet«, meinte Alex wegwerfend.
»Überbewertet?« Christines Stimme war gefährlich leise, und ihre Augen flammten. Sie holte tief Atem und wollte gerade zu einem längeren Satz ansetzen, als sie Schritte vor dem Haus hörte. Die Tür ging auf, und Georg kam herein.
»Draußen steht ein Auto, haben wir Besuch?« Er sah Alex und machte ein leicht überraschtes Gesicht.
»Vater, das ist Alex«, sagte Christine kurz.
»Ich verstehe.« Georg betrachtete ihn aufmerksam und reichte ihm die Hand. »Guten Tag«, begrüßte er ihn höflich. Christine fiel auf, daß er ganz selbstverständlich beim Deutschen blieb.
Alex hatte sich nur sehr andeutungsweise aus seinem Sessel erhoben, und in Christine stieg erneut Wut auf.
»Alex wollte bald wieder fahren«, sagte sie.
»Aber Christine überredete mich, trotzdem für ein oder zwei Tage hierzubleiben«, warf Alex mit charmantem Lächeln ein. Christine verschlug es den Atem, doch Georg nickte harmlos. »Natürlich, hier ist genügend Platz.« Er bemerkte nicht, daß Christines Augen funkelten, und wandte sich freundlich an Alex. »Sind Sie erst heute in Irland angekommen?«

»Heute morgen«, nickte Alex. »Ich habe mir dann einen Mietwagen genommen und bin ganz gemütlich von Dublin herübergejuckelt.« Er lächelte Christine an. »Du hättest mir allerdings eine etwas bessere Wegbeschreibung geben müssen. Auf den letzten zwanzig Kilometern habe ich mich mindestens fünfmal verfahren.«

Christine schwieg. Sie bebte vor Wut. Diese Frechheit konnte nur von Alex kommen! Warum tauchte er hier auf einmal auf? Wochenlang hatte er sich nicht einen Deut um sie gekümmert, interessierte sich noch nicht einmal dafür, wo sie sich überhaupt aufhielt. Und nun stand er plötzlich vor der Tür und zerstörte ihren endlich wiedergefundenen Frieden.

Denis! Mit einem Schlag fiel ihr Denis ein.

Sie hatte ihn an diesem Vormittag nur kurz gesehen, als er Fairy Queen und Sylvano in den Hänger verlud. Er lächelte, als Christine sich zögerlich näherte. »Und als der Tag graute, war sie verschwunden«, raunte er ihr ins Ohr und lachte leise, als Christine erröte. »Nein, ich verstehe dich schon«, meinte er dann beruhigend und kniff ein Auge zu.

Christine schaute ihn an, und in ihr brodelten die Gefühle. Nein, sie konnte ihn nicht verlassen, sie brachte es nicht fertig. Allein die Berührung seiner Hand, als er ihr nun sanft über die Wange strich, ließ sie zittern. Sie wußte überhaupt nicht mehr, was mit ihr los war, merkte nur, daß sie für ihn empfand, wie sie noch nie für jemand anderes zuvor empfunden hatte.

»Bis später, kleine Lady«, sagte Denis, nickte ihr liebevoll zu und stieg dann in den Rover.

Noch nachdem das Gespann bereits fort war, stand Christine stumm da und blickte ihm hinterher. Und sie zermarterte sich den Kopf, um eine Lösung zu finden, daß es doch wahr werden durfte.

Und nun war Alex da.
Sie hielt es nicht mehr aus. Abrupt blickte sie auf ihre Uhr.
»Es tut mir leid, aber ich habe Denis versprochen, heute nachmittag noch mal zum Hof rüberzukommen, um nach Sally zu sehen.« Sie schaute Georg an, hoffte, daß er das Flehen in ihren Augen erkannte.
Doch sie hatte nicht mit Alex gerechnet.
»Oh, laß dich nicht stören«, meinte er gelassen. »Ich komme gerne mit und gucke mir mal an, was es hier so alles gibt.«
»Soll ich dann etwas zum Abendessen vorbereiten, oder wollt ihr irgendwohin fahren?« fragte Georg zuvorkommend.
»Ich würde sagen, ich lade Chrissie mal wieder zu einem schönen Essen ein«, meinte Alex und blickte Christine fragend an. »Oder was meinst du, mein Schatz?«
»Wenn wir gehen, dann gehen wir alle drei«, erwiderte Christine nachdrücklich.
»Natürlich, das meinte ich ja auch nicht anders.« Alex war nicht aus der Fassung zu bringen. Er stand nun auf, offenbar entschlossen, Christine nicht aus den Augen zu lassen.
Christine ignorierte ihn, als sie Seite an Seite zum Hof hinübergingen.
»Sei doch nicht so verkrampft«, forderte sie Alex auf. »Jetzt bin ich nun mal hier, und wir können doch schließlich über alles reden!«
Das hast du ja zur Genüge bewiesen, dachte Christine ironisch, doch sie sprach es nicht laut aus. Sie wollte nicht mehr mit Alex reden. Sie hatte es zu lange versucht. Sie wollte, daß er verschwand und sie in Ruhe ließ.
Sally stand im Stall und kaute geruhsam am Heu. Christine öffnete die Tür ihrer Box und trat ein, dabei boshaft registrierend, daß Alex, der niemals freiwillig einen Ort betrat, wo er

seiner eigenen Behauptung nach in Gefahr geraten könnte, durch Schmutz oder Staub einen Asthmaanfall zu erleiden, sorgfältig Abstand hielt.
Während Christine Sallys Leib abtastete und befriedigt feststellte, daß alles in Ordnung war, überlegte sie fieberhaft. Sie mußte mit Denis sprechen. Doch Alex schien sich ihr an die Fersen heften zu wollen.
Schritte näherten sich, und Christines Herz machte einen Sprung, als sie Denis' Gang erkannte. Gleich darauf betrat er den Stall.
Er sah Alex sofort, und sein Blick schnellte zu Christine, die immer noch neben Sally in der Box stand und ihm einen hilfesuchenden Blick zuwarf.
Im Gegensatz zu Georg erkannte Denis auf Anhieb den flehenden Ausdruck in Christines Augen, und seine Miene veränderte sich unmerklich.
Christine kam hinter der Stute hervor.
»Hallo, Denis«, sagte sie. »Das ist Alex.« Ihre Stimme klang flach, obwohl sie sich bemühte, unbefangen zu wirken.
Denis musterte Alex. Er wußte sofort, wer er war, obwohl Christine seinen Namen niemals erwähnt hatte. Doch er hörte mit feinem Gespür aus Christines Tonfall die Panik heraus.
Christine wandte sich nun an Alex. »Und dies ist Denis O'Flaherty.« Bei der Nennung seines Namens fühlte sie, wie sie erstarkte.
»Guten Tag«, nickte Denis kurz und höflich.
»Hi«, erwiderte Alex. Er betrachtete Denis interessiert. »Arbeiten Sie in dem Laden hier?« Alex' Englisch war nicht schlecht, er fühlte sich allerdings meist nicht verpflichtet, es zu benutzen. Daß er es hier tat, war ein Zeichen dafür, daß er von vornherein davon ausging, daß in diesem unzivilisierten

Land ohnehin niemand Deutsch verstand, das wußte Christine.
Denis blieb gelassen.
»Sozusagen«, gab er knapp Auskunft. »Der Laden gehört meinem Vater. Wollen Sie hier reiten?«
Alex grinste. »Um Himmels willen, nein!« Er warf einen Seitenblick auf Christine. »Es reicht, wenn einer in der Familie einen solchen Spleen hat!«
Christine biß die Zähne zusammen. Alex verlor keine Zeit, die Besitzansprüche zu klären. Sie blickte Denis eindringlich an und hoffte, daß er verstand.
Denis schien tatsächlich zu verstehen. Sein Gesichtsausdruck zeigte Nachdenklichkeit, als er sich nun an Christine wandte.
»Wie ging Cuchulainn heute?« Sein Ton war sachlich, doch die Atmosphäre wurde auf einmal merklich gespannt.
»Gut«, antwortete Christine betont gleichmütig, während ihr Herz klopfte. Alles in ihr drängte zu Denis, sie mußte unbedingt mit ihm reden. Er mußte wissen, daß sie mit Alex nichts mehr verband.
Alex jedoch schien das anders zu sehen.
»Wie ist es, mein Schatz, gehen wir?« Er sprach deutsch, doch die Art, wie er seinen Arm um Christines Schulter legte, war für Denis nur zu verständlich.
»Ich habe hier noch zu tun«, sagte sie abweisend und schüttelte Alex' Arm nachdrücklich ab. Sie blieb auch beharrlich im Englischen. »Sally kannst du durchaus wieder auf die Weide lassen«, meinte sie zu Denis, und nur sie selbst wußte, was es sie kostete, eine ruhige Stimme zu bewahren.
»Morgen früh«, nickte Denis. »Sie scheint wieder in Ordnung zu sein.«
»Ja«, sagte Christine einsilbig.

Sie bemerkte, wie sich Denis und Alex gegenseitig musterten. Alex' Miene wirkte herablassend, Denis ließ sich nichts anmerken.
»Gehst du noch zu dem Hengst?« Er fragte es beiläufig.
Christine sah ihn an. »Später vielleicht«, sagte sie nach einer Pause. »Es kann aber noch eine Weile dauern.« Ihr Blick war eindringlich, und an dem kurzen Blitzen in Denis' Augen erkannte sie, daß er ihre Botschaft verstanden hatte.
»Wir gehen jetzt erst einmal gut essen«, meinte Alex gutgelaunt. »Mal sehen, ob man in diesem Land etwas Vernünftiges bekommt!«
Weder Denis noch Christine gaben ihm eine Antwort. Denis' Blick lag nachdenklich auf Alex, doch Christine empfing den knappen Funken, den er ihr aus den Augenwinkeln sandte.
Draußen begegneten sie Ruaidhri. Er war erst am Vorabend von seinem Ausflug zurückgekehrt, und Christine hatte ihn seitdem noch gar nicht gesehen. In seinem Gesicht stand die blanke Neugier, während er Alex musterte. Christine stellte die beiden einander vor. Alex betrachtete ihn mit ebenso ironischem Interesse wie vorher Denis, und Ruaidhri grinste fröhlich.
»Sieh an, dann war das wohl der Grund, weshalb du diesmal nicht mitkommen wolltest?«
Denis schwieg, doch Christine schüttelte nachdrücklich den Kopf. »Ich hatte keine Ahnung, daß Alex kommen würde«, betonte sie.
»Unerwartete Überraschungen sind und bleiben die besten«, lächelte Alex, doch Ruaidhri hatte den Unterton in Christines Stimme bemerkt und machte ein leicht verblüfftes Gesicht. Sein Blick wanderte zwischen Alex, Christine und Denis hin und her, und selbst ihm fiel auf, daß die Atmosphäre

gezwungen war. Er sandte Denis eine stumme Frage zu, auf die dieser nicht reagierte.

»Nun ja«, meinte Ruaidhri daraufhin vage. »Dann sehen wir uns ja vielleicht noch!«

Als Christine sich mit Alex zurück zu Georgs Haus wandte, spürte sie die Blicke der Brüder in ihrem Rücken.

»Also das sind die Männer, mit denen du dich zur Zeit umgibst, was?« Alex' Stimme zeugte von Belustigung.

»An etwas anderes kannst du offenbar überhaupt nicht mehr denken«, erwiderte Christine verächtlich.

»Warum?« Alex tat verwundert. »Komm, mir brauchst du doch nichts vorzumachen! Mit welchem von ihnen hast du es getrieben? Mit diesem Denis? Oder mit dem anderen, dem Typen mit dem komischen Namen? Oder sogar mit beiden?«

Christine spürte, wie sie der Haß zu übermannen drohte.

»Sei ruhig, sonst garantiere ich nicht dafür, was ich tue«, stieß sie leise zwischen den Zähnen heraus.

»Oh, wir sind empfindlich«, lächelte Alex. Er betrachtete sie eingehend. »Oder habe ich womöglich einen wunden Punkt getroffen?«

Christine gab keine Antwort.

Alex schwieg einen Moment. Damit, daß seine Beschuldigungen ein Körnchen Wahrheit enthalten könnten, hatte er nicht ernsthaft gerechnet.

»Sag bloß, du bist hier tatsächlich fremdgegangen«, meinte er mit schmalen Augen.

Christine sah ihn feindselig an. »Ich möchte wissen, was dich das angeht! Wir haben uns getrennt, hast du das vergessen?«

»Du hast auf einmal so einen Blödsinn von dir gegeben, das stimmt«, nickte Alex.

»Was heißt hier Blödsinn!« Christine bemühte sich krampfhaft, ruhig zu bleiben. »Hab' ich dich mit Solveig im Bett erwischt oder nicht? Hast du mir gesagt, ich solle mich zum Teufel scheren, oder nicht? Hast du …« Ihre Stimme brach, und sie hielt inne. »Das alles und noch viel mehr sollten wohl genug Gründe für mich sein, endlich einen Schlußstrich zu ziehen. Lange genug war ich so dumm, alles mitzumachen. Und du kannst auch nicht behaupten, daß es dir sehr ungelegen kam, als ich ging. Soweit ich mich erinnere, hatte Solveig einiges dagegen, die zweite Geige zu spielen.«
»Was hast du bloß immer mit Solveig!« widersprach Alex ärgerlich. »Ich war ein paarmal mit ihr im Bett, okay. Und? Was störte dich das? Du warst doch selbst dran schuld – dich durfte ich ja nicht mehr anfassen!«
Christine atmete tief durch. »Du weißt genau, daß ich zu dieser Zeit gerade aus dem Krankenhaus kam.«
»Und? Was erwartest du von mir? Denkst du, ich lebe wochenlang wie ein Mönch, nur weil du dich unbedingt mit dickem Bauch auf die Gäule setzen mußtest?«
Christine schloß kurz die Augen. So oft hatte sie sich das nun schon anhören müssen! Doch es schmerzte jedesmal aufs neue.
Alex lächelte anzüglich. »Und außerdem brauchst gerade du was zu sagen – du selbst hast dich ja ganz offenbar auch recht schnell getröstet.«
»Ich glaube, das kann man wohl nicht ganz miteinander vergleichen.« Christine kämpfte um ihre Beherrschung.
»So, glaubst du?« Alex betrachtete sie belustigt. »Was ist dabei denn so anders? Du nutztest die erstbeste Gelegenheit, dir einen Stecher zu suchen. Und das auch noch im Urlaub, wie jede primitive, mannstolle Tussi.« Er grinste. »Mal ein bißchen ausländische Kultur kennenlernen, was? Man hätte

eigentlich annehmen dürfen, daß du dazu allerdings nicht ausgerechnet nach Irland fahren würdest. Zumindest weiß ich nichts davon, daß sich die Iren auf diesem Gebiet so auszeichnen.« Dann jedoch runzelte er seine Stirn. »Oder hast du womöglich gleich auf große Liebe gemacht? Du meine Güte, Chrissie, nun sei aber nicht albern!«
»Halt deinen Mund!« flüsterte Christine.
»Du denkst tatsächlich, es sei ernst!« Alex schüttelte fassungslos den Kopf. »Das hätte ich einer intelligenten Frau wie dir aber nicht zugetraut!« Er musterte Christine sachlich. »Du läßt dich tatsächlich mit diesen Bauern hier ein? Du, eine studierte Tierärztin, verbringst deine Tage damit, bei ihnen Ställe auszumisten? Können sie überhaupt anständig lesen und schreiben? Waschen sie sich wenigstens die Hände, bevor sie ins Bett steigen? Aber wahrscheinlich paßt es ihnen ganz gut, einen Viehdoktor auf den Hof zu bekommen, sie können so einen Haufen Geld sparen!« Er grinste zynisch. »Womit du ihnen allerdings wohl nicht dienen kannst, ist ein Stall voller Kinder. Soviel ich höre, vermehren sich die Iren doch wie die Karnickel, und auf diesem Gebiet bist du natürlich eine Fehlinvestition. Hast du deinem Typen erzählt, daß bei dir nichts mehr geht? Ich würde es an deiner Stelle nicht tun. Wahrscheinlich verbietet ihm dann nämlich der Pfarrer sogar, dich zu heiraten. War da bei den Katholiken nicht irgend so ein Gesetz?«
»Sei endlich still!«
Christine stand mit geschlossenen Augen, die Fäuste geballt. Alex' Worte trafen wie Hammerschläge, obwohl sie sich darüber im klaren war, daß er beabsichtigte, sie bewußt zu verletzen. Die Erkenntnis, daß Christine tatsächlich ohne ihn weiterlebte, kränkte seine Eitelkeit zutiefst.
Dennoch konnte Christine nicht bestreiten, daß er in einem

Punkt wohl nicht ganz unrecht hatte. Sie würde niemals Kinder haben. Wie stand Denis im tiefsten Innern dazu?
»Chrissie«, meinte Alex versöhnlich. »Du bist doch immer vernünftig gewesen, also vergiß Solveig und alles Drumherum und komm mit nach Hause!«
Christine öffnete die Augen und sah ihn an.
»Niemals«, sagte sie leise. »Und wenn du der letzte Mann auf der Welt wärst – ich will nichts mehr mit dir zu tun haben.«
So oft hatte sie sich von ihm wieder einwickeln lassen. Diesmal würde sie fest bleiben.
Alex betrachtete sie nachdenklich. »Es ist dein Ernst, he?«
»Mein voller Ernst.« Christines Stimme war ganz ruhig.
»Wegen dieses irischen Landburschen?«
»Wegen dir«, erwiderte Christine. »Weil ich mich nicht mehr von dir quälen lassen werde. Weil du mich sowieso nur so lange brauchst, bis die nächste Solveig kommt. Weil ich gemerkt habe, wieviel besser ich mich ohne dich fühle.« Sie schwieg einen Moment, dann blickte sie ihn offen an. »Weil ich dich nicht mehr liebe.«
Alex schaute sie prüfend an, dann lachte er auf.
»Ich fasse es nicht«, bemerkte er. »Da fahre ich extra her, um mir dann so etwas anhören zu müssen.«
»Ich habe dich nicht hergebeten«, erwiderte Christine kühl. »Du hättest es wissen müssen. Soweit ich mich erinnere, sagte ich dir das bereits vor Wochen.«
»Aber das meintest du doch nicht so«, lächelte Alex. »Komm schon, Chrissie, du magst mich doch noch, gib es zu!« Er trat näher und versuchte, sie an sich zu ziehen.
Christine entwand sich ihm ruhig, aber bestimmt. »Laß es, Alex. Und sieh endlich ein, daß es aussichtslos ist. Fahr zurück und such dir eine andere Freundin, das dürfte für dich ja sicher kein Problem sein.«

»Ist es auch nicht«, versetzte Alex mit schmalen Augen. Er zuckte die Achseln. »Okay, wenn du meinst, daß dir dein irischer Bauer genügt – von mir aus, ich werde deinem Glück nicht im Wege stehen. Aber du wirst mir noch hinterhertrauern, das sage ich dir heute schon.« Er grinste sarkastisch. »Spätestens wenn du hier dann jeden Sonntag in die Kirche rennen mußt und der Pfarrer dich öffentlich verdammt, weil du keine Kinder kriegst.«

»Für jemanden, der so großen Wert auf sein Niveau und seine Bildung legt, bedienst du dich reichlich vieler Stammtischklischees.« Christine legte Verachtung in ihre Stimme.

»Nun, wir werden ja sehen, wer recht behält.« Alex machte ein betont gleichgültiges Gesicht. Dann räusperte er sich. »Nichtsdestotrotz muß ich dich bitten, trotzdem in absehbarer Zeit zurück nach Düsseldorf zu kommen. Immerhin sind da einige Dinge, die wir klären müssen, zum Beispiel, was wir mit der Wohnung machen.«

»Von mir aus behalte sie.« Christine zuckte die Schultern. »Du verdienst doch jetzt so gut, da kannst du dir die Miete ja wohl leisten.«

»Das ist leider nicht so einfach«, erwiderte Alex kurz. »Ich gehe nämlich nächsten Monat nach Hamburg.«

»Oh?« Christine musterte ihn nachdenklich. »Langsam verstehe ich, weshalb du hergekommen bist. Du hast Angst, daß zwei Mieten an dir hängenbleiben.«

»Das ist doch vollkommen egal. Tatsache ist, daß du dich darum kümmern mußt, ob du die Wohnung für dich behalten willst oder ob wir sie kündigen. Außerdem will ich, daß du dabei bist, wenn ich meine Sachen hole.« Er verzog das Gesicht. »Nicht, daß es hinterher heißt, ich hätte das Falsche mitgenommen.«

»Wenn du mich jetzt offenbar schon für kleinlich hältst«, warf Christine ein, »mußt du dir in den letzten Jahren tatsächlich verdammt wenig Mühe gegeben haben, mich kennenzulernen.«

»Okay, dann bist du eben nicht kleinlich!« Alex breitete nachgiebig die Arme aus. »Tatsache ist, daß du genauso dort gewohnt hast und ich nicht einsehe, daß das Ganze an mir hängenbleibt.«

Christine schwieg. Sie wußte, daß er recht hatte. Sie konnte sich nicht so einfach drücken.

Vielleicht war es ja auch wirklich das beste, wenn sie mit ihm fuhr. Sie fühlte sich so unsicher wegen ihrer Empfindungen gegenüber Denis, es mochte daher der einfachste Weg sein, Klarheit zu gewinnen. Solange sie ihn hier täglich sah, seine Stimme hörte, seine Berührungen spürte, würde sie es niemals schaffen, eine sachliche Entscheidung zu treffen.

Sie gab sich einen Ruck. »Wann fährst du?«

»Da ich hier ja nicht erwünscht bin, morgen früh. Falls du mir überhaupt noch erlaubst, hier zu übernachten«, fügte Alex hinzu.

»Frag meinen Vater«, erwiderte Christine kurz. »Es ist sein Haus.«

»Sag bloß, du gibst auf einmal etwas auf seine Ansichten«, bemerkte Alex spöttisch. »So wie ich ihn vorhin erlebt habe, ist ihm wahrscheinlich sowieso alles egal, Hauptsache, der hat seine Ruhe.«

»Behalte gefälligst deine Meinung über meinen Vater für dich«, sagte Christine gefährlich leise. »Er ist ein wunderbarer Mensch, hundertmal mehr wert als du, und ich erlaube nicht, daß du so über ihn redest!«

»Bis vor kurzem hast du aber auch nicht viel anders über ihn geredet«, erwiderte Alex nüchtern. »Sagtest du nicht immer, er habe dich damals im Stich gelassen? Sich seiner Verantwortung als Ehemann und Vater entzogen, um irgendwo einer realitätsfremden Spinnerei nachzugehen? Künstler! Wenn ich das schon höre! Wie du siehst, scheint er es hier auch nicht allzu weit gebracht zu haben. Wohnt zur Miete in einer Bude, die bei uns kein Asylbewerber ansehen würde! Über die du unter normalen Umständen genauso die Nase gerümpft hättest. Stimmt es, oder stimmt es nicht?«

»Es stimmt«, sagte Christine. »Und ich schäme mich dafür, daß ich früher die Nase gerümpft habe.« Sie blickte Alex mit schmalen Augen an. »Trotzdem bist du der letzte, dem ein Urteil über meinen Vater zusteht!«

»Oh«, machte Alex belustigt, doch er sah, daß Christines Augen tatsächlich vor Wut funkelten, und ließ das Thema auf sich beruhen.

Schweigend betraten sie das Haus.

Beim Abendessen sagte Christine kaum ein Wort.

Alex ließ sich dadurch nicht irritieren und glänzte in leichter Konversation. Doch Georg war inzwischen Christines Zurückhaltung aufgefallen. Obwohl er keinen Kommentar darüber abgab und gutmütig mit Alex plauderte, hatte sich seiner eine gewisse Vorsicht bemächtigt. Er erinnerte sich daran, was er von Renate wußte. Dieser junge Mann schien der Freund zu sein, dessentwegen sich Christine in jenem sonderbaren Zustand befunden hatte, und obwohl er rein äußerlich einen durchaus anständigen Eindruck erweckte, hielt Georg es für unwahrscheinlich, daß ein nüchterner Mensch wie Christine sich etwas einbildete. Irgend etwas mußte vorgefallen sein, und Georg las in Christines Augen, daß es durchaus nicht der Vergangenheit angehörte.

Was Alex mit diesem Besuch beabsichtigte, schien Georg sonnenklar.

Daß Christine nicht die Absicht hatte, seinen Vorstellungen nachzugeben, war ebenso deutlich.
Um so mehr überraschte es Georg allerdings, als Christine ihm ihren Entschluß mitteilte, am nächsten Tag zusammen mit Alex nach Deutschland zurückzukehren. Ein Anruf beim Dubliner Flughafen hatte ergeben, daß in der Abendmaschine Plätze frei waren, deshalb bestand kein Grund, die Reise hinauszuschieben.
»Nun«, meinte Georg bedächtig. »Du wirst schon wissen, was du tust.« Dann lächelte er ein wenig verlegen. »Aber irgendwie werde ich dich vermissen.« Zu seiner Verblüffung stellte er fest, daß dies die Wahrheit war. Anfangs hatte er sich durch Christines Anwesenheit eingeschränkt und in seiner Unabhängigkeit bedroht gefühlt. Inzwischen jedoch hatte ihr Zusammenleben eine gewisse Regelmäßigkeit erfahren. Christine war ihre eigene Selbständigkeit wichtig, sie kam daher niemals auf den Gedanken, ihm seinen Freiraum zu beschneiden, und er lernte es durchaus zu schätzen, jemanden für einen gelegentlichen Gedankenaustausch um sich zu haben.
»Ich werde dich auch vermissen«, erwiderte Christine leise, und Georg durchzog ein Gefühl, das er seit Christines Kindertagen nicht mehr empfunden hatte. Unwillkürlich erinnerte er sich an das kleine Mädchen von früher, das seine Hand vertrauensvoll in seine schob und sich von ihm Geschichten über Tiere, Feen und Zwerge, später dann von fernen Ländern und Menschen vergangener Zeiten erzählen ließ. Damals waren sie sich sehr nahe gewesen.
Er machte sich nun jedoch ein wenig Gedanken, wie es mit Christine weitergehen würde. In den letzten Tagen hatte sie auffallend glücklich gewirkt, und es war Georgs Gutmütigkeit und Toleranz zuzuschreiben, daß er keine heimlichen

Mutmaßungen über die möglichen Gründe anstellte. Doch nun machte sie einen erschreckend bedrückten Eindruck. Und sie wollte mit diesem Alex zusammen nach Hause fahren. Er seufzte innerlich.

Es ging schon auf Mitternacht zu, als Christine endlich heimlich aus dem Haus schlüpfen konnte. Alex hatte einige Bier getrunken, und Christine saß wie auf Kohlen, während sie darauf wartete, daß er sich endlich schlafen legte. Sie richtete ihm ein Bett auf der Wohnzimmercouch, dabei seine Andeutung, daß er durchaus doch mit in ihrem Zimmer schlafen könnte, ignorierend.

Auf Zehenspitzen schlich sie nun die Treppe hinunter. Sie hatte ihre Zimmertür vorsorglich verschlossen, falls Alex irgendwann auf die Idee kommen sollte, ihr einen nächtlichen Besuch abstatten zu wollen. Sie hörte ihn atmen, als sie leise die Haustür öffnete und hinaustrat.

Sie glaubte fast nicht daran, daß Denis auf sie warten würde. Immerhin war es mittlerweile so spät geworfen, daß er es sicher aufgegeben hatte.

Aber er war da. Christines Herz machte einen Sprung, als sie seine dunkle Gestalt neben Cuchulainns Koppel erkannte. Er wandte sich ihr zu, als er ihre Schritte hörte.

»Du hast tatsächlich gewartet«, flüsterte Christine.

»Natürlich«, erwiderte Denis ruhig. »Du gabst mir zu verstehen, daß du kämst – also wartete ich.«

»Ich bin so froh, daß du gekommen bist«, murmelte Christine.

»Hast du denn daran gezweifelt?« Denis' Stimme war sanft. »Seinetwegen?«

Christine nickte stumm.

Denis schwieg einen langen Moment. Dann räusperte er

sich. »Ändert seine Ankunft denn etwas?« fragte er langsam.

Christine blickte ihn verzweifelt an. »Ich weiß es nicht«, stieß sie heraus.

Tiefe Stille trat ein. Als Christine zaghaft zu Denis hinaufblickte, sah sie, daß er mit unbewegtem Gesicht in die Ferne schaute.

Schließlich holte er tief Luft. »Ist er gekommen, um dich nach Hause zu holen?«

Christine nickte.

»Und du wirst mit ihm gehen?« Denis fragte es ganz leise.

»Ich werde mitfahren, ja«, flüsterte Christine.

Denis schwieg lange. Dann schob er seine Hände in die Hosentaschen.

»Tja«, meinte er langsam. »Dann bleibt mir wohl nichts übrig, als dir alles Gute zu wünschen. Wann wollt ihr fahren?«

»Morgen früh.« Christines Stimme war kaum zu hören. Sie kämpfte mit den Tränen. Was hätte sie in diesem Moment darum gegeben, wenn eine dieser Feen aus der irischen Sage erschienen wäre und ihr eine Lösung genannt hätte!

Doch es gab keine Feen, schon gar nicht solche, die ihr eine Tierarztstelle in Connemara verschaffen konnten.

»Denis!« Christine stieß es heftig hervor. »Was soll ich tun?«

Denis hob sein Gesicht und schaute sie an. Sie bemerkte, daß sich seine Kieferknochen scharf abzeichneten, so sehr spannte er sie an.

»Was sollst du schon tun«, erwiderte er trocken. »Wenn du ihn liebst, dann ist es klar, daß du zu ihm zurückgehen mußt.«

Christines Augen weiteten sich vor Entsetzen über dieses Mißverständnis. »Aber ich liebe ihn doch nicht!«

»Nicht?« Denis sah sie erstaunt an, doch seine Miene hellte sich ein wenig auf.
»Nein, ich liebe ihn nicht«, wiederholte Christine still. »Ich …« Sie stockte und schaute Denis mit brennenden Augen an.
Denis atmete tief ein. Dann streckte er die Hand aus und berührte Christines Wange. »Wenn du ihn nicht liebst«, sagte er leise, »warum gehst du dann mit ihm?«
»Ich gehe nicht mit ihm, ich fahre bloß mit ihm zusammen bis Düsseldorf. Er hat noch Sachen in meiner Wohnung, und …«
Christine hielt inne.
Denis spürte, daß da noch ein anderes Problem war.
»Was ist mit dir?« Er zog sie sanft näher zu sich heran. »Was hast du?« Christine fühlte seine Hände an ihrem Gesicht und schloß kurz die Augen. Wie gerne wollte sie sich jetzt einfach fallen lassen, wie gerne einfach alle Schwierigkeiten ignorieren!
»Denis«, flüsterte sie. »Ich kann doch nicht so einfach hierbleiben!«
Denis mußte sie nichts erklären, er verstand, was sie meinte. Er blieb lange stumm. Dann seufzte er.
»Ich bin dumm gewesen, ich habe nicht daran gedacht.« Er schaute sie zärtlich an. »Ich wollte wohl nicht daran denken. Ich habe einfach ignoriert, daß meine kleine Lady schließlich mehr möchte als mir immer nur sagen, wie ich meine Pferde auszubilden habe.«
»Was soll ich tun?« wiederholte Christine voller Verzweiflung.
Denis senkte den Blick. »Ich weiß es nicht«, erwiderte er tonlos. »Ich weiß es wirklich nicht. Ich weiß nur, daß ich wünschte, du könntest hierbleiben.«

»Möchtest du wirklich, daß ich hierbleibe?« Christine fragte es mit klopfendem Herzen.
Denis erwiderte ihren Blick. »Ich habe mir noch nie etwas so sehr gewünscht«, sagte er leise. »Ich will aber auch, daß du glücklich wirst. Und ich weiß, wieviel dir deine Arbeit bedeutet.«
Christine spürte, wie ihr die Tränen in die Augen stiegen. »Oh, Denis!« stieß sie erstickt hervor, umschlang ihn und preßte sich heftig an ihn.
Er legte seine Arme um sie und drückte sein Gesicht in ihr Haar.
Sie standen reglos, so dicht aneinandergeschmiegt, daß sie das Schlagen ihrer Herzen hörten.
Huftritte ließen sie aufblicken.
Cuchulainn stand neben ihnen und blickte sie aufmerksam an. Bei seinem Anblick verspürte Christine neue Verzweiflung.
»Oh, mein Kleiner«, sagte sie tonlos und legte ihm die Hand auf die Nüstern. »Dich müßte ich ebenfalls verlassen!« Sie preßte sich enger an Denis, und ihre Hand ruhte auf Cuchulainns Nüstern. »Sag mir doch, was ich tun soll!« Sie verbarg ihr Gesicht an Denis' Brust.
Denis hielt Christine fest in seinen Armen.
»Du sollst in deiner Entscheidung nicht beeinflußt werden«, meinte er rauh, »aber ich möchte, daß du weißt, daß hier zwei sind, die unsagbar glücklich wären, wenn du hierbliebst.« Er atmete tief durch. »Cuchulainn und ich.«
Christine sah zu Denis auf, dann schaute sie den Hengst an. Cuchulainn stand ganz ruhig da, Denis' Nähe störte ihn offenbar nicht mehr im geringsten. Seine Ohren waren aufgerichtet, sein Blick hing an Christine. Und dann streckte er den Hals vor und stupste Christine seine Nüstern ins Ge-

sicht. Seine Berührung war ganz zart, und Christine schossen die Tränen aus den Augen. Es schien so, als wollte Cuchulainn sie bitten hierzubleiben.
Auch Denis lächelte traurig. »Du siehst, er stimmt mir zu.«
Christine konnte nicht sprechen. In ihrer Kehle steckte ein Kloß.
Denis nahm nun ihr Gesicht in beide Hände.
»Du fragst uns, was du tun sollst«, meinte er leise. »Und wir, Cuchulainn und ich, sagen dir nun dies: Fahr nach Hause, komm ins reine mit diesem Alex, und denke in Ruhe über alles nach. Wenn du dann zu dem Schluß gelangst, daß es hier bei uns für dich keinen Sinn hat, dann werden wir es akzeptieren. Du darfst dich nicht auf etwas einlassen, bei dem du auf Dauer unglücklich würdest, auch nicht uns zuliebe.« Er atmete tief durch, dann erschien auf seinem Gesicht ein kleines Lächeln. »Aber du sollst wissen, daß wir auf dich warten werden. Wenn es auch noch so lange dauert, wir werden die Hoffnung nicht aufgeben, daß du vielleicht eines Tages doch einmal wiederkommst, und sei es nur für einen kurzen Besuch.«
Christine schaute ihn an, wie wenn sie sich seinen Anblick ins Gedächtnis einprägen wollte, und Denis erwiderte ihren Blick zärtlich.
Sein Finger strich unendlich sanft über ihre Wange.
»Meine kleine Lady«, sagte er rauh.
Dann küßte er sie.

Als Christine zurück zu Georgs Haus kam, graute bereits der Morgen.
Ihre Augen waren leer, ihre Kehle brannte vor ungeweinten Tränen, und sie meinte, immer noch Denis' Arme um sich zu fühlen und die zärtlichen Worte zu hören, die er ihr zugeflü-

stert hatte. Und sie war hundertmal nahe daran gewesen, alle Bedenken beiseite zu schieben und Denis zu sagen, daß sie hierbliebe. Sie hatte nicht geahnt, daß man sich etwas derart wünschen konnte.

Doch sie wußte, daß sie vernünftig sein mußte. Zuviel hing von dieser Entscheidung ab.

Doch niemals würde sie Denis' Gesicht vergessen, den Ausdruck, den es zeigte, als sie sich endgültig voneinander verabschiedeten.

Und Cuchulainn – er schien zu spüren, worum es ging. Sie hatte ihn gestreichelt und liebkost, und er stand die ganze Zeit still, obwohl sich Denis direkt daneben befand. Als Christine den Hengst verließ, fühlte sie seinen Blick, der ihr folgte, bis er sie nicht mehr sehen konnte.

Christine verharrte eine Weile und schloß die Augen.

Dann atmete sie tief durch und öffnete die Haustür.

Alex hatte sie vollkommen vergessen, deshalb versäumte sie es auch, besonders leise zu sein.

Als sie am Wohnzimmer vorbeikam, regte er sich und wachte auf. Zuerst blinzelte er nur verständnislos zu Christine herüber, die sich heimlich verfluchte, daß sie nicht mehr an ihn gedacht hatte.

Doch dann fiel ihm ein, wo er sich befand, er sah, daß Christine in vollständiger Kleidung von draußen kam, und grinste.

»Na, war's schön?«

Christine würdigte ihn keiner Antwort.

Alex setzte sich auf und musterte sie amüsiert. »Ich hoffe ja für dich, daß er in dieser Hinsicht wenigstens was draufhat, dein Bauer!« Die eindeutige Handbewegung, die er dabei vollführte, ließ Christines Augen schmal werden. Sie schwieg jedoch beharrlich.

»Erzähl doch mal, welcher von den zweien ist es denn nun

eigentlich?« fragte Alex interessiert. »Sie sahen ja beide ganz flott aus, das muß ich zugeben. Allerdings dachte ich immer, Iren müßten rothaarig sein. Stimmt es nicht, Christine?«
Christine schloß ihre Augen und blieb stumm.
Nein. Sie weigerte sich hinzuhören. Sie wollte sich diese letzten Stunden nicht beschmutzen lassen.
Ohne sich noch ein einziges Mal zu Alex umzudrehen, stieg sie die Treppe hinauf. In ihr riß und brannte es.

Als Alex den Motor anließ, legte Christine den Kopf zurück und schloß die Augen. Sie war zuvor kurz auf dem Hof gewesen, um sich von den O'Flahertys zu verabschieden.
Ruaidhri äußerte tiefes Bedauern, als er erfuhr, daß Christine sie verlassen würde.
»Verflixt noch mal«, meinte er mit einem schiefen Grinsen.
»Und ich hatte mir so große Hoffnungen gemacht, dich doch noch von meinen Qualitäten zu überzeugen!«
»Von deinen Qualitäten brauchst du mich nicht zu überzeugen«, lächelte Christine. »Ich weiß, daß du ein wunderbarer Freund bist.«
»Hm, ja.« Ruaidhri war sichtlich verlegen und trat von einem Fuß auf den anderen.
»Kommst du wieder?« fragte er dann forschend.
Christine sah ihn nicht an. »Ich weiß es nicht.« Ihre Stimme war leise.
Ruaidhri räusperte sich. »Ich verstehe«, sagte er ein wenig rauh. Dann schaute er Christine an, in seinen Augen funkelte eine Spur Übermut. »Aber zum Abschied darf ich dich doch wenigstens küssen, oder?«
»Natürlich darfst du das!« Christine legte ihre Arme um ihn. Als sie sich voneinander lösten, zwinkerte er ihr zu. »Vergiß nicht, der Platz in meinem Herzen bleibt für dich reserviert!«

»Ich vergesse es nicht«, lächelte Christine und versetzte ihm einen zarten Nasenstüber. »Mach's gut!«
»Du auch«, erwiderte Ruaidhri.
Auch Fiona umarmte sie innig.
»Es ist ein Jammer, daß du wegfährst, wir hatten soviel Spaß miteinander!« Dann blickte sie Christine prüfend an. »Und ich dachte eigentlich, daß ...« Sie stockte verlegen.
»Was dachtest du?«
»Denis«, flüsterte Fiona. »Ich habe gesehen, wie er dich in der letzten Zeit anschaute, und ich hoffte ...« Sie schwieg, als sie Christines Gesicht sah.
Christine konnte nicht sprechen, sie drückte Fiona nur wortlos an sich.
Denis war nicht da. Christine wußte, daß er sich dem allgemeinen Abschied entzogen hatte, und sie verspürte tiefe Dankbarkeit darüber. Sie vermochte nicht abzuschätzen, ob sie es aushalten würde, ihm noch einmal Lebewohl zu sagen.
In ihrem Herzen verschlossen trug sie die Worte, die während ihres letzten Beisammenseins gesprochen wurden. Es war ihr Abschied gewesen. Mehr war nicht nötig.
Das gleiche galt für Cuchulainn. Christine hatte sich von Blossom verabschiedet, von Charly, Sally und all den anderen Pferden. Nicht mehr von Cuchulainn. Sie wußte, daß es sie den letzten Rest ihrer Fassung gekostet hätte.
Das Auto rollte nun langsam den Weg hinunter.
Christine wußte, daß auch Georg vor seinem Haus stand und ihr hinterherblickte.
Obwohl sie es nicht wollte, wandte Christine doch noch einmal den Kopf und schaute zum O'Flaherty-Hof.
Auf einer kleinen Koppel, direkt neben der Einfahrt, stand ein einzelnes Pferd. Sein dunkelbraunes Fell glänzte in der

Morgensonne, sein langer Schweif bewegte sich sacht im Wind, und es hielt seinen Kopf hoch erhoben.
Der Mann neben ihm hatte seine Hand auf seinen Widerrist gelegt.
Und beide verharrten reglos, während ihre Augen stumm dem Auto folgten.

20. Kapitel

»Vater?«
Georg brauchte einen Moment, bis er sich zu Bewußtsein brachte, daß es sich um Christines Stimme handelte. Er nahm den Telefonhörer in die andere Hand.
»Christine? Das ist aber nett, daß du dich meldest!«
»Ich wollte eigentlich nur mal hören, wie es dir geht.«
Christine klang nicht besonders weit entfernt, man mochte kaum glauben, daß einige tausend Kilometer zwischen ihnen lagen.
»Mir?« Georg lächelte ein wenig unsicher. »Nun, mir geht es wie immer.« Er räusperte sich. »Und dir?«
»Gut«, antwortete Christine rasch. »Ich habe jetzt meine letzten Noten bekommen.«
»Und sie waren sicher gut«, meinte Georg.
»Doch, ich bin ganz zufrieden.«
»Was macht deine Mutter?«
»Sie arbeitet viel, wie immer. Ich sehe sie nicht oft, aber wir haben vor kurzem erst miteinander telefoniert.«
Georg schwieg einen Moment. »Und du?« fragte er dann vorsichtig. »Wie lange bist du jetzt schon wieder zu Hause? Vier Wochen?«
»Fünfeinhalb Wochen«, sagte Christine. Sie räusperte sich.

»Ich wohne inzwischen allein«, sagte sie dann. »Alex ist endgültig weg.«
»Oh«, machte Georg. Es klang nicht so, als sei Christine besonders betrübt darüber.
»Aber erzähl doch mal, was machst du so?« wollte Christine wissen. »Wie ist deine Ausstellung gelaufen?«
»Hervorragend«, antwortete Georg lebhaft. »Ich habe schon etliche Bilder verkauft und sogar ein paar Aufträge erhalten.«
»Was denn für welche?« Christine war neugierig. »Porträts?«
»Nein. Landschaften für das Foyer einer Bank. Außerdem soll ich einen Prospekt für das hiesige Fremdenverkehrsbüro illustrieren.« Georg lächelte. »Der O'Flaherty-Hof ist auch drin.«
»Wie geht es denn den O'Flahertys?« fragte Christine nach einer Pause.
»Soviel ich weiß, gut«, entgegnete Georg. »Ich sehe nicht allzuviel von ihnen, wie du weißt. Allerdings ...« Er zögerte.
»Ja?«
»Neulich war einer von ihnen hier bei mir«, sagte Georg. »Einer der Söhne, ich habe ihn erst gar nicht erkannt.«
»Welcher war es denn?« Christines Stimme klang betont gleichmütig.
»Warte mal.« Georg überlegte. »Hieß er Danny? Nein – Denis? Kann das sein?«
»Doch, das kann sein«, sagte Christine still.
»Ich hatte Niall etwas wegen einer kleinen Reparatur an meinem Haus gefragt, und sein Sohn kam, um es mit mir zu besprechen.« Georg schwieg einen Moment. »Er hat sich übrigens nach dir erkundigt.«
Christine spürte, wie ihr Herz einen kleinen Sprung machte. »Ja?« meinte sie leise.

»Er wollte wissen, wie es dir geht.« Auf einmal hatte Georg einen Geistesblitz. »War das nicht der gleiche O'Flaherty-Sohn, mit dem du damals zusammen die Pferde bewachtest?«

»Das war Denis, ja«, bestätigte Christine. »Und er fragte nach mir?«

Georg bemerkte endlich ihren sonderbaren Ton. Und auf einmal erinnerte er sich, wie Christines Gesicht in den letzten Tagen ihres Besuches bei ihm von innen heraus geleuchtet hatte und daß er damals schon vermutete, es gäbe einen bestimmten Grund dafür. Gleichzeitig fiel ihm auf, daß Denis' Frage nach Christines Befinden durchaus nicht so geklungen hatte, als wäre sie floskelhaft gemeint. Im Gegenteil, als er nun darüber nachdachte, fiel ihm auf, welche Eindringlichkeit dabei in Denis' Blick lag.

»Ja, er fragte nach dir«, sagte Georg langsam. »Und er schien recht enttäuscht, als ich ihm nicht viel über dich erzählen konnte.«

Christine schwieg.

Es war noch niemals Georgs Art gewesen, sich einzumischen. Er vertrat die Meinung, daß jeder am besten wüßte, was für ihn selbst gut sei, und es niemandem anstünde, seine Nase in anderer Leute Angelegenheiten zu stecken.

Doch hier schien ein besonderer Fall vorzuliegen.

Zum ersten Mal in seinem Leben tat Georg von sich aus den Schritt.

»Christine«, sagte er. »Es geht mich ja wirklich nicht im geringsten etwas an. Aber ich bin sehr froh, daß du diesen Alex offenbar los bist.«

»Ich auch«, erwiderte Christine still. »Aber es hilft nichts.«

»Du hast den jungen Mann gern, nicht wahr?« Georgs Stimme war behutsam, und Christine wußte, daß er nicht Alex meinte.

»Sehr«, antwortete sie leise.
»Nun, ich glaube, das beruht wohl auf Gegenseitigkeit«, lächelte Georg. »Wo ist also das Problem?«
Christine blieb still. Wo war das Problem? Sie holte tief Luft.
»Vater«, fragte sie leise, »warum bist du damals nach Irland gegangen?«
Georg schwieg einen langen Augenblick.
»Weil ich es wollte«, sagte er schlicht. »Viele Leute würden sagen, ich sei vor dem Leben davongelaufen, aber das stimmt so nicht ganz. Ich bin meinem Leben nachgelaufen, das trifft es wohl eher.«
»Du wolltest dort leben, und deshalb hast du es wahr gemacht.«
»Ich wollte nicht mehr so leben, wie ich es vierzig Jahre lang tat. Ich wollte nicht mehr Ehrgeiz heucheln, mich nicht mehr von meinem Umfeld als Versager abstempeln lassen, nur weil ich keinen Sinn darin sah, möglichst rasch viel Geld zu verdienen. Das Wort Selbstverwirklichung besitzt heutzutage einen so negativen, egoistischen Beigeschmack, aber es bedeutet nichts anders, als sein Leben selbst zu gestalten. Es muß nicht sein, daß man außerhalb der Gesellschaft lebt, es heißt aber, daß man nicht sie entscheiden läßt, was für einen selbst am wichtigsten ist. Und ich wollte nicht mehr andere für mich entscheiden lassen.«
»Du hast dafür viel aufgegeben«, sagte Christine still.
»Nein«, meinte Georg. »Ich habe im Gegenteil sehr viel gewonnen. Das meiste, was ich zurückließ, war nicht wichtig.« Er stockte einen Moment. »Ausgenommen meine Tochter.«
»Eine Tochter, die sich damals weigerte, mit dir auch nur zu sprechen.«
»Eine Tochter, die zu jung war, um zu verstehen«, erwi-

derte Georg ruhig. »Ich empfand ein wenig Bitterkeit, richtig, aber andererseits konnte ich es dir nachfühlen. Du sahst nur, daß ich mich aus meiner Verantwortung stahl. Nun, deine Mutter ist ein wunderbarer Mensch, doch sie vermochte niemals zu akzeptieren, daß ich ihren beruflichen Ehrgeiz nicht teilte. Sie ließ es sich nicht anmerken, doch sie betrachtete mich als lebensuntüchtigen Träumer, als Drohne. Durfte ich es dir verübeln, wenn du diese Einstellung unbewußt übernahmst?«

»Hast du es eigentlich jemals bereut?«

»Ich habe es bereut, daß ich nicht noch einmal versuchte, es dir zu erklären. Ich dachte damals, es sei am besten, dich in Ruhe zu lassen. Ich glaubte, du kämst am ehesten wieder ins Gleichgewicht, wenn du nicht zwischen zwei Haltungen hin und her gerissen würdest. Dein Leben war das deiner Mutter, was sollte ich dich mit anderem belasten?« Er schwieg einen Moment. »Ich bereute es, als ich erkannte, daß ich dich dadurch verlor.«

»Und deine Entscheidung, nach Irland zu gehen? Ins Ungewisse, ohne eine Ahnung, ob du dort nicht scheitern würdest? Erforderte das nicht ungeheuren Mut?«

»Nicht Mut. Mut braucht man, wenn man befürchtet, daß es schiefgehen wird. Aber warum sollte ich vom ungünstigsten Fall ausgehen? Ich wußte, was ich konnte, und ich hatte nicht den geringsten Beweis dafür, daß es für mich in Irland keine Möglichkeiten geben würde. Es erforderte keinen Mut, sondern nichts als eine gewisse Zuversicht. Und Vertrauen in mich selbst.«

Christine schwieg.

»Christine«, sagte Georg behutsam. »Ich möchte dich um Gottes willen nicht beeinflussen. Du mußt selbst wissen, was du machen willst. Aber denke daran, daß man nicht immer

alles nur vom Kopf her entscheiden sollte. Das wirkliche Glück findest du nur mit deinem Herzen.«
Als Christine den Hörer auflegte, wußte sie, was sie zu tun hatte.

21. Kapitel

Nachdem Christine die Abfertigungshalle verlassen hatte, sah sie sich ein wenig ratlos um.
Der Flughafen Shannon lag ein ganzes Stück außerhalb von Limerick, und Christine überlegte, ob sie sich ein Taxi leisten oder lieber auf den Bus warten sollte. Der Blick auf die ausgehängten Fahrpläne zeigte, daß der nächste Bus nach Galway erst in einer guten Stunde fuhr.
Sie schaute auf ihre Uhr. Es war noch einige Zeit bis Mittag, es bestand also kein Grund, sich zu beeilen. Christine dachte einen Moment darüber nach, ob sie nicht sogar erst am Nachmittag losfahren und sich bis dahin ein wenig in Limerick umsehen sollte.
Dann entschied sie sich, es nicht zu tun. Sie war zu angespannt. Alles in ihr strebte vorwärts, um endlich dorthin zu kommen, wo sie eigentlich schon lange sein sollte.
Sie hatte Georg ihr Kommen nicht angekündigt. Es war nicht nötig, sie wußte, daß Georg nicht überrascht sein würde.
Und was Denis betraf ...
Christine schulterte ihren Trekkingrucksack. Sie hatte sich dieses Mal mit einfachem Gepäck auf den Weg gemacht, da sie sich nicht mit unnötigem Ballast belasten wollte. Nur das Ziel ihrer Reise war wichtig, nicht das, was sie mitbrachte.
Der Taxistand am Flughafen war leer. Christine stand einen

Augenblick unschlüssig da. Dann wandte sie sich um und schritt los.
Die Sonne schien warm, das Wetter erinnerte jetzt, Ende Juli, fast an einen deutschen Sommer. Christine jedoch machte es nichts aus, ebensowenig spürte sie das Gewicht ihres Rucksackes. In ihr lag eine tiefe Freude, und sie wußte, daß sie die richtige Entscheidung getroffen hatte.
Als sie die N18 erreichte, blickte sie sich aufmerksamer um. Vielleicht würde sie hier jemanden finden, der sie ein Stück mitnahm. Beim nächsten Auto, das sie kommen sah, streckte sie daher den Daumen hoch.
Christine hatte Glück. Bereits der zweite Wagen hielt an.
»Wohin möchten Sie denn, Miss?« fragte ein freundliches Gesicht.
»Wenn es geht, nach Galway«, lächelte Christine. »Aber es wäre schon wunderbar, wenn Sie mich bis Ennis mitnehmen könnten.«
»Wir fahren auch nur bis Ennis«, bedauerte der Mann und öffnete Christine zuvorkommend die hintere Tür. »Aber steigen Sie ein, zumindest das erste Stück sparen Sie sich ja schon dadurch.«
»Vielen Dank!« Christine schob ihren Rucksack ins Auto und kletterte hinterher.
»Wollen Sie auch zu den Rennen nach Galway?« fragte die Beifahrerin neugierig.
»Sind heute dort Rennen?« Christine durchzuckte es.
»Wußten Sie das nicht? In Galway ist Rennwoche, das Ereignis des Jahres. Da ist ganz Irland auf den Beinen.«
Christine schwieg. Die Rennen in Galway. Cuchulainn sollte dort starten.
Ob es Denis mit Hilfe von Danny wirklich geschafft hatte, ihn soweit zu bringen?

Christine wußte nicht mehr, wie oft ihr das Pferd in den letzten Wochen in ihren Träumen erschienen war. Und jedesmal war sie voller Sehnsucht erwacht. Sie warf sich insgeheim vor, Denis mit dem Hengst im Stich gelassen zu haben. Was, wenn Cuchulainn nach ihrer Abreise wieder durchgedreht war? Sie hatte Denis versprochen, alles zu tun, damit er wieder Rennen lief. Hatte sie dieses Versprechen tatsächlich gehalten?

In Ennis bedankte Christine sich herzlich bei dem netten Paar und schwang ihren Rucksack auf den Rücken. Wenn heute in Galway Rennen stattfanden, dann konnte es nicht allzu schwer werden, jemanden zu finden, der dorthin fuhr und auch einen Anhalter mitnahm.

Tatsächlich mußte sie nicht länger als ein paar Minuten am Ortsausgang stehen.

Eine Gruppe junger Leute, die bis nach Galway wollten, hielt an. Ihre Einladung, sich ihrer Kneipentour anzuschließen, lehnte Christine jedoch freundlich ab.

»Ich muß ja heute schließlich noch weiter«, lächelte sie.

Die fröhliche Clique nahm ihre Absage nicht krumm. Interessiert wurde Christine nach ihrem Woher und Wohin ausgefragt, und so verging die Fahrtzeit wie im Flug. Als Christine schließlich am Busbahnhof in Galway ausstieg, befand sie sich im Besitz von vier Zetteln mit Adressen und dazugehörigen herzlichen Einladungen, doch einmal vorbeizuschauen. Lächelnd erwiderte sie alle guten Wünsche und schaute dem Wagen nach, als er mit quietschenden Reifen um die Ecke schoß.

Erstaunt erkannte sie, wie vertraut ihr die Stadt war. Fast empfand sie ein Gefühl des Nachhausekommens, als sie langsam über den Busparkplatz schlenderte. Dabei dachte sie nach, wie sie am besten nach Ballybrit zur Rennstrecke kam.

Fuhr sie einfach mit dem Bus? Soviel sich Christine erinnerte, gab es eine Linie, die am Spätnachmittag die Dörfer anfuhr. Sie blickte sich suchend nach dem Fahrplan um. Dabei stellte sich allerdings heraus, daß ihr in diesem Fall noch eine Wartezeit von über vier Stunden verblieb. Nein, das hatte nicht viel Sinn.

Christine verließ den Busbahnhof und wanderte gemächlich die Straße hinunter. Sollte sie nicht besser Georg anrufen? Er würde sie sicherlich abholen, falls sie ihn darum bat.

Oder vielleicht sogar Denis? Christine holt tief Luft.

Im selben Moment erblickte sie die Plakate. *The Galway Races*, las Christine in großen, auffälligen Buchstaben an fast jeder Mauer. Als sie sich nun genauer umblickte, erkannte sie die über die Straßen gespannten Wimpel und die Fähnchen an den Häusern. Zahlreiche Menschen waren unterwegs, Christine vernahm aus allen Richtungen Musik, die Leute wirkten gut gelaunt, es herrschte noch größere Stimmung als sonst, die an ihr Ohr dringenden Gesprächsfetzen beschäftigten sich mit Pferden und Punkten, und es war unverkennbar, daß sich die ganze Stadt offensichtlich im Rennfieber befand.

Es lag keine bestimmte Absicht dahinter, als Christine vor dem Fenster eines der zahlreichen Wettbüros stehenblieb. Mehr aus Müßigkeit las sie die Startlisten für die verschiedenen Rennen, als es sie plötzlich wie ein Blitzschlag traf. Ihr Blick war auf einen Namen gefallen, den sie kannte. Sylvano! Es mußte Denis' Sylvano sein, es gab sicherlich keine zwei Rennpferde mit dem gleichen Namen. Fieberhaft suchte sie nach dem Namen des Jockeys. Da war er! Danny McCarthy – es handelte sich tatsächlich um Sylvano und Danny!

Christine sah nun genauer hin. Dabei stellte sie fest, daß diese Liste die Ergebnisse eines gestrigen Rennens anzeigte – und

Sylvano hatte in seiner Klasse gewonnen! Christine war glücklich, sie war so froh für Denis, es gab ihm sicher Mut für die Zukunft! Sie verstand nichts vom System der Rennen, die Zahlen neben den Namen der einzelnen Siegerpferde sagten ihr nicht im geringsten etwas, doch nahm sie an, daß ein Sieg sicherlich einiges Geld brachte.
Gespannt wanderten Christines Augen weiter über die Anschläge. Tatsächlich entdeckte sie als nächstes Aurora. Sie hatte in einem anderen Rennen immerhin einen zweiten Platz erreicht. Aber es war nicht Aurora, nach der Christine suchte. Mit klopfendem Herzen ging sie Liste für Liste durch. Einige nannten Plazierungen gelaufener Rennen, andere Teilnehmeraufstellungen für noch ausstehende Wettbewerbe, wieder andere die Namen von Jockeys und wieder andere von Besitzern und Trainern. Die Reihen der Namen waren zahlreich, denn hier feierte und wettete man sechs Tage, und zweiundvierzig Rennen wurden gestartet.
Und dann fand Christine, wonach sie gesucht hatte: Ganz unten auf dem Blatt stand Cuchulainns Name.
Christine merkte, wie ihr schwindlig wurde, für einen Augenblick schloß sie die Augen. Dann blickte sie vorsichtig ein zweites Mal hin. Sie hatte richtig gelesen. Cuchulainn war unter Danny McCarthy für ein Hurdle Handicap gemeldet. Christine wußte nicht, was die Zahl daneben bedeutete. War es seine Startnummer? Die Wettquote? Das Handicap?
Zum ersten Mal in ihrem Leben wünschte Christine, sie verstünde etwas davon. Im gleichen Augenblick wurde ihr klar, daß das Rennen, für das Cuchulainn gemeldet war, heute stattfand. Mit einem Ruck fuhr Christine auf und suchte nach der Uhrzeit. Um halb vier war der Start. Wie spät war es im Moment?
Christine drehte sich um und eilte zurück zum Busbahnhof.

Es mußte einfach eine Möglichkeit geben, zur Rennbahn hinauszukommen! Denis war dort, und der Hengst war dort! Sie merkte, daß der Rucksack schwer drückte, außerdem war es heiß, und sie blickte sich suchend um. Hier waren doch sicherlich Schließfächer oder dergleichen!
Tatsächlich, dort gab es ein Hinweisschild, und Christine entledigte sich aufatmend ihrer Last. Mit der Schließfachmarke in der Hand kehrte sie zu den Bussen zurück und musterte die Anzeigen. Als ihr Blick auf ein Schild mit der Aufschrift *Racecourse* fiel, atmete sie erleichtert auf.
Der Bus bahnte sich seinen Weg durch die verstopften Straßen der Stadt, und Christine saß ganz still. Noch eine kurze Weile, dann würde sie Cuchulainn wiedersehen! Und sie erbebte beim Gedanken daran, daß auch Denis dort sein würde. Wie mochte er wohl reagieren, wenn sie plötzlich vor ihm stand?
Für einen kurzen Moment fühlte Christine Unsicherheit. Konnte sie tatsächlich sicher sein, daß er noch an sie dachte? Woher wußte sie, daß sie nicht tatsächlich bloß ein kleiner Flirt für ihn gewesen war? Sie biß sich auf die Lippen.
Bei ihrem letzten Besuch auf der Rennbahn war es dort ruhig gewesen. Einzelne Pferde arbeiteten in aller Gelassenheit, wachsam beobachtet von ihren Trainern. Kein Lärm, keine Hektik.
Doch als Christine heute aus dem Bus stieg und die Menschenmassen sah, fühlte sie sich förmlich erschlagen. Das Wort Hexenkessel mochte wohl noch zu milde sein für das, was hier brodelte. Tausende von Rennsportbegeisterten drängten sich durcheinander, die Tribüne war überfüllt, Christine vernahm Musik und Lautsprecherdurchsagen, roch den Duft von Hot dogs und Fish and Chips und kam gar nicht dazu, über ihren Weg selbst zu befinden – die Men-

ge schob sie unaufhaltsam in Richtung Eingang. Einigermaßen ratlos stand sie da und schaute sich um. Wie um Himmels willen sollte sie hier einen einzelnen Menschen finden? Angesichts dieses Trubels schien es absolut aussichtslos.
Christine blickte auf die Uhr. In zehn Minuten begann das Rennen, an dem Cuchulainn teilnahm. Wo mochte der Hengst im Moment sein? Denis war sicher bei ihm und erteilte Danny letzte Ratschläge.
Sie reckte den Hals, doch sie konnte von hier aus nichts erkennen. Behutsam schob sie sich durch die Menschentrauben hindurch, näher an den Zaun neben der Rennstrecke. Die Startboxen waren noch leer. Christine kämpfte sich bis zur Bande durch und schaute gespannt in die Richtung, aus der die Pferde kommen mußten.
Als die ersten Tiere in ihr Blickfeld kamen, fühlte sie leichte Enttäuschung. Sie befanden sich so weit entfernt, daß Christine nicht viel sehen, geschweige denn Cuchulainn herausfinden konnte. Sie wußte nicht, unter welchen Farben Denis seine Pferde starten ließ, deshalb war auch Danny nicht auszumachen. Nach den Farben des Stalls hatte sie Denis nie gefragt.
Links und rechts neben ihr drängten sich die Zuschauer, alle in fieberhafter Erwartung des Startsignals. Christine machte sich ganz schmal, und der stattliche ältere Mann im Tweedanzug neben ihr blickte sie freundlich an.
»Bleiben Sie ruhig stehen, Miss«, lächelte er. »So ein Püppchen wie Sie kann ja sonst überhaupt nichts sehen!«
»Danke«, erwiderte Christine freundlich.
Der Mann zog nun einen Feldstecher heraus und richtete ihn auf die Pferde, die in den Startboxen Aufstellung nahmen.
»Ein Klassefeld diesmal«, bemerkte er dazu. »Das wird spannend werden!«

Christine nahm ihren Mut zusammen.
»Können Sie die Pferde von hier aus erkennen?« fragte sie.
»Aber sicher doch«, nickte der Mann und hielt Christine zuvorkommend sein Fernglas hin. »Möchten Sie auch einmal schauen?«
»Gerne, danke.« Gespannt spähte sie zur Startlinie, doch sie vermochte nichts zu entdecken. Mehrere Pferde waren dunkelbraun ohne Blesse und aufgrund ihrer geschorenen Mähnen praktisch nicht voneinander zu unterscheiden.
»Wissen Sie zufällig, welcher von ihnen Cuchulainn ist?« fragte sie ihren Nachbarn.
»Cuchulainn? Der läuft für den O'Flaherty-Stall, richtig?«
Christine nickte gespannt.
»Das ist der Jockey in Grün-Blau«, gab der Mann Auskunft und lächelte wohlwollend. »Haben Sie auf ihn gewettet? Er hat keine schlechten Chancen, allerdings auch eine harte Konkurrenz.«
Da drüben schimmerte der grün-blaue Seidenblouson, leuchtete die grüne Kappe, Christine sah das große, dunkle Pferd und erzitterte vor Freude. Dort war ihr Cuchulainn! Jetzt erst wagte sie es, daran zu glauben. Denis hatte es also tatsächlich geschafft!
Wie unter Zwang ließ Christine ihre Augen weiterwandern, über die Gestalten jenseit der Startlinie am Rand der Bahn. Vielleicht konnte sie Denis sehen? Nur zögernd gab sie den Feldstecher endlich seinem Besitzer zurück.
Würde Cuchulainn gewinnen?
Christine erschrak, als das Gummiseil zur Seite knallte und die Pferde aus den Startboxen jagten. Während die Zuschauer auf der Tribüne und an der Strecke ihre Favoriten anfeuerten und begeistert jubelten, als das Feld das erste Hindernis erreichte, stand Christine ganz still. Ihr Blick hing an

dem großen, dunkelbraunen Hengst, den sein Jockey im grün-blauen O'Flaherty-Dreß mit ruhigen Händen führte. Cuchulainn bewegte sich in langen, geschmeidigen Galoppsprüngen. Die Distanz betrug gut über 3400 Meter, weshalb Danny es vermied, so wie die anderen Jockeys auch, die Kräfte des Pferdes zu früh auszureizen. Christine hatte noch nie etwas Vergleichbares gesehen, und sie hielt den Atem an, als die Pferde an ihr vorbeistürmten.

Cuchulainn lag an dritter oder vierter Stelle. Danny beabsichtigte offenbar, erst zum Schluß an die Spitze zu gehen, und während bereits die ersten die Gerte einsetzten, hockte er über Cuchulainns Hals und machte keine Anstalten, ihn anzutreiben.

Durch die Menge ging ein Aufschrei, als ein Pferd an einem der Hindernisse stürzte. Christine hielt den Atem an und konnte ihre Erleichterung nicht verbergen, als sie sah, daß es nicht Cuchulainn war.

Christine spürte nicht, wie sich ihre Hände ineinander verkrampften. Sie hörte nicht die frenetischen Anfeuerungsrufe aus dem Publikum, sie bemerkte nicht die Gespanntheit der Nachbarn an der Bande, nahm nicht das Donnern der Pferdehufe wahr, sie stand starr und folgte Cuchulainn mit den Augen. Sie sah nur den Hengst dahinrasen. Er lag nun an zweiter Position, doch es waren noch einige hundert Meter bis zum Zielpfosten, da ging es noch hinab in die sumpfige Senke und den steilen Hügel hinauf und hinein in die Zielgerade. Sie biß sich auf die Unterlippe und umklammerte das Geländer.

Da war Danny!

Das Publikum raste, Danny schien auf dem Hals des Hengstes zu liegen. »Komm schon, mein Kleiner, du schaffst das«, flüsterte Christine.

Als sie den Pfosten passierten, kochte der Rennplatz.
Christine blickte sich verwirrt um. Es war vorbei. Wer hatte gewonnen?
Ihr tweedbekleideter Nachbar klatschte euphorisch Beifall, und es dauerte eine ganze Weile, bis er sich zu Christine umdrehte.
»Haben Sie das gesehen, Miss? Das gibt's doch gar nicht!«
»Welcher von den beiden hat denn nun eigentlich gewonnen?« fragte Christine gespannt.
»Das weiß niemand«, strahlte der Mann. »Das wird erst das Zielfoto entscheiden. Teufel noch mal, so ein knappes Rennen habe ich schon lange nicht mehr erlebt!«
»Und wann erfährt man Genaueres?«
»Oh, das dauert nicht lange. Passen Sie auf die Durchsage auf!« Der Mann grinste. »Behalten Sie auf jeden Fall Ihren Wettschein – wer weiß, ob Sie nicht tatsächlich einen guten Riecher hatten!«
Christine versuchte, über die Köpfe der Umstehenden hinweg die Pferde auszumachen, doch es war hoffnungslos. Nach Beendigung des Rennens waren alle Zuschauer auf den Beinen, es herrschte ein einziges Durcheinander, und Christine bekam Bedenken, ob sie überhaupt hier jemals wieder heil herauskommen würde.
Die Jockeys und ihre Tiere waren nirgendwo zu sehen, Christine vermutete, daß sie sich beim Wiegen befanden. Gar zuviel Zeit konnte man sich mit der Auswertung eines Rennens nicht lassen, denn das nächste Rennen stand bevor.
Jetzt kam die Durchsage:
Winner all right! Der Name des Siegers …
Christine brauchte tatsächlich einige Sekunden, bevor sie erfaßte, daß Cuchulainn nicht gewonnen hatte. Sie brach beinahe in ein hysterisches Lachen aus, als sie erkannte, wie das

Siegerpferd hieß. Bishop's Favourite – mit solch einem Namen konnte dieses Pferd vermutlich gar nicht verlieren!
Und dann begriff sie, was das bedeutete. Cuchulainn hatte nicht gesiegt. Wie mochte sich Denis in diesem Augenblick fühlen?
Christine schloß kurz die Augen. Dann straffte sie den Rücken. Sie mußte zu ihm! Wo würde er sein? Immerhin war Cuchulainn Zweiter geworden.
Christine schritt energisch voran. Dort hinten lagen die Ställe, in denen die Rennpferde bis zu ihrem Wettbewerb standen. Sie zögerte. Sollte sie hineingehen? Sie sah, wie schweißbedeckte Pferde hingeführt wurden, andere, frische wurden zum Führring geführt, sichtlich nervös vor ihrem Start. Cuchulainn war nirgends zu sehen, auch Danny nicht.
Christine blieb unschlüssig stehen.
Auf einmal hörte sie den Tumult. Hufe klapperten hart auf dem Boden, energische Stimmen wurden laut, und ein Pferd schnaubte aufgeregt.
Christine drehte sich um. Im ersten Moment wußte sie nicht, was los war. Doch dann sah sie ein Dutzend Männer aus allen Richtungen herbeieilen, um unter erregten Rufen ein steigendes Pferd daran zu hindern, sich vom Zügel loszureißen. Am Zaum des Dunkelbraunen hing ein kleiner Mann in grün-blauem Dreß.
Christine stand wie erstarrt, während Cuchulainn unter heftigem Wehren und Schnauben versuchte, sich den lästigen Händen zu entziehen. Christine zerriß es fast das Herz, als sie das Wiehern vernahm, und sie sah voller Ungläubigkeit, daß der Blick des Pferdes auf sie gerichtet war.
Mit einem Bocksprung schaffte es der Hengst, sich loszureißen. Danny war der letzte, der den Zügel freigeben mußte. »Haltet ihn auf!« Der Ruf kam aus vielen Kehlen, doch

wußte jeder, was ein tobendes Pferd anrichten konnte, weshalb man hastig zur Seite wich. Christine vermochte sich nicht zu bewegen. Sie stand stumm da und blickte Cuchulainn entgegen, der, ohne sich auch nur im geringsten um irgend jemanden zu kümmern, mit hängenden Zügeln auf sie zukam.

Sein leises Wiehern, als er Christine erreichte, trieb ihr die Tränen in die Augen. »Oh, mein Kleiner, du hast mich erkannt!« flüsterte sie und legte die Arme um seinen Hals.

Auf einmal herrschte ringsherum Stille. Christine merkte nicht, daß sich auf den Gesichtern der Anwesenden Verblüffung gemalt hatte. Sie legte ihre Wange an den glatten, warmen Hals des Hengstes und streichelte und liebkoste ihn, worauf er seinen Kopf an ihrer Schulter rieb und kleine zufriedene Puster ausstieß.

»Ich bin wieder da, mein Kleiner«, sagte Christine leise. »Hörst du, ich bin zurückgekommen!«

Und Cuchulainn stupste ihr zärtlich die Nüstern ins Gesicht, als wenn er sagen wollte: »Nun, das wurde aber auch Zeit!«

»Meine Güte, Miss«, hörte Christine auf einmal Dannys Stimme neben sich. »Das hätte ich mir fast denken können, daß Sie es sein mußten!«

Christine blickte unter dem Hals des Pferdes hervor. »Meinen Sie?« Sie lächelte mit Tränen in den Augen.

»Na klar«, grinste Danny und klopfte Cuchulainn den Hals. »Es war das erste Mal, daß mir ein Pferd so einfach entwischte. Aber wenn Sie hier auftauchen, dann ist es ja kein Wunder!« Sein Grinsen wurde breiter. »Da haben wir ja Glück gehabt, daß er Sie nicht schon vor Ende des Rennens entdeckt hatte – dann wären wir nämlich disqualifiziert worden.«

»Oh«, machte Christine erschrocken.

»Ich wußte gar nicht, daß Sie wieder da sind«, meinte Danny. »Denis sagte mir, Sie wären nach Deutschland zurückgekehrt?«
»Ich bin erst heute angekommen.« Christine streichelte immer noch den Hengst und lachte leise auf, als dieser sein Maul in ihre Jackentasche zu stecken versuchte.
»Ja, mein Kleiner, du erinnerst dich noch an die Karotten, stimmt's? Aber diesmal habe ich leider keine dabei. Ich gehe morgen gleich los und besorge dir eine große Tüte!«
»Da haben Sie verflixt noch mal etwas begonnen«, bemerkte Danny. »Der Gaul hat sich angewöhnt, nur noch gegen Karotten zu arbeiten. Es ist ungefähr das gleiche, wie wenn ich nur noch reiten würde, nachdem man mir ein Bier ausgibt!«
Christine lachte. »Wenn Sie dadurch besonders gut reiten, spendiere ich Ihnen gern ein Pint!«
»Das ist ein Wort«, entgegnete Danny ungerührt und brach in ein fröhliches Gelächter aus.
Christine wurde wieder ernst. »Wo ist eigentlich Denis?« fragte sie beiläufig, und nur sie selbst wußte, mit welcher Spannung sie die Antwort erwartete.
»Der ist noch beim Rennkommissariat. Sie haben ja vermutlich gesehen, wie knapp unser Lauf ausgegangen ist. In solchen Fällen wird natürlich besonders genau geprüft, ob alles seine Richtigkeit hatte.«
»Das heißt, das Ergebnis kann sich doch noch ändern?«
»Unwahrscheinlich.« Danny schüttelte den Kopf. »Höchstens, wenn der Dopingtest beim Sieger etwas ergeben sollte. Aber das kommt selten vor. Da Gewinner grundsätzlich getestet werden, wäre jeder dumm, der so etwas versuchte.« Er zuckte die Achseln und lachte. »Wir haben eben Pech gehabt.«
»Oder bloß einen zu heidnischen Namen für unser Pferd«,

sagte eine ruhige Stimme im Hintergrund. Eine Stimme, die Christine ins Herz traf.

Langsam drehte sie sich um. Ihr Puls raste.

»Hallo, Denis«, flüsterte sie.

Denis betrachtete sie still. Sein Gesicht zeigte keine Regung. Im ersten Moment dachte Christine, daß sie ihm gleichgültig geworden sei, daß alles, was jemals zwischen ihnen gewesen war, der Vergangenheit angehörte, und sie verspürte einen unglaublichen Schmerz.

Doch dann blickte sie in Denis' Augen. Und das, was sie dort entdeckte, ließ sie vor Freude erzittern.

»Stell dir vor«, warf Danny grinsend ein. »Der Gaul sieht sie von weitem und geht mir vom Fleck weg durch!«

Keiner achtete auf ihn. Sie standen einander schweigend gegenüber und schauten sich an.

Selbst Danny fiel nun auf, daß eine eigentümliche Atmosphäre entstanden war.

»Sag bloß, du wußtest gar nicht, daß sie da ist?« fragte er erstaunt.

Denis gab keine Antwort. Sein Blick lag auf Christine, und sie erwiderte ihn stumm. Nach einem endlosen Moment der Starre atmete er tief durch.

»Laden wir ihn erst einmal ein«, sagte er ruhig. Er schaute Danny an. »Du wolltest gehen, ich weiß!«

»Ich habe noch eine Verabredung«, nickte Danny und grinste Christine an. »Wir sehen uns ja bestimmt noch, Miss! Bis morgen dann, Denis.«

»Bis morgen!«

Es war Christine, die wie selbstverständlich den Hengst beim Zügel ergriff und hinter Denis herführte. Der Rover parkte ganz am Ende der Reihe, und Denis öffnete die Klappe des Hängers. Mit routinierten Handgriffen nahm er Cuchulainn

den Sattel ab, rieb ihn sorgfältig trocken und warf ihm anschließend eine Decke über.
Christine sah stumm zu und streichelte Cuchulainns Nüstern.
Denis sprach kein Wort, doch der Ausdruck seiner Augen, die auf Christine ruhten, ließ sie erbeben.
»Fährst du gleich los?« fragte sie ein wenig scheu.
»Ich muß noch auf Ruaidhri warten.« Denis führte Cuchulainn in den Hänger und band ihn fest. »Er treibt sich hier irgendwo herum.« Er sprang von der Rampe und schloß die Klappe.
Dann kam er auf Christine zu.
Sie stand ganz still und sah ihm entgegen. Er blieb vor ihr stehen und blickte zu ihr hinunter.
»Bist du allein gekommen?« Seine Stimme war ruhig, doch Christine verstand den tiefen Sinn seiner Frage.
»Ganz allein.« Sie lächelte spitzbübisch. »Ich wollte sehen, wie Cuchulainn läuft.«
Denis lächelte ebenfalls. »Nun, wie du gemerkt hast, hätte er noch eine Idee besser laufen können.«
»Bist du sehr enttäuscht?«
Denis betrachtete sie eindringlich. »Nein«, sagte er dann rauh.
»Vielleicht«, Christine sprach zögerlich, »könnte ich ja noch ein wenig mit dem Hengst arbeiten, damit er das nächste Mal tatsächlich gewinnt?«
Atemlose Stille trat ein.
»Würdest du das tun?« Denis' Augen waren ganz tief.
»Wenn du denkst, daß es etwas nützen könnte?«
»Das wird es sicherlich«, erwiderte Denis nach einer kleinen Pause. Er atmete durch. »Hast du es dir denn auch wirklich gut überlegt?«

»So gut wie nichts anderes in meinem Leben«, sagte Christine still. Dann erschien ein kleines Funkeln in ihren Augen. »Ich habe mir bloß noch nicht überlegt, wie ich zu meiner zukünftigen Arbeitsstelle hinkommen soll.«
Denis lächelte. »Möchtest du mitfahren?« Dabei fing er ganz beiläufig ihre Hände ein.
»Wenn du mich mitnimmst«, flüsterte Christine und fühlte, wie ihr Herz klopfte.
Denis lehnte sich an den Wagen, ohne Christines Hände loszulassen.
»Nach Hause?« Seine Stimme war ganz leise, während er sie sanft näher heranzog. In seinem Blick stand eine Frage und ein Versprechen, das Christine mit einem betäubenden Glücksgefühl erfüllte.
»Nach Hause«, murmelte Christine und schloß ihre Augen, als Denis' Lippen die ihren fanden. Und während sich seine Arme fest um sie schlossen, wußte sie, daß sie am Ziel einer langen Reise angekommen war.

Sie wurden unterbrochen, als sich auf einmal neben ihnen jemand räusperte. Christine drehte sich ein wenig erschrokken um, und auch Denis blickte auf. Ruaidhri stand vor ihnen, in jeder Hand ein Sandwich, und grinste über das ganze Gesicht.
»Ich muß sagen, Denis«, bemerkte er genießerisch, »daß ich immer noch weniger überrascht gewesen wäre, dich inmitten einer Schlägerei anzutreffen, als auf einmal mitzuerleben, wie du eine Frau küßt!«
»Das lag wohl bisher immer an der betreffenden Frau.« Denis ließ sich nicht aus der Fassung bringen, während Christine ein leicht verlegenes Gesicht machte.
Ruaidhri schien die Situation ausnehmend zu gefallen. »Da

will ich dir natürlich recht geben. Hallo, Christine!« Er zwinkerte ihr fröhlich zu.
»Hallo«, lächelte Christine.
»Ich brauche wohl nicht zu fragen, welchem Umstand wir die wunderschöne Überraschung deiner Rückkehr verdanken, nicht wahr?«
Christine warf Denis einen schnellen Blick zu und errötete ein wenig.
Ruaidhri sah es voll Vergnügen. Er hielt nun Denis das eine der beiden Sandwiches hin. »Ich weiß zwar nicht, ob du nach dieser zauberhaften Vorspeise überhaupt noch Appetit auf so was Profanes hast, aber ich habe dir ein Sandwich mitgebracht.«
»Danke«, meinte Denis gleichmütig und nahm es. Wie selbstverständlich teilte er es und reichte die eine Hälfte Christine, der unvermittelt einfiel, daß sie tatsächlich seit heute morgen nichts mehr gegessen hatte.
»Können wir?« fragte Denis schließlich Ruaidhri, der sich in aller Seelenruhe auf die Deichsel des Hängers gesetzt hatte und rauchte.
»Von mir aus gerne.« Ruaidhri erhob sich und zertrat seine Zigarette. »Wann bist du eigentlich angekommen?« fragte er Christine, während sie ins Auto stiegen. Er überließ ihr dabei mit völliger Selbstverständlichkeit den Beifahrersitz. »George hatte überhaupt nichts erwähnt.«
»Er weiß es auch gar nicht«, meinte Christine. »Ich bin erst heute morgen in Limerick gelandet.«
Denis warf ihr einen erstaunten Blick von der Seite zu. »Tatsächlich? Und wo ist dein Gepäck?«
»Richtig, das vergaß ich! Ich habe es am Busbahnhof in Galway in ein Schließfach gestellt.«
»Reicht es, wenn wir es heute abend holen?« Denis lächelte

Christine an. »Ich glaube, mit dem Hänger wäre es zur Zeit ein wenig schwierig, durch die Stadt hindurchzukommen.«

»Natürlich reicht es«, erwiderte Christine leise und erbebte unwillkürlich angesichts der Selbstverständlichkeit, mit der Denis ›wir‹ sagte. »Hast du denn auch Zeit dafür? Ich kann auch meinen Vater fragen, wenn du …«

Denis lächelte kurz zu ihr hinüber. »Das geht schon in Ordnung. Ich habe genug Zeit.«

»Ich würde mich ja ebenfalls gerne anbieten«, grinste Ruaidhri, »aber mir ist irgendwie so, als wäre ich bei diesem Rennen nur zweiter Sieger geworden!«

»Knapp auf dem zweiten Platz«, lächelte Christine, während Denis ihr einen warmen Blick zuwarf.

Ruaidhri schüttelte fassungslos den Kopf. »Wer hätte das gedacht? Eine Frau, die mir Denis vorzieht! Mir!« Dann grinste er über das ganze Gesicht. »Es scheint doch etwas Wahres an dem Spruch ›Glück im Spiel – Pech in der Liebe‹ dran zu sein!«

Christine lächelte unsicher, doch Denis musterte Ruaidhri mit zusammengezogenen Brauen im Rückspiegel. »Sag bloß, du hast irgendeinen Blödsinn angestellt!«

»Keinen Blödsinn«, verteidigte sich Ruaidhri. »Ich sagte doch, ich hatte Glück!«

»Was soll das heißen, du hattest Glück? Du hast doch nicht etwa gewettet?«

»Gewettet und gewonnen«, nickte Ruaidhri befriedigt.

Denis' Stirn blieb weiterhin gerunzelt. »Auf wen um Himmels willen hast du denn gesetzt?«

»Auf Maid-in-the-Field«, sagte Ruaidhri gleichmütig.

»Wie bitte?« Denis' Kopf fuhr schlagartig herum. »Bist du verrückt?«

»Ich fand ihren Namen so verlockend«, entschuldigte sich

Ruaidhri. »Und du wirst es nicht für möglich halten – sie hat tatsächlich gewonnen!«
»Das gibt's doch nicht!« Denis schüttelte entgeistert den Kopf. »Dieser Gaul hat gewonnen?«
»Im letzten Rennen, ja.« Ruaidhri warf ihm einen anzüglichen Blick zu. »Da hattest du ja anderes zu tun, als auf die Ergebnisse zu achten.«
Christine wurde ein wenig rot.
»Jedenfalls waren ihre Quoten erfreulich hoch«, fügte Ruaidhri hinzu.
»Das denke ich mir.« Denis' Stimme klang trocken. »Wer hätte es für möglich gehalten, daß ausgerechnet dieses Pferd gewinnen könnte! Die anderen sind wohl alle gestürzt oder disqualifiziert worden, was?«
»Oh, keineswegs! Die Stute war heute offenbar bloß in guter Form.« Ruaidhri wurde auf einmal unerwartet ernst. »Nichtsdestotrotz denke ich, wir können den Gewinn gut gebrauchen, oder irre ich mich?«
»So, meinst du?« Denis betrachtete ihn nachdenklich.
»Du brauchst mich nicht für dumm zu halten«, versetzte Ruaidhri. »Denkst du, ich habe nichts gemerkt?« Er erinnerte sich an Christines Anwesenheit und verstummte. Denis tauschte ein kleines Lächeln mit Christine.
»Es ist schon in Ordnung, sie weiß Bescheid«, sagte er dann ruhig zu Ruaidhri.
»Na also!« Auf Ruaidhris Gesicht malte sich ein fröhliches Lächeln. »Und zumindest mußt du dich jetzt nicht mehr darüber ärgern, daß Cuchulainn heute nicht siegte, das ist doch schon mal etwas!«
»Woher willst du wissen, daß ich mich darüber ärgere?« Denis' Aufmerksamkeit blieb auf den dichten Feierabendverkehr gerichtet, doch seine Hand streifte beim Schalten kurz

über Christines. Sie sah auf und begegnete seinem Blick. Sein Gesicht zeigte ein liebevolles Lächeln. »Dank gewisser Personen, die es niemals lassen können, sich einzumischen, war ein Sieg heute nicht mehr ganz so zwingend nötig.«
Auf Christines forschenden Blick kniff er ein Auge zu, und sie verspürte tiefe Erleichterung. Ganz offensichtlich schien die Sache mit Donohue erledigt zu sein, und Denis war hoffnungsvoll, die anderen Schwierigkeiten ebenfalls mit der Zeit in den Griff zu bekommen.
»Nun, ganz egal«, bemerkte Ruaidhri fröhlich. »Brauchen können wir das Geld, das wirst du nicht abstreiten.« Er grinste. »Und sei es nur, um für James' Zirkusnummer die nötigen Utensilien anzuschaffen.«
»Zirkusnummer?« Christine blickte Ruaidhri erstaunt an.
Er grinste, und Denis schüttelte nur den Kopf. »So ein Quatsch!«
»Wieso Quatsch?« wehrte sich Ruaidhri. »Ich finde es gar keine schlechte Idee!« Er wandte sich an Christine. »Du erinnerst dich doch sicher an den Gaul, den Fiona aus Dublin angeschleppt hat?«
»Charly?«
»Richtig. Du weißt ja auch bestimmt noch, wie elend er am Anfang dran war, oder?«
»Das weiß Christine nur zu gut«, warf Denis ein. »Schließlich war sie es, die ihn mir aufgeschwatzt hat.«
»Reiten kann man ihn nicht mehr«, fuhr Ruaidhri ungerührt fort, »aber du wirst nicht glauben, was das Vieh im Kopf hat! James hat ihm Sachen beigebracht, da staunt man nur noch!«
»Der Gaul läuft ihm nach wie ein Hund«, meinte Denis trocken. »Ich habe das Gefühl, er weiß überhaupt nicht, daß er eigentlich ein Pferd ist.«
»Das finde ich ja großartig«, sagte Christine, ehrlich verwun-

dert. Auch für James, dachte sie insgeheim, doch sie sprach es nicht aus. Punchs Tod war Vergangenheit. »Und er will mit ihm auftreten?«
»Davon redet er zumindest die ganze Zeit«, nickte Denis und verzog seinen Mundwinkel.
»Klar, warum nicht?« meinte Ruaidhri gleichzeitig.
Christine blickte zwischen den beiden Brüdern hin und her und lachte.

Zu dieser Jahreszeit waren die Tage lang. Dennoch dämmerte es bereits, als Christine das Schließfach öffnete und ihren Rucksack herausholte.
»Warte, ich helfe dir.« Denis griff zu und nahm ihn ihr ab.
Während sie nebeneinander zum Wagen gingen, den Denis in kurzer Entfernung geparkt hatte, fühlte Christine in sich eine unbändige Freude.
Sie sah immer noch Georgs Gesicht vor sich, seinen Ausdruck, als sie ihm unvermittelt gegenüberstand. Zuerst war er sprachlos vor Überraschung. Doch dann tat er etwas, woran sie sich seit ihrer Kindheit nicht mehr erinnerte: Er trat auf sie zu und umarmte sie, fest und wortlos. Und dann schaute er sie an, und sie erkannte tiefe Bewegung in seinem Blick.
»Willkommen zu Hause«, sagte er ruhig.
Er fragte Christine nicht, weshalb sie gekommen war, und er verzog auch keine Miene, als sie ihm erzählte, daß ihr Gepäck noch in Galway lag und Denis versprochen hatte, es zu holen.
»Ein anständiger Kerl, dieser Denis«, nickte er. »Ich habe mich in der letzten Zeit gelegentlich mit ihm unterhalten.« Er sah, daß Christine ein wenig errötete, und lächelte. »Nicht nur über dich. Über alles mögliche, Politik und so weiter. Er hat ein paar gute Ansichten, finde ich.«

Daran mußte Christine unwillkürlich denken, als sie zuschaute, wie Denis ihren Rucksack in den Kofferraum des Rovers lud. Es wäre völlig illusorisch gewesen, sich einzubilden, daß sich zwischen Georg und Alex eine auch nur irgendwie geartete Verbindung herstellen ließe. Gleichzeitig wußte Christine jedoch mit völliger Sicherheit, daß es zwischen Denis und Georg diese Verbindung gab. Und dieses Wissen erfüllte sie mit neuem Glück.

Denis sah ihr Gesicht und lächelte, während er die hintere Tür des Wagens schloß.

»Wie ist es, kleine Lady, möchtest du vielleicht noch irgendwo hingehen? Da wir schon mal hier sind?«

»Du meinst, in ein Pub oder so?« Christine überlegte. Dann schüttelte sie den Kopf. »Wenn ich ehrlich bin, möchte ich diesmal eigentlich lieber wieder nach Hause.« Ein spitzbübisches Lächeln überflog ihr Gesicht. »Aber denke nicht, daß ich vergessen habe, daß du mir noch etliche Tassen Kaffee schuldig bist!«

»Für alle die Male, bei denen ich Lady zu dir gesagt habe?« Denis zog sie sanft an sich und legte seinen Mund an ihr Ohr. »Darf ich dich denn wirklich nicht mehr kleine Lady nennen?«

»Doch«, murmelte Christine und schlang ihre Arme um ihn. »Das darfst du.«

Auf der Heimfahrt schwiegen sie. Christine fühlte Denis' Hand auf der ihren liegen, er nahm sie nur kurz fort, wenn er schalten mußte. Christine betrachtete ihn von der Seite, und ihr Herz war voll. Denis wandte den Kopf, sah, daß sie ihn anblickte, und lächelte zärtlich, während seine Hand Christines fester umschloß. Es war inzwischen dunkel geworden, der Rover suchte sich mit aufgeblendeten Scheinwerfern und gleichmäßig brummendem Diesel seinen Weg, nur selten kam ihnen ein Auto entgegen, und Christine fühlte sich wie in einem Kokon, ganz allein mit Denis.

Fast fühlte sie so etwas wie Enttäuschung, als vor ihnen der Reiterhof auftauchte. Denis parkte den Wagen im Hof und stellte den Motor ab. Für einen Moment herrschte Stille. Im schwachen Schein des Mondes sah Christine, daß Denis' Blick auf ihr lag, und sie erwiderte ihn stumm.

»Ich möchte gerne noch einmal zu Cuchulainn«, sagte sie dann leise. »Kommst du mit?«

Cuchulainn stand inzwischen auf einer kleinen Wiese ganz am Rand des Geländes, zusammen mit Sylvano und Gypsy Boy.

»Vertragen sie sich?« Christine war erstaunt.

»Oh, manchmal gibt es natürlich Keilereien«, erwiderte Denis und betrachtete die drei Hengste, die ruhig grasten. »Die nächste Stutenweide ist jedoch weit genug weg, da hält es sich in Grenzen.« Er schaute lächelnd zu Christine hinunter. »Aber da war doch diese hartnäckige kleine Lady, die mir vorwarf, Cuchulainn sei einsam und deshalb aggressiv.«

Christine lehnte sich über die Zaunstange und blickte spitzbübisch zu Denis auf. »Und du befolgst es tatsächlich, wenn diese Lady dir so etwas sagt?«

»Wenn ich dadurch verhindern kann, daß sie mir wieder davonläuft.« Denis stellte sich hinter Christine und stützte seine Hände links und rechts von ihr auf den Koppelzaun. »Wird sie dableiben, was meinst du?« murmelte er und schmiegte seine Wange an ihre.

»Will denn jemand, daß sie dableibt?« flüsterte Christine und bog ihren Kopf zurück.

»Na rate mal«, meinte Denis und umschloß sie fest mit seinen Armen.

»Vielleicht habe ich Glück und finde hier in der Gegend eine

Stelle als Tierärztin«, sagte Christine leise. »Vielleicht wird es aber auch so sein, daß ich nicht ständig hier leben kann. Möglicherweise muß ich in irgendeiner anderen Stadt wohnen. Doch ich werde, so oft es geht, hier sein.« Ihre Lippen streiften Denis' Wange. »Würdest du das denn tatsächlich mitmachen?«

»Solange ich weiß, daß du immer wieder zu mir zurückkommst, mache ich alles mit«, sagte Denis ruhig. »Du kannst sicher sein, daß ich verstehe, wie wichtig dir dein Beruf ist. Du sollst ihn nicht meinetwegen aufgeben müssen.«

»Und ...« Christine stockte.

»Was meinst du?« Denis' Stimme war zärtlich, und er hielt sie dicht an sich gedrückt. Christine schwieg eine Weile. Sie spürte Denis an ihrem Rücken, seine Arme umschlangen sie, und sein Atem strich durch ihr Haar.

»Was bedrückt dich?« flüsterte Denis.

Christine drehte sich in seinen Armen zu ihm um und sah ihn an.

»Wir werden niemals Kinder haben«, sagte sie leise. »Macht dir das nichts aus?«

Denis betrachtete sie einen Moment lang stumm. Dann erschien ein unendlich zärtliches Lächeln auf seinem Gesicht.

»Ich brauche keine Mutter für eine zukünftige O'Flaherty-Generation«, meinte er ruhig, »sondern ich brauche dich.« Ganz zart strich sein Finger über Christines Wange. »Ich weiß, daß es für dich sehr schwer ist, daß du keine Kinder bekommen kannst. Aber ich versichere dir, daß ich sehr gut ohne leben kann.« Er lächelte ein wenig spitzbübisch. »Im übrigen – wer sagt, daß ich überhaupt Kinder zeugen kann? Zumindest habe ich meines Wissens keine, die das Gegenteil beweisen würden!«

Christine erwiderte unwillkürlich sein Lächeln. »Bist du ganz sicher?«
»Ziemlich«, meinte Denis mit einem Zwinkern. Dann wurde er ganz ernst, nahm Christine bei den Schultern und drehte sie in Richtung der Pferde.
»Siehst du dort«, sagte er leise. »Das sind unsere Kinder. Cuchulainn war unser erstes Kind, und du kannst sicher sein, daß noch viele folgen werden.«
Christine standen die Tränen in den Augen, als sie zu dem Dunkelbraunen hinübersah. Cuchulainns Fell schimmerte im Mondlicht, während er gelassen graste, und Christine holte aus tiefer Brust Atem. Denis hielt sie in seinen Armen und beugte sein Gesicht zu ihr hinunter.
»Sag, kleine Lady«, murmelte er. »Liebst du mich?«
»O ja«, erwiderte sie leise. »Ich liebe dich sehr!«
»Ich liebe dich auch«, sagte Denis und drückte sie an sich. »Hättest du das gedacht?«
»Du hast gesagt, Liebe sei Weiberkram«, lächelte Christine.
»Beweist du mir das Gegenteil?« flüsterte Denis und legte seinen Mund auf ihre Lippen.
Schließlich seufzte Christine tief auf. »Mein Rucksack ist noch im Auto.«
»Ich hole ihn dir«, sagte Denis. Er hielt Christine jedoch nach wie vor fest in seinen Armen, und sein Mund streifte ihr Haar, als er ihr ins Ohr flüsterte: »Wo soll ich ihn hinbringen?«
Christine verstand, was er meinte, und ihr Herz klopfte.
»Ich glaube«, sagte sie leise nach einer Pause, »wir sollten meinen Vater besser nicht mehr stören, oder?«
»Er schläft sicher schon«, nickte Denis.
Christine schaute zu den Pferden hinüber.
»Gute Nacht, Cuchulainn«, flüsterte sie. »Bis morgen!«

Cuchulainn stand und blickte ihnen nach, als sie gingen. Er fühlte sich wohl. Sein Leben war freundlich geworden, Denis nicht mehr sein Feind, und Christine war auch wieder da.
Mit einem zufriedenen Pusten senkte der Hengst seinen Kopf und knabberte an den saftigen Grashalmen.
Und vom See trug der Wind das leise Konzert der Frösche herüber.

Ride on
See you
I could never go with you
No matter if I wanted to

(»Ride On« – Jimmy McCarthy)

Knaur

Spitzentitel zum Schmökern

(60356)

(60446)

(60418)

(60448)

(60379)